Knaur

Über die Autorin

Hannah Howell ist in Massachusetts geboren und aufgewachsen. Ihre Geschichtsbegeisterung treibt sie, den Gatten und die Söhne im Schlepptau, zu immer neuen geschichtsträchtigen Schauplätzen. In den USA hat sie bereits unzählige begeisterte Leserinnen.

Hannah Howell

Der Kuß der Rächerin

Roman

Aus dem Amerikanischen von Elisabeth Hartmann

Knaur

Die amerikanische Originalausgabe erschien 1995 unter dem Titel
»Only for You« bei Kensington Publishing Corporation, New York

Besuchen Sie uns im Internet:
www.droemer-knaur-de.

Deutsche Erstausgabe April 2000

Redaktion: Ingola Lammers
Umschlaggestaltung: Agentur Zero, München
Umschlagabbildung: © Elaine Daillo/Agentur Thomas Schlück GmbH
Satz: Brigitte Apel, Hannover
Umbruch: Ventura Publisher im Verlag
Druck und Bindung: brodard & taupin, La Flèche
Printed in France
ISBN 3-426-69040-3

2 4 5 3 1

Prolog

Nordengland, 1319

Saxan Honey Todd schreckte von ihren eigenen Schreien hoch. Zitternd setzte sie sich auf, und die kühle Luft in ihrer Schlafkammer trocknete rasch den Schweiß, der ihr Hemd durchfeuchtete. Die Angst saß ihr wie ein Kloß in der Kehle. Noch immer verfolgten sie die quälenden Bilder, die sie aus dem Schlaf gerissen hatten. Sie legte sich wieder hin, rollte sich unter der Bettdecke zusammen und versuchte, sich einzureden, daß alles nur ein Traum gewesen war.

Das Gefühl, daß sie gerade den Tod ihres Zwillingsbruders Pitney vorausgesehen hatte, ließ sich nicht so leicht abschütteln. Sie sah seinen Mörder deutlich vor sich; es war, als stünde er neben ihrem Bett, das finstere Gesicht zu einem triumphierenden Lächeln verzogen, die Hände besudelt vom Blut ihres Bruders. Dieses Gesicht von dunkler Schönheit, die nur durch eine kleine Narbe am linken Auge geringfügig gestört wurde, mit dunklen und grabeskalten Augen, würde sie wohl so schnell nicht vergessen.

»Es ist nur ein Traum«, flüsterte sie, vergrub das Gesicht im Kissen und versuchte, die Vision des finsteren Mannes zu bannen.

Nach einer Weile jedoch seufzte sie resigniert und fand sich schließlich damit ab, daß der Traum den Schlaf endgültig vertrieben hatte. Sie wälzte sich auf den Rücken und blickte zur Zimmerdecke hinauf. Ihre Angst hatte sich weitgehend verflüchtigt, doch ein Gefühl des Unbehagens blieb.

»Ich bete für deine Sicherheit, Pitney«, sagte sie laut und ballte langsam die Hände zu Fäusten. »Aber sollte dieser Traum eine Prophezeiung sein und nicht nur eine aus meiner Angst um dich geborene Vision, dann soll deine Seele unverzüglich Ruhe finden. Ich schwöre bei allen Todds, daß dein Mörder, solltest du tatsächlich ermordet worden sein, das Jahresende nicht erleben wird. Ich werde dem Schurken eigenhändig sein schwarzes Herz aus dem Leibe schneiden.«

Erstes Kapitel

Banner flatterten laut knatternd im kühlen Frühlingswind. Botolf Corwine Lavington stieß einen Fluch aus und strich sich eine rabenschwarze Haarlocke aus dem Gesicht, wobei sein finsterer Blick sich nicht eine Sekunde von der Menge löste. Die Schilde und Farben der Ritter prangten vor jedem einzelnen Zelt. Die, die er suchte, waren nicht darunter, doch das verwunderte ihn nicht. Sein Feind hielt sich zunehmend bedeckt. Der Earl of Caindale und seine Gäste schickten sich an, die besten Plätze zu suchen, um das Turnier zu genießen. Damen lachten, schäkerten und beschenkten ihre auserwählten Kämpen mit ihrer Huld, unter deren Eindruck sie in den Schaukampf eintreten würden. Botolf wußte, daß er sich den Rittern bald würde anschließen müssen. Als Baron of Merewood und neuer Earl of Regenford erwartete man von ihm vollen Einsatz im Turnier.

Einen Augenblick blieb er noch vor seinem Zelt stehen und verfolgte das Treiben aus schmalen Augen. Auf seinen Befehl hin behielten auch seine Vasallen und engen Freunde Sir Roger Vane und Sir Wesley DesRoches die umtriebige, fröhliche Menge streng im Auge. Irgendwo unter den farbenfroh gekleideten Festgästen trieb sich ein Mann, der Mordgedanken hegte, herum. Botolf wußte, daß ein Mörder sich den heiteren Tumult eines solchen Ereignisses wohl zunutze machen konnte.

»Paß auf dich auf, Botolf.«

Botolf wandte den Kopf und schenkte Lady Mary, seiner zierlichen Mutter, ein flüchtiges Lächeln. »Das tu ich. Immer. Suche dir einen Platz, Mutter, und sorge dich nicht um mich.«

Lady Mary seufzte. »Werden Männer denn niemals klug? Dreimal schon wollte dir jemand ans Leben, und trotzdem sagst du noch immer, ich solle mich nicht um dich sorgen.«

»Und dreimal ist der Versuch fehlgeschlagen.«

»Aye, aber einmal, beim letzten Mal, war es für meinen Geschmack entschieden zu knapp. Dieses böse Trachten eines Unbekannten ...«

»Wir wissen beide, wer mich tot sehen will.« Er bezwang seinen Zorn, als er sah, wie seine Mutter erbleichte.

»Ich kann es nicht glauben«, sagte sie matt. »Cecil ist dein Bruder.«

»Mein Halbbruder.«

»In euren Adern fließt das gleiche Blut, das Blut eures gemeinsamen Vaters.«

»Wir haben auch den Tag, den Monat, das Jahr, die Stunde, ja sogar den Augenblick der Geburt gemeinsam. Es tut nichts zur Sache. Wir wissen beide, warum Cecil mir nach dem Leben trachtet.« Zärtlich strich er über die noch immer faltenfreie Wange seiner Mutter. »Geh jetzt. Genieße das Fest. Mir wird nichts geschehen. Und wir werden nicht mehr über diese Angelegenheit reden. Es bringt dir nur Kummer.«

»Sie ist nicht willens, die Wahrheit hinzunehmen«, sagte Sir Roger leise, als Lady Mary gegangen war, und seine blauen Augen verrieten Mitleid mit der Frau.

»Diese Wahrheit ist auch zu schmerzhaft, um sie hinnehmen zu können. Sie hat Cecil an die Brust genommen, hat ihn gehalten wie ihren eigenen Sohn. In ihren Augen wiederholt sich hier die Geschichte von Kain und Abel.«

»Aye. Er hatte ein besseres Leben als mancher andere, doch er will alles.«

»So ist der Lauf der Dinge. Aber wer ist dieser Junge?« Botolf bedachte den Burschen, den ein weiterer seiner Vasallen, Sir Talbot Yves, ihm zuführte, mit einem kurzen Lächeln.

»Pitney Todd, Mylord«, erwiderte Talbot. »Euer Knappe Farold hat sich den Knöchel verletzt und kann Euch nicht zu Diensten sein. Pitney wird für ihn einspringen.«

»Wie alt bist du, Pitney?« fragte Botolf, dem es kaum gelang, den erstaunten Blick vom Haar des Jungen zu lösen. Es war silberblond, nahezu weiß.

»Achtzehn, Mylord«, antwortete der Junge.

»Du kommst aus dem Norden?«

»Aye, Mylord. Sir Chad Brainard, Euer Kastellan auf Regenford, schickte mich letzte Woche her. Ihm stehen genug Jungen zur Verfügung, und er war der Meinung, hier könnte ich Euch besser zu Diensten sein, sofern es Euch recht ist, Mylord. Ich habe eine gründliche Ausbildung genossen, Mylord.«

Leicht belustigt über den Eifer in den hellblauen Augen des Jungen, sagte Botolf: »Anders kann es gar nicht sein, wenn Sir Chad dich ausgebildet hat. Wie viele Jungen hat er denn jetzt?«

»Nach dem letzten Stand waren es siebzehn, Mylord.«

»Gütiger Gott! Will der Mann sich eine ganze Armee heranziehen?«

»Sie sind nicht alle seine Söhne, Mylord. Zwei seiner Söhne befinden sich in Eurer Obhut. Außerdem bildet Sir Chad vier von den Kipps aus Ricadene aus, dazu drei Brinks aus Upwode, drei Jagers – meine Vettern, Mylord – aus Wolfhill, zwei Kirkleys, zwei Rowans, zwei Verges und einen Torans. Sir Brainard ist ein gesuchter Ausbilder.«

»Den Eindruck habe ich auch.« Botolf tauschte mit Roger einen lachenden Blick über die Gesprächigkeit des Burschen.
»An den Grenzen besteht Bedarf an gut ausgebildeten Männern. Die Schotten begreifen es einfach nicht, wenn sie geschlagen sind«, setzte Pitney noch hinzu.
Die Männer lachten, und Botolf wies den Jungen an, seine Waffen fürs Turnier bereit zu machen. Er konnte sich nicht erinnern, jemals so eifrig, so voller Lebensfreude gewesen zu sein wie dieser junge Knappe. Zwar war er erst siebenundzwanzig, doch oft genug fühlte er sich doppelt so alt. Tief im Inneren sehnte er sich nach Frieden, doch sobald die Festlichkeiten Caindales zu Ende waren, mußte er nach Regenford zurückkehren. Es war an der Zeit, daß er sich seinen Verpflichtungen als Grenzlord stellte. Da würde er nur wenig Frieden finden. Obwohl Botolf sich bewußt war, daß zu ausgedehnte Friedenszeiten ihm möglicherweise mißfallen würden, wünschte er sich doch wenigstens eine Kostprobe.
»Wie um alles in der Welt kommt der Junge an solches Haar?« platzte Sir Roger heraus, als Pitney außer Hörweite war.
»Ah, die Familie Todd ist sächsischer Abstammung«, erklärte Sir Talbot. »Ihr Ahnherr war einer der wenigen, die ihr Land nach der Eroberung halten konnten, wenngleich es nur ein kleiner, nicht allzu ertragreicher Besitz ist. Er saß aber unverrückbar drauf, während sich um ihn herum die Männer des Eroberers festsetzten. Falls Baron Alhric nach diesem Ahnherrn schlug, waren es sein Kampfgeschick und seine Schläue, die ihn schützten.«
»Wo ist Baron Alhric jetzt?« wollte Botolf wissen.
»Tot, Mylord. Er kam in Eurem letzten Grenzkampf bei Regenford ums Leben. Man erzählt sich, der Baron wäre unter den Leichen von einem Dutzend toter Schotten gefunden worden und hätte immer noch sein Schwert umklammert gehalten.«

»Der Bengel sieht viel zu zart aus, um aus solch grimmiger Zucht zu stammen.«
»Lord Alhric war hübsch und zierlich, aber ich hätte es mir lange und gründlich überlegt, ob ich mich ihm im Schwertkampf stellen wollte. Brainard sagt, der Junge schlägt nach ihm.«
Ein Page kam und unterbrach sie in ihrer Unterhaltung. Mit gerunzelter Stirn sah Botolf, daß der Junge ihm ein zart besticktes Tuch entgegenhielt. Es war Lady Odella Alansons Busentüchlein. Widerwillig nahm Botolf es entgegen und gab dem Pagen die angemessenen Dankesworte für die Dame mit auf den Weg. Anders zu handeln wäre eine grobe Beleidigung gewesen.
»Eine schöne Blume«, bemerkte Sir Roger leise.
»Aye. Schön, vornehm, und von meiner Mutter favorisiert.«
Botolfs unterkühlter Tonfall stellte sicher, daß seine Männer sich weiterer Bemerkungen über die schöne Odella enthielten. Lady Mary und selbst der König verlangten, daß er wieder heiratete. Seine Mutter wagte es nicht, ihn zu sehr zu drängen, und der König hatte bisher noch kein Machtwort gesprochen. Botolf war es nur recht so. Im Augenblick durfte sich die Grafschaft Regenford noch keinen Hoffnungen auf einen Erben hingeben.
Botolf trat in sein Zelt, um sich auf seinen Auftritt im Turnier vorzubereiten, und hoffte inständig, daß sich der Tag seiner neuerlichen Verheiratung noch etwas hinauszögern möge.
Schon sehr bald erkannte Botolf Pitneys Wert als Knappe. Der Junge schien jede Bewegung, jeden Befehl Botolfs vorwegzunehmen. Überrascht stellte Botolf fest, daß er sich Pitney an Stelle des ungeschickten Farold als Knappen wünschte. Sogleich überkam ihn ein schlechtes Gewissen. Farold war der jüngste Sohn seines Vetters. Der Junge bemühte sich nach besten Kräften. Es war nicht Farolds Schuld, daß seine Fähigkeiten einiges zu wünschen übrig ließen. Botolf seufzte bedauernd, legte das letzte Stück seiner Rüstung an und machte sich

auf den Weg zum Turnierplatz. Hoffentlich gelang es ihm, Farolds Rückkehr in seine Dienste gelassen hinzunehmen.

Flink und geschickt absolvierte Botolf seine Übung auf dem Turnierplatz und verließ diesen danach unter begeistertem Applaus. Um ein Haar hätte er den kleinen Pitney richtiggehend angestrahlt, als er bei seiner Rückkehr ein heißes Bad vorfand. Erst als er mit einem Seufzer des Behagens seine schmerzenden Knochen in das lindernde heiße Wasser getaucht hatte, kam ihm in den Sinn, daß er Annehmlichkeiten wie einen Badezuber gar nicht im Gepäck mitführte. Er schaute sich nach Pitney um und erkannte, daß der Junge genau wußte, wann es angebracht war, sich unsichtbar zu machen. Mit einem leisen Lachen begann Botolf, sich den Schweiß und den Staub des Schaukampfes abzuwaschen.
Er lachte lauter, als er einen seiner vorherigen Gegner, Sir Walter Trapp, brüllen hörte: »Welcher Schuft hat mir meinen Badezuber gestohlen? Du da, Bursche, wohin schleppst du das Wasser?«
»Das Wasser, Sir?« fragte Pitney übertrieben unschuldig.
»Aye, das Wasser.«
»Zu Lord Botolf, damit er den Staub abspülen kann, den Ihr aufgewirbelt habt, als er Euch aus dem Sattel hob.«
»Unverschämter Bengel«, knurrte Sir Walter. »Komm, wir schauen mal nach, worin er sich den Staub abspült.«
»Sir«, stieß Pitney in theatralischer Empörung hervor. »Wollt Ihr den ehrenwerten Baron of Merewood, den Earl of Regenford und tapferen Beschützer unserer nördlichen Grenzen, Lord Botolf Lavington, etwa des gemeinen Diebstahls bezichtigen?«
»Aber natürlich nicht«, erwiderte Sir Walter verblüfft.
Botolf hörte herzhaftes Lachen. Sein eigenes Vergnügen äußer-

te sich weniger lautstark, doch er genoß den Wortwechsel genauso wie die anderen, die Augenzeugen waren. Er zögerte das Ausspülen seines seifigen Haars hinaus, um nichts von dem Wortgefecht vor seinem Zelt zu versäumen. Botolf hatte den Verdacht, daß der ein wenig schlichte Sir Walter ein leichtes Opfer für den gewandten Pitney war.

Grinsend vernahm er, wie Walter sich jetzt dem Vorwurf der Beleidigung, die er glaubte ausgesprochen zu haben, zu entziehen versuchte. Seifenschaum rann über Botolfs Gesicht, während er zuhörte. Geistesabwesend wischte er ihn fort und fluchte unflätig, als etwas Seife in seine Augen geriet. Es brannte höllisch und machte ihn blind. Er tastete nach dem Laken zum Abtrocknen, das Pitney griffbereit ausgelegt hatte.

Plötzlich legte sich ein harter Arm um seinen Hals. Botolf verfluchte sein Geschick von ganzem Herzen. Nackt, blind von der Seife, war er eine leichte Beute für den Mörder, dem es gelungen war, sich an den Wachen vorbei in sein Zelt zu schleichen. Sein Hilfeschrei wurde von einer behandschuhten Hand, die sich fest auf seinen Mund legte, im Keim erstickt.

Botolf setzte seine geballte Muskelkraft ein, wild entschlossen, den Angreifer abzuwehren. Der leise Fluch des Mörders drang an sein Ohr, als ein Messer sein Herz verfehlte und ihn statt dessen in die Schulter traf. Botolf konnte gerade wieder sehen, als der Mörder den Dolch erneut zum Stoß hochriß. Der Mann versuchte sein Glück ein zweites Mal, bevor es Botolf gelungen war, sich aus der Umklammerung zu befreien. Botolf war nicht sicher, auch diese Attacke abwehren zu können, und der kühle Hauch des Todes streifte ihn bereits.

»Mord!« hörte Botolf seinen neuen Knappen schreien, und der würgende Griff des Attentäters lockerte sich unversehens.

Um Halt bemüht, behindert durch seine Schwäche und das Wasser, sah Botolf, wie Pitney sich dem erschrockenen Angrei-

fer entgegenwarf. Der Junge zögerte nicht einen Augenblick, obwohl der Gegner doppelt so groß war wie er. Sir Walter, Sir Roger und Sir Wesley stürzten ins Zelt und starrten mit offenen Mündern auf das ungleiche Paar, das sich am Boden wälzte.
Auf Botolfs gebrüllten Befehl hin half Sir Roger ihm aus dem Zuber. Die anderen beiden Ritter rückten näher an die Kämpfenden heran, bereit zuzuschlagen, sobald es ihnen ohne Gefährdung des Jungen möglich war. Botolf warf sich rasch in seine Kleider und packte sein Schwert, um in den Kampf einzugreifen.
Im nächsten Augenblick ergab sich die Gelegenheit, doch Botolf verfluchte den Anlaß. In dem Wissen, in der Falle zu sitzen, im Angesicht des Todes hatte der Mörder nur noch den Wunsch, nicht allein zu sterben. Bevor Botolf oder die anderen Ritter es verhindern konnten, stieß der Mann seinen Dolch tief in Pitneys Brust. Als er den Arm hob, um noch einmal zuzustoßen, sah Sir Walter seine Chance gekommen. Mit einem gewaltigen Schwertstreich trennte er dem Angreifer den Kopf vom Rumpf.
»Das hättest du nicht tun sollen«, sagte Botolf und seufzte tief in einer Mischung aus Ärger und Enttäuschung.
»Der Mann wollte Euch umbringen«, knurrte Sir Walter. »Den Jungen hat er tatsächlich getötet.«
»Nay!« schrie Botolf aufgebracht. »Schließ das Zelt!« befahl er Roger, als er der sich drängenden Zuschauermenge draußen ansichtig wurde.
Immer noch vor sich hin fluchend hörte Botolf, wie die Leute sich zurückzogen und die Neuigkeit verbreiteten, daß jemand versucht hatte, Lord Lavington zu töten und daß der mutige Knappe Pitney sein Leben für das seines Herrn gegeben habe. Dem Klatsch ein Ende zu machen, blieb keine Zeit mehr. Botolf sandte ein flüchtiges Stoßgebet zum Himmel, daß den Ver-

wandten des Jungen unnötiger Kummer erspart bleiben möge, und wandte sich dann Pitney zu. Später würde er noch Gelegenheit finden, die Gerüchte auszuräumen.
Mit schnellen Bewegungen kniete er sich neben den schlanken Jungen. Noch während Botolf nach dem Puls tastete, schlug Pitney die Augen auf. Sie waren trüb vor Schmerzen. Botolf ertappte sich bei dem im Augenblick reichlich unangebrachten Gedanken, daß der Junge ungewöhnlich schöne Augen hatte.
»Bin noch nicht tot, Mylord«, flüsterte Pitney mit heiserer Stimme.
»Und du wirst auch nicht sterben«, knirschte Botolf und versuchte verzweifelt, mit Rogers Hilfe die heftige Blutung der Wunde zu stillen.
»Wie tröstlich, das zu wissen.« Mit einem matten Lächeln sah Pitney Botolf an. »Ohne Euch kränken zu wollen, Mylord, muß ich Euch für den Fall, daß Ihr Euch irrt, doch bitten, meine Leiche nach Wulfshead Hall überführen zu lassen. Ich muß bei meinen Ahnen begraben sein.« Sein Lächeln verzerrte sich zu einer schmerzerfüllten Grimasse. »Mit Hilfe von ein paar Kräutern und fester Bandagierung dürfte ich nicht allzu schlimm stinken.«
»Sei still.«
»Wie Ihr wünscht, Mylord«, flüsterte Pitney und versank wieder in der Bewußtlosigkeit.
»Was geht hier vor?« fragte eine Stimme vom Zelteingang her. Botolf hatte kaum einen Blick für Lord Sealing übrig, den feisten Earl of Caindale, als dieser das Zelt betrat. Er befahl Walter und Wesley, dem aufgeregten Gastgeber die Vorfälle zu erklären.
Zu Botolfs Bestürzung hastete auch Lady Mary ins Zeltinnere. Er sah, wie sie in offenkundiger Erleichterung schwankte, als

sie ihn gesund und wohlbehalten vorfand. Der Anblick des enthaupteten Angreifers ließ sie merklich erbleichen, doch sie wandte sich nicht zum Gehen. Flink ging sie Botolf bei der Versorgung der Wunde des Jungen zur Hand, um dann auch die Verletzungen ihres Sohnes zu behandeln. Botolf war dankbar für ihre ruhige und geschickte Hilfe.

»Dieser Junge hat den Mann also gestellt«, sagte Lord Sealing, der Gastgeber.

»Aye«, erwiderte Wesley. »Er schrie Mord und Brand und sprang den Angreifer an.«

»Heute nacht wird es Regen geben. Die Feuchtigkeit wird der Gesundung des Jungen nicht eben zuträglich sein. Ich werde eine Kammer neben der Euren bereiten lassen, Botolf. Der kleine Pitney hat für seinen selbstlosen Mut nur das Beste verdient.«

»Danke, Edward.« Botolf erhob sich, um sich vollständig anzukleiden. »Er wird ab jetzt Sir Pitney genannt.«

»Das steht ihm zu.« Nickend entfernte sich Lord Sealing.

»Und da ist ja auch mein Zuber«, knurrte Sir Walter. »Der kleine Schurke wollte mir einreden, ich hätte Ehrenrühriges über Euch gesagt, Botolf.«

Roger lachte leise. »Der Bursche hat dich gehörig auf den Arm genommen, Walter.«

»Er hat eine flinke Zunge, das ist alles. Wie alle anderen aus seiner verfluchten Familie.«

»Du kennst die Todds?« fragte Botolf, während Roger ihm bei der Schnürung seiner Riemen zur Hand ging.

»Aye, und die Jagers und die Healdons. Sie sind alle gleich. Alle sehen aus wie die Engel und können reden wie der Teufel selbst. Es geht das Gerücht, Baron Alhric habe einmal vor dem Burgtor eines Feindes gesessen und den Mann so lange beschwatzt, bis dieser selbst glaubte, das einzig Vernünftige wäre, die gut gerüstete Burg mit hundert Bewaffneten ihm und seinen sechs hübschen Rittern kampflos zu übergeben.« Walter schüttelte den Kopf. »Und ich zweifle nicht daran, daß es genauso war. Ich zweifle keine Sekunde daran.«

»Ich wünsche mir von Herzen, daß mehr Männer mit Worten fechten würden, bevor sie zum Schwert greifen«, bemerkte Lady Mary spitz.

»Nun, nur die wenigsten sind einem Todd oder seiner Verwandtschaft im Kampf gewachsen. Selbst die Frauen sind nicht ohne. Alhrics Frau konnte Wulfshead Hall zwei Monate lang gegen die Schotten verteidigen, bevor der Baron mit seinen Männern ihr zur Hilfe kam. Allerdings sind sie ein bißchen sonderbar.«

»Sonderbar? Inwiefern?« Botolf stellte plötzlich ein gewisses Interesse an diesem besonderen Schlag seiner Vasallen fest.

»Sie legen allergrößten Wert darauf, bei ihren Ahnen auf Wulfshead begraben zu werden. Ein Großvater fand auf dem Kreuzzug den Tod und wurde in einem Faß Wein den ganzen Weg bis nach Hause transportiert. Sie alle beherrschen Latein und Französisch, sprechen jedoch meistens englisch, wie ihre Leibeigenen. Alhric hat immer betont, daß wir die Sprache unserer Ahnen sprechen und er sich das gleiche Recht zubillige. Er sagt, eines Tages würden wir alle seine Sprache sprechen.«

»Wir würden alle englisch sprechen?« Roger lachte. »Glaubt er denn, wir würden Bauern werden?«

»Nay. Er sagte, wir würden alle Engländer werden. Hab den Mann nie ganz verstanden. Dachte schließlich, das wären wir sowieso«, brummte Walter vor sich hin. »Braucht Ihr meinen Zuber noch?« wandte er sich abrupt an Botolf.

Botolf verstand, daß er von Walter nichts mehr erfahren würde, verneinte und sah lächelnd zu, wie der stämmige Mann seinen Zuber fortschleppte. Roger hob Pitney auf und trug ihn nach

Caindale. Botolf folgte ihm, nachdem er Wesley befohlen hatte, sich um das Zelt und die Waffen zu kümmern. Lord Edwards Gattin, der nicht genügend Räume zur Verfügung standen, quartierte Lady Mary mit Botolf und dem Jungen zusammen in ein Gemach ein, das in drei Kammern unterteilt war. Botolf überließ es Lady Mary, der untröstlichen Frau zu versichern, daß sie alle volles Verständnis für die beengten Verhältnisse aufbrächten. Er selbst nahm sich lediglich die Zeit, ihrer Ladyschaft sein Lob für diese beste aller möglichen Regelungen auszusprechen. Trotz seiner Verletzung und des unerwarteten Vorfalls mußte er am Festmahl teilnehmen.

Die herzhaften Speisen und die fröhliche Gesellschaft konnten Botolf während des gesamten Festmahls nicht von seinen Gedanken an Pitney ablenken. Er hatte dem Tod in vielerlei Gestalt ins Auge geblickt, hatte gesehen, wie er junge, unschuldige Menschen wie auch alte und nichtsnutzige dahingerafft hatte. Er hatte den Tod langsam und schmerzhaft, aber auch rasch und unverhofft kommen gesehen. Trotzdem wünschte er sich nahezu verzweifelt, daß Pitney überlebte.
»Wie geht es dem kleinen Ritter?« fragte Lady Odella und riß Botolf aus seinen Gedanken.
So schwer es ihm fiel, brachte Botolf doch ein Lächeln für die Dame zu seiner Linken am Kopf des Tisches zustande. Er wußte, daß sie nicht verliebt in ihn war, vermutete aber, daß sie ihn recht ansehnlich fand. Außerdem ahnte er, daß sie ihm nachstellte, weil er ein begehrter Heiratskandidat war. Er war reich, mächtig und von Adel. Botolfs Vermutung nach hielt sie es zudem wohl für einen großen Vorteil, daß er als ihr Gatte gezwungen sein würde, einen großen Teil seiner Zeit in Regenford im barbarischen Norden zu verbringen, während sie sich im sichereren, eleganteren Merewood vergnügen konnte.

Er vermutete, daß sich so mancher Mann glücklich schätzen würde, wenn er eine Frau fände, die er nicht so häufig würde sehen müssen. Odella war neunzehn und wurde zunehmend zum Objekt nicht übermäßig schmeichelhafter Spekulationen. Zweimal schon war eine Ehe für sie arrangiert worden, und jedesmal war es dem Bräutigam gelungen, kurz vor der Hochzeit das Zeitliche zu segnen. Botolf war überzeugt, daß sie einwilligen würde, wenn er sie um ihre Hand bäte, doch er zögerte noch.

»Ich schätze, er wird überleben«, antwortete er schließlich.

»Es war ausgesprochen mutig von dem Jungen, sich Eurem Angreifer entgegenzustellen, obwohl er selbst unbewaffnet und viel kleiner war. Wie auch immer, die Todds sind ja berühmt für ihre Kühnheit.«

Allmählich fragte Botolf sich, ob außer ihm denn alle Welt über die Todds Bescheid wußte. »Kennt Ihr diesen Clan?«

»Ich habe die Familie nur einmal getroffen. Es war auf einem Turnier. Lord Alhric sah aus wie ein Troubadour, wie ein Poet. Er war so blond und zierlich, und seine zwei ältesten Söhne, Hunter und Rod, ebenfalls. Aber nicht deswegen, sondern wegen ihres Verhaltens auf dem Turnierplatz selbst sind sie mir so gut in Erinnerung geblieben. Ihr Geschick und ihre Verwegenheit, ihr beinahe wildes Vergnügen und ihre Lust am Kampf versetzten alle in Erstaunen. Sie haben nahezu alle Trophäen eingeheimst, aber beim Festmahl am Abend waren sie wieder die Engel mit dem blaßgoldenen Haar und den wunderschönen Augen, redegewandt und charmant. Es ist schwer zu erklären.«

»Euch ist es gut gelungen, Mylady. Es ist, als wohnten zwei Seelen in ihrer Brust. Nicht jeder Ritter kann sein grobschlächtiges Benehmen mit der Rüstung ablegen, und kaum ein Dichter wird zum Dämon, wenn er ein Schwert in die Hand nimmt,

doch alle sagen, die Todds könnten sowohl Dämon als auch Dichter sein. Wißt Ihr noch mehr über sie?«
»Nicht sehr viel. Sie sind eine große Familie; viele ihrer Kinder haben bis ins Erwachsenenalter überlebt. Sie brüsten sich mit ihrem sächsischen Erbe.« Ihr Lachen klang wie silberne Glöckchen, und sie war augenscheinlich sehr stolz darauf. »So stolz auf eine Ahnenreihe zu sein, die sich bis zu den Besiegten zurückverfolgen läßt, ist ein wenig sonderbar.«
Als Botolf sich schließlich in sein Quartier zurückzog, war er zu der Vermutung gelangt, daß die Todds gleichermaßen bezaubernd und verrückt sein mußten. Unter lauter Menschen, die stolz ihren Stammbaum, sofern vorhanden, bis zu William dem Eroberer, seinen Intimfreunden oder bedeutenden Familien in Frankreich zurückverfolgten, bezeichneten die Todds sich voller Selbstbewußtsein als Sachsen nahezu reinen Blutes, wie es bereits in den Adern Oswius, des Königs von Northumbrien und Bernicia im Jahre 641 geflossen war. Bei der Gattenwahl war ihnen die sächsische Abstammung mindestens ebenso wichtig wie eine Mitgift. In ihrem Banner führten sie einen aufgebäumten schwarzen Hengst, unter dessen Hufen sich ein Wolf krümmte. Das Pferd war bekanntlich das Wappentier der Sachsen. Kopfschüttelnd trat Botolf in seine Kammer und fragte sich, wie diese Familie so lange hatte überleben können. Diese Absonderlichkeit mußte den Todds doch von Anfang an Schwierigkeiten bereitet haben, ganz besonders im rebellischen Norden.
»Wie geht es dem Jungen?« fragte er seine Mutter, die standhaft an Pitneys Bett ausgeharrt hatte.
»Nichts deutet auf ein Fieber hin.« Lächelnd nahm sie den Kelch Wein entgegen, den Botolf ihr reichte.
»Wie ist es möglich, daß ich diesen Todds nie begegnet bin? Heute abend haben mir die Ohren gedröhnt von den

Geschichten über die Familie. Mir schwirrt noch jetzt der Kopf.«

»Du warst nie anwesend, wenn sie in der Gegend waren oder wenn von ihnen gesprochen wurde. Bis jetzt war doch Merewood dein Leben. Die Todds verlassen Wulfshead Hall nur selten. Sie sind fest in ihrem Land verwurzelt.«

Botolf nahm einen Schluck Wein und betrachtete den Jungen, der schon fast ein Mann war, aber im Schlaf süß und unschuldig aussah wie ein Kind. »Sie sind ein merkwürdiger Haufen.«

»O ja, ganz gewiß. Das wird niemand abstreiten, nicht einmal sie selbst. Ihre Merkwürdigkeit ist jedoch harmlos. Sie trägt vielmehr noch zu ihrer zauberhaften Art bei.«

»Zauberhaft, aber auch tüchtig. Die Familie hält Wulfshead Hall schon seit fast siebenhundert Jahren.«

»Das haben sie durch Tüchtigkeit und List zuwege gebracht. Dein Vater«, ihr Gesicht überschattete flüchtig ein immer noch frischer Schmerz, »erzählte mir einmal, in all den schwierigen Zeiten seit der Eroberung sei zumindest einer aus diesem Clan auf der gegnerischen Seite gestanden. Er behauptete, die Todds würden auslosen, wer auf der Seite zu kämpfen habe, die ihrem traditionellen Lehnsherrn, dem Earl of Regenford, feindlich gegenübersteht. Ein Todd kämpfte für Stephen, und einer sogar für Matilda, ein Todd war auf König Johns Seite, ein anderer auf der der Barone, einer hielt es mit den frühen angelsächsischen Rebellen, ein anderer mit dem Eroberer.«

»Und immer so weiter. Ausgesprochen klug. Ganz gleich, wer der Sieger ist, immer ist ein Todd da, der Wulfshead Hall behält.«

»Sie haben sich stets als wertvolles Bollwerk gegen die Schotten erwiesen, und das unzählige Male.«

»Dann sind sie es womöglich, auf die ich mich stützen werde, wenn ich in Regenford ankomme.«

»Sie werden es sein. Dein Vater hat es genauso gehalten.« Sie legte die Hand auf Pitneys Stirn, um sich zu vergewissern, daß kein Fieber aufgetreten war.
»Mutter?« hauchte Pitney und blickte Lady Mary aus trüben Augen an.
»Nein, Kind«, antwortete sie sanft, »ich bin Lady Mary.«
»Ein Engel, wenngleich Ihr an meinem Bett sitzt und nicht in Gottes Reich«, sagte er ruhig und lächelte süß.
»Du liebe Zeit.« Lady Mary lachte und errötete leicht ob der überschwenglichen Schmeichelei.
»Wir ziehen hier einen zukünftigen Schwerenöter heran«, bemerkte Botolf amüsiert.
»Einen zukünftigen?« flüsterte Pitney. »Offensichtlich muß ich härter trainieren.«
Botolf lachte leise. »Ich glaube, du brauchst kaum noch Training.«
»Komm, Söhnchen.« Lady Mary half ihm, sich ein wenig aufzurichten. »Trink das. Es lindert deine Schmerzen und läßt dich schlafen.«
»Und wenn es Gift wäre, Mylady, würde ich es trotzdem bereitwillig trinken, denn von solch zarten Händen kredenzt ist es Nektar für mich.«
»Heiliger Strohsack.« Botolf lachte wieder. »Bringt den Jungen zum Schlafen, bevor ich es selbst auf entschieden drastischere Weise tu.«
Er drohte Pitney scherzhaft mit der Faust.
Pitney war nur noch in der Lage, ein paar weitere blumige Komplimente an Lady Marys Adresse zu flüstern, während sie seine Verletzung untersuchte und eine Kräutersalbe auflegte. Als sie sein Gesicht sanft mit einem feuchten Tuch abwischte, konnte er die Augen schon nicht mehr offenhalten.
Als Pitney wieder eingeschlafen war, blickte Lady Mary ihren

Sohn an. »Du hast heute beim Kampf Lady Odellas Farben getragen.«
»Aye. Sie hat ihr Brusttüchlein zu mir ins Zelt schicken lassen. Es wäre eine schwere Beleidigung gewesen, es zurückzuschicken.«
»Oh.« Lady Mary seufzte. »Botolf ...«
»Ich weiß. Ich sollte heiraten. Wenn ich noch länger zögere, wird König Edward selbst für meine Verehelichung sorgen.«
»Warum suchst du dir dann nicht lieber selbst eine Braut aus? Warum willst du warten, bis er dir eine bestimmt?«
»Ich will überhaupt keine Braut.« Angesichts der niedergeschlagenen Miene seiner Mutter fluchte er leise. »Noch bevor das Jahr zu Ende geht, werde ich diese Angelegenheit geregelt haben. Ich bin verpflichtet, einen Erben zu zeugen. Das weiß ich wohl. Ich möchte diese Verpflichtung nur noch eine kleine Weile links liegen lassen. Geh zu Bett, Mutter. Ich werde bei dem Jungen wachen. Und ich schwöre dir, nächstes Jahr um diese Zeit werde ich meine Pflicht, einen Erben hervorzubringen, erfüllt haben.«

Erst in den frühen Morgenstunden wurde Botolf in seiner Nachtwache gestört. Er hörte den Strom der Gäste, der sich zum Rittersaal hin bewegte, wo ein üppiges Frühstück wartete, als seine Mutter kam, um ihn abzulösen.
Er war schon im Begriff, die Kammer zu verlassen, da verlangte ein Mann namens Sir Edric Healdon nachdrücklich Zutritt zu seinen Gemächern. Botolf blieb unter dem Durchgang zu seiner Kammer stehen, während Lady Mary auf das Pochen an der Tür zum Flur antwortete. Mit schwachem Lächeln beobachtete er die Reaktion seiner Mutter auf den Ritter, der nun vor ihr stand. Die Verwandtschaft des Mannes mit Pitney war unschwer zu erraten, denn er war von der gleichen eher zier-

lichen, eleganten Gestalt und hatte blondes Haar und blaue Augen.
Sir Healdon wirkte verwirrt und gleichzeitig auf schmerzliche Weise hoffnungsvoll, und Botolf verfluchte seine Vergeßlichkeit. Er hatte beabsichtigt, die Gerüchte auszuräumen und die Wahrheit über den Überfall bekanntzumachen, damit keine Geschichten und Spekulationen in Umlauf gerieten, die unnötigen Kummer bereiten könnten. Jetzt sah er, wie der Mann hastig zu Pitneys Bett stürzte.
»Barmherziger Gott, er lebt noch!« keuchte Sir Healdon und musterte den immer noch schlafenden Pitney eingehend.
»Aye, Sir«, erwiderte Lady Mary. »Er hat kein Fieber, und ich bin überzeugt, daß seine Überlebenschancen die allerbesten sind.«
Der Mann ergriff Lady Marys kleine Hand und zog sie an die Lippen. »Der Junge muß sich im Himmel geglaubt haben, als er erwachte und sah, daß er von einem solchen Engel betreut wird.«
»Engel habe ich sie schon längst genannt, Onkel«, ertönte Pitneys verschlafene Stimme.
Sir Healdon bedachte seinen Neffen mit einem gespielt finsteren Blick, während Lady Mary leise lachte. »Schlaf weiter«, sagte der Mann und lächelte in Lady Marys Richtung. »Wenn eine derart schöne Dame an meine Seele rührt, werden mir sicherlich Komplimente einfallen, die selbst du noch nie ausgesprochen hast.«
»Versuch es doch, Onkel. Allerdings bin ich der Meinung, diese Kunst solltest du lieber uns Jüngeren überlassen.«
»Und ich hatte mich doch wahrhaftig gefreut, daß du nicht tot bist, wie man mir vorher mitgeteilt hatte.«
»Aha, du bist gekommen, um meine sterblichen Überreste nach Wolfshead zu schaffen.«

»In kurzer Zeit werden wir dich nach Regenford bringen«, meldete sich Botolf zu Wort, der zu den anderen ans Bett getreten war und jetzt Sir Healdon die Hand zum Gruß reichte. »Wollt Ihr heimreisen, Sir Healdon? Wenn das der Fall ist, seid Ihr herzlich willkommen, Euch uns auf der Reise anzuschließen.«

»Ich danke Euch, Mylord. Ich ...« Sir Edric schlug sich unvermittelt an die Stirn. »Gütiger Gott.«

»Was fehlt dir, Onkel?« fragte Pitney mit etwas heiserer Stimme. Lady Mary half ihm, sich aufzurichten.

»Kenelm und Olan sind auf dem Weg nach Wolfshead, um die Kunde von deinem Tod zu überbringen«, erklärte Edric.

»Du mußt ihnen jemanden hinterher schicken.«

Edric ließ sich auf die Bettkante sinken und schlug die Hände vors Gesicht. »Ihr Vorsprung ist bereits viel zu groß. Sie sind gleich nach dem Überfall aufgebrochen. Wenn meine hitzköpfigen Söhne auch sonst nicht viel vollbringen, so reiten sie doch wie der Teufel.«

»Aye. Laß mich nachdenken. Wer ist zu Hause, um sie in Empfang zu nehmen? Hunter, Roy, Udolf und Kyne sind alle in Berwick-upon-Tweed. Denu und Tuesday sind bei ihren Gatten und zudem hochschwanger. Bleiben noch die kleine Thylda und ...« er stöhnte auf, »... Saxan.«

»Aye, Saxan.«

»Sie werden Saxan doch alles wahrheitsgemäß berichten, oder? Selbst wenn ihre Geschichte den falschen Schluß hat, dürfte die Botschaft selbst doch keinen Anlaß zu Ärger bieten.«

»Wer weiß? Die Unsicherheit macht mir am schwersten zu schaffen. Die Jungen haben sich sehr gesträubt, nach Hause zu reiten. Sie wollten nicht die Überbringer derart schlechter Nachrichten sein.«

»Dann wollen wir hoffen, daß sie zumindest eines klar und deutlich übermitteln: nämlich, daß der Mörder bereits tot ist.«

»Vielleicht, wenn ich unverzüglich aufbreche ...«
»Kommst du dennoch zu spät, um zu verhindern, daß die Geschichte falsch erzählt wird.«
»Oder um mögliche Folgen zu verhüten.«
»Es ist traurig, daß seine Familie glauben muß, Pitney sei tot, und dadurch großen Schmerz erleidet«, sagte Botolf und fragte sich, was den Onkel und den Neffen so beunruhigte. »Doch wenn wir nach Regenford kommen, werden wir sie natürlich unverzüglich über den Irrtum aufklären.«
»Sofern dann jemand anwesend ist, der aufgeklärt werden kann«, sagte Pitney leise und sah den verwunderten Botolf an. »Mylord, wir sind eine gottesfürchtige Familie, aber eines Seiner Gebote haben wir nie sonderlich streng befolgt. Sein Wort *Mein ist die Rache* hat keine Gültigkeit für uns. Falls ein Todd oder einer seiner Verwandten ermordet wird, strömen die Todds und ihre gesamte Verwandtschaft aus allen Winkeln des Landes zusammen, um den Mörder zu jagen. Falls angenommen wird, ich wäre ermordet worden und der Mörder wäre noch am Leben ...« Pitney hob die Schultern und zuckte zusammen, als die Wunde schmerzte.
»Dann werden sie kommen, um den Mann zu jagen«, beendete Lady Mary mit leiser Stimme seinen Satz.
»Ah, doch sie müssen zunächst einmal zusammengetrommelt werden«, sagte Botolf. »Noch bleibt uns Zeit, um das zu verhindern.«
»Höchstens, wenn meine Vettern klug vorgehen«, schränkte Pitney ein.
»Und das kann ich von meinen Söhnen leider nicht vermuten«, knurrte Edric.
»Wenn sie nicht umsichtig sind, wird die Person, die in Wolfshead weilt, unverzüglich aufbrechen, und das ist, so fürchte ich, Saxan«, erklärte Pitney.

»Wir werden eine Nachricht hinterlassen, daß dein Bruder hier auftauchen könnte und die volle Wahrheit erfahren soll«, versuchte Botolf, ihn zu beruhigen.
»Saxan ist meine Schwester, Mylord. Meine Zwillingsschwester. Zehn Minuten älter als ich.«
»Aber ein junges Mädchen wird doch nicht zu einem Rachefeldzug rüsten?« sagte Lady Mary, der Erschrecken und Fassungslosigkeit deutlich anzusehen waren.
»O doch, das wird sie, das verflixte Mädchen.« Edric seufzte und schüttelte den Kopf. »Ich hätte meinen Söhnen eine schriftliche Botschaft mitgeben sollen. Das geschriebene Wort hätten sie schwerlich verdrehen können.«
»Tja, es ist allerdings sinnlos, sich den Kopf über dieses Problem zu zerbrechen«, sagte Pitney. »Wir können jetzt nichts mehr unternehmen, um die Kunde abzufangen, ob sie nun richtig oder falsch sein möge. Uns bleibt nur die Hoffnung, daß Kenelm und Olan die Nachricht unverfälscht überbringen und Saxan im Auge behalten. Wenn das nicht gelingt, müssen wir darauf vertrauen, daß wir Saxan auf ihrem Weg hierher begegnen, wenn wir nach Regenford reisen.«
»Da setzen wir verdammt viel auf vage Hoffnungen.«
»Und dieser Junge redet entschieden zuviel«, bemerkte Lady Mary streng. »Helft mir, ihn ein bißchen besser aufzurichten, Sir Edric. Ich habe eine Mehlsuppe für ihn.«
Botolf hätte um ein Haar gelacht, als er sah, wie der Junge das hübsche Gesicht verzog. Selbst Pitneys Frohnatur und Zungenfertigkeit versagten angesichts der Androhung von Mehlsuppe. Allerdings würde es noch geraume Zeit dauern, bis er wieder in der Lage war, kräftigere Mahlzeiten zu sich zu nehmen.
Bald darauf wurde Botolf mitsamt dem auf ein Geplänkel versessenen Sir Edric aus dem Gemach geschickt. Seite an Seite

machten sie sich auf den Weg zum Rittersaal. Als sie durch die hohen Türen zum Saal schritten, bemerkte Botolf Lady Odella. Sie hatte ihn entdeckt, bevor er sich diskret zurückziehen konnte, und winkte ihm, damit er sich neben ihr am Kopf der Tafel niederlasse.

»Der da sprüht die Heiratswut nur so aus den Augen«, bemerkte Edric leise.

»Ich weiß. Sie hat meine Mutter auf ihrer Seite.«

»Aha, in die Enge getrieben, wie? Ich erinnere mich noch schwach an das Gefühl. Meine süße Nelda ist bei Olans Geburt gestorben. Ich wurde schwer bedrängt, mich wiederzuverheiraten, bin jedoch sämtlichen Heiratsfallen entkommen. Es gab in meinen Augen einfach keine, die mir meine Nelda hätte ersetzen können. »Natürlich«, fügte er gedehnt hinzu, »hatte ich da schon zwei Söhne.«

»Und ich habe keinen«, sagte Botolf schwer. »Die Pflicht ruft.«

»Aye, ich fürchte, so sieht es aus. Für einen Mann in Eurer Position ist es noch viel wichtiger als für mich.«

Botolf begrüßte Lady Odella voller Herzlichkeit und mußte plötzlich und widerwillig an seine verstorbene Frau Alice denken. Er wußte nicht, ob er die Kraft aufbringen würde, all das noch einmal durchzustehen – die Liebe, die Ehe, den Betrug und den Tod. Der Preis erschien ihm allzu hoch für die Erfüllung der Pflicht gegenüber seinem Namen und seiner Familie.

Beneidenswert schnell kam Pitney wieder zu Kräften. In weniger als einer Woche konnte Botolf anfangen, Vorbereitungen für die Reise nach Regenford zu treffen. Zum bequemeren Transport des Jungen wurde ein Karren besorgt, und Lady Mary blieb unablässig an seiner Seite. Botolf wunderte sich über den Wunsch seiner Mutter, ihn nach Regenford zu begleiten, begriff dann aber, daß sie lediglich darauf versessen war,

den liebenswerten Jungen weiterhin zu betreuen, der sie voll und ganz um den Finger gewickelt hatte.
Flüchtig fragte er sich, ob Lady Mary vielleicht ebenso versessen darauf war, in Sir Edric Healdons Nähe zu bleiben. Botolf wußte, daß ihre fortgesetzte Pflege Pitney wohl guttun würde, im Grunde aber überflüssig war. Und es war nicht zu übersehen, daß seine Mutter sich unter Edrics Schmeicheleien und Aufmerksamkeiten um Jahre jünger fühlte. Darauf wollte sie womöglich nicht gern verzichten.
Rasch schüttelte Botolf diesen Gedanken ab. Ihm war wohl aufgefallen, daß Sir Edric einzig und allein Lady Mary mit seinem charmanten Witz verwöhnte. Im Augenblick war es weiter nichts als Plänkelei und Liebenswürdigkeit. Frauen liebten es nun mal, wenn ihnen Beachtung geschenkt wurde, und Botolf sah ein, daß sich seine Mutter in dieser Hinsicht nicht von anderen unterschied. Sie war allerdings kein argloses junges Mädchen mehr, das sich bereitwillig den Kopf verdrehen ließ. Botolf kam zu dem Schluß, daß er sich grundlos Sorgen machte. Weit wichtigere Angelegenheiten erforderten seine volle Aufmerksamkeit.
Zum einen würden Edrics Söhne inzwischen die unzutreffende Nachricht von Pitneys Tod nach Wolfshead überbracht haben. Obwohl kaum jemals davon gesprochen wurde, ahnte Botolf doch, daß Sir Edric und Pitney sich schwere Gedanken über die Auswirkungen der Falschmeldung in Wolfshead machten. Es verwunderte ihn einigermaßen, daß ein Mann in Sir Edrics Alter tatsächlich zu glauben schien, ein junges Mädchen würde zu einem Rachefeldzug aufbrechen. Sir Edric konnte er seiner Sorgen nicht entheben, doch er versuchte, zumindest den Jungen zu beruhigen. Als sein Gefolge zum Aufbruch nach Regenford rüstete, suchte Botolf Pitney in seinem Karren auf.
Nach kurzer belangloser Unterhaltung hielt Botolf ihm eine

Rede, die in seinen eigenen Ohren nach Predigt klang. Er erklärte ihm, daß ein junges Mädchen unmöglich von Mordgedanken getrieben eine so weite Reise auf sich nehmen könnte, und erinnerte den Jungen an das empfindsame Wesen von Frauen. Botolf war im Grunde kaum überrascht zu sehen, daß seine wortreichen Ausführungen Pitney überhaupt nicht überzeugten.

»Ich will ja nicht unverschämt sein, Mylord«, sagte Pitney leise. »Mit fast allem, was Ihr sagt, habt Ihr natürlich recht. Die Sorte Mädchen, die Ihr beschreibt, ist eben der landläufige Typ. Meine Saxan allerdings ist anders. Und die besagten Mädchen sind auch keine Todds. Und sie sind schon gar nicht meine Zwillingsschwestern. Wenn Saxan glaubt, mein Mörder könnte noch am Leben sein, wird sie seine Verfolgung aufnehmen. Ich kann nur beten, daß sie wenigstens mit Sicherheit weiß, wer der Mann ist.«

Zweites Kapitel

Kenelm und Olan sahen ihre Base hilflos an. Saxan erkannte wohl, daß sie ihnen Angst einjagte, aber sie war nicht fähig, sich zu rühren oder ein Wort zu sagen. Es war, als wäre sie zur Salzsäule erstarrt und könnte nichts anderes tun, als von der Treppe herab auf die jungen Männer zu blicken. Eben noch war sie diese Treppe hinuntergehüpft, voller Eile, um sie fröhlich lachend zu begrüßen. Dann war Olan mit der traurigen Nachricht, herausgeplatzt, und seit diesem Augenblick war Saxan wie gelähmt.

»Pitney ist tot«, sagte sie schließlich, und ihre Vettern fuhren überrascht zusammen.

»Aye, Saxan«, krächzte Kenelm. »Erstochen.«

»Ermordet.«

»Aye. So war es.«

»Wer?«

»Nun, der Earl ...« setzte Olan an.

»Der Earl of Regenford?«

»Aye, das ist der Mann. Er ...«

»Ich verstehe.«

Saxan drehte sich um und stieg mit steifem Rücken die Treppe wieder hinauf, ohne auf ihre Vettern zu achten, die sie zurückriefen. Sie fror innerlich; ihr war, als wäre das Blut in ihren

Adern zu Eis gefroren. Pitney, ihr Zwilling, ihr Gefährte schon im Mutterleib, war tot. Es war, als hätte jemand ein Stück aus ihrer Seele gerissen. Ihr Kummer füllte sie so aus, daß sie nicht einmal weinen konnte. Mit jedem Herzschlag strömte der Schmerz durch ihren Körper, doch sie schrie ihn nicht hinaus. Kaum hatte sie ihr Schlafgemach erreicht, stürzte ihre Schwester Thylda herein. Es verwunderte Saxan nicht weiter, daß die kleine Schwester so ungestüm ins Zimmer kam, doch sie wandte sich nicht zu ihr um, sondern fuhr fort, behutsam, beinahe ehrfürchtig Pitneys Kleider anzulegen. Sie wußte nur zu gut, daß Thylda sie daran hindern wollte. Das durfte sie nicht zulassen. Der übermächtige Wunsch, den Mord an Pitney unverzüglich zu rächen, war das einzige, was sie vor einem Zusammenbruch bewahrte.
»Wenn du diesen Mann tötest, darfst du keinerlei Gnade erwarten«, warnte Thylda.
»Er hat Pitney getötet.« Mit mechanischen Bewegungen flocht Saxan ihr hüftlanges Haar.
»Laß mich wenigstens zuvor nach unseren Brüdern schicken.«
»Bis unsere Brüder sich von ihren Verpflichtungen freimachen können, hat sich der Earl längst hinter den hohen Mauern von Regenford verschanzt. Es wäre unmöglich, ihn dort zu erreichen. Ich weiß, daß er hierher zu reisen gedenkt, denn es hat sich herumgesprochen, daß er gleich nach dem Turnier nach Regenford aufbrechen würde. Das Turnier war schon vor über einer Woche zu Ende.« Sie wand den dicken Haarzopf um ihren Kopf und zog eine dunkle Wollmütze darüber. »Ich will den verruchten Mörder noch unterwegs abfangen.«
»Du wirst dabei umkommen«, schrie Thylda mit tränenerstickter Stimme voll aufrichtiger Angst um ihre Schwester.
»Dann werde ich eben umkommen, aber Pitney ist gerächt.«
Sie ging zu Thylda, die bei der Tür stand, und nahm sie in die

Arme. Ihre kleine Schwester mit dem honigblonden Haar und den sanften blaugrauen Augen war gerade dreizehn geworden und versprach, eine große Schönheit zu werden. Die knospende Figur des Mädchens ließ auf zu erwartende üppige Formen schließen, wie die ihrer Schwestern Denu und Tuesday, und war ganz das Gegenteil von Saxans knabenhafter Schlankheit. Ihre älteren Schwestern waren seit zwölf beziehungsweise zehn Jahren verheiratet, und so hatten Saxan und Thylda immer nur einander gehabt. Seit ihre Mutter wenige Monate nach Thyldas Geburt verstorben war, hatte Saxan sich um so enger an die Kleine angeschlossen. Thylda war ihr fast genauso wichtig wie Pitney, doch trotz der großen Geschwisterliebe konnte die Kleine sie nicht von ihrem Vorhaben abbringen, und sie wußte, daß Thylda sich durchaus über ihre nicht zu erschütternde Entschlossenheit im klaren war.

»Du mußt dafür sorgen, daß Kenelm und Olan so lange wie möglich nichts von meinem Plan erfahren«, befahl sie Thylda und streichelte geistesabwesend den Rücken des leise weinenden Mädchens.

»Warum nimmst du sie nicht mit?«

»Sie würden mich gar nicht erst ziehen lassen, wie du wohl weißt. Doch selbst wenn sie es mir gestatten würden, ist es besser, daß sie hierbleiben. Ich habe sie gern, aber sie eignen sich nicht für einen Rachefeldzug. Und außerdem ist es am besten, wenn so wenige von uns wie eben möglich an diesem Unternehmen beteiligt sind. Was ich tun muß, könnte den Namen der Todds ruinieren, es sei denn, ich tu es ganz allein. Dann kann man die Schuld auf die Verblendung einer verrückten Frau schieben.«

»Du weißt ja nicht einmal, wie dieser Earl aussieht.«

»O doch. Er ist groß und dunkel und hat eine Narbe am linken Auge. Vor ungefähr vierzehn Tagen habe ich ihn im Traum gesehen. Blut troff von seinen Händen, als ich ihn sah. Zwar hat dieser Traum mir für einige Nächte den Schlaf geraubt, aber ich maß ihm keine allzu große Bedeutung bei, weil ich ja nicht sicher sein konnte, daß es sich um Pitneys Blut handelte.« Sie ließ Thylda los und griff nach ihrem Dolch und ihrem kleinen Bogen. »Benachrichtige unsere Brüder nur, wenn es dir ein dringendes Anliegen sein sollte. Hunter und Roc kommen sowieso bald zurück, weil die vierzig Tage ihres Dienstes am König dann abgeleistet sind.«

»Dann warte doch. Bitte, Saxan, warte. Warte wenigstens, bis du mit ihnen darüber gesprochen hast, was jetzt getan werden muß.«

»Nein, ich kann nicht. Sie werden mich verstehen.« Sie schloß ihren schweren Umhang und gab Thylda einen Kuß auf die blasse Wange. »Es ist schon dunkel. Ich muß jetzt gehen.«

Es war nicht einfach, Wolfshead unbemerkt zu verlassen. Die Männer, die ihre Brüder mit der Sicherung der Burg betraut hatten, waren wachsam. Doch sie hielten nach Gefahren von außen Ausschau, und das bescherte Saxan einen Vorteil, den sie flink zu nutzen wußte. Die Hand über die Nüstern ihres Pferdes gedeckt, führte sie das Tier am Zügel bis in den dichten Wald hinein, der an das Gelände von Wolfshead Hall grenzte. Erst dort saß sie auf. Dennoch ritt sie vorsichtig und langsam, bis sie ganz sicher war, außer Hörweite der Männer auf den Mauern zu sein.

Kummer und Zielstrebigkeit ließen keinen Raum für Angst. Obwohl sie sich noch nie im Leben weit von Wolfshead entfernt hatte, kannte sie den Weg nach Regenford, den der Earl einschlagen würde. Ihre Angehörigen hatten oft genug darüber gesprochen, und der Earl nahm bekanntlich ausgesprochen selten einen anderen Weg. Saxan war sicher, daß sie binnen weniger Tage auf das Gefolge des Earls stoßen würde. Dann würde

sie ihn töten, entweder mit ihrem leichten Bogen oder mit dem Dolch. Auge um Auge, Zahn um Zahn. So war es nicht nur der Brauch in ihrer Familie, sondern auch ihr innerstes Bedürfnis.
Während sie sich einen Weg durch den dunklen Wald suchte, fragte sie sich, wie lange die kleine Thylda Olan und Kenelm wohl daran hindern konnte, ihre Verfolgung aufzunehmen. Thylda würde lügen müssen, um die beiden aufzuhalten, und sie war nicht sehr bewandert in dieser Kunst. Daß sie ihre eigenen Leute, ihre Vettern, die sie mochte, würde belügen müssen, machte es nur noch schwerer für das Mädchen. Saxan bezweifelte, daß es ihr gelingen würde, einen großen Vorsprung vor ihren Vettern zu bekommen, aber das war unwichtig. Einen gewissen Vorsprung hätte sie allemal, und trotz Olans und Kenelms exquisiter Reitkünste würde sie diesen gewiß so lange halten können, bis Pitney Gerechtigkeit widerfahren war.
Ihr Pferd mit Namen Midnight, ein kräftiger, pfeilschneller Hengst, war eines der besten Tiere im Stall ihres Vaters, während die Pferde ihrer Vettern nach dem harten Ritt zur Überbringung der Hiobsbotschaft noch erschöpft sein mußten. Die Jungen würden frische Tiere aus den Ställen von Wolfshead nehmen müssen, und Saxan war überzeugt, daß keines von ihnen es mit Midnight aufnehmen konnte.
Während sie ritt, sah sie unablässig Pitneys Gesicht vor sich. Erinnerungen an gemeinsame Erlebnisse ließen ihren Schmerz um ihn nicht zur Ruhe kommen. Zwar liebte sie jedes einzelne Mitglied ihrer großen Familie, aber mit niemandem war sie so eng verbunden wie mit Pitney. Keiner von den anderen konnte ihr jemals so nahe stehen. Sie und Pitney waren bereits im Mutterleib zusammen gewesen. Oft genug hatte einer die Gefühle und Gedanken des anderen gekannt, ohne daß ein Wort darüber gefallen wäre. Es verwunderte sie, daß sie den Augenblick, als Pitneys Seele seinen Körper verließ, nicht selbst

schmerzhaft gespürt hatte. Saxan glaubte fest daran, daß ihre und Pitneys Seele durch ein geheimnisvolles Band zusammengefügt waren.
Die Vorstellung, kaltblütig einen Menschen zu töten, schreckte sie nicht von ihrem Vorhaben ab. Der Tod war ihr kein Fremder. Sie hatte sogar schon zuvor getötet, war gezwungen gewesen, ihr Leben in hitziger Schlacht zu verteidigen. Doch in diesem Fall würde ihr Feind sie nicht angreifen. Womöglich wäre der Earl sogar unbewaffnet. Es hatte nichts zu sagen. Der Earl hatte Pitneys Blut an den Händen, und die Schuld, die er auf sich geladen hatte, würde ihr die nötige Kraft verleihen, um ihn niederzustrecken. Sie glaubte, es würde ihr leichtfallen, ihn zu töten, selbst, wenn er völlig wehrlos wäre, und selbst, wenn sie mit dieser Tat ihr eigenes Todesurteil unterzeichnete.
Saxan war bereit, dem Tod ins Auge zu sehen. Sie wußte, daß ihr Schmerz ihre Todesbereitschaft nährte. Seit dem Augenblick, da ihre Vettern ihr Pitneys Ermordung gemeldet hatten, galten ihre Gedanken einzig und allein der Rache. Ihr gesamtes Streben war auf dieses eine Ziel gerichtet. Sie gönnte sich kaum eine Rast, und wenn, dann nur um ihres Pferdes willen. Sie aß wenig und verschwendete keinen Gedanken an die Gefahren ihres einsamen Ritts, an Gefahren, vor denen auch ihre Verkleidung als Junge sie nicht schützen konnte. Während sie ritt, überlegte sie hin und her, wo sie den Earl am besten würde abfangen können. Sie entschied, daß sie so schnell wie möglich das *Boar's Head Inn* in Wiggins Knob erreichen mußte.

»Wie geht es Pitney?« erkundigte sich Botolf bei seiner Mutter, während er sein Pferd näher an den Karren heran drängte und hineinspähte.
»Recht gut, Botolf, aber es ist ein langer Tag gewesen«, erwiderte Lady Mary.

»Bis zum *Boar's Head Inn* haben wir nur noch etwa eine Meile zu reiten. Mir liegt sehr daran, das Gasthaus heute noch zu erreichen.«

»Aye, das wäre schön. Pitney benötigt eine trockene, warme Unterkunft. Ich fürchte, die Nächte, die wir notgedrungen im Freien verbracht haben, waren, wenn nicht schädlich, so doch auch nicht eben zuträglich für die Genesung des Jungen.«

Botolf bemerkte, daß Pitney zu ihm aufschaute, und lächelte dem Jungen zu. »Halte noch eine kleine Weile durch, Bursche.«

»Mir geht's gut, Mylord«, entgegnete Pitney. »Ehrlich. Lediglich die Schmerzen zehren an meinen Kräften, und dagegen kann wohl niemand etwas ausrichten.«

»Ein weiches Bett wird dir guttun.«

»Ablehnen würde ich es jedenfalls nicht«, antwortete Pitney mit einem müden Lächeln. »Es tut mir leid, daß ich so viele Schwierigkeiten mache.«

»Nay, du machst keine Schwierigkeiten. Du hast mir das Leben gerettet. Die geringfügigen Rücksichten, die die Reise nach Regenford deinetwegen erfordert, sind weiß Gott ein spärlicher Lohn dafür. Ich habe einen Mann vorausgeschickt, der dem Gastwirt unsere Ankunft melden soll, damit dann alles für uns bereit ist.«

Im *Boar's Head Inn* war man tatsächlich auf den Earl und sein Gefolge vorbereitet, als der Trupp schließlich vor den Türen des Gasthauses haltmachte. Botolf vermutete, daß seit der Kunde von seinem bevorstehenden Besuch hektische Betriebsamkeit unter den Dienstboten herrschte. Der Wirt, Will Meeks, war stolz darauf, dem Earl of Regenford zu Diensten sein zu dürfen. Botolf wußte, daß er der dritte Earl war, der auf dem Weg zu seiner Burg in diesem Gasthaus Rast einlegte, und der Wirt hatte keineswegs die Absicht, einen so zahlungskräftigen Kunden zu verlieren.

Die Geschäftigkeit um sie herum nahm noch zu, als Botolf, seine Mutter, Pitney und die ranghöheren Mitglieder seines Gefolges voller Hast in ihre Räume eingewiesen wurden. Die Pferde wurden versorgt und die Karren untergestellt. Wer von den Gästen es wünschte, erhielt Gelegenheit zu einem heißen Bad, und den herzhaften Düften nach zu urteilen, die Botolfs Nase kitzelten, war mit einer reichhaltigen Mahlzeit zu rechnen.

Als er sich Sir Edric auf dem Weg zum Gastraum anschloß, sah Botolf Will Meeks – der seine beiden häßlichen Töchter wachsam im Auge behielt –, und verbiß sich ein Lächeln. Es war bekannt, daß die Ritter, sobald sie sich eine Pause gönnten, jedes Mädchen gierig beäugten. Botolf kam zu dem Schluß, daß allein die Vorsicht den Mann veranlaßte, seine älteste Tochter geschwind zurückzuholen, als sie mit einer Mahlzeit für den verwundeten Pitney die Treppe hinaufschlüpfen wollte.

»Aber er ist doch nur ein kleiner Junge«, wehrte sich das Mädchen. »Und er sieht aus wie ein Engel. Du machst dir unnötige Sorgen, Papa.«

»Aye? Dieser kleine Junge trägt den Namen Todd«, knurrte Will Meeks, was Botolf und Sir Edric bewog, wenige Stufen oberhalb von Vater und Tochter den Schritt zu verhalten. »Die Hälfte aller Bastarde zwischen hier und den Grenzen der Christenheit müßten Recht nach Recht diesen Namen haben.«

»Verleumdung!« schrie Sir Edric dermaßen theatralisch, daß Botolf lachen mußte. »Nimm das zurück, du Hund.«

Will Meeks kniff einen Moment die Augen zusammen und riß dann den Mund auf, als er Sir Edric erkannte. »Sir Edric Healdon. Aye, und die andere Hälfte der namenlosen Brut müßte Healdon heißen.«

»Nie und nimmer. Wir verführen keine jungen Mädchen.«

»Hm. Nicht? Was ist dann mit der kleinen Anne im Nachbardorf? Euer Sohn Kenelm hat sich im letzten Jahr mit ihr auf dem Heuboden ihres Vaters getummelt. Jetzt hat sie ein Kind.«

»Unsinn. Kenelm würde sich niemals mit einem Mädchen im Heu wälzen. Der Junge mag es bequem, und Heu hat nun mal die Eigenart, einen Mann an peinlichen Stellen zu pieken.« Sir Edric lächelte das junge Mädchen liebenswürdig an, und sie konnte sich ein Kichern nicht verbeißen.

»Da! Fort mit Euch! Untersteht Euch, ihr mit süßen Worten und betörendem Lächeln den Kopf zu verdrehen!«

Botolf konnte nur mit äußerster Mühe das Lachen unterdrükken, als er dem Mädchen das Tablett abnahm. »Ich werde mit dem Jungen ein ernstes Wörtchen reden, Master Meeks.«

Edric blickte dem Mann nach, der seine Tochter fortzerrte und nicht aufhörte, sie auszuschimpfen. »Der Mann ist ein ungezügelter Wüterich.«

»Geht und eßt, Sir Edric. Ich werde mich in wenigen Minuten zu Euch gesellen.«

Als Botolf in Pitneys Gemach eintrat, lachte er leise über das liebliche Lächeln, das über das Gesicht des Jungen huschte, um dann einem Ausdruck milder Enttäuschung Platz zu machen. Farold Moreton, sein Knappe, saß mit unbehaglicher Miene an seinem Bett. Botolf stellte das Tablett ab und bemühte sich um einen wenigstens einigermaßen strengen Tonfall.

»Es ist dir verboten, die jungen Mädchen hier zu verführen, junger Mann«, ließ er Pitney wissen.

»Ich wollte sie gewiß nicht verführen, Mylord«, wehrte sich Pitney. »Um der Wahrheit die Ehre zu geben, ich wäre gar nicht in der Lage dazu. Noch bin ich nicht wieder völlig gesund.«

»Ob du dazu in der Lage bist oder nicht, solange du in meinen Diensten stehst, verdrehst du keinem Mädchen den Kopf. Ich halte nichts von der Verführung von Jungfrauen.«

»Ist sie denn eine? Ich war gar nicht so sicher angesichts der Art, wie sie die Augen verdrehte und die Hüften schwang.«
»Meeks' übereifriger Wachsamkeit nach zu urteilen, ist sie unberührt. Mein Vater war der Meinung, Verführungen solcher Art seien nichts weiter als ein Mißbrauch von Macht und Position. Ich muß ihm beipflichten.«
»Ah, Ihr meint, sie schlafen eher wegen unserer hohen Stellung oder wegen der Angst vor Folgen im Falle der Weigerung mit uns als wegen unseres guten Aussehens und unseres Charmes?«
»In deinem Falle wage ich es zu bezweifeln«, antwortete Botolf gedehnt. »Aber wie auch immer, du wirst dich in Zukunft benehmen.«
Nachdem Pitney ihm dies versichert hatte, begab sich Botolf zu einem herzhaften Mahl in den Gastraum. Kaum hatte er den letzten Bissen des saftigen Rinderbratens verspeist, erhob sich seine Mutter mit ihrer Zofe, um sich zur Nacht zurückzuziehen. Botolf wußte sehr wohl, daß seine Mutter sich verabschiedete, um die Männer ihrer Pflicht der Mäßigung in Worten und Taten zu entheben. Er mußte lachen, als im selben Augenblick, da sie die Treppe zu ihrem Schlafgemach hinaufstieg, das Ale entschieden reichlicher zu fließen begann. Als der Knappe seinen Kelch füllte, freute Botolf sich auf einen geselligen Abend.

Saxan lächelte vor sich hin, als sie sich dem *Boar's Head Inn* näherte. Ein rascher Blick in die Runde verriet ihr, daß der Earl bereits eingetroffen war. Sie überließ Midnight einem Stallburschen und trat zielstrebig in die Gaststube, wo der bullige Wirt sich ihr sogleich entgegenstellte. Innerlich verwünschte sie ihn und hoffte, daß er keine allzu großen Schwierigkeiten machen würde. Olan und Kenelm waren ihr schon bedenklich nahe gerückt. Sie hatte sie sogar schon flüchtig sehen können, und das letzte Stück Wegs hatte sie deshalb in nahezu halsbrecherischem Tempo zurückgelegt. Entweder übertrafen die Reitkünste ihrer Vettern ihre Vorstellungen ganz gehörig, oder aber die Versuche der armen Thylda, sie möglichst lange hinzuhalten, waren von Anfang an kläglich gescheitert.

»Ich habe keine Zimmer mehr, Bursche«, erklärte der Wirt. »Aber vielleicht findest du im Stall noch ein trockenes Plätzchen.«

»Das reicht mir.« Sie bemühte sich, mit tiefer Stimme und so kurz und knapp wie möglich zu sprechen. »Gibt es noch etwas zu essen?«

»Aye, mit einer Mahlzeit können wir durchaus noch dienen. Geh da rein und setz dich schon mal«, wies er sie an und deutete auf den Gastraum. »Ich werde dir etwas bringen lassen. Aber belästige bloß nicht den Earl und sein Gefolge.«

»Solch eine Unverschämtheit liegt mir fern, Sir.«

Kaum war der Wirt gegangen, schlüpfte Saxan in den Raum, in dem sich Botolf mit seinen Männern aufhielt. Sie waren zu sehr mit Reden und Trinken beschäftigt, um sie zu bemerken, trotzdem drückte sie sich in den Schatten. Langsam, ganz langsam näherte sie sich dem Earl, den Blick fest auf ihn geheftet, den Dolch in der Faust.

Während sie sich behutsam anschlich, betrachtete sie den Mann, den sie zu töten beabsichtigte. Er war groß und breitschultrig, wohl fast zwei Meter groß, doch seine zwar kräftige Gestalt wirkte schlank und anmutig. Saxan wußte, daß sie mit dem ersten Stoß treffen mußte.

Sie hielt inne und schob eine widerspenstige Locke zurück unter ihre Mütze. Am Morgen hatte sie sich das Haar gewaschen, und als sie merkte, daß ihre Vettern ihr schon dicht auf den Fersen waren, hatte sie sich nicht mehr die Zeit genommen, es zu flechten und hochzustecken. Jetzt wünschte sie sich, sie hätte es

doch getan. Immer wieder schlüpften ein paar ungebärdige Locken unter ihrer Kappe hervor, und das konnte womöglich ihre Mission gefährden.
Sie holte tief Luft, um ihre Nerven zu beruhigen, und tastete sich vorsichtig weiter vor. Ihre Augen waren so intensiv auf den Earl fixiert, daß sie zu brennen begannen. Er war nicht von dieser blonden Schönheit, von der sie gewöhnlich umgeben war. Ein schwerer, dunkler Ernst ging von diesem Mann aus. Er lachte und lächelte nie so herzlich wie seine Männer. Sein Gesicht war scharf und kantig. Die Adlernase und die hohen Wangenknochen ließen es noch arroganter erscheinen. Er sah gut aus, aber es war eine kalte Schönheit. Er ist kaltblütig genug, um einen seiner Obhut unterstellten Jungen zu erstechen, dachte sie, und die Wut, die sie erfaßte, war so intensiv, daß ihre Eingeweide davon schmerzten. An diesen Gedanken klammerte sie sich fest, um das plötzliche Zaudern abschütteln zu können.
Sie zog den Dolch aus dem Gürtel und schritt geräuschlos auf den Earl zu. Ihr gesamter Körper spannte sich an, als sie aus dem Schatten der Wand heraustrat. Als sie gerade nahe genug heran war, um zustoßen zu können, hörte sie schwere Schritte hinter sich und begriff, daß jemand den Raum betreten hatte. Mit einem leisen Fluch stürzte Saxan sich auf den Earl.
»Mylord! Gebt acht, neben Euch!« brüllte der Wirt.
Botolf packte seinen Angreifer beim Handgelenk, als dieser mit seinem Dolch bereits zum Stoß nach seinem Herzen ausgeholt hatte. Erschrocken schrie er auf, stürzte rücklings von der Bank, die gleichzeitig mit ihm und dem Gegner zu Boden polterte. Alle Männer im Raum sprangen auf. Ihre Hände fuhren an die Schwerter, doch keiner rührte sich, um einzugreifen. Botolf selbst war ebenso zuversichtlich wie seine Männer, daß er den schmächtigen Burschen ohne weiteres überwinden würde.

Als er und sein Angreifer auf den harten, binsenbedeckten Boden aufprallten, schoß Botolf flüchtig die Frage durch den Kopf, warum Cecil Kinder auf ihn hetzte. Weil er den Jungen unbedingt noch verhören wollte, achtete er darauf, daß er ihn nicht zu schwer verletzte. Dadurch dauerte der Kampf entschieden länger, als es sonst der Fall gewesen wäre.

Botolf staunte nicht schlecht über das Geschick und die Kraft des schmalen Jungen, der mit ihm rang. Sein Staunen schlug bald in sprachlose Verblüffung um, als er seinen Gegner herumwarf und versuchte, ihn an den Boden zu drücken. Die Kappe des Jungen löste sich, und eine dichte Mähne silberblonden Haars quoll darunter hervor.

»Bei allen Heiligen, es ist ein Mädchen!« keuchte Botolf, der den Kampf endlich gewonnen hatte und das um sich schlagende Mädchen nun fest zu Boden drückte.

»Das ist Saxan!« schrie Edric und stürzte an Botolfs Seite, wurde jedoch abgelenkt, als seine beiden Söhne, hochrot im Gesicht, in den Gastraum hereinbrachen. »Ihr habt die Nachricht völlig verdreht«, warf er ihnen vor. Die beiden eilten dem Earl zu Hilfe.

»Das war nicht unsere Absicht«, wehrte sich Kenelm. »Olan platzte mit der Botschaft heraus, daß Pitney tot wäre, und Saxan stand nur da und starrte uns an, reglos, ohne ein Wort zu sagen. Wir waren wohl beide sehr bestürzt. Uns war zunächst nicht einmal bewußt, daß es in ihren Ohren mehr oder weniger so geklungen haben muß, als hätte der Earl ihn ermordet. Erst Thylda machte uns klar, was wir unwissentlich angerichtet hatten.«

»Aye«, ergriff Olan das Wort. »Nachdem wir mit Thylda geredet hatten, begriffen wir, daß Saxan uns wahrscheinlich mißverstanden hatte, aber da war Saxan schon fort.«

»Und wir nahmen sofort ihre Verfolgung auf«, schloß Kenelm den Bericht.

»Und seid doch beinahe zu spät gekommen«, fuhr Edric seine Söhne an und versetzte jedem, wie es ihm gebührte, eine gehörige Kopfnuß.

Zwar vernahm Botolf jedes einzelne Wort Edrics und seiner Söhne, doch seine ungeteilte Aufmerksamkeit galt dem Mädchen, das er festhielt. Sie allerdings sah ihn nicht an. Ihre Blicke huschten zwischen ihren Vettern und ihrem Onkel hin und her. Im Gegensatz zu ihrem hellen Haar waren die Brauen, die ihre wunderschönen saphirblauen Augen betonten, hellbraun und elegant geschwungen. Eine kleine gerade Nase lenkte den Blick auf die vollen Lippen, die ihn unwiderstehlich in Versuchung führten. Ihr kleines ovales Gesicht war schlicht und einfach bezaubernd. Beinahe hätte Botolf gelächelt, als er sich bei dem höchst widersinnigen Gedanken ertappte, daß er es noch nie im Leben mit einem so hinreißenden Angreifer zu tun gehabt hatte.

Botolf spürte, wie Saxans geschmeidiger Körper sich unter ihm entspannte, als sie langsam begriff, was ihre Angehörigen da sagten. Er stützte sich auf einen Ellbogen auf, legte das Kinn in die Hand und betrachtete das Mädchen. So schwer es ihm fiel, widerstand er doch dem Drang zu lächeln, als sie den Blick zu ihm hob.

Ein winziger Bestandteil von Saxans inzwischen gründlich verwirrtem Bewußtsein bemerkte, daß unter den kaum merklich geschwungenen dunklen Brauen des Earls ein Paar wunderschöne, sanft-braune Augen leuchtete. »Ihr habt Pitney nicht getötet?« fragte sie.

»Nay, Mistress«, erwiderte er.

»So. Wer war es dann?«

»In Wirklichkeit handelte es sich um einen Mann, der ausgeschickt war, mich zu ermorden, doch Pitney hat es verhindert.« Widerwillig erhob er sich und half Saxan auf die Füße.

»Ah. Und was ist aus dem Mörder geworden?«
»Er starb gleich, nachdem er auf Euren Bruder eingestochen hatte.«
»Ihr habt Pitneys Leiche?«
»Das würde ich so nicht behaupten.« Er warf Edric und seinen Söhnen einen Blick zu und verstand, daß sie es ihm überlassen wollten, ihr von Pitneys Überleben zu berichten. »Seht Ihr, Pitney ist nicht tot.« Botolf runzelte die Stirn, als er sah, wie alles Blut aus ihren Wangen wich und ihr Gesicht eine ungesunde gräuliche Färbung annahm.
»Mylord, ich fürchte, daß ich zum allerersten Mal in meinem Leben in Ohnmacht sinken werde.«
Botolf fing sie auf, als sie im nächsten Moment zusammenbrach. Da ihre Angehörigen offenbar vor Schreck erstarrt waren, hob er sie auf die Arme, stieg über die Bank, die einer seiner Männer wieder aufgestellt hatte, setzte sich und bettete Saxan bequem auf seinen Schoß. Edric und seine Söhne rückten vorsichtig näher heran.
»Na, bei Seinen heiligen Gebeinen, schaut euch das an.« Edric hob Saxans erschlafften Arm und ließ ihn wieder sinken. »Sie ist tatsächlich ohnmächtig geworden.«
»Sie hat offenbar nicht gelogen, als sie behauptete, das wäre ihr noch nie zuvor widerfahren«, bemerkte Botolf gedehnt, während die Healdons sich auf die Bank sinken ließen.
Bevor Saxans Verwandte darauf antworten konnten, hastete Lady Mary, bleich und sorgenvoll, in den Raum. Botolf erkannte auf Anhieb, daß sie noch nicht geschlafen und den Aufruhr mitbekommen hatte. Nach allem, was bisher geschehen war, nahm sie natürlich an, jemand hätte Botolf wieder einmal ans Leben gewollt. Er hätte um ein Haar gelacht, als sie unter der Tür innehielt und ihn anstarrte. Statt ihn in einem Kampf auf Leben und Tod verwickelt vorzufinden, oder verwundet, wenn

nicht gar tot, saß er gemütlich da und hielt ein Mädchen in Jungenkleidern auf dem Schoß.
»Botolf«, schrie sie, als der Schock sich löste, und stürzte zu ihm.
Botolf verdrehte die Augen himmelwärts, von wo ihm freilich keine Hilfe zuteil wurde, und stellte sich dann seiner Mutter. Im Grunde konnte er ihr die unübersehbare Anklage in ihren braunen Augen nicht verübeln. »Es ist nicht so, wie du denkst, Mutter.« Ein Blick in Richtung der Healdons verriet ihm, daß von ihnen kein Beistand zu erhoffen war. Sie grinsten nur breit angesichts seiner prekären Situation.
»Weißt du, sie kommt mir irgendwie bekannt vor«, sagte Lady Mary leise.
»Das Haar, nicht wahr, Mylady?« erkundigte sich Edric übertrieben unschuldsvoll.
»Aber ja, es ist ihr Haar. Die gleiche Farbe wie Pitneys. Oh. Gütiger Himmel, sie ist Eure Nichte?« wandte sie sich überrascht an Edric.
»Aye. Sie ist Pitneys Schwester, Saxan. Wie Pitney und ich befürchtet hatten, haben meine Jungen die Botschaft reichlich verdreht übermittelt. Ihr seht mich unter dem Geständnis erröten: Saxan kam hierher, um seine Lordschaft zu töten.«
»Um Botolf zu töten?«
»Aye, doch er fing den Dolchstoß ab, und wir hatten Gelegenheit, das Mißverständnis aufzuklären«, setzte Kenelm den Bericht fort.
»Hast du das Kind verletzt, Botolf?« fragte Lady Mary ihren Sohn.
»Nay, Mylady«, erwiderte Olan an dessen Stelle. »Meine Base sank in Ohnmacht, als seine Lordschaft ihr mitteilte, daß Pitney nicht tot ist.«
»Ah. Freilich. Warum hältst du sie im Arm, Botolf?«

»Nun ja, er hat sie aufgefangen, als sie stürzte«, klärte Olan sie unbefangen auf.
»Ich verstehe«, sagte Lady Mary sehr beherrscht, obwohl ihr vor unterdrücktem Lachen die Stimme versagen wollte, vor einem Lachen, das der Belustigung in Edrics und Botolfs Augen entsprach.
»Ich glaube, das Mädchen kommt wieder zu sich«, bemerkte Wesley.
»Aye«, pflichtete Botolf ihm bei. »Da magst du recht haben.«
Langsam schlug Saxan die Augen auf. Fassungslosigkeit sprach aus ihrem Blick. Nie zuvor in ihrem Leben hatte sie eine derartige Schwäche gezeigt. Dann fiel ihr wieder ein, was sie gehört hatte, bevor sie das Bewußtsein verlor. Ihre Augen weiteten sich, und vorsichtig hob sie den Blick zu dem Mann, in dessen Armen sie lag. Trotz ihrer hochfliegenden Hoffnungen und der wachsenden Aufregung konnte sie doch wiederum nur feststellen, daß der Earl für einen Mann reichlich schöne, sanfte Augen hatte.
Botolf war auf der Stelle bezaubert. Die Augen des Mädchens waren von strahlendem Blau und verrieten deutlich, was sie fühlte. Die Wimpern waren noch länger, als er auf den ersten Blick vermutet hatte, denn die hellbraune Farbe ging an den Spitzen in Silber über. Er schüttelte die ablenkenden Gedanken ab und konnte nur hoffen, daß er nicht so närrisch betört aussah, wie er sich fühlte.
»Mein Bruder lebt?« fragte Saxan.
Er unterließ es tunlichst, sie auf ihre schamlose Position aufmerksam zu machen. »Aye, aber er ist verletzt. Fürchtet nichts, er erholt sich bereits zusehends von der Wunde. Euer Bruder hat mich vor dem Anschlag des Mörders gerettet. Unbewaffnet warf er sich dem Angreifer entgegen. Dafür habe ich ihn zum Ritter erhoben.«

Einen kurzen Augenblick fürchtete Saxan, sie würde sich die Schande eines zweiten Ohnmachtsanfalls antun. Sie schloß die Augen, bis sie ihre aufgewühlten Emotionen wieder einigermaßen unter Kontrolle hatte. Als sie ein wenig ruhiger wurde, kam ihr auch ihre unzüchtige Position auf dem Schoß des Earls unangenehm deutlich zu Bewußtsein. Merkwürdig war, daß sie sich dort gefährlich wohl fühlte. Sie verdrängte dieses Empfinden und schlug die Augen wieder auf. Diesmal richtete sie ihre Aufmerksamkeit auf ihren entschieden zu erheitert wirkenden Onkel.
»Ist dir tatsächlich nicht aufgefallen, daß ich auf dem Schoß eines Fremden sitze?« fragte sie gespielt beiläufig.
»Nun, ein Fremder im eigentlichen Sinne ist er nicht, Mädchen. Er ist der Earl, unser Lehnsherr.«
»Das ist mir bekannt, Onkel. Wäre es dir möglich, das nächste Mal, wenn du eine halbwegs wichtige Nachricht nach Wolfshead schicken mußt, jemand anderen damit zu betrauen als diese beiden törichten Holzköpfe?« Der einzige klare Gedanke, der sich inmitten des Tumults in ihrem Kopf deutlich Bahn brach, war der, daß sie aufgrund der Unfähigkeit ihrer Vettern um ein Haar einen unschuldigen Menschen getötet hätte.
»Saxan!« fuhr Olan empört auf.
Langsam erhob sie sich von Botolfs Schoß, ohne den wütenden Blick von ihren Vettern zu lösen. »Aye, Holzköpfe ist vielleicht doch eine zu schwache Bezeichnung. Idioten paßt besser, oder Trottel, womöglich auch Spatzenhirne.« Sie schlug mit der Faust nach Olan, der ohnehin schon fast von der Bank gefallen war, als er vor ihrem bedrohlichen Anmarsch zurückwich. »Dummköpfe!«
»Aber Saxan, es war nur ein Mißverständnis«, mischte sich Kenelm ein, in einem nervösen Versuch, seine wütende Base zu beschwichtigen. »Das wirst du uns doch verzeihen können?«

»Ich werde dir zeigen, wie mein Verzeihen aussieht!« Sie warf Kenelm einen Pokal an den Kopf und freute sich an seinen Flüchen, als sie ihn tatsächlich traf.
Olan packte sie in dem Moment, da sie nach einem weiteren Wurfgeschoß griff. Er war zu langsam. Schon hatte sie einen Teller zu fassen bekommen, und das Metall hallte klingend nach, als es auf Olans Kopf traf. Saxan genoß das Geräusch, fluchte dann aber, als Olan sie zu Boden stieß. Sie fluchte noch unflätiger, als Kenelm seinem Bruder zu Hilfe kommen wollte und selbst in das Handgemenge einbezogen wurde. Das Gelächter von Botolfs Männern dröhnte in Saxans Ohren, doch sie war zu wütend, um sich darüber zu ärgern, daß sie sich über sie lustig machten.
Botolf blickte dem herzlich lachenden Edric ins Gesicht. »Meint Ihr nicht, Ihr solltet diesem Auftritt ein Ende setzen?«
»Nay. Ich bin sicher, Saxan wird den Jungen schon nicht allzusehr zusetzen.«
»Sir Edric«, schalt Lady Mary leise.
»Seid unbesorgt, Mylady, ich werde ihnen in Kürze Einhalt gebieten. Die Burschen haben eine Abreibung verdient, und ich schätze, Saxan muß ihre Wut austoben. Ich werde eingreifen, sobald die Jungen vergessen sollten, daß ihre Base Saxan eine Dame ist, und anfangen, sich richtig zu wehren, oder wenn ihre Flüche allzu laut und unflätig werden sollten.«
Lachend begriff Botolf, daß derartige Vorfälle bei den Todds an der Tagesordnung waren, denn Edric war tatsächlich gleich zur Stelle, als die Umstände des Gerangels in der von ihm geschilderten Richtung eskalierten. Nur ein Mann, der an solche Gefechte gewöhnt war, konnte so bedächtig und geschickt eingreifen. In dem Augenblick, da Kenelm ausholte, um Saxan einen ausgesprochen ungalanten Boxhieb zu versetzen, packte Edric seinen Sohn. Die anderen beiden Streithähne gingen auf

Edric los, erbost über seine unwillkommene Einmischung. Botolf hatte Mühe, sein Lachen zu unterdrücken.
»Gestatte mir bloß den einen Schlag«, verlangte Kenelm. »Die Hexe hat mich gebissen.«
»Aber du weißt doch, daß du ihr keins auf die Nase geben darfst«, sagte Edric ruhig. »Sie ist ein Mädchen.«
»Aber nichts kann mich daran hindern, ihm meinerseits eins auf die Nase zu geben«, drohte Saxan, sprang auf und hieb mit ihrer kleinen Faust auf Kenelm ein.
Mit bemerkenswerter Geschmeidigkeit stieß Edric Kenelm zur Seite. Der Mann fing Saxans Hiebe nicht nur ab, sondern zog sie fest in seine Arme. Das geschah so sicher und gekonnt, daß Botolf sicher war, dieser Schachzug wäre für just eine solche Situation erprobt und eingeübt. Botolf biß sich auf die Zunge, um nicht zu grinsen, als Edric die noch immer vor Wut schäumende Saxan zurück an seine Seite zog.
»Und jetzt, meine allmächtige Nichte, erlaube mir, dich deinem Lehnsherrn vorzustellen. Erinnerst du dich an den Mann, den du vor gar nicht langer Zeit beinahe aufgespießt hättest?«
»Aye, aber du brauchst trotzdem nicht so vorwurfsvoll zu reden«, murrte Saxan, verlegen und auch ein wenig verängstigt, aber dennoch entschlossen, ihr Unbehagen zu verbergen. »Es war ein verhängnisvoller Irrtum, und schließlich habe ich nicht getroffen.«
»Dieses unverschämte Mädchen ist Saxan Honey Todd, Mylord. Saxan, der Mann, der beinahe deinem Dolch zum Opfer gefallen wäre, ist Botolf Corwine Lavington, Baron of Merewood und Earl of Regenford.« Edric lockerte seinen Griff ein wenig. »Verneige dich vor ihm. Zeige ihm, daß du wenigstens eine Spur von Benehmen hast.«
Saxan sah ihren Onkel finster an, lächelte Botolf dann jedoch liebenswürdig an. Trotz ihres Aufzugs brachte sie einen anstän-

digen, graziösen Knicks zustande, dann setzte sie sich neben ihren Onkel auf die äußerste Kante der Bank. Nachdem die Wut auf ihre Vettern nun verraucht war, kreisten ihre Gedanken nur noch um eines. Auch die Möglichkeit einer Strafe für ihren Überfall beunruhigte sie nur wenig. Zudem wuchs ihre Zuversicht, daß sie ungestraft davonkommen würde.

»Darf ich jetzt zu meinem Bruder?« fragte sie höflich.

Wieder einmal mußte Botolf sich arg zusammenreißen, um nicht laut zu lachen. Das freche Mädchen zeigte weder Verlegenheit noch Reue ob ihres Mordversuchs an ihrem Lehnsherrn und ihrer unwürdigen Rauferei mit ihren Vettern. Augenscheinlich verstand sie nicht einmal, daß ihr Verhalten höchst ungewöhnlich für eine junge Dame war. Sie erwartete zweifellos, daß man sie akzeptierte, wie sie war, mit all ihren Eigenarten, und wenn nicht, war es ihr auch egal.

Zum ersten Mal seit langer Zeit erwachte in Botolf heftiges Interesse an einem weiblichen Wesen, ein Interesse, das nicht allein von Fleischeslust herrührte. Indem er verstohlen ihre geschmeidige Gestalt in hautnahem Wams und engen Hosen begutachtete, mußte er sich eingestehen, daß Fleischeslust eindeutig auch beteiligt war. Das Mädchen faszinierte ihn. Botolf fragte sich flüchtig, ob Saxans außergewöhnliches Auftreten der Grund für seine Begeisterung sein mochte. Wenn ihr all die vornehmen Verhaltensweisen feiner Damen fehlten, waren ihr dann vielleicht auch deren Fehler fremd? Er schob seine Spekulationen beiseite und wandte sich entschlossen der Frage nach ihrem Bruder zu.

»Natürlich. Ich werde Euch selbst zu ihm führen.« Er erhob sich und streckte ihr die Hand entgegen.

Saxan zögerte. Es war nicht üblich, daß ein Herr eine Dame an der Hand führte. Dann aber zuckte sie mit den Schultern und überließ ihm ihre Hand. Als ihre zierlichen Finger so völlig in seiner großen Hand verschwanden, regte sich ein unbekanntes Gefühl in ihrem Inneren. Sie gab sich größte Mühe, ihre plötzliche Verwirrung nicht zu zeigen. Nach einem verstohlenen Blick in sein verschlossenes Gesicht, fiel ihr das nicht mehr schwer. Er empfand eindeutig überhaupt nichts Vergleichbares.

Botolf wurde unverhofft von dem wilden Wunsch überfallen, Saxan die Treppe hinauf und in sein Schlafgemach zu zerren. Er blickte auf sie hinunter und schämte sich der Woge blinder Lust, die ihn überrollt hatte, als sie ihre kleine Hand in seine legte. Sie war eine so zierliche Frau, so zerbrechlich. Die sinnlichen Wünsche, die in seinem Bewußtsein tobten, würden sie wahrscheinlich schockieren, wenn nicht abstoßen.

»Ihr sagt, Pitney ist auf dem Weg der Genesung?« fragte sie Botolf, als er sie die enge Treppe zu den Schlafgemächern hinaufgeleitete.

»Aye«, erwiderte Botolf, erfreut, daß die Folgen seiner lustvollen Gedanken nicht in ihrer Stimme mitschwangen. »Seit seiner Verwundung weicht meine Mutter nicht von seiner Seite. Heute abend fühlte er sich schon stark genug, um mit der ältesten Tochter des Wirts zu schäkern.«

»Er würde noch auf dem Totenbett mit jedem jungen Mädchen schäkern«, bemerkte Saxan mit trockenem Spott. »Selbst Kenelm und Olan, die bekanntlich nichts als Stroh im Kopf haben, sind schöner Worte fähig und können den Mädchen durchaus den Kopf verdrehen. Dieses Geschick scheint meinen männlichen Verwandten angeboren zu sein.« Sie versteifte sich, als Botolf vor einer der Türen stehenblieb.

Pitney schlief, als sie und Botolf den Raum betraten, und der kleine Farold ebenfalls. Botolf weckte Farold auf und schickte ihn hinaus. Er behielt Saxan fest im Auge, als sie sich langsam Pitneys Lager näherte, und er kam zu dem Schluß, daß er die

Geschwister besser allein ließ. Unter der Tür zögerte er und vergewisserte sich zunächst, ob das Wiedersehen problemlos vonstatten ging. Falls Saxan erneut in Ohnmacht sank, würde Pitney nicht in der Lage sein, ihr beizustehen.

»Pitney«, flüsterte Saxan, streckte die zitternde Hand aus und strich ihm sanft über die Wange.

Pitneys Lider hoben sich leicht bebend. Er blickte Saxan schlaftrunken an und lächelte matt. »Sei gegrüßt, häßliches Weib. Die Dummköpfe haben die falsche Botschaft überbracht, nicht wahr?«

»Aye«, antwortete sie mit tränenerstickter Stimme. »Reg dich nicht auf, ich habe den Earl nicht umgebracht.«

»Eine gute Nachricht, die mich maßlos beruhigt, wenngleich ich mir beim besten Willen nicht vorstellen kann, warum du den Mann überhaupt hättest töten wollen. Zum Teufel, du fängst doch wohl nicht an zu heulen?«

»Aye, ich fürchte doch.«

Als Pitney die weinende Saxan in seine Arme schloß, schlüpfte Botolf leise aus der Kammer. Es war rührend und irgendwie erfreulich zu sehen, daß eine Familie so fest zusammenhielt wie die der Todds und ihre Verwandtschaft. Flüchtig fragte er sich, ob das einer der Gründe war, warum so viele Menschen sie für absonderlich hielten. Eine so große Liebe innerhalb der Familie wurde leider immer seltener. Botolf betrachtete sie als etwas ungeheuer Positives. Und er erkannte, daß das ein weiterer Grund dafür war, daß er Saxan Honey Todd nicht ohne Not aus den Augen lassen würde.

Drittes Kapitel

Botolf versagte sich ein Lächeln, als er bemerkte, daß seine Mutter ihn beobachtete. Mit diesem wachsamen, eindringlichen Blick verfolgte sie ihn schon während der gesamten Morgenmahlzeit. Seine Geistesabwesenheit war ihr nicht entgangen, und ihre mütterlichen Instinkte verrieten ihr, daß Saxan Honey Todd die Ursache seiner Nachdenklichkeit war. Botolfs Meinung nach hätte sie darüber erfreut sein müssen, daß er endlich wieder Interesse an anderen Frauen als den Huren und Mätressen fand, derer er sich lange Zeit zur Befriedigung seiner männlichen Gelüste bedient hatte. Der Gesichtsausdruck seiner Mutter ließ dagegen jedoch ahnen, daß sie mit seiner Wahl wohl doch nicht restlos einverstanden war. Lady Mary fand Saxan Todd wahrscheinlich bestenfalls undurchschaubar. Ruhig trank Botolf seinen Apfelwein und wartete darauf, daß seine Mutter den Mut aufbrachte, die Fragen zu stellen, die ihr ganz offenbar auf den Nägeln brannten.

»Saxan sieht Pitney erstaunlich ähnlich«, sagte sie schließlich und warf Sir Edric, der zu Botolfs Linken saß, einen flüchtigen Blick zu.

Edric lächelte schwach. »Und auch im Verhalten ist sie ihm sehr ähnlich.« Er lachte leise, als sie errötete und nach Worten des Widerspruchs suchte. »Nay, Mylady, vergeudet keine freundlichen Worte an diesen Umstand. Ich sage es so, wie es ist, und wir wissen es beide. Die Mutter des armen Mädchens ist vor dreizehn Jahren gestorben, und meine Mutter war zu jener Zeit schon lange tot und begraben. Saxan hat zwei Schwestern, doch die waren bereits verheiratet und weit weg, als die Kleine den Kinderschuhen entwuchs.«

»Es gab doch bestimmt noch andere Frauen, die sie unter ihre Obhut hätten nehmen können.«

»Zuerst bemühte sich Alhric um eine Frau, die nach Wolfshead Hall kommen sollte, um Saxan und die kleine Thylda zu betreuen.« Edric hob die Schultern. »Es ging nicht gut. Die Frauen, die er ins Haus holte, zeigten entschieden mehr Interesse daran, Alhric als Gatten zu gewinnen, denn sie waren entweder verwitwet oder alte Jungfern. Alhric entschloß sich dann schließlich, die Mädchen selbst aufzuziehen, wobei er gelegentlich auch meine Hilfe und die unseres Vetters Sir Fridolf Jager in Anspruch nahm.«

»Warum konnte keine von den älteren Schwestern die Mädchen zu sich nehmen?«

»Das Angebot bestand, doch Alhric wollte die Zwillinge nicht trennen. Das ist einer der Gründe, warum Pitney in Regenford ausgebildet wurde. Außerdem hatten Denu und Tuesday genug damit zu tun, ihre eigenen Kinder großzuziehen und die jungen Mädchen aus den Familien ihrer Gatten auszubilden. Aber, ehrlich gesagt, Alhric hat es von jeher sehr geschmerzt, eines seiner Kinder aus dem Nest lassen zu müssen.«

»Ich glaube, das ist schmerzlich für alle Eltern, Sir Edric«, sagte Lady Mary leise.

»Und infolgedessen haben Saxan und Thylda eine Erziehung genossen, wie sie nur wenigen Damen zuteil wird«, vermutete Botolf.

Edric nickte. »Sie wuchsen Seite an Seite mit den Jungen auf.

Versteht mich nicht falsch, sie haben auch damenhafte Tugenden gelernt, doch ich muß zugeben, daß sie eine für junge Damen recht außergewöhnliche Schule genossen haben. Oftmals war es einfacher, ja, und auch wohl angenehmer, Mädchen und Jungen in einen Topf zu werfen und alle gleich zu behandeln. Erst als Saxan und dann auch Thylda anfingen, mehr und mehr wie Frauen als wie Mädchen auszusehen, wurde ihnen von unseren Jungen eine andere Behandlung zuteil.«

In Erinnerung an die Rauferei zwischen Saxan und ihren Vettern bemerkte Botolf grinsend: »Aber sie vergessen es von Zeit zu Zeit immer mal wieder.«

»Aye.« Edric lachte, dann bedachte er Lady Mary mit einem entschuldigenden Lächeln. »In diesem wilden Landstrich sind wir oft allein, Mylady. Von höfischem Benehmen und Etikette verstehen wir wenig, und wir waren überzeugt, keinen Schaden anzurichten. Und in den vergangenen zwei Jahren haben die Brüder die Erziehung der Mädchen übernommen. Der älteste ist erst vierundzwanzig. Die Tatsache, daß alle vier Jungen ihre Schwestern ständig mit der Befehlsgewalt über Wolfshead ausgestattet allein lassen, zeigt deutlich genug, wie sie die Mädchen einschätzen.«

»Die Mädchen werden in einem solchen Krisengebiet allein gelassen?« empörte sich Lady Mary.

»Aye, Sir Edric, das halte ich nicht unbedingt für klug«, sagte Botolf. »Keine Burg ist grundsätzlich sicher, aber hier draußen drohen Gefahren ganz besonderer Art. Denkt nur an die Überfälle von Schurken wie dem Schwarzen Douglas.«

»Ganz recht, Mylord. Wie auch immer, die Mutter der Mädchen hat Wolfshead einmal zwei ganze Monate gegen die Schotten verteidigt. Saxan und Thylda sind aus dem gleichen Holz geschnitzt.«

Botolf tat, als müsse er gähnen, und hielt die Hand vor den

Mund. In Wirklichkeit wollte er den bitteren Zug in seinem Gesicht verbergen, als er Sir Edrics Worte in sich einsinken ließ. Edric sollte nicht denken, er würde ihn mit Vorwurf in der Miene ansehen. Saxan Todd glich in ihrem Benehmen tatsächlich einem Jungen. Natürlich war das die Folge ihrer ungewöhnlichen Erziehung. Nachdem er Sir Edric und Pitney nun schon einigermaßen einschätzen konnte, war Botolf auch sicher, daß das Mädchen im Grunde keinen schlechten Charakter haben konnte. Hoffentlich fiel es seiner Mutter dadurch leichter, Saxan so zu akzeptieren, wie sie war, wobei er selbst nicht recht verstand, warum ihm soviel an der Meinung seiner Mutter lag. In einem Winkel seines Bewußtseins war ein kühner Plan im Entstehen begriffen. Botolf ertappte sich dabei, daß er tatsächlich die Heirat mit dem Mädchen in Betracht zog, und deshalb beabsichtigte er, Saxan sorgfältig zu beobachten. Sein Leben würde sich gewiß entschieden einfacher gestalten, wenn seine Mutter und Saxan einigermaßen miteinander auskamen. Lady Mary und seine verstorbene Frau Alice hatten einander nicht sonderlich gemocht, und deswegen hatte in seinem Haushalt beständige Zwietracht geherrscht. Das wollte Botolf nicht noch einmal erleben.

Als er dem Gesichtsausdruck seiner Mutter entnehmen konnte, daß ihm noch ein weitaus eingehenderes Verhör bevorstand, entschuldigte er sich damit, die Vorbereitungen für die weitere Reise überwachen zu müssen. Er war noch viel zu unschlüssig über seine Pläne, um ihr auf befriedigende Weise Rede und Antwort stehen zu können. Zweifellos würde seine Mutter sein Zaudern und sein Bedürfnis, bedächtig vorzugehen, verwunderlich finden, doch er hatte das Gefühl, äußerste Vorsicht walten lassen zu müssen. Er fürchtete die Gefahr, daß er sich erneut mit einer Frau von Alices Schlag belasten könnte. Allein der Gedanke daran ließ ihn schaudern. Botolf war überzeugt, nicht

mehr die Kraft für eine zweite derart katastrophale Ehe aufbringen zu können.
Obwohl er trotz der kurzen, wenn auch bewegten Zeitspanne ihrer Bekanntschaft nicht glauben konnte, daß Saxan in irgendeiner Weise Alice ähnlich wäre, durfte er sich durch seinen Instinkt doch nicht zur Unvorsichtigkeit hinreißen lassen. Er ermahnte sich streng, nicht zuzulassen, daß das Drängen in seinen Lenden, das Saxan in ihm bewirkte, seine Urteilskraft trübte. Als er am Vorabend Pitney geholfen hatte, seine schlafende Schwester zu entkleiden, hatte Botolf auf Anhieb erkannt, in welcher Gefahr er schwebte. Der Anblick ihrer sanft gerundeten, spärlich bekleideten schlanken Gestalt hatte sich in sein Gedächtnis eingebrannt. Unwillig verzog er das Gesicht, als er trotz aller inneren Warnungen während der Vorbereitungen zur Fortsetzung der Reise angespannt Ausschau nach Saxan hielt.

Trotz aller Gegenwehr war Saxan erneut in den kalten Klauen des Alptraums gefangen. Der Earl stand vor ihr, von seinen kräftigen, langfingrigen Händen tropfte Blut. Doch es war gar nicht der Earl. Der Mann, der sie in ihren Träumen in Angst und Schrecken versetzte, sah aus wie der Earl, doch ihr Herz sagte ihr deutlich, daß er es nicht war. Soviel verstand sie inzwischen, nachdem sie Botolf Auge in Auge gegenübergestanden hatte. Diesmal riß die Überraschung sie aus dem Schlaf. Mit schreckgeweiteten Augen und offenem Mund fuhr sie hoch.
»Der Earl hat keine Narbe«, flüsterte sie in plötzlicher Erkenntnis.
»Heilige Dreifaltigkeit!« ereiferte sich Pitney und griff hastig nach dem Tablett mit seiner Mahlzeit, das unter Saxans heftiger Bewegung gefährlich kippte. »Was hast du bloß?«

Schlaftrunken blinzelte sie ihren aufgebrachten, erschrockenen Bruder an und erklärte ruhig: »Lord Botolf hat keine Narbe.«
Saxan nahm sich Brot und Käse von Pitneys Tablett. »Vor mehr als zwei Wochen hatte ich einen Traum. Ich sah den Earl vor mir, mit blutverschmierten Händen. Wegen dieses Traums habe ich so bereitwillig geglaubt, daß der Earl dich getötet habe, daß er einen Jungen, der in seine Obhut gegeben war, kaltblütig ermordet hätte. Nun, eben gerade hat dieser Traum mich erneut geplagt, doch diesmal ist mir außer dem Blut noch etwas anderes aufgefallen. Obwohl der Mann in meinem Traum aussieht wie der Earl, ist er es nicht. Der Mann in meinem Traum hat eine Narbe über dem linken Auge. Wer mag er sein?«
»Wahrscheinlich hast du nur zu schwer gegessen«, knurrte Pitney. »Hast du wirklich versucht, den Earl zu töten?«
»Aye. Ich habe ja auch wirklich geglaubt, er hätte dich umgebracht. Kenelm und Olan, diese Dummköpfe, haben die Nachricht völlig verdreht wiedergegeben. Ich bin auf Midnight hierhergeritten. Und fast wäre es mir gelungen, den Earl zu erstechen. Doch Master Meeks hat mich gesehen und Zeter und Mordio geschrien. Als der Earl und ich voneinander abließen, erfuhr ich die Wahrheit. Dann wurde ich ohnmächtig.« Sie kicherte. »Unser Onkel und unsere Vettern waren sehr verdutzt.«
»Zweifellos.« Pitney schüttelte den Kopf und sah ihr nach, als sie aus dem Bett stieg und anfing, sich anzukleiden. »Hat der Earl nach all diesem Aufruhr noch irgend etwas zu dir gesagt?«
»Nay. Vermutlich ist ihm schon klar, daß alles tatsächlich nur ein Irrtum war. Falls er mich hätte bestrafen wollen, wäre es wohl längst geschehen.«
»Aye, so wird es sein.«
»Hm, Pitney? Wie kommt es, daß ich nur halb angekleidet bin?«

»Du bist eingeschlafen, nachdem du mich tropfnaß geheult hattest. Der Earl hat mir geholfen, dich einigermaßen bequem ins Bett zu stecken.«
»Oh.« Saxan beugte sich vor, um ihre weichen schwarzen Stiefel anzuziehen, und ließ ihr Haar nach vorn über ihr Gesicht fallen, damit Pitney ihr Erröten nicht bemerkte.
»Wer außer dir hielt sich zu Hause auf Wolfshead auf, als unsere Vettern die Nachricht brachten?«
Als Saxan sich ihrem Bruder wieder zuwandte, furchte sie nachdenklich die Stirn. Zwar redete er mit ihr, doch seine Miene verriet, daß er tief in Gedanken versunken war. Dann überkam sie mit einem Schlag das Schuldbewußtsein. Nachdem Pitney dem Earl das Leben gerettet hatte und für seine mutige Tat in den Ritterstand erhoben worden war, hatte der Junge eine reelle Chance, ein bedeutender Mann im Gefolge des Earls zu werden. Dadurch würden sich ihm zahlreiche Möglichkeiten zum Vorwärtskommen bieten, die einem jüngeren Sohn ansonsten verschlossen blieben. Pitney würde ihr den Mordversuch an Botolf nie zum Vorwurf machen, doch er war auch nur ein Mensch. Er mußte fürchten, daß ihr überstürztes Vorgehen ihm seine Zukunft zerstört haben könnte, bevor sie noch begonnen hatte. Saxan glaubte nicht, daß der Earl Strafmaßnahmen verhängen würde, doch sie wußte auch nicht, wie sie Pitney davon würde überzeugen können.
»Thylda war bei mir«, antwortete sie schließlich, setzte sich auf die Bettkante und band ihr Haar mit einer Lederschnur zusammen. »Ich muß sie über den Verlauf meines Unternehmens benachrichtigen, sonst kommt sie um vor Sorge. Sie wußte ja schon kurz nach meinem Aufbruch, daß ich den falschen Mann mit meiner Rache verfolgte. Kenelm und Olan haben es ihr gesagt, bevor sie meine Verfolgung aufnahmen. Diese beiden Idioten«, setzte sie leise hinzu, schüttelte den Kopf und

wünschte sich ihre Vettern herbei, um sie gehörig ohrfeigen zu können.

»Laß sie deinen Zorn nicht so sehr spüren, Saxan.« Er tauschte ein flüchtiges Lächeln mit ihr und wurde abrupt wieder ernst. »Ich habe das Gefühl, daß etwas Böses unserem Lehnsherrn auflauert.«

»Ich auch, Pitney. Hinzu kommt noch die Botschaft aus meinem Traum. Ich habe ihn ein zweites Mal geträumt, aber wenn er eine Warnung für dich enthalten hätte, wie ich zuerst annahm, dann wäre er nicht noch einmal gekommen. Es ist eine Warnung, soviel ist klar, und jetzt glaube ich, sie betrifft den Earl.«

»Irgendwer wünscht ihm auf jeden Fall den Tod.«

»Wir müssen überaus wachsam sein.«

»Aye.« Er stellte das Tablett zur Seite und legte sich zurück in die Kissen. »Ich hatte noch so viele Fragen, doch jetzt habe ich das Gefühl, daß alles völlig klar ist.«

»Gut.« Sie gab ihm einen Kuß auf die Wange, stand auf und ging zur Tür. »Ich komme später noch einmal zu dir, Bruder.«

»Später? Was hast du jetzt vor? Saxan!« rief er, doch sie war bereits aus dem Zimmer gelaufen. »Ich kann nur hoffen, daß unser Onkel die Augen offenhält!« schrie er ihr nach, als sie die Tür hinter sich schloß.

Saxan lachte leise und eilte hinunter zum Gastraum. Ein verstohlener Blick verriet ihr, daß ihr Onkel alles andere als wachsam war und keineswegs die Augen offenhielt. Wenn sie die Lage richtig beurteilte, war Edric dermaßen mit Lady Mary beschäftigt, daß er kaum etwas um sich herum wahrnahm. Lady Mary saß mit sanft geröteten Wangen neben Edric und bemühte sich krampfhaft um eine unverfängliche Unterhaltung. Da über die Überfälle auf Botolf gesprochen wurde, beschloß Saxan, eine Weile zuzuhören.

»Es bereitet mir große Sorgen«, sagte Lady Mary gerade. »Ich fürchte, ich habe in Cecils Erziehung irgendwie versagt. Dann ist es wohl meine Schuld, daß er seinem Bruder das Leben so schwer macht. Und dennoch kann ich einfach nicht glauben, daß es wirklich Cecil ist, der Botolf zu töten versucht.«
Die Vermutung, daß Botolf von seinem eigenen Bruder bedroht wurde, schockierte Saxan zutiefst.
Edric legte seine Hand über Lady Marys nervös zuckende Finger. »Daß Ihr die Schuld tragen sollt, kann ich mir beim besten Willen nicht vorstellen. Cecil hat einen schlechten Charakter, Mylady. Das Böse ist ihm angeboren. So etwas kommt immer mal wieder auch in bislang unbescholtenen Familien vor. Für das Auftauchen eines solchen Kindes kann niemand schuldig gesprochen werden.«
»Glaubt Ihr das wirklich, Sir Edric?« In ihrer Begierde, nähere Gründe für diesen tragischen Fall in ihrer Familie zu erfahren, neigte sie sich dem Mann zu.
»Aye«, das glaube ich.« Edrics Gesicht kam dem ihren noch ein wenig näher, seine Stimme senkte sich zu einem Tonfall, den Saxan auf Anhieb zu deuten wußte. »Mylady, vergebt mir, aber ich habe die Absicht, Euch zu küssen.«
»Tatsächlich?«
»Aye, daran besteht kein Zweifel.«
»Dann beeilt Euch, denn ich fürchte, ich bin gleich meiner Sinne wieder mächtig und flüchte aus dem Raum.«
Saxan hätte um ein Haar hörbar nach Luft geschnappt, als das Pärchen sich zu küssen begann. Sie hob die Schultern, schlüpfte an der Tür vorüber und schlug den Weg zu den Stallungen ein. Sie fragte sich, ob Lady Mary aus eigennützigen Gründen nicht von Pitneys Seite gewichen war. Wie Saxan wohl wußte, verfügte ihr Onkel, wie alle anderen männlichen Mitglieder ihrer Familie, über außerordentlichen Charme und eine Ausstrah-

lung, auf die so manche Dame wie unter Zwang reagierte. Das Problem in diesem Falle aber bestand darin, daß die Dame, die ihr Onkel umwarb, die Mutter ihres Lehnsherrn war. Sie wurde abrupt aus ihren Gedanken gerissen, als der Earl persönlich ihr in der Stalltür den Weg vertrat.

»Wohin des Wegs, Mistress Todd?« fragte er.

»In den Stall, Mylord. Dort steht mein Pferd, und das benötige ich, um zurück nach Wolfshead zu gelangen«, erwiderte sie in einem Ton, als müßte sie einem kleinen Kind etwas erklären.

»Ihr werdet mit uns reisen, unverschämtes Mädchen.«

»Ich möchte Euch keine Umstände machen, Mylord.«

»Es sind keine Umstände.« Er ergriff ihre Hand. »Kommt, ich habe Durst und möchte vor unserem Aufbruch nach Regenford noch ein wenig Ale trinken.«

In Gedanken an die Szene, die sie eben im Gastraum bezeugt hatte, riet Saxan ihm: »Ich an Eurer Stelle würde nicht hineingehen, Mylord.«

»Warum nicht?«

»Mein Onkel küßt gerade Eure Mutter.« Sie war keineswegs überrascht, als er wie vom Donner gerührt stehenblieb, ihre Hand losließ und Saxan verblüfft ansah. »Schließt lieber den Mund, Mylord. Hier bei den Stallungen wimmelt es von Fliegen.«

»Ist das wahr?« wollte er wissen.

»Aber ja. Ich habe die zwei mit meinen eigenen Augen gesehen.«

»Mein Gott.«

»Ihr seid nicht einverstanden?« fragte sie mit einem leisen Gefühl der Kränkung und wappnete sich, um ihren Onkel zu verteidigen.

»Ich bin so schockiert, daß mein Verstand noch nicht an dem Punkt angelangt ist, wo er über Einverständnis oder Ablehnung einer so gewichtigen Angelegenheit entscheiden könnte.«

»Oh. An welchem Punkt befindet Euer Verstand sich denn zur Zeit?« Sie bemühte sich, ihr Lachen zu unterdrücken, was ihr jedoch nicht völlig gelang. Ihre Stimme bebte leicht vor Belustigung. »Ich bitte um Verzeihung.«

»Das habt Ihr auch nötig, Mädchen.«

»Mädchen nennt Ihr mich?« Mühelos fing sie einen Apfel auf, den ihr Vetter Olan ihr im Vorbeigehen zuwarf. »Was ist aus Mistress Todd geworden?«

Verärgert, weil er den Apfel, der ihm zugeworfen wurde, nicht so lässig hatte auffangen können wie Saxan, antwortete er gedehnt: »Allmählich glaube ich, es gibt sie gar nicht.«

»Ich wüßte gern, wie man sich fühlt, wenn es einen nicht gibt.«

»Es ist bestimmt nicht sonderlich schmerzhaft.« Als er in den Apfel biß, der trotz langer Winterlagerung erstaunlich knackig war, schüttelte er den Kopf über ihre absurde Unterhaltung.

»Das erleichtert mein Herz, wenngleich ich vermute, daß es, wenn es mich nicht gibt, wohl auch nicht vorhanden ist.«

»Ganz recht.« Er sah, wie sich ihre regelmäßigen weißen Zähne mit entschieden mehr Begeisterung, als eine solch alltägliche Handlung beanspruchen dürfte, in den Apfel gruben. »Ist Euch klar, daß auch Euer Mund nicht existieren dürfte, wenn es Euch und Euer Herz nicht gibt?«

»Ich werde meinen Mund daran erinnern, Mylord, sobald er mit diesem Apfel fertig ist.« Sie sah Sir Roger und Sir Wesley auf dem Weg zum Gasthaus vorbeischlendern. »Oh, oh. Ich an Eurer Stelle würde nicht dorthin gehen.«

»Warum nicht?« fragte Sir Wesley. »Ich brauche ein Ale, bevor wir uns auf den Weg machen.«

Botolf betrachtete nachdenklich seinen Apfel und suchte noch nach Worten der Erklärung, als sein Blick zu Saxan herumfuhr,

die behauptete: »Es hat einen scheußlichen Unfall gegeben. Master Meeks hat sich das Bein unter einem Alefaß gequetscht. Sie haben den armen Mann im Gastraum auf den größten Tisch gelegt. Als ich ging, wurde er gerade vorbereitet.«
»Worauf denn vorbereitet?« Sir Roger warf einen Blick voller Unbehagen in Richtung Gasthaus.
»Auf die Amputation des zerquetschten Beins, Sir Roger«, antwortete sie, und ihr Tonfall war genauso ernst wie ihre Miene.
In diesem Augenblick erschien Master Meeks höchstpersönlich unter der Tür und begrüßte die Männer. »Ah, Mylord. Ich habe gerade ein frisches Faß Ale angestochen, weil ich annahm, daß Ihr vor Eurem Aufbruch vielleicht noch einen Becher Ale oder zwei möchtet.«
Botolf, der das Lachen kaum unterdrücken konnte, als er Roger und Wesley auf Meeks' Beine starren und Saxan unschuldig wie ein neugeborenes Kind lächeln sah, brachte endlich mühsam hervor: »Danke, Meeks. Wir alle haben großen Durst.«
»Ich stelle sogleich die Becher bereit, Mylord«, rief er und verschwand wieder im Hausinneren.
Sir Wesley musterte Saxan mit einer Mischung aus Ärger und Verwunderung. Augenscheinlich fragte er sich, woher sie die Kühnheit nahm, so unschuldig und lieblich dreinzuschauen, nachdem sie ihm und seinem Gefährten gerade noch einen so mächtigen Bären aufgebunden hatte. »Soso, er hat sein Bein verloren?«
»Es ist nachgewachsen«, erwiderte sie.
Bevor jemand sie zurückhalten konnte, huschte sie an den Männern vorbei, in der Absicht, ihren Onkel in seinem Liebesgeflüster mit Lady Mary zu unterbrechen, bevor jemand anderer ihn in flagranti ertappte. In der Tür zum Gastraum blieb sie jedoch vor Überraschung wie angewurzelt stehen. Das Pärchen, das vor wenigen Augenblicken noch so liebestrunken

geturtelt hatte, war auseinandergerückt. Edric und Lady Mary saßen einander an den Kopfenden des langen Tisches gegenüber. Saxan war sich Botolfs Nähe auf Anhieb bewußt, als er neben sie trat, obwohl er völlig geräuschlos herangekommen war.

»Seid Ihr ganz sicher, daß Ihr richtig gesehen habt?« fragte Botolf leise und stellte mit einem merkwürdig zärtlichen Gefühl fest, daß Saxan ihm kaum bis zur Brust reichte.

»Ich bin absolut sicher«, antwortete Saxan mit einem finsteren Blick auf das Pärchen. »Entweder spielen sie jetzt die Unschuldslämmer, oder irgend etwas ist auf bedauerliche Weise schiefgegangen.«

»Was könnte denn schiefgegangen sein?«

»Woher soll ich das wissen? Ich habe bislang keine großen Erfahrungen mit Liebeleien und Irrwegen des Herzens gesammelt.« Sie verstummte, als Wesley und Roger sich näherten.

Botolf nahm sie sanft beim Arm, führte sie an seinen Tisch und bedeutete ihr, an seiner Seite Platz zu nehmen. Als er Wesley und Roger aufforderte, ebenfalls Platz zu nehmen, fragte auch er sich, was wohl schiefgegangen sein mochte. Ein Blick in die Gesichter seiner Mutter und Edrics überzeugte ihn, daß die zwei keineswegs die Unschuldslämmer spielten. Beide wirkten angespannt und unglücklich.

»Werden wir uns schon bald auf den Weg machen, Botolf?« fragte Lady Mary.

»Aye, Mutter«, antwortete er. »Sobald ich meinen Durst gestillt habe.«

»Dann gehe ich jetzt und schaue nach, ob Elizabeth, meine Zofe, meine Sachen ordentlich gepackt hat.« Eilig huschte sie aus dem Zimmer.

Im nächsten Augenblick erhob sich Sir Edric. »Wenn Ihr auch mich entschuldigen möchtet, Mylord, werde ich nachsehen, ob

Pitney meiner Hilfe bedarf.« Kaum hatte Botolf ihn mit einem Nicken entlassen, hastete er ebenfalls hinaus.
Botolf sah, daß Wesley und Roger in ein Gespräch vertieft waren, fing Saxans fragenden Blick auf und hob die Schultern. »Ich habe keine Ahnung, was in die beiden gefahren sein könnte.«
»Wollt Ihr es denn wissen?« fragte sie mit so leiser Stimme, daß niemand außer Botolf sie hören konnte. »Immerhin ist Eure Mutter, Lady Mary, die Witwe eines Earls und die Mutter eines Earls, und mein Onkel ist lediglich ein Ritter, ein Mann mit ziemlich magerem Besitztum und zwei Söhnen, die er ausstatten muß.«
»Seid nicht so dumm. – Danke, Meeks«, brummte er, als der Wirt ihm ein Ale servierte.
»Es hat nichts mit Dummheit zu tun«, wehrte Saxan sich, nachdem Meeks sich zurückgezogen hatte.
»Vielleicht nicht. Der Stand und der Reichtum Eures Onkels sind für mich von geringer Bedeutung. Die anderen Menschen, die von ihrer Beziehung betroffen wären, brauchen sich nicht zu sorgen, denn meine Mutter ist zu alt, um noch ein Kind zu gebären. Aber ich glaube einfach nicht, daß man sich in solche Angelegenheiten einmischen sollte«, erklärte er in strengem Ton.
»Davon habe ich auch kein Wort gesagt.«
»Ha! Aber Ihr habt daran gedacht.«
»Nun ja, vielleicht ein bißchen«, gab sie widerwillig zu. »Ich werde lediglich achtgeben.«
»Achtgeben worauf?«
»Auf Hinweise, Mylord. Manchmal kann man aus dem Verhalten eines Menschen eine ganze Menge ablesen.«
»Ah, natürlich. Ihr habt recht. Und was ist, wenn Euer Onkel nur ein wenig schäkert, ein kleines Spielchen treibt?«

»Onkel Edric würde niemals mit einer Dame spielen, der ein höherer Platz an der Tafel gebührt als ihm. Nay, und schon gar nicht mit einer hochgeborenen Dame vom Stand Eurer Mutter.«
»So gebt denn acht, wenn es Euch Spaß macht, aber mehr gestatte ich Euch nicht.«
»Aye, Mylord. Wie Ihr wünscht«, flüsterte sie mit übertriebener Ergebenheit.
»Ihr habt offenbar nicht genug Prügel von Eurem Vater bezogen«, bemerkte er anzüglich und lächelte leise.
»Ich habe von meinem Vater niemals Prügel bezogen.«
»Nicht?« Er sah sie unverhohlen ungläubig an.
»Nay. Ich konnte schneller laufen als er.« Sie grinste koboldhaft.
Während sie Ale tranken und über Belanglosigkeiten redeten, stellte Botolf überrascht fest, daß er sich in Saxans Gegenwart ausgesprochen wohl fühlte. Zudem gelang es ihm ohne weiteres, sich mit Saxan lustige, unsinnige Wortgefechte zu liefern, etwas, worauf er sich sonst nie einließ. Er bemerkte wohl die spekulierenden Blicke seiner Freunde, beachtete sie jedoch gar nicht.
Roger und Wesley waren ihm vertraut wie Brüder. Gewöhnlich konnte er mit ihnen über alles reden. Wenn er einmal zuviel getrunken hatte, konnte es sogar geschehen, daß er ihnen Dinge erzählte, die sie weiß Gott gar nicht hören wollten. Jetzt aber verspürte er den starken Wunsch, nicht von ihnen gestört zu werden.
Er genoß die Leichtigkeit der Unterhaltung mit Saxan aus vollem Herzen, genoß die merkwürdigen und doch überwältigenden Gefühle, die sie mit ihrer Fröhlichkeit und ihrem Lächeln in ihm wachrief, und hatte egoistischerweise nicht die geringste Lust, all das mit jemandem zu teilen. Er wollte die Bedeu-

tung dieser neuen Erfahrungen wenigstens zunächst einmal in Ruhe überdenken, bevor er sie in Worte faßte.
An Worten fehlte es ihm keineswegs, als sie zum Aufbruch rüsteten und Saxan einen großen, ebenholzschwarzen Hengst aus den Stallungen führte. Es lag auf der Hand, daß sie auf diesem Tier nach Regenford reiten wollte. Botolf griff rasch ein und hielt sie zurück, als sie sich anschickte aufzusitzen. Er umfaßte fest ihren Arm und bemerkte verblüfft, daß selbst ihr Zorn mehr dem eines Mannes glich und nichts mit dem niedlichen Schmollen gemein hatte, das die meisten Frauen nur zu gern zur Schau stellten. Dieser Art von männlichem Zorn fühlte er sich eher gewachsen, denn er brauchte keinen damenhaften Empfindlichkeiten Rechnung zu tragen.
»Ihr habt doch wohl nicht die Absicht, dieses Pferd zu reiten«, sagte Botolf.
»Und warum nicht?« wollte sie wissen.
»Ein kleines Mädchen wie Ihr auf einem so gewaltigen Pferd? Das ist Unsinn.«
»Ich habe es auch auf dem Weg hierher geritten«, fuhr sie ihn an.
»Dann könnt Ihr Euch glücklich schätzen, daß Ihr Euch nicht Euren dummen Hals gebrochen habt.«
»Ha! Ich reite Midnight schon seit Jahren.«
»Ja, das stimmt, Mylord«, sprang Olan ihr bei, der sich an ihre Seite drängte.
»Nun, in meiner Anwesenheit wird sie dieses Tier nicht reiten«, erklärte Botolf mit einer Arroganz, die in seinen eigenen Ohren übertrieben klang.
Saxan funkelte ihn wütend an. »Meint Ihr wirklich?«
»Ihr werdet dieses Pferd nicht reiten.«
Er packte sie fest um die schmale Taille, als sie sich flink auf ihr Pferd werfen wollte, doch es fiel ihm nicht leicht, das zappeln-

de Bündel zu halten. Er war von Herzen froh darüber, daß der Karren in der Nähe stand. Den ganzen Weg dorthin beschimpfte Saxan den Mann aufs Unflätigste. Zur Strafe warf Botolf sie rücksichtslos und grob zu ihrem Bruder Pitney und Lady Mary in das Gefährt. Ihr Eigensinn erfüllte ihn zu gleichen Teilen mit Verwunderung und Belustigung.
»Hierin werdet Ihr reisen, Mistress Todd«, befahl er. »Ein so starker schwarzer Hengst ist kein angemessenes Reittier für eine Dame.«
»Und wer behauptet, daß ich eine Dame wäre?« brauste sie auf und fluchte dann, denn das hatte sie eigentlich nicht sagen wollen.
»Vermutlich die wenigsten, aber man soll die Hoffnung nicht aufgeben.« Er verbarg sein Grinsen, indem er sich abrupt abwandte und zu seinem Pferd stapfte.
Saxan hätte ihm noch so einiges an den Kopf werfen mögen, doch mit Rücksicht auf die fassungslose Lady Mary schickte sie Botolfs breitem Rücken nur böse Blicke nach. Ihre Wut entlockte ihrem Bruder ein ersticktes Lachen. Saxan ignorierte ihn und sah zu, wie Midnight hinten an den Karren angebunden wurde. In gespielter Fügsamkeit lehnte sie sich zurück und begann, ihre Flucht zu planen.
Erst nach einer kurzen Mittagsrast sah Saxan ihre Chance gekommen. Lady Mary schlief, und keiner der Männer, die in der Nähe des Karrens ritten, beachtete sie. So leise sie konnte, lockte sie Midnight näher zu sich heran.
»Du wirst dir deinen dämlichen Hals brechen.«
Saxan fuhr zusammen, als sie die Stimme ihres Bruders hörte. Dann sah sie ihn verärgert an. »Nie im Leben.« Sie wandte sich wieder Midnight zu. »Ich weiß schon, was ich tu. Schlaf ruhig weiter, Pitney.«
»O nein, das muß ich erst gesehen haben.«

Ohne ihn zu beachten, lockte sie weiterhin ihr Pferd. Als der Hengst schließlich so nahe war, daß er den Kopf fast in den Karren stecken konnte, band sie ihn los. So gerade, wie es ihr in dem engen Raum möglich war, richtete Saxan sich auf, dann holte sie tief Luft und sprang. Ihre Landung auf Midnights Rücken war nicht eben als perfekt zu bezeichnen, aber immerhin gelang sie ihr, und sie stürzte nicht zu Boden. Nach kurzem Kampf saß sie fest auf Midnights kräftigem Rücken. Rasch lenkte sie ihr Pferd um den Karren herum und trieb es zum Galopp an, als auch schon ein Schrei ertönte.

In der Hoffnung, aus dem Blickfeld ihrer Verfolger zu entkommen, preschte sie die Straße entlang. Irgendwo längs des Wegs wollte sie sich dann seitlich in die Büsche schlagen. Im Dämmerlicht des tiefen Waldes glaubte sie sich erfolgreich verstecken zu können, bis Botolf und seine Männer des Suchens nach ihr müde waren. Zu ihrer Freude bot sich schon nach wenigen Augenblicken scharfen Galopps eine günstige Gelegenheit, als sie eine Wegbiegung hinter sich ließ. Sie riß ihr Pferd nach links herum, beugte sich tief über seinen Hals und galoppierte in den Wald hinein. Dort zügelte sie Midnight gerade soviel, daß das Pferd unbeschadet den Weg zwischen den Bäumen hindurch finden konnte. Sobald sie sicher war, daß sie von der Straße aus nicht mehr gesehen werden konnte, hielt sie an, saß ab und band den Zügel an einen niedrig hängenden Ast. Geräuschlos schlich sie zurück zum Straßenrand. Das schadenfrohe Lächeln auf ihrem Gesicht verblaßte ein wenig, als sie unter den Verfolgern, die vorbeipreschten, die Gestalt des Earls nicht entdecken konnte.

Schließlich zuckte sie die Achseln und ging zurück zu ihrem Pferd. Sie überlegte noch angestrengt, wann sie es wagen dürfte, sich auf den langen Ritt nach Wolfshead zu begeben, und hatte den Blick auf den Boden gesenkt, um nicht zu straucheln, als ihr plötzlich klar wurde, daß ihr Fluchtversuch nicht gelungen war. Zwischen ihr und Midnight stand unverrückbar ein Paar feiner Stiefel und machte ihr deutlich, daß ihr Unternehmen wohl doch nicht so klug eingefädelt war, wie sie gern geglaubt hätte. Langsam hob sie den Blick und schluckte. Der Earl sah noch wütender aus, als sie befürchtet hatte, viel wütender, als es angesichts ihres geringfügigen Vergehens vertretbar gewesen wäre. Ein rascher Blick um den dräuend dastehenden Botolf herum zeigte ihr, daß Wesley mit ausgesprochen neugieriger Miene neben Midnight stand.

Ein weiterer Blick in Botolfs Gesicht überzeugte Saxan, daß sie nichts lieber tun würde, als mit Pitney und Lady Mary im Karren zu reisen. Dort wäre sie wenigstens in Sicherheit, sagte sie sich und wich langsam zurück. »Hm, gut, ich schätze, ich gehe dann mal zurück zum Karren.« Sie wirbelte herum und rannte, so schnell sie konnte, durch den Wald.

»Gib acht auf die Pferde, Wesley«, befahl Botolf und setzte Saxan nach.

Botolf war wütend. Er schätzte es nicht sonderlich, wenn seine Befehle mißachtet wurden, schon gar von einem kleinen Mädchen mit silbrigem Haar. Er hatte sich größte Sorgen um ihre Sicherheit gemacht, und das Gefühl behagte ihm nicht. Wenn auch feststand, daß sie eine vorzügliche Reiterin war, war ihre Art des Aufsitzens doch tollkühn und lebensgefährlich gewesen, genauso wie ihr einsamer Ritt durch den Wald. In seinen Zorn mischte sich nun wachsende Bewunderung für ihre Flinkheit und Schnelligkeit. Womöglich hatte sie sogar die Wahrheit gesagt, als sie behauptete, ihr Vater hätte sie nie geschlagen, weil er sie nicht hätte fangen können.

Als Botolf schon befürchtete, er würde sie bis zum Karren nicht mehr einholen können, geriet sie beim Sprung auf die Straße leicht ins Straucheln. Er fing sie auf, packte sie fest um die Taille. Ihr gemeinsamer Schwung warf sie beide auf die staubige Böschung. Nach einem kurzen, wilden Gerangel hatte Botolf sie fest unter sich.

»Ich sollte Euch verprügeln«, sagte er, bemüht, nicht zu bemerken, daß ihre verrutschte Kleidung hohe, schwellende Brüste preisgab, die unter ihren keuchenden Atemzügen ihr enges Wams zu sprengen drohten.

»Erspart Euch die Mühe, Mylord. Ich fühle mich auch so schon völlig geschlagen. Der Boden ist hier nicht gerade weich.«

Sein Zorn verrauchte allmählich und wurde verdrängt von einem anderen urwüchsigen Gefühl, als er sich allzu deutlich des geschmeidigen Körpers in so eindeutiger Position unter ihm bewußt wurde. »Ach? Merkwürdig, denn ich fühle mich eigentlich recht wohl hier.«

Als sie sich leicht unter ihm wand, bemerkte Saxan, was anstelle von Wut jetzt in seinen dunklen Augen glomm. »Ich fürchte, Ihr fühlt Euch ein bißchen zu wohl, Mylord«, flüsterte sie und fragte sich, warum das Wissen um seine Erregung ihr ein solches Gefühl der Wärme und einer merkwürdig wohligen Anspannung vermittelte.

»Und Prügel wäre vielleicht eine zu drastische Strafe, wenngleich Ihr doch einen gewissen Preis für Euren Ungehorsam zahlen müßt.« Er richtete den Blick anzüglich auf ihre vollen Lippen.

Saxan hörte das Blut in den Ohren rauschen, als sie erkannte, was er zu tun beabsichtigte. »Einen Preis?«

»Nur einen kleinen«, flüsterte er und gab dem überwältigen Drang, sie zu küssen, endlich nach.

Schon bei dem bloßen Gedanken an Botolfs Kuß wurde Saxan innerlich ganz warm. Und diese Wärme steigerte sich rapide, beinahe beängstigend, wurde zu hitziger Glut, als sein schöner

Mund sich auf ihren senkte. Das Gefühl seiner Lippen auf den ihren, so weich und so zärtlich, strafte die Härte, die sein feingezeichneter schmaler Mund oftmals ahnen ließ, Lügen.

Als er ihre Handgelenke losließ, um mit den Fingern durch ihr zerzaustes Haar zu fahren, schlang sie die Arme um seinen Nacken. Ihr ganzer Körper sehnte sich schmerzhaft nach seiner Nähe. Während er ihr Haar streichelte, wurde sein Kuß immer intensiver. Und trotz ihres absoluten Mangels an Erfahrung hieß sie seine Glut willkommen.

Botolf bedeckte ihre Wangen mit fieberheißen kleinen Küssen und befahl rauh: »Öffne mir deine Lippen, süßes Mädchen.«

»So etwa?« hauchte sie und gehorchte.

»Aye, Kleine. Genau so.«

Zuerst ließ das sanfte Tasten seiner Zunge sie erschauern. Saxan hörte ein leises Stöhnen und begriff, daß es aus ihrem Mund gekommen war. Es verschmolz zu einer Einheit mit dem tiefen, gedämpften Keuchen der Lust, das Botolf entschlüpfte. Er legte seinen Mund auf ihren und setzte seine Küsse über ihren Hals und die zarte Haut im offenen Kragen ihres Wamses hinweg fort. Sie flocht die Finger in sein dichtes schwarzes Haar und bog in unbewußter Hingabe den Kopf zurück.

Botolf erschien es merkwürdig, daß ausgerechnet ihr vielsagender Akt der Hingabe ihm half, halbwegs wieder zu Verstand zu kommen. Er biß die Zähne zusammen und rückte ein wenig zur Seite, so daß er nur noch halb über ihr lag. In dem Versuch, die Kontrolle über seinen Körper zurückzuerlangen, raffte er jedes Restchen Willenskraft zusammen. Das war nicht leicht, wenn sie ihn so ansah, mit großen, saphirblauen Augen, in denen heißes Verlangen brannte.

Selbst das Wissen um ihre unberührte Unschuld erleichterte es ihm nicht, sein Begehren zu zügeln. In Saxan verbarg sich ein Feuer, dessen Flammen unter seiner Berührung hoch aufloderten. Er war erfüllt von dem Verlangen, dieses Feuer bis zum Äußersten zu erleben. Doch jetzt war nicht der rechte Zeitpunkt, und die öffentliche Straße nach Regenford war ganz gewiß nicht der rechte Ort.

»Ist der Kuß schon vorüber?« flüsterte sie mit heiserer, belegter Stimme.

»Das war viel mehr, als ich gefordert hatte.« Zärtlich strich er ein paar Strähnchen ihres glänzenden Haars aus ihrem erhitzten Gesicht und bemerkte dabei, daß seine Hand zitterte. »Kind, weißt du, wie stark die Versuchung ist, dich hier mitten auf der Straße zu nehmen?«

»Jemand könnte kommen«, sagte sie nur.

»Zweifellos. Doch der Gedanke daran war es nicht, was uns gerettet hat«, bemerkte er geheimnisvoll. Dann stand er auf und half ihr auf die Füße.

Er sagte nichts mehr, und auch Saxan fiel nichts mehr ein, so sehr es sie auch ärgerte. Schweigend führte er sie zurück zu den Pferden und schickte Wesley voraus, damit er den anderen berichtete, daß Saxan gefunden war und die Reise fortgesetzt werden könne. Botolf stieg auf sein Pferd, ergriff Midnights Zügel und führte Saxans Reittier. Sie fluchte innerlich, als er, wieder bei seinem Gefolge angelangt, Midnight am Verpflegungswagen festband und sie selbst zurück in den Karren beförderte. Ihr war durchaus klar, daß sie ihre einzige Fluchtchance vertan hatte.

Als das Lager zur Nacht aufgeschlagen war, begab Saxan sich frühzeitig zur Ruhe, noch immer ganz erfüllt von dem, was zwischen ihr und Botolf vorgefallen war. Es wäre ihr zu schwergefallen, mit ihm und seinen Männern zusammenzusitzen, während sie die noch frischen Erinnerungen an seinen Kuß quälten. Sie nahm das für sie vorbereitete Nachtlager nicht in Anspruch, sondern kleidete sich bis auf die Unterwäsche aus und schlüpfte zu Pitney unter dessen Decke. Einerseits hätte sie ihrem Bruder gern von ihrem ersten Kuß erzählt, andererseits wollte sie jedoch ihr Geheimnis auch gern für sich behalten. Als sie seinen warmen, atmenden Körper neben sich spürte, verflüchtigte sich auch der letzte Rest ihrer Angst, ihn verloren zu haben. Das reichte trotz der aufregenden Ereignisse des Tages, um ihr das Einschlafen leicht zu machen.

Botolf bemerkte das grüblerische Gesicht seiner Mutter, als sie sich zu ihm ans Feuer setzte. »Ist irgend etwas nicht in Ordnung?«

»Wahrscheinlich ist es dumm von mir«, sagte Lady Mary leise, während sie ihren Sohn zu dem Karren führte, den sie mit Pitney und Saxan teilte. »Schließlich sind sie Bruder und Schwester.«

Botolf betrachtete das schlafende Geschwisterpaar und lächelte dünn. Eine leise Eifersucht befiel ihn, als er Saxan so vertrauensvoll in Pitneys Arme geschmiegt schlafen sah. »Sie sind Zwillinge, Mutter. Schon im Mutterleib waren sie zusammen. Ich kann mir nicht vorstellen, daß es zwei Menschen gibt, die einander enger verbunden sind als diese.«

»Du hast natürlich recht.« Sie lächelte. »Sie sehen aus wie unschuldige Kinder.«

Botolf mußte ihr recht geben, sagte aber: »Eines dieser Kinder hat mich unter Einsatz seines eigenen Lebens vor dem Tod bewahrt.«

»Und das andere hat versucht, dir das Leben zu nehmen. Ich kann es immer noch nicht glauben.«

»Ich bin genauso fassungslos wie du, Mutter, doch die zwei stehen sich so nahe, und Saxans Schmerz war so groß, daß Weinen allein nicht ausgereicht hätte. Das kann ich wohl verstehen. Deshalb will ich sie auch nicht für ihren Mordanschlag bestrafen. Keiner von meinen Männern erwartet das von mir. Nay, wenn die beiden im Schlaf auch aussehen wie zwei Unschuldsengel, sind sie doch keine Kinder mehr. Pitney ist jetzt ein Ritter, der mir treue Dienste leisten wird. Saxan, nun, sie ist zum Teil wirklich noch ein Kind, andererseits aber auch eine heiratsfähige Frau.« Er wandte sich um und ging zum Feuer zurück, wobei er leise hinzufügte: »Sie ist überreif. Ich werde, sobald wir in Regenford eingetroffen sind, nach Lord Todd, ihrem Bruder, schicken. Er ist derjenige, an den ich mich wenden muß«, überlegte er laut und warf seiner staunenden Mutter einen lächelnden Blick zu.

Viertes Kapitel

»Falls du beschlossen hast, daß ich dem Mädchen ein wenig Nachhilfe in höfischem Benehmen erteilen soll, tätest du gut daran, mit ihr darüber zu sprechen«, riet Lady Mary ihrem Sohn, der Anweisungen zum Abbrechen des Lagers gab. »Morgen erreichen wir Regenford, und sie befindet sich immer noch in dem Glauben, daß sie nach Wolfshead Hall weiterreitet.«

»Du hast recht, Mutter. Es ist höchste Zeit, daß ich mit ihr rede. Wohin ist das Mädchen nun wieder verschwunden?«

»Mistress Todd ist vor wenigen Augenblicken mit ihren Vettern zum Fluß hinuntergegangen.«

Noch bevor seine Mutter den Satz beendet hatte, stapfte Botolf bereits in die besagte Richtung davon. Trotz seines Wissens um Saxans Eigenheiten und die ihrer großen Familie, war er doch schockiert von dem Anblick, der ihn am Flußufer erwartete. Wenngleich sie, Kenelm und Olan eng verwandt waren, schickte es sich doch nicht, daß sie dermaßen spärlich bekleidet mit den Burschen im Wasser umhertollte. Sie trug ein Lendentuch, wie Jungen es als Unterwäsche benutzen, und ein Hemd; ihre Vettern waren nur mit dem Lendentuch bekleidet. Botolf bemühte sich, nicht zu streng zu urteilen, lehnte sich mit vor der Brust verschränkten Armen an eine dicke, alte Eiche und wartete darauf, daß die drei ihr Spiel beendeten.

Als sie schließlich aus dem Wasser stiegen, kam ihm dann doch ein gut Teil seiner mühsam beherrschten Kontrolle abhanden. Die Vettern nahmen überhaupt keine Notiz von Saxans nasser, schamloser Kleidung. Botolf wünschte sich, vom Anblick ihrer kleinen, wunderschön geformten Brüste, die sich deutlich unter dem dünnen, tropfnassen Stoff abzeichneten, genauso unberührt zu sein wie Kenelm und Olan. Doch er mußte ein paarmal tief durchatmen, bevor er sich stark genug fühlte, um ihnen entgegenzutreten.
»Müssen wir schon aufbrechen, Mylord?« fragte Kenelm, erschrocken über das plötzliche Auftauchen seines Lehnsherrn.
»Ja, in Kürze ist es soweit. Mit Eurer Erlaubnis hätte ich gern ein Wort mit Mistress Todd gesprochen – unter vier Augen«, fügte er nachdrücklich hinzu.
»Oh, aye, natürlich«, erwiderte Kenelm und schlüpfte hastig in seine Kleider. »Komm schon, Olan.«
Botolf fragte sich ernsthaft, ob es blindes Vertrauen oder schlicht und einfach Dummheit war, was die beiden Jungen veranlaßte, unbekümmert, während sie noch ihre Kleidung richteten, davonzugehen und ihn mit ihrer schönen, halbnackten Base alleinzulassen. Über ihn waren keinerlei finstere Gerüchte im Umlauf, aber er war dennoch der Meinung, daß Saxans Verwandte sie besser hüten müßten. Augenscheinlich hatten sie einfach keinen Blick für die Gefahr, weil sie in ihrer Base und Spielkameradin nicht die begehrenswerte Frau sahen, die Saxan für ihn war.
Mit einem Blick in Saxans Richtung wünschte Botolf sich inbrünstig, auch er würde sie anders sehen. Saxan stand nur ein paar Schritte von ihm entfernt, bürstete ihr nasses Haar aus und verfluchte die verfilzten Locken. Sie musterte Botolf mit milder Neugier und war sich ihres reizenden Anblicks und dessen Wirkung auf einen Mann völlig unbewußt. Botolf ge-

lang es beim besten Willen nicht, den Blick von ihren schönen Brüsten und ihrer unglaublich schmalen Taille zu wenden. Er konnte die Vorstellung nicht abschütteln, wie es sein würde, wenn er diese sanft geschwungenen Hüften streicheln würde, wenn diese schlanken, wohlgeformten Beine ihn lustvoll umschlingen würden.

»Würdet Ihr Euch bitte ankleiden?« forderte er sie unvermittelt auf. Seine Stimme klang heiser und gequält.

Saxan schrak unter seinem rauhen, verärgerten Ton zusammen. Sie blickte an sich herab und hätte beinahe aufgestöhnt, als ihr klar wurde, wie unzureichend sie bedeckt war. Sie war ja beinahe nackt. Zum ersten Mal in ihrem Leben schämte sie sich, und sie fand die Erfahrung schmerzhaft. Tiefe Röte brannte in ihren Wangen, als sie hastig ihre Kleider aufsammelte. Als sie nach ihrem Unterkleid griff, legte Botolf seine Hand über ihre. Saxan brachte es nicht fertig, ihn anzusehen, und hockte sich neben ihrem Kleiderhäufchen nieder.

»Schaut mich an, Saxan«, befahl er und kniete sich neben sie.

Sie traute sich nicht zu sprechen und schüttelte lediglich den Kopf.

Er legte die Hand um ihr Kinn, hob sanft und doch nachdrücklich ihr Gesicht an und zwang sie so, ihn anzusehen. »Ich entschuldige mich. Es war nicht meine Absicht, Euch derartig in Verlegenheit zu bringen.«

»Ihr habt keine Veranlassung, Euch zu entschuldigen. Ich dagegen habe jeden Grund, mich zu schämen.« Sie seufzte und schüttelte den Kopf. »Ich habe einfach kein Gefühl dafür, was richtig oder falsch ist.«

»Ihr beurteilt Euch selbst viel zu streng. Ich denke, wenn es darauf ankommt, wißt Ihr sehr wohl, was gut und richtig ist.« Obwohl es ihn an die Grenzen seiner Selbstbeherrschung trieb, half er ihr beim Ankleiden. »Euch fehlt lediglich der letzte

Schliff. Das habe ich vom ersten Augenblick unserer Bekanntschaft an gewußt, und es war nicht recht von mir, so zu sprechen, wie ich es getan habe.«

»Warum habt Ihr es dann getan?« fragte sie leicht verärgert.

»Mein liebes, unschuldiges Kind, ich bin weder Euer Bruder noch Euer Vetter.« Er lächelte milde angesichts ihrer Verwirrung. »Ich betrachte Euch nicht als Verwandte oder Spielgefährtin, sondern als Frau.«

»Oh.« Sie errötete wieder und gehorchte, nun vollständig angezogen, seinem wortlosen Befehl, neben ihm am Flußufer sitzenzubleiben.

»Aye – oh. In Anbetracht der männlichen Verwandten, mit denen Ihr zusammenlebt, wißt Ihr doch sicherlich, was sich zwischen einem Mann und einer Frau abspielen kann.«

»Aber Ihr seid der Earl, mein Lehnsherr.«

»In allererster Linie bin ich ein Mann, Saxan. Ihr könnt mich mit beliebig vielen Titeln und Ehren überhäufen, aber ich bleibe doch stets nichts weiter als ein Mann. Und wenn das nicht ausreicht, bin ich zudem noch ein Mann, der sehr lange nicht mehr mit einer Frau zusammen war.«

»Oh«, hauchte sie, und der kurze Laut klang, als bestünde er aus zwei Silben.

Botolf lachte leise. »So bedeutungsschwer hat vor Euch noch kein Mensch dieses kleine Wörtchen ausgesprochen.« Er war froh, ihr strahlendes Lächeln wieder zu sehen.

»Da ich nur mit meinen Vettern zusammen war, habe ich wohl wirklich zu wenig auf meine Kleidung geachtet«, sagte sie leise. »Außer mit Familienmitgliedern habe ich bisher wenig Umgang mit Männern gehabt.«

»Und genau darüber möchte ich gern mit Euch sprechen.«

»Wollt Ihr mich über die Männer aufklären?«

Als er ihren frechen Blick auffing, sah er sie gespielt grimmig an. »Schweig still, Mädchen. Bei allen Heiligen, zweifellos wißt Ihr entschieden mehr über Männer, als einer Frau guttut. Nay, ich möchte mit Euch über Eure fehlende Übung in Benehmen und Auftreten einer jungen Dame Eures Standes reden. Nay, nun schaut mich nicht so an.«

»Und wie habe ich Euch angeschaut?«

»Als müßtet Ihr entscheiden, ob ich Euch gerade beleidigt habe oder nicht. Es liegt mir fern, Euch kränken zu wollen.«

Voller Unbehagen über die Leichtigkeit, mit der er ihre Gedanken erraten hatte, hob sie die Schultern. »Ich weiß sehr wohl, daß die wenigsten Menschen mich als Dame bezeichnen würden.«

»Deswegen braucht Ihr Euch aber nicht zu schämen.«

Saxan hörte die Bitterkeit, die in seiner tiefen Stimme mitschwang, und bemühte sich, ihr Wissen zu verbergen. Er hatte bestimmt mehr als einmal mit einer dieser Frauen zu tun gehabt, die unter Samt und Seide und vornehmem Getue doch weiter nichts als gemeine Huren waren. Jemand hatte ihm sehr weh getan. Sie hätte gern gewußt, wie tief der Schmerz in ihm saß.

»Dann brauche ich mich nicht zu ändern«, sagte sie und lächelte lieblich in sein finsteres Gesicht.

»Saxan, Ihr seid achtzehn Jahre alt, ihr seid eine erwachsene Frau. Im Grunde solltet Ihr längst verheiratet sein. Ist denn gar keine Ehe für Euch arrangiert worden?« fragte er und wartete angespannt auf ihre Antwort.

»Ein-, zweimal war wohl ein möglicher Gatte im Gespräch, aber der Mann starb jedesmal, bevor irgendein Entschluß gefaßt war. Mein Vater hielt nichts von Ehen, die schon an der Wiege beschlossen wurden. Habt Ihr etwa vor, mich mit irgendwelchen in Frage kommenden Gentlemen bekannt zu machen?«

»Ich möchte nur, daß Ihr das Leben außerhalb Eures engen Familienkreises kennenlernt.«
»Außerhalb?« fragte sie mit wachsendem Mißtrauen.
»Ich werde das Einverständnis Eures Bruders für meinen Plan benötigen, Euch der sanften Führung meiner Mutter zu überantworten. Und dazu müßtet Ihr in Regenford bleiben.«
»Es wird Euch geraume Zeit kosten, Hunters Einwilligung einzuholen, und bis dahin kehre ich nach Wolfshead Hall zurück.«
»Nay, Ihr kommt mit nach Regenford. Euer Onkel hat mir bereits versichert, daß Eure Brüder mit meinen Plänen einverstanden sein werden.«
»So? Wenn ich Wolfshead Hall verlassen muß, um eine Dame zu werden, bleibe ich lieber eine ungehobelte Göre.«
»Seid nicht albern. Ihr wollt doch nicht den Rest Eures Lebens auf Wolfshead Hall verbringen?«
»O doch, bis sich mir ein besserer Aufenthaltsort bietet und ich gute Gründe habe, dorthin umzusiedeln.«
»Ihr könnt nicht bis ans Ende Eurer Tage ein so ungezügeltes Leben führen.« So sehr er es versuchte, gelang es ihm doch nicht, seine zunehmende Verärgerung zu verbergen.
»Lieber das, als in bestickten Schühchen herumzustolzieren, mit einem Lächeln auf den Lippen zu lügen und herzlos mit jedem Beliebigen zu schäkern, um meine Eitelkeit zu befriedigen.«
»So etwas würdet Ihr bei Mutter niemals lernen. Diese Art von Dummheit könnt Ihr Euch selbst beibringen, wenn Ihr das wollt.«
»Nun, ich will aber überhaupt keine von diesen nutzlosen Künsten erlernen. Ich brauche sie nicht. Was für einen Sinn haben sie denn?«
»Sie machen eine Frau aus dir.«

»Euch fällt es doch auch jetzt nicht schwer, mich als Frau zu betrachten.«
»Ich kann in allem, was Brüste hat, die Frau erkennen«, sagte er und wunderte sich selbst über seinen beißenden Tonfall und die Art, wie sie ihn reizen konnte, obwohl er sich selbst als so beherrscht einschätzte.
Als Saxan tief Luft holte und zu einer entrüsteten Antwort ansetzte, hörte sie ein Geräusch, das jeden Gedanken an Streit in Vergessenheit geraten ließ. »Still«, befahl sie.
»Nein, ich bin nicht still. Diese Angelegenheit muß geklärt werden. Ich – mmpff.« Er war fassungslos, als sie ihm plötzlich den Mund zuhielt, und fragte sich, ob die Unverschämtheiten dieses Mädchens denn überhaupt keine Grenzen kannten.
»Werdet Ihr jetzt still sein? Horcht doch mal. Da kommt jemand näher«, erklärte sie im Flüsterton, dann nahm sie die Hand von seinem Mund und lächelte ihn an, als schwebten sie keineswegs in Gefahr, sondern wären noch völlig arglos in ihr Gespräch vertieft. »Ihr habt Feinde, mein Herr und Gebieter?«
»Vielleicht sind es die Schotten«, erwiderte er genauso leise, wie sie gesprochen hatte.
»Zwar befinden wir uns ein bißchen sehr weit im Süden, aber doch, es könnte sein, daß es die Schotten sind.«
Schon im nächsten Moment wurden sie aus ihrer Unsicherheit erlöst, als zwei bullige Männer links von ihnen aus dem Gebüsch brachen. Saxan schrie laut, als beide sich mit gezücktem Schwert auf Botolf stürzten. Flink rollte sie sich aus dem Weg, um Botolf Gelegenheit zu geben, sich dem Angriff bewaffnet und kampfbereit entgegenzuwerfen. Sie sprang auf die Füße, doch bevor sie um Hilfe rufen oder zurück zum Lager laufen konnte, stolperte ein dritter Mann aus den Büschen und packte sie.
Botolf sah, wie der dritte Mann die fluchende Saxan mit seinen

dicken Armen umschlang. Und plötzlich kämpfte er so wild wie nie zuvor in seinem Leben, versuchte verzweifelt, die Angreifer abzuschütteln, damit er Saxan zu Hilfe eilen konnte. Es machte ihn wütend, zusehen zu müssen, wie grob sie behandelt wurde.

Er wußte wohl, daß er einen Fehler riskierte, der sich als tödlich erweisen könnte, doch er blickte immer wieder zu Saxan hinüber. Als es ihr gelang, sich in den Armen ihres Gegners zu drehen, daß sie ihm das Knie zwischen die Beine stoßen konnte, verzog Botolf unter dem Schmerzensschrei des Mannes das Gesicht. Die Männer, gegen die er kämpfte, ließen sich ebenfalls ablenken, ein Umstand, dem er es verdankte, daß seine eigene Unaufmerksamkeit ihn nicht das Leben kostete. Außerdem fühlten sie sich aufgrund der Tatsache, daß sie in der Überzahl waren, sicherer, als ihnen guttat. Allerdings wußte Botolf, daß er eine einzigartige Gelegenheit zur Reduzierung dieser Überzahl verschenkte, als er im nächsten Augenblick mit offenem Mund, genauso wie die Angreifer, auf Saxan starrte. Sie zog ein Messer aus ihrem weichen Stiefel und stieß es in den ungeschützten Rücken ihres Gegners. Botolf sah den flüchtigen Ausdruck des Entsetzens auf ihrem Gesicht, als sie die Waffe herauszog und sich ihm zuwandte.

Der Verlust ihres Gefährten zeitigte unverzüglich eine verheerende Wirkung auf die übrigen zwei Männer. Botolf geriet unter ihrem gemeinsamen grimmigen Angriff in arge Bedrängnis. Er fluchte und begriff, daß er seine gesamte Kraft darauf verschwendete, sie abzuwehren. Schon überlegte er ein rücksichtsloses Vorpreschen, um die Waagschale zu seinen Gunsten zu neigen, als Saxan einem seiner Gegner auf den Rücken sprang.

Brüllend und fluchend versuchte der Mann verzweifelt, Saxan abzuschütteln, während sie schon ausholte, um ihren Dolch in eine empfindliche Stelle zu stoßen. Botolf trieb den Mann, der ihm gegenüberstand, in die Enge, obwohl ihm von Saxans Eingreifen in den Kampf noch ganz schwindlig war. Nachdem er es jetzt nur noch mit einem Gegner zu tun hatte, wechselte er rasch von der Defensive in die Offensive. In dem Moment, da er seinem Widersacher das Schwert in die Brust stieß, hörte er ein unangenehm vertrautes gurgelndes Geräusch, und es stammte nicht von dem Mann, den er gerade getroffen hatte. In plötzlicher Angst um Saxan riß er sein Schwert wieder an sich und fuhr herum, um erneut mit offenem Mund auf Saxan zu starren.

Der Mann, den Saxan angefallen hatte, brach mit aufgeschlitzter Kehle langsam in die Knie. Noch während er stürzte, sprang Saxan mit kreideweißem Gesicht von seinem Rücken. Das Mädchen kann weiß Gott mit einem Messer umgehen, dachte Botolf benommen, als sie sich in seine Arme stürzte. Da bemerkte er, daß sie am ganzen Körper zitterte.

Botolf nahm sie fest in die Arme und fragte sich, wo ihre Verwandten stecken mochten. Sie hätten nach ihnen suchen müssen, allein schon aus dem Grund, weil es nicht schicklich war, daß Saxan mit ihm allein blieb, noch dazu für so lange Zeit. Das hätte Edric doch gewiß auffallen müssen. Seit ihrem unverhofften Auftauchen im *Boar's Head Inn* hatte der Mann seine Nichte streng im Auge behalten.

Botolf küßte Saxans Scheitel und fragte voller Besorgnis: »Seid Ihr verletzt? Ich kann keinerlei Verwundung entdecken.«

»Nay, ich bin unverletzt.« Saxan ließ ihn nicht aus ihrer Umklammerung frei, denn die wohligen Gefühle, die seine Nähe in ihr aufkommen ließen, halfen ihr, das Entsetzen der vergangenen Minuten zu überwinden.

Es war erschreckend einfach gewesen, in der Hitze des Gefechts einen Menschen zu töten. Kaum waren Botolf und sie jedoch außer Gefahr, da wurde ihr allzu schmerzlich bewußt, was sie getan hatte. Sie konnte den Gedanken nicht abschütteln, daß sie mit ihren eigenen Händen zwei Menschen getötet hatte. Und diese Erinnerung wollte sie um jeden Preis aus ihrem Gedächtnis verbannen.

»Ihr zittert«, flüsterte Botolf.

»Ich habe gerade einen Menschen getötet«, erwiderte sie.

»Zwei.«

»Ja.« Sie schauderte, und es stieg ihr bitter in die Kehle.

»Es könnte geschehen, daß ich es eines Tages leid bin, ständig von irgendeinem Todd gerettet zu werden.«

»Werdet Ihr mich jetzt zum Ritter schlagen?« scherzte sie mit dünner Stimme.

»Ich kann eine Frau nicht in den Ritterstand erheben.« Er legte die Hand um ihre Wange und hob ihr Gesicht zu sich auf. »Doch eine Belohnung ist in jedem Fall angebracht.«

Saxan wußte, daß er sie wieder küssen würde, und sie lächelte matt. »Eine Belohnung? Beim letzten Mal habt Ihr es als den Preis für meine Torheit bezeichnet.«

»Ihr redet zuviel.« Mit den Lippen strich er über ihren Mund und sah, wie ihre Lider sich langsam senkten.

»Das hat man mir schon oft gesagt, aber noch niemals auf so süße Art und Weise«, flüsterte sie an seinem Mund. »Bringt mich zum Schweigen, Mylord, wenn Ihr es wagt.«

Mit seinem Kuß setzte er ihren Frechheiten ein vorläufiges Ende. Sie schlang ihre schlanken Arme um seinen Nacken, und gemeinsam ergaben sie sich der schlichten Freude darüber, noch am Leben zu sein. Botolf preßte sie so fest an seinen harten Körper, daß er sich wunderte, als sie nicht vor Schmerz aufschrie. Statt dessen holte ihn eine wohltönende tiefe Stimme zurück in die Wirklichkeit.

»Etwas in dieser Art hatte ich erwartet«, bemerkte Edric gedehnt.

Botolf brach den Kuß hastig ab und bemühte sich vergebens, ruhig und unbeeindruckt zu erscheinen, als er sich Sir Edric zuwandte. »Und was hattet Ihr nicht erwartet?« Voller Erleichterung sah er, daß Saxans Vettern wenig Notiz von dem Wortwechsel nahmen.
»Die Leichen.«
»Dieser hier lebt noch«, verkündete Kenelm, der neben dem Mann kniete, dem Saxan den Dolch in den Rücken gestoßen hatte.
Indem er Saxan sanft beiseite schob, eilte Botolf zu dem sterbenden Mann, kniete sich zu ihm und fragte streng: »Wer hat dich geschickt, um mich zu ermorden?«
»Ich weiß es nicht«, antwortete der Mann mit einem rauhen, erstickten Flüstern. »Ich stelle niemals Fragen.«
»Wie sah er aus?«
»Wie Ihr. Er sah aus wie Ihr. Merkwürdig«, sagte der Mann mit seinem letzten Atemzug.
Mit einem leisen Fluch erhob sich Botolf von der Seite des Toten. »Es war Cecil, der Teufel. Er jagt mich immer noch.«
»Cecil?« Saxan dachte an ihren Traum und sah Botolf eindringlich an. »Sieht dieser Cecil aus wie Ihr?«
»Aye. Wir gleichen einander nicht nur wie ein Ei dem anderen, wir sind auch im selben Jahr, im selben Monat, am selben Tag und zur selben Stunde geboren. In gewisser Weise ist er mein Zwillingsbruder.«
»Aber im Unterschied zu Euch hat Cecil eine Narbe über dem linken Auge.«
»Woher wißt Ihr das?« fragte Botolf.
»Ich habe es wenige Nächte, bevor ich die Nachricht von Pitneys Tod erhielt, im Traum gesehen. Ich fürchte, es fiel mir nicht sonderlich schwer zu glauben, daß Ihr sein Mörder wäret, denn ich hatte Euch im Traum gesehen, wie Ihr Eure bluttriefenden

Hände ausstrecktet. Später, am Morgen nach meinem Versuch, Euch zu töten, fiel mir wieder ein, daß der Mann in meinem Traum eine Narbe über dem linken Auge hatte. Versteht Ihr, ich habe denselben Traum noch einmal geträumt, und das stürzte mich in Verwirrung. Dann aber begriff ich, daß die in diesem Traum enthaltene Warnung nicht Pitney, sondern Euch galt. Es war Euer Blut, das von seinen Händen troff«, flüsterte sie, und bei dem bloßen Gedanken daran wurde ihr eiskalt.

»Daß er nach meinem Blut dürstet, steht außer Frage. Allerdings habe ich nicht die Absicht, ihm die Gelegenheit zum Stillen seines Dursts zu geben.«

»Ihr zweifelt nicht an meinem Traum?«

»Nay. Meine Mutter erlebt hin und wieder auch solche Träume.«

»Und«, mischte sich Edric ein, »wir alle sind manchmal von einer gewissen Ahnung befallen, die uns den Weg weist. Wir wissen selbst nicht, warum wir auf dieses Gefühl hören, aber gewöhnlich erweist es sich als zutreffend.«

»Solche Gefühle habe ich sehr oft, Onkel«, erklärte Saxan mit einem schwachen Lächeln. »Sie sind äußerst beunruhigend.«

Botolf bemerkte plötzlich, daß Saxan verzweifelt bemüht war, den Anblick der Leichen ihrer Angreifer zu meiden. Außerdem war sie immer noch viel zu blaß, und deshalb schlug er hastig vor: »Kenelm, Olan, bringt Eure Base zurück ins Lager. Euer Vater und ich, wir werden die Leichen durchsuchen, wenngleich ich nicht damit rechne, wertvolle Anhaltspunkte zu finden.« Als die Jungen mit Saxan davongingen, fügte er noch hinzu: »Und kein Wort von dieser Sache zu Lady Mary. Es ist nicht nötig, sie mit derart üblen Geschichten in Unruhe zu versetzen.« Er wunderte sich über den Ausdruck, der flüchtig über Saxans Gesicht huschte. Sobald sie außer Hörweite war, fragte er Edric: »Warum hat Saxan mich so merkwürdig angesehen?«

»Vielleicht, weil Ihr verlangt, daß sie Geheimnisse vor Lady Mary hat«, erwiderte Edric und half Botolf, die Kleidung der Toten zu durchsuchen.

»Meine Mutter braucht nicht von diesem neuerlichen Angriff auf mich zu erfahren.«

»Das wird Saxan verstehen, sobald sie wieder klar denken kann.« Edric senkte den finsteren Blick auf die letzte Leiche, die er eben abgetastet hatte. »Hier ist nichts.«

»Hier auch nicht. Sie tragen keine Rüstung, abgesehen von einem gepolsterten Waffenrock. Sie sind arme gedungene Mörder.«

»Das erklärt vielleicht auch, warum Ihr so häufig überfallen werdet. Womöglich besteht der Plan Eures Widersachers darin, Euch unablässiger Bedrohung auszusetzen. Steter Tropfen höhlt den Stein.«

»Ganz recht. Und selbst dem schlechtesten Schwertkämpfer gelingt einmal ein Treffer, wenn er oft genug Gelegenheit zum Zustoßen hat.«

Edric nickte. »Da stellt sich allerdings zwangsläufig die Frage, ob er über genügend Mittel verfügt, um die besten Kämpfer zu dingen, wenn und falls es ihm in den Sinn kommt.«

»Er wird sie bekommen, wenn Not am Mann ist.«

»Und diese Überfälle häufen sich?«

»Aye. Seit ich von Merewood in diese Gegend aufgebrochen bin, scheint an jeder Wegbiegung ein Mörder auf mich zu lauern.« Ratlos fuhr sich Botolf mit gespreizten Fingern durchs Haar.

»Er will Euch tot wissen, bevor Ihr die sicheren Mauern von Regenford erreicht. Um Euch dort anzugreifen, würde er Männer brauchen, die mehr verlangen, als er aufbringen kann. Ich weiß, dieser Mann ist Euer Blutsverwandter, aber wäre es nicht klüger, ihn dingfest zu machen, bevor er erneut zuschlagen kann? Noch besser wäre es vielleicht, ihn zu töten, bevor es ihm gelingt, Euch zu töten.«

»Ich habe lange gebraucht, um ihn ausfindig zu machen, aber kürzlich habe ich ihn aufgespürt. Der Mann ist schwer zu greifen.«

»Und er hinterläßt keine Spuren, die Ihr nutzen könntet, um ihn gegebenenfalls vor Gericht zu stellen.«

»Ich fürchte, so ist es. Die Aussage dieses Mannes ist die bisher einzige, die halbwegs bestätigt, daß es Cecil ist, der mich verfolgt. Aber sie reicht nicht aus.« Botolf schüttelte seufzend den Kopf. »Und bei jedem Schritt, den ich unternehme, muß ich Rücksicht auf meine Mutter nehmen. Es würde ihr unsagbaren Schmerz bereiten, wenn ich nah und fern verkünden würde, daß Cecil versucht, mich umzubringen.«

»Dann laßt uns lieber ins Lager zurückkehren, bevor sie vermutet, daß er es schon wieder versucht hat.«

Auf dem Rückweg wurde Botolf klar, daß Edric mit keinem Wort Bezug auf die heißen Küsse nahm, die er, Botolf, mit Saxan getauscht hatte. Natürlich hatte Edric seine Nichte kaum jemals in einer dermaßen kompromittierenden Situation angetroffen. Aus Sorge, der Mann könnte sich Schweigen auferlegen, um seinen Lehnsherrn nicht zu beleidigen oder zu verärgern, beschloß Botolf, das Problem selbst zur Sprache zu bringen. Es war ihm ein Anliegen, alle möglichen Mißverständnisse auszuräumen.

»Ich habe nicht vor, Eure Nichte zu entehren, Sir Edric«, sagte er.

Edric erwiderte kühl: »Von einem Kuß bis zur Entehrung ist ein weiter Weg, Mylord.«

»Ein Kuß könnte jedoch rasch dorthin führen.«

»Ich bin noch nicht so alt, daß ich mich daran nicht mehr erinnere. Doch Ihr seid ein Ehrenmann, Mylord. Falls Ihr zu weit gehen solltet, werdet Ihr die Kränkung wiedergutmachen. Ich bin gleich zum Bach geeilt, als ich begriff, daß meine törichten Söhne Saxan in spärlich bekleidetem Zustand mit Euch allein gelassen hatten, nicht um zu verhindern, was immer zwischen Euch und ihr geschehen mochte, sondern wegen der Folgen.«

»Wegen der Folgen?«

»Die Beschämung, die Saxan womöglich drücken würde. Die Ehe, in die sie aufgrund eines solchen Vorfalls vielleicht gezwungen würde. Und nicht zuletzt die Entrüstung ihrer Familie.«

»Und diese Entrüstung wäre mächtig groß«, bemerkte Botolf leise.

Edric nickte. »Das fürchte ich auch. Und nicht nur ihre Brüder würden empört sein.«

»Das habe ich auch nicht angenommen. Daß Euer Clan fest zusammenhält, ist nicht zu übersehen.«

»Aye. Das hängt zum Teil mit dem Land zusammen, in dem wir leben. Es würde unsere Familie arg schwächen, wenn wir uns untereinander bekämpfen wollten, und hier draußen überleben die Schwachen nicht lange. In Grenznähe hören die Kämpfe schließlich kaum jemals ganz auf.«

»Nay. Das sagte auch schon mein Vater. Und es gibt wirklich niemals Frieden?« fragte Botolf und stieg über einen abgerissenen Ast.

»Doch, schon, aber trotzdem ist man ständig auf der Hut. Auf beiden Seiten«, erklärte Edric ernst.

»So sieht es wohl aus. Nun, Ihr könnt das Heer Eurer Verwandten jedenfalls beruhigen, was Saxan betrifft. Ich beabsichtige aufrichtigen Herzens nicht, an Eurer Nichte unehrenhaft zu handeln.«

»Darf ich mir die Frage erlauben, was Ihr mit ihr zu tun beabsichtigt?«

»Darauf kann ich jetzt noch nicht antworten. Ich will nur so viel sagen, daß ich bereits nach ihrem ältesten Bruder, ihrem Vormund, geschickt habe. Ich habe ihn um ein Treffen gebeten.«
Botolf furchte die Stirn, als er, im Lager angekommen, seine Mutter hastig auf ihn zueilen sah. »Anscheinend ist meine Mutter verärgert über mich.«
»Saxan wird sich Eurer Bitte um Stillschweigen nicht widersetzt haben, aber ich würde nicht die Hand dafür ins Feuer legen, daß sie nicht trotzdem etwas angestellt hat.«
»Botolf«, sagte Lady Mary, nachdem sie Sir Edric, der sich eilends zurückzog, knapp zugenickt hatte. »Ich möchte ein Wort mit dir reden, Sohn.«
»Ich stehe dir zur Verfügung. Du bist offenbar verstimmt«, bemerkte Botolf.
»Verstimmt? Botolf, Saxan, das arme Kind, kehrte eben leichenblaß und völlig verstört ins Lager zurück. Ich drang ein wenig in sie, um den Grund zu erfahren, und schließlich gestand sie mir, daß sie Streit mit dir hatte.«
»So, hat sie das behauptet?«
»Nun, ich weiß wohl, daß es mich nichts angeht, was zwischen dir und ihr vorgefallen ist, aber ich halte es nicht für angebracht, das Mädchen so aus der Fassung zu bringen.«
»Du hast, wie immer, völlig recht. Es ist nicht angebracht. Ich werde mit ihr sprechen«, sagte Botolf und fügte nur für sich selbst hinzu, indem er sich vor seiner Mutter verneigte: »Aye, ich werde ein Wörtchen mit dem Gör reden – gleich, nachdem ich ihr den Hals umgedreht habe.« Damit stapfte er zu dem Karren, den Saxan mit Pitney teilte.

»Da kommt er«, flüsterte Saxan und sah Pitney an.
Pitney schüttelte den Kopf. »Vergiß bitte nicht, daß er unser Lehnsherr ist.«

»Wenn ich es vergesse, ist er zum großen Teil selbst schuld. Es ist nicht schwer zu vergessen, daß er mein Lehnsherr ist, wenn er mich ständig Mädchen oder Kleine oder beim Vornamen nennt.« Sie lächelte flüchtig angesichts der verblüfften Miene ihres Bruders und wandte sich dann Botolf zu, um ihn zu begrüßen, als er vor sie hintrat.
»Hättet Ihr Euch nicht eine Geschichte ausdenken können, die meine Mutter beruhigte, statt sie zu verärgern?« wollte Botolf wissen.
Saxan bemühte sich um eine möglichst unschuldige Miene, als sie in sein finsteres Gesicht blickte. »Ich fürchte, mir blieb nicht genug Zeit, um klug zu sein.«
»Ich denke, Ihr wart ausgesprochen klug. Und ich war bereits einmal Zeuge, wie Ihr im Handumdrehen und äußerst geschickt eine Lügengeschichte zusammengesponnen habt.«
Seufzend senkte Saxan den Blick auf ihre Füße. »Ich wollte Lady Mary nicht belügen.«
»Ich lüge auch nicht gern, Liebling«, sagte er mit weicher, sanfter Stimme, legte einen Finger unter ihr Kinn und hob ihr Gesicht zu sich auf. »Diese unablässige Bedrohung meines Lebens beunruhigt sie maßlos. Ich wollte lediglich vermeiden, daß sie sich noch mehr ängstigt.« Er warf dem ausgesprochen neugierig lauschenden Pitney einen raschen Blick zu und bezog ihn in das Gespräch mit ein, indem er sagte: »Ich möchte, daß dieser Vorfall unter uns bleibt.«
»Ein Todd kann schweigen wie ein Grab, wenn es notwendig ist«, verkündete Saxan theatralisch.
»Jener Cecil, der mich zu töten versucht, ist mein Halbbruder, der Bastard meines Vaters.«
»Aber Ihr sagtet, Ihr hättet das Geburtsdatum mit ihm gemein, das Jahr, die Stunde – alles«, platzte Saxan heraus und errötete,

denn die Sünden seiner Eltern gingen sie nun wahrhaftig nichts an.

Botolf lächelte, streichelte ihre rosigen Wangen mit den hohen Wangenknochen und genoß das Gefühl, ihre seidige Haut unter seinen Fingerspitzen zu spüren. »Cecil wurde spät geboren, ich zu früh. Meine Eltern wurden bereits als Kinder miteinander verlobt. Mein Vater wußte, wen er zu ehelichen hatte, doch er kannte seine Braut nicht persönlich. Cecils Mutter war über lange Jahre hinweg die Geliebte meines Vaters in Merewood. Sie starb bei Cecils Geburt, und meine Mutter nahm ihn an ihre Brust. Wir sind wie Brüder aufgewachsen.«

»Ah, und deswegen strebt Cecil nach Höherem, als ihm zusteht«, sagte Saxan leise.

Botolf lehnte sich gegen den Karren und verschränkte die Arme vor der Brust, um Saxan nicht ständig berühren zu müssen. »Genau. Es fehlte Cecil nicht an Mitteln und Möglichkeiten, doch er gierte nach dem gesamten Besitz. Ich weiß nicht genau, wann seine Versuche, mich zu töten, angefangen haben, denn ich habe mich lange gegen die Wahrheit gewehrt. Doch obwohl er jetzt weiß, daß ich über sein todbringendes Spiel informiert bin, und obwohl er sich sein Leben lang verstecken muß, setzt er die Anschläge auf mein Leben fort. Meine Mutter will die Wahrheit nicht erkennen. Cecil war wie ihr eigen Fleisch und Blut für sie.«

»Indem er Euch übelwill, spielt er auch ihr übel mit. Der schmerzliche Fluch eines undankbaren Kindes.« Saxan musterte Botolf einen Augenblick. »Er sieht Euch sehr ähnlich.«

»Abgesehen von der Narbe über seinem Auge könnte er mein Zwilling sein.« Botolf seufzte. »Die Narbe hat er von mir.«

»Also habt Ihr ihm schon mit dem Schwert in der Hand gegenübergestanden.«

»Bei Gott, ja.« Botolf schob die schmerzliche Erinnerung an den

Tag, da Cecil mit Alice geschlafen hatte, energisch zur Seite. »Jetzt werdet Ihr sicherlich verstehen, warum ich soviel wie möglich von dieser Angelegenheit vor meiner Mutter verbergen möchte.«

Saxan nickte. »Auch für Euch muß es ein großer Kummer sein. Cecil zwingt Euch, ihn zu töten, wenn Ihr nicht selbst getötet werden wollt. Er verurteilt Euch dazu, sein Blut zu vergießen, das Blut, das Ihr durch den gemeinsamen Vater teilt. Am besten wäre es, wenn ein fremdes Schwert, nicht das Eure, seinem Verrat ein Ende machen würde.«

Angesichts ihres scharfen Tons horchte Botolf auf. Er bemerkte, daß auch Pitney reagierte. Im ersten Augenblick war Botolf versucht, über die Vorstellung zu lachen, daß eine Frau Cecil aufspüren und seinen mörderischen Machenschaften ein Ende setzen würde, aber wirklich nur im ersten Augenblick. Saxan hatte Botolf aufgespürt, als sie glauben mußte, er hätte Pitney ermordet. Vor wenigen Minuten noch hatte sie mit erstaunlichem Geschick gekämpft und getötet. Womöglich glaubte sie, ihm etwas schuldig zu sein, weil er ihren Bruder versorgt hatte oder gar, weil sie versucht hatte, ihn zu töten. Es mochte aber auch sein, daß Saxan die ganze Sache als herrliches Abenteuer betrachtete.

»Kommt gar nicht erst auf die Idee«, befahl er.

Saxan versuchte gar nicht abzustreiten, daß sie in Erwägung zog, ihn von dem Problem, das Cecil für ihn darstellte, zu befreien. »Ich könnte es tun. Nun ja, vielleicht könnte ich es. Ich müßte mein Vorgehen überaus sorgfältig planen.«

Botolf blickte verstohlen zu Pitney hinüber, der die Augen verdrehte und Saxan dann finster ansah. »Allmählich fürchte ich, daß es in unserer Familie Fälle von Wahnsinn gibt.« Er packte seine Schwester bei den schmalen Schultern und schüttelte sie sanft. »Gib mir dein Wort.«

»Mein Wort?« fragte Saxan unschuldsvoll und schob sich das zerzauste Haar aus dem Gesicht.
»Aye, dein Ehrenwort darauf, daß du nicht gegen Cecil vorgehen wirst.«
»Ja, schon gut. Dann gebe ich dir halt mein Wort. Aber ich hatte eine ausgezeichnete Idee«, sagte Saxan leise.
»Die kannst du jetzt vergessen.«
»Mylord? Nur noch eine Frage. Ist es nicht merkwürdig, daß Cecil so oft ganz genau weiß, wann er zuschlagen muß?«
»Wir sind zusammen aufgewachsen«, antwortete Botolf, furchte jedoch nachdenklich dir Stirn. »Cecil kennt meine Gewohnheiten.«
»Mag sein, aber ich finde, Ihr solltet trotzdem die Möglichkeit nicht außer acht lassen, daß jemand aus Eurem Gefolge Cecil unterstützen könnte.«
»Ihr habt recht, Saxan. Bei manchen Gelegenheiten war ich doch zugegebenermaßen höchst überrascht, daß man mir auflauerte. Das ist schon gewisse Überlegungen wert«, sagte er, verabschiedete sich geistesabwesend und ging.
Saxan blickte Botolf nach, der sich zu seinen Freunden gesellte, und sah dann Pitney an. »Ich hoffe von ganzem Herzen, daß der Earl mehr unternimmt, als nur gründlich über meinen Hinweis nachzudenken.«
»Er ist ja nicht dumm«, antwortete Pitney.
»Natürlich nicht, aber in dieser Angelegenheit hat er eine schwache Stelle.«
»Und die wäre?«
»Im Gegensatz zu Cecil drängt es unseren Lehnsherrn keineswegs, das Blut eines Verwandten zu vergießen, noch dazu des Mannes, der als Säugling die Mutterbrust mit ihm geteilt hat. Wir müssen dafür sorgen, daß diese Schwäche nicht seinen Tod bedeutet.« Saxan sprach ganz leise und lächelte dann freund-

lich Lady Mary entgegen, die sich zu ihnen in den Karren gesellte.

Botolf konnte Saxans Warnung nicht einfach als gegenstandslos von der Hand weisen. Je näher er Regenford kam, desto deutlicher hallte sie in seinen Gedanken nach. Hochmut und Stolz ließen den Verdacht nicht zu, daß sich ein Verräter in den Reihen seiner Männer befinden könnte, doch dieses Verhalten war dazu angetan, ihn das Leben zu kosten. Viele Männer aus seinem Gefolge kannten Cecil noch, einige kannten ihn schon so lange, wie Cecil mit der Familie des Earls gelebt hatte. Trotz Cecils übler Machenschaften und seiner Grausamkeit gelang es dem Mann immer wieder, starke und oftmals überaus treue Verbündete zu finden.

»Macht Ihr Euch Gedanken darüber, was Euch in Regenford erwartet?« fragte Wesley, als er und Roger ihre Pferde an Botolfs Hengst herandrängten.

Botolf schüttelte den Kopf und sagte dann zusammenhanglos: »Cecil ist über jeden meiner Schritte informiert.«

»Das könnte man meinen«, stimmte Roger ihm nachdenklich zu. »Warum denkt Ihr gerade jetzt daran?«

»Ich wurde darauf hingewiesen, daß Cecil womöglich Spione in meinem Gefolge hat«, erwiderte Botolf. »Es ist schon äußerst merkwürdig, daß jemand, selbst wenn er meine Gewohnheiten noch so gut kennt, jede meiner Bewegungen so genau vorausahnt.«

»Teufel auch«, zischte Wesley. »Es war gewiß nicht Gewohnheit, die Euch zu dem Turnier getrieben hat. Ihr nehmt nur selten an solchen Veranstaltungen teil. Und nicht alle, die sich sonst um Cecil scharten, sind mit ihm fortgeritten.« Er schaute Botolf an, und seine Augen weiteten sich. »Das heißt, daß Regenford ...«

»... vielleicht keinerlei Sicherheit bietet«, beendete Botolf seinen Satz, seufzte und schüttelte den Kopf angesichts des schier unüberwindlichen Problems. »Ich muß auf der Hut sein. Einige von Cecils früheren Freunden sind jetzt mir treu ergeben, und ich darf sie nicht mit übereilten, falschen Verdächtigungen kränken. Wenn ich mich allzu ungeschickt verhalte, mache ich mir Feinde, wo vorher keine waren.«

»Wer hat Euch gewarnt?« fragte Roger. »Wenn er noch nicht Ritter ist, sollte er für seinen Scharfblick vielleicht in diesen Stand erhoben werden.«

»Das würde nicht so einfach sein, Roger«, erklärte Botolf mit einem Lächeln, während er sich schon von seinen Freunden entfernte. »Mein Ratgeber war Mistress Saxan Todd. Ich glaube, für den Augenblick habe ich den Clan schon genug geehrt.«

»Was beschäftigt dich so, Saxan?« fragte Pitney, als seine Schwester zur Nacht zu ihm unter die Decke schlüpfte.

»Erzähl mir, wie es ist, wenn man sich küßt, Pitney«, verlangte sie, den Blick starr auf das Verdeck des Karrens gerichtet.

Pitney horchte auf. »Du weißt darüber Bescheid, oder solltest zumindest Bescheid wissen, wenn man bedenkt, zu welcher Familie du gehörst.«

Saxan achtete nicht auf den Unterton von Sorge und Mißtrauen in seiner Stimme. »Schön und gut, aber ich wüßte gern Näheres über die Gefühle, die ein Kuß in einem Menschen wecken kann. Sind sie verschiedenartig? Kann man feststellen, ob sie lediglich der Wollust entspringen?«

»Ich weiß es nicht. Bisher habe ich einzig und allein aus Lust geküßt.«

»Und bringt die Lust das Blut dermaßen zum Kochen, daß jegliche klaren Gedanken verbrennen?«

»So heiß ist mir noch nie geworden. Wenn meine Gedanken

mich auch keineswegs behindern, ist es doch nicht so, daß sie völlig ausgeschaltet wären.«
»Aha.« Saxan war enttäuscht. Sie benötigte bedeutend genauere Kenntnisse als die, die Pitney ihr vermitteln konnte.
»Man sagt, Lust mache blind, könne einem Mann den Blick verstellen, bis es zu spät ist«, fügte Pitney hinzu. »Aufgrund von Lust oder weil sie Lust mit Liebe verwechselten, haben schon Männer geheiratet oder sich vollkommen zum Narren gemacht. Später, wenn die Lust ausgebrannt ist, bleibt ihnen dann nichts außer Reue und Scham.«
»Kann man Lust und Liebe unterscheiden?«
»Ich könnte mir vorstellen, daß es möglich ist, wenn das betreffende Pärchen sich nicht gerade in den Armen oder in den Fesseln der Leidenschaft liegt. Wenn jemand das Objekt seiner Lust noch liebt und achtet, nachdem die Leidenschaft verebbt ist, dann handelt es sich wohl um Liebe.«
»Aha. Darin findet sich also die Antwort.« Sie ergriff die Hand ihres Bruders, während ihr die Augen bereits vor Müdigkeit zufallen wollten. »Danke, Pitney. Danke dafür, daß du einfach nur meine Frage beantwortet hast, ohne nach den Gründen für mein plötzliches Interesse zu forschen.«
Zärtlich drückte er ihre Hand. »Ich hoffe, du erzählst mir alles, wenn du den richtigen Zeitpunkt für gekommen hältst.«
»Das werde ich tun. Mach dir bitte keine Sorgen wegen mir.«
Sie lächelte, als sie ihn flüstern hörte: »Manche Bitten kann ich dir leider nicht erfüllen.«

Fünftes Kapitel

Als sie eine Hügelkuppe erreichten, lag Regenford zu ihren Füßen. Saxan konnte sich eines ehrfürchtigen Gefühls nicht so recht erwehren; sie verfiel in dieses feierliche Staunen, das ihr schon als Kind eigen gewesen war. Lord Botolfs Ahnen hatten gut geplant, als sie Regenford als Bollwerk gegen die Schotten errichteten. Die weitläufige Burganlage mit ihren vielen Türmen war von zwei dicken Mauern und einem Burggraben umgeben und lag auf einer sanften Erhebung. Kein Mensch konnte sich ungesehen den Burgmauern nähern. Um besser sehen zu können, rückte Saxan in ihrem Karren nach vorn und stieg zu dem stämmigen, grauhaarigen Kutscher auf den Kutschbock.

Botolf lenkte sein Pferd an ihre Seite, und Saxan empfand wieder Unsicherheit. Ihr Gespräch mit Pitney am Vorabend hatte nur wenige von ihren Bedenken beruhigt. Ihre Gefühle für diesen Mann einzuordnen, war nicht so einfach, wie sie gedacht hatte.

»Es ist eine schöne Burg, nicht wahr, Mistress?« fragte Botolf mit stolzgeschwellter Brust.

»Ja, sie ist sehr schön. Man möchte meinen, die Schotten müßten auf dem Absatz kehrtmachen und zurück nach Schottland laufen, sobald sie sie zu Gesicht bekommen.«

»Das wäre zwar ein Segen, aber ich fürchte, die Schotten betrachten Regenford als Herausforderung«, entgegnete Botolf lächelnd.
Schüchtern erwiderte Saxan sein Lächeln, doch die Freundlichkeit wich unvermittelt aus ihrer Miene, als sie sah, welches Pferd ihr Lehnsherr ritt. »Ihr reitet mein Pferd.«
Obwohl sie die Worte ganz ruhig sprach, enthielten sie doch denselben Nachdruck wie eine herausgeschriene Anklage. Saxan war genauso wütend, wie Botolf es erwartet hatte. Er lächelte, tätschelte gönnerhaft den starken Hals ihres Pferdes und tat, als merkte er gar nichts von ihrem Zorn.
»Er ist ein großartiges Tier«, lobte er.
»Aye, und er gehört mir«, fuhr sie ihn an.
»Habe ich das je in Frage gestellt? Ich muß ihn schon mal reiten, wenn ich entscheiden will, ob er als Reitpferd für Damen geeignet ist.«
»Er ist das geeignete Pferd für mich. Ich reite ihn schon, seit mein Vater ihn mir geschenkt hat.«
»Euer Vater hat Euch einen Hengst zum Reiten gegeben, ein Tier, das als Schlachtroß für einen erfahrenen Ritter in Frage käme?« Botolf konnte sein Erstaunen nicht verhehlen.
»Ein Pferd, wie es einer Todd geziemt.«
Er lächelte über ihren hochfahrenden Stolz. »Wir werden sehen. Wart Ihr schon einmal in Regenford?«
»Ich habe die Burg ein paarmal gesehen«, antwortete sie leise und entschied, daß der Streit um ihr Pferd noch warten mußte. »Innerhalb der Burgmauern war ich nur ein einziges Mal – als ich noch sehr klein war.«
Botolf erzählte ihr von seinem Zuhause, und ihr Zorn wegen des Pferdes verrauchte, als ihre Neugier erwachte. Sie gab sich alle Mühe, ihr Interesse nicht zu deutlich kundzutun, ohne allerdings unhöflich zu erscheinen. Botolf sollte jedenfalls nicht

glauben, daß sie seinen Wünschen bereitwillig zustimmen und in einen längeren Aufenthalt einwilligen würde.
Als sie sich innerhalb der starken Mauern von Regenford befanden, verlor sie Botolf rasch aus den Augen, weil er in dem Getümmel von herzlicher Begrüßung und dem Abladen des Gepäcks untertauchte. Unter den Blicken seiner Leute fühlte sie sich zunehmend unbehaglich. Sie hatten zweifellos noch nie eine Frau in Männerkleidern zu Gesicht bekommen. Als Lady Mary sie aufforderte, mit ihr zu kommen, nahm Saxan die Einladung an, ohne ihre Erleichterung verbergen zu können.
Ihr war, wie sich herausstellte, jedoch nur eine kurze Verschnaufpause nach all der Verwirrung vergönnt. Lady Mary führte sie eine enge, steinerne Treppe hinauf, um Ecken herum und Flure entlang, bis sie völlig die Orientierung verloren hatte. Dann blieb sie allein in dem ihr zugewiesenen Schlafgemach zurück. Saxan setzte sich zögernd auf das große, mit reichen Schnitzereien verzierte Bett; der Raum war entschieden zu groß für ihre Ansprüche. Eifrig antwortete sie auf ein leises Klopfen an der Tür, erlebte jedoch eine herbe Enttäuschung, als lediglich drei junge Dienstmägde eintraten. Doch über das Bad, das sie ihr bereiteten, freute Saxan sich aufrichtig. Eine zierliche Brünette blieb bei ihr zurück, nachdem die anderen beiden Mädchen gegangen waren.
»Ich heiße Jane, Mylady«, sagte das Mädchen und knickste. »Seine Lordschaft möchte, daß ich während Eures Aufenthalts zu Eurer Verfügung stehe.«
Saxan warf einen bedauernden Blick auf ihre von der Reise stark verschmutzte Kleidung. »Es wäre schön, wenn du etwas Sauberes und Angemesseneres für mich zum Anziehen auftreiben könntest«, sagte sie.
»Die Kleider werden gleich gebracht«, erwiderte Jane, wäh-

rend sie Saxan beim Auskleiden half. »Lady Mary kümmert sich persönlich darum, Mylady.«
Mit einem wohligen Seufzer ließ Saxan sich ins heiße Badewasser gleiten. »Ich bin nur die vierte Tochter eines Barons, Jane, und habe keinen Anspruch auf einen Titel. Ich bin schlicht und einfach Mistress Todd.«
Jane berührte Saxans langes, helles Haar. »Es ist nicht schwer, Euch als eine Todd zu erkennen. Ein paar von Euren Verwandten sind hier in Regenford. Sie haben sich schon auf den Weg gemacht, um Euren Bruder, Sir Pitney, zu besuchen.« Jane begann, Saxans Haar zu waschen.
»Sir Pitney Todd«, sagte Saxan leise mit unverhohlenem Stolz auf ihren Bruder. »Das klingt großartig, nicht wahr?«
»O ja, es klingt hübsch«, pflichtete Jane ihr bei. »Und er hat sich den Titel wirklich verdient. Euer Bruder war sehr mutig.«
»Bei allen Heiligen, ist die Geschichte denn tatsächlich schon bis nach Regenford vorgedrungen?«
»Der Bote brachte sie mit, als er vor zwei Tagen mit der Nachricht von der bevorstehenden Ankunft seiner Lordschaft hier eintraf.«
»Natürlich. Das hier ist wohl ein sehr großer Haushalt.«
»Aye. Das werdet Ihr noch viel deutlicher empfinden, wenn Ihr zum Speisen in den Rittersaal geht. Es ist unbedingt notwendig, daß Regenford immer ausreichend bemannt ist. Ihr werdet hier viele Freunde finden.«
»Ich weiß nicht, ob mir Zeit dafür bleibt, denn ich muß zurück nach Wolfshead Hall.«
»Aber ...« Jane runzelte die Stirn. »Mir hat man gesagt, Ihr würdet sehr lange hierbleiben.«
»Ja, das behauptet seine Lordschaft. Wir werden sehen.« Saxan hätte um ein Haar über das verdutzte Gesicht des Mädchens gelacht, doch sie verstand, daß es für Jane ausgesprochen unge-

wohnt war, wenn jemand die Anordnungen ihres Herrn in Frage stellte.
Janes Worte bewirkten, daß Saxan ihre Situation ernsthafter überdachte. In Regenford ging man eindeutig davon aus, daß sie für lange Zeit bleiben würde. Diese Überzeugung stammte wahrscheinlich von Botolf selbst, und das könnte Schwierigkeiten zur Folge haben. Da würde auch die bevorstehende Ankunft ihrer älteren Brüder nicht mehr viel ausrichten können. Schließlich war Botolf ihrer aller Lehnsherr. Womöglich wagten sie es nicht, sich den Wünschen des Mannes zu widersetzen. Also war es durchaus möglich, daß sie sich sehr lange in Regenford würde aufhalten müssen, und dann war es gewiß klug, sich schon mal darauf einzustellen.
Sie verzog unwillig das Gesicht und stieg aus dem Badezuber. Regenford war eine schöne Burg, aber doch nicht ihr Zuhause. Die meisten der zahllosen Menschen, die in den Sälen umherliefen, waren ihr fremd. Außerdem war sie auch nicht sonderlich erfreut über die Aussicht, Unterricht in feinem Benehmen zu erhalten, selbst wenn die liebenswürdige, sanfte Lady Mary ihre Lehrerin sein sollte. Saxan sah einfach keinen Sinn in derartigen Dingen.
Vielleicht, so überlegte sie, während sie das Gewand anlegte, das ein Mädchen, während sie badete, hereingebracht hatte, vielleicht wäre es ganz gut, wenn sie dem Earl vor Augen führte, daß sie keines Unterrichts bedurfte. Schließlich war sie nicht ohne eine gewisse Vorstellung von höfischem Benehmen aufgewachsen. Wenn sie sich nur Mühe gab, würde es ihr gelingen, sich von ihrer vornehmsten Seite zu zeigen. Dann würde Botolf ihr die Heimreise gestatten müssen.
Für einen flüchtigen Augenblick fragte Saxan sich, warum sie eigentlich unbedingt nach Hause wollte. Unbekanntes Land und neue Gesichter waren im Grunde doch genau das, was sie

sich wünschte. Jetzt bot sich ihr die Gelegenheit, von beidem etwas mehr kennenzulernen, und doch hatte sie nur den einen Wunsch, nämlich zurück nach Wolfshead Hall zu eilen. Eine leise Stimme in ihrem Kopf flüsterte ihr ein, daß der Earl selbst der Grund war. Seine Küsse und die Glut, die er in ihr entfachte, ließen sich nicht aus ihren Gedanken verbannen. Diese Leidenschaft war beängstigend und zugleich verlockend. So ungern sie sich es eingestand, war es doch durchaus möglich, daß sie sowohl vor ihrem eigenen Verlangen nach dem Mann wie auch vor ihrer Unfähigkeit, die Absichten Botolfs einzuschätzen, davonlief. Saxan konnte sich einfach nicht von dem Gefühl befreien, daß es nicht sonderlich sicher war, in der Nähe des Earls of Regenford zu bleiben.
Saxan straffte die Schultern und ermahnte sich, nicht so feige zu sein. Von dem Earl oder den Gefühlen, die er in ihr hervorrief, drohten ihr keine Gefahr. Falls sich die Motive für seine Aufmerksamkeiten als unehrenhaft erweisen sollten, würde ihre umfangreiche Verwandtschaft ihr mit Rat und Führung zur Seite stehen. Familienstolz allein würde bewirken, daß jeder einzelne von ihnen sich bereitwillig gegen den Earl erhob, wenn sich herausstellen sollte, daß Botolf nichts weiter als sein Vergnügen bei ihr suchte. Sollte der Earl beabsichtigen, sie zu seiner Geliebten zu machen, würde er sich umschauen. Saxan war jedoch zuversichtlich, daß ihr gesunder Menschenverstand und ihre innere Stärke ihr genügend Schutz vor jeglichen unehrenhaften Absichten gewähren würden.
Entschieden entspannter strich sie nun ihre Röcke glatt und ließ sich von Jane hinunter in den Rittersaal führen.

Botolf saß am Haupttisch im großen Saal und sah zu, wie seine Gäste und Gefolgsleute hereinströmten. Als ihm bewußt wurde, daß er im Grunde doch nur auf Saxan wartete, verzog er das

Gesicht. Diese Angewohnheit würde er schnellstens ablegen müssen.
Dann bemerkte Botolf, daß Saxans Verwandte ihn nahezu ständig beobachteten. Augenscheinlich war ihnen sein Interesse an Saxan aufgefallen, und deshalb hatten sie wohl beschlossen, ihn streng im Auge zu behalten. Das amüsierte Botolf, aber gleichzeitig war er verärgert. Edrics Überwachung erfolgte nahezu unmerklich. Doch seine Söhne und die drei jungen Jagers waren nicht so zurückhaltend wie Edric.
Zuerst war Botolf beleidigt, doch es fiel ihm nicht sonderlich schwer, sich dagegen zu wehren. Die Todds und ihre zahlreichen Seitenlinien hielten nun mal fest zusammen. Botolf sagte sich, daß er wahrscheinlich genauso handeln würde, wenn er eine Schwester oder sonst eine junge, hübsche Verwandte hätte. Er hatte bisher noch nicht klar gemacht, welche Absichten er verfolgte. Also hatten sie jedes Recht, sich zu fragen, was für ein Spielchen er trieb.
Er verzog das Gesicht, als er sich eingestand, daß auch er selbst sich noch nicht völlig über seine Absichten im klaren war. Er brauchte eine Braut, denn wenn er nicht bald selbst eine fand, würde der König eine für ihn auswählen. Und dies wollte er um jeden Preis vermeiden. Saxan faszinierte und erregte ihn. Mit ihr konnte er offen über alles reden. Trotzdem war er froh, daß ihm noch eine Frist von ein paar Tagen bis zur Ankunft ihres ältesten Bruders, Lord Hunter Todd, blieb. Sein Entschluß stand zwar fest, doch er benötigte noch ein wenig Zeit, um sich daran zu gewöhnen. Außerdem hoffte Botolf, daß die Wartezeit dazu beitragen würde, Saxan zumindest etwas empfänglicher für seinen Plan zu stimmen.
»Allmächtiger«, flüsterte Wesley.
Der Ausruf seines Freundes riß Botolf aus seinen Gedanken. Er folgte dem Blick seines Lehnsmanns und erstaunte ebenso wie

dieser. Als Junge verkleidet hatte Saxan verführerisch ausgesehen, in den Kleidern einer Dame jedoch war ihr Anblick eine süße Qual. Das weich fließende blaue Gewand, das sie trug, betonte ihre Augenfarbe und schmeichelte ihrer schlanken Gestalt. Ihr glänzendes Haar war säuberlich geflochten und hing ihr in einem dicken Zopf über die Schulter. Botolf konnte es kaum fassen, daß allein die Kleidung eine solche Veränderung bewirkte.

Saxan errötete unter all den Blicken, die sich auf sie richteten, als sie den Rittersaal betrat. Dort waren alle Männer versammelt, die sie von der Reise her kannte und die sie in Jungenkleidung gesehen hatten. Nur zu gern nahm sie den Arm, den Lady Mary ihr bot, denn sie brauchte Unterstützung, und ließ sich von der Dame zu Botolf führen. Saxan überlegte, ob sie die nahezu verdutzten Blicke der Männer als Beleidigung werten sollte, schüttelte die leise Kränkung dann jedoch entschlossen ab. Sie hatten sich einfach nur daran gewöhnt, in ihr das eigensinnige Mädchen in Jungenkleidern zu sehen, und jetzt fiel es ihnen schwer, sich auf die veränderten Tatsachen einzustellen. Es war auch durchaus möglich, daß einige von ihnen sie überhaupt nicht als Frau betrachtet hatten. Ein Lächeln umspielte ihre Mundwinkel, als sie sich vorstellte, wie der eine oder andere womöglich verzweifelt versuchte, sich zu erinnern, ob er irgend etwas gesagt oder getan haben könnte, was eine Dame als Beleidigung würde auffassen müssen. Bald schon würden sie allerdings erkennen, daß sie in der Beziehung nicht so empfindlich war, und wieder völlig ungezwungen mit ihr umgehen.

Sie zögerte, als man sie drängte, zu Botolfs Rechter Platz zu nehmen. »Ist dieser Platz nicht zu ehrenvoll für mich?«

Ihre unsichere Frage weckte Botolf aus seiner Erstarrung, und er winkte Saxan zu sich. »Aber nein. Bitte setzt Euch.«

»Aber ...«
»Saxan ... setzt Euch.«
Obwohl sein Befehlston sie ärgerte, gehorchte sie doch. Sie warf einen Blick über die Schulter und sah ihre drei Vettern, die Jagers. Da lächelte sie ungezwungen und winkte ihnen zu. Fröhlich erwiderten sie ihren Gruß. Ganz gleich, welche Art von Verwirrung ihr verlängerter Aufenthalt in Regenford in ihr hervorrief, die Freude über die Gelegenheit, die Jungen wiederzusehen, wurde dadurch nicht getrübt. Sie waren eben schon allzulange nicht mehr zusammengewesen.
»Saxan, Kind«, rief Lady Mary, und unterdrücktes Lachen schwang in ihrer Stimme mit.
»Ihr wünscht etwas, Mylady?« fragte Saxan und wandte sich der Frau zu, die ihr gegenübersaß.
»Ich möchte Euch nur sagen, daß nun aufgetragen wird.«
Botolf verbiß sich ein Lachen, denn er wußte wohl, daß seine Mutter Saxan für ihren liebenswerten kleinen Verstoß gegen die Sitten hatte rügen wollen, es dann aber doch nicht über sich brachte.
Saxan genoß das herzhafte, köstliche Mahl. Die Gespräche um sie herum bestanden zum größten Teil aus Botolfs eingehenden Schilderungen des Lebens in Regenford. Da die Herren von Regenford seit vielen Generationen ihre Lehnsherren gewesen waren, hatte sie die meisten seiner Geschichten längst gehört, doch die Art, wie Botolf sie zum besten gab, ließ alles in einem neuen, interessanteren Licht erscheinen. Er betrachtete das Leben nicht so wie andere. Saxan scheute sich auch nicht, ihm zu sagen, wenn er sich ihrer Meinung nach einmal in einem Punkt irrte.
»Ich bin sicher, daß Sir Tarkingtons Truppen von der rechten Flanke her in diese Schlacht eingriffen«, korrigierte sie ihn einmal, schob ihren leeren Teller zurück und nahm einen Schluck

Wein. »Es war mein Onkel, Sir Jager, der von links geritten kam.«
»Da magst du recht haben«, sagte Botolf leise, während er hastig die zur Debatte stehende Schlacht in Gedanken rekonstruierte.
»Natürlich habe ich recht«, erwiderte sie hochmütig, zerstörte diesen Eindruck aber gleich wieder, indem sie über Botolfs hochgezogene Augenbrauen lachte.
»Liebe Base?«
Saxan drehte sich zu den drei Jagers und den Brüdern Healdon um. »Du wünschst mich zu sprechen?«
»Wenn Mylord es gestattet«, antwortete Addis, der älteste der Gebrüder Jager, mit einer leichten Verbeugung in Botolfs Richtung. »Hättest du Lust, uns bei einem kleinen Spaziergang Gesellschaft zu leisten, bevor du dich zur Nacht zurückziehst, Saxan? Wir haben einander so lange nicht gesehen oder gesprochen.«
»Darf ich, Mylord?« fragte sie Botolf und gab sich keinerlei Mühe, ihre Begeisterung zu verbergen.
»Natürlich«, stimmte Botolf mit schlecht verhohlenem Widerwillen zu. »Vielleicht schließe ich mich nach einer kleinen Weile an.«
»Ihr seid natürlich höchst willkommen«, sagte sie, indem sie bereits aufstand und sich mit ihren Vettern entfernte.
»Sie meinen es nicht als Beleidigung«, sagte Sir Edric leise lachend und rückte näher an Botolf heran.
»Und ich fühle mich auch nicht beleidigt. Sobald ich meinen Wein ausgetrunken habe, werde ich ebenfalls noch ein wenig an die frische Luft gehen. Ich habe die Absicht, ihnen zu verstehen zu geben, daß ich mich nicht so leicht ablenken lasse.«
»Ablenken? Wovon, Mylord?« fragte Sir Edric liebenswürdig.

Botolf lächelte nur und wandte sich seiner Mutter zu. Er merkte, wie schwer es ihr fiel, Sir Edric möglichst unbeachtet zu lassen. Wieder einmal fragte Botolf sich, was wohl zwischen ihr und Edric vorgefallen sein mochte. Leider würde er es nie erfahren, es sei denn, seine Mutter oder Sir Edric könnten sich entschließen, mit ihm darüber zu reden. Seine Mutter war, soviel wußte er, keine lose, unbeständige Frau, und doch hatte sie den Mann geküßt, dem sie jetzt aus dem Weg zu gehen suchte. Botolf stand vor einem Rätsel. Als er die Traurigkeit im Blick seiner Mutter bemerkte, wünschte er sich beinahe, er hätte Saxan nicht befohlen, sich nicht einzumischen.

»Ah, die Nacht ist wirklich herrlich«, sagte Saxan leise und blickte voller Bewunderung zum Vollmond und den zahlreichen Sternen auf.
»Der Mond scheint so hell, daß man in seinem Licht Würfel spielen könnte«, bemerkte Addis.
»Da magst du recht haben, Addis«, sagte sie und lächelte verhalten, denn sie wußte, daß er sich nach einem Spielchen sehnte.
»Wir sollten die Probe aufs Exempel machen«, schlug Kyne vor, der jüngste der Jagers. »Wir brauchen weiter nichts als eine einigermaßen ebene Stelle.
»Wenn ich mich recht erinnere, findet sich gleich hier um die Ecke ein gutes Plätzchen«, sagte Kenelm. »Ein, zwei Würfelrunden würden genügen, um Addis' Vermutung zu bestätigen oder auch nicht.«
Wenige Augenblicke später kniete Saxan mit ihren fünf Vettern, völlig dem Würfelspiel hingegeben, auf dem Boden. Nur flüchtig schoß ihr der Gedanke durch den Kopf, daß dies keine angemessene Beschäftigung für eine Dame sei. Aber außer ihren Vettern sah sie ja niemand, und denen war es gleichgültig.

Endlich erhob sich Botolf, um Saxan zu suchen, und auch Edric kam geschwind auf die Füße. »Wenn Ihr gestattet, Euer Lordschaft, würde ich Euch gern auf Eurem Spaziergang begleiten.«

»Mit Vergnügen«, antwortete Botolf gedehnt, schon auf dem Weg aus dem Saal. »Fast Euer gesamter Clan ist bereits draußen.«

»Beileibe nicht, Mylord«, entgegnete Edric leise. »Wir sind eine sehr große Familie.«

»Und die Todds sind die Maßgeblichen?«

»Aye, obwohl einige von uns höhere Titel innehaben. Die Todds werden als Stamm einer sehr weitverzweigten Familie anerkannt.«

Botolf schüttelte den Kopf. »Eure Familie gemahnt an eine kräftige Eiche mit starken Ästen, wogegen die meine wie ein schwacher Schößling erscheint.«

»Es gab auch Jahre, während derer der Eindruck vorherrschte, wir wären nur sehr wenige. Die alljährlichen Versammlungen waren spärlich besucht, und das war beängstigend. Kein Mann sieht es gern, wenn seine Familie ausstirbt, wenn er glauben muß, daß ihre Zeit sich dem Ende zuneigt. Es ist immer traurig, wenn ein großer Name untergeht. Aber es bricht einem Mann das Herz, wenn er sich umschaut und immer weniger von seinem Blute sieht, wenn er erkennen muß, daß jede Spur von ihm und von seinesgleichen im Sande versickert.«

»Wenn jede Ehe nur spärliche Früchte hervorbringt, ist ein solches Ende vorgezeichnet.« Botolf ließ im Geiste schnell seine eigene Familie Revue passieren und fügte leise hinzu: »Wenige meiner ohnehin dünn gesäten Verwandten haben mehr als ein, zwei Kinder gezeugt. Und es gibt auch nicht viele Bastarde. Es sieht so aus, als wäre die Linie der Lavington zum Aussterben verdammt. Das befürchtete schon mein Vater.« Er hob die

Schultern. »Vielleicht ist es Gottes Wille, daß unsere Zeit zu Ende geht.«

»Mylord, was ich jetzt sage, dient nur dazu, Euch ein wenig Hoffnung zu machen. Aye, und meinen kleinen Beitrag zur Rettung einer Familie zu leisten, die den meinen nichts als Gutes hat zukommen lassen.«

»Ah, Ihr wollt mich wohl in bezug auf die Wahl meiner künftigen Frau beeinflussen.«

»Ich fürchte, so könnte man es verstehen, Mylord.«

»Sprecht frei und offen, Sir Edric. Ich weiß, daß Ihr nicht zu hinterhältigen Gedanken neigt.«

»Vielleicht liegt das Übel Eurer Familie tatsächlich in der Brautwahl begründet. Wenn ein Mann einen ehrwürdigen Titel trägt und auf einen edlen Stammbaum zurückblickt, neigt er dazu, aus Gründen der Politik, der Vermehrung seines Landbesitzes oder seines Vermögens zu heiraten. Das ist das einzige, wonach er urteilt.« Edric nickte gedankenverloren einem der Gefolgsmänner zu, während er und Botolf den inneren Burghof durchquerten. »Sicher, er achtet auch auf den Stammbaum, aber lediglich um der Reinerhaltung des Blutes willen. Oft genug werden innerhalb eines Clans Verbindungen eingegangen. War es so in Eurer Familie?«

»Meine Mutter war die Base meines Vaters, meine verstorbene Gattin war meine Base.« Mit gefurchter Stirn versuchte Botolf, sich der Abstammung weiterer Bräute der Lavingtons zu entsinnen. »Glaubt Ihr, es ist nicht recht, seine eigene Base zu heiraten? Ich weiß wohl, daß die Kirche es nicht gern sieht, aber es geschieht trotzdem immer wieder.«

»Nein, es ist gewiß kein Unrecht, doch wenn eine Familie im Aussterben begriffen ist, wenn die Nachkommenschaft immer geringer wird, ist es dann ratsam, weiterhin Gattinnen von eben diesem Blut zu wählen? Ob die Schwäche nun Gottes Wille ist oder nicht, sie ist nun einmal da und sollte nicht unbeachtet bleiben. Wenn ein Mann seine Gattin nach Reichtum, Landbesitz und Abstammung aussuchen kann, warum sollte er nicht auch die Gebärfreudigkeit als Kriterium in Betracht ziehen? Ist es etwa klug, eine Frau zu nehmen, die das einzige Kind eines einzigen Kindes ist? Gut, mag sein, daß diese Frau viele gesunde Kinder zur Welt bringt, trotzdem sollte bedacht werden, daß wir alle nun einmal das Erbe unserer Väter in uns tragen, und das sollten wir nie vergessen. Wir heiraten, um Erben zu zeugen. Das ist unsere Pflicht und unsere Freude. Ich frage mich: warum mißachten wir dann so oft Hinweise darauf, daß die Familie der Braut in dieser Hinsicht über Generationen nicht erfolgreich war?«

»Wählt man in Eurer Familie gemäß solchen Überlegungen die Bräute aus?«

»Wir bemühen uns.« Edric lächelte. »Ach, oft genug aber siegt das Herz über den Verstand. Meine Frau stammte aus einer aussterbenden Familie. Sie schenkte mir zwei Söhne, doch mehr hätte sie nicht gebären können, auch wenn sie länger gelebt hätte. Mehr Frucht brachte ihr Körper nicht hervor, aber ich war glücklich.«

»Es erscheint mir grausam, eine Frau zu ehelichen, nur um sie unablässig zu schwängern.«

»Das schlage ich ja gar nicht vor, denn es ist tatsächlich grausam, eine Frau auf diese Weise ihrer Gesundheit und Schönheit zu berauben. Aye, ich weiß, es ist Gottes Wille, daß wir fruchtbar sind, aber ganz gleich, was die Pfaffen sagen, ich glaube nicht, daß wir so weit gehen sollen, unsere Frauen aus Gehorsam gegen seine Gebote dem schleichenden Tod anheimzugeben. Eine Frau ist lange Jahre fruchtbar. Zwischen den Schwangerschaften kann sie sich erholen und Kräfte sammeln und einem Mann trotzdem reiche Nachkommenschaft bescheren.

Sie kann drei Kinder bekommen oder auch zwanzig. Das sollte sie selbst entscheiden.«
»Sie? Ihr wolltet doch gewißlich sagen, daß ihr Gatte dies entscheidet.«
»Wer weiß besser darüber Bescheid, was ihr Körper leisten kann, als die Frau selbst?«
Botolfs Augen weiteten sich, als er die Weisheit in dieser Überlegung erkannte, eine Weisheit, die auch ihm längst hätte eigen sein müssen. »Natürlich. Welchen Sinn hätte es denn, eine Frau dermaßen zu schwächen, daß sie lediglich schwache Kinder zur Welt bringen kann, die das erste Jahr nicht überleben?«
»Eure Familie siecht dahin, Mylord. Eure Leute sehen es und sorgen sich. Ich will Euch nicht schmeicheln, indem ich behaupte, es geschieht aus Liebe zu Euch. Die Lavingtons sind von jeher gute Lehnsherren. Wir wünschen keine Veränderung, die sich womöglich zu unserem Nachteil auswirkt. Ich rate Euch nur, mit wachem Blick die Familie Eurer Braut in Augenschein zu nehmen. Ist man dort gezwungen, alle Hoffnung auf ein, zwei Kinder zu setzen, weil kein weiteres geboren wurde? Der Tod lauert an jeder Wegbiegung, und nicht alle Kinder entkommen ihm und werden erwachsen. Eine große Familie ist nicht nur ein großes Glück, sondern auch eine Versicherung gegen alles, was einem schwachen Kind ein erfülltes Leben versagen könnte. Vielleicht braucht Eure Familie, um ihr langsames Aussterben aufzuhalten, lediglich frisches, kräftigendes Blut.«
»Fruchtbares Blut«, ergänzte Botolf. »Kluge Worte, Sir Edric. Es ist nur weise, die Familie einer Braut auf ihre Fortpflanzungsfähigkeit hin zu betrachten, wenn meine eigene Linie zu versiegen droht. Allmächtiger«, flüsterte er bestürzt, als er und Edric eine Wegbiegung nahmen und Saxan und ihre Vettern entdeckten.
Sein Schock angesichts der Tatsache, daß Saxan auf den Knien

lautstark in ein Würfelspiel mit fünf jungen Männern verwikkelt war, ließ rasch nach und machte der Belustigung Platz, als sechs hübsche Gesichter zu ihm herumfuhren, sämtlich mit dem Ausdruck äußerster Verblüffung. Nur mühsam verbiß Botolf sich das Lachen, als er Saxan beim Arm nahm und ihr beim Aufstehen behilflich war.

»Wer gewinnt?« fragte er, während sie hastig ihre Röcke ausschüttelte.

»Sie«, erwiderte Addis mit einem tiefen Seufzer. »Es war dumm zu glauben, ihre verdammte Glückssträhne würde endlich abbrechen, so daß ich Gelegenheit bekäme, alles zurückzugewinnen, was ich beim letzten Spiel an sie verloren hatte. Nur gut, daß wir immer nur um kleine Einsätze spielen, sonst würde ich längst in Lumpen gehen.«

»Hör auf zu jammern, Addis«, schimpfte Saxan. »Wo ist mein Gewinn? Vielleicht brauchst du Hilfe, alles für mich aufzusammeln.«

»Angeberin«, sagte Kenelm lachend, während er und seine Vettern die auf dem Boden verstreuten Münzen aufsammelten und in Saxans geöffnete Hände legten. »Ah, der Schmerz des Verlusts wird gemildert durch das Wissen darum, wie du deinen Gewinn ausgeben wirst.«

»Wolltest du nicht längst gehen?« fragte Saxan mit nahezu schnurrender Stimme und sah ihren geschwätzigen Vetter böse an.

Edric lachte leise, als alle fünf sich hastig und an geprügelte Hunde erinnernd aus dem Staub machten. »Kind, wenn du die gleiche Wirkung auf die Schotten hättest, würden unsere Rüstungen wohl bald einrosten.«

»Wofür gebt Ihr Euren Gewinn aus?« fragte Botolf interessiert.

»Ach, für nichts.« Da Saxan Botolf nicht ansehen und gleichzeitig eine so ausweichende Antwort geben konnte, konzentrierte

sie sich ganz darauf, ihren Gewinn in ihre Taschen zu stopfen. »Seid Ihr gekommen, um mich zurück zur Burg zu geleiten?«
Ein rascher Blick in Edrics ungerührtes Gesicht verriet Botolf, daß Saxans Ausflüchte den Mann nicht verwunderten. Er beschloß, das Thema zunächst einmal ruhen zu lassen, sich die Antwort aber auf jeden Fall später noch zu holen.
»Ich bin gekommen, um Euch um Eure Begleitung auf einem Gang durch den Garten meiner Mutter zu bitten«, sagte Botolf zu Saxan.
Er nahm ihren Arm und führte sie über die gepflegten Wege durch den ständig wachsenden Garten seiner Mutter. Es ärgerte ihn maßlos, daß Edric ungefragt an seiner Seite blieb. Zwar hatte er mit einem gewissen Maß an Beaufsichtigung rechnen müssen, aber er wünschte es keineswegs. Er wollte mit Saxan allein sein, hegte jedoch keinerlei unehrenhafte Absichten. Botolf hoffte, das Mädchen und seinen eigenen Standpunkt besser kennenzulernen, wenn er mit ihr allein war und unbefangen reden und handeln konnte.
»Onkel«, schrie Odrick Jager, der ihnen stolpernd entgegenkam. »Du solltest lieber mit mir kommen.«
»Warum? Was ist passiert?« Edric furchte die Stirn, als Odrick seinen Arm ergriff und seinen Onkel von Saxan und Botolf fortzerrte.
»Kenelm prügelt sich mit Addis.« Odrick warf einen Blick auf Botolf. »Ihr entschuldigt uns, Mylord?«
»Aber freilich«, sagte Botolf und beantwortete Edrics finstere Miene mit einem breiten Grinsen.
»Ich bin gleich zurück«, sagte Edric streng, bevor er mit Odrick davoneilte.
»Wegen mir braucht Ihr Euch nicht abzuhetzen«, rief Botolf ihm nach und hielt Saxan zurück, die ihrem Onkel und ihrem Vetter nachlaufen wollte. »Wohin wollt Ihr denn so eilig?«

»Ich will den Kampf sehen«, antwortete sie.
»Allmählich glaube ich, daß Ihr viel zu häufig Zeugin solcher Vorfälle seid. Laßt diesen einen aus und geht statt dessen mit mir spazieren.«
»Wie Ihr wünscht.« Sie paßte sich seinem Schritt an, als er zwischen den Beeten seiner Mutter hindurch weiterging. »Ihr habt ganz recht. Kenelm und Addis streiten oft. Addis ist klug, versteht Ihr, und verliert häufig die Geduld mit Kenelm, der etwas schwerfällig ist. Ich schätze, Kenelm muß lernen, besser zu überlegen, und Addis muß lernen, sein aufbrausendes Temperament zu zügeln. Hat Eure Mutter diesen Garten selbst entworfen?«
Botolf brauchte einen Augenblick, um dem abrupten Themenwechsel folgen zu können, ein Vorgehen, dessen sie sich sehr oft bediente. »Ja«, erwiderte er dann. »Mein Vater und ich hielten zunächst überhaupt nichts von der Idee, lernten den Frieden und die Schönheit dieser Anlagen aber schon bald zu schätzen. Hier kann man sehr gut nachdenken.« Er lächelte auf sie herab und bewunderte den milden Glanz, den das Mondlicht in ihr Haar zauberte. »Hat Wolfshead auch einen Garten?«
»Einen kleinen, denn wir haben nicht soviel Platz innerhalb unserer Mauern wie Ihr. Meine Schwester Thylda und ich können uns nie einigen, wie der Garten aussehen soll. Ich mag schlichte Wege zwischen Pflanzen hindurch, die nach Belieben wuchern dürfen, doch sie liebt eine strengere Ordnung. Außerdem bevorzugt Thylda Rot und Weiß, während mir Blau und Gelb besser gefällt. Hinzu kommt, daß meine Schwestern Denu und Tuesday immer mal wieder etwas pflanzen und uns nicht davon unterrichten.«
Botolf schüttelte den Kopf. »Warum tun sie das? Ist das nicht eine Unverschämtheit?«

»Durchaus«, antwortete sie mit einem flüchtigen Lächeln. »Allerdings fürchte ich, daß ihnen gar nichts anderes übrig bleibt. Wenn sie Setzlinge für den Garten mitbringen, wunderschöne Blumen und Ranken, streiten Thylda und ich so ausgiebig darüber, wo und wie sie zu pflanzen wären, daß die armen Dinger darüber eingehen. Deshalb schleichen meine älteren Schwestern einfach heimlich in den Garten und pflanzen ihre Geschenke ein, wo sie es für richtig halten. Wenn sie ihren Besuch beendet haben, laufen Thylda und ich immer gleich hin und sehen nach, was sie wieder angerichtet haben. Ich glaube, mein Onkel kommt zurück.«

»Aye, Ihr habt recht.«

Zu Saxans Verwunderung zog Botolf sie ohne Vorwarnung in ein dichtes Gebüsch. Trotz ihrer Verwirrung gehorchte sie auf sein Zeichen, still zu sein, hätte aber beinahe laut hörbar nach Luft geschnappt, als er sich auf den Boden setzte und sie mit sich zog, so daß sie von allen Seiten hinter üppigem Grünzeug verborgen waren. Manchmal begann Saxan, am Verstand des Earls zu zweifeln, doch sie sagte nichts, auch nicht, als ihr Onkel und dessen Sohn Olan direkt vor ihnen stehenblieben.

»Sie müssen schon heimgegangen sein, Vater«, sagte Olan.

»Mag sein, wenngleich ich es irgendwie bezweifle«, bemerkte Edric leise und schlug den Weg zur Burg zurück ein.

»Nun, sie sind nicht im Garten, und sie würden sich wohl kaum vor uns verstecken.« Olan eilte seinem Vater nach.

»Nay? Dafür würde ich nicht unbedingt die Hand ins Feuer legen.«

»Warum habt Ihr Euch vor meinem Onkel versteckt?« fragte Saxan, sobald Edric und Olan außer Hörweite waren.

Botolf rührte sich nicht von der Stelle, blickte Saxan an und hob die Schultern. »Aus Trotz.« Er lachte leise, als sie ihn erschrokken musterte. Ihre Miene verriet ihre zunehmende Sorge um

seine geistige Gesundheit. »Ihr werdet sehr gut behütet, Kleine.«
»Nay. Warum sollten sie mich behüten?«
»Sie haben uns einmal ertappt, als wir uns umarmten.«
»Schon, aber nur das eine Mal am Bach, und wir haben uns erst zweimal geküßt.«
Er legte den Arm um ihre Schultern und zog das Mädchen enger an sich. »Sollen wir die Zahl auf dreimal erhöhen?«
Saxan wehrte sich nicht, sondern schlang die Arme um seinen Nacken. »Ich sollte meinen Onkel zu Hilfe rufen«, flüsterte sie.
Botolf war hocherfreut über dieses Zeichen ihrer Gunst und lächelte sie an, bevor er seinen Mund auf ihre Lippen senkte. »Dann ruf ihn doch.«
»Onkel«, flüsterte sie und kam seinem Kuß mit unverhohlener Begierde entgegen.
Er schlang die Arme um ihren schmalen Körper und zog sie ganz fest an sich. Er stöhnte auf, als sie beim ersten Vorstoß seiner Zunge willkommenheißend die Lippen öffnete. Langsam drängte er ihren willigen Körper zu Boden und griff nach den Verschnürungen ihres Kleides.
Als Saxan seine Finger an ihrem Mieder spürte, dachte sie nur ganz flüchtig an Widerstand. Die Glut, die Botolf in ihr entfachte, weckte weder Angst noch Scham. Alles erschien ihr so richtig, als wäre es Sinn und Zweck ihres Lebens als Frau. Außerdem vertraute sie Botolf bedingungslos. Ein leiser, lustvoller Ton entschlüpfte ihr, als sie den Kopf in den Nacken legte und Botolfs heißen Küssen Zugang zu ihrem Hals gewährte. Sie erschauerte leicht, als der kühle Abendwind ihre entblößten Brüste streifte, schrie dann aber in Verzückung auf, denn Botolfs sanfte, warme Küsse vertrieben ihr Frösteln äußerst nachhaltig. Er liebkoste ihre Brustspitzen, die sich aufgerichtet hatten und

hart waren, mit der Zunge, und sie war keines zusammenhängenden Gedankens mehr fähig.
Der letzte Rest von Selbstbeherrschung ließ Botolf im Stich, als er Saxans harte Brustspitze unter der Zunge spürte. Die Art, wie ihr geschmeidiger Körper sich ihm entgegenwölbte, und das süße Gefühl, das ihn überkam, als er ihre Brustspitze tief in den Mund saugte, verscheuchte jeden Gedanken an Vorsicht aus seinem von Leidenschaft umnebelten Bewußtsein. Er schob die Hand unter Saxans Röcke und streichelte ihre schlanken Beine.
Erst als seine Hand über ihren Oberschenkel glitt und das Lendentuch berührte, das sie unter dem Kleid trug, gewann er allmählich die Herrschaft über seinen Verstand zurück. Das Gefühl von Stoff anstelle der warmen, ungeschützten Weiblichkeit, die er suchte, zügelte seine Begierde genug, so daß er wieder klar denken konnte. Diese schwache Barriere, die er unter dem Rock keiner anderen Frau gefunden hätte, erinnerte ihn an jene anderen Barrieren, die die Leidenschaft ihn hatte vergessen lassen. Stöhnend ließ er sich mit seinem gesamten Gewicht auf Saxan sinken und preßte das Gesicht an ihre Brust, während er versuchte, das lodernde Feuer in seinen Adern zum Verlöschen zu bringen.
Zwar verursachte die körperliche Enttäuschung einen scharfen Schmerz in ihrem Leib, doch Saxan begriff sehr wohl, daß Botolfs abrupte Unterbrechung des Liebesspiels gut und richtig war. Sie spürte ihn an ihrem Körper zittern, sein Atem ging heiß und unregelmäßig, und sie versuchte, ihm zu helfen. Sie dachte daran, was sie manchmal unternahm, um Muskelschmerzen im Rücken des einen oder anderen ihrer Verwandten zu lindern, Muskelschmerzen, die auf Schwertkampf und schwere Arbeit zurückzuführen waren. Sie fuhr mit der Hand über seinen Rücken und massierte mit sanft knetenden Bewe-

gungen ihrer Finger die breiten Flächen seiner Schultern. Es dauerte gar nicht lange, bis Botolfs fühlbare Anspannung nachließ.

Botolf war verwundert, daß diese langen, schlanken Finger, die ihn so erregen konnten, auch in der Lage waren, die von gezügelter Leidenschaft hervorgerufenen Verspannungen in seinen Muskeln fortzustreicheln. Sie stellte ihn nicht zur Rede, und er hatte auch nicht das Gefühl, daß sie sich schämte. Als er zärtlich ihre Kleidung wieder in Ordnung brachte, dachte er gründlich über die Worte nach, die er sprechen würde. Nach getaner Tat richtete er sich auf, zog Saxan zu sich heran und küßte sie.

»Das war unverantwortlich von mir«, sagte er ruhig, indem er aufstand und auch ihr auf die Füße half. »Ich bin dein Lehnsherr. Meine Aufgabe ist es, dich zu beschützen, nicht aber in den Büschen über dich herzufallen.« Er lächelte schwach und strich mit den Fingerknöcheln sanft über ihre rosigen Wangen. »Du steigst mir zu Kopfe wie der beste Wein. Ich glaube, es wäre klüger von mir, meinen Trotz abzulegen und deinen Verwandten zu gestatten, daß sie dich beschützen.«

»Wenn ich es will, bin ich durchaus in der Lage, mich selbst zu schützen«, sagte sie leise. »Aber ich wollte es nicht.«

»Du solltest meine Eitelkeit nicht mit solchen Worten nähren. Deine heißen Küsse haben das schon zur Genüge besorgt.« Er ergriff ihren Arm und führte sie zurück zur Burg. »Ich fürchte, diese Glut beraubt mich meines Verantwortungsbewußtseins. Du bist unschuldig, ich aber nicht, wenngleich ich nicht eben auf große Erfahrung zurückblicke. Ganz gleich, wer wir auch sind, es ist trotz allem meine Aufgabe, darauf zu achten, daß wir nicht sündigen. Nun ja, sündigen ist vielleicht ein zu starkes Wort, doch mir fällt kein anderes ein. Offensichtlich kann ich mich nicht so benehmen, wie es mir zukäme, und deshalb«,

er zwinkerte Saxan zu, »gibt es keine Spaziergänge in mondbeschienenen Gärten mehr.«
»Wie Ihr wünscht. Mylord, was genau habt Ihr mit mir vor?«
»Du wirst es bald genug erfahren. Da kommt dein Onkel. Er hat uns wieder einmal gesucht.«
Saxan furchte die Stirn. Ihr war klar, daß Botolf die Antwort auf ihre Frage, auf eine Erkundigung, zu der sie ihrer Meinung nach mehr als berechtigt war, geschickt umgangen hatte. Wenngleich sie nicht glaubte, daß Botolf Schlechtes mit ihr im Sinn haben könnte, hätte sie doch liebend gern gewußt, was sie erwartete. Saxan fluchte, als ihr Onkel sich zu ihr gesellte. Sie war keineswegs sicher, daß sie die Geduld zu warten aufbringen würde, doch ein rascher Blick in Botolfs Gesicht verriet ihr, daß ihr nichts anderes übrigblieb.

Sechstes Kapitel

»Wo ist Saxan?«

Botolf war sehr bemüht, seiner Frage den Klang gleichgültiger Neugier zu geben. Seit dem Kuß im Garten waren zwei Tage vergangen, und er hatte Saxan seitdem kaum gesehen. Er hatte gehofft, ein Ausflug in die Stadt auf halber Strecke zwischen Wolfshead und Regenford würde ihm Gelegenheit geben, ein wenig mit ihr zusammenzusein. Doch dann war sie, gleich nachdem sie die Stadt betreten hatten, verschwunden und hatte ihn und Kenelm einfach vor den Stallungen stehenlassen. Zwar war Saxan kaum irgendwo sicherer als innerhalb der Stadtmauern, doch ihr Verschwinden bereitete Botolf trotzdem Sorge. Das wollte er natürlich nicht zeigen, denn angesichts der Unbekümmertheit ihrer Verwandten würde er reichlich albern wirken.

»Ich glaube, sie ist zur Kirche gegangen, Mylord«, erwiderte Kenelm nach kurzer Besprechung mit Olan.

Botolf wartete einen Augenblick ab, da ihn kaum jemand beachtete, und machte sich eilig auf den Weg zu der kleinen steinernen Kirche am nördlichen Stadtrand. Er konnte Saxans Umherstreifen ohne Begleitung einfach nicht so sorglos hinnehmen wie ihre Verwandten. Obwohl die zahlreichen herzlichen Begrüßungen bewiesen, daß die Todds in der Stadt nicht nur wohlbekannt, sondern auch sehr beliebt waren, wurde Botolf das Gefühl nicht los, daß einer jungen Frau, die sich so frei bewegte wie ein Mann, zahllose Gefahren drohten.

Er trat in das kleine Kirchlein. Seine Augen brauchten eine Weile, um sich an die Dunkelheit zu gewöhnen. Dann war Saxan nicht zu übersehen, denn selbst im schwachen Licht der Talgkerzen schimmerte ihr blondes Haar. Augenscheinlich pflegte sie gute Bekanntschaft mit dem Priester. Als Botolf sah, wie sie dem Mann eine gewichtige Geldbörse in die Hand drückte, war ihm auf Anhieb klar, daß es sich um ihren Gewinn aus dem Würfelspiel im Garten handelte.

»Wie geht es der kleinen Elizabeth, Hochwürden?« fragte sie den pummeligen Priester.

»Gut, sehr gut«, erwiderte Hochwürden Chesney. »Wir hatten recht, mein Kind. Aus ihr wird eine gute Nonne. Sie ist wahrhaftig berufen.«

»Ich bin so froh, daß sie endlich ihr Glück gefunden hat.«

»Gott hat in ihr eine großartige Dienerin. Und das hier«, er hob die Börse hoch, »das wird den Blacks gewiß sehr helfen.«

»Wird es ermöglichen, daß sie sich endlich einmal länger als ein Jahr an einem Neugeborenen freuen dürfen?« fragte sie mit von Traurigkeit düsterer Stimme.

»Das liegt in Gottes Hand, mein Kind. Etwas zu essen und ein Dach über dem Kopf wird ihm seine Arbeit allerdings erleichtern, möchte ich meinen«, fügte er mit einem Lächeln hinzu.

»Das hoffe ich.« Sie wandte sich zum Gehen und sah Botolf. »Mylord!«

»Lord Botolf«, sagte Hochwürden Chesney leise und verbeugte sich vor dem Earl, der auf ihn zukam. »Wir sehen Euch selten in unserer kleinen Kirche.«

»Ich würde gern behaupten, es sei die Frömmigkeit, die mich

hierhertrieb, doch ich fürchte, der Grund meines Kommens ist Mistress Todd, die ich suche«, erklärte Botolf.

»Es kann doch nicht sein, daß wir jetzt schon nach Regenford zurückkehren müssen«, wunderte sich Saxan.

»Nay. Mir ist wohl bewußt, daß ich in dieser Angelegenheit mit meiner Meinung allein dastehe, aber es gefällt mir nicht, daß Ihr völlig allein umherstreift.«

Saxans Muskeln spannten sich an, sie furchte die Stirn. »Ich kann allein auf mich achtgeben.«

»Aye, das könnt Ihr, aber Euer Mangel an Körpergröße und Körperkraft kann zur Folge haben, daß Ihr in so manchem Streit die Unterlegene seid. Falls Ihr Euren Stolz einmal beiseite laßt, werdet Ihr zugeben müssen, daß ich recht habe.« Er streckte ihr die Hand entgegen. »Falls Ihr Euren Besuch hier beendet habt, können wir jetzt gehen.«

Mit einem deutlich hörbaren Seufzer der Resignation legte sie ihre Hand in seine. »Aye. Ich bin hier fertig. Bis zum nächsten Mal, Hochwürden«, verabschiedete sie sich von dem Priester.

»Gott mit Euch«, sagte der Mann, als das Pärchen sich zum Gehen anschickte.

Kaum hatten sie die Kirche verlassen, sagte Saxan: »Das wäre wirklich nicht nötig gewesen. Ich habe hier keine Feinde.«

»Das ist nicht zu übersehen, aber Feinde können auch von weither anreisen. Oder willst du behaupten, deine Familie habe überhaupt keine Feinde?«

»Nay. Es gibt schon welche. Aber ...«

»Saxan, nichts, was du sagst, kann meine Meinung zu diesem Thema ändern. Ich weiß, daß du in der Lage bist, für dich selbst einzustehen, daß du mutig und geschickt bist. Aber ich sehe auch, daß du klein und fraulich zart bist. Ich würde keine Ruhe finden, wenn ich wüßte, daß du dich allein und ungeschützt

umhertreibst. Es ist nicht meine Art, das zuzulassen, und ich glaube auch nicht, daß es je so weit kommen würde.«
Eine Weile sagte Saxan gar nichts. Ihr war klar, daß sie es nicht einfach nur mit männlicher Überheblichkeit zu tun hatte. Botolf betrachtete sie nicht als schwach und hilflos. Er handelte so, wie er gemäß seiner Erziehung handeln mußte. Sie war eine Frau und mußte behütet werden. Im Falle eines Angriffs hatte er nichts dagegen einzuwenden, daß sie an seiner Seite kämpfte, doch sollte sie allein und ohne Begleitung in Schwierigkeiten geraten, würde er glauben, versagt zu haben.
»Wohin gehen wir, Mylord?« fragte sie.
Botolf verneigte sich knapp vor ihr. »Wohin immer Ihr wollt, Mylady. Ich bin Euer ergebener Diener.«
Sie knickste. »Wie wohl das meiner Eitelkeit tut, und wie hübsch gesagt, obwohl es nicht stimmt.« Sie nahm seine Hand. »Ich würde gern ein wenig Met trinken.«
Er führte sie zu einem Gasthaus, wo er ihr Met bestellen konnte. Dann fragte er: »Es stimmt also nicht, was ich gesagt habe?«
»Nun, es war lediglich Schmeichelei. Ihr, Mylord, seid keines Menschen Diener, höchstens der des Königs und Gottes. Und ergeben seid Ihr schon gar nicht.«
»So haltet Ihr mich für hochmütig?« Er wußte nicht recht, ob er beleidigt sein sollte oder nicht.
»Auf irgendeine Weise sind alle Männer hochmütig. Ich glaube, sie kommen schon mit dieser Eigenschaft auf die Welt. Es mag daran liegen, daß sie meistens größer und stärker sind als wir anderen. Außerdem bringt man ihnen schon in der Wiege bei, daß sie zum Herrschen bestimmt sind, daß sie es sind, die den Lauf der Welt bestimmen, sei es mit Worten oder mit dem Schwert. Wenn jemand auf irgendeine Art und Weise Macht ausüben kann, dann wird er auch zumindest ein bißchen hochmütig sein.«

»Ich würde dir gern widersprechen, aber deine Worte enthalten zuviel Wahres. Hier aber können wir jetzt erst einmal unseren Met trinken«, sagte er und blieb vor dem Gasthaus stehen.

Botolf ging allein hinein und besorgte für sich und Saxan einen Krug Met. Auf der Suche nach einem Platz, wo sie bequem sitzen würden, erstand er auch noch ein paar Fleischpasteten. Ein hoher Baum wirkte sehr einladend, und Botolf setzte sich. Als Saxan sich neben ihm niedergelassen hatte, reichte er ihr Met und Pastetchen. Von ihrem Platz aus genossen sie den Blick auf das geschäftige Treiben der Stadt – denn es war Markttag –, ohne sich dem Lärm und Gedränge aussetzen zu müssen. Das war Botolf nur recht. Wenngleich die Nacht im Garten ihn belehrt hatte, wie gefährlich es war, mit Saxan allein zu sein, sehnte er sich doch nach ein wenig Intimität mit ihr, um sie besser kennenzulernen.

»Du hast kein sehr enges Verhältnis zu deinen verheirateten Schwestern?« fragte er nach einer Weile belangloser Unterhaltung.

»Unser Verhältnis ist nicht so herzlich, wie ich es mir wünsche«, gab Saxan zu. »Sie heirateten und zogen fort, als ich noch sehr klein war. Seit sie ihre eigenen Familien zu betreuen haben, verbringen sie immer weniger Zeit in Wolfshead Hall.«

»Wie viele Kinder haben sie?«

»Oh, laßt mich überlegen.« Sie furchte leicht die Stirn und verscheuchte eine Fliege, die offenbar versessen darauf war, in Saxans Met zu ertrinken. »Denu hat drei und ist schwanger mit dem vierten. Tuesday hat zwei und bekommt bald das dritte.« Sie bedachte Botolf mit einem schelmischen Blick. »In den ersten Jahren ihrer Ehe war ihr Gatte häufig nicht zu Hause.«

Botolf lachte, doch seine Gedanken beschäftigten sich mit dem, was Sir Edric über die Fruchtbarkeit von Familien gesagt hatte. Saxans Schwestern hatten eindeutig jetzt schon unter Beweis

gestellt, daß sie von einem starken, gebärfreudigen Stamm kamen. Er verzog das Gesicht. Es gefiel ihm nicht, die Ehe zu betrachten wie die Suche nach einer guten Kuh oder einem gesunden Mutterschaf, doch er zwang sich trotzdem dazu. Er konnte nicht länger die Augen davor verschließen, daß seine Familie im Aussterben begriffen war.
Er streckte träge die Hand aus und strich über Saxans dicken Haarzopf. »Sind sie alle so blond?«
»Nay. Tuesdays Gatte ist ein dunkler Typ. Ihre zwei Söhne sind ebenfalls dunkel. Jetzt hofft sie auf eine Tochter.«
»Und Denu?«
»O ja, ihr Mann hat rotes Haar. Ein Sohn und die Tochter sind auch rothaarig, aber der jüngere Sohn ist blond.«
Um seine Gefühle zu verbergen, nahm Botolf einen langen, beruhigenden Schluck aus seinem Krug. In seinem Kopf stellte er eine hastige Rechnung auf. Saxans zwei Schwestern hatten bei fünf Geburten vier Söhne hervorgebracht. Von den neun Kindern ihrer Mutter waren fünf männlichen Geschlechts. Das waren Zahlen, die er nicht mit einem Schulterzucken abtun konnte. Er wünschte sich sehnlichst einen Sohn, um sicherzustellen, daß sein Landbesitz weiterhin in der Familie Lavington blieb. Allerdings wollte Botolf vermeiden, daß Saxan den Grund seines Interesses erkannte, denn einzig und allein aus diesen Erwägungen heraus würde er sie bestimmt nicht heiraten, und er wollte auf keinen Fall, daß sie glaubte, ihm ginge es nur um zahlreiche Nachkommen. Seine Freude über ihre zu erwartende Fruchtbarkeit würde er möglichst für sich behalten.
»Wo hat der Gatte deiner Schwester sich in den ersten Ehejahren denn so häufig herumgetrieben?« wollte er wissen.
»Auf dem Schlachtfeld. Irgendwo tobt immer eine Schlacht.« Sie verzog das Gesicht. »Ich glaube, ihre Ehe stand zu Anfang unter einem sehr schlechten Stern, habe jedoch nie erfahren,

warum. Und fragen mochte ich nicht. Denn wenn es wirklich Schwierigkeiten gegeben hätte, wäre die Erinnerung daran gewiß schmerzlich für meine Schwester gewesen.«
»Aber jetzt ist alles gut.«
»Sehr gut, wenn die unzähligen Male, da ich sie beim Küssen gestört habe, etwas darüber aussagen können.« In gespielter Empörung verdrehte sie die Augen, und Botolf lachte laut.
»Von deinen Brüdern hat sich noch keiner verheiratet?«
»Nay. Hunter hatte sich vor zwei Jahren verlobt, aber seine Braut erwies sich als treulose Hexe. Das hat ihn tief gekränkt«, fügte Saxan beinahe fauchend hinzu und ballte in Erinnerung an die Ereignisse die kleinen Hände zu harten Fäusten.
Botolf deckte rasch seine Hand über eine dieser Fäuste und sagte ruhig: »Vielleicht hat sie einen anderen geliebt.«
»Das hätte Hunter sicherlich verstanden und akzeptiert. Nun, mit der Zeit jedenfalls. Aber nein, diese Frau liebte nur sich selbst und ...« Sie seufzte und schüttelte den Kopf. »Nay, das darf ich nicht sagen. Eine wirkliche Dame würde so etwas nicht aussprechen, und Eure Mutter gibt sich solche Mühe, eine aus mir zu machen.«
»Vermutlich kann ich erraten, was du lieber unausgesprochen läßt. Meine Gattin war auch so eine Frau«, gestand er und erschrak selbst über seine Offenheit.
Saxan sah ihn verdutzt an. Seine heißen Küsse drängten sich mit aller Macht wieder in ihr Bewußtsein. Sie konnte nicht verhindern, daß sie Botolf von Kopf bis Fuß musterte. Es war nicht schwer, es war sogar ein bißchen berauschend, sich an die Länge, den Umfang und die Härte seiner Männlichkeit zu erinnern, die sie gespürt hatte, als sie sich während seiner hitzigen Umarmung fest aneinandergeschmiegt hatten. Sie hob den Blick und sah Belustigung in seinen Augen, woraufhin sie ob ihrer lasterhaften Gedanken heftig errötete.

Sie wandte sich ab und flüsterte: »Sie muß ja ungeheuer gierig gewesen sein.«
Zwar fühlte Botolf sich geschmeichelt und dürstete nach Saxans Kuß, doch er ließ seiner Heiterkeit freien Lauf und lachte. »Saxan, du bist köstlich.«
Ein schmales Lächeln umspielte ihre Lippen, als sie ihn ansah. Dann wurde sie wieder ernst. »Hat sie Euch von Liebe gesprochen?«
Er blickte auf ihre ineinander verschränkten Hände herab und antwortete leise: »Nay, aber ich habe mir eingeredet, sie hätte es getan.«
»Es ist leicht, den Worten eines Menschen das zu entnehmen, was man gern hören möchte. In gewisser Weise war sie sogar freundlicher zu Euch, als Elaine zu Hunter war. Sie hatte meinem verliebten Bruder ewige Liebe geschworen, ihm die Ohren vollgeträufelt mit süßen Versprechungen, Schmeicheleien und Liebesgeflüster. Sie wollte, daß er blind wäre vor Liebe, und er war es auch eine Zeitlang. Dann allerdings wurde sie zu frech, vertraute zu stark darauf, daß sie sein Herz und seinen Verstand in ihrer Gewalt hatte. Das Flüstern der anderen, die nicht so blind waren, wurde bald so laut, daß er es nicht mehr überhören konnte. Sie hatte ihre Rolle allerdings so gut gespielt, daß er noch lange an ihrer Treulosigkeit zweifelte, bis er sie schließlich mit dem Sohn des Schmieds ertappte. Elaine versuchte, es als Vergewaltigung darzustellen, und wäre so weit gegangen, den Jungen dem Tod zu überantworten, um ihre eigene Haut zu retten. Da ließ Hunter sie endlich fallen.
Hunter reichte es, daß sie ihm aus den Augen ging, mir jedoch nicht.« Saxan schüttelte den Kopf. »Sie hatte meinen Bruder tief verletzt und war schuld an einem Riß in unserer Familie. Der Riß ist, Gott sei Dank, verheilt, damals aber war er noch frisch. Ich wollte dafür Sorge tragen, daß sie keinem anderen Mann et-

was Ähnliches antat, aber Hunter deckte meinen Plan auf und vereitelte die Ausführung.«
»Was wolltest du tun?«
»Ich wollte sie zeichnen, mit Narben. Ich wollte ihr die Schönheit nehmen, die sie so hinterhältig benutzte.«
Botolf nickte und drückte ihre Hand, zum Zeichen, daß er sie verstand. »Ich habe oft mit dem Gedanken gespielt, genauso mit Alice zu verfahren.«
»Das ist ein allzu düsteres Gesprächsthema«, sagte Saxan leise. »Was glaubt Ihr, wird mein Bruder bald eintreffen?«
»Aye«, erwiderte Botolf und begann geschickt ein Gespräch über die unablässigen Kämpfe der Schotten und Engländer um die Grenzstadt Berwick.

Erst am späten Nachmittag kehrten sie nach Regenford zurück und erfuhren, daß Lord Hunter Todd und sein Zwillingsbruder Roc eingetroffen waren. Botolf fragte sich verwundert, ob sie Hunters Kommen womöglich durch das Gespräch über ihn heraufbeschworen hatten. Er beobachtete, wie Saxan sich mit einem Freudenschrei zuerst Hunter und dann Roc in die Arme warf, und mußte feststellen, daß er ein wenig eifersüchtig war.
Mehrere Stunden vergingen, bevor er Gelegenheit zu einem Gespräch unter vier Augen mit Hunter in seinen Arbeitsräumen fand. Es überraschte Botolf nicht, als Hunter fragte, ob Roc an der Unterredung teilnehmen dürfte. Da er Pitney und Saxan zusammen erlebt hatte, verstand er inzwischen, wie eng Zwillinge einander verbunden sein können. Allerdings empfand er es als merkwürdig, zwei goldhaarigen Männern mit silbernen Augen gegenüberzustehen, deren gutes Aussehen sogar seine Mutter betroffen machte.
»Unser Dienst beim König ist beendet, Mylord«, sagte Hunter,

als er sich Botolfs Schreibtisch gegenüber auf einen Stuhl setzte. »Jetzt stehen wir Euch zur Verfügung.«
Botolf beugte sich vor und stützte die Ellbogen auf die glänzend polierte Tischplatte. »Ich verlange keinerlei Dienste von Euch, sondern habe Euch zu mir bestellt, weil ich über Saxan reden möchte.«
»Mylord, was im *Boar's Head Inn* vorgefallen ist ...«
»Habe ich längst vergessen. Ehrlich. Ich möchte Eure Schwester zur Frau nehmen.« Er lächelte über den Ausdruck der Verblüffung auf beiden Gesichtern, den sie eilig zu verbergen suchten. »Das überrascht Euch.«
Hunter nickte. »Wir sind von jeher Vasallen der Herren von Regenford.«
»Gestern habe ich die Botschaft vom Einverständnis des Königs mit dieser Ehe erhalten«, erklärte Botolf ruhig.
»So. Und was sagt meine Schwester dazu?«
»Ich habe noch nicht mit ihr gesprochen, da ich davon ausging, daß Ihr als ihr Vormund in der Angelegenheit zu entscheiden hättet.«
»Bei den Todds ist es nicht üblich, sich in die Partnerwahl der Verwandtschaft einzumischen. Ich weiß wohl, daß einige Leute uns deswegen für reichlich verrückt halten, aber wir lassen unseren Frauen gern die freie Wahl.«
»Das habe ich bereits gehört, aber ich bin streng erzogen und habe gelernt, zunächst das Einverständnis des Königs und der Verwandten der betreffenden Frau einzuholen. Ich würde ihr ein guter Gatte sein«, fügte er unverblümt hinzu.
»Aber werdet Ihr auch ein guter Liebhaber sein?« fragte Roc mit leiser Stimme und hob die Schultern, als Botolf ihn verwundert ansah. »Vergebt mir meine Unverschämtheit, aber ich habe das Gefühl, diese Frage stellen zu müssen. Ich fürchte, Ihr haltet nicht aus Liebe um ihre Hand an.«

»Nicht, daß ich wüßte«, gab Botolf ehrlich zu. »Es fällt mir schwer, meine Gefühle zu erklären. Ich bewundere Saxan, ihr Temperament und ihre Aufrichtigkeit. Sie fasziniert mich.«

»Und trotzdem habt Ihr Eure Frau Mutter beauftragt, Saxan in Anstandsregeln zu unterrichten, sie zu ändern«, warf Roc ihm vor.

»Nay«, entgegnete Botolf. »Meine Mutter versucht nicht, sie zu ändern, sondern lediglich, sie zu erziehen. Meine Stellung als Grenzlord verlangt gewisse Dinge von mir und meiner Frau. Ich versuche nur, Saxan davor zu bewahren, daß man die Nase über ihr Benehmen rümpft.«

»Aye, ich verstehe schon. Aber habt Ihr keine Angst, daß Ihr selbst vielleicht einmal die Nase über ihr mangelhaftes höfisches Benehmen rümpft?«

»Nay. Mir ist es überhaupt nicht wichtig. Die Etikette ist mir oft genug lästig. Glaubt mir, ich handle einzig und allein aus der Absicht, sie zu schützen.

»Ich glaube Euch«, sagte Hunter leise, und Roc nickte. »Ein wenig Unterricht kann Saxan nicht schaden.«

Botolf erkannte, daß die Brüder weit mehr von ihm erwarteten als Worte der Bewunderung für ihre Schwester, und er gestand unvermittelt: »Ich wünsche mir Söhne. Ich brauche Söhne.«

»Mylord, was wird geschehen, wenn Saxan Euch keine Söhne schenken sollte? Es ist in unserer Familie auch schon vorgekommen, daß ein Mann keine Kinder zeugen konnte oder eine Frau nur Töchter geboren hat.«

»Dann werde ich es als Gottes Willen betrachten, daß meine Sippe aussterben soll, denn keine Frau verspricht größere Fruchtbarkeit als Eure Schwester.«

Hunter grinste. »So ist es wohl.«

»Ich habe gründlich nachgedacht, bevor ich diese Entscheidung traf, obwohl ich tatsächlich unbedingt eine Frau brauche.

Bald wird der König selbst eine für mich aussuchen.« In seiner Miene kam sein Unbehagen angesichts dieser Vorstellung zum Ausdruck. »Noch vor wenigen Minuten waren meine Gedanken klar und wohlgeordnet, doch jetzt scheinen mir die rechten Worte zur Erklärung zu fehlen.« Er räusperte sich nervös. »Nachdem mein Vater gestorben ist, muß ich häufiger hier in Regenford residieren. Saxan kennt das Leben hier, sie liebt es und fühlt sich wohl in dieser Umgebung. Sie ist stark genug für das Leben an der Grenze. Zudem ist sie ehrlich, und nach der Hölle meiner ersten Ehe verlangt es mich sehr nach Aufrichtigkeit.« Er fuhr sich mit der Hand durchs Haar und lächelte verlegen. »Saxan bringt Heiterkeit in mein Leben, und ich kann mich gut mit ihr unterhalten. Das mag albern klingen, doch für mich spricht es sehr zu ihren Gunsten.« Botolf sah Hunter fest an und gestand offen und ehrlich: »Ich begehre sie.«
»So. Und begehrt Saxan Euch auch?«
»Aye, das tut sie, aber Ihr braucht nicht um ihre Keuschheit zu fürchten. Hätte ich nicht selbst längst erkannt, wie gefährlich es für mich ist, mit ihr allein zu sein, wäre sie doch des Schutzes Eurer Familie sicher gewesen. Wo ich gehe und stehe, treffe ich auf einen Jager, einen Healdon oder einen Todd.« Er grinste, als die Zwillinge lachten, wurde jedoch schnell wieder ernst und fuhr fort: »Ich bin ein Mann, der fest zu seinem Ehegelöbnis steht. Saxan wird von mir keine Treulosigkeit erdulden müssen. Zwar bin ich kein Heiliger, aber welcher Mann ist schon einer? Eine Frau, die mich nicht aus ihrem Bett weist, reicht meinen Ansprüchen vollauf.«
»Es ist gut, daß Ihr uns das alles mitteilt, Mylord. Ihr könntet sie schließlich auch ohne unsere Zustimmung heiraten.«
»Aye, das könnte ich, zumal ich die uneingeschränkte Zustimmung des Königs habe, aber ich möchte, daß alle Betroffenen sich einig sind.«

»Für eine solche Eheschließung würde so mancher beten, aber ich muß zunächst mit Saxan sprechen.« Hunter erhob sich und seufzte. »Ich werde Ihr nicht befehlen, sich als Eure Braut zu betrachten, aber ich bin gern bereit, zu Euren Gunsten zu sprechen. Saxan ist ein junges Mädchen und wünscht sich vielleicht die große Liebe, doch ich weiß zu schätzen, was Ihr ihr bietet. Sie wird es vermutlich auch zu schätzen wissen. Ich muß Euch nur noch eine Frage stellen.«

»Und zwar?« drängte Botolf, als Hunter zögerte.

»Ist Eure erste Frau wirklich ganz und gar für Euch gestorben, Mylord?«

»Sie war schon Monate, bevor ich sie begraben mußte, für mich gestorben. In meinem Ehebett lauern keine Geister.«

Saxan sah ihren Brüdern ahnungsvoll entgegen, als sie in ihr Schlafgemach traten und Jane fortschickten. Sie wußte, daß sie ein ernstes Gespräch mit ihr führen wollten; das sah sie ihren Gesichtern an. Wenn sie ihr nur hätten mitteilen wollen, daß sie sich dem Wunsch des Earls, Saxan durch seine Mutter ausbilden zu lassen, anschlossen, wäre es nicht nötig gewesen, das Mädchen zu entlassen und so ernste Mienen zur Schau zu tragen.

»Wegen welchen Vergehens wollt Ihr mich jetzt schon wieder zur Rede stellen?« fragte sie bemüht unbekümmert, als Hunter und Roc sich auf ihr Bett setzten und sie ansahen.

»Wegen keines Vergehens, Liebling, wenngleich es Wahnsinn war, den Earl töten zu wollen«, erwiderte Hunter.

»Ich fürchte, zu jenem Zeitpunkt war ich tatsächlich dem Wahnsinn anheimgefallen. Als ich glauben mußte, Pitney wäre tot, hat mir der Schmerz das Gehirn umnebelt.«

»Das verstehe ich.« Hunter holte tief Luft und platzte dann heraus: »Der Earl hat um deine Hand angehalten.«

Saxan öffnete zwar den Mund, brachte jedoch vor Verblüffung

kein Wort hervor. Daß Botolf womöglich den Wunsch hegte, sie zu heiraten, hätte sie niemals in Erwägung gezogen. Einen flüchtigen Augenblick lang jubelte ihr Herz, doch es fand schnell wieder zu seinem gewohnten Rhythmus zurück. Jetzt begann sie, sein Verhalten seit ihrer gewalttätigen Begegnung im *Boar's Head Inn* zu verstehen. Sie hätte nur gern gewußt, wann genau dieser Plan in seinem Kopf entstanden war.

»Warum?« fragte sie mit rauher Stimme.

Hunter nahm ihre Hand zwischen seine beiden. »Der Earl hat zwar nicht von Liebe gesprochen, aber was er sagte, läßt mich annehmen, daß er ein guter Ehemann sein wird. Du bist um diese Verbindung zu beneiden.«

Urplötzlich erinnerte sich Saxan des Gesprächs mit Botolf unter dem Baum in der Stadt, und sie seufzte. »Er will Söhne.«

»Aye«, gab Hunter zögernd zu. »Die Linie der Lavingtons stirbt aus.«

»Bist du sicher?«

»Ganz sicher. Botolf wird dir jedoch keine Schuld zuweisen, falls du ihm keine Söhne schenkst. Wenn das der Fall sein sollte, so sagt er, dann wäre es Gottes Wille. Allerdings ist er der Überzeugung, daß wenige andere Frauen ihm eine so zahlreiche Nachkommenschaft versprechen wie du.«

»Du kannst es dem Mann nicht übelnehmen, daß er sich Kinder wünscht, Saxan«, sagte Roc. »Das ist meistens der Grund, wenn Männer heiraten.«

»Das weiß ich«, sagte sie. »Es ist allerdings nicht leicht hinzunehmen, daß ich lediglich als Zuchtstute gehandelt werde.«

»Würde es dir schwerfallen, das Bett mit ihm zu teilen?« fragte Hunter.

Saxans Wangen färbten sich hochrot, als sie den Kopf schüttelte. »Nay. Im Grunde war es immer Botolf, der sich beherrscht hat. Ich nicht.«

Hunter lachte, was Saxan ein widerstrebendes Lächeln entlockte. »Die Todds haben sich in dieser Hinsicht schon immer schwergetan mit der Beherrschung.« Er wurde wieder ernst. »Was empfindest du für den Mann, Liebling?«

»Ich fürchte, ich bin mir meiner Gefühle nicht sicher. Seit dem Augenblick, da ich aufhörte, ihm den Tod zu wünschen, ist er mir ein großes Rätsel. Er kann mich richtig wütend machen, und doch ...« Sie errötete erneut. »... wenn er mich in den Armen hält, verspüre ich keineswegs den Wunsch, ihn von mir zu stoßen. Merkwürdigerweise erscheint es mir recht und billig, ihn tun zu lassen, was er will.«

»Aber du liebst ihn nicht?« wollte Roc wissen.

»Ich traue mich nicht zu sagen, daß ich ihn liebe«, erwiderte Saxan und spielte nervös mit ihrem Haarzopf. »Ich bin mir nicht sicher. Ich begehre ihn, ich vertraue ihm, ich fürchte um seine Sicherheit und ich bin gern mit ihm zusammen.«

»Das hört sich meines Erachtens doch sehr nach Liebe an«, lächelte der andere.

»Mag sein, Roc, doch man sollte sich schon sehr sicher sein, bevor man dieses Wort äußert.«

»Saxan, der König ist voll und ganz einverstanden mit der Verbindung«, ließ Hunter sie wissen.

»Voll und ganz?« Nun, dann ist es entschieden.« Sie war wütend darüber, daß sie ganz offenkundig die allerletzte war, die zu dieser Angelegenheit befragt wurde.

»So könnte es sein, doch der Earl wünscht, daß alle genauso einverstanden sind wie wir.«

»Es ist nicht so, daß ich nicht einverstanden wäre. Habe ich Zeit, um über meine Entscheidung nachzudenken?«

»Aye, Liebling.« Hunter stand auf und küßte sie auf die Wange, und Roc folgte seinem Beispiel. »Ich werde dich nicht drängen.«

»Aber?« flüsterte sie, denn sie hörte wohl das Zögern in seiner Stimme.
Seufzend fügte Hunter hinzu: »Ja, es gibt ein Aber. Du kannst dir sicherlich denken, worum es geht. Der Earl wird dir ein treuer Gatte sein.«
»Hat er das gesagt?« Saxan wußte wohl, daß dieses Versprechen äußerst selten geleistet wurde, denn viele Männer waren der Überzeugung, es stünde ihnen zu, mit jeder beliebigen Frau schlafen zu dürfen, wo und wann immer sie wollten, auch wenn sie verheiratet waren.
»Aye, er steht fest zu dem Ehegelöbnis. Denk auch darüber gut nach«, riet er ihr, bevor er, gefolgt von Roc, ging, um den Earl aufzusuchen.

Botolf führte seine Mutter in den vorderen Saal und wurde mit jedem Schritt unruhiger. Er fragte sich, welch gemeine Schicksalsfügung dafür gesorgt haben mochte, daß ausgerechnet jetzt Lady Odella mit ihrem Gefolge eintraf und die Situation komplizierte. Seit er von Hunter erfahren hatte, daß Saxan bereit war, seinen Antrag zu überdenken, hatte Botolf beabsichtigt, sich den Nachmittag über auf ihre Antwort vorzubereiten. Statt dessen mußte er sich nun Lady Odella widmen, die sich aufführte, als hätte sie Anspruch auf einen warmen Willkommensgruß. Er war nicht in der Stimmung, ihr diesen zu gewähren, doch er bemühte sich redlich, nicht seine guten Manieren zu vergessen, als er am Fuß der Treppe anlangte und Odella sich ihm in die Arme warf. Falls er die Frau beleidigte, würde er sich nur höchst überflüssigen Ärger zuziehen.
»Wir hatten Euch nicht erwartet, Lady Odella«, sagte Botolf höflich, während er sich aus ihrer Umarmung befreite.
»Oh, dabei war ich sicher, daß alles geregelt wäre, als ich das letzte Mal mit Eurer Frau Mutter sprach«, erwiderte Odella.

Lady Mary errötete unter Botolfs Blick. Er wußte, daß seine Mutter bestimmt keine eindeutige Einladung ausgesprochen hatte und allein aus Höflichkeit nun nicht darauf hinwies. Mit einem gezwungenen Lächeln entzog sich Lady Mary geschickt ihrem Sohn, indem sie Lady Odella und deren Vater zu ihren Gemächern geleitete. Botolf aber war entschlossen, seine Mutter später noch zur Rede zu stellen.
Als Hunter und Roc auf ihn zukamen, spannten sich Botolfs Muskeln an. Das fehlte ihm gerade noch, daß Saxans Verwandte mit ihrem ausgeprägten Beschützerinstinkt den Verdacht schöpften, er würde nur mit Saxan spielen. Er wandte sich ihnen zu, um Lady Odellas Anwesenheit zu erklären, und sah die Belustigung in ihren Blicken.
»Ich beneide Euch nicht, Mylord«, bemerkte Hunter gedehnt. »Es ist gefährlich, sich gleichzeitig auf zwei Frauen einzulassen – zumal, wenn eine über ihre Antwort nachdenkt und die andere die gewisse Frage erzwingen will.«
»Ich sehe wohl, wie tief Ihr mit mir empfindet«, sagte Botolf leise und fiel in das Gelächter der Brüder ein. Trotz des möglicherweise bevorstehenden Ärgers sah er auch die heitere Seite der Situation. Und der Ärger würde spätestens einsetzen, wenn sich alle im Rittersaal versammelt hatten.

Saxan überprüfte ihre Erscheinung noch einmal gründlich, bevor sie sich auf den Weg zum Rittersaal machte. Sie wünschte sich sehnlich, daß niemand auf ihre Antwort auf Botolfs Frage drängte, denn trotz stundenlangen Nachdenkens war sie immer noch unsicher. Ihre eigenen Gefühle blieben ihr ein Rätsel, und Botolfs Gefühle sogar noch mehr. Einerseits war sie nur zu gern bereit, Botolfs Frau zu werden, andererseits verhinderten ihre fortgesetzten Zweifel, daß sie der Heirat unverzüglich zustimmte. Wenn sie bloß frei von dem Wissen gewesen wäre, daß ihre Entscheidung letzten Endes doch gar nicht ins Gewicht fiel! Denn so wurde sie der Illusion beraubt, daß sie die Wahl hätte.

Sie schlüpfte in Pitneys Zimmer. Es freute sie unbändig, ihn auf den Beinen anzutreffen, obwohl er nur ein paar Schritte gehen konnte und auch diese nur, wenn ihm jemand half. Der Page führte ihn zurück zum Bett und zog sich dann diskret zurück.

»Du wirst dich im Rittersaal zu uns gesellen«, sagte sie, sobald sie allein waren.

»Bis zu deiner Hochzeit will ich wieder auf den Beinen sein«, sagte er und ließ sie nicht aus den Augen, während er es sich im Bett bequem machte.

»Aha, also hat Hunter schon mit dir gesprochen. Dabei wollte ich dich überraschen.«

»Ich bin froh, daß er es mir gesagt hat, denn ich fürchtete allmählich, der Earl hätte nichts weiter im Sinn als ein Spielchen im Gebüsch.«

»Er zieht sich immer zurück, bevor etwas passieren kann.«

Pitney lachte leise. »Das hört sich so enttäuscht, wenn nicht gar beleidigt an.«

»Ich weiß, es ist schamlos, aber ich kann nicht leugnen, daß der Earl mich haben könnte, sobald er nur mit seinem eleganten Finger winkt.«

»Dann, liebe Schwester, solltest du den Mann wohl am besten heiraten. Dann kann er, sooft er will, mit dem eleganten Finger winken, und du müßtest nicht sündigen, um der Aufforderung Folge zu leisten«, riet Pitney ihr kühn.

»Das wäre zu überlegen.« Sie tauschte ein hintergründiges Lächeln mit ihrem Bruder, doch dann seufzte sie und wurde wieder ernst. »Es wäre schön, wenn Liebe im Spiel wäre. Im Grunde kann ich mir auch vorstellen, ihn zu lieben – vielleicht liebe ich ihn auch schon längst, ohne es selbst zu wissen. Allerdings habe ich nicht die geringste Ahnung, was er für mich empfindet.«

»Und wirst es vielleicht auch nie erfahren. Nicht alle Männer bringen es fertig, auszusprechen, was sie im Herzen fühlen. Laß aber nicht außer acht, daß er sich schließlich für dich entschieden hat. Daß er dich um deine Hand bittet, ist höchst schmeichelhaft für dich.

»Schon, aber ...« Sie seufzte. »Er wünscht sich Söhne, und unsere Familie ist nun mal als ausgesprochen fruchtbar bekannt.« Sie ging zur Tür. »Trotzdem hast du recht. Ich werde daran denken, wie leicht es für ihn sein könnte, mich zu besitzen, und welch große Ehre er mir erweist, indem er mich um meine Hand bittet. Beides ist nicht zu verachten. Übe fleißig Laufen, Pitney, denn ich glaube, es wird bald eine Hochzeit geben.« Unter der Tür hielt sie inne und seufzte erneut. »Je länger ich darüber nachdenke, desto deutlicher wird mir klar, daß ein Nein als Antwort mich entschieden mehr bekümmern würde als ein Ja – trotz all meiner Zweifel.«

Nachdem die schöne Lady Odella gekommen war, rechnete Botolf damit, von Saxan ein klares Nein zur Antwort zu bekommen. Odellas Nachstellungen waren erträglich gewesen, solange er noch auf dem Heiratsmarkt zu haben war. Jetzt aber würden sie lediglich Probleme heraufbeschwören. Botolf trat ins Schlafgemach seiner Mutter und sah sie böse an, obwohl er wußte, daß sie im Grunde keine Schuld trug. Aber er benötigte jemanden, dem er die Schuld geben konnte.

Mit einem einzigen Blick in das finstere Gesicht ihres Sohnes sagte Lady Mary: »Ich habe diese Frau nicht eingeladen. Ganz ehrlich nicht. Ich habe nur Ausflüchte gebraucht, als sie mich bedrängte.«

»Deine Ausflüchte waren ganz eindeutig nicht ausreichend.«

Wütend stapfte er im Zimmer auf und ab. »Es ist nicht zuletzt auch meine eigene Schuld. Ich habe sie nicht abgewiesen, sondern immer wieder ihren Launen nachgegeben. Mir war klar, daß ich bald eine Frau brauchen würde, und sie wäre nicht die schlechteste Wahl gewesen.«
»Dann ist es ja nicht gar so schlimm, daß sie gekommen ist.«
»Es ist eine Katastrophe. Mutter, ich habe mich für eine Frau entschieden. Ich warte nur noch auf ihr Jawort.«
»Saxan Todd«, erriet sie sofort, und ihre Augen weiteten sich.
»Aye, Saxan Todd.« Vor Erleichterung stieß er einen Seufzer aus, als keinerlei Unwille sich in ihrer Miene abzeichnete.
»Was meinst du damit, daß du noch auf ihr Jawort wartest? Ihr Bruder wird doch nichts gegen die Verbindung einzuwenden haben, oder?«
»Nein. Er ist einverstanden. Selbst der König ist einverstanden, sogar sehr. Ich frage mich unwillkürlich, ob er wohl dieselbe Wahl getroffen hätte, wäre sie ihm überlassen gewesen.«
»Dann müssen wir mit der Hochzeitsplanung beginnen.«
»Vielleicht wäre das ganz ratsam, doch es müßte in aller Stille geschehen.« Er sah sie verlegen an. »Ich könnte die Heirat erzwingen, wünsche mir aber, daß Saxan aus freien Stücken meinen Antrag annimmt. Ich will wissen, daß sie mich tatsächlich als Gatten wünscht.«
»Das ist keineswegs dumm, mein Lieber. Fürchtest du, daß Lady Odellas Anwesenheit Probleme bereitet?«
»Aye. Wie Hunter es ausdrückte, stehe ich nun zwischen zwei Frauen – einer, die ihre Antwort auf meinen Antrag überdenkt und einer, die darauf drängt, daß ich ihr einen Antrag mache.«
Lady Mary verzog das Gesicht. »Eine unangenehme Situation.«
»Weiß Gott. Ich kann nicht behaupten, verlobt zu sein, um Lady Odella abzuschrecken, kann aber Saxan auch nicht ehrli-

chen Herzens versichern, ich hätte Odella keine Hoffnungen gemacht. Schließlich habe ich ihr freie Hand in ihrem Spielchen gelassen und darf der Frau gegenüber jetzt nicht unhöflich sein. Ich will, daß ihre Nachstellungen ein Ende haben, will sie aber andererseits auch nicht beleidigen.«
Der Wunsch, sie zu beleidigen, wurde allerdings übermächtig, nachdem er seine Mutter in den Rittersaal geführt hatte. Odella nahm den Platz an Botolfs Seite ein und ließ sich auch nicht verdrängen, als Saxan kam. Nie zuvor hatte Botolf bemerkt, wie halsstarrig diese Frau sein konnte. Er wußte nicht, wie es hatte geschehen können, doch er hatte den starken Eindruck, daß Odella von seinem Entschluß, Saxan zu ehelichen, wußte. Die Art, wie Saxans Gesicht sich verkrampfte und verschloß, verriet ihm nur zu deutlich, daß Odella ein Spiel trieb und Punkte für sich gewann.

Saxan rief sich streng zur Ordnung, bloß nicht albern zu sein. Sie sah mit ihren eigenen Augen, daß Botolf sich Lady Odella gegenüber lediglich höflich benahm, doch ihre Gefühle waren nicht so sachlich wie ihre Beobachtungen. Ihre Gefühle nahmen einzig und allein auf, wie Lady Odella sich an Botolf klammerte, ihren wohlgeformten Körper zwischen sie und Botolf drängte und unverschämt mit dem Mann schäkerte. Sie verspürte den unbändigen Wunsch, der Frau jeden ihrer zierlichen Finger, mit denen sie Botolf unablässig berührte, einzeln zu brechen. Sie war es leid mitanzusehen, wie diese Frau mit Botolf redete, als stünden sie und der Earl sich schon seit langer Zeit sehr nahe.
Als Saxan zu Bett ging, versuchte sie, ihre Gefühle sachlich und vorurteilsfrei zu analysieren. Allmählich glaubte sie, daß sie tatsächlich nicht eben wenig an Eifersucht litt. Das ließ den Schluß zu, daß ihre Gefühle für Botolf entschieden tiefer gin-

gen, als sie selbst vermutet hatte. Um Eifersucht zu empfinden, mußte man einen Menschen schon sehr mögen. Derart überwältigende Besitzansprüche hatte Saxan bisher noch nie erlebt. Mit einem abgrundtiefen Seufzer gestand sie sich ein, daß ihr Wunsch, Botolfs Frau zu werden, zu stark war, um ihn nicht zu beachten. Weder Zweifel noch Unsicherheit oder Eifersucht konnten sie dazu bringen, ein deutliches Nein auszusprechen. Am kommenden Morgen würde sie Botolf wissen lassen, daß sie seinen Antrag annahm.

Bevor sie einschlief, dachte sie noch flüchtig, aber voller Ärger daran, daß es sich als äußerst schwierig erweisen würde, den Mann für einen Augenblick allein anzutreffen.

Siebtes Kapitel

Vor sich hin murmelnd setzte Saxan sich auf eine niedrige, bröckelnde Mauer in Lady Marys Garten. Seit zwei langen Tagen schon gelang es ihr einfach nicht, Botolf allein zu sprechen. Unwillkürlich stellte sie sich die Frage, ob sie sich womöglich getäuscht hatte, als sie annahm, Botolf wäre lediglich höflich zu Lady Odella. Die üppige Blondine war ausgesprochen hübsch. Da war es durchaus möglich, daß Botolf die Aufmerksamkeit, mit der die Frau ihn überschüttete, in vollen Zügen genoß.

Sie erstarrte, als sie Stimmen näherkommen hörte. Der Drang zu schreien wurde beinahe übermächtig, als sie Botolfs Stimme und die der anhänglichen Lady Odella erkannte. Schlimmer noch, sie hatte keine Möglichkeit zu fliehen. Wenn das Pärchen sich nun benahm, wie es nicht für die Öffentlichkeit bestimmt war, um dann sie, Saxan, zu entdecken, läge der Schluß nahe, daß sie ihnen nachspioniert haben könnte. Die Vorstellung fand Saxan genauso abscheulich wie den Gedanken, die zwei als Liebespaar im mondbeschienenen Garten antreffen zu müssen. Sie war ungemein erleichtert, als sie weitergingen, bis sie sie bemerkten.

»Hier bist du also, Saxan«, sagte Botolf. »Ich habe mich schon gefragt, wohin du dich geflüchtet haben könntest.«

Lady Odellas Gesichtsausdruck hätte Saxan um ein Haar ein lautes Lachen entlockt. Sie wußte wohl, daß Botolf nicht den Anschein hatte erwecken wollen, er hätte seinen Spaziergang durch den Garten nur unternommen, um Saxan zu suchen, doch so hatte Odella seine Worte eindeutig verstanden. Es war deutlich zu erkennen, daß die Frau sich in ihrer Eitelkeit tief gekränkt fühlte.

»Ich gehe häufig in diesem Teil des Gartens spazieren«, erwiderte Saxan und verzog das Gesicht, als sie weitere Stimmen hörte, die sich rasch näherten. »Aber so bevölkert war er bisher nie.«

Hunter und Roc lächelten im Vorübergehen zur Begrüßung. Saxan sah die Blicke, mit denen sie Lady Odella bedachten, die sich unbeirrbar an Botolfs Seite hielt. Saxan hatte versucht, sich durch die ständige Gegenwart der Frau nicht aus der Ruhe bringen zu lassen, wunderte sich aber trotzdem nicht darüber, daß ihre Brüder ihren Zorn offenbar ahnten. Sie hoffte, sie würden sich etwas einfallen lassen, um Lady Odella von Botolfs Seite zu reißen. Es wurde höchste Zeit für sie, ein Wort mit dem Earl zu reden, das nicht für Odellas Ohren bestimmt war.

Mit einem flüchtigen Blick auf die drei Todds bemerkte Odella leise: »Es ist entschieden kälter, als ich dachte, Botolf. Wollen wir lieber in den Saal zurückgehen?« Schon wandte sie sich um und zupfte an Botolfs Ärmel.

»Es ist doch eine wirklich angenehme Nacht.« Botolf wich nicht von der Stelle und löste sich geschickt aus ihrem Griff.

»Ah, dann erlaubt uns, Euch zu begleiten, Mylady«, sagte Hunter und nahm Odellas Arm, während Roc sich schnell zwischen Botolf und die Frau drängte. »Mein Bruder und ich haben ebenfalls genügend Nachtluft geschnuppert und möchten gern in den Saal zurück. Eure Schönheit wird uns den Weg erleuchten.«

»Bleibt Ihr etwa noch hier, Botolf?« fragte Odella, als ihre Begleiter sie bereits mit sanfter Gewalt mit sich zogen.
»Aye, ich bleibe noch ein Weilchen«, erwiderte er.
Hunter warf einen Blick über die Schulter zurück und sagte mit Nachdruck: »Aber wir werden Euch gleich noch sehen.«
Botolf lachte leise und setzte sich neben Saxan. Er spürte ihre Aufsässigkeit, war jedoch überzeugt, sie davon heilen zu können. Die wild entschlossene Odella hatte ihm zwar viel Zeit, aber nur einen geringen Teil seiner Aufmerksamkeit für Saxan geraubt. Das konnte er leicht wieder ins Lot bringen.
»Wir haben lange nicht mehr miteinander geredet«, begann er.
»Ich habe stets zu Eurer Verfügung gestanden, Mylord«, wehrte sie sich leise.
»Aye, und Lady Odella auch.«
Saxan sah ihn an und stellte behutsam fest: »Sie glaubt offenbar, das Recht dazu zu haben.«
»Ich fürchte, ich kann nicht behaupten, ihr keinen Anlaß zu dieser Überzeugung geliefert zu haben. Früher hatte ich keinen Grund, sie zur Seite zu schieben und ihrem Spielchen ein Ende zu machen.«
»Und es ist allein ihr Spiel?«
»Ganz allein das ihre. Wie gesagt, ich sah keinen Grund, sie in die Schranken zu weisen.« Er nahm Saxans Hand, drückte einen sanften Kuß hinein und sagte: »Nun, wenn ich verlobt wäre, könnte ich es Odella einfach sagen und so ihre Spielchen verhindern, ohne sie zu beleidigen.«
Saxan blickte auf ihre ineinander verschränkten Hände. »Seid Ihr sicher, daß Ihr das wollt?«
»Ganz sicher. Seit ich dich zum ersten Mal gesehen habe, denke ich kaum noch an etwas anderes.«
Die Art und Weise, wie er mit dem Daumen zart über ihren Handrücken strich, jagte ihr einen köstlichen Schauer über den

Arm, aber sie konnte trotzdem noch klar genug denken und stellte fest: »Ihr wünscht Euch Söhne.«
Er rückte näher an sie heran und liebkoste mit der freien Hand ihren Hals. »Welcher Mann tut das nicht? Außerdem möchte ich die Zeugung dieser Söhne genießen«, sagte er, und seine Stimme klang heiser vor Verlangen. »Es ist wohl nicht nötig, dir zu sagen, daß ich sehr gern mit dir schlafen möchte.« Er lächelte über ihr Erröten und gab ihr einen sanften Kuß auf die Wange. »Du weißt, daß ich dich begehre.«
»Ah, Begehren ist jedoch oft genug nur eine flüchtige Erscheinung, brennt süß und heiß für kurze Zeit und zerfällt dann zu Asche.«
Es fiel ihr immer schwerer, ihre Gedanken beisammenzuhalten, als er noch enger an sie heran rückte. Er legte seinen starken Arm um ihre Schultern und verhinderte so, daß sie sich ihm entzog. Das war völlig überflüssig, denn sie schmiegte sich längst freiwillig an ihn. Bedächtig bedeckte er ihr Gesicht mit warmen, weichen Küssen, was ihr das Blut erhitzte und den Verstand benebelte. Sie umklammerte seine breiten Schultern, gab sich dem Wunsch hin, ihn ihrerseits zu berühren, und hielt sich so an ihm fest.
»Ein so heißes, süßes Verlangen habe ich noch nie empfunden«, flüsterte er und knabberte an ihrem Ohrläppchen. »Wenn das Feuer herunterbrennt, was durchaus geschehen mag, sei es nun ein wenig oder sehr stark, dann bleiben Vertrauen und Zuneigung für den Menschen, der du bist. Beabsichtigst du, nein zu sagen?«
»Ich habe nichts zu sagen. Ihr seid mein Lehnsherr. Der König hat seine Zustimmung gegeben. Meine Familie würde mich für verrückt erklären.«
»Ich wünsche mir, daß du einverstanden bist.«
Sie schlang die Arme um seinen Nacken und versuchte, seine

wandernden Küsse von ihrem Hals zu ihrem Mund umzulenken. »Ich muß doch einverstanden sein.«
»Ich will dich zu nichts zwingen.«
»Oh, aber ich muß es trotzdem tun, denn wenn ich der Heirat nicht zustimme, bin ich doch sehr einverstanden mit dem, was wir jetzt tun.«
Ein sehnsüchtiges Aufstöhnen entfuhr Botolf, bevor er ihr den Kuß gab, nach dem sie sich so sehnte. Ihre Andeutung, daß sie nicht beabsichtigte, sich ihm zu verweigern, brachte sein Blut zum Wallen. Ihre Leidenschaft galt ihm, erkannte er mit prickelndem Triumph. Rücksichtslos vertrieb er den plötzlichen Gedanken, daß ihre Leidenschaft womöglich jedem Mann gelten könnte, der über das rechte Geschick verfügte.
Er mußte seine geballte Willenskraft aufbieten, um sich von ihr zu lösen. Er hielt sie fest und drückte seine Wange in ihr Haar, während sie beide um Selbstbeherrschung rangen. Die Hochzeit muß sehr bald stattfinden, beschloß er, denn mit jedem Mal, da er Saxan in den Armen hielt, verlor er ein weiteres Stück seiner Beherrschung.
»Ich werde mich erkundigen, wie lange deine Familie für die Reise hierher benötigen wird, und so bald wie möglich nach ihrer Ankunft werden wir heiraten«, bestimmte er. »Morgen abend, wenn alle im Rittersaal versammelt sind, geben wir unsere Verlobung bekannt.«
Saxan wich ein wenig vor ihm zurück und überlegte laut: »Meine Familie könnte bedeutend schneller hier sein, als es Euch lieb ist, Mylord.«
Er gab ihr einen Kuß auf die Nasenspitze, stand auf und half ihr auf die Füße. »In Anbetracht des Feuers, das in uns beiden lodert, können sie gar nicht früh genug kommen.«
»Meine Verwandten werden Euch zweifellos zustimmen«, flüsterte sie und strebte an seiner Seite der Burg zu.

Botolf verhielt leicht verdutzt den Schritt. »Deine Verwandten wissen davon?«
»Sie haben schließlich Augen, Mylord.«
»Zu viele, fürchte ich allmählich.« Er lächelte verlegen, als sie lachte.
»Ich habe mit meinem Bruder Pitney über das Problem gesprochen«, gestand sie.
»Das überrascht mich keineswegs.«
»Und mit Hunter und Roc«, fügte sie mit erstickter Stimme hinzu.
»Ihr seid so vertraut miteinander, daß ihr sogar über derartig intime Dinge sprecht?«
»Nun ja, wir sind sehr vertraut, aber ich habe in erster Linie gesprochen, weil ich gefragt wurde. Mein Eingeständnis hat das Gewissen meiner Brüder erleichtert. Sie wünschten, daß ich in die Ehe mit Euch einwillige, aber in unserem Clan verlangt die Tradition von alters her, daß die Frauen ihre Wahl selbst treffen. Meine Brüder wollten wissen, ob das Hinauszögern meiner Antwort auf Euren Antrag mit den ehelichen Pflichten zusammenhinge.«
Botolf nickte. »Eine berechtigte Sorge. Warst du ihnen gegenüber genauso ehrlich wie zu mir?«
»Aye, Mylord.«
»Dann wundert es mich aber sehr, daß sie uns trotzdem allein gelassen haben.«
»Das heiße Aufwallen des Blutes ist etwas, das meine Verwandten sehr gut verstehen. Ich habe ihnen jedoch auch erklärt, wie ausgesprochen ehrenhaft Ihr Euch verhaltet.«
Er unterdrückte sein Lächeln ob der leisen Verärgerung in ihrer Stimme. »Und ehrenhaft werde ich mich bis zu unserer Hochzeit weiterhin verhalten. Ich will nicht, daß es am Morgen nach der Hochzeitsnacht zu unangenehmen Fragen kommt.« Mit

den Fingerspitzen strich er federleicht über ihre geröteten Wangen. »Alles wird so sein, wie es zu sein hat.«
»Ich sollte eigentlich längst an solch offene Worte gewöhnt sein.«
»Ich bin kein Verwandter von dir.«
»Stimmt. Daran liegt es dann wohl, daß mir immer gleich das Blut in die Wangen steigt und daß ich anscheinend nie die rechten Worte finde.« Als sie den Rittersaal betraten, führte Botolf sie zu ihrer Überraschung in einen einigermaßen abgeschirmten Winkel des Raums. »Ich möchte mich jetzt gern in meine Gemächer zurückziehen, Mylord.«
Botolf setzte sich und zog sie an seine Seite auf die Bank, ohne ihre Hand loszulassen. »Du kannst ja gleich gehen. Die Verkündung unserer Verlobung am morgigen Abend wird jedoch leichter zu bewerkstelligen sein, wenn man uns heute schon mal ein wenig abseits sitzen und schäkern sieht, wie Verliebte es tun.«
»Ich fürchte, ich bin nicht sehr geübt im Schäkern, Mylord. Es wird wohl niemanden überzeugen, wenn ich es versuche.«
»Nenn mich Botolf.«
»Wenn es Euch recht ist, möchte ich mir derartige Vertraulichkeiten gern bis nach der Eheschließung aufsparen.«
»Gibt es einen Grund dafür?«
Saxan lächelte dünn. »Es gibt einen, den ich allerdings nicht so ohne weiteres erklären kann. Ich stelle mir vor, es würde mir den Übergang vom jungen Mädchen zur Frau erleichtern. Meine Schwestern haben es auch so gehalten, und obwohl sie oft genug behaupten, daß dieses Vorgehen große Vorteile für sie hatte, können sie den Grund dafür doch nicht in klare Worte fassen. Mir geht es offenbar genauso.«
»Gut. Ganz, wie du wünschst.«
Sie unterhielten sich noch ein Weilchen über Belanglosigkeiten.

Schon bald vergaß Saxan die auf sie gerichtete Aufmerksamkeit der im Saal Anwesenden und wurde ganz unbefangen. Erst nach einer knappen Stunde erhob sie sich, wünschte Botolf eine gute Nacht und zog sich zurück, um schlafen zu gehen. Auf dem Weg in ihre Gemächer suchte sie noch einmal Pitney auf.

Als Saxan ins Zimmer trat, blickte Pitney, der mit Edric Schach spielte, auf. »Nun, du hast also eine Entscheidung hinsichtlich seiner Lordschaft getroffen.«

»Aye«, antwortete sie, nicht im geringsten verwundert über Pitneys Feststellung. »Alles wäre noch viel schöner, wenn Liebe im Spiel wäre. Allerdings kann ich nicht glauben, daß dieses Gefühl für uns unerreichbar ist. Meine Eifersucht auf die lästige Lady Odella brachte mich auf den Gedanken, daß die Liebe meinem Herzen schon viel näher ist, als ich es bisher glaubte.« Sie lächelte über die Belustigung ihrer Verwandten. »Doch jetzt gehe ich schlafen. Ich brauche gewiß zunächst einmal viel Ruhe, wenn ich den morgigen Tag gelassen überstehen will. Schlaft gut.«

»Warte«, rief Pitney ihr nach, wandte sich dann Edric zu und fragte: »Was hältst du von dieser Geschichte?«

»Sie könnte es nicht besser treffen«, erwiderte Edric.

»Das ist keine Frage. Da ich ans Bett gefesselt bin, war es mir leider nicht möglich, das Pärchen zu beobachten. Es würde mich ungemein erleichtern, wenn ich wüßte, daß mehr zwischen ihnen ist als nur das Fieber der Leidenschaft.«

Wenngleich die Antwort ihres Onkels sie sehr interessierte, sah Saxan ihren Bruder finster an. »Was spielt das noch für eine Rolle? Ich habe ja gesagt.«

Pitney beachtete ihren Einwurf nicht. »Was sagst du, Onkel?«

»Da ist mehr«, antwortete Edric. »Saxan und der Earl gehen völlig unbefangen miteinander um, wie gute Kameraden. Man sieht nahezu, wie alle Anspannung von Botolf abfällt, sobald er in ihre Nähe kommt. Das gibt mir entschieden größere Hoffnung auf eine gute Ehe zwischen den beiden, als dieses Fieber, das sie zueinander hinzieht.«

»Hoffentlich hast du recht. Falls er ihr weh tut, kann es durchaus geschehen, daß ich der nächste bin, der versucht, ihn zu erdolchen.«

»Ich habe nicht das geringste Verlangen, Witwe zu werden«, brummte Saxan, höchst verärgert darüber, daß sie über sie verhandelten, als wäre sie gar nicht anwesend.

Edric grinste, wurde jedoch gleich wieder ernst. »Ich glaube nicht, daß der Earl sie jemals absichtlich kränken würde, aber dennoch besteht eine gewisse Gefahr.« Mit knappen Worten erinnerte er Pitney an Cecil und dessen Mordanschläge auf den Earl, deren einer mit Pitneys Verwundung geendet hatte. »Cecil will alles erben, was Botolf besitzt.«

»Und wenn Botolf einen Sohn zeugt, werden Cecils Chancen, die Erbfolge anzutreten, noch geringer«, schloß Pitney. »Sobald die Verlobung öffentlich verkündet ist, wird Saxan zur Zielscheibe der Überfälle dieses Verrückten. Der Earl bringt meine Schwester in Lebensgefahr.«

»Gib ihm nicht die Schuld daran«, verlangte Saxan. »Der Earl ist ein mächtiger Mann, und solche Männer haben immer irgendwelche Feinde. Das darf ihn nicht daran hindern, seine Verpflichtungen der Familie gegenüber zu erfüllen. Wenn ihm keine Söhne geboren werden, stirbt die Familie aus. Das Problem ist so vordringlich, daß Botolf nicht mehr warten kann, nicht einmal, bis die Schwierigkeiten, die Cecil ihm bereitet, aus dem Weg geräumt sind. Das könnte ohnehin noch Jahre dauern.«

»Das könnte ihn auch das Leben kosten«, brauste Pitney auf.

»Aye«, pflichtete Edric ihm bei, fügte aber sachlich hinzu: »Und

wenn er keinen Sohn hinterläßt, würde sein Tod das Ende seines Hauses bedeuten.«
»Da wäre immer noch Cecil.«
»Aber nicht mehr lange. Selbst wenn Cecil bekäme, wonach er strebt, würde sein Mord an dem Earl unseren Clan gegen ihn aufbringen. Ich kann nicht glauben, daß Cecil daran schon einen Gedanken verschwendet hat. Nay, wenn er den Mord an dem Earl überleben sollte, ist er trotzdem schon so gut wie tot.« Edric seufzte. »Wir sind alle darauf eingeschworen, den Mord an unserem Earl zu rächen.«
»Es wird kein Mord stattfinden, außer dem an Cecil selbst«, gelobte Saxan. »Schlaft gut.« Sie eilte aus dem Raum, entschlossen, sich dem Gerede von Mord und Rache keinen Augenblick länger auszusetzen.
Als Saxan ihre Gemächer betrat, wurde sie schon von Jane erwartet. Sie zwang sich zur Ruhe, während Jane sie für die Nacht vorbereitete. Jane bürstete gerade Saxans Haar aus, als deren Gedanken zu Thylda wanderten. Seit Thyldas Geburt waren die beiden Schwestern nie getrennt gewesen. Ihr Aufbruch war so unvermittelt erfolgt, und jetzt würde sie, bis auf gelegentliche Besuche, nicht mehr nach Wolfshead zurückkehren. Saxan fragte sich, wie Thylda das wohl verkraften mochte. Sie hatten beide gewußt, daß Saxan schon bald würde heiraten müssen. Jeder Mann, der in Wolfshead Hall haltmachte, wurde als möglicher Ehemann unter die Lupe genommen. Selbst Thylda hatte schon angefangen, nach einem Partner Ausschau zu halten. Doch kein passender Mann war aufgetaucht; in naher Zukunft war nicht mit einer Hochzeit zu rechnen gewesen. Die neuen Entwicklungen würden einen großen Schock für Thylda darstellen.
»Habt Ihr Sorgen, Mistress?« fragte Jane. »Ihr legt die Stirn so bedenklich in Falten.«

»Ich habe nur an meine kleine Schwester Thylda gedacht. Wir waren bisher noch nie getrennt«, antwortete Saxan.
»Hat sie keine weiteren Schwestern, an die sie sich wenden könnte?«
»Nay. Thylda und ich waren die letzten, die noch in Wolfshead Hall lebten. Die anderen Schwestern sind verheiratet. Jetzt wird die arme Thylda ganz allein sein.«
»Ihr seid eine erwachsene Frau. Eure Schwester wird mit Eurer baldigen Hochzeit gerechnet haben.«
»O ja, aber als ich Wolfshead Hall verließ, gab es noch keinen Mann in meinem Herzen oder in meinem Leben. Nein, nicht einmal einen in meiner Vergangenheit. Plötzlich muß Thylda jetzt feststellen, daß sie allein ist, und ich habe Angst, daß sie darauf noch nicht recht vorbereitet ist.«
»Vielleicht kann sie nach Regenford kommen und eine Weile bei Euch bleiben«, schlug Jane vor.
»Auch noch nach der Hochzeit?«
Jane nickte. »Dann wird sie Euch zusammen mit Eurem Gatten erleben und sich daran gewöhnen.«
Saxan sprang vor Aufregung auf. »Und auch Thylda könnte vieles von Lady Mary lernen. Schließlich wird sie jetzt bis zu Hunters Verheiratung die Herrin von Wolfshead Hall sein. Thylda ist zwar viel mehr Dame als ich, aber auch sie hat nicht die richtige Erziehung genossen.«
»Wohin geht Ihr?« fragte Jane verwundert, als Saxan ihren Schlafrock über das dünne Nachthemd überwarf und die Tür aufriß.
»Ich muß mit seiner Lordschaft sprechen«, erklärte Saxan.
»Mistress, allein und in diesem Aufzug könnt Ihr seine Lordschaft nicht in seinen Gemächern aufsuchen. Falls jemand Euch sieht ...«
»Aber freilich. Nun, dann mußt du mitkommen.«

»Hat die Sache nicht Zeit bis morgen?« fragte Jane, während Saxan sie bereits zur Tür hinaus und den Flur entlang zu Botolfs Zimmern schleifte.
»Am Morgen schickt Botolf die Nachricht von meiner Verlobung an unsere Verwandtschaft ab. Falls er damit einverstanden ist, daß Thylda in Regenford bleibt, soll sie auch gleich die Einladung erhalten.« Als Saxan die Hand hob, um an Botolfs starke Tür zu pochen, hörte sie Stimmen in seinem Gemach, und ihr Herz krampfte sich schmerzhaft zusammen.
»Was fehlt Euch, Mistress?« flüsterte Jane besorgt, da Saxan kreidebleich wurde und hastig von der Tür zurücktrat.
»Er hat eine Frau bei sich«, zischte sie, als die Wut Oberhand über ihren Schmerz gewann. »Lady Odella beglückt ihn heute nacht.«
Saxan stapfte zurück in ihre Räume und bemerkte die verängstigte Jane kaum noch, die hilflos hinter ihr her eilte. Das Mädchen blieb bei der Tür stehen und rang die Hände, während Saxan wutentbrannt im Zimmer auf und ab schritt und immer mal wieder mit ihrer kleinen, harten Faust gegen die Wand oder auf einen Tisch hieb. Es dauerte einige lange Minuten, bis ihr Zorn nachließ und sie wieder etwas klarer denken konnte. Was hatte sie gehört? Unvermittelt fuhr sie zu der eingeschüchterten Jane herum und stemmte die Hände in die Hüften.
»Irgend etwas ist faul an dieser Sache«, sagte Saxan.
»Mistress?« fragte Jane zaghaft mit versagender Stimme.
»Der Umstand, daß sich Lady Odella in Botolfs Räumen aufhält. Da stimmt etwas nicht. Wenn die Verlobung auch noch nicht öffentlich verkündet worden ist, haben der Earl und ich uns doch die Ehe versprochen. Ich kann nicht glauben, daß seine Lordschaft sein Gelöbnis so leichtfertig bricht. Hinzu kommt, daß Odella von hohem Adel ist. Wenn der Earl jetzt mit

ihr schläft, bevor unsere Verlobung bekanntgemacht ist, wird ein Aufschrei der Empörung durch die Reihen ihrer Verwandtschaft gehen. Es könnte ohne weiteres so weit kommen, daß Botolf sich gezwungen sieht, Odella zu heiraten. Ergibt das etwa einen Sinn?«

»Nay, Mistress«, erwiderte Jane. »Wenn ein Mann mit einer so hochgeborenen Dame wie Lady Odella schläft, ist das von allergrößter Bedeutung.«

Saxans Augen weiteten sich, als ihr ein Gedanke durch den Kopf schoß. »Es könnte eine Intrige sein. Solche Tricks sind auch schon in meiner Familie versucht worden. Sie versucht zu verhindern, daß er mich heiratet. Komm mit, Jane. Wir müssen zu ihm.«

Jane schrie auf, als Saxan ihre Hand packte und sie zurück zu den Räumen des Earls zerrte. »Und wenn es sich gar nicht um eine Intrige handelt?«

»Ach, du meinst, wenn der Earl nun tatsächlich bloß seiner Wollust frönt? Dann will ich es wenigstens genau wissen. Ich muß wissen, ob seine Worte nichts weiter sind als leere Versprechungen.«

Botolf schickte seinen Knappen fort, warf seinen Schlafrock über und schenkte sich Wein ein. Er hatte sich in seine Räume zurückgezogen, weil er allein sein wollte. Ein leises Klopfen an seiner Tür entriß ihm einen verhaltenen, gereizten Fluch. Barsch forderte er den späten Besucher zum Eintreten auf und rang nach Luft, als Lady Odella, nur mit einem dünnen Hemdchen bekleidet, in sein Zimmer schlüpfte. Sehr nachdrücklich schloß sie die Tür hinter sich.

»Odella, seid Ihr des Wahnsinns?« fuhr Botolf die Frau an und spannte alle Muskeln, als sie auf ihn zuschwebte.

»Ach, Botolf«, schrie sie auf und warf sich ihm an die Brust.

»Du bist immer so kühl zu mir. Ich kann es nicht länger ertragen.«
Trotz bester Vorsätze bemerkte Botolf doch die üppigen Kurven überdeutlich, die sich an seinen Körper schmiegten. Rasch und ohne große Mühe schüttelte er dieses leise Interesse ab. Er war völlig verspannt vor verhaltenem Begehren, doch Lady Odella konnte ihm keine Erleichterung bringen. Ihn quälte lediglich der Gedanke, was geschehen würde, wenn ihr Besuch in seinem Schlafgemach bekannt werden sollte und Saxan davon erführe.
»Mylady, das ist töricht.« Er bemühte sich vorsichtig, aus ihrer Umklammerung freizukommen. »Jemand könnte Euch gesehen haben.«
Odella hängte sich noch fester an ihn und bewegte ihren Körper an seinem. »Es ist mir einerlei. Ich tu es aus Liebe.«
Einen Augenblick lang horchte Botolf ihrem Liebesgeflüster nach. Es schmeichelte seiner Eitelkeit. Schließlich war er nur ein Mann, und jeder Mann würde sich geschmeichelt fühlen, wenn eine Frau, so schön wie Odella, behauptete, sie würde vor Liebe zu ihm vergehen. Doch dann gelangte er zu der Einsicht, nicht zulassen zu dürfen, daß sie ihre Gefühle so offen zum Ausdruck brachte, während er weder frei für sie noch interessiert an ihr war. Erneut versuchte er, sich ihr zu entziehen, ohne allzu grob zu werden.
»Bitte schweigt, Mylady«, bat er drängend, als es ihm endlich gelungen war, ein wenig Abstand zwischen ihren und seinen Körper zu bringen. »Ich kann nicht …«
»Ich weiß«, sagte sie, und Tränen schimmerten in ihren Augen. Sie legte die Hände auf seine Brust und schob sie beinahe unbemerkt unter seinen Schlafrock. »Ihr seid nicht fähig, meine Gefühle zu erwidern. Das hat mich dazu getrieben, heute nacht zu Euch zu kommen. Ich verstehe Euch. Wirklich. Das Herz läßt

sich nicht gebieten. Ach, Botolf, wenn Ihr mir mehr nicht geben könnt, so versagt mir doch wenigstens nicht diese Nacht. Laßt mich nur ein einziges Mal wissen, wie es ist, in Euren Armen zu liegen.«

»Ich wäre ein Ehrloser, wenn ich Euch so benutzen würde, Mylady.« Wieder gab er sich alle Mühe, sich ihr zu entziehen, und erstarrte dann, als erneut leise an seine Tür geklopft wurde. »Nay, wartet«, schrie er, als die Tür sich bereits öffnete. Voller Entsetzen weiteten sich seine Augen, als Saxan ins Zimmer trat und ihre Zofe Jane hinter sich her zerrte.

»Saxan«, stöhnte Botolf und sah die Katastrophe kommen.

Noch während sie die Tür heftig hinter sich zuzog, musterte sie Botolf und Odella eindringlich. Sie wußte nicht recht, wie sie den Ausdruck des Entsetzens auf Botolfs Gesicht deuten sollte, doch das flüchtige Aufblitzen hohnvollen Triumphs in Odellas Augen war nicht schwer zu begreifen. Saxan entging auch nicht, daß Botolf noch immer unbewußt mit dem gesamten Körper von Odella fortstrebte, wie er die Hand der Frau in sicherer Entfernung festhielt, und wie Lady Odella versuchte, sich ihm entgegenzudrängen. Botolf hatte nicht ausreichend Zeit gehabt, diese Haltung einzunehmen, um sie, Saxan, hinters Licht zu führen. Ganz gleich, was Odella sich ausgedacht haben mochte, es fiel ihr sichtlich nicht so leicht, ihren Plan in die Tat umzusetzen. Jetzt empfand Saxan nur noch Zorn, einen Zorn, der sich einzig und allein gegen Lady Odella richtete.

Botolf stieß Odella förmlich von sich und kam zögernd auf Saxan zu. »Was suchst du hier, Kleine?«

»Ich möchte mit Euch sprechen, Mylord«, antwortete Saxan und setzte sich auf sein Bett, bemüht, den Zorn nicht in ihrer Stimme mitschwingen zu lassen.

»Betrifft es deine Zofe? Jane heißt sie, nicht wahr?« Er warf dem Mädchen einen Blick zu und sah dann wieder Saxan an.

»Ja, sie heißt Jane, aber ich habe sie nur mitgebracht, damit mein Besuch in Euren Gemächern nicht etwa als Schamlosigkeit betrachtet werden kann, falls jemand davon erfährt. Ich mag nicht die einer Dame angemessene Erziehung genossen haben«, fuhr sie fort, »aber ich weiß wohl, was man denkt, wenn eine Dame des Nachts einen Mann in seinen Gemächern aufsucht. Mich verlangt es nicht danach, als billige Hure bezeichnet zu werden.«

Jane schnappte nach Luft und schlug die Hand vor den Mund. Aus den Augenwinkeln sah Saxan Lady Odella auf sich zukommen und wappnete sich für deren Angriff. Als die Frau voller Wut nach ihr schlug, packte Saxan sie beim Handgelenk. Ruckartig verdrehte sie ihr den Arm, und schon lag Odella vor ihren Füßen.

Saxan blickte in Odellas zornrotes Gesicht und stieß zwischen zusammengebissenen Zähnen hervor: »Schachmatt.« Dann ließ sie sie los.

Odella kam wieder auf die Füße und zischte: »Das gehört zum Spiel. Freut Euch Eures Sieges nicht zu früh.«

Bevor Saxan Gelegenheit hatte, über die in diesen Worten verborgene Bedeutung nachzudenken, klopfte jemand laut und fordernd an die Tür. Botolf öffnete und furchte die Stirn, als Lord Alanson vor ihm stand, doch der ältere Mann beachtete ihn gar nicht. Lord Alanson vergaß, den Mund zu schließen, während er Saxan und Jane böse ansah. Jane versuchte verzweifelt, sich im hintersten Winkel des Raums zu verbergen. Odella lächelte verzerrt, nahm ihren Vater beim Arm und zog den Mann auf den Flur hinaus.

Botolf sah nach, ob er mit noch mehr Eindringlingen zu rechnen hatte, dann legte er den Riegel vor und ging zu seinem Bett. Jane huschte zur Tür, darauf bedacht, Botolf und Saxan sich selbst zu überlassen. Botolf war nicht sicher, welche

Stimmung in Saxan vorherrschte, als er sich zögernd zu ihr setzte.

»Ich wäre beinahe in die Falle geraten«, sagte er leise, hin- und hergerissen zwischen Fassungslosigkeit und wachsendem Zorn.

»Aye, Mylord. Sie hat das uralte Spielchen gespielt.« Saxan gab sich größte Mühe, nicht daran zu denken, daß Botolf unter seinem Schlafrock völlig nackt war.

»Bist du deshalb in meine Gemächer gekommen?« Er wurde allmählich ruhiger, denn Saxan war augenscheinlich klar, worauf Odella hinausgewollt hatte.

»Nay.« Sie seufzte. »Ich wollte Euch tatsächlich in einer bestimmten Angelegenheit sprechen, bevor Ihr Eure Boten aussendet. Ich war schon einmal, ein wenig früher, an Eurer Tür, hörte Lady Odellas Stimme und kehrte zurück in mein Gemach.«

Er konnte nicht länger widerstehen; er streckte die Hand aus und strich ihr zärtlich übers Haar. »Warum bist du zurückgekommen?«

»Nun, als die erste Wut sich legte, konnte ich wieder klar denken. Ich glaubte einfach nicht, daß Ihr sie in Euer Bett holen würdet, nachdem Ihr mich um meine Hand gebeten hattet. Da erwachte der Verdacht in mir, daß sie womöglich einen bestimmten Plan verfolgte. Das gleiche hat man auch schon mal mit dem einen oder anderen von meinen Verwandten versucht. Sie hatten Glück; sie sind davongekommen.« Sie blickte Botolf offen an. »Außerdem beschloß ich, daß ich, gesetzt den Fall, es handelte sich nicht um das gewisse Spielchen, Bescheid wissen müßte. Ich wollte wissen, ob es dumm von mir war, Eurem Versprechen zu glauben.«

Er nickte, denn er verstand ihre Beweggründe. »Ich habe getan, was ich konnte, um sie zum Verlassen meines Zimmers zu bewegen.« Er stöhnte. »Ich hätte ihren Trick durchschauen müssen.«

»Vermutlich treibt einen die Eitelkeit dazu, zu glauben, was man gern hört«, sagte sie leise.

»Traurig, aber wahr. Und worüber wolltest du mit mir sprechen?«

»Über meine Schwester Thylda.«

»Ich werde einen Boten mit der Nachricht von deiner Hochzeit nach Wolfshead Hall schicken.«

»Aye, aber ich überlege, ob sie nicht auch nach der Hochzeit noch bleiben könnte.«

»Glaubst du, du wirst sie dann brauchen?«

»Oh, ihr Besuch wird mir zweifellos große Freude bereiten, aber darum geht es gar nicht. Thylda und ich waren noch nie getrennt. Ich bin mitten in der Nacht aufgebrochen, um Rache zu üben. Und jetzt werde ich heiraten. Ohne Vorwarnung ist Thylda plötzlich allein, die einzige Schwester, die in Wolfshead Hall wohnen bleibt. Thylda hat das Zeug zur Schloßherrin, aber ich bin nicht sicher, ob sie mit Herz und Verstand schon bereit ist, diese Rolle zu übernehmen.«

»Und du denkst, wenn sie bleibt und sieht, wie du heiratest und dein Leben als Ehefrau einrichtest, kann sie die veränderte Situation leichter akzeptieren«, schloß Botolf.

»Aye, Mylord. Außerdem könnte sie viel von Lady Mary lernen. Thylda ist nicht so ungehobelt wie ich, aber auch sie ist nicht richtig zur Dame erzogen worden.«

»Mir soll es recht sein, wenn sie noch bleibt.« Er strich mit einem Kuß sanft über ihre Wange. »Und du bist nicht ungehobelt.« Er lächelte, als sie errötete. »Ich werde dem Boten zusätzlich eine Einladung für Thylda mitgeben. Kennt ihr eine Frau, die während der Abwesenheit deiner Schwester die Rolle der Hausherrin in Wolfshead Hall übernehmen könnte?«

»Die alte Marta. Sie kann praktisch alles. Ihr ganzes Leben hat sie in Wolfshead Hall zugebracht.«
»Bei uns lebt auch eine solche Frau; sie heißt Elizabeth. Irgendwann hat sie bestimmt schon jede nur erdenkliche Rolle in unserem Haushalt übernommen.« Er sah, wie ihr Puls und ihr Atem sich beschleunigten, als er ihren Hals streichelte. »Auch sie hat jeden Tag ihres Lebens hier verbracht.«
Saxan legte ihre Hand über seine, holte tief Luft, um ihre Nerven zu beruhigen, und sagte leise: »Ich glaube, ich sollte jetzt gehen.« Sie furchte die Stirn und gab ihren Gedanken laut Ausdruck: »Meiner Meinung ist es nur gut, daß Ihr die Lady Odella nicht geheiratet habt.«
»Eine Frau, die zu solchem Betrug fähig ist, hätte ich mir weiß Gott nicht zur Gattin gewünscht«, pflichtete er ihr bei, konnte aber noch immer nicht fassen, daß er sich in seiner Beurteilung von Odellas Charakter so geirrt haben sollte. Das weckte die Angst in ihm, daß er aus seiner miserablen Ehe mit Alice nichts gelernt haben könnte.
»Daran dachte ich gar nicht, aber ja, auch das ist ein Grund. Gott möge mir verzeihen, falls ich Lady Odella Böses nachsage, aber ich fürchte, wenn Ihr sie geheiratet hättet, wäre ...« sie errötete, »... in Eurer Hochzeitsnacht vielleicht nicht alles so gewesen, wie es hätte sein sollen.«
»Mag sein, wenngleich ihr Vater noch rechtzeitig zur Stelle war.«
»Schon, aber wenn Ihr nicht so ehrenhaft und charakterfest wäret, wo hätte man Euch und sie dann wohl vorgefunden?« Sie blickte auf seinen Schlafrock, und noch während seine Augen sich verstehend weiteten, begannen sie, vor Zorn zu blitzen. »Ihr hättet keine Zeit mit dem Auskleiden vergeuden müssen«, bemerkte sie gedehnt. »Meiner Meinung nach würde es einem unberührten Mädchen äußerst schwer fallen, einen Mann in

seinem Schlafgemach aufzusuchen, um ihn ins Bett zu zerren. Jungfrauen bedürfen der Glut des Augenblicks, um die natürlichen Hemmungen zu überwinden. Sie können nicht kalten Herzens solche Pläne schmieden.«

»Nein. Aber bevor es dich in meinem Leben gab, habe ich mit dem Gedanken gespielt, um ihre Hand anzuhalten.« Er schlang die Arme um sie, hielt sie jedoch nur leicht und zwinkerte ihr zu. »Einerseits hast du mich gerettet, andererseits aber hast du meiner Eitelkeit einen schmerzhaften Stoß versetzt.«

»Wie das, Mylord?« Sie lächelte kaum merklich, wohl wissend, daß er scherzte.

»Ihre heißen Liebesschwüre und ihr Verlangen nach mir haben mir schon ziemlich geschmeichelt.« Er seufzte in überspitztem Bedauern. »Es war nichts als heiße Luft.«

Saxan lachte. »Ihr solltet Eure Eitelkeit mit dem Wissen aufpäppeln, daß sie sich so große Mühe gegeben hat mit ihrem Versuch, Euch zu umgarnen.« Plötzlich wurde ihr schlagartig bewußt, wie nahe sie sich waren, noch dazu so dürftig bekleidet. »Jetzt sollte ich aber wirklich zurück in meine Gemächer gehen«, sagte sie verunsichert, stand hastig auf und löste sich aus seinem Arm, der sie noch immer leicht hielt. Auf sein wissendes Grinsen hin verzog sie finster das Gesicht. »Schlaft gut, Mylord.«

Botolf folgte ihr zur Tür. Jedes Aufblitzen ihres Begehrens, das er erlebte, stärkte seinen Wunsch, sie zu heiraten. Er heftete den Blick auf die langen, silberblonden Locken, die über ihren schmalen Rücken rieselten. Wie gern hätte er sein Gesicht in dieser seidigen Flut begraben!

Saxan hielt kurz inne, bevor sie sein Zimmer verließ, und errötete unter seinem heißen Blick. Dann aber lächelte sie frech. »Ihr solltet Eure Tür verriegeln, Mylord.«

Er lächelte und zog sie zärtlich an sich, gab ihr einen kurzen,

gründlichen Kuß und schob sie dann Jane entgegen, die mit weit aufgerissenen Augen im Flur auf sie wartete. »Schlaf gut.«
Auf dem Weg zu ihrem Gemach schimpfte Saxan leise über die Unzulänglichkeiten der Männer vor sich hin. Es war schon schlimm genug, seine Nähe ertragen zu müssen, wenn er nichts als seinen Schlafrock trug. Jetzt kam auch noch dieser kurze, hungrige Kuß hinzu, über den sie nachdenken mußte. Sie zügelte ihre Gereiztheit gerade ausreichend, um Jane freundlich eine gute Nacht wünschen zu können. Das Mädchen war überaus hilfreich gewesen, und Saxan wollte ihren Zorn nicht an Jane abreagieren.
»Ich sollte zurück in sein Zimmer gehen und ihm etwas verpassen, was ihm den Schlaf raubt«, schimpfte sie, während sie versuchte, ihren ruhelosen Körper bequem zu betten. Dann aber mußte sie selbst über ihre Drohung lachen.
Sie zweifelte keinen Augenblick daran, daß sie, sollte sie tatsächlich zurück in Botolfs Gemächer gehen, diese erst in den Morgenstunden wieder verlassen würde. Sie konnte sein Blut nicht bis zur Unerträglichkeit zum Sieden bringen und selbst ruhig bleiben. Das Feuer loderte in ihnen beiden. Solche Glut ließ sich nicht so einfach unter Kontrolle halten.
Die Macht ihres Verlangens nach diesem Mann bestürzte sie. Obwohl sie schon so viel Zeit mit Gesprächen verbracht hatten, konnte sie nicht ehrlichen Herzens behaupten, daß sie ihn gut kannte. Unwillkürlich fragte Saxan sich, wieviel von ihrem heißen Begehren wohl wirklich Botolf, dem Mann, galt, und wieviel davon einfach auf ihr wildes Todd-Blut zurückzuführen war, das auf die Liebkosungen irgendeines jungen, schönen, starken Mannes reagierte.
Aus ganzem Herzen wünschte sie, daß es mehr wäre, so viel mehr. Sie wünschte sich eine Ehe, wie so viele ihrer Verwandten sie erlebten, eine Ehe, in der sich Liebe und Freundschaft

mit dauerhaftem Glück und beständiger Zufriedenheit paarten. Sie wollte nicht in späteren Jahren allein sein mit einem Mann, der immer noch ein Fremder für sie war, allein in einem kalt gewordenen Bett. Ihre Ängste waren sehr real und gingen tief, doch ihr war klar, daß nicht einmal diese Ängste sie dazu bewegen konnten, sich von Botolf abzuwenden.

Achtes Kapitel

»Du bist eine wunderschöne Braut«, sagte Thylda leise. Sie saß auf Saxans Bett und sah zu, wie ihre Schwester für die Hochzeit zurechtgemacht wurde.

Saxan lächelte Thylda an, die jetzt seit zwei Wochen in Regenford weilte. Binnen einer Woche, nachdem Botolf den Boten ausgesandt hatte, war sie eingetroffen. »Du schmeichelst mir, weil du mich magst, Thylda.«

»Das ist es nicht allein«, bemerkte Lady Mary, während sie noch eine weitere leuchtend bunte Schleife in Saxans Haar flocht. »Du bist wirklich wunderschön, und dein Haar wird alle Blicke auf sich ziehen. Weiß Gott nicht wegen der bunten Bänder, nein. Das Gewand paßt dir hervorragend, und jetzt, da du es trägst, sehe ich auch, daß das Blau genau richtig ist. Es spiegelt deine Augenfarbe. Hör auf, deine Hände zu kneten, Kind.«

»Ich kann nicht anders.« Saxans Nervosität nahm von Minute zu Minute zu.

»Nun ja, die meisten Bräute werden nervös.«

»Ich zittere nicht etwa vor der Vorstellung, eine Ehefrau zu werden, sondern vor der Zeremonie selbst, Mylady.«

»Was ist es denn, was dir solche Angst vor der Feier einjagen kann?«

»Ich fürchte, daß ich alles falsch mache. Daß ich stolpere und auf die Nase falle. Daß ich mich völlig lächerlich mache.« Saxan schlug die Hand vor die Stirn und jammerte. »Daß ich, wenn ich vor dem Priester knie und aufstehen soll, feststelle, daß meine Beine mir nicht mehr gehorchen.«

Lady Mary wehrte sich standhaft gegen den Drang zu lachen, was durch Thyldas Kichern nicht eben erleichtert wurde. Streng sagte sie: »Rede dir so etwas nicht ein. Als Botolfs Gattin solltest du dich schnellstens an derartige Zeremonien und Auftritte vor großen Menschenansammlungen gewöhnen. Aber jetzt«, Lady Mary spürte wohl, daß ihr die Röte in die Wangen stieg, doch ihre Stimme blieb fest, »frage ich dich, wenn auch reichlich spät: gibt es noch etwas, was du von mir wissen möchtest?«

»Was ich wissen möchte? Nay, ich glaube nicht.«

»Ich schätze mal, sie denkt an Fragen bezüglich der bevorstehenden Hochzeitsnacht, Saxan«, meldete sich Thylda.

»Oh. Nein, darüber weiß ich Bescheid.« Saxan lächelte über Lady Marys schockierten Blick. »Mylady, wenn man in einer Familie wie der meinen aufwächst, müßte man taub, blind und geistesschwach sein, um nicht genauestens Bescheid zu wissen. Vor der Hochzeitsnacht habe ich keine Angst.«

»Kein bißchen?« vergewisserte Lady Mary sich verwundert.

»Nun ja, es wäre schön, wenn ich die Zeremonie des Zubettbringens nicht über mich ergehen lassen müßte. Ein Glück, daß ich nicht nackt sein muß, wie es zu meines Vaters Zeit noch Vorschrift war. Ich würde gewiß in Ohnmacht sinken. Das andere? Ach, das ist nur natürlich und Gottes Wille. Ich sehe keinen Grund, mich davor zu ängstigen.«

»Ich wünschte, ich hätte selbst seinerzeit so ruhigen Mutes ins Hochzeitsbett steigen können!«

»Ihr seid zu einer vornehmen Dame erzogen worden. Ich habe den Eindruck, daß vieles von dem, was vornehmen Damen beigebracht wird, nicht unbedingt klug ist. Keine Braut sollte jemals zitternd vor Angst das Hochzeitsbett aufsuchen. Das ist kein guter Anfang.«

»Ich glaube, nicht nur die Braut sieht der Hochzeitsnacht mit Angst entgegen«, scherzte Lady Mary, und sie mußten lachen.

Sir Wesley musterte Botolf mit leicht gereiztem Wohlwollen, und in seinen grünen Augen mischten sich Ärger und Belustigung. »Würdet Ihr bitte stillhalten, Botolf? Ich kann sonst diese Bändsel nicht verknoten.«

»Ich halte still«, knurrte Botolf.

»Ha! Du zitterst und hampelst, als wärst du selbst die Jungfrau, die heute nacht defloriert werden soll.«

»Hab Geduld mit ihm, Wesley«, sagte Roger lachend. »Der Mann wird heute eine große Tat vollbringen.«

»Aye«, pflichtete Sir Talbot ihm bei und schenkte allen Versammelten Wein nach. »Bald schon wird er all diese Todds, Healdons und Jagers als seine Verwandten bezeichnen.«

»Ein Haufen schöner Menschen«, bemerkte Roger leise.

»Das sind sie, Roger.« Wesley grinste. »Die kleine Thylda ist sehr vielversprechend.« Er richtete sich auf. »So. Die Bändsel sind verschnürt, aber gebt bitte nicht mir die Schuld, wenn sich eines lösen sollte, Mylord. Es ist keine leichte Arbeit, wenn Ihr einfach nicht stillhalten könnt. Was habt Ihr jetzt schon wieder?«

Botolf lächelte kläglich. »Ich weiß nicht recht. Es ist schließlich nicht das erste Mal für mich.«

»Und da Euch nichts völlig Unbekanntes erwartet, solltet Ihr eigentlich auch bedeutend gefaßter sein.«

»Ah, mein Freund, mir steht durchaus etwas Neues, Unbekanntes bevor. Ich habe noch nie mit einer Jungfrau geschlafen.«

»Aber, Lady Alice«, setzte Sir Talbot an und errötete prompt, als ihm klar wurde, daß er ein seit langer Zeit totgeschwiegenes Thema berührte.

»Wenn ein Mann halb wahnsinnig vor Liebe ist, stört ein fehlendes Jungfernhäutchen ihn nicht sehr«, erklärte Botolf gedehnt. »Und nach meinem Erlebnis mit Lady Odella frage ich mich allen Ernstes, wie viele dieser Frauen, die sich als Dame bezeichnen, wohl wirklich so keusch, wie sie zu sein vorgeben, ins Brautbett steigen.« Er lächelte, als Wesley die Stirn runzelte und offenkundig zögerte, seine Gedanken in Worte zu fassen. »Saxan ist keusch«, sagte er barsch und lachte über Wesleys Erröten. »Bei allen Heiligen, das Mädchen wußte nicht einmal etwas vom Küssen, bevor ich sie in die Arme nahm. Beim Anblick der Schönheiten, die dieser infernalische Clan hervorbringt, erscheint mir das nahezu wie ein Wunder. Die Frauen werden von ihren männlichen Verwandten weiß Gott streng behütet.«

»Und trotzdem klingt in Eurem Tonfall etwas mit, das die Vermutung nahelegt, Ihr wünschtet Euch Saxan nicht gar so keusch«, bemerkte Roger bedächtig.

»Teilweise ist es wirklich so, Roger«, erwiderte Botolf. »Überleg nur, was ich in dieser Nacht alles falsch machen könnte.«

»Habt Ihr jemals zuvor Angst bei ihr bemerkt?« fragte Wesley.

»Nay«, antwortete Botolf, »aber ich habe mich sehr beherrscht, und neuerdings habe ich es so eingerichtet, daß wir nur sehr selten allein waren.«

»Ihr habt Euch beherrscht? Das Mädchen stößt Euch nicht von sich?« fragte Wesley gespielt desinteressiert.

»Nay.« Botolf dachte an die Nacht im Garten, als sie sich vor Edric versteckten und sich beinahe von ihrer Leidenschaft hatten hinreißen lassen. »Glaubst du, ich mache mir grundlos Sorgen? Nun ja, vielleicht tu ich das. Wie auch immer, Saxan ist so klein und zierlich. Ich will ihr nicht weh tun, und wenn ich ihr weh tu, könnte es sein, daß ich die vielversprechende Leidenschaft, die jetzt in ihr brennt, ganz zunichte mache. Ich habe schon von einigen erfolgversprechenden Verbindungen gehört, die bereits in der Hochzeitsnacht scheiterten.«

»Wir alle kennen solche Geschichten, aber ich kann mir nicht vorstellen, daß Euch so etwas geschieht. Trotz ihrer Unschuld ist das Mädchen nicht verwöhnt und verhätschelt groß geworden. Sie schreckt vor keinem Streit zurück und greift notfalls sogar zur Waffe. Ein bißchen Schmerz und Blut im Brautbett werden sie nicht entmutigen. Wenn ich an die den Fleischeslüsten zugeneigte Familie denke, der sie entstammt, möchte ich annehmen, daß sie sehr wohl weiß, was sie zu erwarten hat.«

Wesley versetzte dem Earl einen Schlag auf den Rücken. »Kommt. Laßt uns zusehen, daß Ihr endlich verheiratet werdet und Eure Braut ins Bett bekommt und Eure unnützen Sorgen vergeßt«, sagte er und drängte Botolf mit Rogers und Talbots Hilfe aus dem Schlafgemach.

Als Botolf den Rittersaal betrat, wo sich seine Gäste bereits versammelt hatten, mußte er lächeln. Saxans Verwandtschaft war überaus zahlreich vertreten; vor ihm wogte ein wahres Meer von blonden Haarschöpfen. Botolf stellte fest, wie viele männliche Mitglieder diese Familie hatte, und sah sich dann plötzlich allein mit Hunter und Roc. Im Vergleich zu den restlichen Todds waren beide groß, aber doch ein gut Teil kleiner als er selbst.

»Seid ganz ruhig, Mylord«, scherzte Hunter. »Vor meiner Schwester braucht Ihr keine Angst zu haben.«

»Nennt mich bitte Botolf«, sagte der Earl. »Schließlich sind wir in Kürze eine Familie.«

»Das wäre auch viel einfacher, denn sonst ließe die gegenseitige höfliche Anrede uns bald kaum noch Zeit für eine Unterhaltung.« Hunter und Botolf lachten beide, doch ihre Mienen wurden gleich wieder ernst. »Ihr seid so angespannt. Bereut Ihr Euren Entschluß jetzt, da die Eheschließung so kurz bevorsteht?«

»Nay. Ich glaube nicht, daß ich meine Wahl jemals bereuen werde.«

»Ah, dann habt Ihr Angst vor der Hochzeitsnacht.« Hunter lachte, als Botolf eine leichte Röte in die Wangen stieg. »Ihr heiratet kein unbedarftes Kind. Saxan ist so keusch, wie ein Mädchen nur sein kann, aber sie ist nicht unwissend. Sie hat keine Angst vor dem, was zwischen Mann und Frau geschieht. Aye, sie ist von zierlicher Gestalt, aber die meisten von unseren Frauen sind so gebaut, und bisher ist noch keine unter der Leidenschaft eines Mannes zerbrochen oder vor seiner Liebe geflüchtet. Nein, wenn ich daran denke, welches Blut in Saxans Adern fließt, bekomme ich Angst um Euch.«

Innerhalb kürzester Zeit gelang es den Zwillingen mit ihren anzüglichen Scherzen, Botolf zu beruhigen. Wenn sie keine Sorge um ihre Schwester hatten, mußten seine eigenen Befürchtungen wohl auch unsinnig sein. Allerdings flackerten sie unwillkürlich wieder auf, als Saxan den Rittersaal betrat und sich zu Botolf gesellte. Sie sah wunderschön aus in ihrem Brautstaat, aber auch sehr zart und sehr jung. Als Botolf ihre Hand nahm, spürte er, daß sie zitterte, und fragte sich, ob sie an den gleichen Ängsten wie er litt.

Während der gesamten Trauungszeremonie wollte es Saxan nicht gelingen, sich zu entspannen. Erst als Botolf sie küßte, was genauso wie der laute Jubel der Gästeschar das Ende der Zeremonie kennzeichnete, fiel die Anspannung von ihr ab. Sie lächelte Botolf innig an und sah, wie seine Augen vor Begehren dunkel wurden. Ausnahmsweise reagierte sie nicht unmittelbar auf diesen Ausdruck seiner Leidenschaft. Sie konnte nur daran denken, daß sie den schwierigen Teil der Zeremonie

ohne Fehler überstanden hatte und beginnen konnte, ihr Hochzeitsfest zu genießen.
Während Diener und Pagen eilends die Hochzeitstafel deckten, zog Saxan ihren frischgebackenen Gatten am Ärmel mit sich, um ihm Thomas und Godric, die Ehemänner von Denu und Tuesday, vorzustellen. »Ich habe nicht damit gerechnet, euch hier zu sehen, Godric«, jubelte sie und umarmte und küßte Tuesdays Gatten. »Seid ihr beide wieder Vater geworden?« fragte sie, während sie Thomas auf gleiche Weise begrüßte.
»Ich habe die Ehre«, erwiderte Godric. »Es ist eine Tochter.« Er lächelte über Saxans unübersehbares, lautstarkes Entzücken. »Wir haben sie Honey Pipere Soames getauft. Sie hat flachsblondes Haar, aber da sie bei meiner Abreise erst wenige Tage alt war, kann ich dir nicht sagen, welche Farbe ihre Augen haben. Tuesday wollte unbedingt mit mir hierherkommen, doch ich habe geschworen, daß ich sie eigenhändig an ihr Bett fesseln würde, wenn sie versuchte, sich daraus zu entfernen«, knurrte er, während das Lächeln jedoch nicht von seinen Lippen wich. »Sie schickt dir liebe Grüße, herzliche Glückwünsche und ein inbrünstiges Gebet für den Mann, der es wagt, dich zur Frau zu nehmen.«
Mit einem finsteren Blick auf die drei lachenden Männer fragte Saxan: »Wie geht es Denu, Thomas?«
»Unser Baby ist bald fällig. Es sollte mich nicht wundern, wenn die Geburt bei meiner Rückkehr schon vorüber ist. Auch Denu schickt dir ihre guten Wünsche und herzlichsten Grüße.«
Als Botolf und Saxan endlich an der Hochzeitstafel Platz genommen hatten, konnte sie sich nicht enthalten, einen verstohlenen Blick auf Odella und ihren Vater zu werfen. Aufgrund ihrer hohen Stellung und verhältnismäßig einflußreichen Position an Edwards Hof hatte Botolf es nicht für angebracht gehal-

ten, sie abzuweisen, als sie den Wunsch äußerten, an der Hochzeitsfeier teilzunehmen. Sehr zu Saxans Mißfallen waren sie tatsächlich geblieben. Obwohl sie sich keinerlei Sorgen mehr machte, daß Odella noch einmal versuchen könnte, Botolf für sich zu gewinnen, fand Saxan Odellas unablässige giftige Bemerkungen doch beunruhigend. Sie wurde das Gefühl nicht los, daß sie von Odellas Seite noch gewaltige Probleme erwarteten, hatte jedoch keinerlei Vorstellung, welcher Art solche Schwierigkeiten sein könnten. So konnte sie nur hoffen, daß die Alansons sich gleich nach der Hochzeitsfeier verabschiedeten. Das fröhliche Lärmen der Gäste lenkte sie bald von ihren Sorgen ab. Am Haupttisch kamen und gingen die Menschen, einschließlich ihres Gatten. Einmal fand sie sich unverhofft allein wieder und warf einen Blick auf die Tür zum Garten. Schon wollte sie dem Wunsch nachgeben, hinauszugehen und ein wenig frische Luft zu schnappen, als sie Lady Mary in den Garten schlüpfen sah, rasch gefolgt von Edric. Saxan ergriff Thyldas Hand und eilte dem Pärchen nach. Sie bedeutete Thylda, leise zu sein, während sie ein Versteck im Gebüsch suchte, von wo aus sie Lady Mary und Edric unbemerkt beobachten und belauschen konnten.

Botolf furchte die Stirn, als er seine Frau mit ihrer Schwester hinausschlüpfen sah. »Und wohin mögen sie gehen?« überlegte er laut.

Hunter hob die Schultern. »Sie hatten es offenbar ziemlich eilig. Ach, sei's drum, ihnen kann ja gar nichts passieren. Onkel Edric ist auch dort draußen. Aye, und Eure verehrte Mutter. Beide sind kurz vor meinen Schwestern hinausgegangen.«

»Ach ja?« fragte Botolf gedehnt und wartete, da er nur zu genau wußte, was seine Frau im Schilde führte, nur einen kleinen Augenblick, bevor er ihr folgte.

Lady Mary versteifte sich, als Sir Edric sich näherte. »Es wurde allmählich sehr warm im Rittersaal.«
»Zu viele Menschen. Eure Musikanten spielen großartig.« Edric holte tief Luft. »Ich hätte gern gewußt, ob Ihr mit mir tanzen würdet.«
»Ich denke, es wäre am besten, wenn ich nein sagen würde«, erwiderte sie mit leiser Stimme.
Saxan begriff, daß ihr Onkel der Verzweiflung nahe war, als er Lady Mary bei den Schultern packte. Unter normalen Umständen würde Edric niemals so grob mit einer Frau umspringen. Das reichte Saxan als Beweis dafür, daß zwischen diesen beiden heftige Gefühle brannten, die Lady Mary zu leugnen suchte. Hoffentlich verrieten sie möglichst bald, welcherart diese heimlichen Gefühle waren. Vielleicht gab es ja eine ganz einfache Lösung für ihr Dilemma, eine Lösung, die Edric und Lady Mary bisher übersehen hatten.
»Wollt Ihr, daß ich meinen Schwur mißachte?« fragte Edric mit rauher Stimme. »Ist es das, was Ihr von mir verlangt?«
»Nein«, antwortete Lady Mary mit tränenerstickter Stimme. »Wenn Ihr das tätet, würdet Ihr Euch selbst vernichten.«
»Wollt Ihr damit sagen, daß Ihr dem Mann nicht den Tod wünscht, wenn es ihm gelingen sollte, Euren Sohn, Euer eigen Fleisch und Blut, zu töten?«
»Nein«, schrie sie auf und entwand sich Edrics Griff. »Herrgott im Himmel, ich weiß es nicht. Ich kann nicht sagen, ob ich tun werde, was ich befürchte, aber ich kann das Risiko nicht eingehen. Es würde mich genauso schmerzen wie Euch, wenn ich alles, was zwischen uns sein könnte, zuließe, nur um dann zuzusehen, wie es stirbt, weil Euer Eid Euch zwingt, Cecil zu ermorden. Bitte, habt Erbarmen und hört auf, mich zu quälen.«
Saxan eilte davon und zog die verblüffte Thylda mit sich fort. Sie fuhr zusammen, als sie plötzlich direkt vor den Türen zum

Rittersaal Botolf gegenüberstanden. Sie bedeutete ihm hastig zu schweigen und nahm seinen Arm. Thylda folgte rasch ihrem Beispiel. Als Edric gleich darauf um die Wegbiegung kam und sie sah, mußte er den Eindruck gewinnen, sie wären eben erst nach draußen getreten, um ein wenig frische Luft zu schöpfen.
»Mylord«, sagte Edric mit erzwungener Fröhlichkeit, »reicht Euch Eure entzückende Braut etwa nicht? Müßt Ihr auch noch das hübscheste Mädchen auf Eurer Hochzeit für Euch beanspruchen? Wir werden dich bald verheiraten müssen, Thylda.«
»Ich habe noch Zeit, Onkel«, entgegnete Thylda.
»Wenigstens noch ein paar Jährchen, wie ich hoffe.« Er küßte Saxans Wange, drückte sie kurz an sich und sagte leise: »Werde glücklich, Kind.«
»Ja, das werde ich, Onkel«, sagte sie leise und blickte ihm stirnrunzelnd nach, als er davonstapfte. Schon im nächsten Augenblick aber zog Lady Mary ihre Aufmerksamkeit auf sich.
Lady Mary lächelte Saxan gezwungen an. »Jetzt habe ich endlich eine Tochter.«
»Und bald schon, so Gott will, Kinder, die du verwöhnen kannst«, meldete sich Botolf mit sanfter Stimme, denn er spürte, wie unglücklich seine Mutter war. In dem Versuch, ihr die Zeit in seiner und Saxans Nähe zu verkürzen, fügte er hinzu: »Es wird spät. Vielleicht könntest du bei unserer Rückkehr damit beginnen, die Zeremonie des Zubettgehens einzuleiten. Wir sind in wenigen Minuten zurück.«
»Gut, Botolf.« Sie lächelte Saxan an. »Ich werde versuchen, dich möglichst unbemerkt aus dem Saal zu schmuggeln.«
Kaum war seine Mutter gegangen, fixierte Botolf seine Braut mit strengem Blick. »Du hattest versprochen, dich nicht einzumischen.«
»Ich habe mich nicht eingemischt, sondern lediglich zugehört«, wehrte Saxan sich.

»Du hast gelauscht.«
Sie hob die Schultern und fragte dann schnippisch: »Willst du wissen, was ihr Problem ist?«
Er lachte und schüttelte den Kopf. »Nun denn, was ist ihr Problem?«
»Cecil.«
»Ich verstehe nicht. Was hat Cecil mit dieser Angelegenheit zu tun?«
»Cecil versucht, dich umzubringen. Ich vermute, deine Mutter fängt allmählich an, es zu glauben. In ihren Augen führen ihre beiden Söhne Krieg gegeneinander. Sie kann nicht anders; sie betrachtet Cecil als ihr eigenes Kind.«
»Das weiß ich wohl, aber was hat das alles mit Edric und meiner Mutter zu tun?«
»Wenn es Cecil gelingt, Euch zu töten«, erklärte Thylda, »dann ist unser Onkel schwer davon betroffen.«
»Aye«, bekräftigte Saxan und wehrte sich gegen die schmerzliche Vorstellung, daß Botolf sterben könnte. »Der Eid, den mein Onkel vor dir abgelegt hat, gilt bis über deinen Tod hinaus, es sei denn, du stirbst an einer Krankheit oder eines natürlichen Todes, an dem niemanden eine Schuld trifft. Muß jedoch Mord vermutet werden, sind meine Verwandten immer noch durch ihren Eid an dich gebunden – durch ihren Racheschwur. Wenn also Cecil dich tötet, muß mein Onkel gemeinsam mit meiner restlichen Familie den Mörder aufspüren und ihn mit seinem eigenen Blut büßen lassen.«
Botolf fluchte. »Und obwohl an Cecils Händen mein Blut kleben würde, könnte meine Mutter es schwerlich einfach hinnehmen, daß an Edrics Händen dann Cecils Blut kleben würde.«
»Genauso ist es. Mein armer Onkel kann seinen Eid nicht brechen, und eben dieser Eid steht nun zwischen ihm und deiner Mutter. Sie hat Angst zu gestatten, daß sie und er ihren Gefüh-

len freien Lauf lassen, da alles, was zwischen ihnen entstehen könnte, wieder zunichte wird, falls dein Onkel sein Schwert gegen Cecil erheben muß. Lady Mary wagt es nicht, der Liebe eine Chance zu geben, aus Angst, daß sie später zu Asche zerfallen könnte.«

»Dann können wir nicht das geringste für sie tun.« Botolf seufzte und fuhr sich mit den Fingern durchs Haar.

»Es sei denn, jemand befreit die Welt von Cecil, jemand außerhalb dieses kleinen Kreises von Betroffenen«, überlegte Thylda laut.

»Sie ist ja genauso verrückt wie du, Saxan«, bemerkte Botolf leise, der wohl erriet, welcher Plan sich in Thyldas Kopf zu formen begann.

»Ich würde sie lieber als mutig und vernünftig bezeichnen«, entgegnete Saxan gedehnt und bedachte Botolf mit einem schelmischen Blick.

»Aber natürlich.« Er versagte sich ein Lächeln, als er Thylda ansah. »Du wirst nichts unternehmen, junge Dame.«

»Ach nein?« fragte Thylda zuckersüß.

»Nein, und ich will, daß du mir hier und jetzt dein Wort darauf gibst.«

»Ach, schon gut.«

»Und sie ist auch genauso liebenswürdig wie du«, flüsterte Botolf Saxan zu, die verhalten lachte. »Kommt mit, ihr zwei. Wir müssen zurück in den Rittersaal.« Er zog sie liebevoll mit sich in die besagte Richtung. »Im Augenblick fällt mir tatsächlich keine Lösung für dieses Problem ein, aber ich werde darüber nachdenken.«

»Cecil muß unschädlich gemacht werden«, sagte Thylda. »Und wenn das bedeutet, daß sein Blut fließen muß, darf es nicht Onkel Edric sein, der es vergießt. Das ist die einzige Lösung, die ich sehe.« Sie seufzte. »Wer weiß, wie lange es dauert, bis das erreicht ist. Vielleicht ist unser Onkel dann schon so alt, daß er jegliches Interesse verloren hat.«

»So wie ich unseren Onkel kenne, wird er selbst auf dem Sterbebett das Interesse nicht verloren haben«, wandte Saxan ein. »So sind nun mal alle Männer in unserem Clan.«

Als sie in den Rittersaal traten, musterte Thylda die in dem riesigen Raum verstreuten männlichen Mitglieder ihrer Familie. »Geile Hunde.«

Botolf konnte sich nicht länger beherrschen und lachte laut. Die völlig übereinstimmenden Mienen weiblicher Verachtung auf den Gesichtern der Schwestern erheiterten ihn nur noch mehr. Gerade begann er, sich zu beruhigen, als deren Bruder Udolf, ein zwanzigjähriger junger Mann mit silberblondem Haar und blauen Augen, zu ihnen trat und den Schwestern je einen Arm um die Schultern legte.

Thylda neigte sich zu Botolf vor und flüsterte: »Ihr glaubt, wir scherzen. Gebt einmal acht, Mylord.« Sie wandte sich ihrem Bruder zu. »Udolf?«

»Aye, meine süße Thylda, was wünschst du denn, Kleine?«

Thylda straffte den Rücken und sagte: »Ich bin nicht deine Kleine.«

Mit lachenden Augen musterte Udolf ihre sich rundende Gestalt und sagte: »Stimmt, das sehe ich jetzt auch.«

Thylda verdrehte die Augen, so daß Saxan lachen mußte, und fragte: »Was ist dir das Liebste auf Gottes schöner Welt?«

»Ah, die Frage ist nicht schwer zu beantworten.« Udolf drückte beide Mädchen fester an sich. »Frauen.«

»Na also«, sagte Thylda leise und sah Botolf an. »Versteht Ihr jetzt, Mylord?«

Bevor Botolf antworten konnte, näherte sich seine Mutter und sagte leise: »Jetzt ist ein günstiger Augenblick, um hinauszuschlüpfen. Fast alle schauen den Jongleuren zu.«

Udolf drückte Saxan einen Kuß auf die Wange und ließ dann seine Schwestern los. Er gab Thylda noch einen leichten Klaps auf die Kehrseite, als die drei Frauen sich entfernten. Für ihren verärgerten Blick hatte er nur ein Lachen übrig.

»Ich schätze, es dauert gar nicht mehr lange, bis Thylda auch verheiratet ist«, sagte er zu Botolf. »Dann haben wir überhaupt keine Schwester mehr in Wolfshead Hall.«

»Sie ist ein hübsches Mädchen mit Witz und Temperament«, pflichtete Botolf ihm bei.

»Es war sehr freundlich von Euch, sie zu einem so langen Aufenthalt einzuladen, Mylord.«

»Es ist mir ein Vergnügen. Nennt mich bitte Botolf, zumindest auf Geselligkeiten wie dieser. Schließlich seid Ihr der Bruder meiner Frau.«

»Dann gestattet mir, als dem Bruder Eurer Frau, zu bemerken, daß Ihr gut gewählt habt.«

Botolf lachte. »Dessen bin ich ganz sicher.«

Udolf wurde unvermittelt ernst. »Saxan ist so erzogen, daß sie ihrem Mann zur Seite steht ...«, er zwinkerte, »... selbst, wenn dieser ein ausgemachter Narr wäre. Ah, da kommen Hunter und Eure Männer, die Euch beim Zubettgehen assistieren wollen.«

Drei Ritter und Botolfs Schwager drängten ihn aus dem Rittersaal hinaus. Eine anzügliche Bemerkung jagte die andere. Es überraschte Botolf, von Saxans eigener Familie derartig schlüpfrige Bemerkungen zu hören. Direkt vor der Tür hielt ihn mit ernster Miene Godric zurück. Botolfs Begleiter entfernten sich, um ihm Gelegenheit zu geben, unter vier Augen mit dem Earl zu sprechen, was Godric offenbar sehr am Herzen lag.

»Ihr hättet keine bessere Partnerin wählen können als eine Frau aus der Familie Todd, Lord Botolf«, sagte Godric. »Begeht nicht den gleichen Fehler wie ich, Mylord, indem Ihr kostbare Zeit

verschwendet, obwohl Ihr einen solchen Edelstein Euer eigen nennen dürft. Ich kenne Euch nicht sehr gut, aber doch gut genug, um zu wissen, daß Ihr womöglich ähnlich närrische Gedanken hegt wie ich seinerzeit. Diese Überlegungen hätten fast meine Ehe zerstört. Vergeßt niemals, daß die Frauen der Familie Todd außergewöhnlich sind.«
»Wie das?« fragte Botolf mit aufrichtigem Interesse.
»Sie sind genauso heißblütig wie ihre Männer, würden aber niemals freiwillig die Treue brechen. Außerdem denken sie ähnlich wie Männer. Das solltet Ihr Euch immer vor Augen halten. Dann kann Eure Braut Euch nicht so oft in Verwirrung stürzen.« Er verzog das Gesicht und schüttelte den Kopf. »Es ist nicht einfach, in Worte zu fassen, was die Todd-Frauen vor anderen auszeichnet.«
Botolf klopfte ihm auf die Schulter. »Ich danke Euch für Euren Versuch, es mir zu erklären, und ich denke, ich habe verstanden. Ich habe ja bereits erlebt, daß Ihr in allen Punkten recht habt.«
Als Botolf sich wieder seinen Begleitern zuwandte und seine Gemächer aufsuchen wollte, kam Pitney. Der Junge hatte den Großteil des Festes mit seinen Vettern zugebracht. Botolf fiel auf, wie blaß er war, und fürchtete, er könnte sich gefährlich überanstrengt haben.
»Gehst du jetzt zu Bett, Pitney?« fragte er.
Pitney drängte sich auf der Treppe an Botolf vorbei und knurrte lediglich: »Aye.«
»Pitney«, schalt Hunter, verärgert über das unhöfliche Verhalten des Jungen seinem Lehnsherrn gegenüber.
Pitney blieb stehen und lehnte sie gegen die kühle, steinerne Wand. Seufzend schloß er die Augen, um dann plötzlich aufzulachen. Immer noch lachend verbeugte er sich leicht vor Botolf.
»Vergebt mir, Mylord«, bat Pitney.

Verwundert über das seltsame Gebaren des Jungen sagte Botolf: »Es war ein langer Tag für dich. Du bist gewiß müde.«

»Aye, Mylord, müde bin ich, aber das ist nicht der Grund für meine mürrische Stimmung. Mit dem heutigen Tag beansprucht Ihr für Euch, was bisher mir gehört hat. Ihr habt mir einen Teil von mir genommen. Ich bin schlicht und einfach eifersüchtig. Das beeinträchtigt mein Benehmen und meine Laune.«

»Ich glaube nicht, daß ich sie dir jemals voll und ganz nehmen könnte«, versicherte Botolf ihm.

»Nay«, erwiderte Pitney mit unverschämtem Grinsen. »Aber wie auch immer, es wird eine Weile dauern, bis ich mich damit abgefunden habe. Ah, guten Abend, meine schönen Damen«, sagte er, als zwei junge Töchter eines der Vasallen Botolfs zögernd an den Männern auf der Treppe vorübergingen.

Botolf und seine Männer hörten mit wachsender Heiterkeit zu, wie die Mädchen sich nach Pitneys Gesundheit erkundigten. Binnen weniger Minuten wurde der junge Mann von den beiden Damen die Treppe hinaufgeleitet. Er legte ihnen je einen Arm um die Hüften. Angesichts der geflüsterten Worte und des verhaltenen Gelächters fragte sich Botolf, wann Pitney sich nun wohl wirklich zur Ruhe begeben würde.

»Der Junge wird immer gefährlicher«, scherzte Hunter. »Kommt, Botolf, sonst könnte meine Schwester denken, Ihr hättet sie vergessen.«

Als Botolf sein Schlafgemach betrat, konnte er feststellen, daß Farold ihn nicht enttäuscht hatte. Ein heißes Bad und angewärmte Laken zum Abtrocknen erwarteten ihn. Er vergeudete keine Zeit, sondern begann unverzüglich, sich mit Sir Wesleys und Sir Rogers Hilfe auszukleiden.

»Ich sehe mit Freude, daß Saxan alles bekommen wird, was sie braucht«, bemerkte Hunter und musterte träge Botolfs nackte Gestalt, während er für alle Wein einschenkte. »Ich könnte geradezu neidisch werden, wenn ich daran denke, was Ihr treiben werdet, während ich allein in meinem Bett liegen muß.«

»Ich kann mir nicht vorstellen, daß Ihr allein liegen müßtet«, sagte Botolf und grinste. »Die Lady Odella zum Beispiel schien großes Interesse an Euch zu haben.«

»Ach, die. Nein, die will ich nicht. Einmal hat mir gereicht.«

Botolf war so schockiert, daß er abrupt stehenblieb und beinahe kopfüber in den Badezuber gestürzt wäre. »Ihr habt mit Lady Odella geschlafen?« fragte er und ließ sich ins dampfende Wasser gleiten.

»Aye, ich glaube, es war vor etwa einem Jahr. Wir waren bei Hofe. Habt Ihr die Gunst der Dame etwa noch nicht zu kosten bekommen? Als ich sie an jenem Tage kommen sah, glaubte ich, Ihr wäret ihr neuester Geliebter. Aber natürlich war es nicht so«, fuhr Hunter fort, als er Botolfs finstere Miene bemerkte. »Sie wollte versuchen, Euch zu einem Heiratsantrag zu verlokken, und spielte deshalb die keusche Jungfrau.«

»So sieht es aus. Hm, und warum hat Euch einmal gereicht?«

»Lady Odella gehört zu den Damen, denen ein Mann unablässig schmeicheln muß.«

»Ich hatte nicht den Eindruck, daß Euch oder Euren Verwandten schmeichelnde Worte schwer über die Lippen kämen.«

»Nay. Manche behaupten, dieses Talent sei uns angeboren. Aber Schmeicheleien machen mehr Spaß, wenn sie aus freien Stücken angebracht werden. Lady Odella aber bettelt unaufhörlich um schöne Worte – oft genug gerade dann, wenn ein Mann nicht die geringste Lust auf hübsche, schlagfertige Phrasen hat.« Hunter grinste, als seine Gefährten laut lachten. »Aye, bei Lady Odella kann ein Mann schon sein Vergnügen finden, doch die Arbeit, die er dafür leisten muß, ist mehr, als ich zu tun bereit bin.«

»Und sie hält zudem noch Ausschau nach einem Ehemann«, warnte Botolf.

»Das tat sie seinerzeit auch schon, doch in der Hinsicht brauche ich nichts zu fürchten. Odella strebt nach Höherem. Ein Baron mit einem einzigen kleinen Besitztum im Norden reicht ihr nicht.«
»Das könnte sich geändert haben. Wie leicht könnte sie bemerken, daß Ihr keineswegs arm seid, wie Saxans üppige Mitgift beweist.«
»Die hat zum großen Teil meine Mutter beigesteuert. Und, Botolf, vergeßt nicht, daß wir mit einem Makel behaftet sind: wir sind Kaufleute. Wir handeln mit dem Osten und so weiter.«
»Ist dort etwa Geld zu verdienen?« fragte Sir Wesley, der allzuoft unter seiner leeren Geldbörse litt.
Bis Botolf wieder aus dem Zuber stieg, unterhielten sich die Männer über die Möglichkeiten des Handels. Dann jedoch richteten sie ihre Aufmerksamkeit rasch wieder auf die bevorstehende Nacht. Botolf lachte über ihre Scherze und trug selbst einige bei. Doch tief im Herzen war ihm keineswegs nach Spaß und Fröhlichkeit zumute.
Allmählich fielen all seine Ängste wieder über ihn her. Die Zoten über seine prachtvolle Ausstattung und seine Potenz riefen ihm nur zu deutlich wieder die Zerbrechlichkeit seiner Braut ins Gedächtnis zurück. Als er sich schließlich mit seinen Gefährten auf den Weg zu Saxans Gemächern begab, war er wieder verkrampft und angespannt, und weder Vernunft noch Wissen konnten etwas dagegen ausrichten.

Saxan seufzte wohlig und sog tief den Duft des parfümierten Bades, ein, das sie in ihrem Schlafgemach erwartete. »Oh, das ist herrlich.«
Thylda half ihrer Schwester lachend aus dem Brautstaat. »Du sollst darin baden und nicht nur daran schnuppern wie an einem fetten Eintopf.«

»Ich werde ausgesprochen süß duften. Ein parfümiertes Bad, parfümierte Laken, ein parfümiertes Nachtgewand. Das ist beinahe zuviel des Dufts.« Leise lachend ließ sie sich ins warme Wasser gleiten, während Lady Mary eilig ihr Haar hochsteckte, das schon vor der Hochzeitsfeier gewaschen worden war.

»Du bist so zierlich«, bemerkte Lady Mary mit einem Hauch von Besorgnis in der Stimme.

»Die Gatten meiner Schwestern sind beide groß und kräftig, und meine Schwestern sind ähnlich gebaut wie ich. Vielleicht etwas rundlicher, aber ebenso klein.«

»Ich sollte so etwas nicht sagen. Es war unklug, einer frischvermählten Braut gegenüber solche Worte zu äußern.«

»Mylady, Ihr habt mehr Sorge um mich als ich selbst«, schimpfte Saxan, bevor sie sich nach ihrer Zofe umsah. »Jane? Würdest du mir bitte den Rücken schrubben? Ganz herzlichen Dank.« Sie wandte sich wieder Lady Mary zu, die Wein in einen Pokal einschenkte und diesen ans Bett stellte. »Wie ich schon sagte, ich weiß genau, was geschehen wird. Und ich weiß auch, daß es mir vielleicht ein bißchen weh tun könnte, doch dieser Schmerz dauert nicht lange und wird vollends betäubt, wenn das Fieber der Leidenschaft mich packt.«

»Und wird das Fieber dich packen?« fragte Lady Mary.

»Auch wenn es mich beschämt, das zuzugeben, aber ja, es wird mich gewaltig packen. Man sagt, das erste Mal sei für eine Frau selten angenehm, aber ich mache mir deswegen keine Sorgen. Es wird ein nächstes Mal geben und dann noch viele weitere Male. Dabei werde ich erleben, was meinen verheirateten Schwestern verzückte Seufzer entreißt.«

»Deine Schwestern haben dir erzählt, was in ihren Ehebetten vor sich geht?« Lady Mary konnte ihren Schock und ihre Verwunderung nicht verbergen.

»Nur meine Schwester Tuesday war alt genug, um in den Genuß der Ratschläge meiner Mutter in solchen Fragen zu kommen. Die Männer in unserem Clan halten es nicht für notwendig, ihre Frauen über den Lauf der Natur im Ungewissen zu halten, wenngleich sie unsere Keuschheit grimmig behüten. Allerdings betrachten sie diese Dinge vom Standpunkt des Mannes aus. Tuesday wie auch Denu hielten es durchaus nicht für nachteilig, wenn wir auch die Gedanken von Frauen über solche Dinge erfuhren. Kalte Pflichterfüllung kann Kinder hervorbringen, wird aber keinen Mann in Treue ans Ehebett fesseln. Und auch keine Frau. Unsere Schwestern legten Wert darauf, uns aufzuklären, daß es keine Sünde ist, im Ehebett Vergnügen zu erleben. Freilich, viele Priester behaupten, es wäre Sünde. Aber nicht so unser Hochwürden Chesney.«

»Unser Hochwürden Chesney ist ein außergewöhnlicher Mann.« Lady Mary reichte Saxan ein Laken zum Abtrocknen.

»Habe ich Euch mit meinen Worten erheitert?« Saxan stieg aus dem Zuber und begann, sich trockenzureiben.

»Nay. Ich dachte eben nur, daß mein Sohn sich schon sehr bald für einen vom Glück gesegneten Mann halten wird.«

»Ich hoffe sehr, ihn zu dieser Überzeugung zu bringen«, scherzte Saxan mit niedlich-lüsternem Lächeln, und sie lachte herzlich, als Lady Marys Augen sich vor Schreck weiteten.

Saxans gute Laune trübte sich und sie errötete, als die Frauen ihr das Nachtkleid überstreiften. Es war empörend dünn, an den Schultern und vorn geschnürt und allzu offensichtlich so angelegt, daß ihr frischvermählter Gatte es ihr problemlos ausziehen konnte. Das störte sie nicht übermäßig; sie wünschte sich lediglich, daß es mehr von ihrem Körper bedeckt und verborgen hätte. Als sie ihr Haar öffnete, kam die reiche Flut ihrem Bedürfnis nach züchtiger Erscheinung einigermaßen entgegen, und sie entspannte sich ein wenig, nur um sich erneut zu verkrampfen, als es an ihrer Tür klopfte. Im nächsten Augenblick

wurde Botolf von ihrem Bruder Hunter, Roger, Wesley und Talbot hereingeführt.
Noch während sie unter den Blicken von Botolfs Freunden errötete, erkannte Saxan allzu deutlich, daß ihr Gatte unter seinem Schlafrock nackt war. Sie wünschte alle Anwesenden weit fort, damit sie, wenn er diesen Schlafrock ablegte, ihn ausgiebig betrachten konnte. Als sie unter die Bettdecke schlüpfte und sich von Thylda die Kissen in ihrem Rücken aufschütteln ließ, gestand Saxan sich ein, daß sie Jane und ganz besonders Thylda ebenfalls fort wünschte. Sie wollte nicht, daß sie auch nur einen flüchtigen kleinen Blick auf Botolfs Gestalt erhaschten, genau den Blick, der ihnen im nächsten Moment gewährt wurde, als Botolf den Schlafrock zu Boden gleiten ließ und zu seiner Braut ins Bett stieg. Dieser Hinweis auf ihren ausgeprägten Besitzanspruch erstaunte Saxan selbst.
»Da hast du dir aber eine gehörige Portion Mann gesichert«, flüsterte Thylda und reichte Saxan den Pokal mit Wein.
Plötzlich war Hunter da und drängte Thylda zur Seite. Seine Miene wirkte viel zu ernst für Saxans Geschmack. Mit einer Mischung aus Erleichterung und Ärger sagte sie sich, daß es inzwischen wohl entschieden zu spät war, um die Hochzeit noch zu verhindern. Dann gestand sie sich ein, daß es ihr ganz und gar nicht recht sein würde, wenn Hunter es auch nur versuchen sollte.
Doch er lächelte, als er sich herabbeugte, ihr einen Kuß auf die Wange gab und flüsterte: »Laß dem armen Mann gegenüber Milde walten, Saxan.«
Sie lachte laut und zog spielerisch an seinem Haar. »Scheusal.«
»Werde glücklich, Kleine.«
»Das ist mein fester Vorsatz.«

Neuntes Kapitel

Saxan konnte den Blick nicht losreißen von dem Pokal voll Wein, den sie jetzt, da sie mit Botolf allein war, so fest umklammert hielt. Sie hatte keine Angst, doch sie erstickte fast an ihrer Verlegenheit und betete inständig, daß dieses Gefühl sich als nur vorübergehend erweisen möge.

Botolf beugte sich vor, um ihr ins Gesicht sehen zu können, das sich zum Teil unter ihrem vollen Haar verbarg. Er war froh, daß die Zeremonie des Zubettbringens überstanden war. Zwar standen Wesley, Roger und Talbot ihm nahe wie leibliche Brüder, aber dennoch paßte es ihm nicht, daß sie Saxan so spärlich bedeckt hatten sehen dürfen. Ihre unverhohlene Wertschätzung dieses Anblicks hatte ihn noch zusätzlich verärgert.

»Saxan?« Sehr leise sprach er sie an. »Hab doch keine Angst vor mir.«

»Ich habe keine Angst«, versicherte sie.

»Nay?« Er lächelte, als sie den Kopf schüttelte, ihn aber immer noch nicht offen anblicken mochte. »Komm, laß uns mit unserem Wein anstoßen und auf unsere Hochzeit trinken.«

Das Klirren ihrer Pokale hallte in dem Raum nach. Saxan trank den Wein in gierigen Zügen, in der Hoffnung, daß sich dadurch ihr abhanden gekommener Mut wieder einstellen möge. Als Botolf mit seinen Fingern sanft durch ihr Haar fuhr und näher an sie heranrückte, bis sie Körper an Körper lagen, verflog ihre Schüchternheit allmählich, und ihr Blut erwärmte sich. Kaum hatte er seinen Wein auf dem Tischchen neben dem Bett abgestellt, schleuderte Saxan ihren Pokal von sich und warf sich in Botolfs Arme.

Lachend fing er sie auf und zog sie an sich. »Nay, du hast offenbar wirklich keine Angst. Warum schaust du mich dann nicht an?« fragte er, während er schon begann, die Verschnürungen ihres Nachtkleides zu lösen.

»Die Antwort darauf fällt mir nicht leicht.« Ganz sanft folgte sie mit den Fingerspitzen den Linien seines Gesichts. »So kalt und rücksichtslos mit dir ins Bett gesteckt zu werden, hat mich scheu und verlegen werden lassen.« Sie drückte einen Kuß auf seine Wange und lächelte an seiner frisch rasierten Haut. »Dann aber hast du mein Haar berührt und dich an mich geschmiegt, und schon setzte das Fieber ein.«

Als er ihr das Nachtkleid abstreifte und es zu Boden gleiten ließ, rang sie nach Luft und verbarg das Gesicht an seiner Schulter. Das Gefühl seiner warmen Haut an ihrem Körper raubte ihr die Sinne. Der weiche Flaum auf seiner Brust kitzelte ihren Busen. Sie schmiegte sich enger an ihn.

Botolf hob ihr Gesicht zu sich auf und küßte sie. Schon bald kam ihr Hunger dem seinen gleich. Er stöhnte, drückte sie an sich und wälzte sich mit ihr, bis sie unter ihm lag. Ein erstickter Lustschrei entfuhr ihr, als sie seinen harten, schlanken Körper in voller Länge an ihrem spürte.

Er umfaßte ihre Brüste mit seinen großen, schwieligen Händen und knetete sie sanft, während er ihren Hals mit fieberheißen Küssen bedeckte. Saxan schob ihre Hände in sein dichtes Haar und wölbte sich ihm entgegen, als er mit den Lippen die empfindliche Haut ihrer Brüste liebkoste. Sie stöhnte und schauderte und drängte sich begierig an ihn, während er die hart erigierte Spitze ihrer Brust langsam in seinen Mund sog. Mit jeder hungrigen Saugbewegung verstärkte sich die Glut in ihren Lenden. Botolf strich mit den Handflächen über ihre Beine, und als er die Hand zwischen ihre Schenkel schob, hatte sich ihr Verlangen zu einem derartigen Fieber gesteigert, daß sie seiner intimen Berührung nicht den geringsten Widerstand entgegensetzte. Sie öffnete sich seinen streichelnden Fingern, und seine erregenden Küsse fanden wieder zurück zu ihrem Mund.

»Du heißt mich willkommen, denn du bist ja bereits feucht«, flüsterte er rauh unter zärtlichen Küssen und ließ sich zwischen ihren schlanken Schenkeln nieder. »Ich möchte dir nicht weh tun.«

Saxan zwang sich, die Augen zu öffnen, damit sie seine vor Leidenschaft angespannten Gesichtszüge in sich aufnehmen konnte. Sie verschränkte die Hände an seinem Hinterkopf und zwang ihn so, seinen Kuß ihrem Wunsch gemäß zu vertiefen, während sie ihm in einer hitzigen Aufforderung, sie zu nehmen, ihren Körper entgegenwölbte. Als sie an seinen Lippen seinen Namen hauchte und ihn endlich Botolf nannte, fühlte sie ihn zittern. Zur selben Zeit, da er seine Zunge tief in ihren Mund eintauchte, begann er mit der Vereinigung ihrer bebenden Körper.

Trotz seines überaus sanften Eindringens und der Gewalt der Leidenschaft, die sie ergriff, konnte Saxan den Schmerz nicht ignorieren, als er ihr Jungfernhäutchen sprengte. Sie versuchte, ihren Schrei an seiner breiten Schulter zu ersticken, doch er ertönte trotzdem klar und scharf, während sie die Finger so heftig in Botolfs Rücken krallte, daß ihre Nägel blutige Spuren hinterließen. Der Schmerz erwies sich jedoch tatsächlich als kurzlebig. Botolf hatte abrupt in seinen Bewegungen innegehalten, damit sie sich an ihn gewöhnen konnte. Allmählich ließen seine Zärtlichkeiten die von Schmerzen abgekühlte Leidenschaft

wieder aufflackern. Sie entkrampfte ihre Finger an seinem Rücken und lehnte sich zurück ins Kissen.
Indem sie erneut die Augen schloß, konzentrierte Saxan sich ganz auf das Verschmelzen ihrer Körper. Die völlig neuen Empfindungen ließen ihr Begehren wild auflodern, und sie wurde sich vollends bewußt, auf welche Art sie nun vereinigt waren. Sie ahnte außerdem, daß irgend etwas noch nicht ganz richtig war. Saxan hegte den Verdacht, daß Botolf sie noch nicht vollends in Besitz genommen, sich womöglich sogar ein wenig zurückgezogen hatte. Nachdem der Schmerz nun verebbt war und ihre Leidenschaft in ihrer ungeschmälerten fordernden Herrlichkeit die Oberhand gewann, wollte sie nicht mehr auf diese Art und Weise geschont werden. Sie schlang ihre schlanken Glieder um ihn und schlug die Augen wieder auf.
Beinahe hätte sie gelächelt, als sie Botolfs Gesicht sah, verzerrt vom Kampf gegen die übermächtigen Forderungen seines Körpers. Und noch ein anderes Gefühl, das sie in seinen Augen erkannte, erregte ihre mitfühlende Heiterkeit. Der Schmerz, den der Verlust ihrer Unschuld ihr bereitet hatte, quälte ihn weit mehr als sie selbst.
»Saxan, die Schmerzen …« setzte er mit rauher Stimme an.
»Der Schmerz ist vorüber, aber ich vermute, du hältst dich zurück«, flüsterte sie, zog ihn mit den Beinen enger zu sich heran und wölbte ihm gleichzeitig die Hüften entgegen. »Ah, Botolf.« Sein Name kam als zittriges Flüstern von ihren Lippen, während sie ihn durch ihre Bewegung tiefer in sich aufnahm.
Botolf stöhnte auf, küßte sie gierig und begann, sich rhythmisch zu bewegen. Er bemühte sich, behutsam vorzugehen, doch sein Verlangen wie auch die Art, wie sie jedem seiner Stöße so eifrig entgegenkam, beraubte ihn des letzten Restes seiner Beherrschung. Die leisen Laute der Lust, die ihren vom Küssen

geschwollenen Lippen entflohen, und das Streicheln und Kneten ihrer weichen, zarten Hände lieferten ihn ihr vollends aus. Seine Stöße wurden wilder, doch sie nahm sie ohne Zögern bereitwillig in sich auf.

Als er spürte, daß ihre Leidenschaft sich dem Höhepunkt näherte, durchdrang Erschrecken die Glut seines Verlangens, und er ließ nach. Saxan schrie auf und klammerte sich an ihn, war nahezu verzweifelt in ihrer Begierde. Sie drängte ihn weiter, und es erwies sich als einfach, ihren Forderungen nachzukommen. Als der Gipfel der Lust ihn lockte, hörte er auch ihren Schrei der Erfüllung. Sie klammerte sich an ihn, als er schauderte und dann in ihren Armen zusammensank.

Lange Zeit verharrte er eingehüllt in ihrem warmen, schlanken Körper, genoß ihre köstliche Nähe und die absolute Befriedigung ihres Liebeserlebnisses. Als er sich schließlich aus ihrem Körper zurückzog, blieb er doch in ihren Armen liegen und ließ seine Hand an ihrer Seite herabgleiten, bis sie besitzergreifend auf ihrer wohlgerundeten Hüfte zur Ruhe kam.

Ihre Leidenschaft war eine Kostbarkeit, mit der er nicht gerechnet hatte. Jetzt verstand er, was Godric ihm hatte sagen wollen. Ein Mann könnte leicht auf den Gedanken kommen, sie wäre verdorben, nur weil sie seiner Leidenschaft mit gleicher Glut entgegenkam. Im allgemeinen herrschte nun mal die Vorstellung, eine wirkliche Dame würde kein Begehren spüren oder zum Ausdruck bringen. Botolf war froh über seine Fähigkeit, ihre Heißblütigkeit als das zu erkennen, was sie war: ein weiterer Segen für seine Ehe.

Widerwillig erhob er sich vom Bett und säuberte sich und Saxan. Ein Lächeln spielte um seine Lippen, als er ihre Weiblichkeit badete und sie tief errötete, denn er erinnerte sich nur zu deutlich daran, wie gründlich ihr Verlangen die Verlegenheit vertrieben hatte. Die süße Jugend ihres Gesichts war die

perfekte Tarnung für die leidenschaftliche Frau, die sich dahinter verbarg.
Unter gesenkten Lidern hervor beobachtete Saxan Botolf, als er die Waschschüssel und den Lappen zurück zu dem Tisch am Fenster trug. Ihr gefiel die Art, wie er sich bewegte, seine schlanke, muskulöse Gestalt empfand sie als erregend. Seine Haut war am ganzen Körper dunkel getönt und wies nur geringen Haarwuchs auf. Das war ihr nur recht; sie mochte das Gefühl seiner warmen Haut über den harten Muskeln. Als er zurück ins Bett stieg, empfing sie ihn mit offenen Armen, begierig darauf, alles das, was sie eben betrachtet hatte, nun auch zu berühren.
Während sie mit den Händen über seinen Brustkorb strich, schob Botolf die Bettdecke zurück bis zu ihrer Taille. Eifrig sah er zu, wie sich die Spitzen ihrer kleinen Brüste einladend aufrichteten und hart wurden. Dieser Hinweis darauf, daß ihre Erregung schon wieder aufflackerte, sobald sie ihn nur berührte, weckte auch seine Leidenschaft erneut.
»Bist du wund, Saxan?« fragte er und küßte die kleine Grube unter ihrem Ohr.
»Nay«, flüsterte sie und strich über seinen Oberschenkel.
»Schön.« Er begann, sie mit kaum beherrschter Gier zu küssen.

Obwohl ihre Lider sich nachhaltig sträubten, zwang Saxan ihre Augen auf und fragte sich verärgert, warum sie aufgewacht war. Das spärliche Licht der Morgendämmerung begann gerade erst, ins Zimmer zu kriechen. Es war die gespenstische, nicht ganz greifbare Stunde zwischen Nicht-mehr-Nacht und Noch-nicht-Morgen. Ihr gesamter Körper schmerzte, aber merkwürdigerweise genoß sie das Gefühl. Zwischen den Schenkeln fühlte sie sich wund, doch sie hatte nicht den leisesten Wunsch, sich deswegen zu beklagen, denn schließlich bedeutete es, daß

sie nun wirklich Botolfs Gattin war. Das reichte jedoch nicht aus, um sie vollends aufzuwecken, obwohl sie das Bedürfnis verspürte, wach zu sein. Es ergab einfach keinen Sinn.
Als sie die Augen wieder schließen wollte, nahm sie aus den Augenwinkeln eine Bewegung wahr. Sie starrte den Mann an, der jetzt an Botolfs Bettseite stand. Als er den Arm hob, sah sie die blitzende Klinge eines Dolchs in seiner Hand. Saxan schrie und richtete sich auf die Knie auf. Mit beiden Händen packte sie das Handgelenk ihres Angreifers und hielt den todbringenden Stoß auf, kurz bevor er in Botolfs Herz dringen konnte.
Der durchdringende Schrei riß Botolf unvermittelt aus dem Schlaf. Mit dröhnenden Ohren und noch schlaftrunkenem Blick sah er Saxan, die verzweifelt versuchte, eine auf sein Herz gerichtete Dolchklinge abzuwehren. Im selben Augenblick war jede Nachwirkung des Schlafs wie weggewischt. Während der Eindringling den Dolch gegen Saxan erhob, versetzte Botolf dem Mann einen mächtigen Fausthieb in den Leib.
Der Schlag schleuderte den Mörder nach rückwärts; er rang keuchend nach Luft. Botolf hielt Saxan fest, die den Mann noch am Handgelenk umklammert hielt und Gefahr lief, seinem Sturz zu folgen. Er schob sie hinter sich in Sicherheit und warf sich auf den Attentäter, bevor dieser sich halbwegs von dem Hieb erholen konnte. In einem Winkel seines Bewußtseins bemerkte Botolf wohl, daß seine kleine Frau über eine mächtige Stimme verfügte, mit der sie weiterhin gellend um Hilfe rief.
Saxan wickelte sich hastig in die Bettdecke, als die Tür zu ihrem Gemach aufgetreten wurde und Männer in verschiedenen Stadien des Ankleidens und Aufwachens hineinstürmten. Beim Anblick der Menschenansammlung im Flur griff sie nach Botolfs Schlafrock. Im selben Augenblick, da der Angreifer überwältigt war, warf sie ihrem Gatten das Kleidungsstück zu.
Noch während Botolf sich fragte, warum Saxan sich ausgerech-

net in diesem Augenblick um seine Nacktheit bekümmerte, schlüpfte er in den Schlafrock. Als er die Schärpe band, bemerkte er die vielen Neugierigen im Flur, unter ihnen zahlreiche Frauen. Da wurde ihm klar, daß Saxan es unerträglich fand, wenn andere zuviel von ihm sahen, genauso, wie er es nicht ertragen hatte, als seine engsten Freunde sie äußerst dürftig bekleidet hatten betrachten können. Für einen Augenblick vergaß er alle anderen Sorgen, wandte sich Saxan zu und lächelte sie zärtlich an. Das Lächeln machte jedoch einem groben Fluch Platz, als er das Blut an ihrem Arm sah. Er ging zu ihr. Sie kniete auf dem Bett und hatte die Finger in die Decke gekrallt.
»Du bist verletzt«, sagte er in einem Ton, der an ein Knurren gemahnte, und ergriff ihr Handgelenk.
Saxan blickte auf ihren Arm und sah mit Verwunderung, daß sie irgendwann während des Ringens mit Botolfs Angreifer eine schlimme Schnittverletzung davongetragen hatte. Urplötzlich wurde ihr auch bewußt, wie heftig die stark blutende Wunde schmerzte. Allerdings war sie überzeugt, daß die Verletzung trotz des hohen Blutverlusts relativ harmlos war.
»Es sieht bedeutend schlimmer aus, als es ist«, versicherte sie dem finster dreinblickenden Botolf.
Lady Mary eilte, gefolgt von Thylda und Jane, an Saxans Seite und sagte: »Wir kümmern uns darum, Botolf.« Sie führte Saxan zur Waschschüssel und fügte hinzu: »Du mußt in Erfahrung bringen, was hier vor sich ging, Sohn.«
Botolf trat zu Hunter. Saxans Bruder stand über dem Mann, der wenige Minuten zuvor versucht hatte, den Earl zu töten. »Lebt er noch?« fragte Botolf.
Hunter nickte. »Aye, aber es wird noch eine Weile dauern, bis er aufwacht.«
»Diesmal war es verdammt knapp.« Botolf warf einen kurzen Blick auf Saxan, die still dasaß, während Lady Mary ihren

Arm verband. Kaum hatte Udolf die Tür geschlossen und die neugierige Menge ausgesperrt, setzte er hinzu: »Ich fürchte, es war nicht besonders klug von mir, ausgerechnet jetzt zu heiraten.«

Hunter trat an das große Bett und schlug das Laken zurück, um den Beweis freizulegen, daß Saxan unberührt in die Hochzeitsnacht gegangen war und Botolf die Ehe vollzogen hatte. »Um das zu ändern, ist es entschieden zu spät, Mylord.« Er warf das Laken wieder übers Bett. »Die Hochzeitszeremonie verlangt zwar ein anderes Vorgehen, aber ich denke, wir können sie hiermit für abgeschlossen erklären.« Udolf, Pitney, Roc, Wesley, Roger und Talbot murmelten ihre Zustimmung. »Ihr, Mylord, solltet jetzt in erster Linie darüber nachdenken, wie der Mann, der Euch nach dem Leben trachtet, unschädlich gemacht werden kann.«

»Einen Mann in seiner Hochzeitsnacht zu überfallen, beweist entweder dumme Tollkühnheit oder nackte Verzweiflung«, knurrte Wesley.

»Vielleicht war es aber auch überaus geschickt eingefädelt«, überlegte Hunter kopfschüttelnd.

»Stimmt«, pflichtete Botolf ihm bei. »Nach derartigen Festen sind viele der versammelten Gäste oft bis zur Besinnungslosigkeit betrunken. Die allgemeine Wachsamkeit ist auf dem denkbar niedrigsten Stand.«

»Und kein Mann sucht bewaffnet das Ehebett auf«, bemerkte Udolf mit einem leisen Grinsen. »Zu Anfang jedenfalls noch nicht.«

Selbst Botolf lächelte leise, während flüchtige Heiterkeit die versammelten Männer ergriff, doch schnell wurden alle wieder ernst. »Er gehört nicht zu den Leuten von Regenford.«

»Nay«, pflichtete Pitney ihm bei. »Vielleicht ist er mit einem der Hochzeitsgäste hergereist.«

»Aye, oder jemand in Regenford hat ihm dabei geholfen, in unsere Mauern einzudringen.« Fluchend fuhr sich Botolf mit der Hand durchs Haar. »Bis wir den Mann befragen können, bleiben uns nur Spekulationen. Talbot, Roger, achtet darauf, daß er nicht entkommen kann.«
»Für Euch und Saxan muß eine verstärkte Wache abgestellt werden«, riet Hunter, als Talbot und Roger den Gefangenen aus dem Zimmer schafften. Mit gesenkter Stimme, damit die Frauen ihn nicht hörten, fügte er hinzu: »Jedesmal, wenn Ihr mit Saxan schlaft, könntet Ihr schließlich Euren Erben zeugen.«
»Und wenn es Cecil ist, der mich umbringen will, was ich ganz sicher glaube, dann ist Saxan nun ebenfalls zur Zielscheibe geworden.« Botolf seufzte. »Das hatte ich nicht bedacht. Allerdings hatte ich fest geglaubt, innerhalb dieser Mauern wäre sie in Sicherheit. Jetzt muß ich einsehen, daß wir nicht einmal hier unseres Lebens sicher sind.«
»Ihr müßt den Mann stellen«, drängte Wesley. »Denn jetzt spielt Ihr nicht mehr nur mit Eurem eigenen Leben.«
»Ich fürchte, das ist die einzige Art, wie wir dieser Bedrohung ein Ende setzen können«, stimmte Hunter zu.
Als Botolf finster das Gesicht verzog, gab Wesley ihm einen mitfühlenden Schlag auf den Rücken. »Wir können später darüber reden. In wenigen Stunden ist bereits Frühstückszeit. Bis dahin dürfte der Schurke vernehmungsfähig sein und uns Informationen liefern, die uns die Planung unseres weiteren Vorgehens erleichtern. Jetzt lassen wir Euch allein.«
Kaum waren die anderen gegangen, setzte Saxan sich im Bett aufrecht hin und musterte den tief in Gedanken versunkenen Botolf. Sie wünschte Cecil den Tod, und zwar so schnell wie möglich, verstand aber andererseits auch Botolfs Zögern. Auch wenn er sich seinem Bruder, mit dem er aufgewachsen war, längst nicht mehr verbunden fühlte, betrachtete seine Mutter

Cecil doch nach wie vor als ihren Sohn. Er konnte nicht tun, was die Umstände von ihm verlangten, ohne Lady Mary großen Schmerz zuzufügen, und er konnte nicht so einfach darüber hinweggehen, daß in seinen und Cecils Adern das Blut des gemeinsamen Vaters floß.

»Er zwingt mich, ihn zu töten«, bemerkte Botolf seufzend und setzte sich zu Saxan auf das Bett.

Ungeachtet der Bettdecke, die bis zu ihren Hüften herabgeglitten war, schlang sie die Arme um seinen Oberkörper und schmiegte sich fest an seinen Rücken. Sie spürte die Anspannung in seinem Körper, wußte aber nicht, wie sie ihn von seinen Sorgen hätte befreien können. Ein Alternativvorschlag zur Lösung des Problems fiel ihr nicht ein. Der mörderische Bruderzwist zwischen Botolf und Cecil würde erst dann beigelegt sein, wenn einer von ihnen tot war. Saxan hoffte, daß Cecil dieser eine sein würde.

»Du hast keine Wahl«, sagte sie leise. »Entweder tötest du ihn, oder er tötet dich.«

»Und dich. Jetzt stehst auch du auf seiner Mordliste.« Er berührte den Verband an ihrem Unterarm. »Was macht deine Verletzung?«

»Sie brennt noch. Aber es ist kein tiefer Schnitt.« Sie holte tief Luft und sagte ruhig: »Wenn Cecil der Drahtzieher ist, und meiner Meinung nach deutet alles auf ihn als den Schuldigen hin, dann werden auch alle Kinder, die Gott uns schenkt, in Lebensgefahr schweben. Denn auch sie stehen ihm womöglich im Wege, wenn er versucht zu bekommen, was er zu stehlen sucht.«

»Ich weiß«, stieß Botolf zwischen zusammengebissenen Zähnen hervor.

Um Botolf von seinen düsteren Gedanken abzulenken, öffnete Saxan seinen Schlafrock, strich mit den Händen über seinen

Brustkorb und reizte die Brustwarzen, bis sie unter ihren Fingerspitzen hart wurden. Er gab einen leisen Laut des Wohlbefindens von sich und lehnte sich rücklings gegen Saxan. Mit den Lippen berührte sie sein Ohrläppchen, und als sie mit der Zunge zärtlich dessen Form nachzeichnete, fühlte sie ihn leicht erbeben.

Botolf biß die Zähne zusammen und wehrte sich gegen den Drang, sich umzudrehen und Saxan in die Arme zu ziehen. Er sah zu, wie ihre zarten Hände seine Haut streichelten, und mit jeder Zärtlichkeit wuchs sein Verlangen. Als sie die langen, schlanken Finger um seine Erektion schloß, stöhnte er auf, drehte sich jedoch noch immer nicht zu Saxan um. Solange es ihm möglich war, wollte er das Gefühl ihrer Liebkosungen und den Anblick ihrer streichelnden Hände genießen. Doch er verlor die Beherrschung, als sie anfing, in langsamem, sinnlichem Rhythmus seine Männlichkeit zu streicheln, während sie die andere Hand tiefer gleiten ließ, um dort die weichen Zwillingsfrüchte zu umfassen.

Mit einem leisen Stöhnen griff er nach ihr und zog sie auf seinen Schoß. Er riß die Bettdecke fort, trank den Anblick ihrer schlanken Gestalt in sich hinein und fuhr mit der Hand langsam und sacht an ihrer Seite entlang.

Saxan beantwortete seinen hitzigen Blick mit einem süßen, sinnlichen Lächeln. Indem sie ihn berührte und spürte, wie sein Verlangen erwachte, loderte ihr eigenes Begehren heiß und heftig auf. Sein Blick brannte auf ihrer Haut und entkleidete sie aller züchtigen Hemmungen. Erfüllt von der Glut der Leidenschaft war sie bereit, sich von ihm betrachten zu lassen, solange er wollte, wenn ihm das Lust bereitete. Und sie stellte fest, daß ihre eigene Lust sich nur noch steigerte, wenn sie sah, wieviel Entzücken der Anblick ihres nackten Körpers in ihm weckte.

Er küßte sie langsam und hungrig, und das leise Stöhnen tief in seiner Kehle war Ausdruck seiner Zustimmung, als ihre Zunge den Kampf mit seiner aufnahm. Schließlich löste er sich von ihren Lippen, um mit dem Mund die steil aufgerichteten, einladenden Spitzen ihrer Brüste aufzusuchen, und ließ gleichzeitig die Hand zwischen ihre Schenkel gleiten. Er sog eine Brustspitze tief in seinen Mund und schob einen Finger in ihre heiße, feuchte Spalte.

Ein Schaudern ergriff Saxan. Benommen wunderte sie sich, daß derartige Empfindungen sich ihres Körpers bemächtigen konnten, ohne Schaden anzurichten. Ihr kamen diese Gefühle so stark, so übermächtig vor, daß sie meinte, sie müßten in irgendeiner Weise ein Zeichen hinterlassen. Als Botolf endlich den Kopf von ihrer Brust hob, war sie vor Verlangen der Verzweiflung nahe.

»Botolf«, flüsterte sie flehentlich.

»Du bist wunderschön«, sagte er und zog sie, noch immer auf dem Bett sitzend, rittlings über sich.

Saxan rang nach Luft, als ihre Körper sich vereinigten. Die Position schockierte sie nicht, denn sie wußte längst, daß es vielerlei Möglichkeiten gab, einander zu lieben, auch wenn es ihr an jeglicher Erfahrung mangelte. Zitternd vor Erregung umklammerte sie seine breiten Schultern. Der letzte klare Gedanke, den sie faßte, beschäftigte sich mit der Frage, wie viele verschiedene Stellungen Botolf wohl kennen mochte.

»Unersättliches Weib«, grollte Botolf, als er die Bettdecke über ihre wohlig entspannten Körper zog.

»Ich finde, der Vorwurf der Unersättlichkeit trifft in gleichem Maße auch auf Euch zu, Mylord«, erwiderte Saxan mit einem schläfrigen Lächeln und kuschelte sich in seine Arme. Sie lächelte noch inniger, als er leise lachte.

»Ganz recht, und es wird wohl noch viel Zeit vergehen, bevor

diese Unersättlichkeit nachzulassen beginnt.« Er drückte sie fest an sich. »Schlaf, Liebling. Bald schon ist Frühstückszeit.«
»Aye.« Sie gähnte. »Und Zeit, wieder all unseren Gästen entgegenzutreten.« Sie stöhnte auf, und Botolf lachte.

Saxan reckte und streckte sich genüßlich, bemerkte den Blick ihres Gatten und lächelte errötend. Sie fand es schön, neben ihm aufzuwachen. Als sie sich an seinen warmen, festen Körper kuschelte, fand sie es noch mehr als schön.
»Das muß erst einmal reichen, süßer Schatz«, schimpfte Botolf und entwand sich, wenn auch widerwillig, ihrer Umarmung. »Zeit zum Aufstehen«, erklärte er und stieg aus dem Bett.
Mit einem Blick auf seine eindrucksvolle Erektion sagte sie leise: »Das sehe ich wohl.« Sie krümmte sich lachend zusammen, als er sie mit einem strengen Blick bedachte, den das Zucken seiner Mundwinkel allerdings zunichte machte.
»Du bist unverschämt.«
»Aye, das fürchte ich auch, Mylord.«
»Raus aus dem Bett, Weib. Ich brauche Hilfe beim Ankleiden«, sagte er und schlüpfte in seine Hosen.
Saxan stieg aus dem Bett und warf ihren Schlafrock über. Während sie Botolf in seine Kleider half, kam sie zu dem Schluß, daß ihr Geschick als Ankleidehilfe vorwiegend männlicher Familienmitglieder sich nun auszahlte. Wäre sie ungeübt gewesen, hätten Botolf und sie sich wohl bald einem schlimmen Dilemma ausgesetzt gesehen.
Als er begann, ihr beim Ankleiden zu helfen, fürchtete sie, daß sie doch wieder im Bett enden würden. Sie wünschte sich nichts sehnlicher, als noch einmal mit ihrem Mann zu kuscheln und Liebe zu machen, und ein rascher Blick in Botolfs Gesicht verriet ihr, daß es ihm ähnlich erging. Nahezu gleichzeitig zwangen sie sich, an ihre Gäste und Gefolgsleute zu denken,

die wahrscheinlich schon auf sie warteten. Saxan fand es bemerkenswert, daß sie beide zur gleichen Zeit wieder ernst wurden.

Sie wußte instinktiv, daß Botolf den gleichen Gedanken nachhing wie sie. »Wir werden einen gesonderten Ankleideraum brauchen, damit deine Zofe und mein Knappe uns behilflich sein können«, schlug er listig vor. »Sonst schaffen wir es womöglich nie, dieses Gemach zu verlassen.«

Sie schlang die Arme um seinen Nacken und flüsterte: »Wäre das denn so schlimm, Mylord?«

»Alles würde dermaßen den Bach heruntergehen, daß wir unser Bett schon bald mit den Schotten würden teilen müssen.« Er küßte sie, nahm dann ihren Arm und schickte sich an, sie aus dem Gemach zu führen. »Also benimm dich jetzt und laß uns zu unseren Gästen gehen.«

»Ein Schotte würde es niemals wagen, das Schlafgemach eines Todd zu betreten.«

»Und warum nicht?«

»Wenn es sich um einen männlichen Todd handeln würde, könnte es sein, daß dieser Schotte in seinem Bett seine eigene Frau vorfindet.«

Er schüttelte den Kopf, und sie lächelte schelmisch. Es würde ihm überaus schwer fallen, einigermaßen Distanz zu ihr zu wahren. Es war, als zöge sie ihn magisch an, um mit ihm ihre Lebensfreude und Emotionalität zu teilen. Wenn sie ihn zum Lachen brachte, spürte er, wie er innerlich ganz weich gestimmt wurde. Das mußte aufhören; er wußte allerdings noch nicht, wie er es zuwege bringen sollte.

Obwohl er Saxan vertraute und sich eine gesunde Ehe wünschte, wollte er doch den weicheren, manchmal sogar irrationalen Gefühlen wie zum Beispiel Liebe aus dem Wege gehen. Er würde Saxan Treue, Leidenschaft, Sicherheit und Wohlstand geben, nicht aber sein Herz. Einmal hatte er geliebt, und dieses eine Mal war mehr als genug für ihn gewesen.

Saxan versuchte, ihr Erröten zu bekämpfen, als sie an Botolfs Arm in den Rittersaal trat. Zwar schämte sie sich nicht, doch sie wünschte sich, daß nicht jeder einzelne im Raum wüßte, wie sie die Nacht verbracht hatte. Zu ihrer Erleichterung wurden nur wenige, noch dazu milde Zoten gerissen. Der Überfall auf Botolf war in aller Munde und weit wichtiger als Botolfs Hochzeitsnacht. Saxan konzentrierte sich aufs Essen, während Botolf energisch alle Fragen abwehrte und tat, was in seiner Macht stand, um seinen Halbbruder nicht offen beschuldigen zu müssen.

»Ich fürchte, das Gerücht, daß mein eigener Blutsverwandter mich zu ermorden versucht, zieht allzu weite Kreise«, sagte er leise, als die Gäste anfingen, nach und nach den Saal zu verlassen.

»Du kannst es nicht aufhalten«, erwiderte Saxan im Flüsterton, so daß niemand außer Botolf sie hörte. »Augenscheinlich wußten ohnehin sehr viele Leute, daß zwischen ihm und dir nicht eben brüderliche Liebe herrscht.«

»Das allein ist kein ausreichender Grund für einen Mord.«

»Schon, doch wenn von solch einem Verbrechen die Rede ist, überlegt man zuallererst, wer aus deinem Tod die größten Vorteile ziehen würde. Die meisten Menschen vermuten stets ein zwingendes Motiv hinter einem Mord.«

»Und derjenige, der die größten Vorteile hätte, ist Cecil.«

»Kein anderer. Warum versuchst du, die Wahrheit zu verbergen? Wäre es nicht besser, wenn es allgemein bekannt wäre? Dann würde es Cecil schwerfallen, sich vor dir zu verstecken.«

»Ich möchte meiner Mutter den Schmerz einer öffentlichen Anklage ersparen.«

»Natürlich. Denn jeder würde offen darüber reden.«

»Mylord!«
Botolf, Saxan und einige weitere, die sich noch im Saal aufhielten, blickten erschrocken dem Mann entgegen, der hineingestürmt kam. Seine Erregung griff rasch auf die anderen über. Derartige Aufregung eines bewaffneten Gefolgsmannes konnte vielerlei Gründe haben, aber auf keinen Fall einen erfreulichen. Saxan ahnte, daß für einen Augenblick die Angst vor einem neuerlichen Angriff der Schotten den Saal erfaßte.
»Sind die Schotten im Anmarsch, Charles?« fragte Botolf ruhig, als der junge Mann zum Haupttisch hastete.
»Nay, Mylord, es geht um den Gefangenen.«
»Ist er tot?«
»Er ist geflohen.«
»Geflohen? Wie ist das möglich?«
»Wir wissen es nicht, Mylord. Der Posten ist tot. Ihm wurde die Kehle durchgeschnitten.«
»Ist er schon lange tot?«
»Mehrere Stunden, würde ich sagen, Mylord. Der Leichnam ist kalt, und das Blut auf dem Boden ist bereits getrocknet.«
»Sucht das Gelände ab, die gesamte Burg und alles im Umkreis von drei Meilen außerhalb der Mauern.«
»Glaubst du, daß sie ihn finden?« fragte Saxan, nachdem der Soldat gegangen war.
»Nay«, erwiderte Botolf mit vor Zorn bebender Stimme. »Aber wie auch immer, ich kann nicht einfach tatenlos dasitzen. Eine Chance besteht immer.«
Sie seufzte. »Jemand war sehr daran interessiert, daß der Mann keine Aussage machte.«
»Mylord«, meldete sich Sir Edric zu Wort, der Saxan gegenüber am Tisch saß. »Ich möchte zwar nicht leichtfertig Anklage erheben, doch Ihr solltet nicht außer acht lassen, daß die Alansons schon vor Morgengrauen die Burg verlassen haben.«

»Und von den übrigen Gästen ist noch niemand abgereist?« erkundigte sich Botolf.
»Bisher nicht, Mylord.«
»Glaubst du, Lady Odella könnte hinter dem Überfall stecken, nicht Cecil?« Aus einem ihr selbst nicht ersichtlichen Grund fiel es Saxan schwer, das zu glauben, und doch konnte sie sich nicht gegen die plötzliche Überzeugung wehren, daß die Alansons in irgendeiner Weise schuldig waren.
»Ich weiß nicht, Saxan«, antwortete Edric. »Ich habe lediglich auf einen Umstand hingewiesen, der vielleicht nicht unberücksichtigt bleiben sollte. Hinzu kommt die Tatsache, daß der Mörder ungesehen in die Burg geschlüpft ist und ebenso ungesehen wieder hinausgelangen konnte.«
»Was bedeutet, daß es jemand gewesen sein muß, der Regenford sehr gut kennt«, überlegte Botolf.
»Kennt Odella die Burg so gut?« fragte Saxan.
»Das kann ich nicht sagen«, antwortete er. »Sie ist mehrere Male hier gewesen. Wenn ihr daran gelegen war, hatte sie die Möglichkeit, sich gründlich umzusehen.«
»Aber Cecil kennt sich auf jeden Fall auch hier aus.«
»Natürlich.« Botolf fluchte. »Daran hätte ich denken müssen. Cecil kennt Regenford in- und auswendig.«
»Doch er war nicht persönlich hier, um von seinem Wissen Gebrauch zu machen.«
»Dessen können wir nicht sicher sein, Kleine. Hier in der Nähe würde er zahlreiche Schlupflöcher finden, Verstecke, von wo aus er seine Leute ausschicken könnte. Cecil war schon immer äußerst geschickt im Aufspüren von Verstecken und Geheimgängen.«
Zunächst sagte Saxan nichts mehr. Sie wehrte sich gegen den Verdacht, der sich in ihrem Kopf festsetzen wollte, denn sie fürchtete, er könnte ihrer Eifersucht auf Lady Odella entstam-

men. Diese Erkenntnis allein reichte jedoch nicht aus, um ihre Vermutung vollends auszuräumen. Schließlich beschloß sie, trotz allem ihre Meinung kundzutun. Sie war sich ihrer Sache sicher.

»Botolf, da ist noch etwas, was nicht außer acht gelassen werden darf«, begann sie.

»Du redest so zögerlich«, sagte er lächelnd. »Heraus damit.«

»Es ist keine erfreuliche Überlegung, die ich dir mitteilen will. Vielleicht hat Lady Odella sich mit Cecil verbündet. Und ihr Vater auch.« Sie seufzte, als er sie ansah, ohne etwas zu sagen und mit undeutbarer Miene. »Vielleicht lasse ich mich auch nur von meiner Eifersucht zu solchen Gedanken hinreißen, aber obwohl ich mich deswegen schon zur Ordnung gerufen habe, kann ich den Verdacht nicht abschütteln. Warum ist sie geblieben, um an unserer Trauung und der Hochzeitsfeier teilzunehmen? Warum sind sie und ihr Vater zu so auffällig früher Stunde abgereist?«

»Diese Fragen sind eine Überlegung wert, Mylord«, bemerkte Edric.

»Aye«, stimmte Botolf zu. »Das sind sie weiß Gott. Und wenn ich recht überlege, erinnere ich mich jetzt auch, daß sie und ihr Vater mehrmals in der Nähe waren, wenn einer von Cecils gedungenen Mördern mich angriff. Und doch«, er furchte die Stirn und fuhr sich mit der Hand durchs Haar, »warum hätte sie dann soviel daran gesetzt, meine Frau zu werden?«

»Könnte Cecil denn einen besseren Verbündeten haben als deine Frau?« fragte Saxan mit leiser Stimme.

»Und außerdem hat er es auf diese Weise schon einmal versucht, doch Alice starb, bevor er sein Ziel erreicht hatte.« Botolf ballte die Hände zu Fäusten.

Saxan fand keine Gelegenheit mehr, um eine nähere Erklärung seiner Worte zu bitten, denn die kurze Unterredung war damit beendet. Botolf mußte sich den Geschäften Regenfords widmen und die Gäste verabschieden. Dann hatte er reichlich damit zu tun, die geheimen Zu- und Ausgänge der Burg sichern zu lassen. Zur Zeit dienten sie nämlich keineswegs als Fluchtwege im Falle einer feindlichen Belagerung, sondern gewährten dem Feind vielmehr die Möglichkeit, dem Burgherrn gefährlich nahe auf den Leib zu rücken. Erst in ihrem Gemach, als sie sich zum Schlafengehen bereitmachte, fand Saxan Gelegenheit, Botolf allein zu sprechen. Doch der Gedankenaustausch wurde auf einen späteren Zeitpunkt verschoben, da beide von ihrer Leidenschaft übermannt wurden.

Träge liebkoste Botolf Saxans Brüste. Seine Glieder waren schwer von sexueller Befriedigung, und der Schlaf wollte seine Rechte schon fordern, doch er neckte sie noch einmal: »Heute morgen warst du sehr darauf bedacht, meine Blöße züchtig zu bedecken. Warst du etwa eifersüchtig?«

»Aye«, gestand sie mit ruhiger Offenheit. »Ich empfinde längst nicht mehr christlich genug, um zum Teilen bereit zu sein, jedenfalls nicht, wenn es dich betrifft.«

In Gedanken an Cecil und die Art, wie er jeder Frau, die ihm gefiel, nahezukommen verstand, knurrte Botolf: »Mir geht es genauso.«

»Nun denn, da wir einander in bezug auf Selbstsüchtigkeit in nichts nachstehen, sollten wir eigentlich recht gut miteinander auskommen.«

Er lachte, doch seine aufflackernde Heiterkeit konnte seine plötzliche Angst nicht ganz überdecken. Er würde Saxan gut hüten müssen, so gut, daß Cecil niemals in ihre Nähe gelangte. Sein Instinkt verriet ihm, daß Cecil versuchen würde, sich Saxan zu nähern, und er wußte auch, daß es ihn, falls es Cecil tatsächlich gelingen sollte, Saxans Geliebter zu werden, bedeutend tiefer treffen würde als alles, was sein Halbbruder ihm bisher angetan hatte. Aus Angst vor dem Wissen um den Grund dieser Empfindungen wehrte Botolf alle weiteren Gedanken ab und hieß den Schlaf willkommen, der ihn bereitwillig umfing.

Zehntes Kapitel

Leise vor sich hin summend pflückte Saxan auf der Wiese direkt vor den hohen Mauern von Regenford Blumen. Es war ein schönes Gefühl, frei zu sein, auch wenn diese Freiheit nur vorübergehend war. Die bewaffneten Soldaten, die überall wachten, waren nicht zu sehen, doch sie wußte wohl, daß immer welche in ihrer Nähe waren. Und sie wußte auch, daß dies unumgänglich war, aber trotzdem fühlte sie sich häufiger gefangen als sicher. Allerdings wäre es töricht gewesen, nur weil seit drei Monaten kein Mordanschlag mehr verübt worden war, zu glauben, Cecil hätte aufgegeben. Cecil wartete gewiß ab, bis sie unvorsichtig wurden, um dann erneut zuzuschlagen.
Unvermittelt hielt Saxan inne und blickte auf die Blumen in ihrer Hand. Es erschien ihr unmöglich, daß sie schon über drei Monate verheiratet sein sollte. Die Zeit war vergangen wie im Flug. Im Geiste zählte sie die Tage seit ihrer Hochzeit. Sie lag tatsächlich schon beinahe vier Monate zurück.

Es war eine schöne Zeit gewesen, überlegte sie und wandte sich wieder dem Blumenpflücken zu. Botolf war ihr ein guter Gatte. Er behandelte sie nicht wie eine Leibeigene, als welche so viele andere Männer ihre Ehefrauen betrachteten. Nach der freizügigen Lebensweise, die ihre Familie ihr immer zugestanden hatte, wäre ein strenger, herrschsüchtiger Ehemann für sie uner-

träglich gewesen. Saxan war überzeugt davon, daß ein solches Verhalten seitens des Ehemanns der Grund für die anfänglichen Schwierigkeiten in Denus Ehe gewesen war.
Mit gefurchter Stirn überdachte sie, allerdings nur widerwillig, Botolfs und ihre eigenen Gefühle. Inzwischen wußte sie beinahe jenseits jeglicher Zweifel, daß sie ihren Mann liebte, doch sie hatte keine Ahnung hinsichtlich seiner Gefühle für sie. Trotz aller zärtlichen Worte beim Liebesakt offenbarte er ihr nie, was er empfand. Seine Worte entsprangen lediglich der Leidenschaft. Sie hatte gehofft, mittlerweile schon bedeutend mehr gewonnen zu haben.
»Das ist Unsinn, Saxan«, ermahnte sie sich selbst. »Trauere nicht um etwas, was nicht greifbar ist. Sei dankbar für das, was du hast.«
Schöne Worte, sagte sie sich, allerdings schwer zu befolgen. Sie sehnte sich schmerzlich nach der Erwiderung ihrer Liebe, und daran konnte auch ihr Verstand nichts ändern. Zwar dachte sie nicht daran, geringzuschätzen, was sie hatte, sie wußte aber doch, daß sie unablässig um Botolfs Liebe ringen würde. Dann könnte sie wenigstens endlich die Worte aussprechen, die ihr auf der Zunge lagen, die Worte von Liebe, die ihr Stolz nicht zuließ, solange Botolf ihr kein Zeichen gab, daß er ihre Gefühle erwiderte.
Saxan lehnte sich an einen Baumstamm und sah blicklos auf die Blumen in ihrer Hand. Liebe war schon eine mühselige Angelegenheit. In all ihrer Schönheit verbarg sie Fallen für die Arglosen und unzählige Probleme. Leidenschaft war da schon einfacher, denn sie ließ sich schwer verbergen und bedurfte keiner Worte zum Beweis ihres Vorhandenseins. Außerdem empfanden Männer keinerlei Skrupel, sie zu zeigen. Botolf jedenfalls verbarg seine Leidenschaft nicht. Sogar vor seinen Männern bedachte er sie mit heißen Blicken.

In dem Versuch, ihren Anflug von Selbstmitleid zu ersticken, sagte sie sich, daß Botolf sie gern hatte und ihr vertraute. Das waren seine eigenen Worte. Für einen Mann war es nicht wenig, dergleichen für eine Frau zu empfinden. Außerdem hatte er geschworen, sein Ehegelöbnis zu ehren und sein Äußerstes zu tun, um ihr die Treue zu halten.
Die wenigsten Männer waren bereit dazu, dies auch nur zu versuchen.
Plötzlich, noch während ein Geräusch in ihr Bewußtsein vordrang und ein Schatten ihr die Wärme der Sonne nahm, fühlte Saxan sich heftig umarmt. Der flüchtige Blick in das Gesicht des Mannes sagte ihr, daß es Botolf wäre, doch sein Kuß sprach dagegen. Es war sinnlos, sich gegen den Angreifer zu wehren, denn er preßte sie gegen den Baum, doch sein Kuß bewegte nichts in ihr, und sie stand still, bis er vorüber war. Ihr Blut drohte zu Eis zu gefrieren, als sie den Mann nun klar und deutlich vor sich sah. Hätten die kleine Narbe und die Fremdheit seines Kusses ihn nicht verraten, würde sie ihn für Botolf gehalten haben.
»So kalt bist du zu deinem Gatten?«
In dem Moment, da der Mann seinen Griff lockerte, riß Saxan sich los und zog ihren Dolch. »Ihr seid nicht Botolf.«
»Sehe ich denn nicht aus wie er?«
»Ein wenig«, behauptete sie, obwohl sie die Ähnlichkeit bestürzend fand. »Botolf aber hat keine Narbe, Cecil.«
»Aha, also hat er dir von mir erzählt.« Cecils Blick ließ sie vor Angst erstarren.
»Es wäre weiß Gott sonderbar, wenn ein Mann denjenigen, der ihm nach dem Leben trachtet, mit keinem Wort erwähnen würde.«
»Ich? Ich soll Botolf nach dem Leben trachten? Wir haben denselben Vater, in unseren Adern fließt das gleiche Blut.«

»Und Ihr würdet nicht zögern, es zu vergießen. Es wird Euch nicht gelingen, mich mit schönen Worten zu betören.«
»Der Mann ist mächtig und reich. Er dürfte zahlreiche Feinde haben.«
»Aye, aber dennoch seid Ihr es, der Männer ausschickt, um Botolf aus dem Hinterhalt zu ermorden.«
Saxan verzog das Gesicht. Cecil rückte immer näher an sie heran. Natürlich würde er versuchen, sie zu entwaffnen, und sie fürchtete, daß es ihm gelingen würde. Trotz allem, was sie in der Vergangenheit in Notwehr zwangsweise getan hatte, war ihr das Töten nicht zur Selbstverständlichkeit geworden. Sie würde zögern, Cecil umzubringen, obwohl der Mann das Leben ihres geliebten Gatten bedrohte. Er sah Botolf einfach zu ähnlich. Saxan fürchtete, daß diese Tatsache ihrem Arm die Kraft für den Todesstoß rauben würde. Sie öffnete den Mund, um nach Hilfe zu rufen, doch Cecil stürzte sich auf sie.
Ein erstickter Laut der Überraschung und der Hilflosigkeit entfuhr ihr, als Cecil sie packte und zu Boden rang. Wie sie geahnt hatte, ließ seine Ähnlichkeit mit Botolf sie zaudern. Zwar traf ihr Dolch ins Fleisch, allerdings nur in den Oberarm ihres Widersachers. Die Verletzung beeinträchtigte ihn nicht im geringsten. Im nächsten Moment hatte er ihr die Waffe entrissen und hielt sie unentrinnbar unter seinem Körpergewicht gefangen.
»Schlampe«, fauchte er. »Du hast mich getroffen, ich blute.«
»Leider ist es nicht das Herzblut, das ich fließen sehen wollte.«
Sie wußte, es war hoffnungslos, aber dennoch wand sie sich und versuchte, sich zu befreien.
Er ohrfeigte sie. Als sie vor Schock und Schmerz nach Luft rang, stopfte er ihr einen Lumpen in den Mund. »Das dürfte dich zum Schweigen bringen. Ich kann nicht zulassen, daß du diese vertrottelten Holzköpfe herbeirufst, mit denen mein Bruder sich umgibt«, knurrte er, zerrte sie hoch und drängte sie zu

dem Baum. »Soso, da hat Botolf also eine Frau geheiratet, die sich zu wehren weiß.«

Auf Saxans Zunge lagen so viele Flüche, daß sie glaubte, daran ersticken zu müssen. Ihr Zorn hielt ihre Angst in Schach, wenngleich letztere an die Oberfläche drängte, als Cecil sie an den Baum fesselte. Sie verdrängte die Gedanken an das, was er ihr in ihrem hilflosen Zustand würde antun können. Sonst hätte die Angst ganz gewiß die Oberhand gewonnen. Sie sah den Mann wütend an, und aus ihren Blicken sprach die geballte hilflose Wut, die in ihr tobte. Saxan wurde es kalt bis in die Knochen, als er einfach nur lächelte. Er streichelte ihre Wange, und ihr gesamter Körper verspannte sich vor Abscheu.

»Diesmal hat Botolf gut gewählt. Oh, seine erste Frau war eine Schönheit, aber sie war bei weitem nicht so hübsch wie du, Saxan Todd.« Er fing an, ihr Mieder aufzuschnüren. »Zerr doch nicht so an deinen Fesseln. Du wirst dir nur weh tun. Ich war leider nicht zur Hochzeit geladen und hatte daher noch keine Gelegenheit, die Schönheit der Frau meines Bruders in Augenschein zu nehmen.«

Saxan empfand Ekel, als er ihre Brust berührte. Sie erkannte wohl, daß ihre Reaktion seinen Zorn weckte; sein Gesicht wurde hart und finster. Dadurch schwand ein wenig von seiner Ähnlichkeit mit Botolf. Cecil wirkte durch und durch kalt. In seinen Augen spiegelte sich etwas Dunkles, das gewiß tief aus dem Inneren seiner Seele kam. Unter seinen Berührungen fühlte sie sich zunehmend besudelt.

»Vielleicht hat Botolf den Schatz noch gar nicht gehoben, selbst wenn es den Anschein hat. Ekelst du dich auch vor dem Griff seiner Hand?«

Ihr Gesicht zeigte offen ihren Haß, als sie den Kopf schüttelte. Es überraschte sie nicht, als Cecil sie schlug. Die Enttäuschung darüber, daß sein Hieb nicht ausreichte, um sie bewußtlos wer-

den zu lassen, schmeckte bitter auf ihrer Zunge. Zwar war sie keineswegs so sicher, daß er seine Übergriffe im Fall ihrer Bewußtlosigkeit einstellen würde, aber dann wäre sie wenigstens nicht Zeugin ihrer eigenen Schändung.
»Dummes Weib. Du handelst dir selbst nur Schmerzen ein.« Cecil packte brutal ihre Brüste, um seinen Worten Nachdruck zu verleihen, und sein Zorn steigerte sich, als sie keinen Laut von sich gab, sondern ihn lediglich mit eiskaltem Blick ansah.
»Meines Erachtens bist du entschieden zu stolz.« Mit seinem Messer schnitt er ihr Kleid auf. »Aber was wird aus deinem Stolz, wenn dein Gatte sich von dir abwendet?«
Allein der Gedanke daran ließ Saxans Blut zu Eis erstarren, und ihr Herz raste vor Angst, die sie krampfhaft zu verbergen suchte.
»Weißt du, das wird er nämlich tun«, fuhr Cecil fort. »Sobald er weiß, daß ich seine kleine Frau besessen habe, wird er dein Bett nie wieder wärmen. Genauso ist er mit Alice verfahren. Unser Botolf ist da sehr kleinlich. Und so unchristlich. Niemals ist er bereit zu teilen. Er hat versucht, mir Alice vorzuenthalten, doch sie war viel zu sehr Hure, als daß es ihm hätte gelingen können. Er fürchtete, ich würde meinen Samen in ihr pflanzen und auf diese Art alles bekommen, wonach ich strebe. Ich versuchte es erneut mit der Frau, der er den Hof machte, aber die Schlampe hat die Schlacht an dich verloren. Mag sein«, er senkte den Blick auf ihren flachen Unterleib, »daß ich das Spiel doch noch auf diese Art gewinnen kann.« Er berührte mit der kalten Dolchspitze ihre Haut. »Es sei denn, er hat dich schon selbst geschwängert.«
Saxans Leib bebte unter dem scharfen Stahl. Es fiel ihr immer schwerer, ihre Angst zu verbergen. Im Angesicht der Verstümmelung, die ihr womöglich drohte, rechnete sie nach, wann sie ihre letzte Regel gehabt hatte. Vor drei Monaten, zwei Wochen

nach ihrer Hochzeit! Sie wollte nicht wissen, wollte den Gedanken, daß mehr als ihr eigenes Leben vorüber war, nicht zulassen, falls Cecil den Dolch, der ihre Haut ritzte, zum Einsatz bringen würde.

»Vielleicht ist es doch nicht der richtige Weg, dich einfach nur gründlich zu vögeln.« Er zog den Dolch über ihren Leib und hinterließ einen brennenden, blutenden Ritz. »Vielleicht sollte ich lieber verhindern, daß Botolf meinen Weg mit Erben verstellt. Ein Schnitt, Lady Saxan, und wir können beide sehen, ob Botolfs Samen hier schon Wurzel gefaßt hat.«

Es stieg ihr sauer in die Kehle, und sie würgte voller Entsetzen über seine grausamen Worte. Ihr Verstand aber gestattete ihr nicht, die Möglichkeit zu leugnen, daß zwei Leben unter Cecils Dolch auf dem Spiel standen. Hatte sie darüber eben noch in glückseliger Ungewißheit geschwebt, war sie sich dessen jetzt ganz sicher. Unter der todbringenden, blitzenden Klinge schlief Botolfs ungeborenes Kind. Noch grauenhafter war der Gedanke, daß Cecil sogar recht haben mochte, wenn er sagte, sie würden beide die Wahrheit sehen. Die Möglichkeit, daß sie lange genug überlebte, um zu sehen, wie er das Kind aus ihrem Leibe schnitt, bestand durchaus.

»Lady Saxan?«

Im ersten Augenblick war Saxan starr vor Angst, als die Stimme ihres Leibwächters durch den Wald hallte. Cecils Gesicht wurde zu einer wütenden Grimasse. Saxan hatte schreckliche Angst, daß er ihr im letzten Moment doch noch den Leib aufschlitzen würde, und sie sank beinahe ohnmächtig zusammen, als Cecil im selben Augenblick, da der Posten in Sicht kam, flüchtete.

»Mylady!« Der junge Mann stürzte zu ihr und durchtrennte ihre Fesseln.

Während ihre Knie nachgaben und sie sich den Knebel aus dem

Mund riß, tauchten die restlichen Wachposten auf. Sie wies in die Richtung, in die Cecil geflohen war, und schrie mit rauher Stimme: »Es war Cecil. Ihm nach!«
Die Männer gehorchten unverzüglich. Robert, der Bursche, der sie gefunden hatte, blieb an ihrer Seite. Hastig hüllte er sie in seinen Umhang. Sie lächelte ihm dankbar zu und versuchte aufzustehen, mußte aber feststellen, daß sie noch immer zitterte. Nur mit Roberts tatkräftiger Hilfe konnte sie sich auf den Beinen halten.
»Ich möchte zurück nach Regenford«, sagte sie zu dem gutaussehenden jungen Soldaten.
»Natürlich, Mylady«, antwortete er.
»Ich fürchte, Ihr werdet mich tragen müssen.« Sie lächelte kläglich über sein verdutztes Gesicht. »Meine Beine wollen mich noch nicht wieder tragen. Ihr müßt mich entweder tragen oder aber ziehen oder mich wie einen Sack Hafer über den Sattel werfen.«
»Ich trage Euch, Mylady.«
»Aye, das habe ich nicht anders erwartet.« Sein Gesichtsausdruck, als er sie auf die Arme nahm und den Weg zur Burg einschlug, hätte sie beinahe erheitern können. »Warum schaut Ihr drein, als müßtet Ihr in die ewige Verdammnis marschieren, Robert?«
»Schon gut, Mylady.«
»Wenn auch meine Knie weich sind, bin ich doch bei klarem Verstand. Was bedrückt Euch? Wenn es Euch so schwer fällt, mich zu tragen, werde ich doch lieber versuchen zu gehen.«
»Nay, Mylady. Dann würde ich Ärger bekommen.«
»Und welcher Ärger könnte Euch bevorstehen, wenn Ihr mich tragt, weil ich noch zu unsicher auf den Beinen bin, um aus eigener Kraft zu gehen?«

»Mylady, viele Eurer Verwandten sind sehr aufbrausend, und man ist allgemein überzeugt davon, daß Euer Gatte jeden, der Euch seine Aufmerksamkeit schenkt, mit finsteren Blicken durchbohrt«, erklärte Robert.
»Und Ihr fürchtet, er könnte diese Situation falsch deuten?« erkundigte sie sich weiter.
»Nun ja, Ihr gehört nicht zu den Damen, die ständig ohnmächtig werden.«
»Nay, und ich bin auch nicht so dumm, mich in den Armen meines Liebhabers zu meinem Gemahl tragen zu lassen. Wenn ich könnte, würde ich gehen. Diese Schwäche, die mich befallen hat, finde ich abscheulich, aber einem Mann wie Cecil bin ich noch nie gegenübergestanden. Jetzt könnt Ihr mich herunterlassen, Robert«, befahl sie sanft. »Mit ein wenig Hilfe kann ich gewiß wieder gehen.«
»Ich möchte nicht, daß Ihr stürzt, Mylady«, wandte Robert besorgt ein, stellte sie aber dennoch behutsam auf die Füße.
Sie nahm seinen starken Arm und holte ein paarmal tief Luft, um wieder ganz zu Kräften zu kommen. Immer noch war ihr fast übel vor Angst, nicht einmal so sehr um ihr eigenes Leben, wenngleich die Hilflosigkeit, die sie hatte erfahren müssen, entsetzlich war. Ihre Angst galt aber auch der Begegnung mit Botolf. Saxan fühlte sich besudelt und hörte immer noch Cecils höhnische Worte über Botolfs erste Frau, die dieser von sich gewiesen hatte, nachdem sie von Cecil berührt worden war.
Sie schüttelte die Gedanken ab und stellte fest, daß sie wieder einigermaßen sicher auf den Beinen war und sogar schon schneller gehen konnte. Es war von äußerster Wichtigkeit, daß Botolf möglichst umgehend von der Anwesenheit seines Feindes erfuhr. Saxan glaubte nicht, daß Cecil gefunden werden würde, aber die Wachen mußten noch verstärkt werden. Cecil hatte ihr nur allzu deutlich gezeigt, wie gefährlich er war.

Botolf hob den Blick von den Papieren, die sein Verwalter vor ihm ausgebreitet hatte, und zuckte zusammen, als Robert seine Gattin in den Rittersaal führte. Im nächsten Moment war er aufgesprungen und eilte zu Saxan. Mehrere Männer folgten ihm, doch er nahm sich nicht die Zeit, nachzusehen, wer es war.
»Saxan, bist du verletzt?« fragte er mit gepreßter Stimme und ergriff ihren Arm.
»Es war Cecil«, erwiderte sie.
»Hat er das hier getan?« Botolf strich über den Bluterguß auf ihrem Gesicht, der sich deutlich abzuzeichnen begann. Seine Stimme klang hart und fordernd.
»Aye.« Sie wandte sich ab, damit Botolfs Begleiter, unter ihnen einige von ihren Verwandten, nicht sehen konnten, was ihr Umhang verbarg. Botolf gab sie ein Zeichen, sich ebenfalls umzudrehen. »Und das hier.« Sie verzog das Gesicht, als Botolf schmerzhaft ihre Oberarme umfaßte, und schloß hastig den Umhang. »Die Männer, die mich begleitet hatten, suchen ihn. Robert kann dir sagen, wo sie sind.«
»Und vielleicht kann er mir auch sagen, wie es passieren konnte, daß du allein warst«, sagte Botolf in einem Tonfall, der Robert erblassen ließ. »Ich sollte eigentlich bei dir bleiben ...«, begann er.
»Das ist nicht nötig. Die Damen werden sich um mich kümmern. Geh nur, wenngleich ich fürchte, daß Cecil wieder einmal entkommen ist.«
»Wenn nicht, dann ist er ein toter Mann.«
Während er, gefolgt von allen anwesenden Männern, aus dem Saal eilte, kamen Lady Mary und Jane herein. Saxan sprach kaum ein Wort, als sie sie in ihre Gemächer führten. Der bittere Geschmack der Schande machte ihr zu schaffen. Das Gefühl wurde so übermächtig, daß es sie zu ersticken drohte. Nichts, was sie zu ihrer Beruhigung anführte, nichts, was sie sich ein-

zureden versuchte, konnte verhindern, daß ihre Schuldgefühle sie überwältigten.
Sie sagte sich, daß sie nicht den geringsten Grund hätte, sich zu schämen. An den Baum gefesselt, hatte sie sich beim besten Willen nicht gegen Cecils Übergriffe zur Wehr setzen können. Sie hatte sich nicht von schönen Worten und Verführungskünsten umgarnen lassen. Auch wenn Cecil nicht in sie eingedrungen war, betrachtete sie sich als vergewaltigt. Das Versprechen dieser endgültigen Erniedrigung hatte sie deutlich in seinen Augen gelesen. Sie fragte sich, ob sie sich danach noch elender hätte fühlen können.
»Kind, möchtest du ein Bad nehmen?« fragte Lady Mary sanft.
»Aye«, antwortete Saxan. »Ein heißes Bad mit viel, viel Seife.«
Saxan setzte sich aufs Bett und sah zu, wie ihr Bad bereitet wurde. Ihre Nähe schien die beiden Frauen zu irritieren, und Saxan wünschte sich, sie hätte etwas tun oder sagen können, um sie zu beruhigen. Sie war jedoch viel zu sehr in ihren eigenen Gedanken versunken, zu sehr mit ihren Empfindungen beschäftigt, um sich über die der anderen bekümmern zu können.
»Dein Bad ist bereit, Saxan«, rief Lady Mary. »Jane besorgt eine Kompresse für dein geschundenes Gesicht. Komm, ich helfe dir beim Auskleiden.« Sie streckte die Hand nach dem Umhang aus, den Saxan krampfhaft festhielt.
Nur widerwillig ließ Saxan es geschehen, daß Lady Mary sie ihrer zerrissenen Kleidung entledigte. Sie behielt die Frau streng im Auge. Lady Mary wurde immer blasser, und als Saxan dann nackt vor ihr stand, schien ihre Schwiegermutter einer Ohnmacht nahe zu sein.
»Bist du vergewaltigt worden, Kind?« fragte Lady Mary mit unsicherer, heiserer Stimme.
Saxan betrachtete die Druckmale an ihren Brüsten und schüttelte den Kopf. »Nicht richtig.«

»Nicht richtig?«
»Er ist zwar nicht in mich eingedrungen, aber ist das hier nicht auch gewissermaßen eine Vergewaltigung? Er hatte allerdings gewiß vor, mich zu nehmen. Er sprach davon, und ich konnte es deutlich in seinen Augen lesen«, flüsterte sie. »Es war so schrecklich, das zu sehen, denn Cecil sieht Botolf so überaus ähnlich.«
»Nay, nicht Cecil. Das kann nicht Cecil gewesen sein.«
»Denkt Ihr, ich wüßte nicht, was ich doch mit eigenen Augen gesehen habe?«
»Nein, Kind, aber ich glaube einfach nicht, daß Cecil so mit einer Frau umspringen würde.« Sie benetzte ein Tuch und tupfte damit die Schnittwunde an Saxans Unterleib ab. »Er mag Frauen, seit jeher. Zu sehr, fürchte ich. Nay, Cecil kann das hier nicht getan haben.«
Plötzliche, grimmige Wut überfiel Saxan, und sie konnte nichts tun, um sich dagegen zu wehren. Cecil hatte sie mißbraucht. Der Mann hatte ihre Ehre und ihr Leben bedroht. Wenngleich Lady Mary es nicht wissen konnte, hatte Cecil doch das Leben von Botolfs Erben auf Messers Schneide gehalten. Der Mann versuchte immer und immer wieder, Botolf zu ermorden. Trotz allem verharrte Lady Mary in ihrem blinden Glauben an die Unschuld dieses Mannes. Ein leise innere Stimme drängte Saxan zwar zur Mäßigung und sagte ihr, daß es im Grunde nicht Lady Mary war, gegen die sich ihre Wut richtete, doch der kalte, blinde Zorn hatte sie fest im Griff.
»Der Grund dafür, daß der Mann, der mich angerührt hat, noch lebt, besteht in seiner großen Ähnlichkeit mit Botolf. Gibt es etwa drei von dieser Sorte? Ich brachte es einfach nicht fertig, diesem Mann, der aussieht wie Botolf, aber offenbar auch nicht Cecil ist, mein Messer ins Herz zu stoßen.«
»Es kann nicht sein«, wehrte Lady Mary sich weiter mit schwa-

cher Stimme. »Ich kann nicht glauben, daß er so etwas tun würde.«

»Ah, ich verstehe.« Saxan wunderte sich selbst über den schneidenden Ton in ihrer Stimme, fuhr aber dennoch fort: »Es war dieser Nicht-Cecil, der beinahe meinen Bruder ermordet hätte. Es ist dieser Nicht-Cecil, der unablässig seine Mörder auf Botolf hetzt, sogar bis ins Brautgemach. Meine Blutergüsse sind Male, die dieser Nicht-Cecil mir aufgedrückt hat, nicht wahr? Und dieser Schnitt auf meinem Bauch rührt vom Dolch dieses Nicht-Cecil her. Er ist ein vielbeschäftigter Mann.«

»Kind, du bist verstört.«

»Aye, ich bin verstört. Es mag eine Frau wohl verstören, wenn sie an einen Baum gefesselt wird und hört, daß sie von einem Mann, der aussieht wie ihr Gatte, aber ganz gewiß nicht Cecil ist, vergewaltigt werden soll. Die meisten Frauen wären sehr verstört, wenn ein Mann ihnen sein Messer an den Leib setzt, an den Leib, der mehr als drei Monate nicht geblutet hat«, zischte sie und sah, wie Lady Marys tränenüberströmtes Gesicht noch blasser wurde.

»Merkwürdig, nicht wahr, Mylady, daß ein Mann, der gar nicht Cecil ist, sich so interessiert daran zeigt, ob Botolfs Gattin ein Kind in sich trägt. Er sprach davon, daß er selbst mich schwängern würde, um auf diese Weise alles zu bekommen, wonach er strebt. Das gleiche Spielchen hat er mit Alice getrieben. Und dann stellte sich ihm die Frage, ob Botolf vielleicht schon seinen Samen in mich gelegt habe oder nicht, und ob er mich nicht am besten aufschlitzen solle, um nachzusehen. – Wann wollt Ihr mir endlich glauben, Mylady?« fragte sie, und etwas wie ein Flehen schimmerte durch ihre Wut hindurch. »Wenn Euer Sohn mit seiner Familie tot vor Euren Füßen liegt und Cecil kommt, um die Herrschaft zu übernehmen, mit Händen, von denen unser Blut tropft? Vielleicht braucht Ihr noch mehr Beweise außer meinem Augenzeugenbericht. Nach dem heutigen Tag fühle ich mich durchaus in der Lage, sie Euch zu bringen. Ich werde sie Euch auf einem Silbertablett überreichen, wie der Kopf Johannes des Täufers der Salome gebracht wurde.«

Lady Mary schrie erstickt auf und floh aus dem Raum. Saxan seufzte und schüttelte den Kopf. Diese Tirade hatte ihr nichts eingebracht. Sie hatte Lady Mary tief verletzt, und nur, weil sie das Bedürfnis hatte, ihre Wut an jemandem auszulassen. Noch elender, als sie sich zuvor gefühlt hatte, stieg sie ins Bad und biß die Zähne zusammen, als die Schnittwunde auf ihrem Leib im heißen Wasser schmerzte.

»Wo ist Lady Mary?« fragte Jane, die mit einer Kompresse und einem Kräutertrunk das Schlafgemach betrat.

»Meine scharfe Zunge hat sie vertrieben.« Saxan lächelte kläglich über Janes Verwirrung. »Ich fürchte, ich war grausam.«

»Nay, Ihr doch nicht.«

»O doch. Komm, hilf mir, wasch mir den Rücken. Du sollst mich abschrubben, bis die Haut rot und wund wird. Die unerwünschte Berührung eines Mannes kann einem das Gefühl geben, beschmutzt zu sein.«

»Seid Ihr vergewaltigt worden, Mylady?« fragte Jane zögernd, während sie Saxans Befehl nachkam.

»Nay. Ich habe nur Drohungen und ein gewisses Maß an Mißhandlung erlitten. Jane? Wie lange bin ich jetzt verheiratet?«

»In der nächsten Woche sind es vier Monate, Mylady.«

»Aye, das habe ich auch errechnet. Nun, Jane, wenn ich etwa vierzehn Tage nach der Hochzeitsnacht zum letzten Mal meine Monatsblutung hatte, was mag mir dann fehlen? Was meinst du?«

Jane starrte sie einen Augenblick verwundert an. »Ihr seid schwanger.«

»Das würde ich auch meinen.«
»Fühlt Ihr Euch manchmal schlecht?«
»Nay, aber es fällt mir schwer, des Morgens aufzustehen. Ich würde gern länger im Bett bleiben.«
»Das ist eines der Zeichen. Ihr könnt Euch glücklich schätzen, Mylady. Manche Frauen müssen sich allmorgendlich übergeben oder fallen häufig in Ohnmacht.« Sie schüttelte den Kopf. »Ich hätte es bemerken müssen. Ich bin Eure Zofe und kümmere mich täglich um Euch. Da hätte mir etwas auffallen müssen. Aye, etwas, worauf ich genau hätte achten müssen.«
»Und ich, selbst ich habe nichts gemerkt. Auch Botolf nicht, obwohl er mich doch einmal nicht in den Arm nehmen durfte, weil meine Regel gekommen war.«
»Männer merken häufig erst dann etwas, wenn der Leib der Frau sich zu runden beginnt und Kindsbewegungen zu spüren sind. Wer weiß?«
»Mir wurde es erst bewußt, als Cecils Dolch meinen Bauch berührte.«
Jane senkte den Blick auf Saxans Leib und rang nach Luft. »Ihr habt da eine Schnittwunde!«
»Nicht weiter schlimm, doch die Androhung eines bedeutend tieferen Schnitts hing in der Luft, und, grausames Schicksal, angesichts dieser Drohung wurde mir klar, daß ich schwanger bin. Ich habe es auch Lady Mary gesagt, aber ich glaube, sie wird nicht darüber reden. Nein, vermutlich wird die Frau eine ganze Weile mit niemandem reden.«
»Ihr wünscht also, daß ich schweige, bis Ihr es seiner Lordschaft gesagt habt.«
»Ja, bitte. Ist er immer noch auf der Suche nach Cecil?«
»Aye, Mylady. Wie ich hörte, will er die Verfolgung bis Sonnenuntergang nicht aufgeben.«
Als Saxan schließlich gründlich gebadet und in ihren Schlaf-

rock gehüllt war, erschien Thylda. Saxan nahm den Trank, den Jane ihr aufdrängte, und legte sich zu Bett. Sobald Jane gegangen und der Badezuber entfernt worden war, setzte Thylda sich zu ihrer Schwester aufs Bett und ergriff deren Hand.

»Bist du vergewaltigt worden, Saxan?« fragte sie.

»Nay. Das denken wohl alle?«

»Man flüstert, es könnte so sein.«

»Jane wird den Irrtum ausräumen. Cecil hat mich nur angefaßt und von Vergewaltigung geredet.«

Thylda schauderte. »Ich glaube, dann würde ich mich trotzdem vergewaltigt fühlen.«

Saxan drückte fest ihre Hand. »Genauso geht es mir, Thylda. Ich fühle mich schmutzig. Gott im Himmel, ich mag gar nicht daran denken, wie ich mich fühlen würde, wenn er seine Drohung wahr gemacht hätte. Die Schande frißt an mir, und ich kann sie mir nicht ausreden.«

»Du hast keinen Grund, dich zu schämen, Saxan.«

»Im Grunde weiß ich das ja. Er hat mich an einen Baum gefesselt und mich geknebelt. Ich konnte nichts tun und nichts sagen. Wie hätte ich ihn daran hindern können, mit mir zu tun, was er wollte? Ich hätte es nicht gekonnt. Und trotzdem schäme ich mich jetzt, als hätte ich um seine Berührung gebeten und würde es nun bereuen.«

»Das wird vergehen, Saxan. Du bist doch klug, und es ist keineswegs klug zu glauben, du hättest Schuld und müßtest dich schämen. Du bist noch völlig aufgewühlt und kannst vielleicht noch nicht wieder klar denken.«

»Hoffentlich hast du recht. Dieses Gefühl ist schwer zu ertragen. Es ist wie eine Krankheit. Vielleicht gibt es eine Medizin dagegen«, versuchte sie zu scherzen.

»Es gibt eine Medizin: Botolf. Wenn er zurückkommt und dich in die Arme nimmt, wird alles wieder gut.«

»Aye«, flüsterte Saxan. »Wenn er zurückkommt.«
»Komm schon, Saxan, du wirst doch nicht glauben, daß er dir die Schuld an dem Vorgefallenen gibt.«
»Das weiß ich nicht, aber es ist auch nicht das, was ich befürchte.«
»Aber dich bedrückt doch etwas.«
»Aye. Cecil sagte, Botolf habe sich von seiner ersten Frau abgewandt, nachdem er, Cecil, sie berührt hatte.«
»Er hat Alice vergewaltigt?« fragte Thylda empört.
»Nay, ich glaube nicht, daß es eine Vergewaltigung war. Er bezeichnete sie als Hure. Nay«, wiederholte Saxan fest nach kurzem Nachdenken. »Es war keine Vergewaltigung.«
»Dann ist das der Grund, warum er sie von sich gestoßen hat. Sie ist freiwillig zu Cecil gegangen. Sie hat dem Earl Hörner aufgesetzt.«
»Aber wird er glauben, daß ich nicht willig war?«
»Ich hörte, daß Cecil dich gezeichnet hat.«
Saxan öffnete ihren Schlafrock, zeigte ihrer Schwester kurz ihre Verletzung und verhüllte sich wieder. »Aye, er hat mich gezeichnet.«
»Wenn ein Mann so etwas sieht, kann er niemals glauben, du wärst willig gewesen«, sagte Thylda, und ihre Stimme verriet, wie erschüttert sie war. »Und da gibt es noch etwas, was du über Botolf und seine erste Frau wissen mußt.«
»Und was wäre das?«
»Cecil nannte sie eine Hure. Hier in der Burg findet sie kaum Erwähnung, doch ich habe hier und da etwas flüstern gehört. Cecil ist nicht der einzige, der sie für eine Hure hält. Vielleicht steckt Cecil für etwas die Lorbeeren ein, was gar nicht sein Verdienst war. Man sagt, Botolf selbst habe erkannt, was seine Frau war. Deswegen habe er sie von sich gewiesen. Als er dann von ihrer Verbindung mit Cecil erfuhr, war es vielleicht so etwas

wie der Tropfen, der das Faß zum Überlaufen bringt. Aber ich habe dich nicht von deinen Ängsten befreien können, wie?« flüsterte Thylda.

»Noch nicht, aber es wird gewiß guttun, über deine Worte nachzudenken.«

»Er hat dir eine Schnittverletzung zugefügt.«

»Aye, aber es ist kein tiefer Schnitt.«

»Warum hat er das getan?« fragte Thylda.

»Er wollte wissen, ob ich schwanger bin.«

»Großer Gott.« Mit weit aufgerissenen Augen sah Thylda ihre Schwester an. »Und du bist wirklich schwanger.«

»Aye, und wie das Schicksal es wollte, wurde es mir just in dem Moment klar, als Cecil mir seinen Dolch an den Bauch setzte.«

»Wie grauenhaft!«

»Aye, es war grauenhaft, Thylda. Das Beängstigendste aber war meine Hilflosigkeit. Ich konnte nichts tun, nur dastehen und seine scheußlichen Spielchen über mich ergehen lassen. Den bitteren Geschmack dieser Angst um mein Leben und das meines Kindes spüre ich jetzt noch auf der Zunge. So etwas möchte ich nicht noch einmal erleben!«

»Still«, sagte Thylda und strich mit der Hand über Saxans Stirn. »Reg dich nicht so auf, sei ganz ruhig. Es ist ja vorüber.«

»Meinst du? Ich glaube, es kann erst vorüber sein, wenn Cecil tot ist. Er ist eine Gefahr für uns alle. Ich wüßte gern, ob ich das richtig verstanden habe. Bis heute war es eine Sache zwischen ihm und Botolf, Mann gegen Mann. Es waren Überfälle, gegen die Botolf sich wehren konnte.«

»Aber jetzt weißt du, daß Cecil jeden vernichten will, der zwischen ihm und Botolfs rechtmäßigem Anspruch steht.«

»Aye, jeden, selbst ein ungeborenes Kind.«

»Vielleicht wollte Cecil dir nur Angst einjagen.«

»Nein, er meinte es völlig ernst. Er wollte mir den Leib aufschlitzen, hatte sich nur noch nicht entschieden, ob er mich zuvor vergewaltigen wollte oder nicht. Ich habe den Ernst seiner Drohung in seinen Augen gelesen. Und seine Augen sind denen Botolfs so ähnlich«, flüsterte sie.

»Das hat alles sicherlich noch viel schlimmer gemacht«, bemerkte Thylda.

»Daß er aussieht wie Botolf?«

»Aye. Du wußtest, daß er nicht Botolf war, doch deine Augen sagten dir, er könnte es sein, dieser Mann sähe genauso aus wie der Mann, der dich des Nachts in den Armen hält. Ich kann mir gut vorstellen, daß das dein Grauen noch steigerte. Du weißt, daß Cecil und Botolf nicht ein und derselbe Mann sind, und doch gleichen sie einander wie ein Ei dem anderen. Das ist so schwierig für Kopf und Herz, besonders, wenn die Angst sie in den Klauen hält.«

»Manchmal, Thylda, sprichst du wie eine weise alte Frau.« Saxan brachte ein schwaches Lächeln zustande.

»Nun, diese weise alte Frau befiehlt dir jetzt zu schlafen.«

»Merkwürdig, aber ich bin tatsächlich müde.«

»Das ist überhaupt nicht merkwürdig. Ein derartig schreckliches Erlebnis kann einem Menschen durchaus alle Kraft rauben. Du hast ein heißes Bad genommen, was beruhigend wirkt, und der Trunk, den Jane dir gereicht hat, soll ebenfalls beruhigend wirken. Komm, schließ die Augen und schlafe. Vergiß nicht, daß das Kind unter deinem Herzen dein schreckliches Erlebnis geteilt hat.«

»Aye. Das darf ich nicht vergessen. Ich werde künftig sehr vorsichtig sein müssen.«

»Dafür wird Botolf schon sorgen, wenn du es ihm gesagt hast. Du brauchst nicht zu befürchten, daß ich etwas verrate, bevor der stolze werdende Vater seinen Triumph kundgetan hat.« Thylda lächelte schwach.

»Darauf hat er gewartet. Deshalb hat er mich schließlich geheiratet.«
»Deshalb und auch aus anderen Gründen. Die Frucht deines Leibes war nicht allein ausschlaggebend. Er wollte dich.«
Saxan lächelte flüchtig. »Ja, er wollte mich.«
»Und er will dich immer noch«, sagte Thylda fest und entfernte die Kompresse, die Jane auf Saxans geschundene Wange gelegt hatte. »Das nützt jetzt nichts mehr. Hat er dich heftig geschlagen?«
»Ja, weil ich seine Berührung nicht willkommen hieß.«
»Und das sollte dir zeigen, wie dumm es ist, Scham oder Schuld zu empfinden. Schlaf jetzt.«
»Du bleibst bei mir?« fragte Saxan, und noch immer zitterte Angst in ihrer Stimme nach.
»Solange du es wünschst, oder bis Botolf kommt, um meinen Platz einzunehmen«, versprach Thylda.
Saxan schloß die Augen, runzelte jedoch die Stirn, als ihr etwas einfiel, was Cecil gesagt hatte. »Hast du irgend etwas über Botolfs Suche nach einer Gattin gehört? Um welche Frau er geworben hat oder welche er nach der Meinung seiner Leute in die engere Wahl gezogen haben könnte, bevor ich auftauchte?«
»Kaum«, erwiderte Thylda. »Ich glaube nicht, daß er sehr intensiv gesucht hat. Lady Odella ist die einzige, von der überhaupt jemals die Rede war. Sie stand nicht allein mit ihrer Überzeugung, daß Botolf sie bald um ihre Hand bitten würde.«
»Das dachte ich mir. Ich vermute, daß die Alansons auf Cecils Seite stehen, Odella ganz bestimmt.«
Thylda verzog das Gesicht. »Nun ja. Es ist schon verdächtig, daß sie sich am selben Morgen, als der Mörder flüchtete, aus der Burg geschlichen haben.«
»Sehr verdächtig, und inzwischen glaube ich, daß Cecil von ihr gesprochen hat. Er ließ mich wissen, daß er versucht hatte,

Alice zu schwängern, um durch das Kind ans Ziel seiner Wünsche zu kommen, und dann habe er es erneut versucht, und zwar mit der Frau, der Botolf den Hof machte. Es wäre ihm um ein Haar gelungen, doch dann hätte er die Schlacht an mich verloren.«

»Odella.«

»Ja, das glaube ich.« Saxan gähnte. »Ich darf nicht vergessen, Botolf davon zu unterrichten.«

»Ich werde dich daran erinnern. Botolf mißtraut den Alansons inzwischen wohl ohnehin schon, aber es ist besser, ganz sicher zu gehen.«

»Das alles verwirrt mich immer mehr.«

»Und wird immer gefährlicher.«

»Ja, immer gefährlicher.« Saxan strich sich über den Leib und spürte, wie Thylda ihre Hand über ihre Finger deckte. »Für uns alle.«

»Ich werde mit unseren Verwandten sprechen.«

»Vielleicht ...«

»Nein, nicht vielleicht«, fiel Thylda ihr streng ins Wort. »Es wird geschehen. Daran kann jetzt gar kein Zweifel mehr bestehen. Du hast deinen Widersacher mit eigenen Augen gesehen. Es war Cecil, der dir ans Leben wollte.«

»Ja, es war Cecil.« Saxan dachte an Lady Mary und verzog schmerzlich das Gesicht.

»Die Nachricht muß verbreitet werden. Alle unsere Verwandten werden die Augen offenhalten. Cecil wird ihnen nicht entgehen.«

»So viele Augen«, scherzte Saxan kläglich.

»Laß uns beten, daß sie ausreichen, um ihn zu finden.«

»Der arme Onkel Edric.«

»Lady Mary weigert sich immer noch zu glauben, daß Cecil der Übeltäter ist?«

»Ich glaube nicht«, flüsterte Saxan.
»Es ist traurig, aber daran kann niemand etwas ändern. Wie du schon sagtest, jetzt geht es nicht mehr Mann gegen Mann. Du bist in Gefahr, und auch das Leben deines unschuldigen, hilflosen Kindes. Das muß ein Ende haben. Cecil muß sterben. Eine andere Lösung gibt es nicht.«
Saxan antwortete nicht, hielt nur Thyldas Hand fest umklammert. Es war die einzige Lösung. Es war die einzige Möglichkeit, die Gefahr zu vertreiben, die Botolf, sie selbst und jetzt auch ihr Kind bedrohte. Saxan wußte, daß einzig und allein Cecils Tod sie von der Angst erlösen konnte, die er in ihr gesät hatte.

Elftes Kapitel

Weit und breit keine Spur von dem Mann, Mylord«, sagte Pitney und drängte sein Pferd neben Botolfs.

Botolf ließ den Blick in die Ferne schweifen und fluchte. Der Abend dämmerte bereits, und es hatte keinen Zweck, noch länger nach Cecil zu suchen. Der Mann war so spurlos verschwunden, als hätte es ihn nie gegeben. Der einzige Hinweis darauf, daß Cecil sich tatsächlich auf dem Land von Regenford aufgehalten hatte, war das Blut auf dem Boden an der Stelle, wo er Saxan überfallen hatte.

Botolf schloß die Augen und bekämpfte die hilflose Wut in seinem Inneren. Nicht einmal, als Cecil Alice verführt hatte, war er so darauf versessen gewesen, den Mann zu töten. Immerzu sah er die Blutergüsse auf Saxans heller Haut vor seinen Augen. Dieses Bild brachte seine Wut zum Kochen.

»Es hat keinen Sinn, noch weiter zu suchen, Mylord«, sagte Pitney und riß Botolf aus seinen Gedanken.

Botolf sah den jungen Mann, der sich immer mehr zu seinem engsten Vertrauten entwickelte, an und nickte. »Er ist im hohen Gras davon geschlüpft.«

»Aye, und wenn ich ihn auch gern unter jedem einzelnen Halm suchen würde, weiß ich doch, daß es uns nichts einbrächte.«

»Dann laß uns nach Regenford zurückkehren. Ich möchte auch

gern wissen, wie es meiner Frau geht«, sagte Botolf, wendete sein Pferd und schlug den Weg zur Burg ein.
»Wenigstens ist es Cecil nicht vergönnt gewesen zu erreichen, was er augenscheinlich plante«, bemerkte Pitney, der es ihm gleichtat.
»Das versicherte Robert zumindest. Vielleicht hätte ich daheim bleiben sollen, um Sicherheit zu gewinnen.«
»Nay, Mylord. Saxan erwartete von Euch, daß Ihr die Verfolgung aufnehmt. Falls sie das Bedürfnis gehabt hätte, Euch bei sich zu behalten, und falls dieses Bedürfnis stärker gewesen wäre als ihr Wunsch, Cecil zu finden, dann hätte sie es gesagt. Meine Schwester sagt immer, was sie denkt.«
»Aye, das stimmt. Wenn sie sagt, ich solle gehen, dann meint sie es auch so«, flüsterte er mehr zu sich selbst.
Doch seine Sorge war noch längst nicht beschwichtigt. Wenn eine Frau etwas derart Furchtbares ausgestanden hatte, bedurfte sie des Trostes, doch er hatte sie noch nicht einmal kurz in den Arm genommen, bevor er Hals über Kopf zu der fruchtlosen Verfolgung Cecils aufbrach. Möglicherweise glaubte sie nun, er würde ihren Schmerzen keine große Bedeutung beimessen.
Ein rauhes Lachen hallte in seinem Kopf wider, und er preßte die Lippen fest zusammen, um es nicht herauszulassen. Nichts war weiter entfernt von der Wahrheit. Er sorgte sich viel mehr, als ihm lieb war, doch beim Anblick ihrer Verletzungen hatte sein erster Gedanke nicht der Linderung ihrer Schmerzen gegolten. Er hatte vielmehr den übermächtigen Drang verspürt, den Mann, der ihr das angetan hatte, in Stücke zu reißen. Das war zweifellos die typische Reaktion eines Mannes, doch er war nicht sicher, ob Saxan ihn verstand, während sie dringend des Trosts bedurfte, eines Trosts, den nur er ihr geben konnte.
In Regenford angelangt, stürmte Botolf unverzüglich zu

Saxans Gemächern, doch Pitney fing ihn auf der Treppe ab.
»Ich muß wissen, wie es Saxan geht.«
»Aye, Mylord, aber ich bitte Euch dennoch um einen bißchen von Eurer Zeit«, sagte Pitney.
»Ist es etwas Wichtiges?«
»Es ist überaus wichtig, Mylord. Cecil muß unschädlich gemacht werden. Stimmt Ihr mir zu?«
»Voll und ganz.«
»Die Liebe zu meiner Schwester und meine Angst um sie geben mir meine kühnen Worte ein. Bisher waren die Bemühungen, Cecils tödlichem Spiel ein Ende zu setzen, ziemlich unnütz, Mylord. Ihr wehrt seine gedungenen Mörder ab und sucht, sobald einer zuschlägt, ein wenig die Umgebung nach ihm ab, aber viel mehr wird meines Wissens nicht unternommen.«
Botolf seufzte und nickte widerwillig. »Es ist ein Familienzwist. Ich möchte nicht, daß diese Sache sich allzuweit herumspricht.«
»Ich bin der Meinung, Ihr müßtet Euch jetzt fragen, ob der Preis dafür, daß Ihr Eurer Frau Mutter Kummer erspart, nicht allmählich zu hoch ist.«
»Wahrhaft kühne Worte, Bürschchen.«
»Ich kann nicht schweigen. Vielleicht könnt Ihr nicht recht verstehen, was Saxan mir bedeutet. Das, was uns verbindet, ist stark und tief verwurzelt, Mylord.«
»Aye, ich weiß. Ich habe es gesehen. Also, fahre fort.«
»Meines Erachtens ist es höchste Zeit, die Rücksichtnahme auf Lady Marys Gefühle außer acht zu lassen, wenngleich es mich schmerzt, dies zu fordern, denn ich mag sie. Aber wie auch immer, vor dem Niederträchtigen, das von Cecil ausgeht, verschließt sie die Augen. Um ihr das zu ermöglichen, müßt Ihr den Tod von Cecils Händen herausfordern. Und Saxan muß es jetzt ebenfalls tun. Gestattet mir, mit meinem Clan zu reden.«

»Und was bringt uns das ein?« fragte Botolf.
»Wir sind viele an der Zahl und leben im ganzen Land verstreut. So hättet Ihr zahlreiche Leute, die nach Cecil suchen, und diese Suche könnte vielleicht trotzdem noch einigermaßen geheimgehalten werden. Immerhin würden auf diese Weise bedeutend mehr Schwertspitzen im Schilf umhertasten, um die Natter herauszutreiben. Mehr verlange ich nicht, Mylord. Erlaubt nur, daß ich den Vorschlag unter meiner Verwandtschaft verbreite.«
»Mich wundert, daß das nicht längst geschehen ist.«
»Es ist nicht geschehen, Mylord. Ich kann jedoch nicht versprechen, daß die Heimlichkeit, die Ihr in dieser Angelegenheit wünscht, sich fortsetzen läßt.«
Botolf umfaßte kurz Pitneys Schultern. »Ich sehe wohl, daß dein Vorschlag gut ist, aber ich muß darüber nachdenken. Ich will mich nicht entscheiden, solange der Zorn mich noch beherrscht. Morgen früh bekommst du meine Antwort.«
Leise fluchend sah er dem Jungen nach, der die Treppe hinunterstieg, dann drehte Botolf sich um und suchte seine Gemächer auf. Pitney hatte recht. Es war längst Zeit, die Heimlichkeit aufzugeben, nicht mehr zu versuchen, die Mordversuche möglichst zu vertuschen, nur um seiner Mutter Schmerz zu ersparen. Ihm wurde jedoch eine schwere Entscheidung abverlangt, und er brauchte Zeit zum Nachdenken.
»Mylord.« Thylda fuhr erschrocken auf, als Botolf den Raum betrat, doch sie sprach im Flüsterton. »Sie schläft.«
»Ich werde jetzt bei ihr bleiben. Laß bitte Wasser zum Waschen und etwas zu essen heraufschicken«, bat er.
»Aye, Mylord«, antwortete sie und schlüpfte aus dem Raum.
Als Thylda gegangen war, nahm Botolf ihren Platz am Bett ein und betrachtete die schlafende Saxan. Er nahm kaum wahr, daß Wasser und Essen gebracht wurden, obwohl er gezwungen

war, seinen Platz an Saxans Seite zu räumen. Er tat es nur widerwillig und beeilte sich sehr mit seiner Mahlzeit und dem Waschen. Er wollte voll und ganz für Saxan dasein, wenn sie aufwachte.

An ihr Bett zurückgekehrt, setzte er sich, nahm ihre Hand und bewachte ihren Schlaf. Sie sah so zart, so jung aus, und sein Gewissen setzte ihm mächtig zu ob der Gefahr, in die sie durch seine Schuld geraten war. Aus der Sicherheit von Wolfshead Hall hatte er sie mitten in den Kampf um die Herrschaft über Regenford gezerrt. Er hatte das Schwert eines Verrückten auf sie gelenkt. Trotz all seiner gegenteiligen Schwüre hatte er erneut zugelassen, daß seine Gefühle über seinen Verstand siegten. Er hätte mit der Hochzeit warten müssen, bis die Bedrohung durch Cecil und seine todbringenden Pläne ausgeräumt war.

Er strich eine Haarlocke aus Saxans Gesicht und seufzte. Ein Hinauszögern seiner Verehelichung hätte er sich gar nicht leisten können. Allerdings wäre ihm schon noch ein wenig Zeit geblieben, bevor er zu einem Entschluß gezwungen gewesen wäre. Diese Zeit hätte er besser nutzen müssen. Statt dessen hatte er dem Drängen seiner Lenden nachgegeben. Wenn er auch die Gründe dafür, daß er Saxan zur Frau nehmen wollte, eingehend von allen Seiten beleuchtet hatte, wenn er sich auch schwerwiegende Gedanken um ihre Eignung als Gattin gemacht hatte, war es doch letztendlich seine Fleischeslust gewesen, die ihn angetrieben hatte.

Nein, nicht nur Lust, berichtigte er sich. Lust war ein viel zu leeres Wort für das, was er empfand. Seine Lust befriedigte ein Mann mit einer Hure in der Stadt oder mit einem ehebrecherischen Weib, das ihn einladend anlächelte. Es war aber nicht Lust, was er, Botolf, dem schlanken Mädchen entgegenbrachte, das mit einem einzigen Lächeln sein Blut zum Sieden brachte.

Mit gerunzelter Stirn blickte er auf Saxan herab. Sie zog ihn mehr und mehr in ihren Bann. Wenn er nicht achtgab, würde sie sich bald alles aneignen, was er so sorgfältig unter Verschluß zu halten versuchte – sein Herz, seine Seele, seine Liebe. Er mußte sich stärker bemühen, es würde bestimmt nicht leicht sein. Ihr kühl zu begegnen, war ihm unmöglich, und ohne diese Mauer der Kälte zwischen ihnen war er verletzlich. Irgendwie mußte er einen Kompromiß finden, um sein Herz festhalten zu können, und doch wollte er Saxan nicht durch Gleichgültigkeit kränken. Wenn ihm das nicht gelang, wenn sein Herz trotzdem in ihre zarten Hände fallen sollte, dann sollte Schweigen sein Schutz sein. Sie mochte seine Liebe gewinnen, doch er würde es sie niemals wissen lassen. Nie wieder würde er einer Frau soviel Macht über sich geben. Er hatte aus Erfahrung gelernt, und das sollte auch Saxan ihn nicht vergessen lassen.

Langsam schlug Saxan die Augen auf. Sie hatte die Nähe ihres Gatten gespürt, noch bevor der Schlaf sie völlig aus seinen Armen entlassen hatte. Sie wußte, daß es Botolf war, der ihre Hand hielt. Als sie seine finstere Miene sah, wünschte sie sich zurück in den Schlaf.

»Hast du ihn gefunden?« fragte sie mit leichtem Zaudern in der Stimme.

»Nein«, erwiderte Botolf. »Keine Spur von ihm. Der Wurm ist zurück in seinen Dreck gekrochen. Es tut mir leid, daß ich aufgebrochen bin, ohne auch nur nach deinem Befinden zu fragen.«

»Viel wichtiger ist es, daß Cecil gefunden wird, und diesmal ist er nur so knapp entkommen. Und du hast doch nach meinem Befinden gefragt, du hast sogar angeboten, bei mir zu bleiben. Ich forderte dich auf zu gehen. Es waren ja genug Frauen um mich herum, die sich um mich kümmern konnten.«

»Saxan«, begann er behutsam, »ich habe mit Robert gesprochen ...«
»Du hast doch hoffentlich nicht meine Leibwachen bestraft. Es war wirklich nicht ihre Schuld.«
»Es war ihre Aufgabe, dich zu bewachen.«
»Aye, und das haben sie getan.« Sie hob die Schultern. »Aber es war ein heißer, träger Tag, und ich habe mich ohne ein Wort an sie entfernt.«
»Nun, sie sind bestraft worden, aber nicht allzu drastisch. Eine Woche lang müssen sie all die Arbeiten erledigen, die sie verabscheuen und als erniedrigend empfinden. Sie haben ihre Pflicht nicht erfüllt, Saxan. Damit dürfen sie nicht ungeschoren davonkommen.«
»Nein, natürlich nicht«, pflichtete sie ihm bei.
»Nun, wie ich schon sagen wollte: ich habe mit Robert gesprochen, und er sagte, er sei sicher, daß du nicht vergewaltigt worden bist. Hat er recht?«
»Aye, er ist noch rechtzeitig zu meiner Hilfe gekommen. Ich ... er hat mich nur berührt.« Sie gestand es ihm höchst ungern ein, meinte jedoch, ihm die vollständige, häßliche Wahrheit berichten zu müssen.
Sie verspannte sich, als er die Hand ausstreckte, um ihren Schlafrock zu öffnen. Zärtlich löste er ihre Finger, die das Kleidungsstück festhielten. Der düstere Ausdruck, der beim Anblick ihrer Verletzungen auf sein Gesicht trat, ließ sie erschaudern.
Unwillkürlich fragte sie sich, wieviel von seinem Zorn sich wohl gegen sie richten mochte.
»Was ist das?« fragte er mit gepreßter Stimme und zeichnete mit der Fingerspitze den Schnitt auf ihrem Leib nach. »Warum hat er das getan?«
»Es ist kein tiefer Schnitt.«

»Cecil hatte einen Grund dafür, daß er dir das antat, Saxan, und ich vermute, du kennst ihn.«
»Aye, ich kenne ihn. Cecil sprach davon, daß er mich schwängern wolle, um durch ein Kind sein Ziel zu erreichen.« Ihre Stimme begann zu zittern, als Botolfs Gesicht sich in unbändigem Zorn verzerrte. »Dann überlegte er, ob du das vielleicht bereits getan haben könntest. Diesen Schnitt fügte er mir zu, während er mir androhte, daß er nachsehen würde.«
Plötzlich riß Botolf sie in seine Arme. Saxan spürte, wie die aufgestaute Wut in seinem Inneren ihn wahrhaft schüttelte. Das war beängstigend, zumal sie ihn bisher nur als überaus beherrschten Menschen kennengelernt hatte. Flüchtig fragte sie sich, wieviel von seinen Gefühlen er wohl innerlich unter Verschluß hielt, und warum.
»Und er meinte diese Drohung ernst?« fragte Botolf rauh.
»Oh, aye, es war ihm bitter ernst. Ich hatte Angst, er würde sie in die Tat umsetzen, doch dann rief Robert nach mir, und Cecil ergriff die Flucht.«
»So knapp entkommen«, flüsterte Botolf.
»Du weißt ja nicht, wie knapp«, bestätigte sie ihm weich und leise.
Botolf nahm sie bei den Schultern und hielt sie ein Stückchen von sich ab. »Wie meinst du das?«
»Ich wollte damit sagen, daß Cecil, wenn er mir den Leib aufgeschlitzt hätte, um nachzusehen, ob du mich geschwängert hast, seinen Verdacht bestätigt gefunden hätte.« Sie hätte beinahe aufgeschrien, als seine Finger sich schmerzhaft in ihre Schultern gruben.
»Bist du sicher?«
»Völlig sicher.«
»Dir war nie übel.« Er legte die Hand auf ihren Bauch, und die Schnittwunde setzte ihm noch ärger zu als vorher schon. »Ich

habe darauf gewartet, daß dir des Morgens übel würde. Angeblich ist es das erste Anzeichen.«
»Das erste Anzeichen ist das Ausbleiben der monatlichen Blutung«, sagte sie leise und errötete.
»Aber du hattest deine Regel.«
»Einmal. Vierzehn Tage nach unserer Hochzeit. Seitdem ist sie ausgeblieben, und in der nächsten Woche sind wir schon vier Monate verheiratet.«
Er starrte sie an, während er versuchte zu begreifen, was sie da sagte. »Es stimmt, seitdem hast du nicht mehr geblutet, und ich muß es wissen. Ich habe jede Nacht in deinem Bett verbracht. Das bedeutet, daß das Kind ...«
»Ende März oder Anfang April geboren wird«, beendete sie seinen begonnenen Satz und hüllte sich wieder in ihren Schlafrock, als Botolf abrupt aufstand.
Er stapfte zur Tür, stieß sie heftig auf und trat einen Schritt in den Gang hinaus, um zu brüllen: »Pitney! Pitney Todd, komm auf der Stelle her!« Vor der Tür schritt er rastlos auf und ab, und als sich ein Dienstmädchen verschüchtert an ihm vorbeidrükken wollte, packte er sie am Arm und befahl: »Hol Pitney Todd.«
Im nächsten Moment eilte Pitney auf ihn zu. »Was gibt es, Mylord?«
»Du hast meine Erlaubnis, jeden einzelnen von deinen Verwandten zu benachrichtigen. Cecil muß gefunden werden, und ich will seinen Tod.«
Pitney riß die Augen auf. »Mylord, Ihr sagtet, Ihr wolltet diese Entscheidung erst treffen, wenn Euer Zorn einigermaßen abgeklungen wäre. Verzeiht meine Dreistigkeit, aber ich habe den Eindruck, daß Eure Wut im Vergleich zu vorher eher noch zugenommen hat.«
Botolf packte den Jungen am Arm und zerrte ihn zu Saxan, die

mit schreckensweiten Augen auf dem Bett saß. »Zeig's ihm«, befahl er.

Saxan gehorchte nervös und öffnete ihren Schlafrock, so daß Pitney ihre Verletzungen sehen konnte. »Es sind weiter nichts als ein paar Blutergüsse und eine kleine Schnittwunde.« Hastig bedeckte sie sich wieder.

»Unter dem Messer, das diese Verletzung verursachte, liegt mein Kind«, sagte Botolf, und seine Stimme war heiser vor Zorn.

»Allmächtiger«, hauchte Pitney und sah Saxan mit großen Augen an, bevor ein schmales Lächeln seine Mundwinkel hob. »So schnell ging das.«

»Jetzt wirst du verstehen, warum ich, ob nun im Zorn oder nicht, meine Entscheidung getroffen habe«, sagte Botolf.

»O ja, Mylord«, antwortete Pitney eifrig.

»Wie du sagtest, ist der Preis für die Rücksicht auf meine Mutter entschieden zu hoch. Als die Gefahr mich ganz allein betraf, reichte es mir, Cecils Überfälle abzuwehren und die Augen offenzuhalten. Selbst Saxan ist nicht hilflos, wenngleich dieser Vorfall mir noch deutlicher als der Anschlag in unserer Hochzeitsnacht beweist, daß sie niemals sicher ist. Aber was heute geschehen ist, macht das Maß voll.« In seinem fortdauernden Kampf um Ruhe holte er tief Atem. »Berichte auch das deinen Verwandten, wenn du es für angebracht hältst.«

»Das werde ich unverzüglich tun, Mylord. Habe ich Eure Erlaubnis, Eure Boten auszuschicken, damit sie Nachrichten überbringen?«

»Du hast völlig freie Hand und kannst alles tun, was du zur Ausführung des Plans für nötig hältst.«

»Pitney«, rief Saxan, als ihr Bruder sich zum Gehen anschickte. »Du solltest Thylda über deine Pläne informieren, denn sie hatte schon den gleichen Gedanken.« Sie warf Botolf einen besorg-

ten Blick zu. »Ich glaube nicht unbedingt, daß Thylda um Erlaubnis fragen würde, bevor sie zur Tat schreitet.«
Pitney nickte. »Ich werde mit dem Gör reden. Vielleicht will sie auch selbst eine Botschaft an Denu oder Tuesday schicken.«
Als Pitney sich entfernt hatte, brachte Botolf seiner Frau die Speisen und Getränke, die für sie gebracht worden waren. Dann saß er da und blickte aus dem Fenster. Ohne etwas wahrzunehmen, verfolgte er die nachlassende Betriebsamkeit im dämmerigen Burghof und bemühte sich, den Aufruhr in seinem Inneren zu beschwichtigen. Angst und Wut stritten mit Freude und Staunen über die Aussicht, Vater zu werden. Bevor er sich Saxan wieder zuwandte, mußte er seinen Zorn gebändigt haben, um ihr nur noch seine Freude zeigen zu können. Sie hatte an diesem Tag genug ausgestanden. Er mußte sich zusammenreißen, um ihr ruhig und tröstend begegnen zu können.
Angstvoll musterte Saxan Botolfs starren Rücken, während sie versuchte zu essen. Sie wußte, daß sie um des Kindes willen etwas zu sich nehmen mußte, hatte aber das Gefühl, jeder Bissen würde ihr im Halse steckenbleiben. Nach jedem Schlucken wollte sich ihr der Magen umdrehen. Mit einem leisen Stöhnen schob sie das Tablett fort und angelte nach dem Nachttopf unter dem Bett. Sie hatte ihn kaum gefunden, als ihr Magen das wenige, was sie gegessen hatte, wieder von sich gab.
Zitternd vor Schwäche nahm sie kaum wahr, daß Botolf zu ihr eilte. Er umfing sie mit seinen starken Armen und hielt sie fest, während sie sich übergab. Hinterher wusch er ihr sanft das Gesicht. Benommen spülte sie sich den Mund aus und ließ sich von Botolf zurück ins Bett bringen.
»Hattest du nicht gesagt, dir würde nicht übel?« versuchte er einen schwachen Scherz, um seine Sorge über ihr Unwohlsein zu übertünchen.

»Mir war bisher nie übel. Nicht ein einziges Mal.«
Sie holte ein paarmal tief Luft, aber es änderte nichts an ihrem plötzlichen Drang zu weinen. Seit Botolf den Raum betreten hatte, wartete sie auf ein Zeichen, daß er sie nicht von sich weisen würde. Sie hatte noch nicht genug Sicherheit gewonnen, um die Angst zu beschwichtigen, die Cecil in ihr Herz gesät hatte. Anscheinend betrachtete Botolf sie nicht mit Abscheu, aber abgesehen von jener flüchtigen Umarmung zeigte er ihr auch keinerlei Zärtlichkeit. Saxan wußte nicht recht, was sie wollte, aber es mußte doch etwas geben, was ihr die Angst nahm, und er bot es ihr nicht. Er ist so beherrscht, so ruhig, so fern, dachte sie wild und brach in Tränen aus.
»Saxan.« Botolf hauchte erschrocken und verwirrt ihren Namen, während sie das Gesicht in den Händen barg und weinte.
»Es tut mir so leid. Ich hätte den Bastard töten sollen, als sich mir die Gelegenheit bot.«
»Das Blut am Boden war also Cecils.«
Ohne die Hände vom Gesicht zu nehmen, fuhr sie stockend fort: »Aye, ich habe mit dem Dolch nach ihm gezielt, doch ich zögerte. Er sah dir so ähnlich, daß mir die Kraft fehlte, ihm die Klinge ins Herz zu stoßen. Das gab ihm die Möglichkeit, mich zu überwältigen, und darin liegt meine Schande.«
Botolf setzte sich auf die Bettkante und nahm Saxan in die Arme. »Saxan, dich trifft keinerlei Schande.«
»Ich habe mich von ihm berühren lassen.«
»Er hat dir seine Berührungen aufgezwungen. Hast du geglaubt, ich würde dir das übelnehmen?«
»Er sagte, du hättest Alice von dir gestoßen.« Sie kämpfte gegen das Weinen an, und er drückte ihr ein Taschentuch in die Hand, damit sie sich die Tränen trocknen konnte.
»Alice war nicht gefesselt und geknebelt, ihr wurde nicht das Kleid zerrissen, ihre Keuschheit wurde nicht mit dem Messer

an der Kehle bedroht. Alice ist für schöne Worte mit ihm ins Bett gegangen. So hielt sie es immer. Sie war eine Hure, aber ich wollte es nicht sehen. Als ich sie mit Cecil erwischte, konnte ich die Wahrheit nicht länger leugnen. Da habe ich sie verstoßen.«

Saxan sah ihn eindringlich an, doch sie konnte seine Miene nicht deuten, da Tränen ihren Blick verschleierten. »Ist das wirklich wahr?«

»Aye, es ist wahr.« Er stand auf. »Du glaubst es offenbar nicht.« Er begann, sich auszukleiden.

»Was tust du da?«

»Ich beabsichtige, dir zu beweisen, besser als Worte es je bewerkstelligen könnten, daß ich dich wegen des heutigen Vorfalls nicht zu verstoßen gedenke.«

Er lächelte kläglich, und sie beobachtete ihn mit großen, fragenden Augen. Gleich, als Botolf Cecils Mal auf dem Körper seiner Frau sah, hatte er sich nichts sehnlicher gewünscht, als es im Liebesakt verschwinden zu lassen, doch da hatte er seinen Wunsch unterdrückt. Der Zusammenstoß mit Cecil hatte Saxan bis ins Mark erschüttert, und Botolf hatte gespürt, daß er sie auf diese Weise nicht hätte trösten können. Sie schien auch jetzt nicht sicher zu sein, ob es das war, was sie wollte, doch er wußte nicht, wie er auf andere Art die Zweifel und Ängste aus ihrem Blick hätte vertreiben können.

Als er neben sie ins Bett schlüpfte, ließ Saxan es müde zu, daß er ihr den Schlafrock auszog und sie in die Arme nahm. Angesichts der großen Zärtlichkeit in seinen Augen lösten sich ihre Zweifel doch langsam auf. Und als er sie langsam und überaus zärtlich liebte, blieb nichts mehr von ihren Vorbehalten übrig.

Noch lange, nachdem sie miteinander geschlafen hatten, hielt Saxan Botolf im Arm und zögerte das unvermeidliche Ende ihrer Umarmung hinaus. Ihn so nahe an sich zu spüren, war wie heilender Balsam auf ihrer Seele. Sie war überzeugt, daß ein

Mann, der voller Abscheu war, niemals in der Lage wäre, eine Frau so süß zu lieben.

»Habe ich dich überzeugt?« fragte Botolf, unterbrach ihre intime Verbindung und wälzte sich auf die Seite, um Saxan ansehen zu können.

»Aye. Deine Überredungskünste sind nicht zu verachten.« Sie legte den Arm um seine Hüfte und schmiegte sich an ihren Mann.

»Kannst du unser Kind schon spüren?« Botolf ließ seine Hand über ihren Leib gleiten, sorgfältig darauf bedacht, daß er nicht ihre Verletzung berührte.

»Ein wenig. Es ist wie ein leises Flattern.« Sie lächelte. »Und ich dachte, ich hätte etwas gegessen, was mir nicht bekommen ist.«

Er lachte leise und sagte dann, wieder ernst: »Du hast heute eine schwere Lektion erhalten, aber ich frage mich, ob du eine Lehre daraus ziehst.«

»Du meinst, ich darf mich von den Männern, die du als Wachen für mich abgestellt hast, nicht entfernen.«

»Aye. Jetzt würdest du damit nicht mehr nur dein eigenes Leben in Gefahr bringen.«

»Ich weiß.« Schaudernd kuschelte sie sich noch enger an ihn.

»Seit wann weißt du, daß du unser Kind unter dem Herzen trägst?«

»Das Schicksal wollte es, daß ich es genau in dem Augenblick erkannte, als Cecils Dolch meinen Leib berührte.« Sie hörte seinen leisen Fluch; er zog sie fester in seine Arme. »Ich fand, es war eine harte Strafe für meine Dummheit, mich unbewacht erwischen zu lassen. Die Wahrheit überfiel mich mit solcher Macht, daß nicht der geringste Zweifel blieb, der meine zusätzlichen Ängste hätte lindern können. Weißt du, wovor ich mich am meisten fürchtete? Daß ich nicht gleich sterben würde, wenn er mich aufschlitzte, sondern lange genug leben müßte,

um den Mord an unserem Kind mitanzusehen. Ich kann mir keinen entsetzlicheren Tod vorstellen.«
Die Bilder, die ihre Worte in ihm hervorriefen, erfüllten Botolf mit Entsetzen. Er konnte nur erahnen, wie tief dieses Erlebnis sie getroffen hatte. Ohne es zu wissen, hatte Cecil ihre eine unsichtbare Wunde zugefügt, die bedeutend mehr Zeit zum Verheilen brauchte als die anderen. Botolf hörte den Nachhall ihrer Angst noch in ihrer Stimme.
»Du mußt immer auf der Hut sein, Saxan, oder, bei allen Heiligen, ich schließe dich in diesen Gemächern ein, bis Cecil nicht mehr lebt.«
»Ohne meine Leibwächter gehe ich nirgendwo hin«, gelobte sie.
Eine Zeitlang hielten sie einander einfach nur in den Armen. Botolf wußte instinktiv, daß Saxan aus seiner Nähe Kraft zu schöpfen suchte, den Mut, der sie verlassen hatte, wiederfinden wollte. Er war überglücklich darüber, daß sie noch lebte, und dachte über all das nach, was er tun würde, um sie am Leben zu erhalten, bis Cecil keine Bedrohung mehr darstellte.
Widerstrebend löste sich Saxan aus Botolfs Umarmung. Sie richtete sich auf, zog die Bettdecke über ihre von Blutergüssen bedeckten Brüste und sah Botolf an. Jetzt war es an der Zeit, ihm zu beichten, wie schlecht sie seine Mutter behandelt hatte. Die Versuchung, es zu unterlassen, bis er es selbst herausfand, war groß, aber Täuschungen dieser Art lagen ihr nicht. Vielleicht konnte er wenigstens einen Teil des Schadens, den sie angerichtet hatte, wieder beheben. Sie hoffte nur, daß ihr Vergehen verziehen werden konnte.
»Botolf, deine Mutter war bei mir, um mich zu versorgen«, begann sie.
»Aye, das ist ihre Art.« Er verzog das Gesicht. »Vermutlich

wollte sie kein Wort darüber hören, daß es Cecil war, der dieses Verbrechen begangen hat.«

»Genau.« Sie seufzte. »Ich war so wütend, Botolf.«

»Was willst du mir sagen, Saxan?«

»Ich war grausam zu Lady Mary.«

»Du? Niemals.«

»Es ist tröstlich zu wissen, daß niemand mir zutraut, so böse werden zu können, aber ja, ich war grausam. Als deine Mutter darauf beharrte, daß Cecil mir niemals so etwas hätte antun können, packte mich unbändige Wut. Ich spürte immer noch seine Hände, seine Dolchspitze, und sie stand da und behauptete, Cecil wäre es nicht gewesen.«

Botolf nahm ihre Hand und fragte sanft: »Und was hast du da gesagt, Kleine?«

»Viel zuviel.« Sie schöpfte tief Atem und schilderte ihm ihre Tirade. »Und dann habe ich sie noch gefragt, ob sie es wohl endlich glauben würde, wenn ihr Sohn samt seiner Familie tot zu ihren Füßen läge und Cecil hierher käme, um die Herrschaft zu übernehmen, die Hände triefend von unserem Blut. Und ich fragte sie, ob sie mir glauben würde, wenn ich ihr den Beweis auf einem Silbertablett brächte, wie das Haupt Johannes des Täufers der Salome überreicht wurde.«

»Und wie verhielt sich meine Mutter?« fragte er leise.

»Sie brach in Tränen aus und flüchtete aus dem Raum. Es tut mir so leid, Botolf. Sie hat mir nie etwas Böses getan. Das war mir bewußt, selbst, als ich ihr meinen geballten Zorn ins Gesicht schleuderte. Sie war gekommen, um mir zu helfen, um meine Schmerzen zu lindern, und ich habe sie so niederträchtig behandelt.«

Er zog sie in seine Arme, drehte sich auf den Rücken und preßte sie an sich. Daß seine Mutter litt, tat ihm leid, doch er konnte Saxan nicht die Schuld an ihrem Kummer geben. Nachdem sie gerade erst mit knapper Not Cecils Grausamkeit entkommen war, mußte es schier unerträglich für sie gewesen sein zu hören, wie seine Mutter Cecil von jeglicher Schuld freisprach. Wäre er zu dem Zeitpunkt dabeigewesen, hätte er wohl nicht sehr viel anders gehandelt.

»Den Schmerz, den diese Angelegenheit meiner Mutter bereitet, hat sie sich größtenteils selbst zuzuschreiben. Sie weigert sich, der Wahrheit ins Gesicht zu sehen«, sagte Botolf.

»Das war kein Grund, sie so lieblos zu behandeln«, erwiderte Saxan.

»Du hast nichts weiter als die Wahrheit gesagt, Liebling. Daß sie sie nicht sehen will, ist ihre eigene Dummheit. Kannst du deinem Onkel die Schuld an ihrem Schmerz darüber geben, daß sie getrennt sind, während sie sich nacheinander sehnen?«

»Nay, aber das ist etwas anderes.«

»Es ist fast das gleiche. Edric hält an der Wahrheit fest. Er hat geschworen, denjenigen zu töten, der mir ans Leben will, und dieser Mann ist Cecil. Das kann meine Mutter nicht akzeptieren, denn sie will nicht glauben, daß Cecil der Schuldige ist. Auf diese Weise bringt sie sich in ihrem fortgeschrittenen Alter um die Möglichkeit einer schönen Freundschaft und ehrlicher Zuneigung, etwas, was sie sich von Herzen ersehnt. Auch ich hatte sie mit zornigen Worten überschüttet und sie zum Weinen gebracht, doch mein Schuldgefühl deswegen verblaßt sehr schnell. Cecil ist es, der ihr Schmerzen bereitet, nicht wir. Schuld an ihrem Kummer ist ihre eigene Weigerung, die Wahrheit zu sehen. Wäre ich hier gewesen, hätte ich auch nicht freundlich zu ihr sein können. Das schwöre ich dir.«

»Und du willst jetzt nicht zu ihr gehen?«

»Nay. In diesem Punkt kann ich sie nicht trösten. Herrgott, was diese Sache betrifft, hätte ich sie schon lange nicht mehr schonen dürfen. Wenn ich jetzt zu ihr gehe, versucht sie vielleicht, wieder abzustreiten, daß Cecil sich etwas hat zuschulden kommen lassen, und ich werde an das hier denken«, er berührte die Verletzung auf ihrem Leib, »und dann würden deine Worte wahrscheinlich freundlich erscheinen im Vergleich zu denen, die sich von meiner Zunge drängen. Nay, diesmal nicht. Sie muß selbst versuchen, Trost zu finden, wenn es den überhaupt für sie gibt.«

»Da ist noch etwas, was ich zur Sprache bringen muß«, flüsterte sie nach ein paar Minuten des Schweigens. »Etwas, das wichtig sein könnte.«

»Werde ich sehen müssen, daß auch die Dienstmädchen sich verschüchtert in den Ecken herumdrücken?« scherzte er und fuhr mit den Fingern träge durch ihr dichtes, glänzendes Haar.

»Nay.« Sie lachte, doch dann fragte sie mit ernster Miene: »Wie intensiv hast du dich nach einer Frau umgesehen, Botolf? Hast du nur halbherzig gesucht, oder hast du um viele Frauen geworben?«

»Eine merkwürdige Frage.«

»Bitte, ich frage aus gutem Grund, nicht etwa aus eifersüchtiger Neugier. Im Grunde möchte ich gar nicht unbedingt wissen, wen du vor mir in den Armen gehalten hast.«

»Sehr wenige, und immer nur kurzfristig. Und keine habe ich gehalten wie dich«, sagte er leise und küßte sie, während er seine Schwäche verfluchte, der solche Worte entsprangen. Doch er hatte sie nicht zurückhalten können, denn schließlich hielt er die Frau im Arm, die jetzt sein Kind unter dem Herzen trug.

Als der Kuß beendet war, mußte Saxan zunächst einige Male tief Atem schöpfen, um das Begehren zu überwinden, das er in ihr geweckt hatte. »Bitte, ich kann nicht klar denken, wenn du mich küßt, und es geht nicht, daß sich ausgerechnet jetzt mein Verstand umnebelt. Botolf, bitte beantworte mir meine Frage.«

Er hob die Schultern und erklärte: »Jedermann wußte, daß ich gezwungen war, eine Frau zu nehmen. Mir wurden zahlreiche Damen als mögliche Kandidatinnen vorgestellt, aber ja, ich habe immer nur halbherzig um sie geworben. Im Grunde kam nur Lady Odella als mögliche Gattin in Frage, aber ich bin nicht der Meinung, daß ich ihr richtig den Hof gemacht habe. Eigentlich habe ich mich lediglich nicht gegen ihre Versuche gewehrt, meine Aufmerksamkeit auf sich zu lenken. Dadurch erschien sie den Leuten und auch sich selbst als Braut meiner Wahl.«

»Dann ist sie es«, sagte Saxan leise und wurde wütend, als sie allzu deutlich erkannte, welches Spielchen Odella getrieben hatte.

»Was ist sie?«

»Als Cecil davon sprach, daß er deine erste Frau hatte schwängern wollen, um auf diese Weise deinen Besitz an sich zu reißen, bemerkte er auch, dieses Spiel könnte ihn immer noch ans Ziel bringen. Er sagte, er hätte es noch einmal mit der Frau versucht, um die du warbst, hätte die Schlacht aber, wenn auch knapp, an mich verloren.«

»Odella.«

»Die Frau, über die er sprach, kann nur sie gewesen sein.«

»Sie und ihr Vater sind mitsamt dem Attentäter am Morgen des Anschlags verschwunden. Sie stecken mit Cecil unter einer Decke.«

»So sieht es aus.«

»Es sieht nicht nur so aus. Sie wollten Odella mit mir verheiraten, damit Cecil sich meiner noch leichter entledigen konnte.«

Saxan sagte nichts, schmiegte sich nur enger an ihn, um ihn über den bitteren Geschmack eines solchen Verrats hinwegzutrösten. Er war ein so stolzer Mann. Dieser Versuch, ihn zum Narren zu machen, mußte ihn tief treffen, zumal er beinahe zum Erfolg geführt hätte. Ihr fiel kaum etwas ein, was sie hätte sagen können, um ihn in seiner Verbitterung zu beschwichtigen. Es tat ihr leid, daß sie ihm von dem bösen Spiel hatte berichten müssen, doch ihr war keine Wahl geblieben. Es war immer gut, wenn man seine Feinde kannte. Jetzt würde es Odella oder ihrem Vater nicht mehr gelingen, sich Botolf in Freundschaft und mit einem Lächeln zu nähern, hinter dem sich mörderischer Verrat verbarg.

»Kann ich denn keinem Menschen trauen?« flüsterte er schließlich.

Sie sah ihn an und streifte seinen Mund mit ihren Lippen. »Doch, da sind viele, auf die du dich verlassen kannst. Und mir darfst du vertrauen, mein Gemahl.«

Botolf las die hingebungsvolle Aufrichtigkeit in ihren Augen und zog Saxan fest an sich. »Ja, dir kann ich vertrauen. Und ich tu's auch.«

Sie lächelte an seiner Brust, und ihr Herz hüpfte vor Glückseligkeit. Zwar hatte Botolf nicht die Worte von Liebe ausgesprochen, auf die sie so sehnlich wartete, doch das, was er gesagt hatte, war von großer Bedeutung für sie. Sie wußte instinktiv, daß Botolf sein Vertrauen längst nicht mehr leichtfertig verschenkte. Sie würde das Geschenk seines Vertrauens in Ehren halten und schwor sich, es niemals zu mißbrauchen.

Zwölftes Kapitel

»Eine Woche, Saxan. Eine ganze Woche. Vielleicht sollte ich einfach die Tür zu ihren Gemächern aufbrechen«, knurrte Botolf, während er auf dem Gartenweg auf und ab stapfte.

»Setz dich, Botolf.« Saxan zog ihn neben sich auf die Bank.

Saxan fühlte sich hin- und hergerissen zwischen Schuldgefühlen und der Sorge um Lady Mary, doch jetzt ging es darum, Botolf zu beruhigen. Das war nicht leicht, denn Lady Mary hatte sich eingeschlossen und wollte niemanden sehen. Nur ihrer Zofe gewährte sie Zutritt zu ihren Gemächern.

»Sie nimmt regelmäßig ihre Mahlzeiten ein und vernachlässigt auch nicht die Körperpflege, Botolf. Das ist ein gutes Zeichen«, versicherte Saxan ihm.

»Wofür?« wollte Botolf wissen.

»Vielleicht hat sie sich zurückgezogen, um in aller Ruhe über die Probleme, denen du gegenüberstehst, nachzudenken. Vielleicht ringt sie auch endlich um eine Entscheidung hinsichtlich Cecil, versucht zu begreifen, was wir ihr gesagt haben, und die unübersehbaren Beweise zu akzeptieren. Sie wird Zeit brauchen, um sich mit der Wahrheit abzufinden.«

»Aber vielleicht versteckt sie sich auch vor der Wahrheit, indem sie sich vor der Welt verschließt. Ihre Zofe Elizabeth sagt mir nichts.«

»Du darfst die Treue der Frau nicht zu untergraben versuchen«, schimpfte Saxan. »Sie hat dich wissen lassen, daß deine Mutter sich guter Gesundheit erfreut.«

»Körperlich geht es ihr gut, aber was ist mit ihrem Herzen, mit ihren Gefühlen?« fragte Botolf.

»Wir können nur abwarten. Lady Mary ist eine erwachsene Frau. Wenn sie niemanden sehen will, ist das ihr gutes Recht.«

Er seufzte, legte den Arm um Saxans Schulter und zog sie an sich. Je größer seine Sorge um das sonderbare Verhalten seiner Mutter wurde, desto mehr wandte er sich Saxan zu. Das widersprach seinem ursprünglichen Plan, sie auf Distanz zu halten, aber er konnte nicht anders. Alles an seiner Frau zog ihn in ihren Bann, brachte sie ihm trotz seiner gegenteiligen Absichten immer näher.

Nachts, wenn er sich in der süßen Leidenschaft verlor, die er mit Saxan teilte, hörte er sich Worte sagen, die besser unausgesprochen bleiben sollten. Dennoch konnte er sich nicht enthalten, sie mit süßen Worten für das Entzücken zu belohnen, das sie ihm schenkte. Meistens kam erst später die Befürchtung, er könnte zuviel gesagt, zuviel von seinen verwirrten Gefühlen preisgegeben haben.

Er blickte auf den blonden Kopf an seiner Schulter herab und kam zu dem Schluß, daß sie, falls er ihr tatsächlich zuviel offenbart haben sollte, es entweder nicht bemerkt hatte oder keinen Nutzen daraus ziehen wollte. Ihr Verhalten ihm gegenüber hatte sich in keiner Weise verändert. Sie verlangte wenig und gab so viel. Manchmal glaubte er, ihr gegenüber ungerecht zu sein, doch in ihm war eine Wachsamkeit, die er nicht beiseite schieben konnte. Offen gesagt, es war Angst, es war die Angst, er könnte zuviel geben. Er wußte, daß es ihn, falls Saxan seine Gefühle mißbrauchen würde, bedeutend tiefer treffen würde, als Alice es mit ihren Spielchen je gekonnt hätte.

Seine Gedanken wendeten sich wieder seiner Mutter zu, und er furchte die Stirn. Saxan hatte recht. Lady Mary war eine erwachsene Frau und hatte das Recht, die Einsiedlerin zu spielen, wenn das ihr Wunsch war. Das allerdings befreite ihn nicht von seiner Sorge. So hatte seine Mutter sich noch nie aufgeführt.

»Ich gebe ihr noch eine Woche, und dann breche ich die Tür auf, wenn es denn sein muß«, sagte er.

»Wenn du meinst, daß es nötig wäre«, erwiderte Saxan leise.

»Ja, das meine ich. Ich kenne so ein Verhalten nicht an ihr, und das allein ist Grund genug zur Sorge, ob sie nun ausreichend ißt oder nicht. Und noch etwas werde ich tun. Ich werde nicht mehr länger warten, sondern öffentlich bekanntgeben, daß du mein Kind trägst. Morgen abend werde ich es verkünden. Wer weiß? Wenn sie das erfährt, gibt sie ihre Einsiedelei vielleicht auf. Ich werde Elizabeth auffordern, meine Mutter von meinen Plänen zu unterrichten.«

»Aye. Mag sein, daß deine Mutter es für ihre Pflicht hält, bei dieser Gelegenheit zugegen zu sein.«

Bis zum nächsten Tag änderte sich nichts an Lady Marys selbst auferlegtem Exil, doch Saxan hielt unablässig Ausschau nach ihrer Schwiegermutter. Zu Mittag aber lenkten zwei Neuankömmlinge sie von ihren Gedanken an Lady Mary ab. Ihr Onkel kehrte nach Regenford zurück und brachte Tuesday und ihre Familie mit.

»Die Frauen sollen Eure Gemächer richten«, schlug Botolf lächelnd vor, als er den Begrüßungstumult der Schwestern Thylda, Saxan und Tuesday im Rittersaal betrachtete.

»Kümmere du dich um deine Söhne, Godric«, rief Tuesday und wandte sich, ihre neugeborene Tochter im Arm, zum Gehen. »Und bitte keine Gespräche mehr über rollende Köpfe. Du

weißt, daß der arme kleine Alhric davon böse Träume bekommt.«
»Stimmt gar nicht«, schrie der kleine Junge, doch seine Mutter war schon fort.
Edric setzte sich an den Tisch und nahm dankbar das Ale entgegen, das ein Page ihm servierte. »Ich hatte ganz vergessen, wie gern Tuesday redet«, sagte er erschöpft.
»Papa, dürfen Sennet und ich Onkel Pitney suchen?« fragte Alhric seinen Vater.
»Aye, das ist mal eine gute Idee«, antwortete Godric.
»Ich habe ihn zuletzt beim Waffenschmied gesehen«, rief Botolf den beiden kleinen Jungen nach, die bereits auf dem Weg nach draußen waren.
»Tuesday wird damit nicht unbedingt einverstanden sein«, bemerkte Edric leise.
»Im Gegenteil, sie wird nicht wieder aufhören zu lamentieren«, sagte Godric grinsend, »aber vielleicht erschöpft sie ihre flinke Zunge auch im Geplapper mit ihren Schwestern.«
»Aye, sie werden sich müde reden, und zwar über euch Ehemänner.« Edric lachte herzhaft über Godrics und Botolfs finstere Gesichter.

»Oh, sie ist hinreißend, einfach hinreißend«, sagte Saxan. Sie saß auf Tuesdays Bett und hielt ihre kleine Nichte im Arm. »Es tut mir so leid, daß ich nicht zu ihrer Taufe kommen konnte.«
»Wenn du an jeder Tauffeier unseres Clans teilnehmen wolltest, wärst du nie zu Hause«, scherzte Tuesday.
»Dich zu sehen, ist wahrhaftig eine große Überraschung.«
»Ah, also hat er es dir nicht gesagt.«
»Er?«
»Dein Gatte, Lord Botolf. Nach dem Überfall auf dich hat er Denu und mir geschrieben. Aber du scheinst wohlauf zu sein.«

»Aye. Wenn du aus Sorge um mein Befinden so eilig hergereist bist, war das wohl überflüssig«, sagte Saxan.
»Nein, das ist nicht der einzige Grund für mein Kommen. Ich habe nicht an deiner Hochzeit teilnehmen können und wollte nun gern wissen, wie es dir in deiner Ehe geht. Denu und ich haben gewürfelt, um zu entscheiden, wer von uns zu dir darf. Ich habe gewonnen.«
»Wie immer«, warf Thylda ein.
»Und auf dem Weg hierher hast du Onkel Edric getroffen?« fragte Saxan.
»Nay«, erwiderte Tuesday. »Er kam vorbei und ließ uns wissen, daß er auf dem Weg hierher war, und um zu fragen, ob wir dir irgend etwas mitbringen lassen wollten.« Sie lachte. »Ich fürchte, es war ein Riesenschreck für ihn, als er hörte, daß er uns alle herbringen müßte.«
Saxan fiel in das Lachen ihrer Schwestern ein, wurde jedoch von dem lebhaften Säugling in ihrem Arm abgelenkt. Sie wußte, daß Botolf sich Söhne wünschte, aber gewiß würde eines der Kinder, die sie ihm schenken würde, eine Tochter sein. Tuesday riß sie aus ihren Gedanken, indem sie ihr die Hand auf die Schulter legte.
»Wann ist dein Kind fällig?« fragte Tuesday.
»Woher weißt du es?« Saxan konnte nicht glauben, daß ihre Schwester ihr die Schwangerschaft ansah.
»Ich erkannte es an dem Blick, mit dem du die kleine Honey Pipere beobachtet hast. Er sagte nicht, *wann* werde ich ein Kind haben, sondern *wird* mein Kind auch so gesund sein wie dieses hier.«
»Heute abend will Botolf bekanntgeben, daß ich sein Kind trage.«
»Er will mit seiner Potenz prahlen, meinst du. Wann ist das Kind fällig?«

»Ende März oder Anfang April.«
»Ah, im Frühling. Das ist gut. Wie geht es dir? Wird dir oft übel?« Tuesday setzte sich neben ihre Schwester auf das Bett.
»Ich fühle mich recht wohl. Keine Übelkeit, keine Ohnmachtsanfälle«, erklärte Saxan. »Deswegen hat es wohl auch so lange gedauert, bis mir klar wurde, daß ich schwanger bin.«
»Aye. Mir war auch nie übel. Nicht richtig. Ein paar Speisen allerdings drehten mir den Magen um. Und ich durfte mich nicht übermäßig aufregen, sonst mußte ich mich sofort übergeben. Zu jenen Zeiten durfte Godric nahezu sechs Monate lang nicht mit mir streiten.« Sie grinste. »Er sagte, es mache ihm keinen Spaß, wenn jeder Streit damit endete, daß ich würgend den Kopf in einen Eimer steckte.«
»Mir geht es ähnlich. Kurz nach dem Überfall, als meine Gefühle noch völlig durcheinander waren, ging es mir schlecht. Ich hatte Angst, ich war wütend und befürchtete, daß Botolf mich verstoßen würde. Das war das einzige Mal, daß ich mich krank fühlte. Allerdings«, sie verzog das Gesicht, »habe ich festgestellt, daß ich mich nicht lange in den Stallungen aufhalten kann. Der Geruch bekommt mir anscheinend nicht.«
»Ich konnte keine Schweine ertragen. Aber sag mal, Botolf hat dich doch nicht etwa verstoßen? Du machst jedenfalls nicht den Eindruck einer abgewiesenen Frau.«
»Nein, er hat mich nicht verstoßen.«
»Ah, Saxan, es ist typisch für dich, daß du dir einen hochgeborenen Gatten angelst, indem du versuchst, ihm deinen Dolch ins Herz zu stoßen. So etwas schafft keine andere.«
Saxan seufzte und schüttelte den Kopf. »Die Geschichte ist also längst in aller Munde.«
»Hunter und Roc haben es mir erzählt. So eine gute Partie.« Tuesday klopfte Saxan auf den Rücken. »Das hätte ich mir niemals träumen lassen. Und ich hätte auch nie gedacht, daß der

König so rasch und begeistert zustimmt. Aber wie auch immer, das ist alles nebensächlich. Ich wüßte nur gern, was deine Gründe waren. Bist du glücklich? Ist er gut zu dir?«
»Ich fürchte, meine Gründe sind etwas verschwommen, selbst für mich, Tuesday«, gestand Saxan. »Ich war mir nur völlig sicher, daß es mich bedeutend mehr schmerzen würde, nein zu sagen, als ein kleines Risiko einzugehen und ihn zu heiraten. Hinzu kam, daß ich mit ihm schlafen wollte, ob ich nun mit ihm verheiratet war oder nicht.«
»Aye, sie kann verflixt heißblütig sein«, bemerkte Thylda, warf sich übers Bett und spielte mit dem Säugling.
»Du bist zu jung, um so etwas zu verstehen«, schimpfte Tuesday.
»Ein Todd lernt derartiges schon in der Wiege, Schwester«, sagte Thylda gedehnt.
»Genug der Dreistigkeiten, Göre. Nun sag schon, Saxan, kann Botolf sich damit abfinden, daß das Feuer in dir genauso heiß brennt wie in ihm?«
»Aye, Tuesday. Warum sollte er nicht?« erkundigte Saxan sich.
Tuesday lächelte traurig. »Nicht alle Männer sind so. Das war zu Anfang das Problem in unserer Ehe. Ich begehrte Godric und genoß es, mit ihm zu schlafen, aber er war schockiert. Er hatte gelernt, daß Damen sich nicht so benehmen. Gesagt hat er nichts; er hat sich bloß von mir ferngehalten. Jedesmal, wenn er dann doch wieder zu mir kam, habe ich versucht, ihn mit meiner Leidenschaft an mich zu binden und all die Liebe von ihm zu bekommen, die ich so brauchte. Ohne es zu wissen, habe ich ihn dadurch immer weiter von mir gestoßen. Zwei lange Jahre hindurch haben wir uns mit diesem schmerzlichen Spiel gequält.«
»Wie kam es, daß er seine Einstellung änderte, Tuesday?« wollte Thylda begierig wissen.

»Es hat lange gedauert, bis ich erfuhr, was ihn bedrückte«, berichtete Tuesday weiter. »Anscheinend besuchte er einen alten Freund, der über die Kälte seiner Gattin klagte. Als Godric diesem Mann gestand, worunter er litt – und was er sich doch immer wieder nahm, wohlgemerkt –, da bezeichnete dieser Freund ihn als Esel und überzeugte Godric bald selbst davon, daß er tatsächlich ein Esel war. Wie gesagt, es hat lange gedauert, bis ich davon erfuhr. Als ihm schließlich bewußt wurde, wie sehr er mich gekränkt hatte, und als ich anfing, mich ihm zu entziehen, da gestand er mir alles.«
»Du wolltest dich Godric entziehen?« vergewisserte sich Saxan.
»Aye. Wenn du ständig nur gekränkt und zurückgestoßen wirst, reicht es dir irgendwann. Ich hatte eine ganze Menge Kränkungen zu verwinden, und auch das hat eine Weile gedauert. Zum Beispiel habe ich in unserer Hochzeitsnacht von Liebe gesprochen, aber Godric und ich waren schon über drei Jahre verheiratet, bevor ich das Wort ein zweites Mal erwähnte.«
»Botolf hat es noch nie ausgesprochen«, gestand Saxan wie unter Zwang.
»Männer.« Tuesday schüttelte den Kopf. »Ich glaube, sie haben nicht die geringste Ahnung, wie tief sie uns verletzen können. Du liebst ihn, nicht wahr?«
»Aye, allerdings habe ich einige Zeit gebraucht, um es selbst zu erkennen. Es ist so verwirrend. Für jedes Gefühl, das dich überkommt, kann es so viele andere Gründe geben.«
Tuesday nickte lächelnd. »Und Männer finden noch bedeutend mehr Gründe, als Frauen sich jemals ausdenken könnten. Männer betrachten Liebe als Schwäche, fürchte ich, und wir alle wissen ja, wie sehr sie jede Art von Schwäche verabscheuen.«
»Aber Godric liebt dich«, wandte Thylda ein.

»Ja, kleine Schwester, aber oft genug vergehen lange Monate, ohne daß er es mir sagt, und oft genug braucht er so manchen Krug voller Ale, um seine Zunge entsprechend zu lokkern.«

»Und wenn Botolf einen ganzen Fluß voll des besten Weins im gesamten Königreich austrinken würde, kämen die Worte doch nie über seine Lippen«, murrte Saxan.

»Glaubst du, daß er dich mag?« fragte Tuesday.

»Ja, er mag mich, aber wie sehr?« Saxan hob die Schultern.

»Hast du ihm gesagt, wie du darüber denkst?« Thylda fing das Baby auf, das sich gefährlich der Bettkante näherte.

»Nay, Thylda«, erwiderte Saxan. »Der Stolz lähmt meine Zunge, das gebe ich zu, aber ich habe auch Angst, etwas zur Sprache zu bringen, das Botolf im Grunde gar nicht will. Wenn ich ihm etwas gebe, worum er nicht gebeten hat, könnte es ihn abstoßen oder ihm unangenehm sein.«

»Sie hat recht, Thylda«, pflichtete Tuesday ihr bei. »Männer sind rätselhafte Wesen. Man möchte meinen, es würde sie ungeheuer freuen zu hören, daß sie geliebt werden, aber das trifft nicht immer zu. Am besten schweigt man, bis man sicher ist. Abgesehen davon, Saxan, bist du glücklich?«

»Aye. Überaus glücklich. Botolf ist sehr gut zu mir, Tuesday. Keine Nacht bleibt er meinem Bett fern, nicht einmal, wenn ich meine Regel habe. Er hat geschworen, mir treu zu sein, und wenn wir auch erst etwa vier Monate verheiratet sind, weiß ich doch jetzt schon, daß dieses Versprechen ihm ernst ist. Er läßt ja kaum einmal die Blicke schweifen! Ich weiß wohl, was für ein Segen das für eine Frau sein kann.«

»Es ist wahrhaftig ein Segen.«

»Manchmal liege ich des Nachts wach im Bett und beobachte ihn im Schlaf, und dann frage ich mich, woran es mir mangeln könnte, daß ich seine Liebe nicht erringe.«

»Dir mangelt es an gar nichts, Saxan«, ereiferte sich Thylda.
»Wie treu sie ist«, flüsterte Saxan und lächelte Tuesday zu. »Vielleicht mangelt es an nichts, aber es könnte etwas geben, das Botolf daran hindert, mich so zu lieben, wie ich ihn liebe. Und dann frage ich mich, wie er mich des Nachts in die Arme nehmen und ein solches Verlangen zeigen kann, ohne je von Liebe zu sprechen, womöglich ohne Liebe zu empfinden. Allerdings ist das die einzige Sorge, die ich mir in dieser Hinsicht gestatte. Es ist dumm, mich über Dinge zu grämen, die ich nicht habe, während ich doch soviel anderes habe. Manche Frau würde mich um einen solchen Ehemann beneiden.«
»O ja, das ist eine Tatsache«, stimmte Tuesday zu. »Ich habe bereits dahingehende Gerüchte gehört. Nun aber, wann werde ich Lady Mary kennenlernen?«
Saxan seufzte schwer und erklärte Tuesday, warum die Dame ihr vorerst nicht vorgestellt werden konnte. Das Verständnis und die Zureden ihrer Schwester beschwichtigten ihr Gewissen, nicht aber ihre Sorgen. Als Tuesday anfing, ihre Tochter zu stillen, ließen Thylda und Saxan sie allein.
»Thylda, was soll das?« wollte Saxan wissen, als das Mädchen unter der Tür plötzlich stehenblieb, ein wenig zurücktrat und verstohlen in den Gang hinaus spähte. »Du hättest mich beinahe umgestoßen.«
»Onkel Edric steht vor Lady Marys Tür und spricht mit ihrer Zofe Elizabeth«, flüsterte Thylda.
Saxan versuchte, an Thylda vorbeizuschauen, konnte jedoch nichts sehen. »Was passiert dort?«
»Ich weiß nicht, aber jetzt hat Elizabeth ihn gerade in den Raum eingelassen. Wollen wir an der Tür lauschen?«
Die Versuchung war groß, doch Saxan schüttelte den Kopf. »Nein. Wir werden wissen, woran wir sind, wenn Lady Mary im Rittersaal erscheint.«

»Worüber flüstert ihr zwei?« wollte Tuesday wissen.
Saxan erklärte ihr hastig, was sich zwischen Edric und Lady Mary abspielte. Die Geschichte rührte an Tuesdays weiches Herz. Trotz der Freude über das Wiedersehen waren alle drei Schwestern doch ein wenig bedrückt, als sie hinunter in den Saal gingen, um den Abend gemeinsam zu verbringen.

»Nun, Mylord, wie gefällt Euch das Leben als verheirateter Mann?« fragte Godric leutselig, nachdem Edric sich entschuldigt und den Saal verlassen hatte.
»Man kann sich sehr leicht daran gewöhnen«, antwortete Botolf.
»Aye, so ist es. Hat sich das, was ich Euch gesagt habe, als hilfreich erwiesen, Mylord?«
In Erinnerung an die Leidenschaft, die ihm in seiner Hochzeitsnacht entgegengebracht wurde, lächelte Botolf nahezu lüstern. »Ja. Es gab einen Augenblick, da mich, nun, etwas wie Überraschung befiel. Ich mußte daran denken, wie eine Dame sich als Eheweib angeblich zu verhalten hat, und es erschien mir lachhaft.«
»Zu meinem Bedauern muß ich gestehen, daß ich zwei Jahre gebraucht habe, um den Schaden, den meine Unwissenheit angerichtet hatte, wiedergutzumachen.«
»Ihr braucht mir nicht zu antworten, denn es ist eine sehr intime Angelegenheit, aber ich frage dennoch: was hat Euch eines Besseren belehrt?«
»Das ist tatsächlich sehr intim, Mylord, aber immerhin sind wir mit Schwestern verheiratet. Ach, Herrgott noch mal, Frauen können so rätselhafte Wesen sein. Da ist es wohl am besten, daß wir Männer die Hilfe in Anspruch nehmen, die sich uns bietet.« Er stimmte in Botolfs Lachen ein. »Und Edric hat völlig recht mit seiner Vermutung, daß sie jetzt zusammenhocken und über

uns Männer reden. Hoffentlich habt Ihr keine Angewohnheiten, die Ihr unbedingt geheimhalten möchtet«, scherzte er.
»Darüber muß ich mir wohl von nun an ernsthafte Gedanken machen.« Botolf grinste und lachte leise. Er genoß die schnell, aber eng entstandene Freundschaft mit dem Mann.
»Tja, was hat damals bewirkt, daß ich in meiner Sturheit einen Sinneswandel vollzog? Als ich wieder einmal vor Tuesday davongelaufen bin, traf ich einen alten Freund. Wir tranken unser Ale, und er klagte über seine kühle Gattin. Er glaubte, ich litte an dem gleichen Übel. Ihr könnt Euch sicherlich seine Reaktion vorstellen, als ich ihm von meinem vermeintlichen Fluch berichtete. Ich danke heute noch Gott, daß ich während der Zeit, als ich so verwirrt und unwissend durchs Leben tappte, keine andere Frau genommen habe. Wenn ich Tuesday dermaßen gekränkt hätte, während sie bereit war, mir alles zu geben, was ein Mann braucht ...« Er unterbrach sich und schüttelte den Kopf.
»Aber alles kam wieder ins Lot. Ihr habt zwei stramme Söhne und jetzt auch noch eine Tochter.«
»Aye, meine kleine Honey. Sie wird in späteren Jahren dafür sorgen, daß ich vorzeitig ergraue.«
»Und habt Ihr bereits einen Gatten für sie ausgesucht?«
»Nay, Mylord. Ich halte mich an die Tradition der Todds. Sie darf nach ihrem Herzen wählen. Ich weiß, daß es besser ist, wenn man seinen Ehepartner selbst bestimmt. Das ist in sämtlichen Ehen des Clans zu beobachten. Wenn eine gewisse Zuneigung vorhanden ist, auch wenn anfangs die Liebe fehlt, aber später noch kommt, ist es am besten.«
»Ich habe Saxan kaum eine Wahl gelassen«, bemerkte Botolf leise.
»Ein Mann Eures Standes hat ja selbst kaum eine Wahl. Saxans bereitwillige Zustimmung verrät mir, daß sie durchaus ge-

wählt hat. Wenn die Kleine Euch nicht hätte ehelichen wollen, wäre sie zum König persönlich marschiert, um sich gegen die Verbindung zu wehren. Daran besteht kein Zweifel. Das Mädchen, das Euch mit dem Dolch in der Hand verfolgt hat, ist nicht der Typ Frau, der vor dem Befehl von Earls und Königen das Knie beugt, wenn dieser ihr nicht paßt.«

Botolf spürte eine Wärme durch seinen Körper strömen, die keinesfalls nur von starken Getränken und angenehmer Gesellschaft herrührte. Plötzlich wurde ihm klar, daß er trotz der Worte seiner Frau an dem Abend, als sie der Hochzeit zustimmte, und trotz ihrer Leidenschaft doch noch gewisse Zweifel gehabt hatte. Godrics Bemerkungen hatten nun auch den letzten Rest davon hinweggeschwemmt. Saxan hatte ihn geheiratet, weil sie es wollte. Falls sie mit der Verbindung nicht einverstanden gewesen wäre, falls auch nur eine Spur von Widerstreben in ihr gewesen wäre, hätte sie sich bis zum Schluß mit Zähnen und Klauen zur Wehr gesetzt. Und ihr Clan hätte ihr vermutlich in ihrem Kampf zur Seite gestanden.

»Ich frage mich schon lange, warum Ihr im Hinblick auf Saxans Attentat auf Euch nichts unternommen habt«, sagte Godric und unterbrach damit unvermittelt Botolfs Überlegungen, bevor er entscheiden konnte, warum die Frage, ob Saxan ihn freiwillig zum Gemahl genommen hatte, für ihn so wichtig war.

»Abgesehen davon, daß sie ihr Ziel nicht erreicht hat, sah ich keinen Anlaß, jemanden für eine in blindem Schmerz ausgeübte Tat zu bestrafen. Ich an ihrer Stelle hätte nicht anders gehandelt. Aus den Mienen meiner Männer konnte ich entnehmen, daß keiner es mir als Schwäche auslegte, daß ich sie ungeschoren davonkommen ließ. Unterstützend kam freilich hinzu, daß sie eine Frau ist.« Er lächelte versonnen. »Sie finden sie lediglich bewundernswert heißblütig.«

Godric lachte leise. »Aye, die Frauen der Todds sind eindeutig sehr heißblütig. Und hier draußen, wo die Probleme nie ein Ende nehmen, ist das auch gut so.«
»Und habt Ihr in all den Jahren Eurer Ehe mit Tuesday denn nie versucht, sie zu zähmen?«
»Im Grunde wünsche ich sie mir gar nicht gezähmt. Ihr etwa?«
»Manchmal schon«, antwortete Botolf gedehnt. »Zum Beispiel, wenn Saxan so vor mir steht, ihren Zeigefinger auf mich richtet und mich Pferdearsch nennt.« Er grinste, als Godric laut lachte und verstehend nickte. »Ich bin es nun mal nicht gewöhnt, so behandelt zu werden.«
»Und wie reagiert Ihr auf eine derart skandalöse Beschimpfung?«
»Auf solchen Unsinn zu reagieren, wäre unter meiner Würde.«
»Natürlich. Welches Verhalten erfordert Eure Würde denn dann?«
»Na ja, beim letzten Mal habe ich ihr Wasser über den Kopf gegossen.«
Als Saxan mit ihren Schwestern in den Saal trat und die zwei lauthals lachenden Männer sah, lächelte sie schmal. »Botolf und Godric verstehen sich ausgezeichnet.«
Tuesday verzog das Gesicht und blickte zu ihrem Gatten hinüber. »Das bedeutet gewiß Ärger für uns. Vermutlich haben sie sich gegenseitig getröstet. Saxan?«
Als Saxan bemerkte, wie eingehend Tuesday Botolf musterte, fragte sie: »Was hast du?«
»Nichts. Ich glaube allerdings, dein Gatte gehört zu den Männern, die sehr viel in sich verschließen.«
»Woher weißt du das?«
»Das läßt sich nicht so einfach erklären. Ich erkenne es vielleicht an seiner Art zu lachen. Wenn Gefühle an die Oberfläche

drängen, bekämpft er sie, und wenn er den Kampf verliert, wird er es dir nicht sagen. Nay, du wirst sehr viel Geduld aufbringen müssen, wenn du diesen Mann liebst.«

»Ja, das habe ich bereits festgestellt.«

»Vielleicht wird er niemals von Liebe sprechen, Saxan. Würdest du das ertragen können?«

»Ich muß. Er ist mein Mann, und ich liebe ihn. Ich werde mein Glück in dem finden müssen, was er mir gewährt.«

Als sie zu den Männern hinübergingen, betete Saxan inständig, daß sie die Kraft dazu haben möge. Sie hoffte zwar unbeirrt auf die Erwiderung ihrer Liebe, sorgte sich jedoch darum, wie sie es aufnehmen würde, wenn Jahr um Jahr verging, und sie kein Wort von Liebe hörte. So etwas konnte einen Menschen bitter und unglücklich machen. Vor einer solchen Zukunft fürchtete sie sich. Sie würde das Glück, das sie gefunden hatte, zerstören und ihr Familienleben in Regenford langsam vergiften.

»So ernste Gesichter«, bemerkte Godric, als seine Gattin sich neben ihn setzte.

Mit der Hilfe ihrer Schwester brachte Saxan das Gespräch bald auf die Neuigkeiten über ihre Familie. Erst als sie sich anschickten, das Abendessen einzunehmen, fand sie etwas Zeit allein mit Botolf. Doch auch da mußte sie sich noch gedulden bis zu dem Augenblick, da sie wieder hinunter in den Rittersaal gehen wollten, denn in den Gemächern, die Botolf vor etwa einem Monat neu hatte einrichten lassen, gab es einen zusätzlichen Raum, in den Botolf sich zurückzog, um sich von Farold beim Ankleiden helfen zu lassen, während Jane Saxan assistierte. Doch kaum waren sie allein, küßte Saxan ihren Mann.

»Hmm. Womit habe ich das verdient?« fragte er und drückte sie an sich.

»Vielen Dank dafür, daß du an meine Schwestern geschrieben hast«, erwiderte sie.

»Je, nun, ich fürchte, ich habe sie wegen nichts und wieder nichts beunruhigt. Kommt Denu auch?«
»Nein«, antwortete sie, schon auf dem Weg den Gang entlang. »Denu und Tuesday wohnen nicht weit voneinander entfernt, und der Zeitpunkt wäre schlecht gewählt, um beide Besitztümer unbeaufsichtigt zu lassen.«
»Wie haben sie entschieden, wer hierherkommen soll?«
»Sie haben darum gewürfelt.«
»In deiner Familie ist man dem Glücksspiel zugeneigt«, sagte er.
»O ja«, bestätigte sie. »Dadurch haben wir gelernt, immer mit niedrigem Einsatz zu spielen.«
Als sie am Gemach seiner Mutter vorüber kamen, seufzte Botolf angesichts der geschlossenen Tür. »Wird sie denn gar nichts dazu bewegen können, endlich heraus zu kommen?«
»Hab Geduld, Botolf. Vielleicht kommt sie ja noch.« Saxan wußte, daß ihr Onkel sich noch immer in Lady Marys Räumen aufhielt, und war beunruhigt.

Obwohl sie bald, wenn auch nur flüchtig, im Mittelpunkt des Interesses stehen sollte, mußte Saxan lächeln. Das aufgetragene Mahl war gerade so üppig, gerade so anders als sonst, daß jeder im Saal vor den Dingen, die da kommen mochten, gewarnt war. Die Neugier war beinahe greifbar. Nur ein einziges Mal war die allgemeine Aufmerksamkeit von Saxan abgelenkt, und zwar als Lady Mary, wunderschön anzusehen und mit leicht geröteten Wangen, am Arm von Sir Edric Healdon den Saal betrat.
»Wußtest du, daß er sie aufgesucht hat?« flüsterte Botolf dicht an Saxans Ohr, als seine Mutter näher kam.
»Nun, gesagt hat er es mir nicht. Zufällig haben Thylda und ich gesehen, wie er mit Elizabeth sprach«, antwortete Saxan.

»Und Elizabeth hat ihn eingelassen?« Halbherzig erwiderte Botolf das strahlende Lächeln seiner Mutter, die, ohne Sir Edric von ihrer Seite zu lassen, am Tisch Platz nahm.
»Mein Onkel kann sehr überzeugend sein.«
»Ganz offensichtlich.«
»Bist du verärgert?«
»Neugierig. Wie ist es ihm gelungen, während alle anderen versagt haben?«
Saxan wußte darauf keine Antwort. Während der Mahlzeit wurde Lady Marys langwährende Zurückgezogenheit mit keinem Wort erwähnt. Sie wurde ohne Frage wieder in den Reihen der Leute aufgenommen. Alle Gedanken an Lady Mary verflüchtigten sich jedoch, als die Zeit näher rückte, da Botolf seine Mitteilung machen wollte.
»Komm schon, Liebling, schau doch nicht so ängstlich drein«, bat Botolf leise und nahm ihre Hand. »Meine Neuigkeiten werden große Freude auslösen.«
»Aye, aber alle werden mich anstarren«, klagte sie leise.
»Mit Stolz und Hoffnung in den Blicken. Sie können dir nichts zuleide tun. In dir ruht die Zukunft meiner Familie, und das ist meinen Leuten beinahe ebenso wichtig wie mir.«
»Ich will dich und sie nicht enttäuschen, Botolf.«
Die Sorge, die er nie ganz abschütteln konnte, ließ Botolf die Stirn kraus ziehen. »Elizabeth sagt, du hättest die gefährlichste Zeit schon hinter dir.«
»Aye, und das Leben in mir macht sich immer deutlicher bemerkbar. Das Flattern wird mit jedem Tag stärker. Allerdings könnte es auch sein«, sie lächelte schwach, »daß ich dir ein Mädchen gebäre.«
Er lächelte und gab ihr einen Kuß auf die Wange. »Ich wünsche mir nichts weiter als ein gesundes Kind.«
»Und wenn ich ausschließlich Mädchen zur Welt bringe?«

Er verbiß sich das Lachen über ihr bekümmertes Gesicht und antwortete aufrichtig: »Ich will nicht behaupten, daß ich dann nicht ein wenig enttäuscht sein würde. Aber ich würde dir keine Schuld daran geben, Saxan. Es liegt in Gottes Hand. Allerdings habe ich im Grunde keine Angst davor, daß es dazu kommt. Du etwa?«

»Nay, eigentlich nicht, aber derartige Sorgen kann ich oft nicht allein mit Hilfe des Verstands überwinden.«

»Das ist richtig«, sagte Botolf leise, doch seine Gedanken beschäftigten sich nicht mit dem Geschlecht seines ungeborenen Kindes. Sie kreisten vielmehr um all die Gefahren, die Saxan während ihrer Schwangerschaft und unter der Geburt noch drohten. »Wappne dich«, warnte er sie, stand auf und schlug mit dem Löffel an seinen Pokal, woraufhin sich rasch Schweigen im Saal ausbreitete. »Ich habe eine Mitteilung zu machen, die Euch alle hoffentlich genauso glücklich macht wie mich.« Er streckte die Hand aus, und als Saxan sie ergriff, bedeutete er seiner Frau, sich zu erheben. »Im Frühjahr wird meine Gattin mir einen kleinen Lavington schenken.«

Saxan errötete, als sich aller Augen auf sie richteten und viele der Anwesenden unverhohlen ihre noch immer schlanke Taille musterten. Jubel erfüllte den Saal, und Saxan erkannte, daß die Leute sich aufrichtig über die Neuigkeit freuten. Als sie sah, daß Lady Mary und mehrere andere Frauen sich die Tränen von den Augen tupften, verstand Saxan, daß die Angst vor dem Aussterben der Lavington-Linie entschieden größer war, als sie angenommen hatte.

»Ein Trinkspruch!« schrie Wesley und sprang auf. »Auf einen strammen, gesunden Sohn und Erben!«

»Aye, Wesley, ein Trinkspruch.« Botolf zwinkerte Saxan zu. »Auf ein strammes, gesundes Kind.«

In den folgenden Stunden wurden so viele Trinksprüche ausgebracht, daß Saxan überzeugt war, manch einer der fröhlichen Zecher würde die Nacht auf dem Boden des Rittersaals verbringen. Sie hielt Ausschau nach etwas Unbestimmtem, und es dauerte geraume Zeit, bis sie wußte, was es war. Als sie verstohlen, aber unbeirrbar einen gewissen Mann im Auge behielt, verstand sie. Sie hielt Ausschau nach einem Spion. Ihr Instinkt sagte ihr, daß Odella ganz gewiß nicht Cecils einzige Informantin war. Sicherlich hatte er einen weiteren in Botolfs Gefolge. Und Saxan war plötzlich sicher, daß sie ihn ausgespäht hatte.

»Botolf«, rief sie.

Vom Trinken und der späten Stunde weich geworden, hob Botolf seine Frau hoch und setzte sie auf seinen Schoß. »Was gibt es, Liebling?«

»Das ist ausgesprochen unziemlich«, schimpfte sie, lachte ihn dabei jedoch an.

»Aye. Erinnere mich morgen früh bitte nicht daran.«

»Ich verspreche es dir. Übrigens, Botolf? Erinnerst du dich an unser Gespräch über die Möglichkeit eines Spions in unserem Haushalt?«

Sein vom Alkohol umnebeltes Hirn war rasch ernüchtert; alle Muskeln spannten sich an. »Aye. Ich erinnere mich sehr gut daran. Alle haben die Augen offengehalten, um einen möglichen Verräter zu entlarven, doch keiner wurde gefunden.«

»Nun, ich bin zwar nicht ganz sicher, aber es könnte sein, daß ich ihn entdeckt habe.«

»Wie kommst du darauf?«

»Ich kann es nicht genau sagen. Ich ertappte mich dabei, wie ich jeden einzelnen Anwesenden beobachtete, und ich fragte mich, warum. Ich wußte es, als ein bestimmter Mann meinen Blick auf sich zog. Cecil würde sich sehr für die Nachricht interessieren, daß ich ein Kind trage, nicht wahr?«

»O ja. Das hat er dich ja bereits bei seinem Überfall wissen lassen.«
»Genau. Sein Lakai wird es sehr eilig haben, ihm die Neuigkeit zu überbringen, und was glaubst du wohl, wann der günstigste Zeitpunkt dafür gekommen wäre?«
Saxan verbarg sein zorniges Gesicht, indem sie ihn verspielt mit Trauben fütterte, woraufhin sich seine finstere Miene nicht lange hielt. »Wenn alle Anwesenden vom Feiern und Trinken benebelt sind.«
»Das denke ich auch. Dieser Mann dort, der an der Wand sitzt – der mit dem roten Haar und dem blauen Waffenrock –, er trinkt wenig, tut aber so, als würde er gehörig zulangen. Er beobachtet alle anderen um ihn herum, gibt jedoch vor, völlig betrunken zu sein und kaum die Augen offenhalten zu können.«
»Das ist James, James Pipp. Aye, er stand Cecil einmal nahe.« Verstohlen beobachtete Botolf den Mann eine Zeitlang und kam zu dem gleichen Schluß wie Saxan. »Vielleicht ist er nicht gerade der Verräter, aber er treibt ein merkwürdiges Spiel und muß streng im Auge behalten werden. Ah, da kommt Wesley. Wollen wir hoffen, daß er nüchtern ist.«
Sir Wesley war nicht betrunken, wenngleich Saxan vermutete, daß er sich sehr angestrengt hatte, diesen Zustand zu erreichen. Er war unverzüglich völlig nüchtern, als er hörte, was Saxan und Botolf an James aufgefallen war. Schon bald erkannte Saxan, daß Wesley James' Spielchen bedeutend besser beherrschte als der Mann selbst. Als Pipp schließlich aus dem Saal schlüpfte, folgte Wesley ihm auf den Fersen.
»Jetzt bleibt mir nichts anderes zu tun als zu warten«, murrte Botolf, lächelte aber leise, als er Saxans unterdrücktes Gähnen bemerkte. »Wir werden uns bald zurückziehen.«
»Du mußt nicht mit mir zu Bett gehen, Botolf«, sagte Saxan, richtete sich auf und nahm bedauernd Abschied von dem be-

quemen Platz an seiner breiten Brust. »Du kannst gern noch bleiben, wenn du möchtest.«

»Ich möchte aber nicht. Ich wollte nur noch sehen, ob Pipp sich fortschleicht und Wesley ihm folgt.«

Gerade waren sie aufgestanden, als Lady Mary und Edric an ihre Seite eilten. Saxan spürte die angespannte Aufregung des Pärchens. Vermutlich hatten die zwei während ihres ausgedehnten Alleinseins in Lady Marys Schlafgemach keineswegs nur über Cecil geredet.

»Ich habe eine Bitte, Mylord«, begann Sir Edric ernst und feierlich, wenngleich in den Blicken, mit denen er Lady Mary bedachte, Lachen und Glückseligkeit leuchteten.

Botolf ahnte schon, wie seine Frage lauten würde. »Und worum geht es, Sir Edric?«

»Ihr seid der einzige männliche Verwandte Eurer Mutter, und deshalb wende ich mich an Euch, um Euch um Lady Marys Hand zu bitten. Mir ist bewußt, daß ich sehr hoch greife, Mylord ...«

»Oh, Edric«, unterbrach ihn Lady Mary protestierend, doch niemand beachtete sie.

»Wie auch immer«, fuhr Edric fort, »ich muß Euch fragen. Mag sein, daß ich ihr nicht den Luxus bieten kann, den sie hier gewöhnt ist, aber als meiner Frau soll es ihr an nichts fehlen.«

»Ich will nur dich, Edric«, flüsterte Lady Mary. »Das ist genug für mich.«

Saxan hielt den Atem an, als Botolf mit seiner Antwort zögerte. Obwohl Botolf das Glück seiner Mutter am Herzen lag, und obwohl er Edric mochte, mußte er nicht zwangsläufig die Verehelichung seiner Mutter mit einem schlichten Ritter und Vasallen gutheißen. Er trug seinen Namen mit großem Stolz und mochte vielleicht fürchten, daß diese Verbindung seinem großen Namen Schaden zufügen könnte. Zwar hatte er keine Bestim-

mungsgewalt über seine Mutter, doch seine Mißbilligung mochte ausreichen, um sie zu dem Verzicht auf ihr Glück mit Edric zu bewegen.
Langsam atmete Saxan aus und lächelte Lady Mary strahlend an, als Botolf sagte: »Meine Mutter hat Euch eben ihre Antwort gegeben, Sir Edric. Wann soll die Hochzeit sein?«

Saxan reckte sich verschlafen, als sie jemanden in ihr Gemach kommen hörte. Sie schlug die Augen auf und sah Sir Wesley, der sich zerzaust und abgerissen über Botolf neigte. Als sie Wesley berichten hörte, daß er Pipp mit durchgeschnittener Kehle gefunden hatte, schauderte sie und schmiegte sich enger an Botolf. Der Tod des Mannes bekümmerte sie nicht übermäßig, denn er war ein Verräter, der Cecil in seinen gegen Botolf gerichteten Mordplänen unterstützte, doch er erschreckte sie. Jedesmal, wenn sie glaubten, Cecil greifen zu können, entwischte der Mann ihnen wieder. Sie fragte sich niedergeschlagen, ob es ihnen je gelingen würde, der Bedrohung ihres Lebens ein Ende zu machen, bevor sie in die Tat umgesetzt wurde.

Dreizehntes Kapitel

»Sei doch nicht so unruhig.« Botolf küßte Saxans Ohr und zog sie enger an sich.
»Ich fühle mich verpflichtet, Denu aufzusuchen, die so weit gereist ist, um bei uns zu sein, und außerdem bin ich gar nicht müde, Botolf.« Saxan seufzte in einer Mischung aus Ärger und Resignation.
»Trotzdem wirst du dich ausruhen, bevor du an der Hochzeit meiner Mutter teilnimmst. Es wird ein langer, anstrengender Abend. Es ist Mitte November, und der trübe Winter lastet bereits schwer über Regenford. Alle freuen sich auf diese Gelegenheit zum Feiern, und das Fest wird sich entsprechend lange hinziehen. Es könnte sogar aus den Fugen geraten.«
»Du warst nicht unbedingt verwundert darüber, daß der König die Verbindung gutheißt, nicht wahr?«
»Nein. Meine Mutter ist eine entfernte Base des Königs und über das gebärfähige Alter hinaus. Ihr Landbesitz ist klein und nicht sehr ergiebig. Sie ist nicht von großem Nutzen für den König.«
»Deshalb darf sie heiraten, wen sie mag.«
»Aye. Es war reine Höflichkeit, den König um seine Zustimmung zu bitten. Hast du schon mit meiner Mutter gesprochen?«
Saxan verzog das Gesicht. »Nein. Ich bin feige. Alles läuft in so

geregelten Bahnen, daß ich keine Lust empfinde, eine so schmerzliche Zeit zur Sprache zu bringen. Vielleicht sollten wir es einfach vergessen.«

»Sofern du sicher bist, daß sie den Vorfall vergessen hat.«

»Aye. Deine Mutter benimmt sich mir gegenüber genauso wie zu der Zeit, bevor ich ihr meine bösen Worte ins Gesicht schleuderte.«

»Dann laß die Sache ruhen, wenn du es so willst.«

Sie stützte sich auf einen Ellbogen auf und lächelte ihren Gatten an. »Du bist der Meinung, ich sollte mit ihr reden. Hat sie dir gegenüber etwas in der Richtung verlauten lassen? Hat sie den Grund genannt, warum sie schließlich doch ihre Gemächer verlassen hat? Oder warum sie den Antrag meines Onkels jetzt doch angenommen hat?«

Botolf zog zärtlich ihren Kopf herab auf seine Brust und seufzte. »Nay, sie hat kein Wort gesagt.«

»Es ist ein Unglück, daß Wesley Pipp verloren hat. Sonst hätten die Schwierigkeiten Cecils wegen jetzt vielleicht schon ein Ende, und wir brauchten uns deswegen keine Sorgen mehr zu machen.«

»Aye, und statt dessen müssen wir uns jetzt überlegen, wie Cecil herausgefunden hat, daß Wesley seinem Lakaien folgte, weshalb er den Mann dann schließlich tötete. Er hätte es noch einmal versuchen können.«

»Einem Mann, der dir treu ergeben ist, den Hals durchzuschneiden«, flüsterte sie und schauderte.

»Für Cecil ist außer seinem eigenen kein Menschenleben einen Pfifferling wert. Das habe ich schon vor Jahren erkannt. Schon als Kind war er grausam, und diese Grausamkeit hat sich im Lauf der Jahre immer stärker ausgeprägt.« Er strich sachte über Saxans Haar. »Wir werden Cecil aufspüren und seinem Treiben ein Ende setzen. Hab keine Angst, meine Kleine.« Ein leises

Klopfen an der Tür ließ Botolf die Stirn furchen, denn er hatte sehr deutlich zu verstehen gegeben, daß er und Saxan nicht gestört werden wollten. »Wer ist da?«
»Ich bin's, Botolf, deine Mutter.«
Botolf richtete sich auf, verhinderte sanft, daß Saxan es ihm gleichtat, und rief dann: »Tritt ein.« Seine Mutter kam ins Zimmer, und ihr Gesichtsausdruck entlockte Botolf unwillkürlich die Frage: »Stimmt etwas nicht?«
»Aber nein, mein Sohn.« Sie schloß die Tür und kam zielstrebig auf das Bett zu. »Ich habe lediglich das Bedürfnis zu reden – mit euch beiden. Nay, Saxan, bleib liegen«, befahl sie, als Saxan sich erneut aufrichten wollte. »Einer Schwangeren tut es nur gut, hin und wieder im Bett zu liegen.«
»Ist an den Hochzeitsvorbereitungen etwas auszusetzen?«
»Nay, Botolf. Ich will über Cecil reden, und über meinen törichten Rückzug in meine Gemächer.«
»Es war meine Schuld, Mylady«, sagte Saxan. »Es war unnötig, daß ich Euch auf so grausame Weise meinen Zorn ins Gesicht schleuderte.«
»Nay, Saxan«, sagte Lady Mary. »Selbst wenn ich es nie fertigbrächte, mich der Wahrheit deiner Worte zu stellen, würde ich dich deswegen doch nicht verdammen. Du hattest ein Recht auf deinen Zorn. Soviel hatte ich selbst damals schon begriffen. Du hast keinen Grund, dich zu entschuldigen.«
»Du brauchst nicht darüber zu reden, Mutter. Alles soll vergessen sein«, versicherte Botolf.
»Ich denke nicht. Dieses eine Mal will ich darüber sprechen, und dann will ich nie wieder etwas von Cecil hören. Nun ja, oder so wenig wie möglich.«
»Wie du willst.«
»Wenn ich daran denke, wie starrsinnig ich an meiner Verblendung festgehalten habe, fühle ich mich schrecklich dumm.«

»Nay, Mylady«, widersprach Saxan.
»Es ist töricht, die Augen vor der Wahrheit zu verschließen, Saxan, und genau das habe ich getan«, sagte Lady Mary. »Cecil konnte so liebenswürdig sein. Er war das zweite Kind, das ich meinem Gatten nicht hatte schenken können. Es war auch schwer für mich zu begreifen, wie er sich so gegen uns wenden konnte, nachdem wir ihn unter unserem Dach aufgenommen, ihn anerkannt und ihm vertraut hatten. Wie konnte er die Hand gegen Botolf erheben, wenn er doch wußte, daß er auch mich damit treffen würde?
Ah, wie ich ihn immer in Schutz genommen habe. Schon, als er noch ein Kind war. Aye, Botolf, ich war seinen Umtrieben und seinen Fehlern gegenüber nicht blind. Ich dachte, es könnte daran liegen, daß ihn sein Makel als Bastard zu sehr schmerzte. Was ich sah, war nicht allzu schlecht, aber als er zum Mann heranwuchs, wurde es schlimmer.
Als die Anschläge gegen dich einsetzten, Botolf, wußte ich in einem Winkel meines Bewußtseins schon, wer dahintersteckte, doch ich tat alles, um dieses Wissen zu unterdrücken. Es war die Geschichte von Kain und Abel, und ich ertrug den Gedanken nicht, daß in unserer Familie eine solche Todsünde ihr Haupt erheben sollte.«
»Das habe ich schon immer verstanden, Mutter.«
»Ich weiß, Botolf. Du warst äußerst rücksichtsvoll. Doch dann, als er Saxan überfiel«, Lady Mary schauderte. »Ich hörte die Geschichte bereits, als ich zu ihr ging, um ihre Wunden zu versorgen, doch ich verschloß meine Ohren. Hier aber war etwas so Böses geschehen, daß ich es nicht völlig unbeachtet lassen konnte. Hier handelte es sich nicht um eine Schattengestalt, die Botolf abwehren konnte und die von Gott weiß wem gedungen sein mochte.
Der Grund, warum deine Worte mich so tief trafen, Saxan, be-

steht darin, daß ich ihren Widerhall oft genug in meinem Kopf und meinem Herzen gehört hatte. Ich bemühte mich so verbissen, die Stimmen in meinem Inneren zum Schweigen zu bringen, und dann hast du sie noch verstärkt. Sie wurden zu einem ohrenbetäubenden Brüllen, und ich ertrug es einfach nicht mehr.«

»Es tut mir so leid, Mylady«, flüsterte Saxan.

»Nichts muß dir leid tun, mein Kind«, versicherte Lady Mary. »Wirklich nicht. Ich an deiner Stelle hätte genauso gehandelt.« Sie lächelte schwach. »Nein, ich wäre zusammengebrochen und hätte vor Schock und Angst womöglich das Kind verloren. Wir können Gott danken, daß du aus anderem Holz geschnitzt bist.«

Lady Mary schöpfte tief Atem, um sich ein wenig zu beruhigen, und fuhr dann fort: »Ich habe mich in meine Gemächer verkrochen, um nachzudenken, um mich der Wahrheit zu stellen. Ich wußte zwar, daß ihr euch um mich sorgtet, doch ich hatte keine andere Wahl. Ich mußte allein sein, wollte nichts hören außer dem, was mein eigener Verstand und mein Herz mir sagten. So hatte ich Gelegenheit, mit meinen Dämonen, Ängsten und Dummheiten abzurechnen. Und ich hatte Zeit, um das hübsche, dunkeläugige Kind zu weinen, das ich an meiner Brust genährt hatte.

Ich blickte zurück bis in die Anfangszeit und machte mir alles bewußt, was über Cecil gesagt worden war und was er getan hatte, selbst wenn es nur schlichter, kindlicher Unfug war. Ich fügte alles hinzu, was du gesagt hattest, Saxan, denn ich weiß, daß du nicht lügst. Oh, ich weiß, daß auch Botolf nicht lügt, aber er hatte nie wirklich mit eigenen Augen gesehen, daß Cecil ihn töten wollte. Es waren stets andere, die ihm ans Leben wollten. Als ich damit fertig war, hatte ich ein abscheuliches Bild vor Augen. Meine Entschuldigungen reichten nicht mehr aus, um dieses Bild von Cecil zu entwerten, und da wußte ich, daß das, was ich jetzt sah, der wahre Cecil war.

Dann mußte ich gegen meine Schuldgefühle kämpfen. Nay«, sagte sie, als Botolf und Saxan zum Protest ansetzten. »Ich fühlte mich schuldig, wie jede Mutter sich schuldig fühlt, wenn ihr Kind auf Abwege gerät, wenn in ihrer Nachkommenschaft schlechte Eigenschaften auftreten. Der Kampf war hart, aber ich habe ihn gewonnen. Das Böse in Cecil ist nicht auf mich zurückzuführen. Vielleicht hielt Gott es für angebracht, die Lavingtons zu prüfen. Ich weiß es nicht; ich weiß nur, daß es nicht meine Schuld ist.

Als ich dann überlegte, wie es weitergehen sollte, kam Edric. Als ich ihn sah, war mein erster Gedanke, daß Cecil mir auch in dieser Sache weh getan hat, denn es war Cecil, der mich bewog, alles, was Edric mir bot, auszuschlagen. Ich verlangte von einem ehrenhaften Mann, seiner Pflicht zu entsagen oder auf mich zu verzichten, denn ich wäre nicht imstande gewesen zu vergeben, wenn er das Böse in Gestalt von Cecil vernichtet hätte.«

»Ich war höchst verwundert darüber, daß Elizabeth ihm Zugang in deine Gemächer gewährt hat«, warf Botolf leise ein.

»Nun ja, Edric bediente sich seiner Verführerstimme, wie ich es nenne, und diese ist ein mächtiges Werkzeug. Selbst Elizabeth sagte, sie habe ihm die Tür geöffnet, bevor sie noch wußte, was sie tat. Dann setzte er sein Werkzeug auch gegen mich ein, denn die Beschämung hielt mich in meinen Räumen gefangen. Es ist nicht leicht, der Welt unter die Augen zu treten, wenn du töricht warst und alle Rücksicht auf dich genommen haben. Leugne nicht, daß es genauso war, Botolf, denn ich weiß es.«

»Niemand wollte dich kränken«, erklärte er.

Lady Mary nickte. »Ich weiß, aber ich erkannte auch, daß du, um mich zu schonen, dich nicht so schütztest, wie du es hättest

tun müssen. Edric überzeugte mich dann, daß Mütter, ja, sogar Väter, das Recht haben, um ihrer Kinder willen töricht zu handeln. Das würde jeder verstehen und niemand würde es mir übelnehmen. Er hat lange Zeit sehr streng mit mir gesprochen.«
Botolf konnte nicht anders, er erwiderte das Lächeln seiner Mutter und sah, daß Saxan es ebenfalls tat. Er bemerkte den glücklichen Schimmer in den Augen seiner Mutter, und ihre Liebe zu Edric schwang in ihrer Stimme mit. Für einen flüchtigen Moment überkam ihn Zorn. Wie konnte sie nach seinem Vater einen anderen Mann lieben? Hatte sie ihr Herz nicht etwas arg früh nach dem Tod ihres Mannes einem anderen geschenkt?
Innerlich lachte er über seine eigenen Gedanken. Seine Mutter brauchte Liebe – und zwar die Liebe eines Mannes, nicht nur die ihres Kindes. Erinnerungen gaben ihr nicht die Wärme, die sie ersehnte. Er freute sich aufrichtig über ihr Glück und darüber, daß sie im Alter noch der Liebe eines guten Mannes gewiß sein konnte.
»Edric führte mir vor Augen, daß ich es nicht nötig habe, mich zu verstecken, daß jedermann mich versteht«, fuhr Lady Mary fort. »Er erklärte mir, daß ich keinen Beitrag leisten, ja, nicht einmal zuhören müsse, wenn es darum ginge, Cecil unschädlich zu machen. Ich müsse es lediglich hinnehmen. Und so werde ich es halten. In meinem Herzen und in meinem Kopf ist Cecil tot. Das Kind, das ich an meinem Busen genährt habe, ist nicht mehr. Ich warte nur noch auf den Tag, da sein Leichnam zum Begräbnis nach Hause gebracht wird. Daß das geschieht, darum bitte ich dich allerdings, Botolf.«
»Dafür werde ich sorgen. Das schwöre ich dir«, gelobte Botolf.
»Danke. Jetzt sollte ich aber lieber gehen und mich vorbereiten. Es wäre doch unschicklich, wenn ich zu meiner eigenen Hochzeit zu spät kommen würde.«

Als Lady Mary gegangen war, stieß Saxan einen tiefen Seufzer aus. »Es muß trotz allem sehr schwer für sie sein.«
»Ganz sicher«, stimmte Botolf ihr zu. »Aber sie hat die Situation akzeptiert, und damit ist mir eine schwere Bürde von den Schultern genommen.«
»Aye, jetzt hast du freie Hand und brauchst nicht mehr zu fürchten, daß jeder Schlag, den du gegen den Feind führst, auch deine Mutter treffen könnte.«
Er nickte. »Ich weiß, daß Cecil schuld an ihrem Kummer ist. Ich habe diesen Kampf nicht gewollt, werde aber trotzdem manchmal von Schuldgefühlen geplagt.« Er seufzte. »Ein großer Teil von mir will noch immer nichts damit zu tun haben.«
»Natürlich nicht. Cecil zwingt dich, das Blut deines Bruders zu vergießen, wenn du überleben willst. Das dürfte wohl der böseste Streich sein, den er je ausgeheckt hat.«
»Wir könnten darüber reden, bis der neue Morgen graut, aber du solltest jetzt lieber ruhen.«
Nach einer langen Weile der Stille überkam Saxan die Müdigkeit. Sie schloß die Augen, fragte jedoch noch: »Bist du ehrlichen Herzens einverstanden mit der Verehelichung Edrics mit deiner Mutter?«
»Aye. Mutter braucht einen Gatten. Darin wird sie ihr Glück finden. Außerdem ist Edric ein Mann, den ich achte und mag. Ich weiß, daß sie es gut bei ihm haben wird.« Er lächelte, als er Saxan an seiner Seite erschlaffen fühlte. Ihr Atem verlangsamte sich, als der Schlaf sie überkam. »Ein Leben für ihren Sohn und dessen Familie ist nicht ausreichend für meine Mutter.«
»Mein Onkel wird sie glücklich machen. Du wirst es sehen.«
»Ich habe es schon gesehen.«

Saxan war noch ganz benommen, als Botolf sie weckte, doch sie stand, wenn auch mühsam, auf und machte sich für das Hochzeitsfest bereit. Nachdem sie gebadet und sich mit Janes Hilfe angekleidet hatte, war sie einigermaßen wach. Bald schon ließ sie sich anstecken von der Freude und Aufregung des Anlasses. Als Botolf sie dann zu der kleinen Kapelle geleitete, waren die letzten Spuren von Müdigkeit verschwunden, und sie freute sich regelrecht auf die Feier.

Die Trauung selbst war kurz, doch Saxan fand die Zeremonie sehr ergreifend. Sie tupfte die Tränen aus ihren Augen und achtete nicht auf Botolfs Grinsen, als sie die Kapelle verließen und zum Rittersaal zurückkehrten, um dort zu feiern. Sie setzte sich zu Botolf an die Stirnseite des Tisches und ahnte anhand der Stimmung der Gäste, daß es ein langes, ausgelassenes Fest werden würde. Da beschloß sie, möglichst gut mit ihren Kräften zu haushalten, damit sie so lange wie möglich mitfeiern konnte und nicht so schnell ermüdete.

Sie lächelte ihrer Schwester Denu zu, als diese sich zu ihr setzte. »Es ist wunderbar, daß du es möglich machen konntest, doch noch zu kommen, Denu. Schade nur, daß die Kinder dich nicht begleiten konnten.«

»Zu dieser Jahreszeit ist das Wetter zu unzuverlässig«, sagte Denu. »Deshalb wollte ich ihnen die Reise nicht zumuten.«

»Natürlich. Weißt du, ich war sehr überrascht darüber, daß du und Thomas gekommen seid. Ich hatte ziemlich fest mit Tuesday gerechnet. Sie gewinnt beim Würfelspiel doch immer.«

»Aye, das tut sie, die Schlampe«, erwiderte Denu mit verschmitztem Lächeln. »Diesmal aber hatte sie keine Chance.«

»Keine Chance? Wie ist das möglich?«

»Die Würfel waren zu meinen Gunsten gezinkt.«

Botolf gab es auf, so zu tun, als hätte er dem Gespräch nicht zugehört, und fiel in das Lachen der Schwestern ein. Sämtliche Todds hatten diesen flinken Witz, wie er feststellte. Trotz jahrelanger Ehe und einer wachsenden Anzahl von Kindern blitzte

es doch immer noch schelmisch in Denus schönen Augen auf. Mit solchen Verwandten, sagte er sich, dürfte sein Leben eigentlich nie mehr langweilig werden.
»Es ist sehr gütig von Euch, daß Ihr Euch Pitneys so annehmt, Mylord«, sagte Denu.
»Der Mann wäre ein ausgemachter Narr, der einen Jungen gehen läßt, nachdem dieser seinen Mut und seine Treue so unter Beweis gestellt hat, Mistress Denu«, entgegnete Botolf.
»Ja, Pitney ist treu und mutig«, bemerkte Denu mit unübersehbarem Stolz, dann lächelte sie Saxan zu. »Ich könnte meinen Würfel einsetzen, um sicherzustellen, daß ich als erste dein Kind zu sehen bekomme. Es ist allerdings kaum zu glauben. Man sieht dir gar nichts an.«
»Hat sich denn dein Bäuchlein so schnell gerundet?« fragte Saxan.
Denu lachte. »Nein, mein Bäuchlein wohl nicht, aber so ziemlich alles andere.«
»Ah, mein Liebling, hast du deinen Mann vermißt?« flüsterte Thomas, trat hinter sie und küßte ihren Nacken.
»Du hast zuviel Ale gesoffen«, schimpfte Denu und befreite sich aus seinen Armen. »Hast du seine Lordschaft, unseren Gastgeber, begrüßt?«
Thomas setzte sich mit dem Rücken zum Tisch neben seine Frau und stützte seine Ellbogen auf die Knie. Er lächelte Botolf zu. »Ich grüße Euch, Mylord.«
Botolf lächelte ebenfalls und erwiderte den nachlässigen Gruß mit einem Nicken. Darauf folgte ein ausgedehntes Wortgeplänkel, und Botolf genoß es von ganzem Herzen. Plötzlich wurde ihm bewußt, daß seine Familie sich durch seine Heirat mit Saxan verzehnfacht hatte. Der Respekt, der einem Mann seines hohen Standes zukam, litt keineswegs darunter, doch man bot ihm ohne weiteres offenherzige Freundschaft an. Er wurde jetzt

als Familienmitglied betrachtet, als Zugehöriger eines großen, in Zuneigung verbundenen Clans, und er fühlte sich wohl dabei.

Er spürte, daß er sich seit seiner Hochzeit kaum merklich veränderte. Etwas von der Düsternis, die sein Herz umfing, hatte sich gelichtet. Er war nicht so sicher, ob das gut für ihn war, denn es ließ weiche Stimmungen aufkommen, aber er konnte sich trotzdem nicht dagegen wehren. Es tat einfach zu gut.

Hand in Hand schlossen sich Lady Mary und Edric der fröhlichen Gruppe um Botolf an. Nachdem er jeden einzelnen lächelnd begrüßt hatte, flüsterte Edric Botolf zu: »Wir wollen versuchen, uns unbemerkt zurückzuziehen.«

Saxan ließ den Blick über die Feiernden schweifen. »Das dürfte nicht allzu schwer fallen.«

»Wenn das Wetter sich hält, werden wir bald schon zu meinem bescheidenen Besitz aufbrechen«, erklärte Edric.

Saxan verbat sich ein Stirnrunzeln. An diesen Aspekt der Heirat Edrics und Lady Marys hatte sie bisher gar nicht gedacht. Obwohl sie Lady Mary aufrichtig mochte, empfand sie doch im Grunde keinen Schmerz bei dem Gedanken, daß die Frau Regenford verließ. Lady Mary würde ja stets ein willkommener Gast sein. Allerdings wußte sie nicht, wie Botolf empfand, denn Lady Mary war seit eh und je Teil seines Haushalts. Zwar war Botolfs Familie klein und viel zurückhaltender als ihre eigene, aber es herrschte doch eine enge Verbundenheit.

»Wir kommen im Frühling zurück, mein Kind«, sagte Lady Mary und gab Saxan einen Kuß auf die Wange. »Ich freue mich maßlos auf die Geburt meines ersten Enkelkindes.«

Es dauerte nicht mehr lange, bis Edric und Lady Mary sich davongeschlichen hatten. Die wenigen, die es bemerkten, schwiegen aus Respekt vor Lady Mary. Es waren jedoch kaum fünf-

zehn Minuten vergangen, da kam Edric schon zurück in den Saal.
Genauso neugierig wie alle anderen, war Saxan überaus enttäuscht, als Edric und Botolf nach einem kurzen geflüsterten Austausch hinausgingen. Sie bemühte sich, ihre Neugierde zu dämpfen, da sie ja ohnehin früher oder später erfahren würde, was vorgefallen war. Es fiel ihr allerdings nicht leicht, als die zwei Männer zurückkamen und eigenhändig die nüchternsten Männer im Saal aussonderten. Saxan kam fast um vor Neugier, bis Botolf endlich wieder an ihrer Seite war.
»Geh zu meiner Mutter, Saxan«, befahl er. »Vielleicht mögen deine Schwestern dich begleiten.«
»Was ist geschehen?« wollte sie wissen.
»Ich habe keine Zeit, es dir jetzt zu erklären. Meine Mutter wird es dir sagen«, antwortete er, bevor er ging. Er hielt nur gerade noch lange genug inne, um den verbleibenden Gästen zu versichern, daß eine Unterbrechung der Feier nicht nötig wäre und er und die anderen bald zurückkommen würden.
Saxan zog Thylda und Denu mit hinauf zu Lady Marys Schlafgemach und fand die Frau tränenüberströmt, ein Blatt Papier in der Hand, auf dem Bett sitzend vor. In ihrem Schoß lagen zwei wunderschön gearbeitete silberne Pokale. Denu schenkte ihr etwas Wein ein und drängte sie, davon zu trinken. Thylda nahm die Pokale fort, und Saxan setzte sich neben ihre Schwiegermutter und nahm deren kalte Hand.
»Was ist passiert? Was hat Euch so verstört?« fragte sie die weinende Frau.
»Cecil war hier«, erwiderte Lady Mary.
»Seid Ihr sicher?«
»Aye. Die Pokale und die Nachricht sind von ihm.«
»Die könnte auch ein Bote gebracht haben«, wandte Denu ein.

Lady Mary schüttelte den Kopf. »Nein. Die Nachricht wurde geschrieben, als Cecil hier war, denn das Papier gehört mir, und ich habe Cecils Handschrift erkannt.«
Saxan schauderte, und Lady Mary legte den Arm um ihre Schulter. Saxan brachte ein klägliches Lächeln zustande. »Ich wurde geschickt, um Euch zu trösten.«
»Mein Leben ist nicht in Gefahr. Es ist nicht die Angst um mich selbst, die mich so aus der Fassung bringt. Ich sah dies hier und konnte an nichts anderes denken als daran, wie nahe die Gefahr dir und Botolf wieder einmal gerückt war. Es ist erschreckend, wie ungehindert Cecil kommt und geht.«
»Botolf hat die geheimen Zugänge nach Regenford verschlossen«, bemerkte Thylda leise, und ihre plötzliche Verunsicherung war deutlich zu spüren.
»Das dachten wir, aber er und ich haben mehr Zeit in Merewood verbracht als hier. Botolf gefällt es zwar nicht, aber er kann den Höfling besser spielen, als sein Vater es je fertigbrachte, und deshalb diente er seinem Vater, indem er uns bei Hofe vertrat und uns die Gunst des Königs erhielt. Vor und nach Botolfs erster Ehe habe ich ihn darin unterstützt. Möglicherweise gibt es Zugänge zur Burg, von denen wir nichts wissen, Zugänge, die Cecil ausgekundschaftet oder vielleicht sogar selbst angelegt hat.«
»Womöglich wußte er aber auch, daß die Wachen unzureichend waren, und wo ihr schwächster Punkt war, so daß er einfach ungesehen hineinschlüpfen konnte«, gab Denu zu bedenken.
»So könnte es sein«, stimmte Lady Mary ihr zu. »Cecil kam her, um zu sehen, ob es eine Möglichkeit gab, an den Wachen vorbeizukommen, und als sich die Gelegenheit bot, nahm er sie wahr.« Lady Mary wurde ein wenig ruhiger. »Das ist etwas, wogegen wir uns schützen können.« Sie warf einen Blick auf

den Brief in ihrer Hand. »Er ist immer noch ein Meister der schönen Worte.«
Lady Mary drängte Saxan, den Brief zu lesen, und widerstrebend gehorchte sie. Es war ein liebenswürdig verfaßter Glückwunsch. Saxan fragte sich unwillkürlich, wie viele von den Liebesworten dem Bedürfnis entsprangen, seine Pflegemutter an sich gebunden zu halten. Cecil war so gut über die Vorgänge in Regenford informiert, daß er wahrscheinlich auch wußte, in welcher Gefahr sein Einfluß auf Lady Mary war.
»Er versucht, mich an sich zu fesseln«, sprach Lady Mary leise Saxans Gedanken aus. »Irgendwie hat er von meinem Sinneswandel ihn betreffend erfahren.«
»Vielleicht, Lady Mary, kennt er Euch auch so gut, daß er Eure Reaktion auf seinen Überfall auf Saxan einschätzen konnte und nun versucht, dieses Vergehen in Euren Augen wieder wettzumachen«, gab Thylda zu bedenken.
»Und wenn er seine Gemächer mit hübsch verfaßten Versicherungen der Anbetung anfüllen würde, könnte er doch nichts mehr an meiner Einstellung ihm gegenüber ändern«, sagte Lady Mary. »Der Überfall auf Saxan war ein Verbrechen, das ich nicht verzeihen kann. Ich muß diese Pokale loswerden.«
»Nay, Mylady«, sagte Saxan. »Behaltet sie als Geschenk von dem dunkeläugigen Kind, das Ihr im Arm gehalten und geliebt habt. Wenn dies alles vorüber ist, braucht Ihr sie vielleicht als Erinnerung daran, wie Cecil war, als er noch zu klein war, um Euch ein solches Geschenk zu machen.«
»Ich werde es mir überlegen.«
Es war schon spät, als die Männer die Suche nach Cecil aufgaben. Saxan machte rasch ihren Platz an Lady Marys Seite frei, als Edric mit Botolf eintrat. Ihr Gatte führte Saxan und ihre Schwestern leise aus dem Gemach, doch Saxan zögerte, als er sich anschickte, sie zurück in den Rittersaal zu geleiten.

»Ich meine, ich habe genug gefeiert, Botolf«, sagte sie.

»Fühlst du dich nicht gut?« fragte er und legte ihr die Hand auf die Stirn.

»Nay, ich bin lediglich müde. Ich möchte nur noch zu Bett gehen und mich ausstrecken.«

»Ich komme mit dir.«

»Nay, geh du zurück in den Saal, damit die Gäste versichert sein können, daß alles seine Ordnung hat. Ich komme allein zurecht.«

Widerwillig verließ er sie und begleitete Thylda und Denu zurück in den Rittersaal. Zwar hatte Saxan wirklich nur ein wenig müde gewirkt, aber dennoch konnte er die Sorge um sie nicht abschütteln. Allerdings hatte sie recht mit ihrem Vorschlag, er solle die Gäste aus ihrer Unsicherheit befreien, doch statt dessen suchte er schon bald Denus Gesellschaft, in der Hoffnung, nähere Informationen über den Verlauf einer Schwangerschaft zu erhalten.

»Saxan sah doch nicht krank aus, oder?« fragte er Denu und setzte sich neben sie.

»Nay, Mylord, sie war nur müde, wie sie selbst sagte«, versicherte Denu ihm. »Ich vermute, daß die Vorstellung von Cecils Nähe, von seinem Eindringen in Regenford sie einigermaßen geängstigt hat. Solche Gefühle zehren an den Kräften einer Schwangeren. Sie beweist allerdings Verstand, indem sie auf die Bedürfnisse ihres Körpers eingeht.«

»Ah, ich verstehe. Aber es ist ihr erstes Kind.«

»Und Euer erstes auch, und ich weiß wohl, wie wichtig dieses Kind Euch ist. Mylord, wenn eine Frau eine schwierige Schwangerschaft hat, zeigt sich das gewöhnlich gleich in den ersten paar Monaten. Saxan fühlte sich so wohl, daß sie die Schwangerschaft nicht einmal bemerkt hat. Wichtig für sie ist nur, daß sie genügend ißt und genügend Ruhe findet. Sie kann genauso weiterleben wie vor ihrer Schwangerschaft, sie kann sogar reiten, sofern sie auf scharfen Galopp verzichtet.« Denu zwinkerte, und Botolf mußte lächeln. »Nach allem, was ich gesehen und was Saxan mir erzählt hat, glaube ich, daß sie von uns Schwestern die einfachste Schwangerschaft erleben wird.«

Botolf wußte nicht, ob er das glauben sollte, doch Denus Worte hatten seine Sorgen immerhin ein wenig beschwichtigt. Die Sicherheit, mit der sie vorgebracht wurden, gab ihnen den Klang der Wahrheit. Denu war Saxans Schwester und hatte selbst schon mehrere Kinder zur Welt gebracht. Trotz allem sehnte sich Botolf danach, das Fest verlassen zu können, um Saxan in ihren Gemächern aufzusuchen und sich so mit eigenen Augen von ihrem Wohlbefinden zu überzeugen. Um sich abzulenken und sich angemessen leutselig zu zeigen, trank er ziemlich viel, solange er gezwungen war, im Rittersaal auszuharren. Die Folge war, daß er nicht recht wußte, wie weit die Nacht schon fortgeschritten war, als er schließlich sein Schlafgemach aufsuchte, auf die tolpatschige Hilfe des angetrunkenen Farolds beim Auskleiden verzichtete und endlich zu Bett ging.

Saxan schreckte aus dem Schlaf hoch, als sie einen lauten, dumpfen Aufprall vernahm. Sie zog ihren Dolch unter dem Kissen hervor und spähte aus den Bettvorhängen. Ein Seufzer der Erleichterung entschlüpfte ihr beim Anblick Botolfs. Lächelnd legte sie die Waffe zurück. Botolf hatte arge Schwierigkeiten beim Auskleiden. Saxan stieg aus dem Bett und trat zu ihm.

»Du solltest schlafen«, sagte er leise, als Saxan ihn beim Arm faßte und ihren Gatten zum Bett führte.

»Aye, und das werde ich auch umgehend tun«, sagte sie. »Leg dich nieder, dann helfe ich dir aus diesen Dingern heraus.«

Zwar tat er wie geheißen, protestierte aber dennoch: »Ich kann das wohl allein.«
»Aye, sehr gut sogar.«
»Ich bin nur ein wenig unsicher auf den Beinen.«
»Das habe ich gesehen. Und es erschien mir äußerst lieblos, dich so deinem Schicksal zu überlassen.« Damit begann sie, ihn seiner Kleider zu entledigen. »Du hast dich reichlich unbeholfen angestellt. So betrunken habe ich dich noch nie gesehen.«
»Ich habe nur versucht, unseren Gästen zuliebe in Feststimmung zu bleiben.«
»Und dazu mußtest du soviel trinken?«
»Aye. Geht es dir auch wirklich gut?« fragte er.
»Sehr gut. Ich sagte doch, ich bin nur ein wenig müde.«
»Und Cecil befand sich schon wieder in unserer Nähe.«
»Aye, das hat mir auch ein bißchen zugesetzt«, gestand sie. »Als ich erfuhr, daß er wieder einmal innerhalb dieser Mauern vorgedrungen war, ergriff mich zunächst eine große Angst. Und diese Angst erwies sich als sehr ermüdend.« Sie zog die Bettdecke über ihren Mann und legte seine Kleider säuberlich zusammen. »Ihr habt keine Spur von ihm gefunden?«
»Keine einzige. Er ist wohl über die Mauer hereingekommen. Heute waren weniger Wachen aufgestellt als sonst. Das ist jetzt anders.«
»Immerhin weißt du, daß es keinen dir unbekannten Geheimzugang zur Burg gibt, den du finden und versiegeln müßtest.« Saxan stieg ins Bett und ließ sich lächelnd von Botolf in die Arme ziehen. Ihrer Meinung nach war er viel zu betrunken, um mit ihr schlafen zu können. Nach einigen Küssen und Liebkosungen seufzte er schwer und drückte sie an sich.
»Ich fürchte, ich bin zu betrunken.«
»Das dachte ich mir schon«, sagte sie mit einem leisen Lachen. »Ich dürfte ohnehin nicht daran denken.«

»Und warum nicht?«
»Es könnte dem Kind Schaden zufügen.«
»Das glaube ich nicht. Denu und Tuesday sagen, daß sie keinerlei Anzeichen dafür erlebt haben. Beide haben es erst unterlassen, als es sich als eher beschwerlich statt schön erwies.«
»Ich wußte gar nicht, daß Frauen sich über solche Dinge unterhalten.«
»Und worüber, glaubtest du, reden Frauen, wenn sie unter sich sind, außerhalb der Gesellschaft und der Hörweite von Männern?«
»Über Stickerei, Klatsch und Mode und dergleichen. Über die Dinge, die sie am meisten interessieren.«
Sein Körper neben ihr wurde schwerer und schlaffer, er redete schleppend, aber sie ahnte, daß es noch eine Weile dauern würde, bis er sich dem Schlaf ergab. »Sind denn unsere Ehemänner, ihre Betten und das Austragen ihrer Kinder nicht auch Dinge, die uns interessieren sollten?«
»Schon. Und lernt ihr viel voneinander?«
»In mancher Hinsicht, ja. Allerdings teilen manche Frauen ihre Geheimnisse keineswegs so bereitwillig. Denu, Tuesday, Thylda und ich haben keinerlei Probleme damit, denn wir sind Schwestern.«
»Du hast mir so eine große Familie mit in die Ehe gebracht.«
»Gefällt dir das nicht?« fragte sie mit gerunzelter Stirn.
»Doch. Aber ich muß mich noch daran gewöhnen.«
Er legte die Hand auf ihr gerundetes Bäuchlein und spürte eine Bewegung darin. Einen Augenblick lang durchdrang eine heftige Gefühlsaufwallung seine Betrunkenheit, und er zog seine Frau noch enger an sich. Es war schwer für ihn zu begreifen, daß er schon bald Vater sein würde, denn äußerlich war Saxan noch immer wenig von ihrer Schwangerschaft anzusehen. Die kräftiger werdenden Bewegungen in ihrem Leib waren nahezu

der einzige Beweis, und wenn er diese fühlte, packte ihn jedesmal eine merkwürdige Mischung aus Begeisterung und Angst. Eine Geburt konnte gleichermaßen große Freude und schmerzvolle Tragödie bedeuten.
Und bei alldem durfte er auch Cecil nicht außer acht lassen, sagte er sich niedergeschlagen. Der Mann vergiftete seine Zukunft. Seine Drohung hing in der Luft und war immer noch viel zu nahe. In dieser Nacht hatte Cecil wieder einmal gezeigt, wie gefährlich nahe er ihm kommen konnte.
»Er wird dich nicht bekommen«, sagte Botolf.
Die Worte waren wie ein leises Grollen, und Saxan schauderte.
»Was sagst du da?«
»Cecil.« Botolf küßte ihren Scheitel und wühlte sein Gesicht in ihr weiches, dichtes Haar. »Er wird dich nicht bekommen.«
»Nay. Ich selber beabsichtige auch, ihn in diesem Punkt nicht ans Ziel kommen zu lassen. Aber ich habe Angst um dich.«
»Ich kann selbst auf mich aufpassen.«
»Aye, aber es könnte dazu kommen, daß du ihm eigenhändig den tödlichen Schwertstreich versetzen mußt, und ich fürchte, das könnte dir großen Schmerz bereiten.«
»Aye, das wird schmerzen. Sosehr er mich auch gequält, beschimpft und bedroht hat, er ist und bleibt doch mein Bruder. Jetzt allerdings ist er auch eine Gefahr für das, was mir das Liebste ist – für meine Frau und mein Kind. Wir hätten Brüder sein können, die sich lieben wie Hunter und Roc, wir hätten die Arbeit und die Freude am Erbe unseres Vaters teilen können, aber statt dessen hat Cecil sich gegen mich gestellt. Jetzt treibt er mich in die Enge und läßt mir keine Wahl.«
Er seufzte und küßte Saxan hinters Ohr. »Ja, ich wünsche mir, daß er durch das Schwert eines anderen Mannes den Tod findet, aber wenn das meine das einzige sein sollte, das zur Verfügung steht, dann werde ich es tun. Es wird mir schwer zu schaf-

fen machen, aber am schlimmsten wird mir das Bedauern zusetzen. Das Bedauern darüber, daß es nicht anders kommen konnte, und der Zorn darüber, daß er mich zwang, ihn zu morden. Diese Gefühle werden mit der Zeit verblassen. Ich habe keine Angst, daß sie eine Narbe in meinem Herzen zurücklassen.«

Sie umarmte ihn heftig und betete, daß das, was er gesagt hatte, die Wahrheit wäre. Die Tat, zu der Cecil seinen Bruder drängte, war entsetzlich. Saxan betete auch, daß irgendein anderes Schwert, nicht Botolfs, Cecils Leben ein Ende setzen möge. Dann würden sie nie erfahren müssen, ob das, was Botolf glaubte, die Wahrheit war.

»Komm, er ist nicht mehr auf der Burg oder auf unserem Land«, sagte Botolf. »Unter unserem Fenster und vor der Tür stehen Wachen. Du bist in Sicherheit.«

Da sie ihm nicht gestehen wollte, welche Ängste sie veranlaßten, sich so an ihn zu klammern, nickte sie. »Und unter meinem Kissen liegt mein Dolch.«

Er lachte verschlafen. »Meine wilde kleine Saxan.«

»Er wird mich nie wieder hilflos antreffen.«

»Das hat dich geärgert.«

»Aye. Dieses Gefühl der Hilflosigkeit erzeugte genauso große Angst wie alles, was er mir androhte.«

»Er wird dich nie mehr in die Hände bekommen.«

Sie mußte sich das Lachen verbeißen, denn Botolfs Gelöbnis endete in lautem Schnarchen. Der Alkohol hatte ihn schließlich doch in tiefen Schlaf versenkt. Es kostete sie einiges an mühseligem Ziehen und Schieben, wovon er glücklicherweise nichts bemerkte, bis sie ihn auf die Seite gewälzt hatte und sein Schnarchen aufhörte. Dann schmiegte sie sich an ihn und legte seinen schlaffen Arm um ihre Taille.

Sie betrachtete die starke Hand, die sie in der ihren hielt, und

lächelte schief. Sie hätte so gern so vieles in die schönen, langfingerigen Hände gelegt, doch Botolf wollte es nicht. Diese Hände, die sie des Nachts streichelten, würden beim ersten Anzeichen von Gefahr zu ihrem Schutz ein Schwert schwingen. Saxan fand es höchst erstaunlich, daß sie in zwei so gegensätzlichen Künsten gleichermaßen meisterhaft waren. Wenn sie daran dachte, daß Botolf gezwungen sein könnte, mit diesen Händen auch seinen Bruder zu töten, dann wuchs ihr Haß auf Cecil. Sie küßte Botolfs Handfläche, als wollte sie einen Talisman hineinlegen, der sie vor dem Blut eines Verwandten bewahrte.
Das Kind in ihrem Leib schien auf seltsame Weise zu hüpfen, und Saxan seufzte. Sie schloß die Augen und war bereit, sich dem Schlaf hinzugeben. Das Warten zehrte an ihr wie auch an Botolf. Zwar war sie im fünften Monat, und die Hälfte ihrer Zeit war schon vorüber, aber der Frühling erschien ihr noch so weit entfernt.

Vierzehntes Kapitel

Thylda hob den Blick von dem Wandteppich, an dem sie arbeitete. »Dein unablässiges Aufundabwandern wird den Hengst seiner Lordschaft auch nicht zu schnellerem Galopp befähigen.«

Saxan nickte einsichtig, doch das änderte nichts an der Sorge, die sie zerfraß. Seitdem die Nachricht eingetroffen war, daß Cecil sich in der Nähe aufhielt, lebte sie in Angst. Ein Monat war verstrichen, seit Cecils kurzer Besuch flüchtig die Feststimmung an Lady Marys Hochzeitstag getrübt hatte, und Botolf hatte eifrig die Gelegenheit ergriffen und die Jagd wieder aufgenommen.

Seufzend unterbrach Saxan ihre Wanderung durch den Websaal und setzte sich zu Thylda. Sie betrachtete eingehend die Arbeit ihrer Schwester. Als das Kind in ihrem Inneren allzu deutlich zu verstehen gab, daß es bald auf die Welt kommen wollte, nahm sie Thyldas Hand und legte sie auf ihren Leib.

»Du liebe Zeit, so ein lebhaftes Kind«, sagte Thylda leise und mit erstauntem Blick. »Wie kannst du überhaupt schlafen, wenn in deinem Inneren so ein reges Treiben herrscht?«

»Nicht gut, um ehrlich zu sein. Ich habe mir angewöhnt, mich immer dann zur Ruhe zu legen, wenn es still ist in mir, ganz gleich, zu welcher Tageszeit. Aber deswegen habe ich nicht dei-

ne Hände auf meinen Bauch gelegt. Findest du es nicht irgendwie, hm, sonderbar?«
»Was meinst du mit sonderbar? Da drinnen herrscht Leben, und das kann schließlich nur gut sein.«
»Aye, Gott sei gelobt, aber hast du nicht auch den Eindruck, daß da drinnen eben sehr viel Leben herrscht?«
Im ersten Moment runzelte Thylda verwirrt die Stirn, dann weiteten sich ihre Augen. »Hältst du es für möglich, daß du Zwillinge bekommst?«
»Aye, der Gedanke ist mir durchaus schon gekommen. Soviel Bewegung!« Saxan schüttelte den Kopf. »Es fühlt sich tatsächlich so an, als würde ich an zu vielen Stellen zur gleichen Zeit getreten und geboxt.«
»Hast du schon mit Botolf über diese Möglichkeit gesprochen?« Thylda wandte ich wieder ihrer Arbeit zu.
»Nay. Warum sollte ich dem armen Mann angst machen?«
»Botolf angst machen? Das kann ich mir nicht vorstellen.«
»Ich glaube, alle Männer begegnen dem Wunder des werdenden Lebens mit einer gewissen Angst. Sie sehen, wie der Körper ihrer Frau sich verändert und fühlen das Leben darin, und das alles geht über ihren Verstand hinaus. Sie wissen auch um die Gefahren der Geburt, Gefahren, die kein noch so starker Mann mit seinem Schwert bekämpfen kann.«
»Ach, Saxan, rede bitte nicht von solchen Dingen.« Thylda nahm ihre Schwester kurz, aber heftig in die Arme.
»Und warum nicht? Oh, ich denke niemals längere Zeit darüber nach, aber nur eine Törin würde diese Fragen völlig außer acht lassen. Ich würde ja gern sagen, daß sie mir nicht angst machen, aber doch, sie ängstigen mich zuzeiten, und so wird es wohl allen Frauen gehen. Zwar bereite ich mir einige Tränke gegen Probleme bei der Geburt zu, aber ich glaube eigentlich nicht daran, daß mich der Tod im Kindbett ereilt.«

»Bist du dessen wirklich sicher?«
»So sicher, wie man sich fühlen kann, wenn derartiges doch allein in Gottes Hand liegt.« Wieder unterzog sie Thyldas Arbeit einer eingehenden Musterung. »Das ist sehr schön. Ist es Papas Geschichte?«
»Aye. Aber ich kann nur raten, wie er in seinen jüngeren Jahren ausgesehen haben mag.«
»Es wird wunderschön, wie all deine Arbeiten.«
Thylda bemerkte Saxans Geistesabwesenheit und lächelte. »Deine Gedanken fliegen schon wieder zu Botolf.«
»Ich kann offenbar nichts dagegen tun. Vielleicht liegt es an dem Kind, daß ich so närrisch bin, aber die Jagd, auf die die Männer sich begeben haben, erfüllt mich mit bösen Ahnungen.«
»Aber du vertraust doch sicher einem Boten, den Hunter selbst geschickt hat?«
»Wen hat Hunter selbst geschickt?« ertönte eine vertraute Stimme hinter ihnen.
Saxan verstärkte Thyldas Freudenschrei, als sie ihre Brüder unter der Tür zum Websaal stehen sah. Sie folgte Thylda auf den Fersen, um Hunter, Roc, Udolf und Kyne zu begrüßen. Jane, die die Männer in den Raum geführt hatte, lächelte über die Geschwister, die sich umarmten, küßten und zum Scherz beschimpften. Auf ein Zeichen von Saxan hin eilte sie davon, um für angemessene Erfrischungen für die Gäste zu sorgen.
Saxan führte ihre Geschwister in den Rittersaal und lächelte errötend über die derben Scherze ihrer Brüder. Sie wußte, daß Pitney, wenn er mit Botolf von der Suche nach Cecil heimkehrte, sich herzlich über den Besuch seiner vier älteren Brüder in Regenford freuen würde. So würden sie alle zusammen das Julfest feiern können. Das war ein unverhofftes Vergnügen für Saxan.

»Ich staune, daß du so kurz nach deinem eigenen Boten hier eintriffst, Hunter«, bemerkte Saxan, nachdem sie Neuigkeiten über die Familie ausgetauscht und eine leichte Mahlzeit genossen hatten.
Hunter furchte die Stirn. »Ich habe keinen Boten hergeschickt, Saxan, nicht einmal einen Pagen, um dich auf unsere Ankunft vorzubereiten.«
Saxan gefror das Blut in den Adern. Sie starrte ihre verwirrten Brüder an.
Die bösen Vorahnungen in bezug auf Botolfs Unternehmung brachen sich nun ungezügelt Bahn, und Saxan fürchtete, an ihrer Angst ersticken zu müssen. Als sie am ganzen Körper zu zittern begann, sprangen ihre Brüder auf und eilten mit besorgten Mienen zu ihr. Thylda, leichenblaß im Gesicht, eilte hinaus, um Jane zu holen.
»Es ist eine Falle«, brachte Saxan mühsam hervor, nachdem Hunter ihr ein wenig Met eingeflößt hatte.
»Was ist eine Falle, Saxan?« fragte Hunter drängend. »Komm schon, wir können dir nicht helfen, wenn du uns nicht ein bißchen mehr über deine Sorgen erzählst.«
»Botolf reitet direkt in die Falle, die Cecil ihm gestellt hat«, sagte sie mit schon etwas kräftigerer Stimme. Jane kam hinzu und versuchte, die eiskalten Hände ihrer Herrin mit ihren eigenen zu wärmen, während sie immer wieder um des ungeborenen Kindes willen um Ruhe bat. »Ein Mann kam hierher und sagte, du hättest ihn geschickt. Da er so gut informiert war über unsere internen Probleme, haben wir ihm geglaubt.«
»Und er hat Botolf auf die Suche nach Cecil geschickt?« fragte Udolf.
»Aye, zu einem abgelegenen Ort etwa zehn Meilen vom Dorf entfernt.«
»Ist der Mann noch hier?« wollte Hunter wissen.

»Er hat Botolf nicht begleitet, weil er völlig erschöpft war«, antwortete Saxan.
»Ich werde nach ihm fragen, Mistress«, meldete sich Jane.
»Laß ihn herbringen, falls er sich noch innerhalb der Burgmauern aufhält«, rief Udolf der davoneilenden Zofe nach.
Es wunderte Saxan wie auch ihre Brüder kaum, als Jane mit einem Soldaten zurückkam, der meldete, daß der falsche Bote sich nicht mehr in Regenford aufhielt. Saxan spürte, wie ihre schwer zurückgewonnene Fassung sie wieder verlassen wollte. Botolf und seine Leute waren erfahrene Kämpfer, aber eine gut angelegte Falle gewährte demjenigen, der sie gestellt hatte, stets den Vorteil und größere Chancen auf den Sieg. Saxan kam um vor Angst um Botolf und Pitney, der an seiner Seite ritt.
»Cecil muß irgendwie herausgefunden haben, daß unser Clan sich an der Jagd auf ihn beteiligt, und dieses Wissen hat er sich zunutze gemacht«, sagte Udolf und schlug hart mit der Faust auf den Tisch.
»Das dürfte ihm nicht übermäßig schwer gefallen sein, Udolf«, bemerkte Thylda.
»Sollen wir seiner Lordschaft nachreiten?« fragte Botolfs Soldat.
»Wir werden ihm folgen«, erklärte Hunter dem Mann. »Wir reiten mit unseren Männern. Wir brauchen allerdings frische Pferde. Es wäre nicht ratsam, Regenford zu schwach bewacht zu verlassen. Wer weiß, ob Cecil nicht gerade auf eine günstige Gelegenheit wartet. Hier befindet sich vielerlei, was sorgfältigen Schutzes bedarf, und ich vermute, seine Lordschaft würde es nicht gutheißen, wenn um seinetwillen Schutztruppen von der Burg abgezogen würden.«
»Aye, Mylord. Ich stelle die Pferde bereit.« Der Soldat eilte davon.
»Hast du genügend Männer, Hunter?« erkundigte sich Saxan.

»Wir sind nur ein Dutzend, aber wir werden den Feind überrumpeln, und das versetzt uns in den Vorteil. Pitney begleitet den Earl?«

»Aye, und ich spürte seine Unruhe, bevor er aufbrach. Weißt du, keiner von uns hat in dem Boten einen von deinen Männern erkannt, doch er behauptete, er wäre in Berwick in deine Dienste getreten. Da wir seither kaum Gelegenheit hatten, deine Männer kennenzulernen, konnten wir ihm keine Lügen nachweisen.«

»Aye, und ich habe tatsächlich ein paar neue Männer in mein Gefolge aufgenommen. Das war ein kluger Schachzug.«

»Ich habe allmählich genug von klugen Schachzügen.«

»Komm, ängstige dich nicht so, Saxan. Wir werden dir deinen Lord nach Hause bringen. Diese Unrast tut dem Kind unter deinem Herzen überhaupt nicht gut.« Hunter gab ihr einen Kuß auf die Wange. »Vertrau auf uns und auf deinen Gatten. Um ihn und uns in die Knie zu zwingen, bedarf es mehr als kluger Schachzüge.«

»Eure Pferde stehen bereit«, meldete ein Diener von der Tür her.

Saxan blickte ihren davoneilenden Brüdern nach. Ihre Beteuerungen hallten noch in ihrem Kopf wider, konnten ihre Angst aber nicht vertreiben. Bis Botolf gesund und wohlbehalten wieder an ihrer Seite war, würde sie keine Ruhe finden. Selbst die Fürsorge für ihr Kind richtete nichts gegen ihre innere Unruhe aus.

»Bitte, Mylady, Ihr müßt ruhen«, drängte Jane.

»Ruhen? Nay, ich werde hier warten«, fuhr Saxan sie an.

»Sorgen könnt Ihr Euch auch, wenn Ihr im Bett liegt, und das wäre wenigstens etwas besser für Euer Kind.«

»Du wirst ziemlich unverschämt, Jane.«

»Aye, aber seine Lordschaft hat es mir erlaubt.«

»Ich werde diesen Raum nicht verlassen.«
»Dann hole ich einen Strohsack, und ihr könnt Euch hier niederlegen.«
»Vielleicht wäre das das Beste, Jane«, mischte Thylda sich ein. »Wenn sie hierbleibt, zerbricht sie sich wenigstens nicht den Kopf darüber, ob sie irgendeine Neuigkeit verpaßt hat. Und sie muß nicht beim ersten Zeichen, daß die Männer zurückkehren, die Treppe hinuntereilen.«
»Ich kann mich hier, wo mich alle sehen, doch nicht niederlegen«, wehrte sich Saxan.
»Entweder hier oder in Eurem Gemach«, beharrte Jane starrsinnig, wenngleich sie selbst ob ihrer unerhörten Dreistigkeit errötete.
»Dann hol einen Strohsack, denn ich verlasse diesen Raum nicht, bevor Botolf zurück ist.«

Botolf ließ finster den Blick durch den Wald schweifen, in dem sie ritten. Auf den Bäumen lagen noch Reste vom letzten Schneefall. Von Anfang an hatte dieses Unternehmen ihn mit Unbehagen erfüllt. Nachdem sie nun überhaupt nichts gefunden hatten und mit leeren Händen zurückkehrten, wuchs seine Beunruhigung noch um einiges. Ein flüchtiger Blick in Pitneys Gesicht verriet ihm, daß es dem Jungen nicht anders ging. Das war allerdings ein schwacher Trost.
Seine Angst galt Saxan. Wegen der Suche war Regenford zur Zeit nur leicht gesichert. Zwar glaubte Botolf nicht wirklich, daß irgendwer zwischen seinen Wachposten hindurchschlüpfen könnte, doch seine Ängste um Saxan ließen sich leider nur selten vom Verstand beeinflussen. Selbst wenn er bei ihr war und seine vollständige Truppe sich innerhalb der Mauern von Regenford aufhielt, hatte er Angst um Saxans Sicherheit. Seine Sorge entstammte zum Teil auch dem Wissen, daß Cecil längst

nicht mehr die alleinige Gefahr für Saxan darstellte. Trotz all seiner gegenteiligen Bemühungen empfand er auch ihr Ungeborenes als Bedrohung für ihr Leben. Er konnte einfach nicht vergessen, wieviel Schrecken eine Geburt und das Kindbett bargen.

»Mylord?« rief Pitney.

»Aye?« antwortete Botolf.

»Auf die Gefahr hin, daß ich rede wie ein altes Weib, muß ich doch sagen, daß ich ein komisches Gefühl bei dieser Sache habe.«

Wesley nickte und drängte sein Pferd an Botolfs andere Seite. »Ich auch, und ich gebe sonst nichts auf solche Stimmungen. Vielleicht liegt es ja nur daran, daß wir nichts gefunden haben.«

»Das hat mein eigenes Unbehagen nur noch verstärkt«, gestand Pitney. »Ich glaube einfach nicht, daß Hunter uns auf die Suche schickt, wenn er nicht ganz sicher ist, daß wir etwas finden würden.«

»Und doch gibt es keinen Hinweis darauf, daß in letzter Zeit überhaupt jemand hier gewesen ist«, sagte Botolf leise.

»Aber hätten wir uns nicht einem Angriff ausgesetzt gesehen, wenn alles nur ein Trick war, um uns aus den sicheren Mauern von Regenford zu locken?« fragte Sir Wesley.

»Auf solch einen Trick waren wir vorbereitet«, sagte Pitney. »Ich hätte an jenem Ort keinen Hinterhalt geplant.«

»Überfall!« schrie ein Mann, und seine Warnung endete in einem hohen Schrei voller Todesangst und Schmerz, als ein Dolch in seine Brust fuhr.

»Hier etwa, Mylord«, sagte Pitney trocken, zog sein Schwert und stellte sich den Männern, die aus den Gebüschen schwärmten, entgegen, um seinen Lehnsherrn vor diesem offensichtlichen Mordversuch zu schützen.

In dem folgenden Tumult wurden Botolfs Männer reihenweise

von ihren verschreckten Pferden abgeworfen oder von Feinden zu Boden gerissen. In diesem Wirrwarr erwiesen sich die Schlachtrösser als untauglich, und durch die Überrumpelung waren sie angreifbar. Botolf saß aus freien Stücken ab, da sein Pferd vor lauter Nervosität nicht mehr zu beherrschen war und ihn daran hinderte, sein Kampfgeschick voll zum Einsatz zu bringen. Er sah, daß Pitney, Wesley, Roger und Talbot bald seinem Beispiel folgten. Talbot bemühte sich verbissen, die Tiere aus dem Weg zu schaffen.

Obwohl die Männer von Regenford das Überraschungsmoment des Überfalls schnell überstanden hatten, sah Botolf keinerlei Hoffnung auf einen Sieg. Sie konnten sich gerade eben gegen die Übermacht von Cecils Leuten halten. Bald, das wußte Botolf, würden sich bei seinen Männern die ersten Ermüdungserscheinungen einstellen, und ihre Verteidigungslinien würden schwach. Und dann sah Botolf sich endlich Auge in Auge Cecil gegenüber.

Haß und Wut brodelten in Botolf hoch, doch er wehrte sich gegen diese Gefühle. Sie hätten ihn zu unbedachtem Handeln herausfordern können, womit Cecil den Sieg in der Tasche gehabt hätte. Außerdem empfand er auch tiefes Bedauern darüber, daß zwei Männer, die denselben Vater hatten, sich mit dem Schwert in der Hand entgegentraten.

»Versteckst du dich jetzt nicht mehr hinter gedungenen Mördern, die des Nachts zuschlagen?« fragte er Cecil kalt.

»Diesmal ist es nicht nötig, Bruder«, erwiderte Cecil. »Wenn du mit deinen Männern gefunden wirst, werden deine Leute glauben, ihr wäret unter die Räuber oder unter die Schotten gefallen. Kein Mann wird am Leben bleiben, um Kunde von der Wahrheit zu tun. Nay, dieser hier gehört mir«, schrie Cecil, als ein paar von seinen Gefolgsleuten ihm zu Hilfe kommen wollten.

»Dann laß uns die Sache hier und jetzt beenden, sagte Botolf.
»Aye, Bruder«, höhnte Cecil, »aber fürchte nichts. Ich werde mich zärtlich um deine kleine Witwe kümmern.«
So schwer es ihm fiel, ließ Botolf die Bemerkung doch unbeachtet, genauso wie viele andere Sticheleien, die Cecil ihm entgegenschleuderte. Er kannte das Spiel zu gut, um in diese Falle zu tappen. Cecil und er waren sich im Hinblick auf Kraft und Kampfgeschick so gleich, daß lediglich Erschöpfung oder ein im Zorn vollführter dummer Vorstoß dem anderen einen Vorteil einbringen konnte. Botolf war fest entschlossen, Cecil keinen solchen Vorteil zu gewähren. Er verschloß seine Ohren vor Cecils Verhöhnungen, wenngleich sie ihn schmerzhaft trafen. Als er erste Anzeichen von Müdigkeit verspürte, versuchte er ein letztes Mal, den Kampf bis aufs Blut, den Cecil ihm aufgezwungen hatte, auf andere Weise zu beenden.
»Gib es auf, Cecil«, drängte er seinen Halbbruder. »Du gewinnst nichts durch meinen Tod.«
»Ich gewinne das, was mir von Geburt an zusteht«, widersprach Cecil.
»Dir steht gar nichts zu. Du bist nicht einmal der ältere von uns. Vater hat dir gegeben, was er konnte.«
»Es reichte nicht aus.«
»Du willst also zulassen, daß deine Habgier uns beide tötet?«
»Ich beabsichtige nicht zu sterben, Bruder.«
»Vielleicht stirbst du nicht als erster, aber sterben wirst du. Du hast zu viele Mitwisser in diesem Spielchen. Sie werden wissen, an wessen Händen mein Blut klebt, und sie werden dich hetzen, bis sie dich aufgespürt haben. Du wirst dich des Erreichten nicht lange freuen können.«
»Das muß sich erst noch herausstellen.«
»Mylord, da kommen Leute«, schrie einer von Cecils Männern. »Es ist eine Streitmacht aus Regenford.«

Obwohl Cecil unter dieser Nachricht sichtlich erschrak, vergab Botolf die Chance, ihm den Todesstoß zu versetzen, die Cecils Abgelenktsein ihm bot. Als er sich gefaßt hatte, war Cecil schon außerhalb seiner Reichweite. Einer seiner Männer brachte ihm sein Pferd, und Cecil war schon fluchtbereit, als Botolf und seine Gefährten sich noch immer gegen die Angreifer wehrten. Niemand konnte Cecil aufhalten.

Botolf blickte dem Trupp entgegen, der in vollem Galopp den Weg entlangpreschte. Die vier Männer an der Spitze trugen keine Helme, und das windgepeitschte blonde Haar verriet ihm sogleich, wer ihm da zu Hilfe kam. Er warf einen Blick zurück zu Cecil und sah, was er vorhatte, doch es war zu spät für ihn, noch Deckung zu suchen. Noch während Botolf sich dafür verfluchte, daß er sein Augenmerk von dem heimtückischen Bruder abgezogen hatte, bohrte dessen Dolch sich in seine Brust.

»Ein Weihnachtsgeschenk für deine schöne Braut!« rief Cecil, gab seinem Pferd die Sporen und galoppierte davon.

»Verfolgt die Hundesöhne«, brüllte Hunter und zügelte sein Pferd neben Botolf, der, als er zusammenbrach, von Pitney und Wesley aufgefangen wurde. »Mylord«, schrie er angstvoll und saß ab.

Die folgenden Augenblicke brachten Höllenqualen für Botolf. Sein Körper brauchte einige Sekunden, um sich des Schmerzes bewußt zu werden, den das Messer in seinem Fleisch verursachte. Kaum war das geschehen, mußte er die Tortur ertragen, die das Herausziehen der Klinge mit sich brachte. Es dauerte eine Weile, bis sein Verstand sich soweit durch den Schmerz hindurchgekämpft hatte, daß er erkennen konnte, wo er sich befand. Er lag auf einer Decke am Boden, umringt von besorgten Gesichtern. Er brauchte sich seine Wunde nicht anzusehen, um zu wissen, daß es ihnen nicht gelingen wollte, die Blutung zu stillen.

»Ihr kommt von Regenford?« fragte er verhalten in rauhem Flüsterton.

»Aye, Mylord«, antwortete Hunter. »Wir kamen, um die Weihnachtszeit mit unseren Schwestern zu verbringen. Saxan fragte nach dem Mann, den ich angeblich geschickt hatte. Da ich keinen Boten nach Regenford entsandt hatte, wußte ich, daß Ihr in eine Falle geritten seid.«

»Sind das da Eure Männer?«

»Nur die meinen, Mylord. Wir haben keinen einzigen Mann von Regenford abgezogen, für den Fall, daß Cecil nur auf eine solche Schwäche wartete.«

Durch ein schwaches Nicken tat Botolf seine Zustimmung kund.

»Cecil versucht nun nicht mehr, seine Heimtücke zu verbergen«, erklärte Wesley.

»Er war sich seines Sieges so gewiß, Wesley.« Botolf verzog vor Schmerzen das Gesicht. »Mag sein, daß er ihn tatsächlich errungen hat.«

»Doch die Zeugen, die er hatte auslöschen wollen, sind noch am Leben.«

»Wir bringen Euch zurück nach Regenford, Mylord«, sagte Pitney. »Dort bekommt Ihr die Pflege, die Ihr braucht.«

»Und einen Priester«, flüsterte Botolf.

»Ihr werdet keinen Geistlichen brauchen.«

Botolf schloß die Augen und betete, daß Pitney recht haben möge. Jetzt gab es noch so viel, wofür er verzweifelt zu leben wünschte. Er wußte jedoch, daß er eine schlimme Wunde davongetragen hatte, und rang um die Kraft, um seiner Sterblichkeit ins Auge sehen zu können. Zwar spürte er, daß alle um ihn herum ihn beobachteten, doch keiner sprach ihn an. Dadurch versuchten sie zu verhindern, daß er seine Kräfte verausgabte, und er würde viel Kraft für den Ritt zurück nach Regenford be-

nötigen. Als er die Augen wieder aufschlug, sah er Hunters Männer zurückkommen.
»Habt Ihr Cecil gestellt?« fragte er mühsam, kaum verständlich.
»Nay, Mylord«, antwortete einer von Hunters Lehnsmannen, »aber wir haben zahlreiche flüchtende Hunde niedergemacht.«
»Wir müssen den Earl nach Regenford schaffen«, drängte Pitney.
»Wir haben keinen Karren«, gab Wesley zu bedenken.
»Dann wollen wir den kräftigsten Mann aus unserer Mitte wählen, Sir Wesley«, schlug Hunter vor. »Der kann den Earl auf einem kräftigen Pferd vor sich im Sattel halten.«
Der schließlich ausgewählte Mann nötigte Botolf zu fassungslosem Staunen. Little Peter, Hunters Knappe, war wohl einen ganzen Kopf größer als Botolf selbst und noch entschieden breiter in den Schultern. Er überlegte, daß Hunter mit seinem Knappen sicherlich ein absonderliches Bild abgab, denn Little Peter war ein so dunkler, grobschlächtiger Typ und dazu ausgesprochen zottelig, ganz im Gegensatz zu dem blonden, schmal gebauten Hunter.
»Du sitzt auf, Little Peter, und wir heben den Earl zu dir hinauf«, wies Hunter ihn an.
»Haben wir ein Pferd, das eine solche Last tragen kann?« fragte Wesley, indem er Little Peter voller Staunen musterte.
»Mein Pferd schafft es für den kurzen Weg nach Regenford«, erwiderte Little Peter mit tiefer grollender Stimme.
Als Botolf schließlich vor Little Peter im Sattel saß, war er naß geschwitzt und zitterte am ganzen Körper. Er wurde in eine Decke gegen die Nachmittagskühle gehüllt und konnte dabei ein Stöhnen nicht ganz unterdrücken. Schon bei der kleinsten Bewegung ging ein höllischer Schmerz von seiner Verletzung aus.

»Lehnt Euch an mich, Mylord«, bat Little Peter. »Es bringt Euch nichts ein, wenn Ihr Eure verbleibenden Kräfte darauf verwendet, Euch aufrecht im Sattel zu halten.«
Botolf warf seinen Stolz ab und tat, wie der Mann ihn geheißen. Jeder Schritt des Pferdes verursachte ihm Qualen, und allmählich raubte dieser Schmerz ihm die Sinne. Er schnappte hin und wieder noch Gesprächsfetzen aus seiner Umgebung auf, war aber zu sehr versunken in seiner Pein, um etwas davon zu begreifen. Dennoch drang genug in sein umnebeltes Bewußtsein vor, um ihm zu verraten, daß nicht nur er allein fürchtete, Cecil habe ihm einen tödlichen Stoß versetzt. Seine Gedanken wanderten zu Saxan. Er wünschte sich sehnsüchtigst, bei ihr zu sein.

Saxan schrie leise auf und fuhr hoch. Sie griff sich an die Brust, wo ein brennender Schmerz sie getroffen hatte. Botolfs Name kam über ihre Lippen, und sie begann, vor Angst um ihn zu zittern.
»Mylady, trinkt davon«, bat Jane und reichte ihr einen Pokal. »Es ist ein Kräutertrank, der Euch kräftigen soll.«
Saxan brauchte einen Moment, um zu begreifen, daß Jane an ihrer Seite stand und ihr ein dampfendes, aromatisch duftendes Getränk anbot. »Botolf.«
»Trink das, Saxan«, drängte Thylda und nickte, als ihre Schwester ihrem Wunsch endlich nachkam. »Botolf wird schon wohlauf sein.«
»Ich glaube, er ist verletzt«, sagte Saxan.
»Warum sagst du so etwas?«
»Ich habe es gespürt. Hier. In meiner Brust.«
»Oh. Könnte es vielleicht Pitney sein?« fragte Thylda zögernd. »Ihr zwei habt doch häufig Vorahnungen in bezug auf Dinge, die euch betreffen.«

»Nay, Botolfs Name lag auf meiner Zunge, als der Schmerz mich traf. Saxan lächelte unwillkürlich über Janes befangene Miene. »Ich übe keine Hexenkunst, Jane. Aber ich empfinde sehr stark, wie es denen, die meinem Herzen teuer sind, ergeht.«

»Als wären Eure Herzen eins?« fragte Jane.

»Aye«, bestätigte Saxan. »Das trifft den Kern.«

»Und Botolf teilt nun Pitneys Platz in deinem Herzen?« fragte Thylda.

»Es sieht so aus, Thylda, wenngleich ich zu Gott flehe, daß einzig meine große Sorge um ihn dieses Gefühl hervorgebracht hat. Vielleicht ist meine Angst, Botolf könnte verletzt sein, so groß, daß ich mir lediglich einrede, etwas gespürt zu haben. Ich wollte, ich wäre Cecil nie begegnet.«

»Was hat das damit zu tun?«

»Jetzt kenne ich meinen Feind, den Mann, der alles, was mir lieb und wert ist, zerstören will.«

»Ist es nicht gut, seine Feinde zu kennen? Die meisten Männer sagen es jedenfalls.«

»Ich weiß, Thylda, und in vielen Fällen mag das auch zutreffen, aber ich bin kein Krieger. Meinem Feind in die Augen zu sehen, steigert meine Angst nur noch. Bevor ich Cecil sah, war er weiter nichts als ein Mann, der Botolf ähnlich sieht, aber schlecht ist. Aber jetzt«, sie schüttelte den Kopf, »ich habe das Böse in ihm gesehen, den Haß und den Neid, die seine Seele vergiften, und seine Tücke. Er ist hinterlistig genug, um Botolf in die Falle locken zu können, und er weiß nichts von Gnade oder Bruderliebe, die sein Schwert aufhalten könnten. Wenn sich die Gelegenheit bietet, die Cecil blitzschnell erkennen und wahrnehmen würde, muß Botolf von der Hand seines Halbbruders sterben, ebenso wie Botolfs Weib und Kind. Und Cecil würde seine Tat nicht einen Augenblick bereuen.«

Thylda legte den Arm um Saxans Schultern und drückte sie an sich. »Ich kann nicht glauben, daß Gott einen so guten Menschen wie Botolf Cecils Schlechtigkeit opfern würde. Denk du genauso, Saxan, und beschwichtige all diese Ängste, die doch nur deinem Kind schaden.«
Saxan hätte Thyldas Rat von Herzen gern befolgt. Er enthielt ja auch ein Körnchen Wahrheit. Doch ihr Verstand hielt ihr immer wieder vor Augen, wie viele gute Menschen immer wieder unter dem Schwert von bösen fielen. Gott mochte Seine Gründe haben, aber er war keineswegs immer zur Stelle, um einen aufrechten Menschen zu retten.
»Die Männer kommen zurück, Mylady«, rief ein Page laut, der in den Saal stürmte, nur um gleich wieder auf dem Absatz kehrtzumachen und hinauszueilen.
Saxan verfluchte ihre zunehmende Unbeholfenheit und stand mit Thyldas Hilfe auf. Sie überhörte Janes leise Ermahnung, doch bitte Vorsicht walten zu lassen, und rannte statt dessen hinaus in den Burghof. Noch bevor sie dort ankam, beschlich sie kalte Angst. Das Flüstern der zum Empfang der Männer Versammelten klang bedrückt, und sie ahnte, daß ihre Sorge berechtigt war.
Als sie Botolf entdeckte, schwankte sie. Thylda und Jane eilten herbei, um sie zu stützen. Nachdem ihre Befürchtungen sich nun bewahrheitet hatten, fand sie in sich eine neue Quelle der Kraft. Angst war etwas nicht Greifbares, das einen Menschen quälte und nicht mit Medizin und weltlichen Gütern unterdrückt werden konnte. Botolfs Verletzung jedoch konnte behandelt werden, die Gefahr, die sie barg, ließ sich abwenden. Sie straffte die Schultern und ging zu Little Peter, der vom Pferd gestiegen war und Botolf in seinen starken Armen hielt. Saxan berührte Botolfs Stirn, und er schlug die Augen auf. Sie lächelte ihn an, um ihre Sorge zu verbergen.

»Saxan«, flüsterte er und mühte sich, sie deutlich zu erkennen.

»Kein anderer als Little Peter könnte dich wie einen Säugling auf seinen Armen zu mir nach Hause bringen. Peter, bitte folgt mir.« Sie schlug den Weg zu ihren Gemächern ein. »Die Kälte draußen tut ihm nicht gut.«

»Nay, Mylady«, stimmte Peter ihr zu.

Hunter eilte an ihre Seite und sagte: »Es war eine Falle, wie wir vermutet hatten.«

»Aye«, bestätigte Pitney und drängte sich an ihre andere Seite. »Aber wir haben uns zu wehren gewußt. Als Hunter dann auftauchte, ergriffen Cecils feigen Hunde die Flucht.«

»Und wie wurde Botolf verletzt?« fragte sie gefaßt und staunte selbst über ihre innere Ruhe.

»Cecil, der Feigling, warf seinen Dolch, als er sich bereits zur Flucht gewandt hatte. Dein Gatte hatte keine Chance, sich zu verteidigen.«

»Das ist genau die Kampfart, die Cecil bevorzugt«, sagte sie und öffnete die Tür zu ihrem Schlafgemach. »Legt Botolf auf das Bett, Peter, und kleidet ihn aus.«

»Die Wunde muß genäht werden, Saxan«, sagte Pitney, während er und Hunter Peter zu Hilfe kamen. »Wir konnten es dort draußen nicht wagen.«

»Das ist gut so, denn zuvor muß sie gereinigt werden.«

Mit Thyldas und Janes Hilfe suchte Saxan zusammen, was sie brauchte, um Botolfs Verletzung zu versorgen. Als alles bereit war, wurde Botolf entkleidet und wieder aufs Bett gelegt. Saxan trat zu ihm, doch Hunter hielt sie am Arm fest.

»Vielleicht solltest du ihn lieber nicht verarzten«, sagte ihr Bruder.

»Er ist mein Mann«, erwiderte sie.

»Aye, aber du bist hochschwanger, und diese Operation könnte dich stark belasten. In deinem Zustand ist es nicht gut für dich.«

»Es wäre auch in keinem anderen Zustand gut für mich. Aber ich beherrsche diese Kunst, Hunter. Und es ist keineswegs Prahlerei, wenn ich sage, daß ich sie vielleicht besser beherrsche als jeder andere hier. Ich muß ihn behandeln. Das wird mir weniger zusetzen, als zusehen zu müssen, wie andere, nicht so geschickte Hände ihn versorgen.« Als er sie losließ, fügte sie hinzu: »Ich brauche dich, um ihn festzuhalten.«

Zu ihrer Erleichterung erlag Botolf bald seinen Schmerzen und verlor das Bewußtsein. Sie säuberte ihn und die Wunde gründlich, bevor sie die Verletzung nähte. Er hatte sehr viel Blut verloren, doch sie zog Hoffnung aus der Tatsache, daß sie den stetigen Fluß hatte stillen können. Als sie fertig war, wusch sie sich und ließ sich von Peter einen Lehnstuhl an das Bett rücken.

»Du solltest jetzt ruhen, Saxan«, riet Hunter.

»Ich werde mich hier ausruhen«, sagte sie.

»Saxan ...«

»Gräme dich nicht so, Hunter. Ich werde das Kind, das Botolf sich so heiß und innig wünscht, bestimmt nicht gefährden. Aber ich werde mich trotzdem um meinen Gatten kümmern.«

»Wie du willst. Little Peter bleibt bei dir. Er soll Botolf hochheben, wenn nötig, und alle schwereren Arbeiten übernehmen.«

»Danke, Hunter. Ist Cecil unverletzt davongekommen?«

»Ich fürchte, er hat nur ein paar geringfügige Schnittwunden von Botolfs Schwert davongetragen, bevor er floh.«

»Ich habe versucht, ihm diesen unsinnigen Krieg auszureden«, flüsterte Botolf heiser. »Ich war bereit, alles zu vergeben und zu vergessen, wenn er nachgegeben hätte.«

Saxan drängte Botolf etwas von dem Kräutertrank auf, den Jane gebracht hatte, während Little Peter ihn behutsam ein wenig anhob und ihn anwies: »Still, Mylord. Ihr müßt jetzt ruhen. Nur so könnt Ihr gesund werden.«

Er war schon wieder im Begriff, in die Bewußtlosigkeit abzu-

gleiten, brachte jedoch noch mühsam hervor: »Saxan, auch du mußt ruhen, um des Kindes willen.«
»Dem Kind geht es gut«, sagte sie, wußte jedoch, daß er sie nicht mehr hörte. »Hunter, jemand sollte Lady Mary benachrichtigen. Ich will sie nicht kränken, indem ich ihr dies hier verschweige. Vielleicht mag sie nicht herkommen, aber informiert sein will sie ganz gewiß.«
»Aye. Wenn der Morgen kommt, schicke ich ihr eine Nachricht«, versprach Hunter.
»Geh jetzt und wasch dich«, befahl sie ihm. »Hier kannst du nichts ausrichten. Vielleicht kann Farold Peter dort im Ankleidezimmer behilflich sein.« Sie deutete mit einer vagen Handbewegung in die Richtung des neu angelegten Raumes.
»Ich werde dafür sorgen«, sagte Hunter, »und ich werde etwas zu essen heraufschicken lassen. Bitte, überanstrenge dich nicht, Liebes.«
»Bestimmt nicht. Jane«, rief sie, als ihre Brüder sich zum Gehen anschickten, »wir benötigen ein Nachtlager für Peter.«
»Und für Euch, Mylady«, sagte Jane streng, bereits auf dem Weg zur Tür.
»Ich helfe dir, Jane«, bot Thylda an und folgte der Zofe.
Als Farold kam und Peter hinausführte, war Saxan endlich allein mit Botolf. Sie kniete sich vor das Bett und betete inbrünstig um die Genesung ihres Gatten. Wie gefährlich seine Verletzung war, ließ sich nicht ignorieren, doch sie hielt an ihrer Hoffnung fest. Die Hoffnung würde ihr die Kraft geben, die bevorstehende schwere Zeit zu überstehen.
Bald schon kamen Jane und Thylda mit zwei weiteren Dienstmägden zurück. Sie richteten Nachtlager für Saxan und Peter. Trotz ihres Kummers mußte Saxan lächeln, denn Jane brachte es nicht fertig, den Blick von Little Peter zu wenden. Sie fragte sich, ob die Zofe sich aufrichtig zu ihm hingezogen fühlte oder

nur über ein so prachtvolles Mannsbild staunte. Thylda mußte Jane erst einen leichten Rippenstoß versetzen, damit sie wieder zu sich kam und den Raum verließ.

Hunter persönlich brachte die Mahlzeit für Saxan und Peter und sagte, als er ins Zimmer trat: »Hoffentlich weißt du die Ehre, die ich dir erweise, auch zu schätzen.«

»Aye, Bruder. Ich bin tief beeindruckt«, antwortete Saxan leise.

»So ist es auch recht. Und nun, iß alles auf. Gleich kommt Thylda, um bei Botolf zu wachen, damit du ein wenig Schlaf bekommst.«

Saxan wehrte sich nicht. Sie durfte in Botolfs Nähe bleiben, und das mußte ihr reichen. Solange Botolf krank darniederlag, würde Hunter seinen Platz an ihrer Seite übernehmen, und sie wußte, daß er in dieser Sache keinen Ungehorsam dulden würde. Wichtig war, daß sie über der Sorge um Botolf nicht die Bedürfnisse ihres Kindes vergaß. Und beides erforderte, daß sie auch ihre eigene Gesundheit nicht vernachlässigte. Während sie aß, ohne etwas zu schmecken, ließ sie sich ausführlicher über den Kampf berichten.

»Du glaubst also, ihr habt Cecils Gefolgsleute gründlich in die Schranken gewiesen«, sagte sie leise, als Hunter seinen Bericht beendet hatte.

»Aye.« Hunter sammelte die spärlichen Reste ihrer herzhaften Mahlzeit ein. »Wenn das Cecils ganze Streitmacht war, wird es lange dauern, bis er ihre Reihen wieder aufgefüllt hat.«

»Aber sein Angriff hat ihn um ein Haar zum Sieg geführt.«

»Aye, aber er ist ihm teuer zu stehen gekommen, und der Sieg blieb ihm letztendlich doch versagt, nicht wahr?«

»Richtig. Und Cecil ist klug genug zu wissen, daß er einen solchen Trick kein zweites Mal anwenden kann.«

»Stimmt. Trotzdem müssen wir wachsam sein. Cecil hat unter Beweis gestellt, zu welcher Heimtücke er fähig ist.«

»Bis zu seinem Tod müssen wir sorgsam darauf achten, wem wir trauen wollen und wem nicht. Der Mann hat keinen Funken Ehre im Leib.«
»Weiß Gott nicht«, bestätigte Hunter. »Der Dolchstoß, der deinen Gatten traf, war das Werk eines Feiglings.«
»Es ist eine Schande, daß derart unehrenhafte Taten ebenso zum Erfolg führen können wie ehrenhafte.«
»Durch diese Tat hat Cecil jegliches Recht auf gerechte und ehrenvolle Behandlung verspielt.«
»Das hatte er bereits verspielt, als er auf gedungene Mörder zurückgriff, die im Schutz der Dunkelheit aus dem Hinterhalt angreifen«, sagte sie.
»Nun, ja.« Hunter hob die Schultern. »Wir hatten ja keinen eindeutigen Beweis dafür, daß er hinter diesen Mordanschlägen steckte, wenngleich alle dessen sicher waren. Dieses verachtungswürdige Verbrechen geschah jedoch vor den Augen vieler Zeugen und wird bald weit und breit bekannt sein. Nicht einmal ich selbst hätte irgendwelche Skrupel, Cecil von hinten anzufallen und ihm mein Messer zwischen die Rippen zu stoßen. Männer seines Schlags haben es nicht anders verdient. – Danke, Peter«, sagte er lächelnd, als der Mann seine Zustimmung grollte.
Thylda trat ein, und Saxan erhob sich, wohl wissend, daß sie sich jetzt zu Bett begeben mußte.
Sie beugte sich herab, um Botolfs Stirn zu küssen, und was ihre Lippen dabei spürten, ließ ihr Blut zu Eis erstarren. Sie richtete sich auf und bemerkte jetzt auch Botolfs hochrote Wangen. Ihre Hand zitterte, als sie sie auf seine Stirn legte, um sich zu vergewissern, daß sie sich nicht geirrt hatte. Sie sah alle Hoffnung schwinden.
»Fieber«, flüsterte sie, und die Mienen der anderen Anwesenden sagten ihr, daß sie nicht allein war mit ihrer Angst.

Fünfzehntes Kapitel

Erschöpft, aber bemüht, sich nichts anmerken zu lassen, betrat Saxan ihr Gemach und erstarrte bei dem Anblick, der sich ihr bot. Ein Priester, den sie nicht kannte, stand an Botolfs Bett und spendete ihm die Letzte Ölung. Ein wilder Schrei der Abwehr entfuhr ihr, und sie stürzte zu dem Bett, in dem Botolf immer noch um sein Leben rang. Mit brennendem Blick fixierte sie den beleidigten Priester.

»Raus«, fauchte sie.

»Aber, Saxan«, hub Hunter an.

»Nay. Botolf ist noch nicht tot. Ich will nicht, daß dieser Mann über ihm lauert wie ein Aasgeier.«

Sie kniete nieder und ergriff Botolfs Hand, ohne den Blick von dem Priester zu wenden. Sie sah zu, wie Hunter den Mann von seiner Totenwache fortzerrte. Die beiden Männer unterhielten sich mit gedämpfter Stimme, bevor Hunter wieder zu ihr trat.

»Saxan, höre mir einen Augenblick zu«, sagte Hunter.

»Botolf ist nicht tot.«

»Nay, und keiner hier wünscht ihm den Tod. Aber, Saxan, seit vier langen Tagen schüttelt ihn das Fieber. Du kannst nicht abstreiten, daß er sehr, sehr krank ist.«

»Ich streite es nicht ab, aber ich flüstere ihm auch keine Gedanken an seinen Tod ins Ohr.«

»Willst du, daß er ohne die Sterbesakramente von uns geht?«
»Er wird nicht sterben.«
»Dann betrachte es einfach als dumme Vorsichtsmaßnahme, aber laß es um deines Gatten willen geschehen. Laß uns auf alle Eventualitäten vorbereitet sein, ganz gleich, wie düster sie sind.«
»Nun gut«, gab sie nach, doch Widerwillen und Ärger schwangen in ihrer Stimme mit.
Als der Priester wieder an Botolfs Bett trat, schloß Saxan die Augen und preßte die Stirn in die Hand ihres Gatten, die sie hielt. Das geschah jedoch keineswegs aus Frömmigkeit. Sie wollte nicht zusehen. Es war ein Todesritual, und daran wollte sie keinen Anteil haben. Es war, als wäre sie die einzige, die noch daran glaubte, daß Botolf leben würde, daß er das Fieber niederringen würde, das ihn so unbarmherzig in den Klauen hielt, und daß er genesen würde.
»Es ist vorbei, Saxan«, sagte Hunter schließlich. »Der Priester ist gegangen.«
»Du hältst mich für töricht«, bemerkte sie leise und blickte ihn unter ihren dichten Wimpern hervor an.
»Nay.« Hunter setzte sich auf die Bettkante und legte seiner Schwester die Hand auf den Scheitel. »Allerdings mußte ich meine geballte Überzeugungskraft in die Waagschale werfen, um dem Priester auszureden, daß du eine Ketzerin wärst.«
Sie lachte freudlos und fragte: »Was hast du ihm erzählt?«
»Daß du dich aufgrund deiner Schwangerschaft manchmal aufführst wie eine Verrückte. Und aus Angst um deinen Mann«, fügte er mit sanfter Stimme hinzu.
»So, ich führe mich auf wie eine Verrückte?« Sie stand auf, um frisches Wasser und einen sauberen Lappen zu holen. In bisher vergeblichen Bemühungen um die Senkung seines Fiebers rieb

sie Botolf immer wieder kalt ab. »Es ist ein Todesritual. Damit wollte ich nichts zu tun haben.«

»Das verstehe ich, und der Priester wird es wahrscheinlich auch verstehen, wenn er darüber hinweggekommen ist, daß du ihn als Aasgeier bezeichnet hast.«

Sie lächelte kleinlaut. »Dafür werde ich Buße tun. Warum hast du diesen Mann kommen lassen und nicht Hochwürden Chesney?«

»Hochwürden Chesney ist bei seinen Verwandten.«

»Und du hast noch keine Nachricht von Lady Mary?«

»Nay, aber das Wetter war auch sehr schlecht.«

»Er darf nicht sterben«, flüsterte sie, den Blick auf das Gesicht ihres Mannes geheftet.

Hunter zog sie in seine Arme. »Alle beten für ihn, Saxan. Niemand aus Regenford kann die Burg verlassen, ohne mit Fragen nach dem Befinden des Earls belagert zu werden. Sie alle wissen, wie glücklich sie sich schätzen dürfen, einen solchen Lehnsherrn zu haben. Man braucht nicht lange zu suchen, um zu sehen, wie es auch anders sein kann, wie gesegnet die Menschen sind, die zu dieser Burg gehören. Wenn Gebete etwas ausrichten können, dann wird Botolf gesund.«

»Ich habe es gespürt, weißt du«, sagte sie weich und versuchte, in der Umarmung ihres Bruders ein wenig Trost zu finden.

»Was hast du gespürt, Liebes?«

»Botolfs Verletzung. Als der Dolch ihn traf, habe ich den Schmerz gespürt. Ich habe gebetet, daß es nur meine Angst sein möge, die mich so empfinden ließ.«

»So eng bist du ihm verbunden?«

»Er ist mein Leben.«

»Du mußt auch noch an ein weiteres Leben denken«, ermahnte er sie und drängte sie in ihren Lehnstuhl.

»Ich weiß. Das Kind.«
»Es ist ein Teil von ihm, Saxan. Es ist Regenfords Zukunft. In deinem Herzen weißt du wohl, daß dein Mann die Gefährdung dieses keimenden Lebens nicht wünschen würde. Aye, wenn er so krank darniederliegt und deiner Pflege so nötig bedarf, ist die Bedeutung des Wesens in deinem Leib leicht vergessen. Das Kind ist nicht nur sein Erbe, sondern, falls ihm ein Unheil geschieht ...«
»Nay.«
»*Falls* Botolf ein Unheil geschieht«, fuhr er fort, »wirst du nach dem Leben, das er in dir gesät hat, hungern, nach dem Teil von ihm, der in dem Kind weiterlebt.«
»Aye, ich weiß wohl.«
»Dann vergiß es nie. Du siehst müde aus, Liebes. Ich weiß, du sorgst auch für dich, so gut du kannst.«
»Ich versuche es wirklich, Hunter.«
»Ja, Liebes.« Er drängte ihr einen Becher Wein auf und lächelte wohlwollend, als sie zu trinken begann.
»Ich habe einfach so große Angst um ihn. Ich traue mich nicht, ihn allein zu lassen, als könnte meine Anwesenheit an seinem Bett den Tod verscheuchen. Ziemlich eingebildet, wie?«
»Nay. Das ist ein ganz normales Gefühl«, versicherte Hunter ihr. »Obwohl wir alle wissen, daß der Tod einen Menschen inmitten von hundert oder mehr bewaffneten Gefährten ereilen kann, wagen wir es doch nicht, einen Schwerkranken, der uns nahesteht, allein zu lassen. Wir fühlen uns schuldig, wenn wir nicht bei ihm sind, aber das sollte dich nicht grämen, Schwester. Wie du selbst weißt, würde Botolf wünschen, daß du in allererster Linie an das Kind denkst. Bei ihm liegt die Zukunft von Regenford und aller, die von Botolf abhängig sind.«
»Glaubst du denn nicht, daß die Zukunft eher bei ihm liegt?« Mit einer Kopfbewegung wies sie auf Botolf.

»Nein, nicht so sehr wie bei dem kleinen Wesen in deinem Leib. Und du weißt auch, daß es die Wahrheit ist.«

»Aye«, gab sie traurig zu. »Ich will ihn aber an meiner Seite haben, um diese Zukunft aufzubauen.«

»Das wünscht sich jeder, Saxan. Die Kirche quillt über von Menschen, die für Botolf beten. Aber, Saxan, rede dir nicht ein, daß er gesund wird, daß es gar nicht anders möglich wäre. Er steht jetzt an einem Kreuzweg, und du mußt gewappnet sein, wenn er den anderen Weg einschlägt.«

»Auch das weiß ich, Hunter. Ich habe versucht, an nichts anderes als an seine Genesung zu denken, aber ich kann nicht vergessen, daß ihm auch ein anderes Schicksal bestimmt sein könnte. Mein Verstand läßt diese tröstliche Lüge nicht zu.«

»Wirklich, Liebes, es ist gut so. Ich fürchte, ich werde meinen Knappen verlieren«, wechselte er unvermittelt das Thema, um seine Schwester von den todtraurigen Gedanken abzulenken.

»Nichts auf der Welt könnte Peter von deiner Seite reißen.« Sie gab sich redlich Mühe, auf sein Manöver einzugehen.

»Dann wirst du Jane verlieren.«

»Ach, so ist das? Ich habe mich auch schon gewundert, denn sie kann den Blick nicht von ihm lassen.«

»An diesem Übel leiden viele.«

»Aye, aber ich habe schon ganz zu Anfang geahnt, daß es mehr als nur Faszination ist. Allerdings blieb mir keine Zeit, eingehender darüber nachzudenken oder sie zu beobachten.«

»Wird sie dir fehlen?« fragte er.

»Ja«, erwiderte Saxan. »Sie ist ein gutes, ehrliches Mädchen und wird Wolfshead Hall treu und ordentlich dienen. Ich glaube, höchstens Peter könnte sich dir entgegenstellen, aber er würde nie im Leben auch nur den Versuch unternehmen.«

»Jane erschien mir manchmal ein wenig dreist dir gegenüber.«

»Auf Botolfs Anordnung. Er wollte sicherstellen, daß ich gut

auf mich und mein Ungeborenes achtgebe, konnte jedoch nicht immer persönlich ein Auge auf mich haben. Jane errötet manchmal und zittert am ganzen Körper, wenn sie mir gegenüber Strenge walten läßt, aber streng ist sie trotzdem.«
»Und das ist lobenswert.«
In diesem Augenblick stürmte Lady Mary ins Zimmer. Ein Blick in das bleiche Gesicht ihrer Schwiegermutter sagte Saxan, daß sie ihre eigenen Ängste würde überwinden müssen, um Lady Marys zu beschwichtigen. Sie legte tröstend den Arm um die bekümmerte Frau, und Hunter verabschiedete sich nach ein paar ermutigenden Worten.
»So nahe ist er ihm noch nie gekommen«, sagte Lady Mary mit tränenerstickter Stimme und setzte sich an Botolfs Bett.
Saxan schenkte ihr Wein ein und sagte: »Aber es war nicht nahe genug.«
»Saxan …« hub Lady Mary an.
»Ich sehe selbst, wie schlecht es ihm geht, Mylady. Aber er ist noch nicht tot.«
»Nay. Habt ihr einen Priester kommen lassen?« fragte sie flüsternd und ergriff die schlaffe Hand ihres Sohnes.
»Aye, Hunter hat ihn hergeholt.« Saxan lächelte schwach. »Ich war nicht eben erfreut, als ich den Mann wie einen Geier über Botolf hocken sah. Obwohl ich ihn schlimm beleidigt habe, konnte Hunter mich schließlich doch überreden, ihn die Letzte Ölung vornehmen zu lassen.«
»Ich verstehe. Ich selbst hätte es auch nicht gern gesehen und bin froh, daß Botolf«, sie holte tief und zitternd Luft, bevor sie ihren Satz beendete, »nicht ohne das Sakrament sterben muß.«
»Er wird nicht sterben, Mylady«, sagte Saxan mit fester Stimme und blickte finster zu Botolf hinüber, wendete jedoch verwirrt den Blick ab, als Lady Mary lachte. »Was ist so lustig?«

»Kaum etwas. Nur die Art, wie du gesprochen und ihn angesehen hast.« Lady Mary schüttelte den Kopf. »Du hast ihn herumkommandiert, mein Kind.«
Saxan lachte ebenfalls. »Das habe ich schon sehr oft getan.«
»Hoffentlich hast du dich nicht überanstrengt. Du siehst erschöpft aus.«
»Ich bin müde, aber ich darf mich nicht überanstrengen. Dutzende von Leuten geben darauf acht, daß ich genug esse und schlafe.« Sie deutete auf ihr Lager. »Sie haben mir hier ein Bett gerichtet, damit ich nicht von Botolfs Seite weichen muß und trotzdem ruhen kann.«
Lady Mary betrachtete die Lagerstatt und schüttelte erneut den Kopf. »Ich glaube nicht, daß mein Sohn mit dieser Regelung einverstanden wäre.« Sie hob die Hand, um Saxans Widerspruch abzuwehren. »Ich verstehe dich ja. Es ist ein guter Kompromiß. Aber ich an deiner Stelle würde, sobald Botolf wieder zu sich kommt, schnellstens ein richtiges Bett aufsuchen. Dein Lager sieht zwar recht weich aus, ist aber bestimmt nicht so bequem wie dein eigenes Bett.«
»Stimmt. Ich habe Schwierigkeiten beim Aufstehen.« Seufzend setzte sie sich auf das Bett. »Ich bin jetzt stark genug, um die schmerzliche Wahrheit zu ertragen, Mylady. Also sagt mir, wie schätzt Ihr seinen Zustand ein?«
»Er lebt noch, und das ist gewiß ein gutes Zeichen. Seine Wunde eitert nicht?«
»Nein. Ich wechsle den Verband mehrmals täglich. Die Wunde selbst scheint gut zu verheilen.«
»Auch das ist ein gutes Zeichen. Bleibt nur das Fieber. Er leidet schon seit vier Tagen daran?«
»Ja, Mylady. Hin und wieder gelingt es uns, ihm etwas Kraftbrühe einzuflößen, aber nicht viel. Ich habe mich schon gefragt, ob der Dolch, der ihn traf, vielleicht vergiftet war, aber wie ich

schon sagte, die Wunde sieht sauber aus. Trotzdem läßt sich sein Fieber nicht senken.«

»Manchmal ist es schwierig, ein Fieber zu senken. Und Fieber kann einem weiß Gott angst machen. Oft genug ist es der Vorbote des Todes. Das Wissen darum steigert unsere Angst nur noch. In meinen Augen sieht Botolf sehr schlecht aus, und ich möchte weinen vor Sorge. Andererseits aber lebt er noch, und so bleibt uns noch die Hoffnung. Hast du einen Heilkundigen hinzugezogen?«

»Nay.« Saxan merkte selbst, wie scharf ihre Antwort klang, und sie schöpfte tief Atem, um sich zu fassen. »Ein Heilkundiger würde ihn doch nur zur Ader lassen, und er hat ohnehin schon so viel Blut verloren. Ich setze wenig Vertrauen in diese Leute.«

»Ehrlich gesagt, mir geht es genauso. Ich hatte schon immer das Gefühl, daß die Heilkundigen auch nicht mehr wissen als wir. Und ihr Eifer, als Allheilmittel für jegliche Krankheit den Aderlaß einzusetzen, ärgert mich maßlos.« Sie strich mit der Hand über Botolfs heiße, trockene Stirn und biß sich auf die Lippen, in dem Versuch, ihr Zittern zu unterdrücken. »Ich kenne leider keine sichere Methode, wie man das Fieber senken kann.«

»Wir reiben ihn mehrmals täglich mit kaltem Wasser ab. Das bringt ihm für kurze Zeit Linderung.« Saxan schlug hastig die Hand vor den Mund, als es ihr nicht gelang, ihr Gähnen zu unterdrücken.

»Ich denke, es ist höchste Zeit für dich, ein wenig zu ruhen.« Lady Mary erhob sich, nahm Saxan bei der Hand und war ihr beim Aufstehen behilflich.

»Aber Ihr seid gerade erst eingetroffen«, wandte Saxan ein, wehrte sich jedoch nicht, als Lady Mary sie zu ihrem Lager führte.

»Und ich gedenke zu bleiben, bis Botolf gesund ist, also brauchst du dich um meinetwillen wirklich nicht überzustrapazieren. Ich werde über Botolf wachen und dich benachrichtigen, falls sich sein Zustand verändert.«
»Wollt Ihr Euch nach der langen Reise denn nicht ein wenig frisch machen oder ausruhen?«
»Ich kann mich hier waschen. Und nachdem ich mich während der Reise unablässig um Botolf gesorgt habe, verspüre ich jetzt das Bedürfnis, bei ihm zu sein. Und du brauchst Ruhe.« Als Saxan sich auf dem Strohsack niederließ, zog Lady Mary die leichte Decke über sie.
»Und Ihr weckt mich ganz bestimmt, wenn eine Änderung eintritt?« fragte Saxan, während sie sich genüßlich ausstreckte und merkte, wie übermächtig ihr Schlafbedürfnis inzwischen war.
»Ja. Ganz gleich, in welche Richtung die Änderung geht.«
»Er wird nicht sterben, Lady Mary.«
»Wenn die Entschlossenheit einer Gattin Heilkräfte birgt, dann wird Botolf ganz sicher wieder gesund.«

»Saxan.«
Der heisere Schrei riß Saxan so abrupt aus dem Schlaf, daß ihr Kopf schmerzte. Sie wollte aufstehen und rang vor Schreck nach Luft, als Little Peter urplötzlich vor ihr auftauchte. Ihre Schlaftrunkenheit verriet ihr, daß sie noch lange nicht genug geruht hatte, und sie blickte verärgert zu Peter auf.
»Ist etwas passiert? Warum habt Ihr mich gerufen?«
»Ich habe Euch nicht gerufen, Mylady«, erwiderte Peter und wies auf das Bett. »Das war der Earl.«
»Saxan.«
Die Stimme kam eindeutig vom Bett her, klang jedoch so rauh und schwach, daß Saxan sie nicht als Botolfs erkannte. Sie wollte an seine Seite eilen, doch die Angst bannte sie auf den Fleck.

Ging es ihm besser, oder wollte er etwa Abschied nehmen? Zu dem Zeitpunkt, als sie einschlief, war Lady Mary eben erst angekommen und Botolf hatte immer noch gefiebert, ohne einen Hinweis auf Veränderung. Saxan stellte fest, daß es nicht das ersehnte freudige Ereignis war, aufzuwachen und nach vier langen Tagen endlich wieder die Stimme ihres Mannes zu hören. Im Gegenteil, es erfüllte sie mit Entsetzen.

»Mylady«, sagte Peter und schob sie zu Botolfs Betts. »Er verlangt nach Euch.«

»Ich weiß. Mich überkam nur gerade Panik.« Sie holte tief Luft und trat ans Bett.

Botolf sah sie an, und wenngleich sie es im trüben Kerzenschein nicht deutlich erkennen konnte, glaubte sie doch, daß seine Augen wieder klar waren. Mit zitternder Hand berührte sie sein Gesicht. Es war schweißnaß. Das Fieber war gebrochen. Saxan schwankte, und Peter griff rasch zu und stützte sie.

»Das Fieber ist gebrochen«, sagte sie und setzte sich, um Fassung ringend, auf die Bettkante.

»Ich hatte Fieber?« fragte Botolf.

»Aye, vier Tage lang.« Sie lächelte Peter dankbar an, der Botolf ein wenig aufgerichtet hatte und ihm Met zu trinken gab. »Das dürfte deiner ausgedörrten Kehle guttun, mein Gemahl.«

Botolf versuchte, nach ihrer Hand zu greifen, doch er war zu schwach. Saxan nahm seine Hand zwischen ihre Hände. »Wir müssen dich waschen und das Bettzeug wechseln.«

»Ich bin hilflos wie ein Säugling«, beklagte sich Botolf und schloß kurz die Augen. »Hast du auch gut auf dich achtgegeben?«

Saxan lächelte, als sie einen Hauch der altgewohnten Überlegenheit in seiner Stimme vernahm. »Ja. Aber jetzt sollten wir dich erst einmal versorgen, damit du dich behaglicher fühlst.«

Mit Peters Hilfe wusch Saxan den Schweiß von Botolfs Körper

und wechselte die Laken und den Verband. Zwar ging sie sehr behutsam vor, doch Botolf lag bleich und erschöpft im Bett, als sie mit ihm fertig war. Sie beeilte sich, ihm etwas Kraftbrühe einzuflößen, bevor er wieder einschlief. Mehrmals hielt sie inne, um seine Stirn zu fühlen und sich zu vergewissern, daß das Fieber tatsächlich zurückgegangen war.

»Ich sollte deine Mutter wecken, kann mich aber nicht dazu entschließen«, sagte sie. »Lady Mary ist erst am Nachmittag eingetroffen und hat gleich einige Stunden an deinem Bett gewacht. Es wäre nicht nett, sie jetzt zu wecken, zumal du gewiß wieder eingeschlafen bist, bevor sie hier ist.«

»Wende dich an ihre Zofe Elizabeth und laß sie entscheiden«, riet Botolf ihr und verzog das Gesicht, als er einen weiteren Löffel Brühe schluckte. »Bei allen Heiligen, ich bin beinahe zu schwach zum Schlucken.«

»Du wirst bald wieder bei Kräften sein, nachdem du nun nicht mehr bis zur Auszehrung gegen das Fieber kämpfen mußt.« Sie warf Peter einen Blick zu. »Würdet Ihr Lady Marys Zofe bitte von der neuen Entwicklung unterrichten, Peter?« Der große Mann schickte sich an zu gehen, und sie fügte hinzu: »Laßt sie aber unbedingt wissen, daß Botolf im Handumdrehen wieder eingeschlafen sein wird.«

»Du scheinst dir dessen sehr sicher zu sein«, flüsterte Botolf, als Peter gegangen war.

»So muß es sein«, erwiderte Saxan und gab sich damit zufrieden, daß er nicht mehr essen mochte, nachdem die Schale immerhin beinahe leer war.

»Obwohl ich fast vier Tage lang nur geschlafen habe?«

»Aye, aber diese vier Tage hast du in grimmigem Kampf gegen das Fieber zugebracht. Jetzt bist du schwach und ausgezehrt und mußt schlafen, um neue Kräfte zu sammeln. Die eigentlichen Probleme setzen erst ein, wenn du noch immer nicht gesund genug bist, um viel zu unternehmen, es aber nicht glauben willst, weil du es von Herzen satt hast, im Bett liegen zu müssen.«

Er versuchte, ihre Hand zu drücken. »Und du wirst mir zweifellos befehlen zu tun, was du für richtig hältst.«

»Zweifellos.« Sie rückte näher an ihn heran und preßte seine Hand an ihre Wange. »Ich werde niemals vergessen, daß ich dich um ein Haar verloren hätte. Wahrscheinlich entwickle ich mich dadurch zu einer regelrechten Harpyie.«

»Nay.« Er seufzte und verzog das Gesicht, da schon diese kleine Bewegung ihm Schmerzen bereitete. »Cecil hätte beinahe gesiegt.«

»Nur, wenn er nichts weiter als deinen Tod gewünscht hätte. Regenford hätte er niemals bekommen. Nay, nicht einmal soviel Land, daß es für sein Grab gereicht hätte. Bevor ich das zuließe, würde ich ihm persönlich das Herz aus dem Leib schneiden.«

»Ich fürchte, Cecil ahnt nicht einmal, welch grausame Witwe ich hinterlassen würde.«

»Er würde es aber bald erfahren.« Sie strich ihm über die Stirn. »Du mußt schlafen.«

»Ich weiß, und ich fühle den Schlaf auch schon nahen. Trotzdem habe ich das Bedürfnis zu reden, obwohl ich gar nichts zu sagen habe.«

»Vielleicht resultiert dieses Bedürfnis daraus, daß du dem Tod so nahe warst oder vier Tage lang hast schweigen müssen, ganz gegen deine Art.«

»Heißt das, ich habe im Fieber nicht gewütet und getobt?«

»Nay, Mylord. Du hast kaum etwas gesagt, abgesehen von ein paar banalen Bemerkungen über Cecil.« Sie lächelte mit ihm, wurde aber sehr ernst, als die Erinnerung an die Ängste, die sie während seiner Krankheit ausgestanden hatte, über sie herfiel.

»Ich wollte, du hättest getobt und gewütet, gebrüllt und geflucht, ganz gleich, welch wirres Zeug du von dir gegeben hättest. Dein Schweigen war angsterregend. Es führte uns allzu deutlich vor Augen, daß der Tod an deinem Bett stand.«

»Augenscheinlich war er es leid, noch länger auf mich zu warten. Und ich gedenke nicht, ihn zu einer neuerlichen Wache einzuladen, bevor ich steinalt bin und die Kinder meiner Kinder gesehen habe.«

Saxan wußte, daß er scherzte, betete jedoch, daß seine Worte Wahrheit werden möchten. Lächelnd legte sie seine Hand auf ihren Leib. Zu ihrem Entzücken reagierte das Kind in ihr sehr lebhaft. Botolfs rotgeränderte Augen weiteten sich, als er die Bewegungen seines Kindes spürte. Oder seiner Kinder, dachte Saxan mit heimlicher Freude und fragte sich, ob Botolf wohl auch bemerkte, daß sich erstaunlich viel Bewegung in ihrem Inneren abspielte.

Botolf wurde von einer derart heftigen Gefühlsaufwallung gepackt, daß seine Schwäche beinahe vergessen war. Schon früher hatte er Kindsbewegungen im Leib seiner Frau gefühlt, aber noch nie so stark. Die Tatsache, daß er dem Tod so nahe gewesen war, steigerte die Bedeutung dieses Erlebnisses noch erheblich. Ihm war klar, daß die zierliche Frau, die ihn jetzt anlächelte, und sein Samen, der in ihrem Leib aufgegangen war, ihn in seinem Kampf gegen das Sterben zusätzlich angetrieben hatten. Er begriff, daß er nie zuvor einen solch guten Grund zum Überleben gehabt hatte.

»Daß unser Kind lebt, steht außer Frage«, sagte er.

»Zweifellos. Und es ist eindeutig stark und kräftig.«

»Das ist wichtig für einen Sohn.« Er lächelte, als sie ihn im Scherz mit einem finsteren Blick bedachte. »Oder für eine Tochter.«

»Äußerst klug von dir«, sagte sie leise, dann stand sie auf und vergewisserte sich, daß ihr Mann gut zugedeckt war. »Möchtest du etwas trinken, bevor du schläfst?«

»Soll ich denn schlafen?«

»O ja. Du weißt selbst, daß du über kurz oder lang ohnehin einschlafen wirst. Deine Augen sind schon ganz rot vor Müdigkeit, und du sprichst so schleppend. Wenn du jetzt nicht vernünftig bist, könnte es passieren, daß das Fieber zurückkommt.«

»Und jetzt bin ich zu schwach, um es noch einmal zu überstehen.« Seufzend schloß er die Augen. »Falls meine Mutter sich zu einem Besuch entschließt, weck mich bitte auf. Es wird sie von ihrer Sorge befreien, wenn ich mit ihr sprechen kann.«

»Das werde ich tun, allerdings glaube ich, daß sie mit ihrem Besuch bis morgen warten wird.«

»Du mußt jetzt auch schlafen. Den Kindsbewegungen nach zu urteilen, die ich eben erfühlt habe, wirst du viel Kraft brauchen, um das kleine Wesen auszutragen.«

Saxan nickte. Sie beugte sich herab und küßte ihn auf den Mund. Der plötzlich veränderte Ausdruck in seinen Augen verriet ihr, daß sie ihm mit dieser kleinen Geste viel mehr von ihren Gefühlen offenbart hatte als beabsichtigt. Doch es war ihr einerlei. Botolf wäre fast gestorben. Falls er sich später überhaupt an diesen emotionsgeladenen Augenblick erinnerte, würde er ihn den vorangegangenen dramatischen Ereignissen zuschreiben. Instinktiv wußte sie, daß Botolf ihr keine Antworten auf Fragen, die ihr Kuß aufgeworfen haben mochte, abverlangen würde, nicht, wenn es dabei um Gefühle ging. Daß seine Begegnung mit dem Tod ihn in dieser Hinsicht verändert haben könnte, bezweifelte sie.

»Schlaf gut, Botolf«, flüsterte sie und suchte ihr Lager auf.

»Dort schläfst du?« fragte er, als sie sich auf ihrer kargen Bettstatt niederließ.

»Im Augenblick, ja. Streiten können wir später darüber.«
»Das werden wir ganz gewiß.«
Sie verbarg ihr Lächeln und schüttelte ihr Kissen auf. Auf den angedrohten Streit freute sie sich geradezu. Er wäre der Beweis dafür, daß zumindest ein Teil der Kraft, die das Fieber ihrem Gatten geraubt hatte, wiederhergestellt war. Als sie die Augen schloß, hörte sie Little Peter zurückkommen. Da sie Botolf nun in guten Händen wußte, ließ sie sich bereitwillig vom Schlaf übermannen.

»Hast du das Bett gesehen, in dem sie schläft, Mutter?«
»Still, Botolf. Das war ja nur für ein paar Tage. Sie mußte in deiner Nähe sein, um dich versorgen zu können.«
Saxan schüttelte die letzten Schleier der Schlaftrunkenheit ab. Botolfs Stimme klang kräftiger, war schon fast wieder als die seine zu erkennen. Daß eine Nacht fieberfreien Schlafs ihn dermaßen stärkte, nahm ihr die letzten Zweifel an seiner völligen Genesung. Sie reckte sich genüßlich und stellte fest, daß sie zum ersten Mal seit dem Tag, an dem Botolf verwundet nach Regenford zurückgebracht wurde, wieder richtigen Hunger verspürte.
»Ich weiß, daß du wach bist, Saxan«, sagte Botolf, ohne die Ermahnung seiner Mutter, doch bitte still zu sein, zu beachten.
»Wie soll ein Mensch schlafen, wenn du schreist wie ein abgestochenes Schwein?« Saxan zwinkerte Lady Mary zu, die rasch zu ihr kam und ihr beim Aufstehen behilflich war. »Nach deinem langen Schweigen hast du dir aber sehr schnell eine gehörige Lautstärke angewöhnt, mein lieber Gemahl.«
»Du kannst dich glücklich schätzen, daß ich immer noch zu schwach zum Brüllen bin«, gab er zurück, während er einen Gutenmorgenkuß mit ihr tauschte. »Gestern nacht war ich

noch zu benommen, um zu erkennen, auf welch unzulänglichem Lager du schläfst.«

»Du redest laut und spielst dich bereits wieder gewaltig auf. Ein gutes Zeichen.«

»Saxan«, begann Botolf und bedachte seine Mutter, die leise lachte, mit einem überaus finsteren Blick, »dieses Lager ist nicht gut für eine Frau in deinem Zustand. Kälte und Feuchtigkeit, die aus dem Boden aufsteigen, können dir schaden.«

»Ich habe einen Strohsack, Bettlaken und ein Schaffell zwischen mir und dem Boden.« Sie tätschelte seine Wange und freute sich an dem Gefühl gesunder Kühle. »Eine Nacht möchte ich noch hier zubringen, dann suche ich mir ein angemesseneres Bett. Jetzt aber will ich ein Bad nehmen und dann ausgiebig frühstücken.«

»Saxan«, rief Botolf ihr nach, als sie sich anschickte, den Raum zu verlassen.

»Ich komme ja gleich zurück.«

»Iß du erst einmal ordentlich«, riet Lady Mary ihr. »Ich bleibe bei Botolf.

»Mutter«, schalt Botolf, nachdem Saxan fort war. »Ich wollte etwas mit meiner Frau besprechen.«

»Nein, du wolltest mit ihr streiten.« Lady Mary stellte behutsam ein Tablett mit Speisen auf dem Bett ab. »Ich halte es für entschieden wichtiger, daß sie ein entspannendes Bad nimmt und sich in aller Ruhe satt ißt.«

»Hat sie denn nicht ausreichend gegessen?« fragte er, während seine Mutter ihm löffelweise eine kräftigende Brühe reichte.

»Saxan hat gut gegessen und geschlafen. Es hätte gewiß mehr sein dürfen, aber sie hat sich jedenfalls nicht vernachlässigt. Schließlich weiß sie selbst sehr wohl, daß alles, was sie tut oder nicht tut, Auswirkungen auf ihr Kind haben kann. Trotz allem ist sie aber ständig bei dir geblieben.« Sie stützte ihn ein wenig, damit er etwas Apfelmost trinken konnte.

»Sie hätte sich mir nicht derart verpflichtet fühlen müssen. Ihre Pflichten dem Kind gegenüber sind bedeutend wichtiger.«

»Merkwürdig, daß Männer, die sich selbst als fähige Herrscher betrachten, oft so dumm sein können«, bemerkte Lady Mary leise.

Botolf blickte seine Mutter überrascht an. »Was soll das heißen?«

»Glaubst du denn wirklich, daß es Pflichtbewußtsein war, was das Kind an deinem Bett festgehalten hat? Ihre Pflicht hätte sie damit abgeleistet, daß sie für gute Pflege sorgte. Ganz gewiß war es nicht ihr Pflichtgefühl, was sie veranlaßte, den Priester zu beleidigen, der dir die Letzte Ölung verabreichen wollte, und ihn einen Aasgeier zu nennen. Es war auch nicht ihre Pflicht, so starrsinnig darauf zu beharren, daß du nicht sterben würdest. Nay, noch bevor ich hier eintraf, wußte ich schon alles, was an deinem Bett vorging, und als Pflichtbewußtsein würde ich das Verhalten deiner Frau keineswegs bezeichnen.«

»Wie würdest du es denn bezeichnen?«

»Das Kind liebt dich.« Sie behielt sein Mienenspiel im Auge und seufzte. »Du willst nicht, daß deine Frau dich liebt.«

»Ich wünsche mir eine behagliche, friedvolle Ehe«, sagte er und kämpfte gegen die plötzlich aufsprudelnde Freude angesichts der Vorstellung, daß Saxan ihn liebte. »Liebe bringt nicht immer Behaglichkeit und Frieden. Mit Liebe hatte ich schon einmal zu tun …«

»Nay, du hattest noch nie mit Liebe zu tun, sondern mit einer gemeinen Hure, die die Liebe nicht einmal erkannt haben würde, wenn Gott selbst sie ihr gezeigt hätte. Oh, es hat Alice recht gut gefallen, daß du sie liebtest, doch in ihrem Herzen wohnte keine Liebe. Deine erste Ehe gibt dir nicht das Recht zu behaupten, du hättest die Liebe kennengelernt.«

»Aber sie hat mir weiß Gott die Erkenntnis gebracht, daß es ausgesprochen dumm ist, sich von der Liebe einfangen zu lassen.«

»Hat Saxan dir jemals Anlaß zu der Vermutung gegeben, sie wolle dich einfangen oder hereinlegen oder betrügen?«

»Nay, aber sie weiß, daß sie nicht die Macht dazu hätte. Ich habe sie ihr nicht gegeben.«

»Und du tust dein Bestes, um sie ihr auf ewig vorzuenthalten«, sagte Lady Mary mit leiser, trauriger Stimme. »Ich habe nicht gewußt, daß Alice dich so tief verwundet hat.«

»Mach dich nicht lächerlich«, fuhr er sie an. »Sie hat mir eine Lektion erteilt, und ich war klug genug, sie gut zu lernen.«

»Nay, du hast die falsche Lektion gelernt. Du glaubst, gelernt zu haben, daß die Missetaten einer einzigen herzlosen Hure Rückschlüsse auf alle anderen Frauen zulassen. Mit dieser Überzeugung kränkst du die Frauen zutiefst, mich eingeschlossen. Ich hatte gehofft, daß du trotz deiner bitteren Erfahrungen mit Alice an meiner Handlungsweise erkennen würdest, daß nicht alle Frauen so sind wie sie. Statt dessen ziehst du Alices Lektion der meinen vor. Du willst nur das Schlechteste sehen.«

»Vorsichtig zu sein, ist gewiß kein Fehler.« Botolf fühlte sich unbehaglich unter dem zornigen Blick seiner Mutter.

»Du bist ja gar nicht vorsichtig, du hast dich vielmehr völlig in dich selbst verkapselt. Haben Cecils Mordversuche zur Folge, daß du keinem einzigen Mann mehr vertraust? Nay, natürlich nicht. Sicher, dadurch bist du vorsichtiger geworden, aber es gibt immer noch Männer, denen du vertraust. Der Verrat eines einzigen dummen Mädchens jedoch bewirkt, daß du allen Frauen mißtraust.«

»Nicht nur Alice ist so.« Botolf wollte sich verteidigen, doch plötzlich erschienen ihm seine üblichen Argumente selbst töricht. »Bei Hofe sieht man viele Frauen, die genauso sind wie Alice.«

»Und du wagst es, die Welt nach dem zu beurteilen, was bei Hofe vorgeht? Ist die Welt in deinen Augen denn tatsächlich voll von Speichelleckern, Huren und Intriganten?« Lady Mary schüttelte den Kopf. »Vielleicht ist es meine Schuld. Ich weiß wohl, daß ich manchmal naiv, zu vertrauensselig und zu gern bereit bin, das Gute im Menschen zu sehen. Vielleicht habe ich dich nicht gebührend auf den Platz, den du in der Welt einnehmen mußt, vorbereitet. Ich habe dich, ausgestattet mit meiner Naivität, in die Welt entlassen, und deshalb empfindest du jede Kränkung soviel tiefer als andere Menschen.«

Botolf verzog das Gesicht, als er nach Lady Marys Hand griff und durch die Bewegung seine Wunde zu schmerzen begann, doch es gelang ihm, die Finger seiner Mutter zu umschließen. »Du hast dir keinerlei Fehler vorzuwerfen.«

Bevor Lady Mary darauf antworten konnte, traten Little Peter und Hunter ein. Innerlich seufzte Botolf erleichtert auf. Das Gespräch mit seiner Mutter hatte begonnen, unangenehm zu werden. Der Blick, mit dem sie ihn zum Abschied bedachte, warnte ihn, daß ihre Unterhaltung lediglich unterbrochen, aber nicht beendet war, und er fluchte innerlich. Er wollte nicht hören, was sie ihm sonst noch zu sagen hatte, denn ihre Worte enthielten für seinen Geschmack zu viel Wahrheit.

So leise sie konnte, schlüpfte Saxan in Botolfs Gemach, mußte aber feststellen, daß er sie erwartete. »Guten Tag«, sagte sie und setzte sich zu ihm auf die Bettkante.

»Du hast aber sehr lange zu Tisch gesessen«, knurrte er und nahm ihre Hand.

»Ich habe mir ein ausgedehntes Bad gegönnt, dann eine herzhafte Mahlzeit eingenommen und danach ein Schläfchen gehalten. Bist du in meiner Abwesenheit gut versorgt worden?«

»Aye, ich bin gefüttert, neu gebettet, gebadet und untersucht worden, man hat meinen Verband gewechselt und mich unerträglich herumkommandiert.«

»Da bin ich aber froh, daß du so ausgezeichnete Unterhaltung hattest.« Sie lachte über seinen bösen Blick.

»Du findest meine schlechte Laune erheiternd?«

»Heute schon. Wenn meine Zuversicht in deine Genesung wächst, werde ich deiner Übellaunigkeit wahrscheinlich mehr und mehr mit der Verachtung begegnen, die sie verdient.« Sie sah, wie seine Lippen zuckten, weil er sich das Lachen verbiß.

»Hast du geschlafen?« Saxan gab der übermächtigen Versuchung nach, seine Stirn zu fühlen, und nickte zufrieden, als sie feststellte, daß sie noch immer herrlich kühl war.

»Aye, ich hatte auch strengsten Befehl zu schlafen, du unverschämtes Weib.«

Sie streichelte seine Hand und wischte ihm eine Haarlocke aus der Stirn. »Hoffentlich hast du diesem Befehl Folge geleistet. Ruhe ist im Augenblick die beste Medizin für dich. Jedesmal, wenn du schläfst, holst du dir ein Stück von der Kraft zurück, die das Fieber dir geraubt hat. Und Regenford ist darauf angewiesen, daß du zu Kräften kommst.«

»Und ich muß stark sein, um Cecil bekämpfen zu können. Ist eine Spur von ihm gefunden worden?«

»Nay. Der Mann hat die Fähigkeit, sich in Luft aufzulösen. Die Tatsache, daß er sich verstecken muß, wirkt sich jedoch zu unseren Gunsten aus. Solange er so intensiv gesucht wird, kann er dir, während du ans Bett gefesselt bist, nicht zu nahe kommen. Dadurch gewinnen wir eine kleine Verschnaufpause. Vielleicht

haben wir sogar das Glück, es ausgeräumt zu sehen, bevor du stark genug bist, um das Schwert zu schwingen.«
Botolf lächelte schwach. »Das wäre ein Segen. Allerdings bin ich sicher, daß dieses besondere Problem auf mich warten wird, daß ich tatsächlich gezwungen sein werde, ihn eigenhändig zu töten.«
Er sah sie nicken, sah die Angst und die Traurigkeit in ihren Augen und fragte sich, ob seine Mutter recht haben mochte, was Saxans Gefühle betraf. Der Gedanke, daß Saxan ihn liebte, machte ihn schwindeln vor Freude, und instinktiv wies er ihn von sich. Die Versuchung, ihr entgegenzukommen, mit Freuden zu nehmen, was sie ihm bot, war beinahe schmerzhaft verlockend, und er wehrte sich mit aller Macht dagegen.
Seit seine Mutter gegangen war, konnte er nicht aufhören, über ihre Worte nachzudenken. Sie enthielten soviel Wahres, daß er sie einfach nicht unbeachtet lassen konnte, sosehr er sich auch bemühte. Er gab bereitwillig zu, daß er wegen der Schandtaten einiger weniger alle Frauen herabwürdigte. Allerdings brachte er es nicht fertig, seine Vorsicht abzulegen. Saxan strahlte ihn an, und er seufzte innerlich. Er wollte sie an sich ziehen, wollte seinen Gefühlen freien Lauf lassen und genießen, was sie ihm im Gegenzug schenken würde, aber er hatte Angst. Falls Saxan ihn hinterging, falls sie irgend etwas tat, was ihn kränkte, würde die Wunde, die sie ihm zufügte, gefährlicher sein als Cecils Dolchstoß, der ihm beinahe den Tod gebracht hatte. Um nichts in der Welt war Botolf bereit, es zuzugeben, aber er ahnte, daß er nicht den Mut aufbringen würde, Saxan auf die Probe zu stellen.

Sechzehntes Kapitel

Du forderst dir zuviel ab«, beschwerte sich Saxan, als sie Botolfs Gemach betrat und ihn beim Schwertkampf-Training mit Wesley ertappte.

Zwar legte er sein Schwert beiseite und ermöglichte Wesley einen diskreten Abgang, aber er widersprach dennoch. »Ich muß meine Kräfte und meine Geschicklichkeit schulen, die ich in den drei Monaten meiner Bettlägerigkeit verloren habe.«

»Du warst nicht während der gesamten drei Monate bettlägerig.« Saxan setzte sich aufs Bett und seufzte, während er sich wusch. »Ich weiß, daß du gesund bist. Sogar die Narbe fängt schon an zu verblassen. Aber es fällt mir nicht leicht, die Erinnerung daran, wie du beinahe tot darniederlagst, abzuschütteln. Der Priester hatte dir bereits die Sterbesakramente verabreicht! Zugegeben, dadurch bin ich wohl übervorsichtig geworden.«

Botolf setzte sich neben sie, nahm sie zärtlich in die Arme und küßte sie gründlich. »War das der Kuß eines Mannes, der dem Tode nahe ist?« fragte er mit vor Verlangen rauher Stimme.

Saxan lächelte, schlang die Arme um seinen Nacken und neckte ihn: »Vielleicht ist der Schwertkampf nicht das einzige, was du trainieren solltest.« Sie lachte über seine finstere Miene.

»Wann kommst du wieder in mein Bett?« fragte er unvermittelt.
Sie errötete und heftete den Blick auf seinen Kehlkopf, um ihm nicht in die Augen sehen zu müssen. Zum ersten Mal, seit er fieberfrei war, stellte er ihr unverblümt diese Frage, nachdem er sich schon wochenlang in mehr oder weniger deutlichen Andeutungen geübt hatte. Mit der Kraft war auch das Begehren zurückgekommen, und plötzlich fühlte Saxan sich verlegen und häßlich. Wenn sie sich auskleidete, sah sie ihren gewölbten Leib, der sich aufgrund der lebhaften Aktivitäten darin manchmal sogar bewegte. Wenngleich sie sich über die zu erwartende Folge ihrer Unförmigkeit freute, fand sie sich doch wenig attraktiv und war überzeugt, daß Botolf nicht anders dachte. Sie hätte es nicht ertragen, zu ihm ins Bett zu kriechen, um dann zu erfahren, daß er sie nicht begehrte.
»Ich wollte deine Verletzung nicht strapazieren«, sagte sie leise.
»Meine Verletzung ist seit Wochen verheilt und könnte höchstens mit Hilfe eines Dolches wieder aufgerissen werden.«
»Du brauchst viel Ruhe. Ich will dich nicht behelligen.«
Botolf legte die Hand um ihr Kinn, drehte ihr Gesicht zu sich und sah sie eine Weile forschend an, bevor er fragte: »Ist deine Schwangerschaft der Grund dafür, daß du das Bett nicht mehr mit mir teilen möchtest?«
Saxan sah ihn an und nagte nervös an ihrer Unterlippe. Der Blick seiner dunklen Augen war seltsam verhangen. Er hatte schon eine Vermutung für die Ursache ihres Zauderns, und sie ahnte, daß es nicht nur der falsche Schluß, sondern auch ein höchst unschmeichelhafter war. Da war es wohl am klügsten, wenn sie ihre Angst, töricht zu erscheinen, beiseite schob und mit der Wahrheit herausrückte.
»Ich bin dick«, sagte sie.

»Pardon?« Botolf starrte sie fassungslos an.
»Ich bin dick. Ich bin unförmig, und manchmal bewegt sich mein Bauch.«
Sie strafte ihn mit einem bösen Blick, als seine Lippen vor unterdrücktem Lachen zuckten. Er fand ihre Sorge albern, genauso, wie sie es vermutet hatte. Wahrscheinlich wäre es einfacher gewesen, zu ihm ins Bett zu kommen und sich abweisen zu lassen. Für töricht gehalten zu werden, war ihr wohl ebenso unerträglich wie die Erkenntnis, daß Botolf sie nicht begehrenswert fand. Sie verkrampfte sich, als er sie küßte.
»Du bist schwanger, Saxan«, sagte Botolf weich.
»Das weiß ich wohl.«
»Du hast doch nicht geglaubt, du würdest schlank bleiben wie eh und je?«
»Ganz so dumm bin ich nicht.«
»Ach, du bist überhaupt nicht dumm. Oft genug bist du sogar entschieden klüger, als ein Mann sich seine Gattin wünscht.« Er strich mit der Hand sachte über ihren Leib. »Du bist wunderschön.«
»Das ist absoluter Unsinn. Nackt sehe ich geradezu grotesk aus.«
Lächelnd begann er, ihr Mieder aufzuschnüren, ohne ihre Gegenwehr zu beachten. »Hat ein Ehemann nicht das Recht, sich selbst ein Urteil zu bilden?«
Anfangs wehrte Saxan sich gegen seine sanfte, aber zielstrebige Verführung. Er küßte sie, bis ihr die Sinne schwinden wollten. Er war nur mit seinen enganliegenden Hosen bekleidet, und das Gefühl der straffen, warmen Haut unter ihren Händen entzündete Saxans Verlangen. Sie vergaß ihre Ängste, ihre Zweifel und sogar ihren gewölbten Leib. Dieses glückselige Vergessen hatte ein Ende, als er sie ihrer Wäsche entledigte, die Kleidungsstücke zur Seite warf und seine Frau ausgiebig betrachte-

te. Ihre Unsicherheit verwandelte sich in grenzenlose Verlegenheit. Sie versuchte, sich zu bedecken, obwohl es dumm und sinnlos war, aber Botolf hielt ihre Hände fest.
»Ach, Saxan, du bist so schön«, flüsterte er.
»Unsinn.« Sie wand sich unter seinem Griff und rang nach Luft, als er ihren Leib küßte.
»Überhaupt kein Unsinn.« Er schmiegte die Wange an ihren Unterleib und lächelte, als das Kind sich bewegte. »Aye, du bist wohlgerundet, Saxan, aber es ist mein Samen, der dies bewirkt hat. Wie könnte ich dich da nicht schön finden?«
»Du bist ein geübter Schmeichler, Botolf«, sagte sie.
Unter Küssen näherte sein Mund sich immer mehr dem ihren. »Nay, ich sage nichts als die Wahrheit.«
Als sie den harten, nicht zu verleugnenden Beweis seiner Erregung an ihrem Bein spürte, verlor Saxan ein wenig von ihrer Unsicherheit. Sie wußte nicht recht, ob sie ihm seine Beteuerungen, daß er sie schön fände, glauben sollte, aber immerhin war sie für ihn wohl wirklich nicht häßlich. Unter seinen Küssen und Liebkosungen blühte ihre Leidenschaft schon bald machtvoll auf, nur eine kleine Sorge verhinderte noch, daß sie sich diesem betörenden Begehren, das er in ihr weckte, vorbehaltlos überließ.
»Botolf, vielleicht findest du meinen Bauch ja tatsächlich nicht abstoßend«, sagte sie mit heiserer, unsicherer Stimme, während er an ihrem Ohr knabberte. »Aber höchstwahrscheinlich wirst du ihn als äußerst störend erleben.«
»Ich schätze, das läßt sich vermeiden.«
Ihr blieb keine Gelegenheit mehr, ihn zu fragen, wie er das bewerkstelligen wollte. Sein hungriger Kuß hinderte sie am Reden, und bald war sie keines klaren Gedankens mehr fähig. Sie schmiegte sich an ihn, erwiderte Kuß um Kuß, Liebkosung um Liebkosung, und ihre gemeinsame Leidenschaft nahm sie

mehr und mehr gefangen. Ihr Verlangen wurde nur kurz abgelenkt, als er sich seitlich neben sie legte und sie rücklings an sich zog. Noch wunderte sie sich, was er wohl vorhaben mochte, als er ihr Bein anhob und über seines legte und dann langsam in sie eindrang. Auf seine Frage, wie sie sich fühlte, antwortete sie lediglich mit einem Keuchen und einem aus Lust geborenen Schaudern.

Botolf hielt Saxan im Arm und strich mit der Hand sachte über ihren Leib. Er fühlte sich satt und entspannt. »Bist du sicher, daß es nicht unangenehm für dich war?« fragte er.
»Hattest du den Eindruck?« flüsterte Saxan, streckte sich und angelte nach ihren verstreuten Kleidern.
»Manchmal ist es schwer zu unterscheiden, ob eine Frau aus Lust oder vor Schmerzen schreit.«
Sie sah ihn an, erwog ernsthaft, ihn zu ohrfeigen, und sagte gedehnt: »Falls das ein Versuch war, witzig zu sein, solltest du noch etwas üben. Denn es war nicht witzig.« Sie achtete nicht auf sein Lachen.
»Warum kleidest du dich an?« fragte er und griff nach ihr.
Saxan wich ihm geschickt aus und erhob sich, um ihr Hemdchen überzustreifen. »Es ist hellichter Tag.«
»Willst du jetzt etwa fromm und züchtig werden?«
»Ganz gewiß will ich nicht so schamlos werden, daß ich mich für alle sichtbar nackt auf dem Bett wälze. Jeden Augenblick könnte jemand hereinkommen. Ich staune ohnehin schon, daß man uns so lange in Ruhe gelassen hat.«
»Ah, natürlich. Ich darf in Zukunft nicht vergessen, die Tür zu verriegeln«, sagte er wie zu sich selbst, richtete sich auf und begann, sich anzukleiden, wobei er hemmungslos über ihr säuerliches Gesicht lachte.
»Und ich bin nicht hergekommen, um …« Sie errötete und deu-

tete auf das zerwühlte Bettzeug. »... nun, deswegen. Ich wollte dir sagen, daß ich hinausgehe, um Kräuter zu suchen.«
»Du gehst hinaus? Wohin? Wir haben einen Kräutergarten hinter der Küche.«
»Aye, sogar einen sehr guten, aber er enthält nicht alles, was ich brauche.«
»Es hat doch gewiß noch Zeit bis nach der Geburt. Du kannst den Kräutergarten vervollständigen, wann immer du willst.«
»Nay, eben nicht. Der März neigt sich dem Ende zu; in wenigen Tagen beginnt der April.« Sie strich sich über den Leib. »Die Kräuter und Pflanzen, die ich suchen will, werde ich schon sehr bald brauchen.«
Sie ließ ihn nicht aus den Augen, als sie zu ihrer Bürste griff und begann, ihr zerzaustes Haar zu ordnen. Sie hatte gewußt, daß sie, sobald das Wetter besser wurde und Frühling in der Luft lag, Regenford würde verlassen müssen, um die Kräuter und Pflanzen zu sammeln, die sie zur Geburt ihres Kindes benötigte. In Regenford wuchsen diese nicht, und die anderen Frauen wußten nicht recht, was sie wollte. Saxan hatte in Erwägung gezogen, einfach allein zu gehen, ohne Botolf zu informieren, war dann aber zu dem Schluß gekommen, daß es Dummheit wäre. Er hätte es ja doch erfahren, und es wäre deswegen zum Streit gekommen. Ein Blick in sein düsteres Gesicht verriet ihr jetzt, daß sie wahrscheinlich auch mit ihrer Ehrlichkeit einen Streit nicht würde vermeiden können.
»Außerhalb der Mauern von Regenford bist du nicht sicher«, gab er zu bedenken. »Jetzt, da der Winter zu Ende ist, müssen wir wieder mit Überfällen der Schotten rechnen. Und auch Cecil, verflucht soll er sein, stellt noch immer eine Bedrohung dar.«
»Die Bedrohung durch Cecil wird bald ein Ende haben, und die Schotten werden niemals Ruhe geben«, erwiderte sie. »Ich

kann mein Leben nicht in Regenford eingemauert verbringen, und wenn es noch so schön hier ist.«

»Das solltest du aber, wenigstens, solange du schwanger bist. Ja, und ganz besonders jetzt, so kurz vor der Geburt.«

»Gerade weil die Geburt so kurz bevorsteht, muß ich doch die besagten Kräuter suchen. Ich wäre ja gern früher gegangen, aber es war Winter. Nicht nur das schlechte Wetter hat mich daran gehindert, sondern auch der Umstand, daß die Pflanzen, die ich benötige, in unbrauchbarem Zustand gewesen wären. Auch jetzt ist es noch ein bißchen früh, aber ich denke, ich finde trotzdem, was ich brauche.«

»Schick doch eine der Frauen, oder Thylda.«

»Das würde ich gern tun, aber sie kennen die gewünschten Pflanzen nicht. Die Heilmittel, die ich herstellen will, sind den Frauen von Regenford unbekannt, und Thylda ist in dieser Kunst noch nicht ausgebildet. Sie wird mich begleiten und anfangen zu lernen. Denu hat mich unterwiesen, und damals war Thylda noch zu klein.«

Botolf schüttelte den Kopf, schritt ein paarmal im Raum auf und ab und blickte dann Saxan an. »Und wie willst du den Weg zurücklegen?«

Sie holte tief Luft, um ihre Entschlossenheit zu festigen, denn sie wußte, daß ihre Antwort Botolf nicht gefallen würde. »Ich werde reiten.«

»In deinem Zustand willst du reiten? Bist du des Wahnsinns?«

»Ich habe ja nicht vor zu galoppieren, sondern will ganz gemächlich zu den Wiesen nördlich von hier reiten, absitzen, pflücken, was ich für meine Tränke und Heilmittel brauche, und dann genauso gemächlich wieder heimreiten.«

»Du könntest trotzdem stürzen.«

»Thylda wird mit mir im Sattel reiten. Also werde ich gut behütet sein.«

Fast eine Stunde lang versuchte Botolf, ihr das Vorhaben auszureden. Er drohte ihr sogar damit, sie in ihren Gemächern einzusperren. Aber ihr Entschluß stand fest. Wenn er ihr nun befohlen hätte, den Ausflug zu unterlassen, hätte sie dennoch eine Möglichkeit gefunden, ihren Willen durchzusetzen. Sie hatte ihn nicht um Erlaubnis gefragt, hatte ihn nur höflichkeitshalber über ihren Plan unterrichtet. Saxan war überzeugt, daß sie bei der Geburt ihres Kindes nicht auf die gewünschten Kräuter und Moose verzichten konnte.
»Dann warte, bis ich dich begleiten kann«, schlug er als Kompromißlösung vor. »Du weißt, daß es mir heute nicht möglich ist. Ich erwarte einige von meinen Leuten und habe unaufschiebbare Geschäfte zu erledigen.«
»Und ich habe leider keine Zeit mehr zu warten«, sagte Saxan. »Aye, einen oder zwei Tage könnte ich mich noch gedulden, aber was ist, wenn es morgen regnet oder zu kalt oder zu stürmisch ist? Heute ist es warm, die Sonne scheint und ich fühle mich wohlauf.«
»Ging es dir denn schlecht?«
»Nay, manchmal fühle ich mich nur so träge und unbehaglich. Ich muß wirklich gehen, Botolf. Ich brauche bestimmte Moose, um die Blutung zu stillen …«
Er hob die Hände, um sie an weiteren Erklärungen zu hindern. »Nay, ich will eigentlich gar nicht wissen, warum du diese Kräuter brauchst und welche grauenhafte Begleiterscheinung einer Geburt jedes einzelne zu beheben vermag. Es ist mir zwar nicht recht, aber dann geh halt. Aber du wirst dich an meine Anordnungen halten.«
Saxan verbiß sich ein Lächeln und lauschte aufmerksam seinen Bedingungen. Sie fielen nicht so streng aus, wie sie befürchtet hatte, wenngleich sie böse wurde, als er ihr verbot, ihren schwarzen Hengst Midnight zu reiten. Selbst als sie ihn darauf

hinwies, daß Midnight im Falle eines Angriffs von großem Vorteil wäre, ließ er sich nicht erweichen. Er suchte sechs Soldaten aus, die sie begleiten sollten, und sie rüstete eilends zum Aufbruch.

»Erstaunlich, daß Botolf es erlaubt hat«, bemerkte Thylda und betrachtete skeptisch die kräftige, fromme Stute, auf der sie und Saxan ritten. »Außerdem bin ich restlos empört über das Pferd, das er für uns ausgesucht hat.«
Saxan lachte und tätschelte den starken Hals des Pferdes. »Er wollte sicher sein, daß wir nicht zu schnell reiten oder abgeworfen werden.«
»Dieses arme Tier könnte nicht einmal schnell laufen, wenn eine Meute Hunde nach seinem Hinterteil schnappen würde.«
Es fiel Saxan nicht leicht, sich das Lachen zu verbeißen, zumal ihre sechs stämmigen Begleiter sich keineswegs zurückhielten. Sie bemühte sich um eine würdige Haltung. »Es ist ein gutes Pferd und bringt uns sicher ans Ziel.«
»Und dort bricht es vor Altersschwäche zusammen, und wir müssen zu Fuß nach Hause gehen«, murrte Thylda. »Was meinst du, ob unsere Brüder bald eintreffen werden? Zum Sommer muß ich nach Wolfshead Hall zurückkehren, und obwohl mir die Zeit in Regenford sehr gut gefallen hat und ich mich nur ungern von dir trenne, freue ich mich doch auf zu Hause.«
Ein kleiner schmerzhafter Stich fuhr in Saxans Herz. Der Grund dafür waren schöne Erinnerungen an Wolfshead Hall und der Gedanke an den Abschied von ihrer Schwester. Zwar war sie zufrieden mit ihrem neuen Leben, aber ihr altes vermißte sie trotzdem. Wie erfreulich es wäre, wenn beides sich irgendwie verbinden ließe, damit sie alle und alles, was sie liebte, in ihrer Nähe hatte, aber das war natürlich ein törichter

Wunsch. Botolf, Regenford und die Kinder, die sie zur Welt bringen würde – das war jetzt ihr Leben.

»Unsere Brüder dürften jetzt jeden Tag ankommen«, erwiderte sie. »Sie haben mir versprochen, bei mir zu sein, wenn meine Stunde näher rückt, und die Geburt steht kurz bevor. Aus dem Grunde suche ich ja auch nach diesen Pflanzen und Moosen, obwohl es noch reichlich früh im Jahr ist.«

»Und glaubst du, daß du findest, was du benötigst?«

»Zum Teil wenigstens. Alles treibt schon Knospen und färbt sich grüner. Die gewünschten Pflanzen sind vielleicht noch nicht so gut, wie ich sie gern hätte, aber ich kann nicht warten, bis sie ihre Kraft voll entfaltet haben.«

»Saxan, hast du Angst?« fragte Thylda so leise, daß ihre Begleiter sie nicht hören konnten.

»Aye, ein wenig«, antwortete Saxan genauso leise. »Schließlich habe ich noch nie ein Kind geboren. Ich sage mir aber immer wieder, daß Denu und Tuesday keinerlei Schwierigkeiten bei der Geburt hatten. Wenn sie es unbeschadet überstanden haben, kann ich es auch.«

»Und man sagt, Mutter wäre von ähnlicher Statur gewesen wie wir, und sie hat neun Kindern das Leben geschenkt.«

»Auch damit ermutige ich mich von Zeit zu Zeit.« Sie betrachtete eingehend den Boden, auf dem sie ritten, und bedeutete den Soldaten zu halten. »Ich glaube, hier könnte meine Suche Erfolg haben.«

»Freies Feld«, gab John, der älteste ihrer sechs Leibwächter, zu bedenken, als er absaß.

»Ist das nicht zu unserem Vorteil?« fragte Saxan.

»Es könnte genausogut zu unserem Nachteil sein.« Er zuckte mit den breiten Schultern. »Werdet Ihr lange brauchen?«

»Nein, das, was ich suche, wächst nicht im verborgenen. Gewöhnlich ist es leicht zu finden und zu pflücken, und wenn ich hier nichts entdecke, müssen wir weiterreiten.« Sie griff nach dem Beutel, der ihre Heilmittel enthielt, und begann, gefolgt von Thylda, mit der Suche nach den benötigten Heilkräutern.

Botolf hatte erhebliche Mühe, sich auf die Arbeit zu konzentrieren, die ihn in Regenford zurückgehalten hatte. Schon in dem Augenblick, als Saxan zum Tor hinausritt, hatte er es bereut, ihr die Erlaubnis gegeben zu haben. Wäre es nicht um Heilkräuter gegangen, die ihr die Geburt erleichtern würden, hätte er ihr diesen Ausflug überhaupt nicht gestattet. Sooft er sich auch sagte, daß weit und breit keine Schotten und auch keine Spur von Cecil gesichtet worden war, wollte es ihm doch nicht gelingen, die Sorge abzuschütteln. Schon früher hatten sich die Schotten wie auch Cecil unbemerkt gefährlich nahe an die Burg herangeschlichen.

»Da haben wir ein schweres Tagewerk vollbracht«, sagte Wesley, schenkte sich Wein ein und schaute sich im nahezu leeren Saal um. »Wann sind denn Roger und Talbot fortgegangen?«

»Etwa bei der Hälfte von Master Taylors Rede über die Notwendigkeit, die Dorfbewohner nachhaltiger zu beschützen.« Botolf nahm einen großen Schluck Wein und fragte sich, ob Saxan ihre Arbeit schon beendet hatte.

»Seine Rede hätte nicht gar so lange gedauert, wenn Ihr ihn nicht immer wieder aufgefordert hättet, das eben Gesagte zu wiederholen.« Als Botolf nicht auf den Vorwurf reagierte, stieß Wesley ihn an. »Ihr seid schon den ganzen Nachmittag über so geistesabwesend. Eurer kleinen Frau wird schon nichts fehlen. Schließlich wird sie von unseren sechs besten Männern begleitet.«

»Und die Geburt steht kurz bevor«, knurrte Botolf. »Es war Wahnsinn, sie reiten zu lassen, obwohl sie hochschwanger ist.«

»Aber wie Ihr sagtet, will sie doch Heilkräuter für die Geburt sammeln.«
»Ja.« Er fuhr sich mit den Fingern durchs Haar. »Einzig und allein aus diesem Grund habe ich sie überhaupt ziehen lassen. Ich konnte ihr nicht verbieten, sich mit Kräutern zu versorgen, die ihr womöglich die Geburt erleichtern können. Aye, und die sie womöglich sogar vor Gefahren schützen.« Er trommelte mit den Fingern auf den Tisch und blickte auf die schwere Eingangstür zum Rittersaal. »Ich werde jedoch einfach das Gefühl nicht los, daß sie da draußen nicht in Sicherheit ist.«
»Kein Mensch hat auch nur eine Spur von Cecil oder den Schotten gesehen.«
»Das bedeutet trotzdem nicht, daß sie nicht in der Nähe sein können, wie du sehr wohl weißt.«
»Ihr ängstigt Euch so, weil sie Euer Kind trägt.«
»Mag sein. Wie auch immer, ich gebe ihr noch zwei Stunden. Wenn sie dann nicht zurück ist, reite ich ihr entgegen.«

Saxan richtete sich auf, stopfte den Ballen Moos in ihren Beutel und massierte sich den Rücken. Sie hatte längst nicht alles gefunden, was sie brauchte, aber es wunderte sie nicht sonderlich. Es war viel zu früh.
Sie blickte über die Schulter zurück und fluchte. Sie fluchte schon die ganze Zeit über, seit sie haltgemacht hatten. Eine seltsame Vorahnung hatte sich in ihrem Herzen festgesetzt, von der sie sich nicht befreien konnte. Doch sooft sie sich auch umschaute, sie erblickte nichts Verdächtiges. Sie seufzte über ihre eigene Ängstlichkeit und blickte Thylda an, die ihr entgegenkam.
»Hast du das da gesucht?« fragte Thylda und zeigte ihr eine winzige, knospende Pflanze.
»Aye. Sie ist vielleicht noch zu jung und zu zart, aber wirf sie

trotzdem in den Beutel.« Schaudernd fixierte sie die Baumgruppe in Thyldas Rücken. »Irgend etwas hier beunruhigt mich gewaltig«, sagte sie leise.

Thylda schaute sich um, hob die Schultern und wandte sich wieder Saxan zu. »Vielleicht liegt es an deiner weit fortgeschrittenen Schwangerschaft, daß du so nervös bist. In diesen Bäumen da verbirgt sich nichts. Ich komme eben von dort.«

»Ich weiß, aber seit wir hier angekommen sind, kann ich meine Unruhe einfach nicht abschütteln. Hier gibt es jetzt auch nichts mehr zu pflücken; wir reiten am besten heim.« Sie ergriff die Hand ihrer Schwester, gab John, der stets in ihrer Nähe war, ein Zeichen und machte sich auf den Weg zu den Pferden. »Ich muß schnellstens weg von dieser Baumgruppe da drüben.«

»Habt Ihr dort jemanden gesehen?« fragte John und schaute sich mit besorgter Miene um.

»Nay. Gesehen habe ich nichts. Vielleicht bin ich einfach nur müde.«

»Spürst du etwas?« fragte Thylda leise.

»Wie ich schon sagte – mir ist unbehaglich zumute«, erwiderte Saxan flüsternd. »Eine Vision hatte ich nicht, falls du das wissen wolltest. Ich will nur fort.« Sie blieb plötzlich stehen und fluchte. »Und ich glaube nicht, daß es mir gelingen wird.«

John schrie auf, als ein Pfeil sich in seine Schulter bohrte. Noch während er mit dem unverletzten Arm sein Schwert zückte, brachen mehrere Männer aus dem Wald heraus. Mit einem Blick erkannte Saxan sie als Schotten. Sie schaute sich nach den übrigen fünf Männern aus Regenford um und sah, daß sie vom Feind überwältigt wurden. Saxan hielt Ausschau nach einem Fluchtweg. Die alte Stute stand frei, und Saxan rannte los.

»Thylda, lauf zu unserer Stute«, befahl sie ihrer Schwester und stieß das Mädchen vorwärts, da ihr klar war, daß sie selbst nicht sehr lange würde schnell laufen können.

»Ich lasse dich nicht im Stich«, protestierte Thylda.
»Es wäre Unsinn, wenn wir uns beide fangen ließen. Versuch, die Stute zu erreichen.«
Thylda hastete voraus und klagte: »Diese alte Mähre wird mir niemals zur Flucht verhelfen.«
»Nicht, wenn du vor lauter Jammern gar nicht bis zu ihr vordringst.«
Saxan hielt sich die schmerzende Seite und blickte Thylda nach. Sie hatte Angst vor der Gefangenschaft bei den Schotten, doch aufgrund ihrer Unbeholfenheit sah sie keine Chance, ihnen zu entkommen. Und es wäre sinnlos gewesen, auch Thylda an der Flucht zu hindern. Die Männer aus Regenford waren so gut wie geschlagen, und Thylda blieb nichts anderes übrig, als ihre womöglich einzige Chance zu ergreifen.
Saxan ging langsam, da sie wußte, daß Laufen ihr nichts einbringen würde. Sie wollte sich selbst oder ihrem Kind keinen Schaden zufügen. Als sie wieder zu Atem kam und der Krampf in ihrer Seite sich löste, hatte Thylda die Stute erreicht. Wilde Freude überkam Saxan, als sie glaubte, ihrer Schwester müßte die Flucht nun gelingen, doch dann schrie sie vor Schreck und Enttäuschung laut auf, denn drei kräftige Schotten hatten das Mädchen erreicht und zerrten sie aus dem Sattel.
Die Schotten stießen die fluchende, wild um sich schlagende Thylda zu Boden. Wut und Entsetzen packten Saxan, als zwei der Männer Thylda festhielten, während der dritte ihre Röcke hochriß. Der Anblick gab Saxan die Kraft, weiterzulaufen und noch im Lauf ihren Dolch zu zücken. Sie wußte, daß sie jetzt einen Fluchtversuch hätte wagen müssen, statt Thylda zu Hilfe zu eilen. Sie hätte einzig und allein daran denken dürfen, sich und das Kind zu retten. Aber sie konnte einfach nicht weglaufen und Thylda ihren Vergewaltigern überlassen.
Ein wilder Wutschrei brach über ihre Lippen, als sie bei den

Männern angelangt war. Sie stieß nach dem Kerl, der sich zwischen Thyldas Schenkel gedrängt hatte und sie nehmen wollte. Er warf den Arm hoch, um sich zu schützen, und Saxan verpaßte ihm eine Schnittwunde über die gesamte Länge seines Unterarms. Der Mann brüllte, hielt seinen blutenden Arm und wälzte sich von Thylda herab.

Zu Saxans Verwunderung und Freude ließen auch die beiden anderen Männer von Thylda ab. Der eine holte schon zum Schlag aus, doch sein Gefährte fiel ihm in den Arm und stellte den Fluchenden dafür zur Rede, daß er die Hand gegen eine Schwangere erheben wollte. Saxan konnte nicht begreifen, daß ein Mann, der eben noch ein blutjunges Mädchen hatte vergewaltigen wollen, sich so über die Absicht seines Freundes empörte, der sich an einer Schwangeren vergreifen wollte, doch ihr blieb keine Zeit, um sich über diese verdrehten Moralvorstellungen zu wundern. Thylda war schon aufgesprungen, und da die Stute geflüchtet war, stieß Saxan ihre Schwester vorwärts in Richtung Wald. Falls sie die Baumgrenze erreichten, würden sie sich vielleicht verstecken können.

Wieder blieb Saxan hinter Thylda zurück. Die Seitenstiche plagten sie erneut, doch sie achtete nicht darauf. Sie war nur getrieben von dem Wunsch, Thylda in Sicherheit zu bringen, bevor ein weiterer Schotte auf die Idee kam, sich mit dem Mädchen zu vergnügen. Sie zischte einen Fluch, als sie erkannte, daß die Männer aus Regenford teils tot, teils überwältigt waren, denn ein Jagdruf, der durch Mark und Bein ging, verriet ihr nun, daß die Schotten ihre gesamte Aufmerksamkeit auf sie und Thylda richteten. Zwar befanden sie sich schon im tiefen Wald, doch Saxan glaubte nicht daran, daß ihnen genug Zeit blieb, um ein sicheres Versteck zu finden.

Thylda hockte sich hinter ein Dorngestrüpp, und die schwellenden Knospen an den Zweigen gaben ihr zusätzliche

Deckung. Sie fing Saxan auf, als diese ihr entgegentaumelte. »Wir müssen ein wenig verschnaufen«, keuchte sie. »Geht es dir gut?«

»Nein, aber ich kann noch weiter.« Saxan hörte die Schotten auf der Suche nach den jungen Frauen durchs Gehölz brechen. »Wir dürfen nicht zu lange ausruhen.«

»Ich weiß, aber wir müssen zu Atem kommen, wenn wir nicht vor ihren Füßen zusammenbrechen wollen.«

Saxan nahm Thyldas Hand und spürte, daß sie genauso zitterte wie sie selbst. »Geht es *dir* gut?«

»Aye, wenn ich wahrscheinlich auch mit dem einen oder anderen Alptraum über meine Beinahe-Vergewaltigung rechnen muß. Das Schwein hatte nicht einmal gemerkt, daß ich Unterhosen trage, was mir ein wenig Aufschub verschaffte. Ich kann nur beten, daß wir nicht gefangen werden.«

Saxan nickte und drückte Thyldas Hand. Sie hörte die Angst und die Hoffnungslosigkeit in Thyldas Stimme. Ihre Chancen zu entkommen waren gering, und Thylda verstand jetzt, daß Gefangenschaft Vergewaltigung bedeutete. Vielleicht waren die Schotten nur im Rausch des Kampfes so weit gegangen, andererseits aber ließ sich nicht leugnen, daß viele Soldaten weibliche Gefangene als Freiwild betrachteten. Saxan hatte grauenhafte Angst um ihre Schwester. Die Angst um sich selbst setzte ihr nicht so sehr zu, denn sie war die Gattin eines Grenzlords und zudem hochschwanger.

»Falls wir gefangengenommen werden, müssen wir betonen, daß wir Todds sind, und gleichzeitig auch auf unsere Verwandtschaft mit dem Earl of Regenford hinweisen«, sagte Saxan.

»Glaubst du wirklich, daß uns das hilft? Diese Männer müssen unsere Verwandtschaft doch als ihre ärgsten Feinde betrachten.«

»Aye, aber sie achten sie auch, und was noch wichtiger ist, es wird unseren Wert als Geiseln erhöhen.«

»Ja, natürlich, und es könnte eine gewisse Wertminderung bedeuten, wenn wir, hm, beschädigt würden.«

»Genau. Jetzt aber müssen wir weiter. Wir wollen versuchen, uns immer außerhalb des Gebietes zu halten, das sie gerade abkämmen. Mit etwas Glück finden wir ein undurchdringliches Versteck oder können in einen schon durchsuchten Bereich zurückschlüpfen, wo sie nicht mehr nachschauen werden.«

Saxan zog die Kapuze ihres Umhangs über ihr Haar und bedeutete Thylda, dasselbe zu tun. Sie dankte Gott, daß sie beide nahezu vollständig in Braun gekleidet waren, was ihnen jetzt als Tarnung zugute kam. Hand in Hand huschten sie geduckt von Baum zu Strauch, hockten sich hinter umgestürzte Baumstämme und versuchten, den Schotten immer eine Nasenlänge voraus zu sein.

Als das gefährliche Spiel sich endlos ausdehnte, wuchs Saxans Verwunderung über die Entschlossenheit der Schotten, sie zu finden. Je länger die Männer sich in der Gegend aufhielten, desto größer wurde das Risiko, von den Engländern entdeckt zu werden, und Saxan war überzeugt, daß sie gerade das nicht wollten. Zwar waren die Schotten genug an der Zahl gewesen, um ihre Leibwache zu überwältigen, doch einer größeren Schlacht würden sie gewiß nicht standhalten.

Sobald sich ihnen die Möglichkeit bot, schlichen sie und Thylda zurück in das Waldgebiet, das die Schotten bereits abgesucht hatten. Sie faßten neue Hoffnung, als sie sich der Stelle näherten, wo sie die Pferde zurückgelassen hatten. Der Anzahl des Suchtrupps nach zu urteilen, waren nur wenige Wachen bei den Pferden zurückgeblieben, und vielleicht gelang es ihr und Thylda, ein Tier zu stehlen. Als die Pferde in Sicht waren, duckte Saxan sich hinter ein dichtes Dorngestrüpp und zog Thylda

neben sich. Zwei Schotten bewachten die entwaffneten, geschlagenen Soldaten von Regenford, ein weiterer lümmelte, an einen Baum gelehnt, in der Nähe der Pferde.
»Meinst du, wir können uns ein Pferd holen?« fragte Thylda.
»Aye, und seltsamerweise macht mich das sehr mißtrauisch.« Sie hob die Schultern. »Aber vielleicht können diese Männer sich einfach nicht vorstellen, daß Frauen so schlau sein könnten, zurückzuschleichen und so etwas zu versuchen. Ich weiß nicht recht, aber irgend etwas an diesem Überfall ist mir nicht geheuer.«
»Es war schon ein glücklicher Zufall für die Schotten, ausgerechnet uns in die Quere zu kommen.«
»Aye, und es riecht nach zuviel Glück und Zufall.«
»Woher konnten sie wissen, daß wir hierherkommen würden?«
»Ich habe kein Geheimnis daraus gemacht, daß ich in dieser Gegend nach Kräutern und Moosen suchen wollte. Auch nicht daraus, daß ich es sehr bald tun würde. Vielleicht erinnerst du dich, daß ich jede einzelne Frau in Regenford gefragt habe, ob eine von ihnen in der Lage wäre, diese Aufgabe für mich zu übernehmen.«
»Denkst du, diese Männer haben es auf dich abgesehen? Daß alles geplant war?«
»Aye, allmählich glaube ich das. Sie riskieren eine ganze Menge, indem sie sich mit der Suche nach uns aufhalten. Die Schotten lassen sich gewöhnlich nicht viel Zeit. Sie preschen heran, bringen soviel Unheil, wie sie können, und galoppieren davon, entweder zurück nach Schottland oder weiter nach England hinein.«
»Aber wer würde sich diese Mühe machen? Oh, glaubst du etwa, in Regenford treibt sich noch immer ein Spion von Cecil herum?«

»Das ist durchaus möglich. Ich kann nur beten, daß mein Mißtrauen übertrieben ist und ich nicht so schlau bin, wie ich denke.«

»Hört auf zu beten, Lady. Ihr seid tatsächlich ziemlich schlau«, ertönte eine tiefe Stimme mit unüberhörbar schottischem Akzent hinter ihrem Rücken.

Saxan drehte sich langsam um und richtete sich auf. Sie legte den Arm um Thylda, die sich fest an sie schmiegte, und blickte den Mann an. Lässig hielt er sein Schwert auf sie gerichtet. In seinen schwarzen Augen blitzte eiskalte Belustigung. Er trug ein weites, weißes Hemd und ein zu einer Art Rock geschlungenes Plaid, das ihm bis an die Knie reichte. Grobe Schnürstiefel aus Wildleder umschlossen seine kräftigen Waden, und sein dichtes, schwarzes Haar hing ihm bis über die Schultern herab und rahmte sein schmales Raubvogelgesicht. Er wirkte düster und gefährlich. Saxan ertappte sich bei dem Gedanken, daß er irgendwie von barbarischer Schönheit war.

»Meine Männer haben mich für verrückt erklärt, als ich sagte, Ihr könntet einen Bogen schlagen und versuchen, zu den Pferden zu gelangen«, sagte der Mann und lächelte kaum merklich.

»Ah, aber ich weiß, daß die Todd-Mädchen ausgesprochen klug sind.«

»Ihr wißt, daß wir Todds sind?« fragte Saxan.

»Aye, ich weiß genau, wer Ihr seid. Ian, Fraser, helft den Mädchen auf die Füße«, befahl er seinen beiden Begleitern. »Ich bin Sir Bretton Graeme.« Er verbeugte sich leicht.

»Ich bin Lady Saxan Lavington«, stellte Saxan sich vor. »Und das ist meine Schwester Mistress Thylda Todd.«

»Er sagte, Ihr seid schwanger«, bemerkte Bretton leise und musterte finster ihren Leib. »Offenbar wußte er wohl nicht, wie weit fortgeschritten.« Er hob die Schultern. »Ein weiterer Beweis, daß Ihr diejenige seid, die er sucht.«

»Warum macht ein Graeme die schmutzige Arbeit für einen Engländer?« wollte Saxan wissen. Jetzt war sie sicher, daß Cecil diesen Mann angeheuert hatte.

»Mylady, Ihr seid hier geboren und aufgewachsen. Da werdet Ihr auch wissen, daß ein Graeme so gut wie alles für bare Münze tut.« Sobald seine Männer die beiden Frauen fest im Griff hatten, schob er sein Schwert in die Scheide. »Die schwangere Frau eines englischen Lords seinem Bruder auszuliefern, der ihm die Macht entreißen will, ist nur ein geringfügiges Verbrechen. Wer bin ich, daß ich entscheiden könnte, ob der Streit zwischen Cecil und Botolf Lavington gerechtfertigt ist?«

Etwas wie Verbitterung schwang in seiner Stimme mit, und Saxan fragte sich, ob diese seinem Widerwillen gegen Cecils Auftrag entsprang. Wenn der Mann das, was er tat, selbst verabscheute oder aber irgendwie gezwungen war, Cecil zu gehorchen, wäre es vielleicht möglich, diese Schwäche zu ihren Gunsten zu nutzen. Womöglich wußte Sir Graeme nicht einmal, was Cecil mit ihr vorhatte. Es konnte immerhin sein, daß der Mann an einem solchen Verbrechen keinen Anteil haben wollte.

»Und wie betrachtet Ihr den Mord an einer Schwangeren?« fragte sie.

»Davon war nie die Rede«, antwortete er.

»Warum will er mich dann haben?«

»Er vertraut sich mir nicht an, Mylady.«

»Cecil will Botolf tot sehen. Er will meinen Tod und den meines Kindes. Wollt ihr so viel Blut an Euren Händen? Wenn Ihr mich Cecil ausliefern wollt, könnt Ihr mir auch gleich selbst die Kehle durchschneiden.«

»Seid still, Weib.« Er stieß sie in Richtung der Pferde vor sich her. »Ihr geht zu Cecil, und Eure Schwester und Eure Männer werden nach Regenford zurückverkauft.«

»Ihr könnt mich Cecil nicht ausliefern.«
»Schweigt. Ich habe bereits mehr englische Lügen gehört, als ich vertragen kann.«
Saxan kämpfte gegen die Tränen der Hoffnungslosigkeit, als sie zu den Pferden geführt wurde. Sie wußte, daß sie nun ihrem Tod entgegenging, schlimmer noch: sie wußte, daß sie benutzt werden würde, um Botolf in den Tod zu locken.

Siebzehntes Kapitel

Saxan verzog das Gesicht, als einer von Brettons Männern ihr beim Absitzen behilflich war. Sie betrachtete den Turm, zu dem sie sie führten. Er war heruntergekommen, aber immer noch stark genug, um einem Angriff zu widerstehen, zumindest lange genug, daß der Feind empfindliche Verluste würde hinnehmen müssen. Sie war überzeugt, daß Botolf und ihre Verwandten jede Behausung in einem Umkreis von einigen Tagen Entfernung zu Regenford durchsucht hatten, und doch war Cecil ihnen irgendwie entschlüpft. Diese Fähigkeit machte den Mann um so gefährlicher.

Cecil erwartete sie im Rittersaal. Saxan brauchte einen Augenblick, um sich an die Finsternis in dem Raum zu gewöhnen. Die zahlreichen Talgkerzen vermochten die Dunkelheit nicht restlos zu vertreiben. Saxan versuchte, den Kopf hoch zu tragen und Mut zu zeigen, als sie Cecil vorgeführt wurde. Unter seinem triumphierenden Blick überlief sie ein kalter Schauer. Als er ihren Leib betrachtete, verzerrte sich sein Gesicht vor Haß. Saxan wich einen Schritt zurück und prallte gegen Sir Brettons hohe Gestalt.

Während sie ihre eigenen Ängste niederkämpfte, wurde ihr Sir Brettons verkrampfte Starre bewußt. Cecil und Sir Graeme waren keine Verbündeten, dessen war Saxan sich sicher. Sir

Graeme saß genauso wie sie in Cecils Falle, nur mit dem Unterschied, daß er die Möglichkeit hatte, dieser Falle lebend zu entkommen.

»Ich bringe, was Ihr haben wolltet«, sagte Bretton zu Cecil. »Gebt jetzt zurück, was Ihr genommen habt.«

»So ungeduldig«, sagte Cecil leise und wandte sich träge zu einem der zwölf Bewaffneten um, die ihn im Halbkreis umstanden. »Martin, hol unsere Gefangenen. Wir brauchen sie nicht mehr.«

Saxan sah Sir Graeme an. Sein hageres Gesicht war angespannt und kreideweiß vor Zorn. Er wünschte Cecil genauso inbrünstig den Tod, wie sie es tat. Saxan wartete gespannt darauf zu erfahren, was Cecil gegen ihn in der Hand hatte, um ihn seinem Befehl, ganz gleich, wie widerlich dieser ihm war, zu unterwerfen.

Als Martin und ein weiterer Mann mit den Gefangenen zurückkamen, verstand Saxan. Sie stießen zwei kleine Jungen und ein Mädchen, das dem Aussehen nach nur wenig jünger als Thylda war, zu Bretton hinüber. Die Kinder eilten zu ihm, wurden kurz umarmt und versteckten sich dann hinter seinem Rücken. Dieser Umstand wie auch das Aussehen der Kleinen legten den Schluß nahe, daß sie entweder Brettons Kinder waren oder immerhin sehr nahe Verwandte.

»Da hast du sie, Graeme. Lebendig, wie versprochen«, sagte Cecil.

»Aye, aber ihre Blutergüsse sprechen eine deutliche Sprache. Ihr habt ihnen den Aufenthalt weiß Gott nicht leicht gemacht«, sagte Bretton. Seine leise Stimme klang fast wie ein Fauchen. »Hat einer von den Männern das Mädchen angefaßt?«

»Nay, ich sagte doch, bei mir ist sie in Sicherheit.«

Saxan sah Bretton an und sagte: »Hoffentlich könnt Ihr die gleichen Beteuerungen abgeben wie dieser Hundesohn. Ihr haltet

meine jüngste Schwester gefangen. Sagt jedem einzelnen von Euren Männern, der sie mit lüsternem Blick ansieht, er möge sich von meiner Schwester fernhalten, wenn ihm an seiner Männlichkeit gelegen ist, denn sonst wird eine wahre Horde meiner Verwandten alles daransetzen, ihn davon zu befreien.«
Zu ihrer Verwunderung trat ein Lächeln auf sein düsteres Gesicht.
»Aye, und eine wahre Horde von weiblichen Verwandten wohl noch obendrein«, höhnte er gedehnt. »Ich weiß so gut wie jeder andere, daß das der Wahrheit entspricht. Damals stand ich mit meinem Vater vor den Mauern von Wolfshead Hall, als Eure Mutter uns bis zur Rückkehr Eures Vaters aufgehalten hat. Sie sah herrlich aus, dort oben auf den verfluchten Mauern. Mein Vater war hingerissen von ihr. Eurer kleinen Schwester wird kein Haar gekrümmt.«
»Das ist zumindest ein kleiner Trost für mich.«
»Wenn Ihr mit diesen rührseligen Freundschaftsbekundungen fertig seid«, spottete Cecil, »dürft Ihr Euch entfernen, Graeme.«
»Kehrt ihm besser nicht den Rücken zu«, warnte Saxan mit einem wütenden Blick auf Cecil. »Ein Mann, der so tief gesunken ist, daß er seinen eigenen Bruder ermorden will, schreckt auch nicht vor dem Mord an einem Verbündeten zurück.«
»Ich weiß wohl, mit welcher Sorte Mann ich gezwungenermaßen Umgang hatte«, erwiderte Bretton.
»Raus«, fauchte Cecil.
Saxan sah Bretton mit seinen Begleitern hinausgehen, behielt aber gleichzeitig auch Cecil im Auge. Sie wollte den Schotten, der sie ihrem Mörder ausgeliefert hatte, hassen, aber sie konnte es nicht. Sie verstand, warum er es getan hatte, als sie beobachtete, wie er die drei verängstigten Kinder aus dem Saal schob. Vermutlich würde der Mann, der die Kinder in Cecils Hände hatte fallen lassen, teuer dafür bezahlen müssen.

Langsam wandte Saxan sich zu Cecil um und schauderte, als er sie anlächelte. »Ihr glaubt, gewonnen zu haben.«
»Ich habe gewonnen«, sagte er und prostete ihr höhnisch mit seinem Weinpokal zu. »Ich habe dich, und Botolf wird wie ein schlachtreifes Lamm zu mir kommen, in der vergeblichen Hoffnung, dich und das Kind, mit dem er dich dick gemacht hat, retten zu können.«
»Und dann werdet Ihr ihn und mich und damit auch unser Kind töten. Was könnt Ihr gewinnen, wenn das Blut von drei Menschen an Euren Händen klebt?«
»Alles – den Landbesitz, die Titel, das Vermögen.«
»Vielleicht für eine kurze Zeit. Für einen Tag, eine Woche, einen Monat, höchstens ein Jahr. Ich glaube nicht, daß Ihr lange herrschen werdet. Ich bezweifle sogar stark, daß Ihr überhaupt Gelegenheit findet, Euch Eures verbrecherischen Sieges zu freuen. So viele Schwerter werden auf Euch gerichtet sein, daß Ihr aussehen würdet wie ein Igel, wenn sie alle gleichzeitig zustießen.«
»Du bist so sicher, daß deine Familie nach meinem Blut schreien würde? Ich werde ihr Lehnsherr sein.«
»Für sie werdet Ihr nie etwas anderes sein als der Mörder des rechtmäßigen Lehnsherrn und ihrer Verwandten.«
»Dann muß ich ihre Anzahl verringern, bis sie Gehorsam gelernt haben. Bring sie fort, Martin.« Er streckte seine Hand mit dem Dolch aus. »Aber schneide zuerst eine Locke von ihrem Haar ab und entferne ihren Ehering.«
Saxan stand da, so ruhig sie konnte, während Martin ihr eine dicke Haarlocke abtrennte. Allerdings konnte sie nicht anders, als sich zu wehren, als er ihr den Ring nahm, den Botolf ihr geschenkt hatte. Ein scharfer Blick in das Gesicht des stämmigen Mannes, der sie am Arm festhielt, veranlaßte ihn, seinen Griff zu lockern, doch dann gab Saxan jegliche Gegenwehr auf. Um-

geben von Cecil und seinen Männern, noch dazu behindert durch ihre Unbeholfenheit, wäre jeder Fluchtversuch unsinnig gewesen und hätte ihr allenfalls Verletzungen eingetragen. Ihre fortgeschrittene Schwangerschaft hatte allerdings einen Vorteil: keiner der Männer sah sie mit lüsternen Blicken an. Vielleicht gelang es ihr ja, bei ihren Wachen den Eindruck zu erwecken, daß sie aufgrund ihrer Leibesfülle nicht so streng im Auge behalten werden mußte.

Als sie die Treppe des Turms nach oben geführt wurde statt nach unten in den Kerker, entfuhr Saxan ein Seufzer der Erleichterung. Das Eingesperrtsein in einer feuchten, dunklen Zelle hätte sie gewiß nicht lange ertragen, und zudem hätte es ihr jede Hoffnung auf ein Entkommen genommen. Die Chancen waren allerdings auch so gering genug.

Martin stieß sie in einen kleinen Raum im dritten Stockwerk und schlug die Tür hinter ihr zu. Saxan hörte, wie der Riegel vorgeschoben wurde, und mußte ihre plötzlich aufsteigende Panik niederkämpfen. Zunächst einmal war sie lediglich eingesperrt, nicht tot oder grausamer Folter ausgesetzt, so sprach sie sich Mut zu. Jegliche Fluchtmöglichkeit war ihr verstellt, aber noch lebte sie, und solange sie lebte, blieb ihr die Hoffnung.

Nachdem sie sich vergewissert hatte, daß die schmale Pritsche, die ihr als Nachtlager dienen sollte, frei von Ungeziefer war, setzte sie sich und sah sich in ihrem Gefängnis um. So klein sie war, hätte sie sich kaum auf dem Boden ausstrecken können, ohne mit Kopf und Füßen die Wände zu berühren. Statt eines Fensters gab es eine Schießscharte, doch da der Raum im dritten Stock lag, wäre ein Flucht aus dem Fenster ohnehin unmöglich gewesen, zumal sie ihre unförmige Gestalt nicht hätte hindurchzwängen können.

Saxan legte sich nieder und rümpfte die Nase über den modrigen Geruch. Sie war erschöpft, viel zu erschöpft, um ausgeklügelte Fluchtpläne zu entwerfen. Wie auch immer Cecil sich sein weiteres Vorgehen gedacht haben mochte, er würde Zeit brauchen. Saxan beschloß, sich auszuruhen und später, wenn ihre Erschöpfung gewichen war, mit klarem Kopf über ihre prekäre Lage nachzudenken. Sie schloß die Augen und betete um ein Wunder. Sosehr sie sich auch bemühte, den Funken der Hoffnung nicht verlöschen zu lassen, fürchtete sie doch, daß nur göttliches Eingreifen sie jetzt noch retten konnte.

»Wie konntet Ihr meine Schwester diesem Meuchelmörder ausliefern?« wollte Thylda wissen, als Bretton in das Lager eintritt, das seine Männer gleich hinter der schottischen Grenze aufgeschlagen hatten.

Bretton saß ab und musterte die wutentbrannte junge Frau. »Darf ich erst den Reisestaub abschütteln, bevor Ihr über mich herfallt?«

»Schüttelt ab, was immer Ihr wollt, aber den Schmutz, mit dem ihr Euch durch Euren Umgang mit Cecil besudelt habt, werdet Ihr nicht mehr los.«

Thylda widerstand dem Drang, einen Schritt zurückzuweichen, als er sie böse ansah. Sobald das Lager errichtet war, hatte sie sich um die Männer aus Regenford gekümmert. Es kam ihr sonderbar vor, daß keiner von Botolfs Männern getötet worden war. Nur einer hatte eine gefährliche Verletzung davongetragen. Es sah so aus, als hätten die Schotten die Entführung möglichst unblutig erledigen wollen. Auch versuchte keiner der Männer noch einmal, sich ihr mit Vergewaltigungsabsichten zu nähern. Im Gegenteil, man begegnete ihr mit ausgesuchter Höflichkeit.

Sie begann, sich zu fragen, ob Sir Bretton vielleicht gar nicht von Cecil gedungen war, sondern vielmehr unter Zwang gehandelt hatte. Die Zeit verging, und Thylda wartete ungeduldig auf seine Rückkehr. Wenn er sich für das, was er getan hatte, schämte oder mit Schuldgefühlen plagte, konnte sie sich das vielleicht zunutze machen. Als er schließlich kam und die Kinder mitbrachte, wußte sie, daß sie sich nicht getäuscht hatte – er war zu der schändlichen Tat gezwungen worden. Jetzt mußte sie nur noch in Erfahrung bringen, wie sehr ihm seine Untat zusetzte oder, so überlegte sie nach einem Blick in die blassen Gesichter der von Blutergüssen gezeichneten Kinder, wie groß sein Haß auf Cecil war.

»Ihr habt eine spitze Zunge, Weib«, sagte Bretton. »Angesichts Eurer unvorteilhaften Lage solltet Ihr besser genau überlegen, an wem Ihr sie wetzen wollt.« Dankend nickte er einem seiner Männer zu, der ihm einen Weinschlauch reichte und sich seines Pferdes annahm. »Ist der Bote schon nach Regenford geschickt worden, Ian?« fragte er seinen Lehnsmann, der neben Thylda dicht am Feuer saß.

»Aye«, erwiderte Ian. »Wir haben das von Euch festgesetzte Lösegeld gefordert. Ich bin allerdings der Meinung, es ist zu wenig.«

»Nay. Ich habe dem Earl am heutigen Tag weiß Gott genug genommen«, sagte Bretton leise, setzte sich an Thyldas andere Seite und nahm sich etwas von dem Kaninchen, das Ian geröstet hatte.

»Aye«, fuhr Thylda ihn an. »Ihr habt seine Frau und sein ungeborenes Kind ermordet.« Sie rückte von ihm ab, als er zu ihr herumfuhr und sie wütend ansah.

»Sie war der Preis für die Kinder meines verstorbenen Bruders. Ich hatte keine Wahl.«

»Man hat immer eine Wahl«, widersprach sie, doch ihr Tonfall war weicher, denn sie verstand.

Bevor Bretton noch etwas sagen konnte, eilte einer seiner Män-

ner zu ihm und flüsterte: »Ihr hattet recht. Der Hurensohn hat seine Meuchelmörder hinter uns hergeschickt. Und sie haben unseren Boten nach Regenford getötet, denn einer von ihnen reitet sein Pferd.«
Thylda hatte keine Gelegenheit nachzufragen, was geschehen war. Bretton packte sie am Arm, zerrte sie auf die Füße und stieß sie, während er seinen eigenen Leuten Befehle zubrüllte, zu den Männern aus Regenford. Sie und die gefangenen Soldaten wurden aus dem Lager geschleift und zwischen Bäumen und Büschen verborgen. Zwei Schotten blieben als Wachen bei ihnen, doch Thylda hatte das Gefühl, daß sie mehr zu ihrem Schutz als zur Kontrolle dienten. Als die Männer aus Regenford sie umringten, verstand Thylda, daß auch sie die nahende Gefahr ahnten, eine Gefahr, die nicht nur die Schotten, sondern auch sie bedrohte. Schwerterklirren hallte durch den Wald, und Thylda fragte sich besorgt, wo die Kinder wohl untergebracht waren.
Sie hielt sich die Ohren zu, um die Schreie der Sterbenden nicht hören zu müssen. Der Lärm war um so beängstigender, als sie nicht wußte, wer starb – der Feind oder der Beschützer. Thylda verbarg sich im Kreis der Männer von Regenford, schloß die Augen und betete, daß der Kampf bald vorüber wäre.
»Es ist vorüber, Mädchen«, sagte John und berührte Thylda leicht an der Schulter.
»Wer hat gewonnen?« fragte sie und schlug die Augen auf.
»Wir«, antwortete Bretton, ergriff ihre Hand und zog Thylda auf die Füße.
»Ihr solltet das Kind in unserer Obhut lassen«, sagte John und musterte Bretton mit unverhohlenem Mißtrauen.
»Kein Grund zur Besorgnis«, erwiderte Bretton. »Ich habe Lady Saxan geschworen, daß ihrer Schwester kein Haar gekrümmt wird. Das Mädchen ist bei mir in Sicherheit.«

»Cecil hat Euch angegriffen, nicht wahr?« fragte Thylda, als Bretton sie zurück ans Lagerfeuer führte.

»Aye.«

Sie betrachtete die drei Kinder, die am Feuer hockten. Von dem vorangegangenen Kampf war keine Spur mehr zu sehen, bis auf die frisch verwundeten Schotten und zwei von Decken verhüllten Leichen.

Thylda setzte sich ans Feuer, lächelte den Kindern zu und hörte, wie Bretton der Hälfte seiner Männer befahl, mit den Kindern, den Verwundeten und den Toten nach Hause zurückzukehren.

»Und was habt Ihr vor?« fragte Thylda, ohne seinen überraschten Blick ob ihrer Unverschämtheit zu beachten.

»Glaubt Ihr, ich bespreche meine Pläne mit einem kleinen englischen Mädchen?«

»Aye, denn ich vermute, daß diese Pläne in einem gewissen Zusammenhang mit mir stehen.«

Er fluchte und fuhr sich mit den gespreizten Fingern durchs Haar. »Allmählich verstehe ich, wie ihr Todd-Frauen zu eurem Ruf gekommen seid.«

»Wir haben einen Ruf?« fragte sie einerseits erfreut, andererseits aber nicht sicher, ob sie Grund dazu hatte.

»Oh, aye, zu beiden Seiten der Grenze. Und meiner Meinung nach ist das nichts, worauf Ihr stolz sein könntet. Die meisten Ladys würden es nicht gern hören, wenn man sie als stark wie ein Mann und genauso klug bezeichnete.«

»Stimmt. Wir Todd-Frauen ziehen es vor, als stärker und klüger als Männer bezeichnet zu werden.« Sie hörte überrascht, daß Bretton lachte.

»Vielleicht seid Ihr es sogar, Mädchen. Aye, entweder ist es so, oder Ihr seid zu dumm und zu naiv für diese Welt.« Er beantwortete ihren bösen Blick mit einem schwachen Lächeln. »Aye, was ich jetzt plane, betrifft Euch und Eure Männer. Ich bringe Euch alle zurück nach Regenford.«

»Ich weiß. Um Lösegeld zu fordern.«

»Nay, jetzt nicht mehr. Dieser Hundesohn Cecil glaubt, ich würde kein Problem mehr für ihn darstellen, weil seine mörderischen Horden mich niedergemetzelt hätten. Noch bevor er feststellen kann, daß sein Verrat ihm nichts eingebracht hat, wird er um sein Leben kämpfen müssen. Falls Ihr etwas von dem Kaninchen und einen Schluck trinken möchtet, bevor wir nach Regenford reiten, bedient Euch jetzt.«

»Es ist schon fast dunkel«, gab sie zu bedenken, während sie sich etwas von dem inzwischen kalten Braten nahm und einen langen Zug aus dem Weinschlauch tat, den Bretton ihr reichte.

»Aber Mädchen, Ihr müßtet doch wissen, daß die Dunkelheit einen Räuber noch nie an der Ausübung seiner Tätigkeit gehindert hat.«

Saxan schlug langsam die Augen auf und fuhr zusammen, als sie Cecil an ihrem Bett stehen und sie anstarren sah. Sie konnte nicht verhindern, daß ihr Blick zu seiner Hand huschte, um sich zu vergewissern, ob er einen Dolch hielt. Cecils eiskalter Blick erschreckte sie, aber sie kämpfte die Angst nieder, nicht bereit, sie vor ihm offenbar werden zu lassen. So ruhig sie konnte, richtete sie sich auf.

»Was wollt Ihr hier?« fragte sie.

»Ich bewundere die Frau, die mein Bruder zur Gattin genommen hat. Der einzige Makel, den ich entdecke, besteht darin, daß er diesmal nicht eine mit dem Herzen einer Hure genommen hat. Das macht alles nur schwerer für mich.«

»Odella hat sich nicht so hilfreich gezeigt, wie Ihr es erwartet hattet?«

»Nay. Es ist ihr nie gelungen, Botolf nahe genug zu kommen. Merry, das Küchenmädchen, war entschieden nützlicher. Als sie mir freilich verriet, wie ich dich in die Finger bekommen könnte, ging ihre Hilfe zu weit.«
»Wie ist das denn möglich?« Saxan wich zurück, als er in ihr Haar greifen wollte, aber es gelang ihm trotzdem, über ihren langen Zopf zu streichen.
»In diesem Fall war ihre Information so wertvoll, daß ich kein Risiko eingehen wollte. Man hätte sie zwingen können zu verraten, was sie mir anvertraut hatte.«
»Da habt Ihr sie getötet.«
»Gibt es einen sichereren Weg, um jemanden zum Schweigen zu bringen?« wollte er wissen. »Ich war jedoch in Eile, und das bereitet mir Sorgen. Es geschah nicht so sauber, wie ich es gewünscht hätte.« Er hob die Schultern. »Aber es ist nicht wichtig. Selbst wenn die Leiche der kleinen Hure gefunden wird, bringt es sie nicht weiter. Sie kann ja nicht sagen, wer sie getötet hat, nicht wahr?«
Er sprach so seelenruhig über den Mord, daß Saxan schauderte. »Mich wundert, daß Ihr Lady Odella und ihren Vater am Leben gelassen habt.«
»Habe ich das getan?«
Jetzt konnte sie ihr Entsetzen nicht länger verbergen. »Ihr habt sie auch umgebracht?«
»Natürlich nicht mit meinen eigenen Händen. Wenn sie jetzt noch nicht tot sind, werden sie es aber bald sein. Der Mann, den ich ihnen nachgesandt habe, versteht sein Handwerk.«
»Euer Weg ist buchstäblich von Leichen übersät. Ich begreife nicht, wie Ihr immer noch glauben könnt, Ihr würdet ungeschoren davonkommen.«
»Diejenigen, denen ich nicht trauen kann, bringe ich um. So einfach ist das.«

»Ihr seid wahnsinnig.« Sie unterdrückte einen Schmerzensschrei, als er ihr rücksichtslos mit dem Handrücken ins Gesicht schlug.
»Ich an deiner Stelle würde mir gut überlegen, was ich sage, Mylady. Ich habe keineswegs vergessen, daß meine Mutter sich deinetwegen von mir abgewendet hat.« Er öffnete die Finger seiner erhobenen Hand und ballte sie wieder zur Faust, aber er schlug sie nicht noch einmal.

»Meinetwegen? Ihr habt versucht, ihren Sohn, Euren Bruder, umzubringen. Ihr verdankt es nur ihrer großen Liebe zu Euch, daß sie nicht die Wahrheit sehen wollte, als alle anderen sie längst kannten. Hättet Ihr mich nicht angegriffen und das Leben ihres Enkelkindes nicht bedroht, würde sie die Wahrheit vielleicht immer noch leugnen. Ein derartiges Verbrechen kann selbst eine Mutter nicht vergeben.«
»Leugne doch nicht deine Schuld an ihrer veränderten Einstellung mir gegenüber«, sagte er mit vor Wut heiserer Stimme. »Ich weiß von jedem Wort, das du nach unserem Zusammentreffen im Wald zu ihr gesagt hast.«
Saxan schüttelte den Kopf. Sie wußte nicht, wie sie dem Mann begegnen sollte. Er war zweifellos wahnsinnig und betrachtete alles aus einem völlig verdrehten Blickwinkel. Seinen Plan, sie und ihr Kind zu ermorden, würde sie ihm nicht ausreden können. Er war nicht der Typ Mann, der sich auf ein Streitgespräch einließ. Und sie hatte nicht die geringste Ahnung, wodurch sie ihn erneut so würde reizen können, daß er sie schlug.
»Und dafür, daß Lady Mary es nicht gutheißen kann, daß Ihr ihren Sohn tötet, gebt Ihr mir die Schuld«, sagte sie. »Worin besteht Eurer Meinung nach Botolfs Schuld?«
»In allem.« Er lächelte kalt. »Allein schon darin, daß er geboren wurde.« Er ließ seinen Blick über ihren Leib wandern und sah

ihr dann in die Augen. »Sein Kind wird das Licht der Welt nicht erblicken.«
»Sein Kind ist blutsverwandt mit Euch und hat Euch nie irgend etwas zuleide getan.«
»Das Kind könnte aber heranwachsen und für sich beanspruchen, was mir gehört.«
»Blutrünstiger Bastard«, fauchte sie. Angst und Zorn nahmen ihr die Ruhe, und es verwunderte sie nicht, daß er sie wieder schlug. Sie richtete sich auf, funkelte ihn böse an und wischte sich das Blut von den Lippen.
»Hüte dich, Mylady. Ich brauche dich nur, damit du Botolf herlockst. Deine Leiche taugt wohl ebensogut zum Köder wiedein lebendiger Körper. Nun ja, ich hätte große Lust, Botolf zuschauen zu lassen, wie ich das Leben seiner Frau und seines heißersehnten Kindes beende. Falls du mich reizt, könnte ich allerdings auf das Vergnügen verzichten. Du kannst früher oder später sterben. Den Zeitpunkt kannst du selbst wählen.«
»Was für eine Wahl«, flüsterte sie und schauderte, als Cecil ging.
Seine Worte weckten den Drang zu weinen in ihr, doch sie atmete ein paarmal tief durch und beruhigte sich. Das Weinen würde ihr nichts einbringen, sondern sie nur noch mehr schwächen. Trotzdem verursachten die Bilder, die Cecil in ihr heraufbeschworen hatte, ihr eine Gänsehaut. Es war schwer genug, ihrem eigenen Tod und dem ihres Kindes ins Auge zu sehen, doch die Vorstellung, daß er die Greueltaten vor Botolfs Augen begehen wollte, um ihn zusätzlich zu quälen, war entsetzlich. Sie schlug die Hände vors Gesicht und bemühte sich, diese Bilder zu verdrängen, um den Kopf frei für ihre Fluchtpläne zu haben.
Sie trat an die schmale Schießscharte und beugte sich vor, um nach draußen zu blicken. Selbst wenn sie sich durch die enge

Öffnung hätte zwängen können, hätte sie doch noch einen Sprung in dreißig Fuß Tiefe auf felsigen Grund zu bewältigen gehabt. Sie schritt an den Wänden des Raums entlang, fand jedoch keine Geheimtür. Nachdem sie sich wieder aufs Bett gesetzt hatte, blickte sie mißmutig auf die dicke Tür. Das war der einzige Weg nach draußen. Entweder mußte sie jemanden überwältigen und auf gut Glück loslaufen, was ihr in ihrem Zustand wahrscheinlich nicht gelingen würde, oder ihr blieb nichts anderes übrig als zu beten, daß irgendwer vergaß, die Tür zu verriegeln.

Als man ihr schließlich Wasser und etwas zu essen brachte, war Saxan der Verzweiflung nahe. Sie lag auf dem Rücken auf der schmalen Pritsche und starrte an die Decke. Es dauerte einen Moment, bis sie bemerkte, daß ein junges, verschüchtertes Mädchen ein Tablett mit Speisen auf dem groben Tisch neben ihrem Bett abstellte. Saxan konnte ihr Glück kaum fassen, als sie zur offenen Tür blickte und keinen Wachposten sah. Entweder war Cecil sich seines Sieges so sicher, daß er unvorsichtig wurde, oder seine Dienstboten waren Dummköpfe.

Saxan sprang vom Bett und stürzte zur offenen Tür. Das Mädchen schrie erschrocken auf, als Saxan die Tür zuschlug und den Riegel vorschob. Sie betete, daß niemand das Mädchen schreien gehört hatte. Mit einem raschen Blick vergewisserte sie sich, daß niemand in der Nähe war, dann schlich sie sich zur Treppe. Wenn die Flucht ihr jetzt nicht gelang, würde sich niemals eine neue Chance für sie auftun.

Sie stieg die Stufen hinab bis ins zweite Stockwerk und fluchte. Dort fand sich genauso wenig ein Versteck wie im dritten Stock. Aufgrund ihrer auffälligen Haarfarbe und Leibesfülle konnte sie nicht so tun, als wäre sie ein Dienstmädchen, und weithin sichtbar umherlaufen. Das kurze Aufflackern der Vorfreude, mit der sie ihrer Gefängniszelle entkommen war, verließ sie

rasch wieder. Draußen, bei hellichtem Tag, war sie leicht zu erkennen. Und irgendwo zwischen dem zweiten Stock des Turmhäuschens und den Toren würde sie gewiß irgendwem begegnen. Es sah aus, als wäre ihre erneute Ergreifung unumgänglich.
Sie holte tief Luft und schlüpfte die nächste Treppenflucht hinunter. Kaum hatte sie die letzte Stufe erreicht, hörte sie Stimmen. Angsterfüllt schaute Saxan sich um, entdeckte aber niemanden im Saal und stürzte zur Tür.
Mit schmerzhaft klopfendem Herzen hüllte Saxan sich fester in ihren Umhang und hoffte, daß er als Tarnung ausreichen würde, bis sie den Burghof hinter sich gelassen und zum Tor hinaus war. Es fiel ihr schwer, nicht zu rennen, doch das hätte unverzüglich die Aufmerksamkeit aller auf sich gezogen. Die Tore waren nur noch ein paar Schritte entfernt, als ein Schrei ertönte. Ihr Herz setzte einen Schlag aus. Saxan sah sich nicht einmal um, wer oder wie viele Männer sie verfolgten, sondern rannte blindlings los.
Hände bekamen ihren Umhang zu fassen, als sie durchs Tor lief. Ihr gewölbter Leib behinderte sie nachhaltig, und daher wunderte es sie kaum, als jemand sie von hinten packte. Obwohl der Körper des Mannes ihren Sturz ein wenig abfing, schlug sie doch hart auf den Boden auf. Atemlos und mit schmerzenden Gliedern, konnte sie nur nutzlos um sich schlagen, als sie auf die Füße gezerrt wurde. Man schleifte sie zurück zum Turmhäuschen, wo Cecil an der Tür wartete, und sie trat ihm mit neu erkämpfter Haltung entgegen.
»Das war ausgesprochen dumm von dir«, sagte er mit ruhigem Ton, der nicht zu dem schmerzhaften Griff paßte, mit dem er ihren Arm packte.
Saxans Enttäuschung war so niederschmetternd, daß sie sich nicht wehrte, als Cecil sie brutal zurück in ihre Zelle schleifte.

»Genauso dumm ist es, tatenlos abzuwarten, bis Ihr mich tötet.«

»Ich sollte dich jetzt gleich töten und mir weitere Sorgen ersparen.« Er stieß sie in den winzigen Raum.

»Dann gebt Ihr die Möglichkeit auf, Botolf zu quälen«, sagte sie, ging zum Bett und setzte sich. »Wegen dieses kleinen Zwischenfalls werdet Ihr wohl nicht auf das besondere Vergnügen verzichten wollen.« Sie hätte gern gewußt, was aus dem Dienstmädchen geworden war, kam aber zu dem Schluß, daß es besser wäre, nichts darüber zu erfahren.

»Ich habe Botolf Nachricht darüber geschickt, daß ich dich gefangenhalte. Morgen wird er hier sein.«

»Vielleicht errät er Euren Hinterhalt und geht nicht in die Falle.«

»Der ehrenwerte Botolf doch nicht. Er wird kommen, obwohl er weiß, daß er in den Tod geht. Ein Mann wie er kann gar nicht anders handeln, das ist schon seit jeher seine Schwachstelle. Schlaf gut.«

Sie spie ihn an, doch die Tür hatte sich bereits hinter ihm geschlossen. Als Saxan hörte, wie der Riegel vorgeschoben wurde, ließ sie sich aufs Bett sinken. Wieder kämpfte sie gegen die Tränen, denn wenn sie einmal anfing zu weinen, hätte sie nicht wieder aufgehört. Sie spürte einen dicken Kloß im Hals. Ihre einzige Fluchtchance war vertan. Daran zweifelte sie keinen Augenblick. Wieder einmal hatte Cecil ihr das Gefühl der Hilflosigkeit vermittelt, und auch dafür verabscheute sie ihn. Jetzt konnte sie nur noch warten und beten, daß es Botolf irgendwie gelang, Cecils Mordpläne zu durchkreuzen.

Botolf schickte sich bereits an, die Suche nach Saxan aufzunehmen, als sein ältester Lehnsmann, Matthew, in den Saal hastete. Die Besorgnis im zerfurchten Gesicht des alten Mannes verriet

Botolf, daß ihm die Nachricht, die dieser brachte, nicht gefallen würde, und eine böse Vorahnung machte ihm das Herz schwer.

»Ein Bote von Cecil ist eingetroffen, Mylord«, sagte Matthew. »Er will mit Euch reden.«

Wie eine kalte Hand legte sich die Angst um sein Herz. Botolf umklammerte so fest die Tischkante, daß seine Hände schmerzten. Er wußte, daß Cecil Saxan entführt hatte. Und er wußte auch, daß sein Halbbruder ihn, Botolf, als Lösegeld fordern würde. Dann würde Cecil ihn, Saxan und das Ungeborene töten. Das einzige, was Botolf noch nicht wußte, waren das Wie, Wo und Wann. Gab es eine Möglichkeit, wie er und seine junge Familie dieser Falle entkommen konnten?

»Schick ihn herein«, befahl Botolf und nahm wieder Platz.

»Das hört sich nicht gut an«, murmelte Wesley, als Matthew gegangen war.

»Er hat Saxan. Meine Frau und mein ungeborenes Kind befinden sich in Cecils Gewalt«, sagte Botolf, und seine Stimme klang tonlos, während in seinem Inneren heller Aufruhr herrschte.

»Woher wollt Ihr das wissen? Wir haben doch noch gar nichts gehört«, bemerkte Wesley.

Die Art, wie Wesley ihn vorsichtig beäugte, ließ Botolf sich fragen, wie er wohl aussehen mochte. Er hatte gehofft, seine Gefühle streng unter Kontrolle zu behalten. Jetzt aber überlegte er, warum er sich damit quälte zu verbergen, was er empfand. Wichtig war nur, daß er sich zügelte und einen klaren Kopf behielt. Wenn ihm wirklich die Falle gestellt wurde, wie er vermutete, durfte er nicht so in seinen eigenen Ängsten und seinem Zorn gefangen sein, daß er eine Gelegenheit versäumte, Cecils Mordpläne zunichte zu machen.

»Cecil hat Saxan, Wesley«, wiederholte er. »Niemand braucht

es mir zu sagen – ich weiß es. Deswegen ist sie noch nicht zurück.
»Vielleicht hat sie überm Kräutersammeln lediglich die Zeit vergessen«, versuchte Wesley zu trösten.
»Ich bete, daß es mehr nicht ist, aber warum sollte Cecil dann einen Boten schicken?«
»Um seinen Frieden mit Euch zu machen?«
»Dafür klebt zuviel Blut an seinen Händen.«
Bevor Wesley etwas dazu sagen konnte, führte Matthew den Boten herein. Cecils Handlanger war ein großer, dunkler Mann mit hagerem Gesicht und von schmalem Wuchs. Unwillkürlich schoß Botolf der Gedanke durch den Kopf, daß ein solcher Mann genau der dienstbare Geist war, der zu Cecil paßte.
»Was will mein Halbbruder?« fragte Botolf barsch und ließ dem Mann nicht einmal Zeit, sich vorzustellen.
»Seine Lordschaft ...« hub der Mann mit leiser, krächzender Stimme an.
»Cecil ist kein Lord. Er hat es nicht einmal zum Ritter gebracht. Er ist weiter nichts als ein Bastard.«
»Er hält Eure Gattin gefangen.«
Obwohl Botolf es gewußt hatte, trafen die Worte ihn doch wie ein Schlag. Er mußte tief Atem schöpfen und sich sehr zusammenreißen, um dem Mann nicht an die Kehle zu springen. Die Vernunft sagte ihm zwar, daß er dadurch nichts erreichen würde, doch es drängte ihn, jemanden oder etwas zu zerstören. Es würde Saxan jedoch gewiß nicht helfen, wenn er Cecils Boten bewußtlos schlug.
»Warum sollte ich Eurer Behauptung Glauben schenken? Welchen Beweis könnt Ihr mir bieten?«
»Diesen, Mylord.« Der Mann hielt ihm einen Stofflappen entgegen.
Botolf bedeutete Matthew, ihm den Fetzen zu bringen. Als der

alte Gefolgsmann das kleine Bündel vor ihn auf den Tisch legte, zauderte Botolf. Er traute sich nicht, es zu öffnen. Cecil war grausam. Botolf fürchtete sich vor dem Beweis, den sein seelenloser Bruder ihm als Beleg für seine Behauptung schickte. Seine Hand zitterte, als er das Tuch auseinanderschlug, es gedankenlos glättete und auf die schmerzlich vertraute Locke silberblonden Haars starrte, die durch einen Ring gezogen war. Durch den Ring, den er an seinem Hochzeitstag auf Saxans schlanken Finger geschoben hatte. Es wunderte ihn nicht, daß Cecils Mann unter seinem Blick hastig einen Schritt zurückwich. Wenn nur ein kleiner Teil der Wut in seinem Inneren in seinen Augen Ausdruck fand, hatte Cecils Bote guten Grund, in Panik zu geraten.

»So, Ihr haltet also meine Gemahlin gefangen«, sagte er. »Wo sind ihre Schwester und meine Leute?«

»Die Schotten haben sie und werden sie bald auslösen lassen.«

»Was verlangt Cecil für meine Gemahlin?«

»Euch, Mylord.«

»Wann und wo?«

»Botolf«, mischte Wesley sich ein, doch eine gereizte Handbewegung seines Lehnsherrn gebot ihm Schweigen.

»Morgen nachmittag an den Toren des Collinburn-Turms. Wenn Ihr bis Sonnenuntergang nicht dort seid, wird Eure Gemahlin sterben. Ihr sollt allein durch das Tor treten, dürft aber bis dorthin drei Begleiter mitnehmen, damit Ihr unterwegs geschützt seid.«

»Und was geschieht mit meiner Gemahlin, nachdem ich mich pflichtschuldigst in Cecils Hände begeben habe?«

»Sie wird freigelassen.«

»Natürlich. Richtet meinem Halbbruder aus, daß ich morgen vor Sonnenuntergang vor seinen Toren stehen werde.«

Kaum hatte Wesley den Boten Cecils aus dem Rittersaal geleitet, redete Wesley auf Botolf ein: »Ihr könnt Euch ihm nicht so mir nichts, dir nichts ausliefern. Das wäre Wahnsinn. Sein Versprechen, Eure Gattin freizulassen, ist nichts wert. Das wißt Ihr.«

»Aye, doch im Augenblick habe ich keine andere Wahl«, entgegnete Botolf. »Wenn ich nicht gehe, muß Saxan sterben. Wenn ich gehe, kann ich zumindest etwas Zeit herausschinden. Sie ist meine Frau, und sie trägt mein Kind. Ich kann sie nicht einfach ihrem Schicksal überlassen, selbst wenn das Lösegeld für sie mein Tod ist.«

»Es ist weiter nichts als eine Falle. Der Bastard wird Luftsprünge machen vor Freude.«

»Mag sein. Ich frage mich allerdings, woher er wußte, wo er sie finden konnte. Ich hatte geglaubt, wir hätten die Verräter in Regenford gestellt.«

»Es muß noch jemand hier gewesen sein, der ihm verraten hat, wo er suchen mußte. Außenstehende, die von ihren Plänen gehört haben könnten, haben sich nicht in Regenford aufgehalten.«

»Ich glaube, ich weiß, wie er es erfahren hat, Mylord«, sagte Matthew, der zurückkam und sich zu Botolf und Wesley an den Haupttisch setzte. »Ich wollte Euch gerade von einer grauenhaften Entdeckung berichten, als Cecils Bote eintraf.« Er verneigte sich. »Wenn Euer Lordschaft mitkommen würden?«

Widerwillig folgte Botolf seinem Lehnsmann, und Wesley schloß sich ihnen an. Sie verließen den Burghof und gingen zu einem Bach, der den Burggraben von Regenford speiste. Drei Männer standen vor einer in Decken gehüllten liegenden Gestalt. Botolf, immer noch den Ring und Saxans Haarlocke in der Hand, die der Bote überbracht hatte, bedeutete den Männern, die Decke zurückzuziehen. Er stieß einen wütenden Fluch aus, als er die Leiche einer jungen Frau sah.

»Es ist Merry, das Küchenmädchen«, erklärte Matthew. »Sie ist vor knapp drei Tagen verschwunden. Wir dachten, sie wäre mit einem Mann durchgebrannt. Stephen hier«, er wies mit einer Kopfbewegung auf den jüngsten von den drei Männern, »wollte Torf stechen oder anderes Brennmaterial besorgen, als er die arme Merry in ihrem seichten Grab fand.«

»Glaubst du, sie war Cecils Spionin?« fragte Botolf.

»Aye, ich fürchte, so ist es. Eine der anderen Küchenfrauen hatte schon Verdacht geschöpft. Allerdings war es zu spät, um ihrer Ladyschaft noch helfen zu können.«

»Und zu spät für die arme, fehlgeleitete Merry. Für ihre Dienste wurde ihr die Kehle durchgeschnitten. Cecil wollte augenscheinlich verhindern, daß wir Merrys Verrat und was sie sonst noch ausgeplaudert haben mag, nicht bemerkten. Er muß in Eile gewesen sein, denn die Leiche war so nachlässig verscharrt, daß wir sie finden mußten. Klar, daß wir daraus schließen würden, daß sie ihm irgend etwas verraten hat und daß er sich wieder ganz in der Nähe herumtreibt.« Er lachte rauh. »Er haust im Collinburn-Turm, etwa einen halben Tagesritt von hier. Er war immer in der Nähe.«

»Ein Mann, der jeden Ort kennt, an dem Ihr ihn suchen würdet, ist schwer zu finden«, sagte Matthew und bedeutete den drei Männern, Merrys Leiche fortzuschaffen. »Es tut mir nur leid, daß wir das Mädchen nicht früher gefunden haben. Es wäre uns eine Warnung gewesen.«

»Warnung genug, daß ich Saxan nicht aus dem Burghof hätte reiten lassen.« Botolf wandte sich um und blickte die Straße hinab, als Hufgetrappel hörbar wurde. »Ich fürchte, dieser Tag bringt allzu viele unliebsame Überraschungen«, sagte er, als er in den Reitern Saxans Brüder erkannte.

»Sie können uns helfen, Saxan zu retten«, sagte Wesley. »Inwiefern ist das unangenehm?«

»Weil ich ihnen berichten muß, daß eine ihrer Schwestern unserem Todfeind in die Hände gefallen und die andere Gefangene der Schotten ist.« Botolf seufzte und ging zurück in Richtung Burg. »Aye, und dann muß ich sie überreden zu warten. Es wird nicht leicht sein, sie zu überzeugen, daß sie Saxan am besten helfen, indem sie überhaupt nichts unternehmen.«

Achtzehntes Kapitel

»Offenbar sind meine Brüder eingetroffen«, bemerkte Thylda, als sie, vor Bretton im Sattel sitzend, auf Regenford hinunterblickte. »Der Mann, der dort von den Stallungen aus zum Wohngebäude geht, dürfte Hunter sein.«

»Das könnte uns Schwierigkeiten einbringen«, sagte Bretton leise.

»Noch mehr Schwierigkeiten als die, die Ihr von einem Mann zu erwarten habt, dessen schwangere Frau Ihr einem Mörder ausgeliefert habt?«

»Die Übernachtung auf hartem, kaltem Boden unter freiem Himmel hat Eurer spitzen Zunge nicht geschadet, wie ich sehe.«

»Als Ihr sagtet, wir reiten bei Nacht, habe ich angenommen, wir würden geradewegs nach Regenford reiten. Ich begreife nicht, warum Ihr auf halbem Wege haltmachen und ein Lager aufschlagen mußtet.«

»Ich wollte mich nicht von Cecil finden lassen, andererseits aber auch nicht die Nacht in der Burg eines Engländers verbringen«, erklärte Bretton und trieb sein Pferd zu langsamer Gangart an. »Zudem weiß ich, daß einer von Cecils Bluthunden gestern abend in Regenford war, also weiß der Earl jetzt, in welcher Gefahr sich seine Gattin befindet. Dadurch ist er vielleicht eher bereit zu hören, was ich ihm zu sagen habe.«

»Oder aber sehr darauf bedacht, Euch zu töten.«
»Aye, deshalb werde ich Euch als Schild benutzen, bis der Waffenstillstand ausgehandelt ist.«
»Ihr wollt Euch hinter meinen Röcken verstecken?«
»Aye, wenn ich dadurch dem Zorn des Earls lange genug entgehen kann, bis er mir zuhört. Dann sind wir vielleicht in der Lage, Eure Schwester zu retten.«
»Ihr deutet immer wieder an, daß Ihr helfen könntet, sagt aber niemals, wie.«
»Das werdet Ihr früh genug erfahren. Still jetzt. Ihr solltet die Zeit nutzen, um zu überlegen, wie Ihr Eure Verwandten daran hindern könnt, mich umzubringen, bevor ich meine Hilfe anbieten konnte.«

Botolf trank sein Ale und musterte seine ernsten Gefährten. Sie hatten sich im Rittersaal versammelt, um zu frühstücken, bevor sie zum Collinburn-Turm aufbrachen, doch keiner schien sonderlich Appetit zu haben. Die letzte Nacht war für Botolf die längste seines Lebens gewesen. Jedesmal, wenn er die Augen schloß, plagten ihn Vorstellungen darüber, was Saxan von Cecils Hand erleiden mochte. Er hatte überhaupt nicht geschlafen, doch am schlimmsten setzte ihm zu, daß er nach all diesen Stunden des Wachens und Nachdenkens noch immer keinen Plan gefaßt hatte, wie er sich Cecils Falle entziehen könnte.
Die düsteren Mienen der Brüder Saxans verrieten ihm, daß auch ihnen nichts eingefallen war. Als er sie über das, was ihren Schwestern widerfahren war, unterrichtet hatte, waren sie kaum noch zu halten gewesen. Bis sie so weit beruhigt werden konnten, daß sie auf die Stimme der Vernunft hörten, war schon die Nacht hereingebrochen. Und dann hatte Botolfs Bericht, demzufolge er sich nur mit drei Begleitern auf den Weg

machen durfte, um ein Haar alles Erreichte wieder zunichte gemacht. Saxans Brüder wollten nicht warten, und noch weniger wollten sie in der Burg bleiben müssen.

»Ihr werdet kaum glauben, was gerade in Regenford eingeritten ist«, verkündete Hunter, als er in den Rittersaal trat.

Ein großer, dunkler Mann, der Thylda an seine Brust gepreßt hielt, flankiert von drei schwerbewaffneten Begleitern, folgte ihm. Botolf wie auch alle anderen sprangen auf. Er zweifelte keinen Augenblick daran, daß diese Männer die Schotten waren, von denen Cecils Handlanger berichtet hatte. Botolf konnte nicht glauben, daß sie so kühn in den Saal eindrangen, um Lösegeld für die eine Schwester zu verlangen, während sie die andere einem Mörder ausgeliefert hatten.

»Ich sollte Euch auf der Stelle zu Boden strecken«, fauchte Botolf und zog sein Schwert.

»Dazu müßtet Ihr das Mädchen opfern«, sagte Bretton.

»Ihr versteckt Euch also hinter den Röcken eines Mädchens, um Euren verdammten Hals zu retten.«

»Nay, lediglich, um meinen Kopf auf den Schultern zu behalten, bis Euer Blutdurst Euch nicht mehr den Blick vernebelt und Ihr bereit seid, mich anzuhören.«

»Sagt, wieviel Lösegeld Ihr wollt, und geht.«

»Als Lösegeld für dieses Mädchen und Eure sechs Männer verlange ich, daß Ihr mir gestattet, Euch bei der Beseitigung dieses Bastards Cecil zur Seite zu stehen.«

»Meine sechs Männer leben?« fragte Botolf, und seine Wut machte flüchtiger Überraschung Platz.

»Aye, aber einem geht es schlecht. Er ist noch nicht an seinen Verletzungen gestorben, also bleibt noch Hoffnung.«

»Irre ich mich in der Annahme, daß Ihr es wart, der meine Gattin Cecil ausgeliefert hat?«

Bretton verzog das Gesicht und hob die Schultern. »Cecil hatte die drei Kinder meines verstorbenen Bruders in seiner Gewalt.« Er lockerte den Griff, mit dem er Thylda hielt, als die Männer nach und nach ihre Schwerter wieder in die Scheiden schoben. »Eure Gattin war das Lösegeld. Etwas anderes wollte er nicht, nicht einmal mein Leben. Deshalb habe ich die schmutzige Arbeit getan.«

»Soll ich glauben, Ihr wußtet nicht, daß er meine Frau töten will?«

»Nay, das hatte ich mir gedacht. Außerdem hat er das deutlich genug zu verstehen gegeben.«

Botolf steckte bedächtig sein Schwert in den Gürtel und setzte sich. Die anderen folgten seinem Beispiel. »Ihr seid doch nicht hergekommen, um mir das zu erklären. Einen Schotten stört doch nicht, was ein Engländer über ihn denkt. Einen Graeme schon gar nicht; und Euren Farben und Wappen nach zu urteilen seid Ihr ein Graeme.«

»Sir Bretton Graeme, Mylord.« Er verneigte sich leicht vor Botolf.

»Ich verstehe immer noch nicht recht, was Euch herführt. Es ist nicht Brauch, die Gefangenen zu den Lösegeldverhandlungen gleich mitzubringen.«

»Ich will kein Lösegeld. Das sagte ich bereits. Aber ich will Euch helfen, Eure Frau zu befreien und diesen verräterischen Bastard zu töten.« Er ließ Thylda los, die sofort Schutz bei ihren Brüdern suchte.

»Ihr konntet diese Kinder nicht zurückbekommen, ohne Cecil meine Gattin zu übergeben. Wie glaubt Ihr da, mir helfen zu können? Ich kann nicht mit einem Heer vor den Toren von Collinburn auftauchen. Dann würde Cecil keinen Augenblick zögern, Saxan zu töten.«

»Ich weiß, wie wir ungesehen hineinkommen können«, verkündete Bretton.

»Warum habt Ihr dann um Himmels willen nicht die Kinder auf diese Weise gerettet, statt sie gegen meine arme Frau auszutauschen?«
»Die Kinder haben mir erst von diesem geheimen Zugang berichtet.«
Botolf sah den Mann forschend an, nicht sicher, ob er ihm trauen durfte, und doch wissend, daß ihm keine andere Wahl blieb. Wenn auch nur die geringste Chance bestand, daß der Schotte helfen konnte, mußte er zugreifen. Womöglich war ja tatsächlich alles so einfach, wie es sich anhörte – daß Sir Graeme verabscheute, was er, von Cecil gezwungen, getan hatte, und diese Tat nun wiedergutmachen wollte.
»Setzt Euch«, befahl Botolf, noch nicht bereit, Bretton zu trauen, aber willens, ihn anzuhören. »Ich habe allerdings nicht viel Zeit, deshalb solltet Ihr Euch Mühe geben, mich schnell zu überzeugen. Vor Sonnenuntergang muß ich vor den Toren von Collinburn sein.«
»Dann laßt Euch zunächst sagen, daß Ihr erst so kurz vor Sonnenuntergang, wie Ihr es eben wagen könnt, dort eintreffen dürft«, sagte Bretton, nahm Thylda und ihren Brüdern gegenüber Platz und schenkte sich Wein ein.
»Ich darf nicht zaudern. Es könnte Saxan das Leben kosten«, wandte Botolf ein.
»Und ich kann nicht am hellichten Tag ins Turmhaus eindringen.«
»Woher weiß ich, daß das alles nicht nur ein neuer Trick meines Halbbruders ist?«
»Ihr wißt es nicht, und ich kann nichts tun, um Euch von meinen ehrlichen Absichten zu überzeugen. Eines aber solltet Ihr bedenken: Ihr habt keinen anderen Plan außer dem, daß Ihr Euch Cecil ausliefert und zusammen mit Eurer kleinen Frau und ihrem ungeborenen Kind sterbt. Selbst wenn ich Euch hin-

ters Licht führen würde, könnte Euer Schicksal wohl kaum schlimmer sein, nicht wahr?«
»Nein. Erläutert uns Euren Plan.«

Saxan wickelte sich fest in ihren Mantel, um sich gegen die feuchte Kühle von Collinburn zu schützen, während Cecil im Saal auf und ab schritt. Als der Zeitpunkt von Botolfs Eintreffen näher rückte, hatte er sie aus ihrer Zelle entlassen. Da jedoch zu beiden Seiten ihres Stuhls ein bulliger Wachposten aufgestellt war, ergab sich nicht die geringste Fluchtmöglichkeit. Was Saxan im Augenblick am schwersten zu schaffen machte, war der Umstand, daß sie keine Möglichkeit hatte, sich zu wehren, wenn Cecil zuschlug. Und Botolf auch nicht. Wenn sie schon sterben mußten, hätte sie viel darum gegeben, ihrem Ende mit Schwertern in den Händen ins Auge zu sehen. Abgeschlachtet zu werden wie ein Tier war ein so unwürdiger Tod.
Sie warf einen Blick aus der schmalen Schießscharte und war überrascht über die späte Stunde. Wenn Botolf wirklich kam, würde er genau in dem Augenblick eintreffen, wenn die Sonne hinter dem Horizont versank. Gefühlsmäßig war sie hin- und hergerissen, was sein Kommen betraf. Einerseits wünschte sie sich, daß ihm genug an ihr gelegen wäre, um sein Leben für ihres zu opfern, andererseits aber hoffte sie inständig, daß er klug genug wäre, fernzubleiben und nicht mit ihr und ihrem Kind in den Tod zu gehen. Das würde keinem anderen Zweck dienen als lediglich der Wahrung seiner Ehre, seiner Pflichterfüllung und der Befriedigung von Cecils Gier.
»Vielleicht habe ich ihn und deinen Wert überschätzt«, sagte Cecil und blieb vor ihr stehen. Er packte sie grob unterm Kinn und zwang sie, ihn anzusehen. »Du bist hübsch, aber vielleicht reicht das nicht aus, um Liebe zu wecken.«
»Liebe?« Sie lachte, obwohl sie sehr wohl wußte, wie weh ihr

das, was sie sagen wollte, tun würde. »Botolf kennt keine Liebe.«
»Mein Bruder ist ein Mann der heftigen Gefühle.«
»Mag sein, aber Eure törichte Hurerei mit seiner Frau Alice hat ihn gelehrt, solch schwächende Gefühle wie Liebe und Zuneigung im Zaum zu halten.« Sie lächelte, als er mürrisch das Gesicht verzog. »Das war nicht Teil Eures Plans, wie?«
»Und vielleicht suchst du lediglich Ausreden, um deiner Eitelkeit Genüge zu tun, die wohl schwer gelitten hat, als es dir nicht gelang, die Liebe deines Mannes zu erringen.«
Das schmerzte, obwohl sie wußte, daß es nicht zutraf, aber sie bemühte sich tapfer, keine Reaktion zu zeigen. Cecil sollte um nichts in der Welt wissen, daß seine Worte sie verletzen konnten. Falls er glaubte, mit Worten zu ihr durchdringen und sie kränken zu können, würde er ihr die letzten Stunden noch qualvoller gestalten, als sie es ohnehin schon waren.
»Meine Eitelkeit bedarf weder der Liebe eines Mannes noch schöner Worte. Nur ein Narr baut seine Hoffnungen auf derart vergänglichen Dingen auf.«
»Und du baust deine Hoffnungen auf deinem Kind auf. Aber auch das hat sich nun als vergänglich erwiesen.«
»Mag sein.« Sie hob die Schultern und staunte selbst über ihre nach außen zur Schau getragene Ruhe, während sie innerlich fror vor Angst und kalter Wut. »Als Ihr dieses Kind zum ersten Mal bedroht habt, hat es mich tief getroffen. Allerdings bliebe Euch, wenn Ihr es nicht töten würdet, nur noch die Möglichkeit, es selbst als Euer eigenes Kind aufzuziehen. Ich würde es lieber tot sehen, als es von einem perversen, stinkenden Mörder wie Euch großziehen zu lassen.«
Sie unterdrückte einen Schrei, als er sie schlug, und widerstand dem Drang, ihre schmerzende Wange zu berühren. Sie funkelte ihn nur wütend an. »Wie bitte? Ihr erinnert mich gar

nicht daran, daß Ihr mich genausogut jetzt wie später töten könntet?«
»Wer weiß, ob Botolf dich nicht sogar auf Gedeih und Verderb mir überläßt, damit er deine spitze Zunge nicht mehr ertragen muß.« Er ging zum Fenster und schlug gegen die Wand. »Er müßte längst hier sein.« Er warf Saxan einen höhnischen Blick zu. »Wenn schon nicht um deinetwillen, dann doch aus Pflichtgefühl und Ehrenhaftigkeit.«
»Er ist ja nicht dumm. Womöglich hat er einen Plan, der ihm seine Ehre läßt, sein Pflichtgefühl zufriedenstellt und trotzdem nicht verlangt, daß er in Eure Falle läuft.« Ihre Augen weiteten sich vor Schreck, als er fluchte, eine Weile im Saal auf und ab stapfte und dann wieder zu ihr herumfuhr. »Ihr habt nicht vorgesorgt für den Fall, daß er denken kann, wie?«
»Allmählich betrachte ich deinen Tod nicht mehr nur als Notwendigkeit, sondern als mein ganz privates Vergnügen.«
»Mylord«, rief einer seiner Männer und winkte Cecil ans Fenster. »Ich glaube, er kommt.«
Saxan wollte aufstehen und mit eigenen Augen sehen, ob Botolf den Burghof von Collinburn betrat, doch Cecil stieß sie grob zurück auf ihren Stuhl. »Ihr braucht nicht zu fürchten, daß ich ihn warnen will«, sagte sie. »Botolf ist sich dessen, was ihn erwartet, voll und ganz bewußt. Gewiß vertraut er auch nicht auf die Einlösung Eures Versprechens, mich im Austausch für ihn freizulassen.«
»Und doch kommt er«, sagte Cecil leise.
»Ihr habt ihm kaum eine Wahl gelassen. Ich wollte, es wäre anders, aber seine Ehre treibt ihn, so und nicht anders zu handeln. Wer auch immer es war, der die Regeln ehrenhaften Verhaltens aufgestellt hat, er hat wohl nicht vorausgesehen, daß wertvolle Menschen mit verräterischem, meuchelndem Abschaum wie Euch zu tun haben könnten.« Sie duckte sich, als er ausholte,

und seine Faust streifte nur ihre Wange. »Falls Ihr zuviel Zeit damit vergeudet, meinen Vorrat an Beleidigungen aus mir herauszuprügeln, werdet Ihr Botolfs Ankunft verpassen«, sagte sie, als er sich anschickte, erneut zuzuschlagen.
»Behaltet sie im Auge«, befahl Cecil seinen Leuten. »Ich will nicht, daß sie mit ihrem Gatten zusammenkommt. Zwar weiß ich nicht, wozu ein Narr und eine Frau in der Lage sind, aber ich habe auch keine Lust, es herauszufinden.«
»Im Gegensatz zu Eurem Bruder habt Ihr augenscheinlich Angst vor dem Tod«, reizte Saxan ihn weiter.
Saxan zuckte unter seinem mordlustigen Blick nicht mit der Wimper, sondern folgte ihm mit kalten Blicken, als er an der Stirnseite des Saals gegenüber dem Eingang Platz nahm. Es erschien ihr einfach unmöglich, daß Botolf eintreten, sich seinem Halbbruder ergeben und seinen wie ihren Tod in Kauf nehmen würde. Sie betete, daß nicht alles so aussichtslos sein möge, wie es jetzt aussah, und daß Botolf einen Plan gefaßt haben möge.

»Hat er das Turmhaus schon betreten?« erkundigte Hunter sich bei Bretton, der neben ihm im Gestrüpp rund um die Lichtung von Collinburn kauerte.
»Aye. Seine drei Ritter werden im Burghof festgehalten«, antwortete Bretton, nachdem er von einem seiner Männer an einem höher gelegenen Aussichtspunkt ein Zeichen bekommen hatte.
Hunter warf einen Blick hinter sich auf den Mann, den Bretton hoch oben in einem Baumwipfel stationiert hatte. »Das alles entnehmt Ihr seinen spärlichen Handbewegungen?«
»Wir arbeiten mit einer Reihe von Signalen, die wir alle genau kennen, und fügen bei Bedarf noch ein paar weitere hinzu.« Bretton blickte zum Himmel auf. »Ich glaube, wir sollten uns jetzt an den verborgenen Zugang heranschleichen. Falls wir

uns vorsichtig bewegen, reicht das Dämmerlicht zur Tarnung aus.«

»Kaum zu glauben, daß Cecil so dumm war, die Kinder den geheimen Eingang sehen zu lassen«, bemerkte Pitney, musterte Bretton mißtrauisch und schnürte seinen Schwertgurt straffer.

»Viele Männer lassen in Gegenwart von Frauen und Kindern nicht genug Vorsicht walten«, entgegnete Bretton. »Sie sind einfach zu hochfahrend in ihrer Männlichkeit, um sich vorstellen zu können, daß abgesehen von einem anderen Mann jemand ihnen schaden könnte. Aye, und Männer, die wenig Umgang mit Kindern haben, wissen gar nicht, wie viel ein Kind sieht und beurteilen kann. Als mein Neffe sah, wie Cecil diese Schlampe Merry durch eine Geheimtür einließ, wußte er auf Anhieb, daß er sich das merken mußte.«

»Das mag ein weiterer Grund dafür sein, daß Cecil das Mädchen getötet hat«, überlegte Hunter und folgte Bretton, der sich durch das Unterholz zwängte. »Er tat es nicht allein aus der Befürchtung heraus, daß Merry verraten könnte, was er mit Saxan vorhatte.«

»Aye, kann sein«, pflichtete Bretton ihm bei. »Oder aber er gehört zu den Menschen, die Freude am Töten haben.« Er fluchte leise, als ein Dornenzweig seine Wange ritzte. »Womöglich hatte das Mädchen auch plötzlich Skrupel bekommen, eine hochschwangere Frau einem Mörder auszuliefern, und wollte an einer solchen Tat nicht mitschuldig sein. Cecil mag zu dem Schluß gekommen sein, daß er ihr nicht mehr trauen durfte. Da sind wir.«

Pitney fluchte, als Hunter und Bretton so unvermittelt anhielten, daß er gegen sie stieß. »Wo ist es?«

»Dort in dem Dickicht«, erwiderte Bretton und deutete auf einen schier undurchdringlich erscheinenden Dornbusch.

»Es stand weiß Gott nicht zu befürchten, daß jemand zufällig auf diesen Eingang stoßen würde oder dort nachgesehen hätte, falls er ihn aus irgendeinem Grunde suchte. Mich wundert, daß unser Küchenmädchen sich dort hineingewagt hat.«

»Ein verliebtes Mädchen überwindet so ziemlich jedes Hindernis, um zu ihrem Mann zu gelangen.« Bretton gab einem seiner Männer ein Zeichen. Er kroch unbeholfen, beladen mit dicken Decken, zu ihnen hinüber. »Wirf sie hinüber, Junge.«

»Diese Kinder mögen ja behauptet haben, es gäbe einen geheimen Zugang, aber woher konnten sie wissen, wo seine Öffnung außerhalb der Mauern ist und daß diese von Dornen überwuchert ist? Denn offenbar seid Ihr ja darauf vorbereitet.«

»So jung und schon so mißtrauisch«, sagte Bretton leise. »Mein Neffe hat gehört, wie Euer verräterisches Küchenmädchen sich über die Dornen beklagte, und auch Cecil ließ ein paar Bemerkungen darüber fallen, in der Richtung, daß das Gestrüpp eine großartige Tarnung für den Zugang sei. Ich habe ein paar Männer hergeschickt, um die Öffnung auszukundschaften.«

»Aber ...«

»Hör auf, Pitney«, befahl Hunter.

»Ich werde mich nicht für meine Vorsicht entschuldigen«, sagte Pitney. »Selbst wenn ich außer acht lassen wollte, daß er Schotte ist, ein Mann von dem Volk, gegen das die Todds seit der Grundsteinlegung von Wolfshead Hall gekämpft haben, bleibt doch noch einiges zu bedenken. Er hat unsere Schwestern entführt und Saxan in Cecils Hände geliefert. Und jetzt soll ich es einfach so hinnehmen, daß er sich eines Besseren besonnen haben will?«

»Du hast keine Wahl. Thyldas Berichten nach zu urteilen, hatte auch er keine Wahl. Und jetzt meine ich, du solltest als erster in dieses Loch da kriechen.«

»Aye, damit ich der erste bin, dem sie die Kehle durchschneiden.«

»Das würde dich wenigstens zum Schweigen bringen, du unverschämter Bengel.«
»Dir ist offenbar noch nicht in den Sinn gekommen, daß er die Linie der Todds ausrotten kann, indem er hier und jetzt sämtliche Brüder tötet«, knurrte Pitney und kroch auf die inzwischen geöffnete Tür zum Geheimgang zu.
»Nein, das könnte ich nicht, denn einer von Euch fehlt ja noch«, sagte Bretton und grinste, als die Todds ihn verdutzt ansahen. »Es ist kein Geheimnis, daß der Lord von Wolfshead fünf Söhne hat. Da ich nichts davon gehört habe, daß einer von ihnen gestorben wäre, muß ich annehmen, daß einer aus Euren Reihen sich irgendwo anders aufhält.«
»Warum sollte er das tun?« fragte Hunter.
»Damit nicht alle Todds an dieser Stelle ums Leben kommen. Ich habe mich in demselben Vorgehen geübt, habe dafür gesorgt, daß mein Bruder in Sicherheit war, wenn ich einen Kampf zu erwarten hatte.« Er hob die Schultern. »Es ist nur klug, darauf zu achten, daß ein Familienmitglied erst einmal ein paar Söhne hat, bevor er sich ins Schlachtgetümmel stürzt. Aber jetzt sollten wir uns auf den Weg machen, meint Ihr nicht auch? Wir können nicht davon ausgehen, daß der Earl seinen Bruder lange genug mit Reden aufhalten kann.«
»Was erwartet uns am Ende dieses Ganges?« fragte Hunter und stieß Pitney an, der daraufhin in den Tunnel hineinkroch.
»Eine Tür zum Verlies und ein, zwei Wachposten.« Bretton folgte Pitney. »Falls niemand im Verlies gefangengehalten wird, nimmt uns womöglich gar niemand in Empfang.«
Hunter folgte als letzter. »Das wäre schon ein großes Glück, und meiner Meinung nach steht uns das endlich einmal zu.«

Saxan wandte sich um, als die Türen zum Rittersaal aufgestoßen wurden und Botolf von zwei von Cecils Männern hereingeführt wurde. Er sah sie an, und sie brachte ein klägliches Lächeln zustande. Der Ausdruck von Zorn auf seinem Gesicht verriet ihr deutlicher, als ein Spiegel es vermocht hätte, wie Cecils Schläge sie gezeichnet hatten. Botolf versuchte, zu ihr zu gelangen, doch seine Wachen hielten ihn fest. Als sie sah, daß Botolf unbewaffnet war, sank ihr Mut. Selbst wenn sich ihnen eine Fluchtmöglichkeit öffnen sollte, würde er nicht den Weg freikämpfen können.

»Du hättest nicht kommen sollen«, sagte sie.

»Ich konnte dich nicht hierlassen«, erwiderte Botolf.

»Glaubst du denn wirklich, er würde mich freilassen?«

»Nay, ich weiß schon seit langem, daß seine Versprechungen nichts wert sind. Trotzdem konnte ich dich nicht hierlassen.«

»Es tröstet mich nicht zu wissen, daß du mit mir sterben mußt.«

»Noch sind wir nicht tot, Liebste.«

Sie lächelte, und ihre innere Anspannung wuchs. Wir sind noch nicht tot. Das waren schlichte Worte, vielleicht leere, aus Hoffnung geborene Worte, aber etwas in der Art, wie er sie ausgesprochen hatte, ließ sie aufmerken. Ihr Instinkt sagte ihr, daß er einen Plan hatte. Saxan konnte sich nicht vorstellen, wie dieser beschaffen sein sollte, da sie beide sich unbewaffnet in einem Raum mit sieben schwerbewaffneten Männern befanden: zwei, die ihn hielten, zwei, die Saxan bewachten, und zwei an Cecils Seite. Trotzdem hielt sie die Augen auf für ein Zeichen Botolfs. Falls er tatsächlich einen Fluchtplan entwickelt hatte, sollte er nicht durch ihre Unaufmerksamkeit gefährdet werden. Sie heftete ihren Blick fest auf Botolf, wartete und hoffte.

Botolf stand vor Cecil und mühte sich, seine Wut und seinen Haß auf den Mann unter Kontrolle zu halten. Er mußte einen klaren Kopf bewahren. Zwar war es von Vorteil, daß Saxan so nahe war, doch die zwei bewaffneten Wachen konnten gefährliche Komplikationen heraufbeschwören. Ihre Brüder hatten versichert, daß Saxan aufmerksam auf ein Zeichen oder einen Hinweis achten und entsprechend reagieren würde, was Botolf allerdings bezweifelte. Sie war nur eine zierliche, hochschwangere Frau, die, den Blutergüssen in ihrem Gesicht nach zu urteilen, Schlimmes durchgestanden hatte. Botolf war nicht in der Lage, ihr von dem Plan zu berichten oder auch nur eine Andeutung zu machen, denn das würde Cecil vermutlich nicht entgehen. Allein mit den Augen und durch seinen Tonfall konnte er versuchen, ihr eine Art Botschaft zukommen zu lassen. Das war so dürftig, daß es ihn mit Angst erfüllte. Er versuchte, sich zu beschwichtigen, indem er sich sagte, daß sie nun zumindest eine Chance hätten und daß es ausgesprochen dumm wäre, diese durch seine Besorgnis zu vertun.

»Du kannst meine Frau jetzt freilassen, Cecil«, sagte Botolf. »Meine Ritter bringen sie zurück nach Regenford.«

»Nun ja, ich habe es mir anders überlegt«, antwortete Cecil und schlürfte lässig von seinem Wein. »Es wäre unklug, sie gehen zu lassen. Dann würde ich sie später wieder suchen müssen, sie und den Balg, den sie für dich ausbrütet.«

»Hast du gedacht, das würde mich überraschen?«

»Mit einem gewissen Schock habe ich schon gerechnet, und mit deinem verletzten Ehrgefühl.«

»Mein Ehrgefühl ist noch das geringste von dem, was du verletzt.« Cecil griff nach seinem Schwert, zögerte dann aber. Er wollte Botolf kein rasches Ende bereiten, und Botolf wußte, daß er diesen Umstand zu seinem Vorteil nutzen mußte. »Gib Saxan frei, Cecil. Sie bringt dir nichts ein.«

»Sie trägt deinen Erben, und auch sie selbst könnte mich daran hindern, mir zu nehmen, was mir zusteht.«

»Dir steht überhaupt nichts zu, und falls du ihr ein Leid zufügst …«

Cecil unterbrach ihn mit rauhem Gelächter. »Stehst du dann von den Toten auf und streckst mich nieder?«

»Nay, nicht ich. Das Schlimmste, was ich dir antun könnte, ist, dich als Geist heimzusuchen, und wenn es mir möglich ist, werde ich genau das tun. Doch wenn Saxan nur ein Haar gekrümmt wird, wird die Horde ihrer Verwandten sich an deine Fersen heften. Dir wird nicht einmal genug Zeit bleiben, um am Haupttisch im Rittersaal von Regenford einen Becher Wein zu trinken, bevor sie dich stellen. Ich bezweifle sogar, daß du Saxans Blut an deinem Schwert trocknen siehst, bevor du stirbst.« An der Art, wie Cecil die Augen zusammenkniff und schluckte, erkannte Botolf, daß der Mann seine Worte nicht als leere Drohung betrachtete.

»Ich habe meine Männer, die gegen sie kämpfen werden«, gab er wütend zurück.

»Du wirst nie im Leben genug Männer haben, um all die Healdons, Todds und Jagers zu bekämpfen, die darauf brennen, dir das Herz aus dem Leib zu reißen. Du kennst dieses Land und seine Menschen besser als ich. Du weißt, daß du keine Chance gegen sie hast. Sie werden deinen Tod zum Ziel ihres Kreuzzugs erklären, und jeder ihrer Söhne, all ihre Töchter werden sich an deiner Verfolgung beteiligen, sobald sie alt genug dazu sind. Laß Saxan frei, Cecil, dann kannst du dir vielleicht ein wenig Zeit erkaufen, um deinen Sieg auszukosten. Ihre Verwandten haben gelobt, meinen Tod zu rächen, aber falls du Saxan tötest, wird ihre Mordlust ungleich wilder sein.«

»Du willst mir Angst einjagen, aber das gelingt dir nicht.« Cecil beugte sich vor. »Du erwartest zu große Loyalität und Entschlossenheit von zu vielen Menschen. Ihre Verwandten sind genauso bestechlich wie jeder andere auch. Ich werde mich um sie kümmern, sobald das Problem sich stellt. Außerdem werde ich der Earl sein, und sie sind dann meine Vasallen. Jetzt reden sie von Ehre und Rache, doch wenn ich herrsche, werden sie bald ein anderes Liedchen singen.«

Botolf schüttelte den Kopf, überzeugt, daß Cecil wahnsinnig war. Eine andere Erklärung für seinen blinden Starrsinn, seine Weigerung, der Realität ins Auge zu schauen, gab es nicht. Der Mann hatte keinerlei rechtskräftigen Anspruch auf irgend etwas aus der Hinterlassenschaft ihres Vaters und achtete in seiner Gier nach dem Gesamtbesitz die großzügigen Geschenke des verstorbenen Earls gering. Augenscheinlich rechnete Cecil auch tatsächlich nicht mit einer Strafe für seine Untaten. Er glaubte, ein mordender Usurpator würde ohne weiteres akzeptiert und die, die ihn nicht anerkannten, könnten getötet oder anderweitig zum Schweigen gebracht werden. Ein einziger lichter Moment müßte dem Mann offenbaren, wie sehr er sich täuschte, aber Cecil war die Fähigkeit zu klarem Denken abhanden gekommen.

Botolf suchte nach weiteren Worten, nach Worten, die Cecil zu einem Streit hinreißen konnten, ihn aber nicht so aufbrachten, daß er ihn oder Saxan niederschlug. Wenn der Schotte sich nicht als weiterer Verbündeter Cecils erwies, müßte er bald als rettender Engel auftauchen. Ein paar Minuten allerdings würde er noch benötigen. Botolf beschloß, noch ein wenig eindringlicher um Saxans Leben und das ihres Kindes zu feilschen. Das würde Cecil gewiß maßloses Vergnügen bereiten.

»Statt Saxan zu töten, könntest du sie doch zur Frau nehmen«, schlug er vor. »Sie ist schön, und du könntest das Kind als deines ausgeben.«

»Und warum sollte ich?« fragte Cecil und erhob sich langsam. »Warum sollte ich mich mit dem begnügen, was du übrigläßt?«

»Du hast auch schon früher in dein Bett geholt, was ich vor dir genossen hatte. Allerdings bezweifle ich, daß du noch eine Frau in dein Bett locken kannst. Dazu mußt du dich entweder

als mich ausgeben oder androhen, sie zu töten. Anders bekommst du überhaupt keine Frau.«
»Schlagt ihn«, befahl Cecil und schlug mit der Faust so heftig auf den Tisch, daß sein Becher umstürzte und der Wein sich über den Tisch ergoß.
Botolf hörte Saxan aufschreien, als er von hinten gepackt wurde. Aus den Augenwinkeln sah er, daß sie mit Gewalt zurück auf ihren Stuhl gestoßen wurde, und schon traf ihn der erste Hieb. Zwar versuchte er, sich loszureißen und der Wucht der Schläge auszuweichen, doch sein Kopf dröhnte vor Schmerzen, als Cecil schließlich Einhalt gebot. Botolf brach in die Knie, noch während er versuchte, wieder zu Atem zu kommen und die Benommenheit abzuschütteln.
»Jetzt sind wir nicht mehr gar so hochfahrend, nicht wahr, liebster Bruder? Was ist aus deiner Macht und deiner Arroganz geworden?« höhnte Cecil in kaltem Triumph. »Weißt du, ich beabsichtige nicht, dich schnell und schmerzlos zu töten. Nay, ich will deinen Tod bis zur letzten Sekunde auskosten. Viel zu lange schon bist du mir ein Dorn im Auge, und dafür sollst du leiden. Aye, und du wirst nicht einmal als erster sterben«, zischte er. »O nein, ich will, daß du mit ansiehst, wie das Kind verreckt, das du dir so sehnsüchtig gewünscht hast, und wie das Leben aus deiner hübschen kleinen Frau weicht. Du sollst kriechen, sollst dich vor mir winden. Du sollst begreifen, wie allumfassend deine Niederlage ist.«
Botolf wunderte sich nicht über das Blut, das Cecils Wange traf, als er ihn anspie. Seine Lippe war wohl aufgeplatzt, auch in der Mundhöhle hatte er Verletzungen. »Und wenn du damit drohst, meine Mutter vor meinen Augen auf dein Schwert zu spießen, würde ich dich immer noch bekämpfen.«
»Narr, du bist besiegt!« kreischte Cecil. »Gib es zu! Sag es! Du wirst hier an dieser Stelle sterben.«

»Nay, Cecil«, sagte er gedehnt, als er hörte, wie die Türen zum Rittersaal aufgebrochen wurden. »Du wirst hier an dieser Stelle sterben.«
Saxan nahm sich nicht einmal die Zeit nachzusehen, wer in den Saal gestürmt kam. Botolfs rascher Blick in ihre Richtung hatte als Warnung gereicht. Sie ließ sich zu Boden fallen und wälzte sich aus dem unmittelbaren Zugriffsbereich ihrer Wachen fort. Die kamen rasch zu dem Schluß, daß die Bewaffneten, die in den Raum stürmten, im Augenblick wichtiger waren als sie. Im nächsten Moment war Pitney bei ihr, zog sie in einen geschützten Winkel und blieb an ihrer Seite.
»Ist das Sir Bretton Graeme?« fragte sie, als sie den hochgewachsenen Schotten erblickte.
»Aye«, antwortete Pitney, ohne den Blick vom Schlachtgetümmel zu wenden. »Er hat uns hierhergeführt.«
»Es ist nur eine kleine Streitmacht«, sagte sie leise und beobachtete, wie Botolf und Cecil einander umkreisten.
»Die übrigen kämpfen im Burghof.«
Sie verzog das Gesicht und fluchte, als ein unverkennbarer Schmerz ihren Leib ergriff. Geistesabwesend berührte sie den Beutel mit Heilkräutern, den sie immer noch am Gürtel trug. Falls tatsächlich die Wehen einsetzten, vielleicht vorzeitig ausgelöst durch die erlittenen Strapazen, wollte sie diesen Umstand so lange wie möglich geheimhalten. Saxan beabsichtigte nicht, ihr Kind in Collinburn zur Welt zu bringen, an dem Ort, der ihr und Botolf als Richtstätte zugedacht war. Verstohlen atmete sie tief und langsam ein, um das unbehagliche Gefühl abzuwehren, und richtete ihre volle Aufmerksamkeit auf Botolf.
Bevor ihn jemand daran hindern konnte, hatte Botolf einem seiner Wachen das Schwert entrissen, so daß er Cecils Angriff bewaffnet und kampfbereit gegenüberstand. Die beiden Männer

waren gleich stark, doch urplötzlich wußte Saxan ganz sicher, daß Botolf siegen würde. Diesmal gab es für Cecil weder Sieg noch Flucht. Es tat ihr von Herzen leid, daß Botolf es sein mußte, der Cecil den Todesstoß versetzte, sie hoffte aber dennoch, er möge es schnell hinter sich bringen. Es war dunkel, und schlechtes Wetter kündigte sich an. Das würde ihre Heimreise nach Regenford behindern. Stumm tat Saxan Abbitte für ihre Herzlosigkeit, doch sie wünschte Cecil ein schnelles wohlverdientes Ende, damit sie aufbrechen konnten. Sie mußte sich bald auf den Weg machen, damit sie noch rechtzeitig ihr eigenes Bett erreichte und die Frauen, die ihr geschickt und erfahren bei der Geburt beistehen konnten, um sich hatte.

»Hier findet es ein Ende, Saxan«, sagte Pitney.

»Ich weiß«, erwiderte sie und tauschte ein flüchtiges Lächeln mit ihm. Seine Miene verriet ihr, daß er ihre Überzeugung teilte.

Botolf fluchte, als Cecils Schwertspitze seinen Arm ritzte. Während er und Cecil einander umkreisten, angriffen und abwehrten, erhaschte Botolf einen Blick auf Saxan, wohlbehalten in Pitneys Obhut. Auf ihrem Gesicht lag ein Ausdruck ruhiger Erwartung, und er wußte, daß sie mit seinem Sieg über Cecil rechnete. Ihre Zuversicht gab ihm neue Kraft.

»Ergib dich, Cecil«, verlangte er in einem letzten Versuch zu vermeiden, daß er dem Mann eigenhändig den Todesstoß versetzen mußte.

»Warum? Um am Galgen zu baumeln?« Cecils Stimme klang heiser vor Wut. »Nay, ich siege oder ich sterbe hier.«

»Du kannst nicht gewinnen. Meine Männer haben deine längst geschlagen. Du hörst doch selbst, daß die Schlacht entschieden ist. Die einzigen, die noch kämpfen, sind du und ich. Deine Leute sind tot, gefangen oder in die Berge geflüchtet. Selbst wenn du mich töten solltest, wirst du niedergestreckt sein, bevor ich meinen letzten Atemzug getan habe.«

»Ich werde an keinem Galgen und an keinem Baum hängen.«

»Vielleicht finden wir einen Kompromiß – das Exil oder die Kreuzzüge.«

»Ein Kreuzzug ist Verbannung. Nay, ich lebe oder sterbe hier. Wenn es dir so schwerfällt, mich zu töten, dann laß mich doch gehen.« Er lachte, atemlos von der Anstrengung, sich gegen Botolfs mächtige Hiebe zu verteidigen.«

»Wenn du mich zwingst, werde ich dich töten. Ergib dich.«

»Soll ich mich der Freude berauben, mein Blut an deinen Händen zu sehen, das Blut deines Bruders? Wenn ich schon untergehen muß, dann sollst du gezwungen sein, mir den Todesstoß zu versetzen. Dann komme ich wenigstens in den Genuß der Vorstellung, daß mein aufrechter, ehrenhafter Bruder Botolf in alle Ewigkeit mit dem Makel des Brudermords behaftet sein wird.«

»Du bist nicht mein Bruder«, sagte Botolf kalt und sah Cecil erbleichen. »Du hast alle Bande zwischen uns zerschnitten, als du das Leben meiner Frau und das meines Kindes nehmen wolltest. Jetzt bist du nur noch ein meuchelnder Bastard für mich, der mit seinem Blut für seine Untaten bezahlen muß. Wenn ich es sein soll, der dieses Blut vergießt, nun gut.«

Cecils Miene verriet ihm, daß es ihm gelungen war, die Zuversicht seines Halbbruders zu erschüttern. Er war auf den nun folgenden wilden Angriff vorbereitet, aber nicht auf das rasche Ende. Er hätte nicht einmal sagen können, wie es geschah, daß sein Schwert Cecil durchbohrte. Plötzlich sah er in Cecils Augen und erkannte, daß der Tod sie trübte. Er riß sein Schwert an sich, und Cecil stürzte. Es war vorüber, und obwohl es ihn tief betroffen machte, war seine Erleichterung doch grenzenlos.

»Botolf«, rief Saxan und lief auf ihn zu.

Er kam ihr entgegen und schloß sie in die Arme. »Ist alles in Ordnung?«
»Aye. Es tut mir so leid«, flüsterte sie, erhob sich auf die Zehenspitzen und küßte ihn auf die Wange.
»Mir auch. Und du bist wirklich unverletzt?«
»Bis auf ein paar Blutergüsse. Ich möchte sofort zurück nach Regenford.«
»Aber es ist Nacht und es riecht nach Regen. Es wäre klüger, bis zum Morgen hierzubleiben.«
»Nay«, widersprach sie scharf. »Ich muß fort von hier.«
Er wollte sie zum Bleiben überreden, aber sie gab nicht nach. Botolf nahm Rücksicht auf ihren Zustand, wollte ihr nicht noch mehr Aufregung zumuten, als sie schon ertragen hatte. So dankte er den Schotten, erlaubte ihnen, in Collinburn zu bleiben, und gab ihnen deutlich, wenn auch ohne Worte, zu verstehen, daß sie bei ihrem Aufbruch mitnehmen sollten, was sie wollten. Zwar versuchten Saxans Brüder ebenfalls nachhaltig, die Schwester zur Besinnung zu bringen, doch sie hatten ebensowenig Erfolg wie Botolf und rüsteten schließlich auch zum Heimritt nach Regenford. Botolf betete, daß seine Nachgiebigkeit sich nicht als Fehler erweisen möge, und daß sein eigener Wunsch, diesen düsteren Ort zu verlassen, ihn nicht zu unklugem Handeln verleitete.

Neunzehntes Kapitel

Saxan verzog das Gesicht und hüllte sich fester in ihren Umhang, doch er konnte sie kaum vor dem kalten Regen schützen. Niemand beklagte sich, doch sie spürte deutlich den Unwillen der Leute um sich herum. Sie saß vor Botolf im Sattel auf Midnight, doch ihr Gatte hatte bisher noch nicht bemerkt, daß sie bereits starke Wehen hatte. Saxan vermutete, daß auch dies zu den Dingen gehörte, die ein Mann nicht wahrnahm, weil er einfach zu wenig über den Geburtsvorgang wußte.

Sie hätte sich weiß Gott keine unfähigeren Gefährten zu ihrer Betreuung während der Geburt aussuchen können, dachte sie mit trockenem Humor. Eine Wehe packte sie so heftig, daß sie beinahe aufgeschrien hätte. Sie würde nicht rechtzeitig in Regenford ankommen. Die Kontraktionen kamen schon sehr stark und in kurzen Abständen. Vor ihnen lag ein Pächterhäuschen, und sie wußte, daß sie dort würden haltmachen müssen. Und sie wußte auch, daß Botolf wütend sein würde.

Botolf wickelte seinen Umhang um sie, in dem Versuch, sie besser vor Wind und Wetter zu schützen. »Der Regen wird immer heftiger. Kannst du noch?«

»Nay«, knirschte sie zwischen zusammengebissenen Zähnen hervor, als eine weitere Wehe sie überrollte. »Wir müssen haltmachen.«

»Du bist verletzt«, sagte er, zügelte sein Pferd und versuchte vergebens, in der Dunkelheit Saxans Gesicht zu erkennen.

»Nay, ich fürchte vielmehr, unser Kind ist nicht bereit zu warten, bis wir in Regenford ankommen.« Darauf folgte ein langes Schweigen, und sie fühlte, wie Botolf hinter ihr erstarrte. »Botolf?«

»Das Kind will kommen? Jetzt?« fragte er heiser flüsternd.

»Nun, zwar nicht auf der Stelle hier im Sattel, aber es könnte durchaus geschehen, wenn wir nicht schnellstens einen Unterschlupf finden.«

»Wir hätten in Collinburn bleiben sollen.«

»Nay, an diesem Ort des Todes sollte mein Kind nicht das Licht der Welt erblicken. Es ist schlimm genug, daß wir die Leiche mitnehmen müssen, aber um Lady Marys willen kann ich mich damit abfinden.« Sie konnte ein leises Stöhnen nicht unterdrücken, als die nächste Wehe sich ihrem Höhepunkt näherte.

»Ich glaube, ein Stückchen weiter steht ein altes Pächterhaus. Das muß als Unterkunft reichen.«

»Bist du sicher, daß du es nicht mehr bis Regenford schaffst?« Botolf wollte es noch nicht glauben.

»Ganz sicher.«

»Ich hatte keine Ahnung, daß es so schnell gehen würde.«

»So schnell geht es vielleicht gar nicht. Mag sein, daß die Wehen schon während meiner Gefangenschaft eingesetzt haben. Da war ich allerdings zu beunruhigt, um die Kontraktionen zu bemerken, bevor sie so heftig wurden, daß ich sie nicht mehr ignorieren konnte.«

In den folgenden Minuten ging alles sehr schnell. Botolf schickte drei seiner Männer voraus, damit sie das Pächterhäuschen so gut wie möglich für Saxan herrichteten. Trotz ihrer Schmerzen fand Saxan das Entsetzen der Männer angesichts dieser Entwicklung irgendwie erheiternd. Sie alle wußten nicht viel über den Geburtsvorgang, und sie wollten ganz gewiß keinen Anteil daran haben.

Als sie das verfallene Häuschen erreichten, hieß ein Lichtschein sie willkommen. Botolf trug seine Frau hinein, und sie sah wohl, daß seine Männer sich größte Mühe gegeben hatten, die heruntergekommene Stube annähernd behaglich zu gestalten. In einer trockenen Ecke beim Feuer hatten sie ein weiches Lager aus Strohsäcken für sie gerichtet. Kaum hatte Botolf sie darauf gebettet, schlug sie die Augen auf und sah ihren Gatten, seine drei Ritter und vier von ihren fünf Brüdern in unverhohlenem Entsetzen auf sie niederblicken. Sie würden ihr nicht helfen können. Sie war nicht nur eine werdende Mutter, sondern mußte jetzt auch ihre eigene Hebamme sein.

»Ich werde heißes Wasser brauchen«, sagte sie und hätte beinahe laut gelacht, als ihre vier Brüder regelrecht über ihre eigenen Füße stolperten, um es zu besorgen.

»Vielleicht sollten wir ihnen helfen«, sagte Roger leise und eilte, gefolgt von Wesley und Talbot, den Todds hinterher.

»Es regnet. Da wird es nicht allzu schwer sein, Wasser zu finden«, rief Botolf ihnen nach und blickte Saxan verdutzt an, als sie leise lachte. »Wie kannst du nur lachen?«

»Es ist schon komisch.« Sie versuchte, sich zu entspannen und nicht gegen die Schmerzen der Wehen zu kämpfen, die sie jetzt unablässig überrollten. »Nun, Botolf, du solltest mir jetzt sehr gut zuhören. Es liegt auf der Hand, daß keiner von euch Männern auch nur das geringste über Geburtshilfe weiß.«

»Das sollte man auch am besten den Frauen überlassen«, murrte er, hockte sich neben sie und nahm ihre Hand. Er verzog das Gesicht, als sie seine Finger unter einer neuerlichen heftigen Kontraktion nahezu zerquetschte. »Diese Aufgabe behagt mir nicht.«

»Vielleicht hilft ja einer meiner Brüder. Nimm zunächst mal den Beutel an dich, den ich an meinen Gürtel gebunden habe.«
Botolf wunderte sich nicht über das Zittern seiner Hände, als er die Schnüre des Beutelchens aufnestelte. Als Hunter mit den anderen zurückkam und sich daranmachte, Wasser zu erhitzen, befahl er ihm zu helfen. Da das Wetter sich noch verschlechtert hatte und er seinen Männern nicht zumuten konnte, draußen zu warten, wies er sie an, ein Seil mitten durch den Raum zu spannen und Decken darüber zu hängen, damit Saxan nicht ihren Blicken ausgesetzt war. Dann erst half er ihr, sich bis aufs Hemd auszukleiden.
Saxan klärte Hunter und Botolf über den Geburtsvorgang auf, so gut sie konnte, und erläuterte ihnen, was sie zu tun hätten. Sie fand es lustig, daß Männer, die ohne mit der Wimper zu zucken mit blankem Schwert in blutige Schlachten stürmten, in dieser Angelegenheit so zimperlich sein konnten. Ihre Wehen kamen jetzt in so rascher Folge und so heftig, daß sie fürchtete, bald nicht mehr zu eingehenderen Erklärungen imstande zu sein. Sie ließ sich von Hunter einen Trank aus Basilikum, Honig und Muskat mischen, der die Geburt erleichtern sollte. Er tupfte ihr Gesicht mit kaltem, nach Lavendel duftendem Wasser ab und half ihr, von dem Gebräu zu trinken.
»Habe ich vielleicht noch irgend etwas zu erklären vergessen?« fragte sie, immer noch keuchend von der Anstrengung der letzten Wehe.
»Aye. Sag uns doch bitte, wo wir hier in der Gegend eine Frau finden, der wir all diese Aufgaben übertragen könnten«, bat Hunter mit einem milden Lächeln.
Sie lachte matt. »Männer – ein Kind zu zeugen, fällt ihnen nicht schwer, aber dann weigern sie sich, ihm auf die Welt zu helfen.«
»Ich mag dich nicht so leiden sehen«, sagte Botolf.
»Diese Schmerzen sind ja bald vorüber und werden außerdem

reich belohnt. Ich hoffe nur, ihr zwei habt mir genau zugehört, denn ich fürchte, ich werde zu beschäftigt sein, um euch noch weiterhin helfen zu können.«

Eine Wehe, so schmerzhaft, daß sie ihr den Atem nahm, packte Saxan, doch sie unterdrückte ihren Schrei. Sie schluckte den Kräutertrank, den Hunter ihr einflößte, und genoß das kühlende Lavendelwasser, bezweifelte jedoch, daß irgendeiner ihrer Tränke stark genug sein würde, um den Wehenschmerz, der sie jetzt ununterbrochen schüttelte, zu lindern. Obwohl ihr alles vor den Augen verschwamm, blickte sie zu ihrem Gatten und zu ihrem Bruder auf und wünschte sich, ihnen die schreckliche Angst nehmen zu können. Dann vertrieb der Drang, das Kind auf die Welt zu befördern, alle anderen Gedanken.

Durch den Nebel, der sie umgab, hörte Saxan schwach die Worte der Ermutigung ihres Bruders und ihres Gatten. Bald schon ging der Schmerz in den allumfassenden Zwang zu pressen über, und die Anspannung in ihrem Körper machte ihr angst. Ein Schrei durchdrang ihre Benommenheit, und sie erkannte ihn als ihren eigenen. Sie war versucht, sich in eine verlockende Dunkelheit sinken zu lassen, doch ein heller Schrei brachte sie zu sich.

»Mein Kind lebt?« fragte sie.

»Aye, Liebste«, antwortete Botolf mit von Emotionen erfüllter Stimme. »Wir haben einen Sohn.«

Saxan wandte den Kopf, um das winselnde Kindchen anzusehen, das Botolf behutsam in den Händen hielt. Sie erhaschte allerdings nur einen flüchtigen Blick, dann verlangte ihr Körper erneut ihre ungeteilte Aufmerksamkeit. Zwar hatte sie schon seit Monaten den Verdacht gehegt, doch es überraschte sie trotzdem, als grimmige Kontraktionen erneut ihren Körper ergriffen. Sie hörte sich selbst fluchen und bemerkte aus den Augenwinkeln, daß Botolf und Saxan kreideweiß wurden.

»Saxan? Was fehlt dir?« schrie Botolf auf.
»Mir *fehlt* überhaupt nichts«, preßte sie zwischen den Zähnen hervor. »Leg dein erstes Kind am besten ein wenig zur Seite, Botolf.«
Hunter lachte. »Sie ist noch nicht fertig. Du wirst doch selbst schon an diese Möglichkeit gedacht haben?«
»An welche Möglichkeit?« fuhr Botolf ihn an, der Todesängste um Saxan ausstand.
»Zwillinge, du Dummkopf. Die sind in unserer Familie häufig. Pitney!« schrie Hunter.
Botolf hatte vermutet, daß Pitney auf der anderen Seite der Decken lauschte, und die Geschwindigkeit, mit der der Junge seinen Kopf auf Hunters Ruf hin zwischen den Decken hindurchsteckte, gab ihm recht. Immer noch ganz benommen von der Erkenntnis, daß er Vater von Zwillingen wurde, sah Botolf blicklos zu, wie Pitney auf den Befehl seines Bruders das Neugeborene aus den Armen des Earls nahm.
»Bade ihn, wickle ihn und versuche, ihn als den Erstgeborenen zu kennzeichnen«, ordnete Hunter an.
»Ihn kennzeichnen?« fragte Botolf, immer noch bemüht, seine Erstarrung abzuschütteln, denn Saxan brauchte ihn jetzt.
»Ein Stückchen Stoff am Handgelenk reicht fürs erste«, sagte Hunter. »Das zweite Kind kann ja ein Mädchen sein oder völlig anders aussehen und jede andere Kennzeichnung überflüssig machen.«
»Nur ein kleiner Schnitt, der eine winzige Narbe hinterläßt, Botolf«, sagte Saxan, in der Hoffnung, Botolf aus seiner Angst und Verwirrung befreien zu können, solange sie noch die Kraft dazu hatte. »Wir sprechen aus Erfahrung, wenn wir dir sagen, daß selbst die Eltern zunächst zu Verwechslungen neigen, wenn die Kinder sich allzu ähnlich sind. Unsere Familie hat schon vor langer Zeit gelernt, daß es, auch wenn es die Eltern

schmerzt, angebracht ist, den Erstgeborenen zu kennzeichnen, so daß mit einem einzigen Blick alle Zweifel ausgeräumt werden können.«

Botolf verzog das Gesicht, als Saxan unter einer neuen erbarmungslosen Wehe heftig seine Hand drückte. Vermutlich würde es wohl ein paar Tage dauern, bis sich seine Hand von der Geburt seiner Kinder erholt haben würde. Aus den Augenwinkeln sah er Pitney mit dem Neugeborenen davonschleichen und schaute Hunter fragend an.

»Kann er mit dem Säugling umgehen?« wollte er besorgt wissen.

»In unserer großen Familie kennen sich nur die allerwenigsten *nicht* mit Kleinkindern aus.«

Beruhigt wandte Botolf sich wieder der unter den Preßwehen laborierenden Saxan zu. Bisher war offenbar alles gut gegangen, und doch wollte seine Angst um sie nicht weichen. Sie war so klein, von so zierlichem Körperbau, daß er nicht begriff, wie sie diese Strapaze aushielt. Obwohl sie ihn gar nicht wahrzunehmen schien, während sie unter großen Anstrengungen ihr zweites Kind ans Licht der Welt zu befördern suchte, redete er doch immerfort mit ermutigenden Worten auf sie ein.

Der zweite Sohn war kleiner, doch sein kräftiger erster Schrei befreite Botolf von jeglicher Sorge. Er machte sich behutsam daran, Saxan zu waschen und das Bettzeug zu wechseln, ja, er legte sogar das Moos nach Saxans Anweisungen als blutstillende Kompresse auf. Hunter und Pitney versorgten die Babys, kennzeichneten den erstgeborenen Sohn und badeten und wickelten beide. Saxan rührte sich kaum, als ihr die Kinder zum erstenmal angelegt wurden, und das ängstigte Botolf.

Saxan wehrte sich mit aller Macht gegen die Erschöpfung. Ihr gesamter Körper schmerzte. Langsam schlug sie die Augen auf, um ihre Kinder zu betrachten. Hunter hielt das eine, Botolf das andere im Arm. Monatelang hatte sie ernsthaft mit der Möglichkeit gerechnet, daß sie Zwillinge gebären könnte, und doch war es ein Schock für sie, die zwei zu sehen. Sie brachte gerade genug Kraft auf, um ihre Söhne zu küssen, bevor Hunter und Pitney sie fortnahmen.

Trotz Botolfs intensiver Bemühungen, Saxan zum Essen zu bewegen, brachte sie keinen Bissen herunter. Sie hatte weder die Kraft dazu noch Appetit. Das Lächeln, mit dem sie Botolf empfing, als er zu ihr unter die Decke kroch, reichte nicht aus, um die Sorgenfalten auf seiner Stirn zu glätten. Er nahm sie in die Arme, hielt sie so sanft und zärtlich, daß sie ihn verwundert ansah. Der Ausdruck auf seinem Gesicht, als er einige Löckchen von ihrer Wange strich, ließ ihr Herz schneller schlagen.

»Mir geht es gut, Botolf«, sagte sie, und er zog sie fester an sich. Bist du sicher?« fragte er leise, mit heiserer Stimme.

»Aye, ganz sicher. Ich bin nur sehr, sehr müde.« Sie runzelte die Stirn, als er unsicher lachte. Botolf war eindeutig von seinen Gefühlen überwältigt, und sie wünschte sich innig, nicht zu erschöpft zu sein, um diese Gefühle definieren zu können.

»Das überrascht mich nicht. Du bist so klein«, flüsterte er und hauchte einen Kuß auf ihre Stirn. »Ich danke dir für meine Söhne.«

»Es ist gern geschehen, Mylord.«

»Zwar hat es mich tief bewegt, an ihrer Geburt beteiligt zu sein, aber in Zukunft überlasse ich diese Aufgabe doch herzlich gern den Frauen.« Er strich mit der Hand über ihren dicken Zopf. »Ich ertrage es nicht, dich leiden zu sehen und zu wissen, daß ich dir nicht helfen kann.«

»Du hast dich sehr geschickt gezeigt.«

»Und du hast dich als bedeutend stärker erwiesen, als man je vermutet hätte. Du wirst wohl nie verstehen, wie dankbar ich

bin, daß du das alles für mich auf dich genommen hast, während ich dir so wenig gegeben habe.«
»Du gibst mir sehr viel«, sagte sie und spürte, daß sie den Kampf gegen den Schlaf verlor, denn schon kamen ihre Worte etwas schleppend.
»Nay, ich enthalte dir sehr viel vor, und einzig und allein aus dem Grund, weil ich ein Feigling bin.«
»Du bist kein Feigling, Botolf.«
»Aye, Liebste, ich bin ein ausgemachter Feigling, aber jetzt ist nicht der richtige Zeitpunkt, um darüber zu streiten. Du brauchst Ruhe.«
Saxan wollte jetzt, da er einmal so offen sprach, nicht schlafen, doch ihr blieb keine Wahl. Die Müdigkeit setzte ihr dermaßen zu, daß sie sich nicht länger wehren konnte, ganz gleich, wie gern sie gehört hätte, was Botolf noch sagen wollte. Männer suchten sich aber auch immer den ungünstigsten Zeitpunkt aus, um offen und ehrlich ihre Gefühle darzulegen! Sie schwor sich, nicht zu vergessen, daß er ihr gewissermaßen ein Gespräch über Herzensangelegenheiten versprochen hatte.

Botolf trat ins Schlafgemach, und Saxan sah zu, wie er seine abendliche Waschung vornahm. Fast drei Monate waren vergangen, seit die Zwillinge im Pächterhäuschen das Licht der Welt erblickt hatten. Sie war frisch gebadet, gut bei Kräften und bereit, den intimeren Aspekten des Ehelebens wieder Geltung zu verschaffen.
Außerdem war es Zeit für ein ausführliches Gespräch über Herzensdinge, wie Botolf es nach der Geburt andeutungsweise begonnen hatte. Er war nie kalt oder zu distanziert gewesen, aber seit jener Nacht war er ihr mit bedeutend mehr Zuneigung und Offenheit begegnet, und wenn er sie ansah, bemerkte sie oft genug einen deutlichen Ausdruck von Zärtlichkeit in seinen

Augen. Eine Veränderung war in ihm geschehen, und sie war es leid zu raten, worin diese bestand. Saxan nahm einen Schluck Apfelmost aus dem wunderschönen silbernen Kelch, den Sir Bretton Graeme ihr gesandt hatte, und betrachtete Botolf eingehend, als er sich seiner restlichen Kleidung entledigte und zu ihr ins Bett schlüpfte.

»Ich weiß nicht, ob es recht ist, Geschenke von diesem Schotten anzunehmen«, bemerkte Botolf leise und bedachte ihren Kelch mit einem finsteren Blick, bevor er einen Schluck daraus trank.

»Es ist doch nur dieses eine«, beschwichtigte sie ihn und griff ihrerseits wieder nach dem Kelch, trank ihn leer und stellte ihn auf den Nachttisch. »Ein kleines Geschenk als Entschuldigung, obwohl die überflüssig war, und ein Dankeschön dafür, daß wir unseren Sohn Bretton genannt haben.«

»Den Sohn eines Grenzlords nach einem Schotten zu benennen – das ist eindeutig ein Zeichen von Wahnsinn.«

»Aber wir brauchten einen zweiten Namen. Wir hatten nur den einen zur Verfügung und konnten doch nicht beide Kinder nach deinem Vater Leofric nennen. Außerdem war Sir Bretton keineswegs verpflichtet, uns zu helfen, hat es aber dennoch getan.« Sie schmiegte sich in Botolfs Arme und lächelte kläglich, als er ihr einen züchtigen Kuß auf die Stirn gab. »Was mir allerdings Sorgen bereitet, ist seine Forderung, daß Thylda sich mit ihm treffen sollte und daß sie es mit Begeisterung getan hat. Jetzt aber möchte ich nicht mehr über die beiden reden.«

»Ach? Und worüber möchtest du gern reden?«

»Ich möchte im Moment überhaupt nicht reden«, antwortete sie und strich über seinen Bauch.

Als ihre kleine Hand tiefer glitt und sie die langen, zärtlichen Finger um seine Männlichkeit schloß, stöhnte Botolf unter dem wilden Aufflackern seiner kaum noch zu zügelnden Leidenschaft auf. Schon seit wenigen Tagen nach der Geburt seiner

Söhne bekämpfte er sein unbändiges Verlangen nach seiner Frau. Die sich überstürzenden Ereignisse, angefangen bei ihrer Gefangennahme und abgeschlossen mit der Geburt der Zwillinge, hatten ihm bewußt gemacht, wie viel Saxan ihm bedeutete. Trotz seines mannhaften Kampfes hatte die Sehnsucht nach ihr sich nur noch vertieft und in ihm ausgebreitet. Da hatte er sich seinen Gefühlen gestellt, sie vom Zaum gelassen, und dadurch fiel es ihm noch schwerer, sein Begehren zu kontrollieren. Er sehnte sich danach, mit ihr zu schlafen, ihr all die Gefühle zu offenbaren, über die zu reden er sich nicht traute.

»Ist das klug, so kurz nach der Geburt?« fragte er, gab aber der Versuchung nach, streichelte ihre Flanken und ließ die Hand auf der schönen Rundung ihrer Hüfte ruhen.

»Die Geburt war nicht einmal sonderlich schwer, hat mich nur etwas erschöpft. Jetzt geht es mir gut.«

»Ganz sicher?«

»Mehr als sicher«, flüsterte sie und zeichnete mit der Zunge die Konturen seines Ohrs nach.

Botolf stöhnte leise und wälzte sich behutsam über sie. »Wenn du einen Mann dermaßen in Versuchung führst, mußt du auch die Konsequenzen tragen, Mylady.«

»Ich bin gern bereit, recht oft die Konsequenzen zu tragen, Mylord.« Sie rieb mit den Füßen an seinen Waden entlang.

»Sie könnten heftig sein und mehrmals im Lauf der Nacht auf dich zukommen.« Er streifte ihr das dünne Nachtkleid ab und warf es zur Seite.

»Vielleicht besteht dann Anlaß zur Sorge um deine Kraft.«

»Oho! Du forderst mich heraus? Du hast den Handschuh geworfen, und ich sehe mich genötigt, ihn aufzuheben. Welcher Mann könnte sich einer solchen Herausforderung entziehen?«

»Wohl keiner.« Sie lächelte, als er ihr einen Kuß auf die Nasenspitze gab. »Allerdings komme ich allmählich zu der Überzeu-

gung, daß der eine oder andere wohl so lange über diese Herausforderung redet, bis der Herausforderer schließlich eingeschlafen ist.«
Botolf lachte und küßte sie, woraufhin seine Heiterkeit unverzüglich den Platz für sein Begehren räumen mußte. Er bemühte sich redlich, seine Leidenschaft so weit zu zügeln, daß sie die Vereinigung ihrer Körper ausgiebig genießen konnten. Nur ein paar Monate hatte er darauf verzichten müssen, doch ihm kam es vor, als wären es Jahre gewesen. Er streichelte und küßte sie, ließ kein Fleckchen Haut ihres schönen Körpers unbeachtet, bis ihn schließlich die Beherrschung verließ. Die wilde Leidenschaft, die Saxan ihm unverhohlen zeigte, raubte ihm fast die Sinne. Als sie mit den Fingernägeln sanft an seinen Oberschenkeln entlangfuhr und ihren Leib einladend gegen seinen Körper drängte, konnte er sich nicht länger zurückhalten.
Saxan begegnete seiner wilden Inbesitznahme mit ebenbürtiger Begierde. Botolf umschloß ihr Gesicht mit den Händen, küßte sie hungrig und glich das Vorstoßen seiner Zunge dem Rhythmus seines Körpers an. Als er spürte, daß Saxan sich dem Höhepunkt näherte, ergriff er ihre schmalen Hüften und preßte ihren Körper fest an sich. Ihre Lustschreie vermischten sich, gleichzeitig erreichten sie den Orgasmus. Noch lange Zeit, nachdem er erschöpft auf sie niedergesunken war, hielt er sie in den Armen und bedeckte ihren Hals mit Küssen. Schließlich aber regte er sich, allerdings nur, um sich auf den Rücken zu wälzen, ohne Saxan loszulassen.
»Das habe ich lange entbehrt«, flüsterte er und strich durch ihr Haar.
»Ein hoher Preis für ein Kind?« fragte sie und hob den Kopf, um ihn anzuschauen.
Er lachte, als er das schelmische Funkeln in ihren schönen Augen sah. »Die Frage ist schwer zu beantworten.« Mit gerunzel-

ter Stirn überlegte er. Sie versetzte ihm einen verspielten Boxhieb gegen die Brust, und er lachte leise. »Nay, nay. Hab Erbarmen, Weib.«
»Deine Söhne werden einmal aussehen wie du«, sagte sie und strich ihm das zerzauste Haar aus dem Gesicht.
»Aber sie werden deine Augen haben. Das ist wahrhaftig eine auffällige Kombination.«
»Und eine sehr schöne.«
»Aye, natürlich.« Er tauschte ein liebevolles Lächeln mit ihr.
Botolf blickte, plötzlich ernst geworden, in ihr Gesicht, und wieder erkannte Saxan die ungeheure Zärtlichkeit in seinen Augen. Jetzt war der richtige Zeitpunkt für das vor fast drei Monaten begonnene Gespräch gekommen. Ein Anfall von Feigheit schnürte ihr die Kehle zu und erstickte die Worte, die sie sich zurechtgelegt hatte. Was wäre, wenn sie sein Verhalten falsch gedeutet hätte, wenn sie seiner geringfügigen Veränderung mehr Bedeutung zumaß, als ihr zukam? Was wäre, wenn er in jener Nacht im Pächterhäuschen eigentlich gar nicht über seine Gefühle hatte sprechen wollen? Sie würde sich abscheulich fühlen, wenn sie ihm ihr Herz offenbarte und Dinge verlangte, die zu geben er nicht bereit war, nur um zu erfahren, daß er in besagter Nacht über die Zukunft der Kinder hatte sprechen wollen. Oder wenn sie erkennen mußte, daß seine zärtlichen Blicke weiter nichts beinhalteten als die natürliche Zuneigung eines Mannes zu der Mutter seiner Kinder.
»Du wirkst so ernst, mein Liebling«, flüsterte Botolf.
»Ach ja?«
»Ja, wirklich. Möchtest du mir etwas sagen? Unseren Söhnen fehlt doch nichts, oder?«
Saxan seufzte und wälzte sich von ihm herab. Es war peinlich, es eingestehen zu müssen, aber sie war eifersüchtig auf ihre eigenen Kinder und die unverhohlene Zuneigung, die Botolf ih-

nen schenkte. Als er sich auf die Seite rollte, um sie ansehen zu können, hob sie den Blick und wußte, daß sie etwas würde sagen müssen. Er wirkte besorgt und verwirrt.

»Leofric und Bretton fehlt nichts. Sie sind kräftig, gesund und werden von Tag zu Tag größer. Aber das weißt du selbst«, fügte sie leise hinzu, »denn du verbringst ja sehr viel Zeit mit ihnen.«

»Warum klingt das so, als würde es dich verärgern?«

»Klingt es so? Den Eindruck wollte ich keineswegs erwecken. Es ist gut, daß du dich um sie kümmerst und sie häufig siehst. Das tun viele Väter nicht. Die Jungen werden zur Ausbildung als Knappen einem Ritter überantwortet, und der Vater sieht sie erst wieder, wenn sie alt genug sind, um ein Schwert zu schwingen.«

»Machst du dir jetzt schon Sorgen um ihre Ausbildung? Wenn du sie nicht fortgeben willst, dann sag es mir. Ich wurde auch nicht von Fremden ausgebildet. Mein Vater hielt es nicht für nötig, mich fortzuschicken, damit ich die notwendigen Dinge lernte, die ich ebensogut in Merewood und in Regenford erlernen konnte. Im Grunde hielt mein Vater nicht allzuviel von diesem Brauch. Mir gefällt er auch nicht. Was habe ich davon, wenn ich meinen Sohn einem anderen Mann zur Ausbildung überlasse? Ich sehe dann ja gar nicht, wie er sich entwickelt.«

»Nur die wenigsten von meinen Angehörigen werden außerhalb ihres Elternhauses trainiert. Wenn es als notwendig empfunden wird, verbringen sie eine kurze Zeit bei Verwandten.«

Saxan ließ sich durch dieses willkommene Thema kurzfristig von ihrem geplanten intimen Gespräch ablenken. Die Ausbildung ihrer Söhne bereitete ihr jetzt noch keine allzu große Sorge, wenngleich sie sich schon manchmal dabei ertappte, daß sie die Säuglinge betrachtete und sich fragte, ob auch sie gezwungen sein würden, die schmerzliche Trennung vom Elternhaus zu vollziehen, um von anderen Menschen großgezogen und

ausgebildet zu werden. »Ich freue mich maßlos, daß du mir gestattest, den Bräuchen meiner Familie zu folgen.«
Er strich an ihrem Arm hinauf und hinunter und forschte in ihrem Gesicht. »Und ich freue mich maßlos, daß ich dich von dieser Sorge befreien kann. Allerdings war sie nicht der Grund für deine ernste Miene, nicht wahr?« Er furchte die Stirn. »Aye, und verunsichert wirkst du außerdem. Komm schon, soll ich denn weiterhin raten und ziellos daherreden, in der Hoffnung, zufällig das Thema anzuschneiden, das dir so am Herzen liegt?«
»Nay.« Sie lächelte matt. »Wenngleich die Versuchung zuzustimmen sehr groß ist.«
»Sag mir einfach, was dich bedrückt.«
»Erinnerst du dich an die Nacht im Pächterhäuschen?«
»Die werde ich nie vergessen. Ich glaube nicht, daß ich noch einmal im Leben derartige Angst und gleichzeitig so große Ehrfurcht erfahren werde.«
»Nun, in dieser Nacht hast du einige Dinge gesagt, die ich überaus interessant fand. Allerdings war ich zu müde, um das Gespräch zu Ende zu führen. Da hast du mir geraten zu schlafen und angekündigt, daß wir später weiterreden würden. Jetzt sind drei Monate vergangen, und ich glaube, inzwischen habe ich genug geruht.«
Botolf sah sie an und zeichnete die Konturen ihres Gesichts mit zärtlichem Finger nach. Er hatte sich schon oft gefragt, wann sie ihn an sein vages Versprechen eines eingehenden Gesprächs erinnern würde. Während der vergangenen drei Monate hatte er Saxan oft dabei überrascht, daß sie ihn mit erwartungsvollem, ja, beinahe hoffnungsfrohem Gesicht ansah. Er hatte mittlerweile Zeit genug gehabt, um sich an seine Gefühle zu gewöhnen und endlich zu akzeptieren, daß sie ihm wohl großen Schmerz, andererseits aber auch viel Freude bereiten könnten.

Außerdem war er es Saxan schuldig, ihr gegenüber Ehrlichkeit zu riskieren, zumal sie ja vielleicht sogar seine Gefühle erwiderte.
»Hast du auch nur die geringste Vorstellung, welche Angst ich ausgestanden habe, als Cecil dich gefangengenommen hatte?« fragte er und kämmte mit gespreizten Fingern durch ihr Haar.
»So große Angst wie ich selbst?« fragte sie leise.
»Aye, das ist durchaus möglich. Ich kann nicht behaupten, daß ich zuvor keine Angst gekannt hätte, aber eine derartige Furcht, die bis in die Knochen ging und mir den Verstand zu rauben drohte, hatte ich noch nie erlebt.«
»Ich hätte nicht darauf bestehen dürfen, Regenford zu verlassen. Dadurch habe ich uns alle in Lebensgefahr gebracht.«
»Der Gedanke ist mir auch schon gekommen«, sagte er gedehnt und tauschte ein kleines Lächeln mit ihr. »Aber du kannst dich auch nicht tagein, tagaus hinter diesen Mauern verstecken und Angst haben vor dem, was draußen lauern könnte. Das ist doch kein Leben. Wir haben schon alles richtig gemacht. Allmählich denke ich, diese endgültige Konfrontation mit Cecil war uns vorausbestimmt, und wir hätten gar nichts tun können, um sie abzuwenden.«
»Vielleicht hast du recht.« Sie drehte sich in seinen Armen um. »Ich weiß nicht, ob ich es gut finde, wenn uns etwas vorausbestimmt ist.«
»Ach? Meiner Meinung nach sind auch wir beide vom Schicksal füreinander bestimmt.« Er gab ihr einen Kuß auf die Nase, als sie das Gesicht zu ihm hob. »Damit du, den Dolch in der Hand, zu mir kommen konntest, war schon eine Abfolge erstaunlicher und komplizierter Vorfälle vonnöten.«
»Dazu war lediglich die gewohnte Dummheit meiner Vettern vonnöten.«
Botolf lachte und küßte sie auf die Stirn. »In dem Augenblick,

als ich dich zu Boden gerungen und festgestellt hatte, daß du eine Frau bist, begann mein Leben sich zu verändern.« Er seufzte und drückte sie an sich. »Ich hatte mich in mir selbst verschlossen, Saxan. Meine Mutter versuchte, mir klarzumachen, wie falsch und dumm das war, nachdem ich mich von meinem Fieber erholt hatte, aber ich wollte es nicht hören. Ich habe mir sogar alle Mühe gegeben zu verhindern, daß sie dieses Gespräch irgendwann wieder aufnahm, denn was sie sagte, war nur zu wahr. Ich bin davor weggelaufen, und ich bin nicht eben stolz darauf.«

»Oft genug laufen Menschen vor der Wahrheit davon, insbesondere, wenn sie sie zwingen würde, sich zu verändern.«

»Aye, und vor dir bin ich auch davongelaufen.«

Sie lehnte sich zurück und blickte ihn verständnislos an. »Du bist vor mir weggelaufen?«

»Ich habe es versucht. Jedesmal, wenn du an etwas rührtest, das ich tief in mir verschlossen halten wollte, versuchte ich um so verbissener, es zu verbergen. Ich wünschte mir Frieden und Behaglichkeit in unserer Ehe, Saxan. Ich glaubte allen Ernstes, das würde mir nicht vergönnt sein, wenn ich in unserer Beziehung Gefühle zugelassen hätte. Leidenschaft reichte aus, und ich war entschlossen, nichts Tiefergehendes zuzulassen.

»Wegen Alice.«

»Aye, und wegen anderer Frauen, die ich gekannt habe, insbesondere bei Hofe.«

»Und du bist einfach davon ausgegangen, daß ich genauso sein würde?« Empört richtete Saxan sich auf.

Botolf musterte sie besorgt. Sie sah aus, als wollte sie ihn verprügeln oder ihn von jemandem, der stark genug war, verprügeln lassen. Es würde nicht leicht werden, ihr seine Gefühle zu offenbaren und vielleicht eine entsprechende Erwiderung von ihr zu bekommen, solange sie wütend war.

»Es war nicht fair, ich weiß. Das habe ich wohl immer gewußt, aber ich mußte es erst in sehr deutlichen Worten von meiner Mutter erfahren, um wirklich zu erkennen, auf welch falschem Weg ich mich befand. Ich würde ja auch nicht alle Männer nach den Taten einiger weniger beurteilen, hielt sie mir vor, und warum verfuhr ich dann so mit den Frauen? Außerdem fiel es mir selbst schwer, dich so zu beurteilen. Wenn ich dir gegenüber weichere Gefühle empfand, dachte ich nie *Vorsicht, sie ist wie Alice.* Nay, ich hatte vielmehr Angst, daß du mich bedeutend tiefer kränken könntest, als Alice es je vermocht hätte.« Er blickte sie leicht verwundert an, als sie sich wieder in seine Arme schmiegte.

Belustigt über seine Verwirrung lächelte Saxan ihn an und küßte ihn auf den Mund. Sie bezweifelte, daß er je begreifen würde, wieviel er ihr mit diesem letzten Satz offenbart hatte und wieviel es ihr bedeutete. Außerdem war ihr klargeworden, daß jetzt nicht die Zeit war, wütend zu werden, ganz gleich, wie ärgerlich und kränkend seine Meinung auch war. Dadurch würde nur das offenbar umfassende Eingeständnis seiner Gefühle unterbrochen, und das war das letzte, was sie sich wünschte.

»Ich bin froh, daß du das erkannt hast und zur Besinnung gekommen bist«, bemerkte sie leise.

»Oh, aye, ich bin zur Besinnung gekommen, aber es ging sehr langsam vonstatten. Als Folge davon habe ich dir und mir ein ganzes Jahr lang soviel vorenthalten.«

»Du warst immer ein guter Ehemann, Botolf. Und du hast mir viel gegeben.«

»Aber abgesehen von meiner Leidenschaft nichts von mir selbst. Nun, die Zeit, da ich mich hinter meinem Stolz und meiner Angst vor Kränkung versteckt habe, ist nun vorbei.« Er legte die Hände um ihr Gesicht. »Ich liebe dich.« Er hauchte einen Kuß auf ihren Mund und runzelte die Stirn, als er bemerkte, daß sie wie erstarrt war und ihn fassungslos ansah. »Ich begreife wohl, daß du meine Gefühle vielleicht nicht erwiderst, zumal ich nichts unternommen habe, um dein Herz zu gewinnen ...« Er hörte unverzüglich auf zu reden, als sie ihm zitternd den Finger auf die Lippen legte.

»Ich habe nicht damit gerechnet, daß du einfach so damit herausplatzt«, sagte sie, und ihre Stimme war weich und zitterte unter ihrem Gefühlsaufruhr. »Ich liebe dich auch.« Sie lachte unsicher, und er küßte sie mit so wilder Gier, daß ihre Leidenschaft rasch wieder aufloderte. Er preßte sie an sich. »Ich glaube, ich habe dich von Anfang an geliebt«, fuhr sie fort und streichelte seinen breiten Brustkorb. »Ich war nur nicht ganz sicher, was Liebe überhaupt ist, deshalb zögerte ich, das, was ich empfinde, so zu nennen.«

»Und ich habe gegen das geringste Anzeichen, daß ich mich in dich verlieben könnte, mit aller Macht gekämpft. Ich glaube, auch bei mir war die Liebe von Anfang an da, aber ich wollte sie nicht erkennen.«

Sie schnurrte vor Behagen, als er zärtlich ihren Rücken streichelte. »Und wann hast du endlich aufgehört zu kämpfen?«

»Als Cecil dich in seiner Gewalt hatte. Da konnte ich meine Liebe nicht länger vor mir selbst verleugnen.« Er drehte sich um, so daß sie unter ihm zu liegen kam und er ihr direkt in die Augen blicken konnte. »Es geschah, als ich mit der Möglichkeit konfrontiert wurde, dich für immer zu verlieren. Der bloße Gedanke bereitete mir solche Schmerzen, daß mir klar wurde, wie wenig ich durch den Kampf und das Verbergen meiner Gefühle erreicht hatte. Es war nicht schwer, mich selbst Cecil auszuliefern, denn ich hatte keine Angst davor, mit dir zusammen zu sterben, wohl aber entsetzliche Angst vor einem Leben ohne dich.«

Saxan schlang die Arme um seinen Nacken und küßte ihn, legte die ganze Fülle ihrer Gefühle für ihn in diese Umarmung. Er war alles, was sie sich jemals wünschen würde. Das Glück überfiel sie mit solcher Macht, daß ihr die Tränen kamen. Sie lächelte, als Botolf sie ansah und ihr zärtlich eine Träne von der Wange wischte.

»Das bringt dich zum Weinen?« fragte er verunsichert.

»Seit ich begriff, daß ich dich tatsächlich liebe, hatte ich Angst, daß ich deine Liebe nie erringen würde.«

»Es tut mir herzlich leid, daß ich dich solchen Qualen ausgesetzt habe. Ich habe sie auch durchgestanden, für kurze Zeit, und diesen Schmerz wünsche ich niemandem. Du hast mir von Anfang an soviel gegeben, und ich habe dich dafür so schlecht behandelt.«

»Nay. Du hast mich nie gebeten, dich zu lieben, hast nie versucht, mich zu zwingen, dir mehr zu geben als Pflichterfüllung, Leidenschaft und Kinder. Es ist gut, daß du deine Dämonen bekämpft hast, bevor du mir dein Herz öffnetest, denn sonst könnten die alten Wunden jetzt unsere Freude trüben. So aber kannst du mir dein Herz schenken, unversehrt und ungetrübt. Das kann nur gut sein. Jetzt brauchen wir nicht mehr zu fürchten, daß alles, was wir sagen oder tun, unsere Gemeinsamkeiten beeinträchtigen könnte. Unsere Liebe kann nur noch stärker werden.«

»Aye, und sie wird dauern und unser Leben bereichern, bis an unser Ende.«

»Und darüber hinaus. Nicht einmal der Tod kann die Liebe, die ich für dich empfinde, zum Schweigen bringen, mein schöner, dunkler Ritter.«

Saxan kam seinem hungrigen Kuß gierig entgegen. Sie hatte recht gehabt. Botolf Lavington war weiß Gott ein Mann der mächtigen Gefühle, und darin würde sie in den noch kommenden Jahren freudig schwelgen.